ANNA JACOBS

Die Australien-Töchter – Wo das Glück erstrahlt

Weitere Titel der Autorin:

Träume im Glanz der Morgenröte: Töchter des Horizonts
Sehnsucht unter weitem Himmel: Töchter des Horizonts
Goldene Stunde in der Ferne: Töchter des Horizonts
Hoffnung unter dem Südstern: Töchter des Horizonts
Silberstreif des Glücks: Töchter des Horizonts

Die Australien-Töchter – Wo die Hoffnung dich findet

Über die Autorin:

Anna Jacobs wurde in Lancashire geboren und wanderte 1970 nach Australien aus. Sie hat zwei erwachsene Töchter und wohnt mit ihrem Mann in einem Haus am Meer. Bis heute hat sie bereits mehr als siebzig Bücher verfasst.

Anna Jacobs

DIE AUSTRALIEN-TÖCHTER

Wo das Glück erstrahlt

Roman

Aus dem Englischen von
Nina Restemeier

lübbe

Dieser Titel ist auch als E-Book erschienen

Vollständige Taschenbuchausgabe
der bei Bastei Lübbe erschienenen E-Book-Ausgabe

Copyright © 2010 by Anna Jacobs
Titel der britischen Originalausgabe: „Beyond the Sunset"
Originalverlag: Hodder & Stoughton, Hachette UK

Für die deutschsprachige Ausgabe:
Copyright © 2019 by Bastei Lübbe AG, Köln
Umschlaggestaltung: Guter Punkt, München
Unter Verwendung von Motiven von © Creative-Family/gettyImages; © kwest/shutterstock; © LifeofRileyDesign/gettyImage
Satz: 3w+p GmbH, Rimpar (www.3wplusp.de)
Gesetzt aus der Minion
Druck und Verarbeitung: GGP Media GmbH, Pößneck
Printed in Germany
ISBN 978-3-404-18095-0

2 4 5 3 1

Sie finden uns im Internet unter luebbe.de
Bitte beachten Sie auch: lesejury.de

Widmung

Dieses Buch widme ich allen Bibliothekaren für den wunderbaren Service, den sie anbieten. Nicht nur die Bücher, sondern auch die Hilfe beim Recherchieren, die für mich, seit ich historische Romane schreibe, unbezahlbar geworden ist.

Diesmal danke ich vor allem Tom Reynolds vom Staatsarchiv Westaustralien, Gillian Simpson vom Australischen Schifffahrtsmuseum, dem Dokumentenservice der Australischen Nationalbibliothek, dem Servicebüro der Staatsbibliothek Westaustralien, dem australischen Bibliotheksauskunftsservice, Sue Smith von der öffentlichen Bibliothek in Albany und dem wunderbaren Team meiner Heimatbibliothek in Mandurah. Ihr Beitrag zu meinen Recherchen war unbezahlbar.

Und zu guter Letzt hatte ich diesmal ein neues interessantes Problem: Wie schreibt man über einen Unfall mit Pferd und Kutsche? Hierfür hatte ich online Hilfe aus den USA: Danke an David Yauch, Liz Goldman, Tracy Meisenbach, Ashley McConnell, Jennifer Smith und Jeane Westin, die sich richtig gut mit Pferden und Kutschen auskennen. Sie waren freundlich und hilfsbereit und klug, als sie meine Fehler korrigierten. Ich kann zwar immer noch nicht Kutsche fahren, aber ich weiß jetzt, wie man eine zu Schrott fährt.

Prolog

Swan River Colony (Westaustralien)
Dezember 1863

Pandora Blake hörte Schritte und sah, wie ihre älteste Schwester durch den Garten des Migrantenheims auf sie zukam. Hastig versuchte sie, ihre Tränen wegzuwischen.

»Das Frühstück ist fertig.« Cassandra legte ihr einen Arm um die Schultern. »Ach, du meine Güte! Es gefällt mir gar nicht, dich so niedergeschlagen zu sehen. Du weißt, dass wir nicht nach Lancashire zurückkehren können. Dort wären wir in Lebensgefahr.«

Pandora nickte und versuchte, sich ein Lächeln abzuringen.

»Nicht«, sagte Cassandra sanft.

»Was nicht?«

»Mach mir nichts vor. Wird das Heimweh überhaupt nicht besser?«

Pandora schüttelte stumm den Kopf und versuchte, den Kloß hinunterzuschlucken, der ihr vor Trauer ständig im Hals steckte. »Es war grausam von unserer Tante, dass sie uns dazu gezwungen hat, England zu verlassen. Warum hasst sie uns so sehr?«

»Vater hat immer geglaubt, es liege daran, dass sie keine Kinder bekommen konnte.«

»Aber das ist doch nicht unsere Schuld.«

Cassandra umarmte sie kurz. »Ich weiß.«

»Du hättest sie sehen sollen, als sie uns das letzte Mal besucht hat. Sie war furchterregend und irgendwie seltsam. Sie hatte den Zopf dabei, den sie dir abgeschnitten hatte, er war immer noch mit deinem Haarband zusammengebunden, und wir waren uns sicher, sie würde dich umbringen, wenn wir nicht gehorchen und das Land verlassen würden. Wir dachten, wir würden dich nie wiedersehen. Es war ein Wunder, dass du entkommen und uns auf das Schiff folgen konntest.«

Im Gebäude läutete eine Glocke. »Das Frühstück ist fertig«, wiederholte Cassandra.

»Ich komme gleich nach. Ich muss mich erst beruhigen.«

»In Ordnung.«

Pandora seufzte und schaute sich im Garten um. Sie genoss es, ein paar Minuten allein zu sein. Auf dem Schiff war sie ständig von anderen allein reisenden Frauen umgeben gewesen, die als Dienstmädchen in die Swan River Colony gebracht worden waren, und einige von ihnen waren streitsüchtig und laut gewesen. Anfangs waren die Mädchen aus Lancashire nach den langen Monaten ohne Arbeit wegen des Baumwollmangels alle abgemagert gewesen, aber keine von ihnen hatte so starkes Heimweh wie Pandora. Was war bloß los mit ihr?

Sie blickte sich um. Sie hatte geglaubt, es würde besser werden, wenn sie erst einmal hier wäre, aber das wurde es nicht. Hier war alles so anders als in ihrer Heimat Lancashire mit ihren sanften, kühlen Farben. Schon zu dieser frühen Stunde brannte die Sonne vom wolkenlosen blauen Himmel, und ihr war unangenehm heiß. Sie wischte sich über die Stirn und setzte sich auf eine Bank im Schatten eines Eukalyptusbaums. Er hatte hübsche rote Blüten, aber die Blätter waren sichelförmig und ledrig, von einem stumpfen Grün. Sogar die vereinzelten Grasbüschel im Garten waren eher beige als grün, verbrannt von der sengenden Sonne, während der Sandboden unter den Füßen nachgab, wenn man darüberging. Es war ihr ein Rätsel, wie darauf überhaupt etwas wachsen konnte.

Ein paar Galahs landeten lautstark krächzend im Baum über ihr. Sie hatte sie Papageien genannt, als sie sie zum ersten Mal gesehen hatte, aber die Hausmutter hatte gelacht und ihr erklärt, das seien Kakadus, keine Papageien. Ihr Geschrei war grässlich, aber sie waren hübsch anzusehen, mit ihrer rosa Brust und den hellgrauen Flügeln.

Einer fing an, mit seinem kräftigen Schnabel die Blüten des Eukalyptusbaums abzuknipsen, doch anstatt sie zu fressen, ließ er sie einfach auf den Boden fallen, während er sich bereits an die nächste Blüte machte. Tat er das aus schierem Übermut, oder hatte es einen Zweck?

Selbst wenn sie das Risiko eingehen wollte, wie konnte sie nach Lancashire zurückkehren? Sie hatte kein Geld für die Überfahrt und wollte ihre Schwestern nicht verlassen. Nein, irgendwie würde sie sich mit diesem schrecklichen Heimweh arrangieren müssen. Sie stand auf, holte tief Luft und ging ins Haus.

Wie üblich saßen die Zwillinge dicht nebeneinander, sie hatten die Köpfe zusammengesteckt und unterhielten sich lebhaft. Pandora holte sich einen Teller mit Essen und setzte sich zu ihnen. Sie bemerkte, wie Cassandra auf ihren Teller starrte und kaum etwas aß, sagte aber nichts dazu. Ihre älteste Schwester hatte ihre eigenen Probleme, sie war schwanger von einem Mann, der sie kurz vor ihrer Abreise aus England vergewaltigt hatte.

Nach dem Frühstück half Pandora beim Abräumen und versuchte, sich fröhlich mit den anderen Frauen zu unterhalten.

Sie würde über dieses Heimweh hinwegkommen, redete sie sich ein, oder sie würde lernen müssen, es besser zu verbergen. Sie war noch nie weinerlich gewesen und wollte jetzt nicht damit anfangen.

Kapitel 1

Lancashire, 1. Januar 1864

Mr Featherworth lehnte sich auf seinem Stuhl zurück und musterte den jungen Mann, der ihm an seinem Schreibtisch gegenübersaß. Zachary Carr war nicht gerade gut aussehend, dafür war er zu groß und zu hager, doch er galt als ehrlich und vernünftig, und sein Blick war fest. Der verstorbene Mr Blake hatte eine Menge von ihm gehalten, hatte mehrmals betont, ein anständigerer Kerl sei weit und breit nicht zu finden. Solche Eigenschaften waren dem Anwalt viel wichtiger als das Aussehen.

Je besser er den jungen Mann kennenlernte, umso sympathischer wurde er ihm. Seit einigen Jahren war Carr der Hauptverdiener für seine Mutter und seine Schwester, also war er eindeutig ein verantwortungsbewusster Mensch, zudem machte er einen intelligenten Eindruck. Er war vielleicht noch nie nach Übersee gereist, aber er war jung und kräftig und mit fünfundzwanzig Jahren zu alt für jugendlichen Leichtsinn. Er konnte sogar reiten, denn sein Onkel besaß Pferde. Das war ein großer Vorteil, denn Mr Featherworth hatte gehört, in der Swan River Colony gebe es keine Eisenbahn.

Am wichtigsten jedoch war: Zachary kannte die vier Blake-Schwestern vom Sehen.

Ja, Mr Featherworth war sich sicher, dass er für diese Mission den Richtigen ausgewählt hatte.

»Es hat nicht so lange gedauert wie befürchtet, ein Schiff zu finden, das die Swan River Colony anläuft – oder Westaustralien, wie es neuerdings genannt wird. Ich habe Ihnen eine Überfahrt auf der *Clara* gebucht, die am 11. Januar in London ablegt.«

Zachary strahlte, doch dann schaute er verblüfft drein. »Aber bis dahin ist es doch nur noch eine gute Woche! Wie soll ich das schaffen?«

Mr Featherworth hob eine Hand. »Bitte lassen Sie mich ausreden.«

Der Jüngere lächelte ihn verlegen an. »Verzeihung. Ich bin bloß so aufgeregt wegen alldem.«

Der Anwalt lächelte zurück. »Das ist verständlich. Nur wenige junge Männer bekommen die Gelegenheit, ans andere Ende der Welt zu reisen. Aber wie Sie wissen, hatten die Blake-Schwestern England bereits verlassen, als das Testament ihres Onkels eröffnet wurde, also muss ihnen jemand mitteilen, dass sie die neuen Besitzerinnen seines Lebensmittelgeschäfts sind, und sie von Australien zurückbegleiten.«

Zachary nickte. »Das war eine traurige Geschichte. Ich mochte Mr Blake. Er war ein guter Arbeitgeber und ein freundlicher Mann.«

»In der Tat.«

Sie schwiegen eine Weile. Wer hätte sich vorstellen können, dass die inzwischen verstorbene Mrs Blake verrückt werden, ihren Ehemann umbringen und ihre Nichten zwingen würde, aus Angst um ihr Leben das Land zu verlassen? Der Gedanke daran bescherte dem Anwalt immer noch Albträume.

»Nun zu den Details Ihrer Reise. Ich hatte anfangs geplant, Sie auf dem Zwischendeck einzuquartieren, denn ich muss mit dem Geld meiner Mandantinnen sparsam umgehen. Aber es handelt sich um einen Sträflingstransport, kein normales Passagierschiff, also habe ich beschlossen, dass Sie als Kabinenpassagier besser untergebracht sein werden. Es ist sicher nicht so, dass die Zwischendeck-Passagiere mit den Häftlingen verkehren, und dennoch ... Ich hatte Glück und konnte das letzte freie Bett für Sie buchen – auch wenn Sie sich Ihre Kabine mit einem weiteren Herrn werden teilen müssen.«

»Was genau bedeutet ›Kabinenpassagier‹?«

»Es bedeutet, dass Sie mit den feinen Leuten reisen werden, getrennt von den Sträflingen, und komfortabler als auf dem Zwischendeck. Sowohl auf Ihrem Weg nach Australien als auch wenn Sie die jungen Damen zurückbringen. Sie werden zwar nicht in der ersten Klasse reisen – die Passagiere der ersten Klasse speisen am Tisch des Kapitäns –, sondern in den Deck-Kabinen, die einen eigenen Speisesaal haben und nicht ganz so luxuriös ausgestattet sind. Dennoch werden Ihre Reisegefährten einer höheren Klasse angehören als diejenigen, die Sie auf dem Zwischendeck antreffen würden.« Er musterte Zachary. »Sie sehen besorgt aus.«

»Ich weiß nicht, wie ich mich in solcher Gesellschaft zu benehmen habe. Ich habe feine Leute im Geschäft bedient, aber sie leben ganz anders als wir. Ich möchte Sie nicht enttäuschen – oder mich blamieren.«

»Ich bin mir sicher, dass Sie nichts tun werden, womit Sie die Leute verärgern, aber wenn Sie sich nicht sicher sind, wie Sie sich verhalten sollen, beobachten Sie andere, die Sie schätzen, und machen Sie es ebenso. Wenn es sein muss, können Sie auch den Schiffsarzt oder einen der Schiffsoffiziere um Rat fragen. Die Hauptsache ist, Sie geben nicht vor, etwas zu wissen, was Sie nicht wissen, oder jemand zu sein, der Sie nicht sind. Es würde keinen guten Eindruck machen, wenn man Sie bei einer Lüge ertappte.«

»Ja, Sir. Ich versuche mein Bestes.«

»Davon bin ich überzeugt, sonst würde ich Sie nicht schicken. Und nun brauchen Sie bessere Kleidung als die, die Sie im Moment tragen. Kein Grund, sich zu schämen. Für Ihre derzeitige Position ist Ihre Kleidung perfekt geeignet. Aber auf dieser Reise brauchen Sie andere Kleider, wenn Sie den Respekt und die Unterstützung der Menschen gewinnen wollen, ganz zu schweigen von Wechselgarnituren für drei Monate. Ich habe meinen Schneider um neue Kleider für Sie gebeten. Er ist bereit, Tag und Nacht zu arbeiten, um Sie mit allem auszustatten, was Sie brauchen. Ich begleite Sie nach London, und dort kaufen wir alles, was Sie sonst noch benötigen, bei einem Schiffsausrüster in der Nähe der Docks.«

Er hielt inne und runzelte die Stirn, denn was nun folgte, war eine heikle Angelegenheit, auf die ihn seine Frau hingewiesen hatte. »Es wäre vielleicht eine gute Idee, wenn Sie von nun an Ihr Abendessen in meinem Haus einnehmen würden, damit wir sicherstellen können, dass Ihre Tischmanieren korrekt sind. Es gibt Feinheiten beim Essen, die unterschiedlichen Verwendungszwecke des Bestecks ... Nun ja, das verstehen Sie sicher.«

Zachary errötete, nickte aber.

»Sie sollten die Arbeit im Laden sofort einstellen. Informieren Sie Prebble. Sagen Sie ihm, wir finden bis zu Ihrer Rückkehr eine Vertretung für Sie. Dann kommen Sie wieder hierher, und mein Mitarbeiter wird Sie zum Schneider begleiten. Sie müssen auch zu Hawsworth gehen und Unterwäsche kaufen und alles, was Sie sonst noch brauchen. Die Kleidung gehört nach der Reise selbstverständlich Ihnen.«

»Vielen Dank, Sir.«

»Die Vorkehrungen, die Sie für die Rückreise nach Lancashire treffen müssen, besprechen wir heute nach dem Abendessen. Wie überrascht werden diese jungen Frauen sein, von ihrem Erbe zu erfahren! Sie werden so glücklich sein, wieder nach Hause zu kommen.«

»Und was soll ich ihnen sagen, wenn sie nach den Details des Testaments fragen?«

Mr Featherworth zögerte.

»Ich frage nicht aus Neugier, Sir, aber sie werden es sicher wissen wollen.«

»Vereinfacht gesagt gehört ihnen das Geschäft, das Gebäude, in dem es sich befindet, einschließlich einer komfortablen Wohnung darüber, wie Sie ja wissen, sowie mehrere Cottages und Häuser, die vermietet sind und zusätzliches Einkommen bringen. Es gibt auch eine ordentliche Summe Geld auf der Bank, das Mrs Blake zu ihren Lebzeiten versorgen sollte, aber angesichts ihres Ablebens so kurz nach dem Tod ihres Mannes nicht gebraucht wurde – obwohl das eine Gnade war, wenn man ihren Geisteszustand bedenkt.« Warnend hob er einen Finger. »Sie dürfen diese Details niemandem – *überhaupt niemandem* – erzählen.«

Zachary nickte. Das brauchte man ihm nicht zu sagen. Er war niemand, der über die Angelegenheiten anderer Leute tratschte, geschweige denn vertrauliche Informationen verriet.

Aufregung schwoll in ihm an. Er würde nach Australien gehen, um die Welt reisen! Welche Wunder würde er auf seiner Fahrt zu sehen bekommen?

Pandora ging über den Hof des Migrantenheims zurück zu den Zwillingen, nachdem sie mit einer Dame gesprochen hatte, die ein Hausmädchen suchte. Es war anstrengend gewesen, ihre Fragen zu beantworten. Was hatte sie davon, eine Anstellung zu finden, wenn Cassandra in solchen Schwierigkeiten steckte? Ehe sie von Bord gegangen waren, war ihre Schwester von ihren Dienstherren beschuldigt worden, Geld gestohlen zu haben, und wurde nun im Heim festgehalten. Als ob eine von ihnen stehlen würde!

»Die Dame, mit der du gesprochen hast, sieht sehr verärgert aus«, bemerkte Maia.

Pandora zuckte die Achseln. »Ich habe ihr gesagt, dass ich die Stelle nicht annehmen kann. Sie lebt weit weg von Perth, irgendwo im Norden. Mit der Kutsche braucht man fünf Tage dorthin! Es ist mir egal, was die Hausmutter sagt, ich gehe nicht so weit weg von euch allen.«

»Ich hätte nicht gedacht, dass es so schwer sein würde, Arbeit in der Nähe zu finden.« Maia hakte sich bei ihrer Zwillingsschwester Xanthe ein, und die drei verzogen sich in eine stille Ecke.

Aber die Leute folgten ihnen bis dorthin, alle auf der Suche nach einem Dienstmädchen.

»Warum sind Sie überhaupt nach Australien gekommen, wenn Sie keine Arbeit wollen?«, fragte jemand.

»Ich werde mich bei der Hausmutter über Ihre Einstellung beschweren«, drohte ein anderer gereizt.

Pandora versuchte gar nicht erst, darauf etwas zu erwidern. Es war schon schlimm genug, so weit weg von zu Hause zu sein. Es war undenkbar, auch noch von ihren Schwestern getrennt zu sein.

Etwas später an diesem Tag kam eine gut gekleidete Dame zum Migrantenheim, begleitet von einem Mann, der ihr einen Weg durch die Menge bahnte. Mit einem Kreischen rannte Pandora zu ihnen hinüber, so glücklich, jemanden aus ihrer Heimat zu sehen, dass sie sich ihm in die Arme warf und gleichzeitig weinte und lachte. »Reece! Ich kann nicht glauben, dass du es bist!«

In sprachlosem Erstaunen sah er Pandora an. »Was zum … Pandora, was um alles in der Welt machst du denn hier?« Er blickte sich um. »Wo ist Cassandra?«

»Das ist eine lange Geschichte, die wir nicht in der Öffentlichkeit erzählen können, und …« Pandora unterbrach sich, als sie erkannte, mit wem Reece hier war. »Mrs Southerham! Oh, ich kann unser Glück kaum fassen. Sie sind genau diejenige, die wir brauchen.«

Livia lächelte sie und die Zwillinge, die ihr nachgelaufen waren, an. »Ist Cassandra nicht bei Ihnen?«

»Sie lassen sie nicht nach draußen. Sie glauben, sie habe

Geld gestohlen, aber Cassandra beteuert, dass sie es von *Ihnen* bekommen hat.«

»Ich habe ihr tatsächlich etwas Geld gegeben.«

Sie redeten alle durcheinander, während sie zu erklären versuchten, was passiert war.

Reece strahlte sie an. »Ich kann es nicht glauben. Cassandra ist hier in Australien. Ich wollte ihr schon einen Brief schicken und sie bitten hierherzukommen.« Und ihn zu heiraten.

Die Hausmutter kam zu ihnen, um zu fragen, was los sei, und um mit Mrs Southerham zu sprechen.

Reece hörte einen Augenblick lang zu, dann fragte er, wer diese Mrs Lawson sei, von der sie sprachen. Die Hausmutter sah ihn überrascht an. »Mrs Lawson ist die Schwester dieser jungen Damen.«

»Cassandra? Das ist die Frau, die ich heiraten möchte.«

Schweigen, dann: »Ist es schon eine Weile her, seit Sie sie zuletzt gesehen haben?«

»Sehr lange.«

Pandora gab ihm einen Stoß in die Rippen. »Das erklären wir dir später.«

Die Hausmutter beendete ihr Gespräch mit Mrs Southerham, die bestätigen konnte, dass sie Cassandra tatsächlich das Geld gegeben hatte, dann verabschiedete sie sich, um einen Brief an den Gouverneur zu schreiben. Sie nahm Reece mit sich, der darauf bestand, Cassandra zu sehen. »Sie können im Garten mit ihr sprechen. Ich schicke sie zu Ihnen nach draußen.«

Pandora wartete angespannt. Es fiel ihr schwer, mit Mrs Southerham über eine Anstellung zu sprechen, weil sie verzweifelt hoffte, dass Reece Cassandra immer noch liebte und sie – trotz allem, was passiert war – immer noch heiraten wollte.

Doch ihre Hoffnung schwand, als sie wenig später sah, wie

er mit gequältem Gesichtsausdruck um die Hausecke marschiert kam und ohne ein Wort hinaus auf die Straße trat. Eilig verabschiedete sie sich von Mrs Southerham und lief in ihren Schlafsaal, wo sie ihre Schwester traf.

Cassandra weinte.

»Oh, Liebes, was ist passiert?«

»Er ist gegangen, als ich ihm von dem Baby erzählt habe.«

Das hätte Pandora nicht von Reece erwartet. Damals in Outham war er ein Freund der ganzen Familie gewesen. Er hatte Cassandra den Hof gemacht, sie aber nicht heiraten können, weil er arbeitslos gewesen war, da die Baumwollfabriken wegen der ausbleibenden Baumwolllieferungen aus Amerika geschlossen worden waren. »Dann hat er deine Liebe nicht verdient. Du wurdest vergewaltigt. Es ist nicht deine Schuld!«

»Wie kann man aufhören, jemanden zu lieben? Ich habe mir immer wieder gesagt, dass ich nicht von ihm verlangen kann, mich zu heiraten. Jetzt nicht mehr. Aber ich habe es gehofft. Ich konnte nicht anders.«

Es dauerte eine Weile, bis Cassandra sich beruhigt hatte und ihre Näharbeit wieder aufnahm, aber Pandora hasste die düstere Traurigkeit auf ihrem Gesicht.

Seit sie in Australien angekommen waren, schien es für sie nur noch schlimmer zu werden, nicht besser.

Zachary ging langsam durch die Straßen von Outham, ihm schwirrte der Kopf von all den Informationen und vor Aufregung. Als er Blakes Gemischtwarenladen betrat, blickte Harry Prebble, der keine Gelegenheit ausließ, zu betonen, dass er jetzt vorübergehender Geschäftsführer war, mit einem säuerlichen Gesichtsausdruck auf und bedeutete ihm, mit ins Hinterzimmer zu kommen.

»Du warst ziemlich lange weg, Carr.«

Die beiden jungen Männer starrten einander an, die Rivalität zwischen den beiden knisterte in der Luft. Harry war vielleicht ausgewählt worden, den Laden zu führen, bis die neuen Besitzerinnen nach Lancashire zurückgekehrt waren, aber Zachary wusste, dass er immer noch neidisch darauf war, dass er, Zachary, nach Australien geschickt wurde, um sie nach Hause zu holen. Und außerdem beneidete er ihn seit eh und je um seine Körpergröße. Zachary war eins zweiundachtzig, während Harry gerade einmal eins siebzig groß war.

Die Ladenglocke läutete, und Harry warf einen kurzen Blick in den Verkaufsraum. »Das ist Mrs Warrish. Du fängst jetzt besser mit der Arbeit an, Carr, und ...«

»Mr Featherworth sagt, ich soll sofort mit der Arbeit aufhören, weil ich nächste Woche abreise und noch so viel zu erledigen ist. Er sagt, du kannst jemand anderen einstellen, solange ich weg bin. Ich hole nur eben meine Sachen, dann gehe ich.«

»Aber ich brauche hier Hilfe. Ich muss schon sagen, das ist sehr egoistisch von dir. Hast du ihm nicht gesagt, dass heute, am Freitag, immer am meisten los ist?«

»Wir haben über die Reise gesprochen, nicht über den Laden.«

»Du hast's gut.«

»*Du* brauchst dich doch nicht zu beschweren. Du wurdest schließlich vorübergehend zum Geschäftsführer ernannt, schon vergessen?« Zachary verkniff sich weitere hitzige Worte, er ärgerte sich über sich selbst, weil er seine Gefühle offenbart hatte. Er hätte den Laden gern selbst geführt, und weil er dort seit seinem zwölften Lebensjahr arbeitete, war er sich sicher, dass er es genauso gut machen würde wie Harry. Wenn nicht sogar besser, denn Harry machte zwar ständig einen Wirbel um Kleinigkeiten, bestellte aber immer die gleichen althergebrachten Waren, ohne zu sehen, was in der Welt vor sich ging, wie sich die Menschen veränderten und dass sie andere Dinge kaufen wollten.

Die Eisenbahn hatte in den letzten zwanzig Jahren alles verändert, und nun war es möglich, Lebensmittel aus der ganzen Welt so einfach zu bekommen, wie man sie früher aus Manchester bekommen hatte. Mr Blake hatte oft darüber gesprochen, und Harry hatte aufmerksam zugehört, es aber nie ganz verstanden.

»Denk dran, dass du mir weiterhin unterstellt sein wirst, wenn du zurückkommst.«

»Vorausgesetzt, du wirst dann dauerhaft zum Geschäftsführer ernannt. Das hängt von den neuen Besitzerinnen ab.«

»Wen sollten sie denn sonst ernennen? Ich weiß alles darüber, wie man diesen Laden führt. Schließlich arbeite ich hier seit meinem zwölften Lebensjahr.«

»Das tun wir beide!« Und Zachary sogar schon ein Jahr länger.

»Nun, ich werde Mr Featherworth meinen Wert *beweisen* können, während du in der Welt herumgondelst, also gehört die Stelle so gut wie mir. Diese Nichten von Mr Blake sind bloß Baumwollmädchen, so intelligent sie auch sein mögen. Sie verstehen nichts davon, wie man einen Laden führt, also werden sie mich um Rat fragen müssen. Wenn ich das Sagen habe, sorge ich dafür, dass der Gewinn steigt, und das ist es, was ihnen wichtig sein wird.« Er reckte herausfordernd das Kinn vor.

Es hatte keinen Sinn zu streiten, also ging Zachary ins Hinterzimmer, nahm seine Schürze vom Haken an der Wand und holte seine Lunchbox. In Krisenzeiten wie diesen konnte man es sich nicht leisten, gutes Essen zu verschwenden. So viele Menschen in den Baumwollstädten hungerten wegen mangelnder Arbeit, weil der Krieg in Amerika verhinderte, dass die Rohbaumwolle zu den Baumwollfabriken gelangte.

Vor anderthalb Jahren, im Jahr 1862, hatte Mr Blake damit begonnen, seine Mitarbeiter mittags zu verpflegen und ihnen in den Pausen Kekse, die nicht mehr verkauft werden konnten, zu ihrem Tee anzubieten, denn er wusste, dass selbst diejenigen, die noch Arbeit hatten, häufig hungerten, weil sie ihre armen Verwandten und Freunde unterstützten. Doch kaum hatte Harry den Laden übernommen, hatte er dies eingestellt. Unter dem Vorwand, dass er mit dem Geld anderer Leute nicht verschwenderisch umgehen wolle, gönnte er den Angestellten nicht einmal eine Tasse Tee. Doch Zachary war sich sicher, dass das Geld, das er einsparte, in seine eigene Tasche wanderte.

Wenn er aus Australien zurückkäme und Harry die Leitung übernähme, würde Zachary sich eine andere Stelle suchen, selbst wenn er dafür in eine andere Stadt ziehen müsste.

Er trat aus dem Laden und blickte nachdenklich zurück. Ein riesiges Schaufenster, das vor zwanzig Jahren, als es eingebaut worden war, in der Stadt für Aufsehen gesorgt hatte, weil es sich so sehr von den kleinen Fenstern der anderen Geschäfte unterschied. In sorgfältig angeordneten Stapeln präsentierten sich dort Schachteln und Dosen. Über dem Schaufenster leuchteten die Worte BLAKES GEMISCHTWAREN in etwa dreißig Zentimeter hohen goldenen Lettern auf kastanienbraunem Grund.

Es musste wunderbar sein, ein solches Geschäft zu besitzen.

Er empfand Bedauern, als er an einer Gruppe von Männern vorbeikam, die an einer Straßenecke herumlungerten. Ihre Kleidung war zerlumpt und ihre Gesichter ausgemergelt von Jahren des Hungerns. Er würde heute Abend bei Mr und Mrs Featherworth gut essen, also teilte er aus einem Impuls heraus den Inhalt seiner Lunchbox mit ihnen. Es war nicht viel für jeden, aber immerhin etwas, und es brach ihm das Herz, zu sehen, wie sorgfältig sie das Essen untereinander aufteilten, damit jeder gleich viel bekam.

Diese Männer waren ganz anders als die wohlhabenderen Kunden, die den Laden frequentierten. Wenn doch nur der

Krieg in Amerika endlich endete! Die Leute sagten, die Südstaaten würden dabei schlecht wegkommen, aber Zachary war es egal, wer gewann. Er wollte bloß, dass die Amerikaner wieder Baumwolle schickten. Ohne sie standen die Fabriken von Lancashire still, kein Rauch strömte aus ihren Schornsteinen, oder nur ein paar Wölkchen, wenn sie hin und wieder die Maschinen in Gang setzten, um sie in Betrieb zu halten. Der klare Himmel kam ihm immer noch seltsam vor, denn er war daran gewöhnt, dass das Blau selbst an schönen Tagen stets von Rauchsäulen durchzogen wurde.

Nicht einmal die Hilfsprogramme, die in der Stadt eingerichtet worden waren, konnten so viele Familien ausreichend ernähren, und das zeigte sich in den Gesichtern der Menschen.

Zachary stellte fest, dass er stehen geblieben war, und schnalzte verärgert über sich selbst mit der Zunge. Was lungerte er in Tagträumen versunken herum, wenn er doch noch Tausende Dinge für sein Abenteuer zu organisieren hatte?

Obwohl Reece am nächsten Tag ins Migrantenheim zurückkam, um sich bei Cassandra dafür zu entschuldigen, dass er einfach gegangen war, weigerte sie sich schlechthin, ihn zu heiraten.

Pandora beobachtete die beiden aus dem Schatten des Baumes, wo sie wieder einmal Zuflucht vor der Hitze gesucht hatte. Die beiden liebten einander, das konnte sie sehen. Cassandra hatte geweint, als Reece sie verlassen hatte. Und doch bewies das ihrer Meinung nach nur, dass es richtig war, ihn nicht zu heiraten. Sie wollte nicht, dass das Kind schlecht behandelt würde. Wie sehr Cassandra doch ihr ungeborenes Baby beschützte.

Wenn ich jemanden kennenlernen würde, den ich liebte, könnte ich mich vielleicht leichter hier niederlassen, überlegte Pandora. Aber ihr war klar, dass sie es nicht konnte, und das ärgerte sie. Dieser Ort war ... einfach falsch. Es war nicht ihr *Zuhause*. Vor allem die Hitze fand sie anstrengend, und ihr Gesicht brannte vom Schweiß. Selbst die Nächte waren heiß, auch wenn gelegentlich eine nachmittägliche Meeresbrise, die die Einheimischen »Fremantle Doctor« nannten, für eine oder zwei Stunden eine kleine Erfrischung brachte.

Immerhin wurde sie besser darin, ihren Kummer zu verbergen, und darauf war sie einigermaßen stolz.

Im Moment bestand ihre einzige Hoffnung darin, eine Arbeitsstelle in der Nähe ihrer Schwestern zu finden, damit sie sie regelmäßig sehen konnte. Reece' Dienstherren, die Southerhams, hatten ihr eine Stelle als Dienstmädchen angeboten, und sie hatten freundlicherweise auch Cassandra angeboten mitzukommen. Aber sie konnten es sich nicht leisten, zwei Dienstmädchen zu bezahlen, sodass ihre Schwester nur Kost und Logis bekäme.

Insgesamt war es ein faires Angebot, ein besseres würden sie angesichts der Umstände wahrscheinlich nicht bekommen, dennoch weigerte Cassandra sich, es anzunehmen, weil Reece auch dort arbeitete.

Nun, Pandora würde ihre Schwester nicht allein lassen, nicht in diesem Zustand, und wenn sie sich dem Gouverneur der Kolonie persönlich entgegenstellen müsste.

Später an diesem Tag tauchte ein Mann namens Conn Largan im Migrantenheim auf, der den Zwillingen anbot, sie anzustellen, um sich um seine kranke Mutter zu kümmern. Sie lebten eine Fahrtstunde von den Southerhams entfernt, was, so schien es, für australische Verhältnisse ziemlich nah war.

Am Ende stellte Pandora Cassandra zur Rede. »Für die Southerhams zu arbeiten ist die einzige Chance, wie wir alle vier zusammenbleiben können. Du *musst* die Stelle annehmen, ob Reece dort nun arbeitet oder nicht.«

Und endlich, weil es wirklich keine andere Möglichkeit gab, die Familie zusammenzuhalten, gab Cassandra nach.

Pandora hatte Mitleid mit ihr, das hatten sie alle, aber es war eine Erleichterung, ihre nähere Zukunft geregelt zu wissen und endlich aus dem Migrantenheim mit seinen strengen Regeln wegzukommen.

Die Woche nach dem Gespräch mit Mr Featherworth verging mit all den Vorbereitungen wie im Fluge. Der Schneider fertigte die neuen Anzüge erstaunlich schnell an, feinere Anzüge, als Zachary jemals in seinem ganzen Leben getragen hatte.

Er wurde auch mit reichlich anderer Kleidung ausgestattet. Er bekam ein Dutzend schöne Hemden, einige aus leichten Materialien wie Gaze-Baumwolle, da das Wetter in Australien viel heißer war. Zu jedem gab es drei passende Kragen und dazu eine ganze Schachtel mit Kragenknöpfen, um sie an den Hemden zu befestigen. Er bekam auch ein Dutzend Reisehemden aus Flanell, ein Dutzend Krawatten in verschiedenen Farben, mehrere Hosenträger, Baumwollunterhosen zu je zweieinhalb Schilling, Unterhemden zu je viereinhalb Schilling und Nachthemden zu je zehn Schilling.

Ihm fehlten die Worte, als er sah, wie viel das alles gekostet haben musste, und versuchte, Mr Featherworths Mitarbeiter klarzumachen, dass er auch mit weniger auskommen könnte. »Mr Featherworth hat sich von denjenigen beraten lassen, die schon einmal nach Übersee gereist sind, und das ist die Mindestausstattung, die Sie auf einer so langen Reise brauchen werden, junger Mann.« Mr Dawson klopfte ihm auf die Schulter. »Es gibt Leute, die doppelt so viel mitnehmen.«

Zachary konnte nur staunend den Kopf schütteln. Er erzählte es niemandem, aber er war froh, so gut ausgestattet worden zu sein. Für ihn und seine Familie war es schwierig, sich allein mit seinem Lohn anständig zu kleiden. Unter anderen Umständen hätte seine Schwester Hallie auch Arbeit gehabt, zumindest bis zu ihrer Hochzeit, und ihr Geld wäre eine große Hilfe bei der Unterstützung ihrer verwitweten Mutter gewesen. Doch wegen der Baumwollknappheit waren die Arbeitsplätze rar, und nur in wenigen Familien in Outham gab es mehr als einen Ernährer.

Dennoch machte er sich Sorgen, wie viel das alles die Erbinnen kosten würde. Als Mr Dawson vom Kauf einer Truhe sprach, fühlte sich Zachary selbstsicher genug, um einen Vorschlag zu machen. »Warum schauen wir nicht auf dem Dachboden über dem Laden nach, ob es Truhen oder andere Gepäckstücke gibt? Dort ist alles Mögliche gelagert. Das habe ich gesehen, als ich für Mr Blake Dinge dort hinaufgetragen habe.«

»Eine sehr vernünftige Idee, junger Mann. Wir gehen sofort hin.«

Als sie die Wohnräume betraten, kam Harry aus dem Hinterzimmer des Ladens, um zu sehen, was sie machten. »Ach, du bist es!«

Zachary war sich sicher, dass er sie hatte kommen sehen und bloß neugierig war, aber er sagte nichts.

»Machen Sie weiter mit Ihrer Arbeit, Prebble«, sagte Mr Dawson in einem scharfen Ton, der zeigte, dass er Harry auch nicht mochte. »Das hier ist nicht Ihre Angelegenheit.«

Als Mr Dawson sich abwandte, warf ihm Harry einen finsteren Blick zu, aber als er bemerkte, wie Zachary ihn ansah, ging er zurück in den Laden. Sein Blick war jedoch so feindselig gewesen, dass Zachary sich Sorgen machte. Harry hatte den Ruf, es denjenigen heimzuzahlen, die ihn verärgerten. Aber einem Mann wie Mr Dawson würde er doch nicht viel antun können, oder?

Auf dem Dachboden war es sehr dunkel, und hier oben gab es keine Gaslampe, also rannte Zachary wieder hinunter, um das Dienstmädchen nach einer zu fragen. »Wie geht es Ihnen, Dot?«

Sie lächelte ihn an. »Es ist sehr ruhig in letzter Zeit. Ich bin so froh, dass Mr Featherworth mich hierbleiben lässt. Bitte schön. Das ist eine gute, helle Lampe.«

»Dann werde ich sie mal anzünden.«

Sie blieb noch eine Weile bei ihm, um zu plaudern. »Mrs Raineys Cousine wird bald hier einziehen. Miss Blair war krank, aber jetzt geht es ihr schon viel besser. Sie war zu Besuch und scheint eine sehr nette Frau zu sein. Ich freue mich darauf, Gesellschaft zu haben.« Sie senkte die Stimme und blickte über ihre Schulter. »Abgesehen von *ihm*.«

»Harry?«

Sie nickte. »Ständig kommt er rein und behauptet, er müsse überprüfen, ob ich meine Arbeit richtig machte. Und manchmal sitzt er nach der Arbeit oben im Wohnzimmer. Niemand hat mir gesagt, dass ich vor *ihm* Rechenschaft ablegen muss.«

Erstaunt über das, was sie ihm erzählt hatte, nahm Zachary die Lampe mit auf den Dachboden, und mit ihrer Hilfe fanden sie bald, was sie suchten. »Da!« Er schob einige Kisten beiseite. »Eine Truhe. Sie ist etwas ramponiert, aber das stört mich nicht.« Er öffnete und schloss sie und fand alle Scharniere und Schlösser in gutem Zustand. »Die benutze ich gern und spare etwas Geld.«

Mr Dawson nickte und machte sich weiter auf die Suche. Schließlich fand er einen großen Koffer aus abgewetztem Leder unter einem alten Teppich.

Zachary zögerte und fragte sich, ob er sich einmischen sollte, doch dann entschied er, dass das arme Hausmädchen Hilfe brauchte. »Dot hat erzählt, dass Harry sie ständig kontrolliert, und manchmal sitzt er nach der Arbeit in der Wohnung des Besitzers.«

Mr Dawson sah ihn überrascht an. »Was mit dem Dienst-

25

mädchen oder in den Wohnräumen passiert, geht ihn nichts an, überhaupt nichts. Ich werde mit Mr Featherworth darüber sprechen. Niemand braucht zu erfahren, dass Sie es mir gesagt haben. Sie werden nach Ihrer Rückkehr wieder mit Prebble zusammenarbeiten müssen, und wir wollen doch nicht unnötig Zwietracht zwischen Ihnen säen. Eine Verwandte des Methodistenpastors soll bald in die Wohnung einziehen, unter anderem, weil ich Prebble nicht traue. Er hat sich ein paar Freiheiten herausgenommen, seit Mr Featherworth ihn zum Geschäftsführer gemacht hat. Miss Blair wird sich um alles kümmern und für uns eine komplette Bestandsaufnahme der Einrichtung durchführen. Es bringt nur Ärger, wenn man einen Ort mit so vielen wertvollen Dingen unbeaufsichtigt lässt, besonders in schweren Zeiten wie diesen.«

Wieder kam Harry heraus und sah missmutig dabei zu, wie Zachary und der Laufbursche die Truhe und den Koffer die Treppe hinunter- und zu einem Handkarren trugen.

»Haben Sie nichts zu tun, junger Mann?«, fragte Mr Dawson scharf. »Das ist schon das zweite Mal heute, dass Sie Ihre Pflichten vernachlässigen.«

»Ich dachte, Sie bräuchten vielleicht Hilfe.«

»Nein, brauchen wir nicht.«

Mit finsterer Miene ging Harry zurück in den Laden.

»Sitzt in der Wohnung herum, also wirklich!«, murmelte Mr Dawson, als sie auf dem Rückweg waren. »Nun, das wird aufhören.«

Zachary hatte sich schon gefragt, warum sie es für nötig hielten, die Wohnung zu bewachen. Mr Featherworth war ein freundlicher Mann, aber sein Mitarbeiter wirkte noch patenter. Zachary glaubte jedoch nicht, dass sie sich Sorgen wegen der Finanzen zu machen brauchten. In all den Jahren, die sie zusammengearbeitet hatten, war Harry Prebble nie etwas anderes als ehrlich und fleißig gewesen.

Trotzdem mochte Zachary ihn nicht, wie er sich eingestehen musste – er hatte ihn schon als Kind nicht gemocht, und als Mann vertraute er ihm noch weniger. Er hatte nie verstanden, warum.

Am nächsten Tag unterwies keine Geringere als Mrs Featherworth Zacharys Mutter darin, wie sie den neuen Besitz ihres Sohnes für die lange Reise einpacken sollte. Man brauchte zwei zusätzliche Garnituren an Kleidung und Unterwäsche, weil es nicht nur schwierig war, Kleidung im Meerwasser zu waschen, für so viele Menschen war es geradezu unmöglich. Einmal im Monat wurden die Reisetruhen aus dem Laderaum nach oben gebracht, damit die Passagiere ihre Kleidung wechseln konnten, denn die Reise würde ungefähr hundert Tage dauern. Das musste man sich mal vorstellen! Was für eine große Entfernung er zurücklegen würde.

Jeden Abend ging er zum Abendessen zur Familie des Anwalts. Beim ersten Mal war er so nervös, dass er befürchtete, er würde keinen Bissen hinunterbringen. Aber seine Gastgeberin war eine mütterliche Frau, die er schon ein paar Mal im Laden bedient hatte, und es war unmöglich, vor jemandem mit einem so warmen Lächeln Angst zu haben.

»Es macht Ihnen doch nichts aus, wenn ich Ihnen dabei helfe, Ihre Tischmanieren zu verbessern, Zachary, mein Lieber?«, fragte sie freundlich, nahm seinen Arm und führte ihn ins Speisezimmer, während Mr Featherworth und seine beiden Töchter ihnen folgten.

»Ich bin für jede Hilfe dankbar, Mrs Featherworth.« Er bemühte sich, nicht allzu offensichtlich zu gaffen, aber er war erstaunt, dass sie ein so großes Esszimmer hatten.

Als alle ihren Platz eingenommen hatten, deutete sie auf das Besteck vor sich und sagte leise: »Der Trick ist, mit den jeweils äußersten Teilen zu beiden Seiten des Tellers zu beginnen.«

Während Mr Featherworth das Tischgebet sprach, starrte

Zachary auf die beängstigende Ansammlung von Besteck. So viel für eine einzige Mahlzeit! Wie viel würden sie denn essen?

Kaum war das Tischgebet beendet, trug ein Dienstmädchen eine Suppenterrine herein, die sie vor ihrer Herrin abstellte. Mrs Featherworth schöpfte den Inhalt in Suppenteller, und das Dienstmädchen reichte sie herum, dann verschwand es wieder. Alle warteten mit dem Essen, und niemand fing an, bevor die Hausherrin es tat.

Zachary nahm den großen Löffel ganz rechts, so wie die anderen, und beobachtete, wie sie ihn benutzten, bevor er selbst anfing zu löffeln, eine braune Suppe mit viel Fleisch, zu der knusprige Brötchen serviert wurden.

Es schmeckte köstlich, und ausnahmsweise hatte er einmal mehr als genug zu essen. Er wünschte nur, er könnte etwas von seiner Portion mit nach Hause nehmen, damit seine Mutter und seine Schwester ebenfalls probieren könnten.

Nach den vier Gängen gingen sie hinüber in den Salon. Mrs Featherworth klopfte neben sich auf das Sofa, und Zachary setzte sich, da er bereits Vertrauen zu ihr gefasst hatte.

»Es gibt noch mehr, was meine Töchter und ich Ihnen beibringen können, zum Beispiel, über welche Themen Sie mit Damen reden können oder wie Sie einer Frau den Arm anbieten.«

Die beiden jungen Mädchen, die in der Nähe saßen, nickten und lächelten ihn an. Nette Mädchen, so schien es, ungefähr im gleichen Alter wie seine Schwester. Er wünschte, Hallie hätte auch so schöne Kleider wie die beiden, denn sie war genauso hübsch.

»Lesen Sie gern?«, fragte Mrs Featherworth.

»Ich liebe es. Jedenfalls wenn ich Zeit dafür habe.«

»Gut. Wir haben hier ein paar Bücher für Sie, mit denen Sie sich auf Ihrer Reise die Zeit vertreiben können. Ich hoffe, sie gefallen Ihnen.«

Die ältere Tochter stand auf und holte hinter ihrem Stuhl

einen Stapel von etwa einem Dutzend Büchern hervor. Sie wurden mit einem Lederriemen zusammengehalten, der oben sogar einen Tragegriff hatte.

Er blickte sie entzückt an: *Eine Geschichte aus zwei Städten* von Dickens, *Westward Ho!* von Kingsley, ein Gedichtband. In seinem arbeitsreichen Leben hatte er wenig Zeit zum Lesen, da der Laden bis in den späten Abend geöffnet hatte. »Ich danke Ihnen vielmals.«

»Wir haben auch ein Tagebuch für Sie«, sagte die jüngere Tochter. »Mama war der Meinung, Sie würden sich bestimmt an Ihr großes Abenteuer erinnern wollen. Hier können Sie aufschreiben, was jeden Tag passiert. Ich wünschte, ich könnte auch nach Australien reisen. Es klingt so aufregend.«

Mr Featherworth sagte wenig, sondern überließ seinen Frauen einen Großteil des Redens, während er ihnen mit einem liebevollen Lächeln zusah.

Die ältere Tochter nahm eine hübsche Holzkiste von einem Beistelltisch, brachte sie herüber und stellte sie auf dem Sofa zwischen Zachary und seiner Gastgeberin ab.

»Das ist ein altes Reiseschreibpult, das meinem Onkel gehört hat«, erklärte Mrs Featherworth. »Es lag auf dem Dachboden und wurde nicht mehr benutzt, also dachten wir, es könnte Ihnen gefallen. Wir haben es mit Briefpapier und Umschlägen, Schreibfedern und Tintenpulver ausgestattet, damit Sie bei Bedarf mehr Tinte anrühren können.«

Er klappte den Deckel auf, und die Kiste wurde zu einer schrägen Schreibfläche, das Innere mit dunkelrotem Leder ausgekleidet und an den Rändern mit einem goldgeprägten Muster versehen. An der Vorderseite befanden sich Vertiefungen für Federhalter, Tintenfässchen und Sandfläschchen, obwohl man heutzutage natürlich zum Trocknen der Tinte keinen Sand mehr verwendete, sondern Löschpapier. »Vielen Dank. Ich werde gut darauf aufpassen.«

»Bitte behalten Sie es anschließend als Erinnerung an Ihr Abenteuer.«

Er schluckte schwer und versuchte, sich nicht anmerken zu lassen, dass ihn diese unerwartete Großzügigkeit fast zu Tränen rührte. Eben war er noch ein junger Mann gewesen, der Schwierigkeiten hatte, sich anständig zu kleiden und für seine Mutter und Schwester zu sorgen, und nun wurde er plötzlich mit Besitztümern überhäuft. Er würde den Anwalt nicht enttäuschen, schwor er sich, was auch immer geschehen würde.

Seine Gastgeberin tätschelte ihm mütterlich die Hand. »Wenn Sie noch etwas anderes haben, um sich die Zeit zu vertreiben, nehmen Sie es mit. Die Reise wird viele Wochen dauern.«

Zeichenmaterial, dachte er. *Als Kind habe ich so gern gezeichnet. Ich kann mir doch sicher ein paar Bögen gewöhnliches Papier und ein paar Bleistifte leisten? Und ein Radiergummi.* Er lächelte, als ihm einer seiner älteren Onkel in den Sinn kam, der ebenfalls gern zeichnete und der die Radiergummis immer »Bleifresser« nannte.

Mit den Büchern und dem Reiseschreibpult unter dem Arm ging Zachary nach Hause. Ihm schwirrte der Kopf von all den Informationen. Er war erstaunt, wie angenehm der Abend verlaufen war, wenn man bedachte, wie nervös er anfangs gewesen war. Aber die Töchter des Anwalts waren nette Mädchen, trotz ihrer schönen Kleider, und eine freundlichere Dame als Mrs Featherworth gab es nirgendwo, also hatte er schon bald seine Angst abgelegt, er könnte sie enttäuschen.

Es war kalt und regnerisch, ihn fröstelte, nachdem er aus einem so gut beheizten Haus kam. Es war schwer zu glauben, dass er in ein Land reisen sollte, wo es im Sommer heißer war, als es in Lancashire jemals wurde, und wo es im Winter niemals schneite. Er konnte sich nicht einmal vorstellen, wie sich das anfühlen würde.

Als er nach Hause kam, warteten seine Mutter und seine Schwester schon auf ihn, begierig zu hören, wie der Abend verlaufen war.

Hallie stürzte sich auf die Bücher, während seine Mutter das Reiseschreibpult bestaunte, die Finger über das glänzende Holz wandern ließ und jedes Fläschchen und jedes Fach untersuchte.

»Oh, du bist so ein Glückspilz«, seufzte Hallie. »Was gäbe ich dafür, so viele Bücher zu haben. Alles, was mich in der Leihbücherei interessiert, habe ich schon längst ausgelesen.«

»Such dir eins aus, und lies es, während ich weg bin. Es soll dich an mich erinnern.«

»Bist du sicher?«

»Ja, natürlich.« Er umarmte sie und war überrascht, wie groß seine kleine Schwester in letzter Zeit geworden war.

Sie entschied sich für *Mary Barton* und strich mit den Fingern liebevoll über den geprägten Ledereinband des Romans. »Dann nehme ich das hier. Vielen Dank, Zachary.«

Er lächelte nachsichtig. »Ich weiß, wie sehr du deine Geschichten über Romantik und Abenteuer liebst.«

»Manchmal ist es schön zu träumen.« Sie gab ihm einen flüchtigen Kuss auf die Wange. »Ich träume jetzt von dir. Vielleicht verliebst du dich, während du unterwegs bist, triffst auf dem Schiff ein wunderbares Mädchen, oder ... Nein, noch besser: Verliebe dich in eine der Blake-Schwestern, dann gehört der Laden zum Teil dir. Das würde all unsere Probleme lösen.«

Das gefiel ihm nicht, und er löste sich von ihr. »Sei nicht albern! Mr Featherworth vertraut mir. Ich soll sie sicher zurückbringen und nicht ausnutzen.«

»Verlieben ist nicht ausnutzen, Zachary.«

»In diesem Falle wäre es das.«

Sie stieß ihn mit der Schulter an. »Ach, du! Manchmal bist du einfach viel zu edelmütig. Und wenn du dir einmal etwas in den Kopf gesetzt hast, kann dich niemand mehr davon abbringen. Warum kannst du nicht einfach träumen und den Dingen ihren Lauf lassen?«

Weil ich nie die Freiheit hatte, um zu träumen, dachte er verbittert und verkniff sich eine zornige Bemerkung. Von klein auf hatte er die Verantwortung für seine Familie übernommen. Nicht, dass es ihm etwas ausgemacht hätte, natürlich nicht. Und obwohl sie nicht immer einer Meinung waren, wie es unter Geschwistern üblich ist, liebte er Hallie sehr und wollte nicht mit ihr streiten, so kurz bevor er abreiste.

»Beruhigt euch, ihr zwei«, sagte seine Mutter und gab ihrer Tochter einen flüchtigen Kuss, dann ihrem Sohn. Sie blieb neben Zachary stehen und flehte: »Lass dir das alles nicht zu Kopf steigen, mein Junge. Es ist zwar ein großes Abenteuer, aber du wirst trotzdem zurückkommen und bei Blake arbeiten müssen.«

»Wenn Harry Prebble der Geschäftsführer bleibt, suche ich mir eine andere Arbeit.« Als er ihren besorgten Gesichtsausdruck bemerkte, wünschte er, er hätte ihr das nicht erzählt. »Keine Sorge. Ich werde nichts überstürzen.«

»Nein. Das tust du nie. Ich wünschte, manchmal tätest du es. Wir haben dich davon abgehalten, ein junger Mann zu sein, nicht wahr?« Sie fing an, die Kerzen anzuzünden, um nach oben ins Bett zu gehen, und schüttelte traurig den Kopf. »Was Harry angeht, ihr zwei seid schon in der Schule nicht gut miteinander ausgekommen. Ständig habt ihr miteinander gerangelt, bis du so viel größer geworden bist als er, und so wie es aussieht, ist es seitdem nicht besser geworden. Es ist nicht gut, sich Feinde zu machen, Zachary.«

»Manchmal kommen die Feinde ganz von allein, Mum, ob wir wollen oder nicht.«

»Nun, dann achte darauf, dass *du* dich wenigstens anständig verhältst, ganz egal, was *er* tut. Ein Mann sollte nichts tun, worauf er nicht stolz sein kann, ob arm oder reich. Und das gilt auch da draußen in der Welt. Mach mich immer stolz, mein Sohn.«

»Das werde ich.« Er überprüfte, ob die Haustür und die Hintertür verschlossen waren, löschte die Paraffinlampe in der Küche und machte sich im flackernden Licht seiner Kerze auf den Weg ins Bett.

Zachary wusste, was er auch sagte oder tat, Harry Prebble würde ihm gegenüber immer misstrauisch bleiben und sich weiterhin kleinlich verhalten, solange er das Sagen hatte. Man musste sich gegen einen Tyrannen zur Wehr setzen, sonst wurde er immer schlimmer. Diese Lektion hatte Zachary schon als kleiner Junge gelernt, und sie galt auch für erwachsene Männer. Aber manchmal war die Welt nicht gerecht, und manchmal hatten Tyrannen mehr Macht als man selbst, also konnte man sie nicht herausfordern, sondern ihnen nur aus dem Weg gehen.

Nein, er würde sich definitiv nach einer anderen Arbeit umsehen. Und wenn er seine Aufgabe gut meisterte, würde Mr Featherworth ihm sicher ein gutes Empfehlungsschreiben ausstellen.

Kapitel 2

Pandora erwachte zum Kreischen der Papageien in den Bäumen hinter dem Haus, und es dauerte eine Minute, bis ihr wieder einfiel, dass sie sich auf der Farm der Southerhams befand. Das Anwesen wurde Westview genannt, weil es nach Westen ausgerichtet war. Fast jeden Abend erstrahlte der Himmel im herrlichsten Abendrot, das alle bewunderten. Aber Pandora konnte nur daran denken, dass in dieser Richtung England lag, weit im Nordwesten, jenseits des Sonnenuntergangs.

Die Farm lag sehr abgelegen, eine lange Tagesreise mit der Kutsche südlich von Perth, in den Ausläufern der Darling Range. In Sichtweite gab es keine weiteren Ansiedlungen, und selbst ihre Dienstherren lebten in nichts weiter als einer winzigen Holzhütte. Die beiden Dienstmädchen schliefen in einer Ecke des großen Lagerzeltes, in dem die Möbel verstaut waren. Reece war inzwischen bei ihrem Nachbarn eingezogen. Kevin lebte nur ein paar Minuten Fußmarsch entfernt, wenn man die Abkürzung durch den Busch nahm.

Cassandra schlief noch, warum sie bei dem Lärm der Papageien nicht aufwachte, war ihrer Schwester ein Rätsel.

Es war schon so früh am Morgen schrecklich warm, und obwohl sie nur unter einem Laken statt einer Decke schliefen, hatte Pandora auch das in der Nacht weggeschoben.

Weihnachten war noch nicht lange her, und was für ein seltsames, sonniges Fest es gewesen war! Die Hitze dauerte auch Anfang Januar noch an, Tag für Tag. Die meisten Menschen hatten sonnengebräunte Gesichter, aber Pandoras Haut wurde nicht braun, sondern rötete sich lediglich in der Hitze, was ihr zu schaffen machte.

Sie lächelte, als ihr die schönste Weihnachtserinnerung in den Sinn kam: Wie ihre Schwester neben Reece gesessen und seine Hand gehalten hatte. Sie hatte gehofft, dass es sie wieder zusammenbringen würde, wenn sie einander nahe wären, und so war es auch. Sie selbst war daran nicht ganz unschuldig, denn sie hatte Reece dabei geholfen, Cassandra allein abzupassen, damit er ihr erklären konnte, wie er sich bei ihrer Neuigkeit gefühlt hatte und warum genau er gegangen war. Dann hatte er noch einmal um ihre Hand angehalten, und was immer er ihr erzählt hatte, offensichtlich war es ihm gelungen, ihre Schwester zu überzeugen, denn diesmal hatte Cassandra Ja gesagt. Sie sagte, sie sei sich nun sicher, dass er ihr Baby lieben werde, auch wenn es nicht seins sei.

Doch wenn sie erst verheiratet wären, würde Pandora hier ganz allein sein und für die Southerhams arbeiten, und sie wusste nicht, wie sie das ohne die Gesellschaft und Unterstützung ihrer Lieblingsschwester schaffen sollte. Auch wenn sie Cassandra regelmäßig träfe, wäre es einfach nicht dasselbe. Ihr ganzes Leben lang hatten sie glücklich zusammengelebt, bis sie England hatten verlassen müssen. Wäre Pandoras Verlobter nicht an einer Lungenentzündung gestorben, hätten sie und Bill ein Haus ganz in der Nähe ihrer Familie gemietet. Aber wer wusste nun schon, wohin es sie alle verschlagen würde?

Sie schlüpfte aus dem Bett und schlich in den Teil des großen Lagerzeltes, wo eine Waschschüssel stand. Danach fühlte sie sich erfrischt, zog sich an und ging aus dem Zelt, um die einfache Latrine zu benutzen und den Wascheimer für Cassandra mit frischem Wasser aus dem Brunnen aufzufüllen.

In dem neuen eisernen Ofen, den sie aus Perth mitgebracht hatten, war noch etwas Leben in der Glut. Reece hatte ihn in einigem Abstand von der Hütte unter einem Holzdach aufgebaut, um ihn vor Wind und Regen zu schützen. Sie heizten ihn mit Holz statt Kohle, mit von den Bäumen gefallenen Ästen, die sie im nahegelegenen Busch sammelten.

Es war seltsam, unter freiem Himmel zu kochen. Mr Southerham hatte eine Küche an einem Ende ihrer Hütte anbauen wollen, aber Reece hatte darauf beharrt, dass man das hierzulande nicht tat, weil es im Sommer zu heiß darin würde, und wegen der Brandgefahr.

Mr Southerham hatte nachgegeben, wie üblich. Er kümmerte sich mehr um seine Pferde als um das Wohlergehen seiner Frau und war alles andere als praktisch veranlagt. Die beiden planten offenbar nicht, ihrem Dienstmädchen eine angemessene Unterkunft zur Verfügung zu stellen. Erwarteten sie von Pandora, mitten im Winter in einem Zelt zu schlafen? Auch wenn es hier nicht schneite oder fror, der Nachbar hatte erzählt, dass es in den kühleren Monaten heftig regnete und sehr windig sein konnte. Was, wenn das Zelt undicht war oder wegflog?

In Gedanken versunken brachte sie den Ofen wieder in Gang und füllte ihn mit getrockneten Eukalyptusblättern, die gut brannten, weil sie Öl enthielten, dann mit Zweigen und größeren Holzstücken. Nachdem sie den großen Kessel aufgesetzt hatte, holte sie noch einen Eimer Wasser aus dem Brunnen. Das war nicht gerade ihre Lieblingsbeschäftigung. Was gäbe sie nur für einen Wasserhahn, wie zu Hause! Hier musste man das Trinkwasser durch Musselinstoff filtern.

Kurz bevor sie beim Brunnen ankam, blieb sie stehen, um ein Känguru zu beobachten. Es hockte am Buschrand hinter dem Haus und kratzte sich mit seinen kurzen Vorderbeinen an der Brust, während sein Junges um es herumhüpfte. Es sah so aus, als würden sie eine wohlverdiente Pause einlegen. Es war das kleinste Jungtier, das Pandora je gesehen hatte. Sie lächelte, als sie es beobachtete.

Dann erschreckte etwas das kleine Wesen, und es tauchte

kopfüber in den Beutel seiner Mutter und verschwand mit zappelnden Beinchen. Erst als das große Känguru weggesprungen war, bewegte Pandora sich wieder. Was für seltsame Tiere. Sie hatte Spaß daran, sie und all die anderen fremdartigen Vögel und Tiere zu beobachten.

Wäre das hier nur ein Besuch und sie könnte danach nach Lancashire zurückkehren, würde sie ihren Aufenthalt genießen. Es gab hier so wenig. Es war einfach ein riesiges, dünn besiedeltes Land. Perth, die Hauptstadt der Kolonie, hatte ungefähr genauso viele Einwohner wie Outham: etwa dreitausend.

Schon jetzt brannte die Sonne glühend heiß auf sie hinunter. Sie vermisste die sanftere, feuchtere Luft von Lancashire, die leuchtenden Farben des Herbstlaubs, die hübschen Vögelchen, den Klang der Stimmen von Outham, einfach alles. Mit dem Handrücken wischte sie sich eine Träne vom Gesicht und rief sich in Erinnerung, sich nicht mit Dingen zu beschäftigen, die sich nicht ändern ließen, und ihre Gefühle für sich zu behalten, damit ihre Schwestern sich keine Sorgen machten.

In Outham packte Alice Blair ihre Truhe und lächelte ihre Cousine an, die ihr half. »Ich kann nicht glauben, dass ich es weiterhin ruhig angehen lassen kann, Phoebe. Ich kann dir nicht genug dafür danken, dass ich mich um die Wohnung kümmern darf, bis die Erbinnen zurückkommen.«

»Kommst du allein zurecht?«

»Ich bin ja nicht allein. Das Dienstmädchen ist auch da. Dot scheint mir sehr nett zu sein.«

»Das ist sie. Und wir beide werden uns regelmäßig sehen.«

»Du sollst dir meinetwegen keine Umstände machen. Du hast deine eigenen Pflichten als Pastorengattin.« Alice drückte ihrer Cousine kurz die Hand. »Ich bin sicher, ich werde in Outham schon bald Freundinnen finden.« Alte Jungfern wie sie selbst, aber das war sie gewohnt. Eine fast vierzig Jahre alte Gouvernante bekam nur selten die Gelegenheit, sich mit verheirateten Frauen anzufreunden, die sich ihre Geheimnisse zu erzählen hatten.

»Wir werden sehen.«

»Ich meine es ernst, Phoebe. Es geht mir schon viel besser, du kannst aufhören, dir Sorgen um mich zu machen.«

»Ich wünschte, du könntest hier in Outham Geld verdienen oder würdest Geralds Angebot annehmen, dauerhaft bei uns zu wohnen.«

»Darüber haben wir doch schon gesprochen. Solange ich arbeiten kann, werde ich dir nicht zur Last fallen.«

»Aber du bist nicht einmal gern Gouvernante.«

»Das habe ich nicht gesagt!«

Phoebe lächelte. »Natürlich nicht. Du bist keine, die sich beschwert. Aber wenn du glaubst, ich hätte es nicht gemerkt ...«

Alice seufzte. »Ich konnte dir noch nie etwas vormachen. Das Unterrichten gefällt mir, aber wie meine Arbeitgeber mich behandeln, gefällt mir nicht. Ich gehöre nicht zu ihnen, aber zur Dienerschaft gehöre ich auch nicht. Es ist ein einsames Leben.« Sie klappte den Deckel zu und schloss die Truhe ab. »Nun hol die Burschen her, die schon so geduldig warten, und lass sie meine Sachen in den Laden bringen. Ich werde euch bei der Suppenküche und dem Lesekurs unterstützen, sobald ich mich eingelebt habe. Es ist sehr traurig, wie viele Menschen arbeitslos sind. Geht dieser Krieg in Amerika denn nie vorbei?«

»Wir freuen uns über deine Hilfe, aber erst, nachdem du in der Wohnung alles durchgesehen und für Mr Featherworth die Inventarliste erstellt hast. Das geht vor.«

»Natürlich.«

Als sie in den Laden kamen, erwartete Dot sie in der Küche im Erdgeschoss, die Hände vor ihrer makellosen Schürze gefaltet. Sie führte sie in den großzügigen Wohnbereich über dem Laden. Alles sah sauber und gepflegt aus, was für sie sprach.

Schließlich verabschiedete sich Phoebe, und Alice gestattete sich einen kleinen Seufzer der Erleichterung. Sie kam sich ein wenig undankbar vor, aber ihre nur unwesentlich ältere Cousine hatte die Angewohnheit, sich in jedes Detail ihres Lebens einzumischen, sobald sie die Gelegenheit bekam.

»Nun, Dot, kochen Sie uns doch eine Kanne Tee. In ein paar Minuten komme ich zu Ihnen in die Küche, um ihn zu trinken.«

»Möchten Sie nicht, dass ich Ihnen den Tee nach oben bringe, Miss?«

»Nein. Ich komme in die Küche, und Sie können eine Tasse mit mir trinken. Und gibt es Kuchen dazu? Oder vielleicht Kekse?«

»Nein, Miss. Mr Prebble schickt mir Sachen aus dem Laden, aber Kekse waren nicht dabei.«

»Aber es ist doch sicherlich genug Geld dafür da?«

Dot wand sich betreten. »Mr Prebble verwaltet das Geld, Miss. Ich soll Ihnen sagen, er kümmert sich um die Rechnungen und Bestellungen, so wie er es für mich getan hat, und Sie sollen ihm jede Woche sagen, was Sie brauchen. Mir hat er immer reichlich Essen geschickt. Ich hatte kein einziges Mal Hunger.«

Alice runzelte die Stirn. Mr Featherworth hatte ihr gesagt, wie viel Haushaltsgeld sie jede Woche erhalten würde, und es war eine angemessene Summe, aber sie wollte nicht zulassen, dass der junge Mann aus dem Laden ihr vorschrieb, was sie aß. »Was für ein Glück, dass ich meinen Hut noch nicht abgenommen habe. Ich springe eben über die Straße und kaufe beim Bäcker einen Kuchen, bis wir unseren eigenen backen können. Danach gehen wir die Speisekammer durch und entscheiden, was wir sonst noch kaufen müssen.«

Dot sah sie ängstlich an. »Aber Mr Prebble verkauft Dosen mit ...«

»Er ist hier nicht mehr verantwortlich, Dot. Das bin ich.«

Als die neue Bewohnerin das Haus verlassen hatte, kam Harry in die Küche. »Wo will sie hin?«

»Zum Bäcker.«

»Haben Sie ihr nicht gesagt, dass ich für das Essen sorge?«

»Doch, aber sie möchte sich lieber selbst darum kümmern.«

»Ach ja?«

Er sah so wütend aus, dass Dot erleichtert war, als die Ladenglocke klingelte und er zurückeilte, um die Kundschaft zu bedienen. Es gefiel ihm nicht, wenn ihm etwas entging, und ständig schrieb er den Leuten vor, was sie tun sollten. Sie hoffte, ihre neue Herrin würde mit ihm fertigwerden, aber sie machte sich keine großen Hoffnungen, denn Prebble war ein gerissener Teufel. Dot bekam eine Menge mit, so eng wie sie mit ihm zusammenarbeitete, wagte es aber nicht, etwas darüber zu sagen.

Miss Blair kam nach ein paar Minuten zurück, gerade als Dot sich zu sorgen anfing, dass der Tee, den sie aufgebrüht hatte, kalt und bitter werden könnte.

»Bitte schön. Ich liebe einen guten Obstkuchen. Bringen Sie den Tee her, und setzen Sie sich.«

»Es ist nicht richtig, Miss, dass ich mich zu Ihnen setze.«

»Doch, wenn ich es Ihnen sage. Ich möchte mit Ihnen reden und bin sicher, Sie können eine Pause gebrauchen.«

»Normalerweise mache ich erst um 13 Uhr Pause, wenn ich zu Mittag esse, Miss. Mr Prebble sagt, vorher sei das nicht nötig.« Ein paar Mal hatte er ihr aufgetragen, im Laden Waren abzupacken, als sie früher als sonst mit ihrer Arbeit fertig gewesen war. Es machte ihr nichts aus, weil sie gern beschäftigt war, aber es gefiel ihr nicht, wie nah er ihr kam, während sie arbeitete.

»Nun, heute sitzen wir hier zusammen, weil wir uns überlegen müssen, wie wir weitermachen. Und ab heute legen Sie vor mir Rechenschaft ab, nicht vor Prebble. Bitte denken Sie daran.«

Dot betrachtete das freundliche Gesicht ihres Gegenübers, ihr warmes Lächeln und ihren schlanken Körper, und fühlte sich auf einmal ganz ungezwungen. »Vielen Dank, Miss. Ich muss gestehen, eine Tasse Tee könnte ich gut vertragen, und eine kurze Pause auch.«

Sie hoffte bloß, dass Harry sie nicht sah. In dem Flur, der den Laden mit den Wohnräumen verband, gab es keine Tür.

Während die Zeit bis zu Zacharys Abreise nur so dahinflog, versuchte seine Mutter, sich nicht anmerken zu lassen, wie traurig sie darüber war, dass er so weit weg gehen würde. Er wusste, dass sie heimlich weinte und sich Sorgen über die Gefahren einer langen Seereise machte. Aber es war eine so große Chance für ihn, dass sie es vor ihm zu verbergen versuchte.

»Du hast es verdient«, sagte seine Schwester Hallie am letzten Abend. »Du bist einfach der beste Bruder.« Sie drückte ihm einen unbekümmerten Kuss auf die Wange und strich mit den Fingern über das Reiseschreibpult, das zwar alt, aber immer noch ein schönes Stück war. Er hatte es mehrmals auf dem Küchentisch aufgestellt, über die Einlegearbeiten an der Außenseite des Deckels gestrichen und sich an dem Luxus des gut ausgestatteten Inneren erfreut.

Er schüttelte sanft ihren Arm, um ihre volle Aufmerksamkeit zu bekommen. »Du kümmerst dich um unsere Mutter, Hallie, Liebling?«

Sie wandte sich ihm zu. »Das werde ich, das weißt du. Und ich bin mir sicher, es wird uns gut gehen. Wir bekommen jede Woche deinen Lohn und werden uns reich fühlen, wenn du uns nicht die Haare vom Kopf frisst.«

Auf diese Neckerei über seinen Appetit gab er ihr die übliche Antwort: »Ihr habt es wirklich schwer mit mir.« Dabei hielt er sich zu Hause mit dem Essen immer zurück, ganz anders als bei den Featherworths, denn er und seine Familie mussten jeden Penny zweimal umdrehen. Bei der ersten Anprobe hatte der Schneider gesagt, dass er wahrscheinlich zunehmen werde, sobald er besser essen werde, also hatte er bei der Kleidung auf eine großzügige Nahtzugabe geachtet. Harry war etwas verlegen gewesen, aber er wusste, dass der Mann es freundlich gemeint hatte. Es gab dieser Tage sehr viele magere Leute in Outham. Er bemerkte, dass seine Schwester immer noch redete, und versuchte, besser aufzupassen.

»Wenn ich etwas Geld zurücklegen kann, während du weg bist, bringe ich es zur Yorkshire Penny Bank, wie du es mir gezeigt hast.«

»Bitte knausert nicht.«

Plötzlich stiegen Hallie Tränen in die Augen, und sie schlang ihm die Arme um den Hals. »Ich werde dich so vermissen, Zachary.«

Er umarmte sie. »Ich werde dich auch vermissen. Ich wünschte, du könntest mitkommen. Wäre das nicht ein schönes Abenteuer, wenn wir zusammen wären?«

Sie erwiderte die Umarmung verkrampft und wischte sich über die Augen. »Mädchen haben nicht die Möglichkeit zu reisen wie Männer.«

»Eines Tages bringe ich dich zum Meer nach Blackpool.« Es war ein altes Versprechen, aber vielleicht konnte er es nach seiner Rückkehr endlich einlösen. »Und denkt daran, Onkel Richard hat euch beide eingeladen, ihn zu besuchen. Es ist wunderschön auf der Farm.«

Sie verzog das Gesicht. »Da gefällt es mir nicht. Er will mich immer dazu bringen, auf einem seiner Pferde zu reiten, aber ich hatte schon immer Angst vor ihnen.«

»Du brauchst keine Angst zu haben. Onkel Richards Pferde sind sanft und gut im Futter. Ich reite sie gern, ich wünschte nur, ich hätte öfter Zeit.«

»Nun, wir werden ihn besuchen, weil Mum ihren Bruder gernhat, aber ich gehe sicher nicht in die Nähe dieser Pferde. Wenn ich Zeit im Freien verbringen will, mache ich lieber jeden Tag einen flotten Spaziergang.«

Bei seinem letzten Besuch bei den Featherworths hörte Zachary, wie seine Gastgeberin zu ihrem Mann sagte: »Dieser junge Mann wird es schaffen. Er hat eine natürliche Höflichkeit, die ihm auch in Situationen weiterhelfen wird, in denen er nicht weiß, wie er sich zu benehmen hat.«

Ihr Lob ermutigte ihn, sich dem Unbekannten zu stellen, ganz zu schweigen von der großen Verantwortung, die ihm allein zukam: irgendwo in einem fernen fremden Land die vier Erbinnen zu finden.

Mr Featherworth und er reisten erster Klasse im Zug, was Zachary sich nie im Leben erträumt hätte. Als er Platz nahm, war er noch dankbarer für seine neue Kleidung, denn alle anderen Passagiere waren gut gekleidet. Sie sprachen leise miteinander, ihr Akzent war ganz anders als seiner.

Als der Zug aus dem Bahnhof von Outham rollte, schwor er sich feierlich, dass er die Blake-Schwestern sicher hierher zurückbringen und sich des Vertrauens, das man in ihn setzte, würdig erweisen würde.

Mr Featherworth kam mit dem Herrn neben ihm ins Gespräch, und Zachary, der am Fenster saß, hörte ihnen zu, wie sie über die arme verwitwete Königin plauderten und sich fragten, ob sie ihren öffentlichen Pflichten jemals wieder richtig nachkommen würde.

Voller Aufregung blickte er aus dem Fenster auf ein England, das er noch nie zuvor gesehen hatte.

Am Tag nach ihrem Einzug ging Alice zu Mr Featherworths

Büro, um ihn zu bitten, das Haushaltsgeld von nun an direkt an sie auszuzahlen. Da der Anwalt nicht da war, empfing sie sein Mitarbeiter.

Mr Dawson schaute sie verblüfft an, als sie ihm vom Grund ihres Besuchs erzählte. »Das Geld wird jede Woche ins Haus gebracht, nicht in den Laden. Es ist die Aufgabe unseres Büroburschen. Die Löhne zahlt Prebble aus den Einnahmen, aber die Kosten für den Laden und das Haus halten wir strikt getrennt.«

»Dot bekommt das Geld nicht. Sie sagt, Harry Prebble kümmere sich um alles.«

Mr Dawson läutete eine Glocke, und wenig später klopfte der Bursche an die Tür und trat ein. »Sidney, was hast du mit dem Geld gemacht, das ich Blakes Hausmädchen Dot geschickt habe?«, fragte Mr Dawson.

»Harry sagte, ich solle es ihm geben, Mr Dawson. Er versorgt sie mit Lebensmitteln aus dem Laden.«

»Das ist ja interessant. Und hat er dir Rechenschaft darüber abgelegt, wie das Geld ausgegeben wurde?«

»Ja, Sir. Jede Woche, Sir.«

»Bitte hol die Geschäftsbücher, und erzähl niemandem davon, am allerwenigsten Prebble.«

Der Junge war in weniger als einer Minute zurück und sah besorgt aus. Er legte das Rechnungsbuch vor seinem Vorgesetzten auf den Tisch und schlug es auf der Seite der aktuellen Woche auf. »Ich prüfe die Listen, die er mir gibt, bevor ich sie hier eintrage, wie Sie es mir gezeigt haben.«

»Das glaube ich dir. Ich möchte nur etwas überprüfen.« Mr Dawson winkte Miss Blair heran und legte das Buch so auf den Schreibtisch, dass beide hineinschauen konnten. »Das ist die Aufstellung darüber, was jede Woche ausgegeben wurde. Wissen Sie, ob Dot diese Dinge erhalten hat?«

Sie studierte die Liste. »Wenn sie nicht lügt – und das traue ich dem Mädchen wirklich nicht zu –, gibt es hier einen wiederkehrenden Posten, den sie nie bekommen hat: Kekse. Bei den restlichen Dingen müsste ich sie fragen, um sicher zu sein, aber wir haben gestern zusammen die Speisekammer überprüft, und sie ist nicht besonders gut gefüllt. Gestern musste ich Kuchen von meinem eigenen Geld kaufen.«

Er runzelte die Stirn, als sie sich wieder auf ihren Platz setzte. »Ich wäre Ihnen dankbar, wenn Sie nicht darüber sprechen würden, bis Mr Featherworth aus London zurückkommt. In der Zwischenzeit gebe ich Ihnen fünf Pfund, damit Sie sich mit allem eindecken können, was Sie brauchen. Es ist Ihnen überlassen, ob Sie bei Blake kaufen oder anderswo.«

»Ich werde sorgfältig Buch führen.«

»Das wäre das Beste. Und ich sorge dafür, dass der Junge von jetzt an das wöchentliche Haushaltsgeld direkt Ihnen gibt. Wenn der Betrag, auf den wir uns geeinigt haben, nicht ausreicht, teilen Sie es uns bitte mit.«

»Ich bin sicher, das reicht. Ich brauche nicht viel.«

»In der Zwischenzeit können Sie und Dot wie vereinbart mit der Bestandsaufnahme beginnen, auch der Gegenstände auf dem Dachboden, wenn Sie so freundlich wären. Alles muss gerecht unter den vier Schwestern aufgeteilt werden, also müssen wir das so sorgfältig wie möglich machen.«

Als er sie zur Haustür begleitete, sagte er mit einem Lächeln: »Ich hoffe, Sie werden sich in Outham wohlfühlen, Miss Blair. Und halten Sie mich bitte nicht für unverschämt, aber meine Schwester lässt fragen, ob Sie nicht vielleicht einen Samstag zum Tee zu uns kommen möchten. Ihr gefällt der Gedanke nicht, dass Sie außer Ihrer Cousine niemanden in der Stadt kennen, und ich weiß, dass Mrs Rainey eine sehr beschäftigte Frau ist.«

»Wie nett von Ihrer Schwester! Ich komme gern zum Tee.«

Sie ging zurück, inzwischen müde, weil sie sich noch nicht

vollständig von ihrem langen Kampf gegen die Grippe erholt hatte. Doch dieses Gespräch hatte ihr neuen Mut gegeben.

Sie wollte mit Prebble nicht mehr zu tun haben als nötig. So höflich er auch war, er hatte irgendetwas an sich, das sie beunruhigte. Und heute Morgen hatte er sie mit höhnisch gekräuselten Lippen gemustert, als hätte er den Preis jedes einzelnen Kleidungsstücks abgeschätzt.

Aber wenn er Krieg wollte, dann würde er ihn bekommen. Dieser hochnäsige junge Mann würde ihr sicher nicht vorschreiben, wie sie ihr Essensgeld auszugeben hatte, oder erfahren, wo jeder Penny hinging. Sie bekam kein Gehalt, nur Kost und Logis, aber sie hatte einige Ersparnisse, und dies würde ihr Zeit verschaffen, sich vollständig zu erholen, bevor sie sich eine neue Anstellung suchte.

Sie seufzte. Sie wollte Outham nicht schon wieder verlassen, aber es würde sein müssen. Sie wollte ihren Verwandten nicht zur Last fallen.

London war so groß, dass Zachary dankbar war, dass Mr Featherworth bei ihm war und ihm zeigte, wie man an einem so geschäftigen Ort zurechtkam.

Sie übernachteten in einem Hotel, noch eine neue Erfahrung, und aßen dort zu Abend. Die Leute hier nannten das Abendessen »Dinner«. Da wo er herkam, war Dinner das Mittagessen. Er beobachtete den Anwalt, folgte seinem Beispiel und atmete erleichtert auf, als er das Essen überstanden hatte, ohne sich zum Narren zu machen. Als er später darüber nachdachte, konnte er sich nicht einmal mehr daran erinnern, was er gegessen hatte.

Er konnte nicht einschlafen, nicht nur wegen der Aufregung, sondern weil die Straßen draußen bis zu später Stunde voller Menschen und Fahrzeuge waren. Er machte sich Sorgen, weil er morgen oder übermorgen an Bord des Schiffes gehen und danach niemanden mehr haben würde, der ihm zeigen konnte, wie er sich zu verhalten hatte. Da wurde er wütend auf sich selbst. Er hatte doch schließlich einen Mund, oder nicht?

Am nächsten Morgen nach dem Frühstück gab ihm Mr Featherworth einen Klaps auf die Schulter. »Gehen wir und kaufen wir die letzten Sachen für Sie.«

In der Nähe der Docks war es sogar noch belebter als auf den Straßen um das Hotel, und der Schiffsausrüster befand sich in einem riesigen, hallenden Gebäude, gegen das Blakes Gemischtwarenladen geradezu winzig wirkte, obwohl es das größte Geschäft in Outham war.

Dort begutachteten sie die Grundausstattung für Schiffsreisende, die Dinge wie Decken, einen Eimer oder Kochtöpfe enthielt. Aber Zachary würde auf dem Schiff verpflegt werden, und er hatte bereits Bettwäsche zum Schiff geschickt. »Sets wie diese sind für die Passagiere im Zwischendeck gedacht. Haben Sie keine geeigneten für Kabinenpassagiere?«

Der Mann sah erst Mr Featherworth und dann Zachary verblüfft an. »Normalerweise nehmen Kabinenpassagiere alles mit, was sie brauchen, Sir. Gehen Sie selbst an Bord?«

»Nein, mein junger Freund hier muss diese Reise unerwartet antreten, um einem meiner Mandanten zu helfen, deshalb hatte er keine Zeit, sich um seine vollständige Ausstattung zu kümmern. Uns wurde gesagt, Sie könnten uns helfen. Vielleicht können Sie uns beraten?«

»Sehr gern, Sir.«

Angewidert beobachtete Zachary, wie eine Münze den Besitzer wechselte. Er würde sich schämen, wenn er bestochen werden müsste, um seine Arbeit im Laden zu erledigen, und das hier war doch auch nichts anderes als ein Laden, wenn auch deutlich größer.

»Ich schlage vor, ein paar Leckereien mitzunehmen, denn das Essen kann auch für Reisende der Kabinenklasse recht eintönig werden – Nüsse, Gewürzgurken, Marmelade, Trockenfrüchte, so etwas in der Art. Alle Lebensmittel sollten in Dosen oder Gläsern aufbewahrt werden, um Schädlingsbefall zu vermeiden.«

Er musterte Zachary noch einmal, und es war kein wohlwollender Blick, trotz des Geldes, das er erhalten hatte. »Haben Sie einen Strohhut, Sir? Nein? Nun, den werden Sie brauchen, wegen der Hitze in der Nähe des Äquators. Ich würde Ihnen empfehlen, zwei zu kaufen, da sie manchmal von Bord geweht werden. Und haben Sie genug Socken? Ich würde sagen, Sie brauchen mindestens drei Dutzend. Und Schiffsseife. Zur Verwendung mit Salzwasser.«

Mr Featherworth blickte überrascht drein, also sagte Zachary hastig: »Ich brauche doch sicher nicht noch mehr Kleidung? Gibt es auf dem Schiff keine Möglichkeit zu waschen?«

»Das übernehmen die Stewards für Sie, aber Sie müssen sie dafür bezahlen.«

Der Anwalt überlegte eine Weile hin und her, aber am Ende kauften sie noch mehr Kleidung und Reiseutensilien.

»Ich werde versuchen, mit meinem Budget sehr sparsam umzugehen«, sagte Zachary, während ihnen ein Bursche folgte, der seine neuen Besitztümer in einem Handkarren schob.

»Aber nicht zu sparsam«, erwiderte Mr Featherworth, »sonst können Sie nicht Anschluss an die Gesellschaft finden, und die jungen Damen auf dem Rückweg auch nicht.«

Am nächsten Morgen gingen sie zum Schiffsagenten, um sich zu erkundigen, wann die Kabinenpassagiere an Bord gehen würden, und erfuhren, dass es just an diesem Tag war.

In der Droschke auf dem Rückweg zum Hotel war Zachary nachdenklich.

»Sie sind sehr still. Stimmt etwas nicht?«

Er sah den Anwalt an. »Nein. Nun, nicht ganz. Aber Sie haben eine Menge Geld für mich ausgegeben und vertrauen mir noch mehr an. Ich hoffe bloß, dass ich Sie nicht enttäuschen werde.«

Der Ältere legte ihm eine Hand auf die Schulter und drückte sie kurz und freundlich. »Ich habe die Erfahrung gemacht, dass die Menschen nicht mehr als ihr Bestes geben können, Zachary. Niemand kann das.«

»Sie wissen, dass ich mein Bestes geben werde.«

»Ich würde Sie nicht schicken, wenn ich nicht vollstes Vertrauen in Sie hätte.«

Der Gedanke daran machte Zachary Mut, als sie sein Gepäck holten. Nachdem er an Bord gegangen war, drehte er sich am Ende der Gangway noch einmal um und sah, wie der Anwalt ihm nachblickte. Er winkte ein letztes Mal, dann war Mr Featherworth verschwunden.

Zachary straffte die Schultern und folgte dem Steward über das Deck, hindurch zwischen Kisten und Kästen, geschäftigen Matrosen und Leuten, die noch besorgter aussahen, als er sich fühlte.

Er fragte sich, wo die Sträflinge waren. Waren sie angsteinflößende, gewalttätige Kerle? Und würden die Kabinenpassagiere ihn wegen seiner Ausdrucksweise geringschätzen? Würde er seekrank werden, wenn sie ablegten?

Auf einmal musste er grinsen. Trotz aller Sorgen hatte er sich seit dem Tod seines Vaters nicht mehr so frei gefühlt. Das hier war ein Abenteuer, und er wollte jede Minute davon genießen.

Zachary war bestürzt, als er sah, wie klein die Kabine war. Es gab ein Etagenbett und einen kleinen Waschtisch an der gegenüberliegenden Wand, neben dem, teilweise hinter den Kojen, ein wenig Stauraum blieb, wo sie vermutlich ihr Kabinengepäck unterbringen konnten. Unter der unteren Koje befanden sich zwei Schubladen, und im Inneren des Waschtisches gab es einen Eimer und einen Nachttopf, beide mit Deckeln versehen und sicher in Aussparungen in den Regalböden eingesetzt.

So groß, wie er war, passte er kaum in die untere Koje. Die Kabinentür öffnete sich direkt zum Deck hin, wo einige gut gekleidete Personen (vermutlich die Passagiere der ersten Klasse) standen oder saßen. Besatzungsmitglieder arbeiteten in ihrer Nähe oder beeilten sich, um ihren Pflichten nachzukommen, und unten auf dem Hauptdeck sah Zachary stapelweise Kisten und Kästen und noch mehr Besatzungsmitglieder.

Der Steward, der ihm die Kabine gezeigt hatte, war sehr zuvorkommend und informierte ihn ausführlich darüber, wie es an Bord des Schiffes zugehen werde, sobald es abgelegt habe. »Ich bin Portis, Sir, und ich kümmere mich um die Deckskabinen. Wenn Sie also etwas brauchen, fragen Sie einfach.«

Zachary gab ihm eine Halfcrown-Münze und dankte ihm für seine Hilfe, obwohl es ihm nach so vielen Jahren der Sparsamkeit gegen den Strich ging, Geld zu verschenken.

Die Münze verschwand rasch in einer Tasche. »Vielen Dank, Sir. Ich zeige Ihnen noch schnell den Speisesaal, der sich auch hier im Aufenthaltsbereich befindet. Meistens sitzen die Passagiere allerdings an Deck, wenn es das Wetter zulässt. Danach muss ich wieder an die Arbeit.«

Portis ging voraus in einen Raum mit einem großen Tisch in der Mitte, der am Boden befestigt war, und Stühlen, die mit Lederriemen an Haken an den Wänden festgezurrt waren, wenn sie nicht benutzt wurden.

Er sah, wie Zachary sie anstarrte. »Sie wollen doch nicht, dass bei starkem Seegang Stühle herumfliegen, oder, Sir?«

»Äh, nein.«

»Ich würde Ihnen raten sicherzustellen, dass in Ihrer Kabine alles stets in einer Schublade oder in Ihrem Koffer verstaut ist. Wenn Sie Dinge herumliegen lassen, können sie auch bei mäßig rauer See leicht zerbrechen oder beschädigt werden.«

Ein Mann starrte sie vom anderen Ende des Raumes aus an, als würde ihm nicht gefallen, was er sah.

»Ah, Mr Gleesome. Darf ich Ihnen Mr Carr vorstellen, einen Ihrer Mitreisenden. Geht es Mrs Gleesome jetzt ein wenig besser?«

»Noch nicht besonders. Ich hoffe, sie gewöhnt sich an das Schaukeln des Schiffes.«

»Das wird sie sicher, Sir.«

Gleesome nickte ihnen zu und ging davon, er wirkte genervt und besorgt.

Der Steward zwinkerte Zachary zu. »Mrs Gleesome ist eine recht empfindliche Dame, wie Sie sehen werden. Aber wenn wir erst abgelegt haben, wird sie sich daran gewöhnen müssen. Das Schiff kehrt für niemanden um.«

»Werden viele Leute seekrank?«

»Manche. Ich sage immer, man muss sich vornehmen, der Seekrankheit nicht nachzugeben, dann erholt man sich rasch, auch wenn einem etwas übel wird. Hoffen wir, dass Sie zu den Glücklichen gehören, die nicht seekrank werden.« Er lächelte schief. »Das erleichtert mir die Arbeit.«

Zachary stellte sich an die Reling und beobachtete das geschäftige Treiben auf dem Dock. Als er zurück in seine Kabine kam, traf er dort auf einen jungen Mann, der verzweifelt aussah. Der Fremde war etwa zwanzig Jahre alt, wie ein Gentleman gekleidet, hatte aber ein breites Gesicht mit einem kindlichen Gesichtsausdruck, der nicht so recht zu den feinen Kleidern passte. Er war so groß wie Zachary, aber viel muskulöser. Aber sein Gesicht … nun, hätte Zachary es nicht besser gewusst, hätte er angenommen, dass dies einer von diesen Männern war, die nie wirklich erwachsen wurden, die einen kindlichen Geist im Körper eines Erwachsenen hatten. Doch falls es so war, was machte er dann allein an Bord des Schiffes? Oder hatte er vielleicht Familie in einer anderen Kabine?

Sie musterten einander für einen Moment, und als der

Neuankömmling nichts sagte, streckte er eine Hand aus. »Ich bin Zachary Carr. Teilen wir uns diese Kabine?«

»Ja. Ich bin Leopold Hutton, aber die meisten Leute nennen mich Leo. Ich mag es nicht, wenn man mich Leopold nennt. Meine Mutter nennt mich immer Leo, ganz egal, was *er* sagt.« Bei der Erwähnung seiner Mutter blinzelte er, als wäre er den Tränen nahe. »Das ist ein ziemlich kleines Schlafzimmer.«

»Ja.« Zachary blickte verzagt an sich selbst hinab. »Und wir sind beide etwas zu groß, um uns in kleine Betten zu zwängen. Welche Koje wollen Sie?«

»Die obere.«

»Ich auch. Werfen wir eine Münze.«

Der andere nickte, machte aber keine Anstalten, eine Münze aus seiner Tasche zu holen, sondern wartete einfach, dass Zachary die Initiative ergriff.

Zachary verlor, also musste er sich mit der unteren Koje begnügen. Er betrachtete sie grimmig, setzte sich darauf und wippte auf der harten Matratze auf und ab. Er konnte sich nicht vorstellen, wie er auf so engem Raum schlafen sollte.

»Ich war noch nie auf einem Schiff«, verkündete Leo ungefragt.

»Ich auch nicht.«

»Was haben Sie gemacht, bevor Sie hierherkamen?«

»In einem Lebensmittelladen gearbeitet.« Er wollte nicht vorgeben, etwas zu sein, was er nicht war, also fügte er hinzu: »Ich arbeite dort, seit ich ein Junge war. Ich hatte Glück und musste nicht in die Fabrik. Waren Sie schon einmal in einer Baumwollfabrik?«

»Nein. Sie haben schon als Junge angefangen zu arbeiten?«

»Ja, mit zwölf. Und was machen Sie?«

Jetzt flossen die Tränen. »Ich habe bei meiner Mutter gelebt. Wir waren glücklich. Dann hat sie meinen Stiefvater geheiratet, und er will nicht, dass ich bei ihnen bin.«

»Oh. Gehen Sie deshalb nach Australien?«

Schweigen, dann: »*Er* sagte, es würde einen Mann aus mir machen.«

»Und was hat Ihre Mutter gesagt?«

»Sie weinte viel, aber sie tut immer, was er ihr sagt.« Leo schniefte, zog ein Taschentuch heraus und wischte sich übers Gesicht. Aber die Tränen flossen weiter.

Du lieber Himmel!, dachte Zachary. *Er ist tatsächlich wie ein Kind. Was ist hier los?* Er klopfte ihm auf die Schulter, und es schien zu helfen, denn Leo hörte auf zu weinen.

»Männer sollten nicht weinen. *Er* wird immer böse, wenn ich weine. Ich will zu meiner Mutter. Wenn ich nicht weiß, was ich tun soll, sagt sie es mir immer.« Er stopfte das benutzte Taschentuch in seine Manteltasche, sodass sich das schöne, maßgeschneiderte Kleidungsstück ausbeulte. »Warum gehen *Sie* nach Australien? Wissen Sie, was man auf einem Schiff macht?«

»Ich wurde von einem Anwalt geschickt, um die neuen Besitzerinnen des Ladens zu finden, in dem ich arbeite. Ihr Onkel ist gestorben, und jetzt gehört der Laden ihnen, aber sie wissen es noch nicht. Sie müssen zurück nach England kommen.«

Er musste es noch ein paar Mal erklären, bevor Leo es zu verstehen schien. »Sollen wir nacheinander auspacken? Ich fange an, wenn Sie möchten, und Sie können sich solange auf Ihre Koje setzen und sind aus dem Weg.«

»In Ordnung.« Folgsam wie ein Hündchen kletterte Leo auf die Koje, stützte sich auf einen Ellenbogen und beobachtete seinen Begleiter mit blassblauen Augen.

Zachary machte sich an die Arbeit. Nachdem er sein kostbares Reiseschreibpult auf den Boden gestellt hatte, legte er seinen Handkoffer auf die untere Koje, packte seine Hemden aus und legte sie vorsichtig in die Schublade, wobei er versuchte, sie nicht zu zerknittern. Sie füllten die Schublade beinahe vollständig aus. Wenn seine Unterwäsche zerknitterte, wäre es ihm egal, aber die Hemden konnte jeder sehen. Er stellte sich ungeschickt an, denn wenn er sich niederkniete, stieß er mit den Füßen an die gegenüberliegende Kabinenwand. Er wünschte, er hätte die Fähigkeit seiner Mutter, mit ein paar Handgriffen Ordnung in die Kleidung zu bringen.

Die ganze Zeit über beobachtete Leo ihn, er saß jetzt aufrecht, und ein Bein baumelte über den Rand seiner Koje.

Nach einer Weile entschied Zachary, dass er genug getan hatte. »Ich glaube, ich mache jetzt einen Spaziergang übers Deck. Dann haben Sie mehr Platz zum Auspacken.«

Leo runzelte die Stirn. »Ich habe noch nie irgendetwas ausgepackt.«

»Sie können Ihre Kleider nicht im Koffer lassen, sonst zerknittern sie.«

Noch immer rührte der andere sich nicht. Seufzend übernahm Zachary das Kommando. »Ich zeige Ihnen, wie es geht.«

Die Erleichterung auf Leos Gesicht war deutlich zu erkennen, dann wurde sie von einem Stirnrunzeln abgelöst. »Ich kann lernen, wie man etwas macht, wenn man es mir ein paar Mal zeigt. Ich kann es. Wenn ich etwas *wirklich* verstanden habe, vergesse ich es nicht wieder. Meine Mutter sagt immer, ich lerne langsam, aber ich lerne gut, wenn die Leute nur Geduld mit mir haben.«

Das musste ein Irrtum sein, entschied Zachary. Wie konnte jemand diesen Jungen – und Leo war wirklich nicht mehr als ein Junge im Körper eines Mannes – allein nach Australien schicken?

»Kommen Sie runter, dann zeige ich Ihnen, wie es geht.« Es dauerte eine Weile, und Leo machte keinen einzigen eigenen Vorschlag, aber er bemühte sich angestrengt, zu lernen, wie man Hemden faltete, die Zunge dabei im Mundwinkel. Wie er gesagt hatte, dauerte es eine Weile, bis er es verstand, aber Zachary zeigte es ihm geduldig wieder und wieder. Hemden zusammenzulegen war eine so einfache Tätigkeit, aber es dauerte eine halbe Stunde, bis Zachary es seinem Zimmergenossen beigebracht hatte.

Nachdem sie fertig waren, stand Leo erwartungsvoll da.

»Ich gehe an Deck, ein wenig frische Luft schnappen.«

»Kann ich mitkommen?«

Eigentlich wollte Zachary keine Gesellschaft, während er sich orientierte, aber es kam ihm vor, als würde er einen Welpen mit Fußtritten verscheuchen. Irgendwie musste er unter vier Augen mit dem Steward sprechen und ihn bitten, wegen Leo den Schiffsarzt konsultieren zu dürfen. Es musste sich um einen Irrtum handeln. Jemand wie dieser arme Bursche kam sicher nicht allein zurecht.

Leo schob die Hände tief in seine Taschen. »Ich wünschte, meine Mutter wäre hier.«

»Fangen Sie nicht schon wieder an zu weinen.«

Leo blinzelte zornig und schaffte es, die Tränen zurückzuhalten.

An Deck stellten sie sich an die Reling und blickten auf das Wasser, das sie bald überqueren würden. So viel Wasser, dachte Zachary, und wenn sie England verließen, würden sie für lange Zeit überhaupt kein Land sehen. Es wäre sicher das Beste, sich zu beschäftigen, damit einem die Zeit nicht zu lang wurde. Mr Featherworth hatte herausgefunden, dass auf langen Reisen häufig Unterricht angeboten wurde, und Zachary beabsichtigte, so viele Kurse wie möglich zu besuchen. Er lernte gern etwas Neues.

»Meine Mutter hat geweint, als sie sich von mir verabschiedet hat«, erzählte Leo plötzlich. »Mein Stiefvater hat sie von mir weggezogen. Als er mich auf das Schiff brachte, hat er gesagt: ›Gut, dass du weg bist, und komm bloß nicht zurück.‹«

Trotzig schob er die Unterlippe vor. »Ich komme aber *doch*

zurück, um meine Mutter zu besuchen. *Sie* hat gesagt, eines Tages dürfe ich das.«

»Was werden Sie in Australien tun?«

»Ich soll für einen Mann arbeiten, den mein Stiefvater kennt.«

»Wie heißt er?«

»Ich weiß nicht.«

»Wird dieser Mann Sie abholen, wenn wir ankommen?«

Leo sah immer noch verwirrt aus. »Ich weiß nicht.«

»Hat Ihnen denn niemand gesagt, was Sie tun sollen, wenn Sie dort ankommen?«

»Mein Stiefvater hat gesagt, ich würde schon bald lernen, auf eigenen Füßen zu stehen.« Er blickte stirnrunzelnd an sich hinab, als nähme er das wörtlich. »Steht man in Australien anders? Wo ist Australien überhaupt? Ich war noch nie dort.«

Zurück in ihrer Kabine unterhielten sich noch eine Weile, dann streckte Leo sich auf seiner Koje aus und war schon bald eingeschlummert. Zachary schlüpfte hinaus und suchte den Steward. »Ich muss zum Arzt. Es ist dringend.«

»Sind Sie krank?«

»Nein. Es ist etwas anderes.«

»Dr. Crawford hat keine Zeit, bis das Schiff ausgelaufen ist, es sei denn, jemand ist krank. Er hat viel zu tun.«

»Kann ich dann den Kapitän sprechen?«

Der Steward runzelte die Stirn. »Darf ich fragen, warum, Sir?«

»Es geht um meinen Kabinengenossen. Da muss ein Irrtum vorliegen. Er ist nicht besser geeignet als ein Baby, allein nach Australien zu reisen.«

»Ach, darüber brauchen Sie sich keine Sorgen zu machen. Ich werde ein Auge auf ihn haben, Sir. Sein Stiefvater hat mir die Verantwortung für ihn übertragen und mich auch gut dafür bezahlt.«

»Wird er in Australien von jemandem in Empfang genommen?«

»Ich glaube schon, aber die Einzelheiten kenne ich nicht. Sobald wir da sind, geht mich das nichts mehr an. Nun, Sir, nachdem wir London verlassen haben, müssen wir nach Portland fahren, um die Sträflinge abzuholen. Der Kapitän und die Mannschaft haben viel zu tun, also wäre ich Ihnen dankbar, wenn Sie uns unsere Arbeit machen lassen würden.«

Das beruhigte Zachary keineswegs, also dachte er darüber nach, den Schiffsarzt oder einen der Offiziere aufzusuchen, aber er wusste nicht genau, wie die Dinge hier geregelt waren, und wollte keinen unnötigen Wirbel machen. Eigentlich ging ihn das ja auch gar nichts an. Immerhin hatte der Stiefvater dafür gesorgt, dass sich an Bord jemand um Leo kümmerte und ihn bei seiner Ankunft in Australien jemand abholte.

Der Schiffsarzt wusste doch sicher, wie Leo war?

Kapitel 3

Als Mr Featherworth am Dienstagabend zurück nach Outham kam, wurde er von einem Hagelsturm begrüßt. Während das Pferd unter den Gaslaternen in diesem besseren Teil der Stadt dahintrabte, saß er zitternd in der Droschke und wünschte sich, auch er könnte einige Zeit in einem wärmeren Klima verbringen.

Er freute sich, wieder zu Hause zu sein und das Beste für seine Mandanten getan zu haben. Jetzt musste er abwarten und ihr Erbe verwalten, aber er war überzeugt, dass der junge Mann die Blake-Schwestern sicher zurückbringen würde.

Als er am nächsten Tag in sein Büro kam, war es sein Mitarbeiter, der ihm sein morgendliches Teetablett brachte, und nicht der Büroburche, ein sicheres Zeichen, dass Ralph Dawson etwas mit ihm besprechen wollte. Nun, Dawson arbeitete schon lange für ihn, und man konnte sich darauf verlassen, dass er aus einer Mücke keinen Elefanten machte, also lohnte es sich meistens, ihn anzuhören. »Warum holen Sie sich nicht eine Tasse und setzen sich zu mir?«

Als sie sich schließlich am Kamin gegenübersaßen, sagte Ralph unvermittelt: »Es gibt Schwierigkeiten mit Prebble.«

»Ach?«

»So wie es aussieht, hat er das Geld, das Sie Dot geschickt haben, einkassiert und sie mit Essen aus dem Laden versorgt.«

»Was ist schlecht daran? Sie haben mir gesagt, er führe akribisch Buch. Wirkt das, was er auflistet, unangemessen?«

»Nein, das nicht, aber es gibt mindestens einen wöchentlich wiederkehrenden Posten, den Dot nie erhalten hat: ein Pfund einfache Kekse. Miss Blair machte mich darauf aufmerksam, als ich ihr die letzten Abrechnungen zeigte. Sie wird sie mit Dot durchgehen und uns später heute Vormittag mitteilen, welche Lebensmittel dem Dienstmädchen tatsächlich ausgehändigt wurden.«

Mr Featherworth wurde mulmig zumute. Die Vorstellung, sich mit einem unehrlichen Angestellten auseinandersetzen, ihn vielleicht sogar entlassen zu müssen, ließ ihn erschaudern. Wenn sich Harry Prebble als Dieb entpuppte, wie sollte er dann jemanden finden, der den Laden führte, bis Carr zurückkam, was noch mindestens sieben Monate dauern würde? Was wusste ein Anwalt schon vom Lebensmittelgeschäft? »Ich bin sicher, es gibt für alles eine logische Erklärung.«

Ralph sah ihn ungläubig an.

»Meinen Sie nicht?«

»Ich mochte Prebble noch nie, Sir, das wissen Sie, deshalb habe ich Sie dringend gebeten, jemanden zu finden, der die Wohnräume beaufsichtigt.«

»Wir brauchen ihn.«

»Wir brauchen jemanden, der den Laden führt. Er ist nicht der Einzige, der dazu in der Lage ist. Ein älterer Mann wäre zuverlässiger. Wir könnten immer noch in der Zeitung von Manchester annoncieren, dass wir einen Geschäftsführer suchen, wie ich es vorgeschlagen habe, falls Sie sich erinnern.«

Mr Featherworth rutschte nervös auf seinem Sessel hin und her. »Ein Fremder wüsste nicht, wie die Dinge hier geregelt sind, und es ist nicht unsere Aufgabe, jemanden fest einzustellen. Das ist Sache der Besitzerinnen. Ich sollte besser mit Prebble sprechen, nehme ich an.«

»Darf ich dabei sein, Sir?«

»Ja. Sehr gern. Ich würde mich über Ihre Unterstützung freuen. Schicken Sie ihm eine Nachricht und bitten Sie ihn, heute Nachmittag um zwei Uhr hierherzukommen. Und bringen Sie mir Miss Blairs Informationen, sobald sie sie schickt. Oje, oje, oje! Was für eine Geschichte!«

Er sah zu, wie sein Mitarbeiter seine Tasse Tee austrank und den Raum verließ. Ralph stammte aus einer Familie, die schwere Zeiten durchgemacht hatte, er hatte also kein leichtes Leben gehabt. Dies hatte ihn vorsichtig werden lassen, eine Vorsicht, die sich im Umgang mit Mandanten mehr als einmal ausgezahlt hatte. Mr Featherworth wusste nicht, was er ohne seinen Angestellten täte. Aber man musste vorsichtig sein, man konnte nicht einfach jemanden des Diebstahls beschuldigen.

Das Problem war nur ... Mr Featherworth seufzte und gestand sich ein, dass er Prebble auch nicht mochte, nicht mehr, seit er ihn besser kennengelernt hatte. Er hätte ihn nicht zum vorübergehenden Geschäftsführer ernannt, wenn Zachary nicht am besten dafür geeignet gewesen wäre, nach Australien zu reisen und die Erbinnen zurückzuholen.

Aber ganz sicher gab es eine Erklärung für die Unregelmäßigkeiten.

Am 11. Januar segelte die *Clara* von London nach Portland, wo die Sträflinge an Bord gingen, die mit ihren Wachen und deren Familien die größte Gruppe von Passagieren stellten. Die Straftäter hatten ihren eigenen Bereich auf dem Schiff und durften sich natürlich nicht unter die anderen Passagiere mischen.

Zachary stand ohne Hut an der Reling und genoss es, wie ihm die Meeresbrise durch die Haare fuhr. Innerhalb weniger Minuten kam Leo herüber und stellte sich neben ihn.

Der sonst so gesprächige Bursche war heute sehr schweigsam.

»Stimmt etwas nicht?«

Er zuckte mit den Achseln und rieb mit der Schuhspitze über den Rand der Beplankung.

»Sag schon«, beharrte Zachary.

»Jemand hat es gesagt.«

»Was gesagt?«

»Dass ich ein Schwachkopf bin.«

Zachary wusste nicht, was er darauf erwidern sollte, aber er konnte sehen, dass es Leo getroffen hatte.

»Mein Stiefvater hat mich die ganze Zeit einen Schwachkopf genannt. Und es ist wahr. Ich kann nicht mal lesen. Meine Mutter wollte es mir beibringen, und ich wollte es auch lernen. Wirklich! Aber ich konnte es einfach nicht. Ich kann mich nur gut um Pferde und andere Tiere kümmern.«

»Wer hat dich einen Schwachkopf genannt?«

Leo zuckte mit den Achseln. »Ist doch egal. Meine Mutter sagt immer, ich soll gehen, wenn mich jemand so nennt. Sie mag es nicht, wenn ich mich prügele, denn selbst wenn ich gewinne, bekomme ich danach Ärger. Also prügele ich mich nicht mehr.«

Was für ein Leben hat dieser arme Kerl nur geführt? »Ich mag auch keinen Ärger«, sagte Zachary vorsichtig. »Er zeigt nur, wer stärker ist, nicht, wer recht hat.«

Leo nickte, aber ihm war anzusehen, dass diese Spitzfindigkeit seinen Verstand überforderte. Er war für den Rest des Tages schlechter Laune, und bei den Mahlzeiten wurde deutlich, dass er den Gleesomes aus dem Weg ging, also hatte vermutlich einer der beiden ihn beleidigt.

Zachary spürte Wut in sich aufsteigen. Er wartete ab, denn er wusste, dass Mr Gleesome nach dem Abendessen immer an Deck eine Zigarre rauchte, während seine Frau mit den anderen Damen tratschte.

Er wies Leo an, im Aufenthaltsraum zu bleiben, und folgte dem älteren Mann an Deck. »Waren Sie das, der Leo heute verärgert hat?«

Gleesome fuhr herum. »Was geht Sie das an?«

»Er ist mein Freund und kann sich nicht verteidigen.«

»Kümmern Sie sich um Ihre eigenen Angelegenheiten, oder ich werde dem Käpt'n melden, dass Sie mich bedrohen.«

Zachary starrte ihn an. »Ich bedrohe Sie nicht. Aber wenn Sie Leo nicht in Ruhe lassen, werde *ich Sie* dem Käpt'n melden.«

»Ein Schwachkopf sollte nicht gemeinsam mit feinen Leuten reisen dürfen. Was, wenn er meine Frau angreift?«

»Warum sollte er das tun?«

»Wer weiß schon, warum Schwachköpfe irgendetwas tun? Und jetzt lassen Sie mich in Ruhe.« Er stürmte davon, zur gegenüberliegenden Reling.

Ein Mann trat aus dem Schatten und stellte sich neben Zachary. Sein Magen verkrampfte sich vor Angst, als er sah, dass es sich um den Schiffsarzt handelte. Hatte er sich mit seinen offenen Worten in Schwierigkeiten gebracht?

Dr. Crawford streckte die Hand aus. »Gut gemacht.«

Zachary schüttelte sie, nicht sicher, wozu man ihm gratulierte.

»Ich habe vorhin gehört, wie Gleesome den armen Kerl verspottet hat, und wollte selbst ein Wörtchen mit ihm reden.«

»Nun, hoffen wir, dass er Leo von jetzt an in Ruhe lässt.«

»Dafür werden wir schon sorgen. In einer Sache hat er jedoch recht: Der junge Mann ist offensichtlich nicht ganz bei Verstand. Ich bezweifle allerdings, dass er eine Gefahr für irgendjemanden darstellt. Ich kenne andere wie ihn.«

»Ich wollte schon länger mit Ihnen über Leo reden. Wussten Sie, wie er ist, bevor er an Bord kam?«

»Nein. Sie haben ihn an mir vorbeigeschmuggelt, sonst hätte ich davon abgeraten, ihn allein reisen zu lassen. Ich habe mit dem Kapitän gesprochen, aber er kennt den Vater und sagte, ich solle mich nicht einmischen. Hat Leo etwas über seine Familie erzählt?«

»Er liebt seine Mutter sehr, aber er hat Angst vor seinem Stiefvater.«

»Was der Junge braucht, ist eine einfache Stelle auf dem Land.«

»Er sagt, er kann gut mit Tieren umgehen.«

»Da haben wir es doch. Sie könnten ihn doch im Auge behalten, solange er an Bord ist.«

»Ich bin nicht für ihn verantwortlich.«

Der Arzt lächelte. »Ich habe gesehen, wie geduldig Sie mit ihm umgehen. Ich würde gutes Geld darauf verwetten, dass Sie ihn nicht loswerden, bis wir in Australien ankommen. Wenn Sie Hilfe brauchen, wenn Ihnen Gleesome oder sonst jemand Ärger macht, geben Sie mir Bescheid. Ich helfe Ihnen.«

Er schlenderte davon, und Zachary blickte ihm verzagt nach. Wie sollte er die Unterrichtsstunden besuchen, wenn Leo ständig an seinem Rockzipfel hing? Oder mit Leuten ins Gespräch kommen? Er hatte gesehen, wie sie Leo aus dem Weg gingen, besonders die Frauen.

Es würde keine leichte Reise werden.

Nach dem Frühstück bat Alice Dot, sich mit ihr an den Esstisch zu setzen. »Wir müssen die Rechnungen für die Lebensmittel durchgehen, die Sie erhalten haben.«

Das junge Mädchen sah sie überrascht an. »Aber ich kümmere mich nicht um das Geld, Miss. Da müssen Sie mit Mr Prebble sprechen.«

»Ich möchte nur ein paar Dinge überprüfen, damit ich die Bestellungen ab jetzt anpassen kann.«

Dot sah erleichtert aus. »Oh. Ich verstehe, Miss.« Sie setzte sich neben Alice auf einen Stuhl.

Schon bald runzelte sie die Stirn, während sie sorgfältig die Listen durchging, wobei sie mit dem Finger jedes Wort nachverfolgte, während sie es laut las.

»Ich glaube, das sind die Rechnungen von jemand anderem, Miss. Ich habe noch nie Kekse bekommen und auch keinen Schinken. Nicht, dass ich mich beschweren würde. Ich hatte immer genug zu essen. Und die Mengen stimmen auch nicht. So viel Mehl und Zucker bekomme ich nicht.«

»Sagen Sie mir genau, welche Punkte abweichen.«

Dot ging alles noch einmal durch und sagte, wie viel sie jede Woche erhielt, während Alice die Mengen aufschrieb.

»Vielleicht sind das nicht die richtigen Listen, Miss?«

»Ich kläre das mit dem Anwalt. Erwähnen Sie es nicht gegenüber Prebble, falls Sie recht haben. Wir wollen ihn doch nicht wegen eines simplen Irrtums verärgern.«

»Nein, Miss. Er kann manchmal ein bisschen aufbrausend sein.«

»Ach ja? Nun, er sollte sich besser nicht mit mir anlegen. Jetzt machen Sie bitte mit Ihrer Arbeit weiter, Dot. Ich muss eine Weile weg. Wenn ich zurückkomme, bringe ich etwas zum Abendessen mit.«

»Nicht aus dem Laden?«

»Heute ist Markt in der Stadt, nicht wahr? Einiges wird dort billiger sein – und mit Sicherheit frischer.«

»Ja, schon. Aber Mr Prebble wird nicht begeistert sein. Er sagt, der Laden zahlt meinen Lohn, also wäre es nur gerecht, wenn ich dort meine Einkäufe erledige. Wenn ich Obst und Gemüse brauche, schickt er nach dem Gemüsehändler. Ich musste mich um nichts kümmern.«

»Sagen Sie ihm einfach, dass ich von jetzt an die Verpflegung übernehme, und ich esse gern viel Gemüse und Obst, je frischer, desto besser.« Sie musterte Dot mit einem festen Blick, mit dem sie sonst widerspenstige Schüler zur Ordnung rief.

»Sehr wohl, Miss.«

Dot klang so erleichtert, dass Alice sie verwundert ansah. »Haben Sie Angst vor ihm?«

Dot wand sich. »Nicht unbedingt Angst. Aber ich möchte ihn nicht verärgern.«

»Von jetzt an sollten Sie mehr darauf bedacht sein, mich nicht zu verärgern, anstatt Prebble. Aber ich hoffe, Sie haben keine Angst vor mir.«

»Nein, Miss. Vor Mrs Blake hatte ich manchmal Angst, wenn sie sich seltsam benahm, aber für Sie arbeite ich gern, weil Sie mit mir reden und mir Dinge erzählen und ich weiß, woran ich bin. Es war ein bisschen einsam, als ich allein hier war, und manchmal kam es mir so vor, als hätte ich nachts unten Geräusche gehört. Das war aber nur Einbildung, denn es wurde nie etwas gestohlen.« Dot strahlte sie an, als sie aufstand. »Ich mache das Wohnzimmer, während Sie weg sind, soll ich?«

Was für ein nettes, zuvorkommendes Mädchen Dot doch war, fand Alice, als sie sich ihre Haube aufsetzte. Mit den Rechnungen in ihrem Einkaufskorb ging sie langsam über die Hauptstraße zur Kanzlei des Anwalts, froh, dass der Sturm vorüber war. Die Januarsonne war nicht sonderlich warm, aber ihr fröhliches Strahlen hob dennoch die Laune.

Mr Dawson führte sie direkt zu Mr Featherworth und blieb bei ihnen. Als Alice erklärte, was sie herausgefunden hatte, stieß der Anwalt kleine Laute der Verzweiflung aus und schien nicht zu wissen, was er tun sollte.

Sein Mitarbeiter beugte sich über die Listen. »Es ist nicht viel jede Woche, aber es summiert sich. Und wenn es Miss Blair nicht aufgefallen wäre, hätte niemand etwas bemerkt.«

»Vielleicht gibt es dafür eine Erklärung?«

Ralph fixierte seinen Vorgesetzten mit einem strengen Blick. »Wenn es eine gibt, Sir, dann müssen wir sie wissen.«

Während sie zum Markt ging, hoffte Alice, Prebble würde entlassen. Ihr gefiel der Gedanke nicht, dass er einen Schlüssel zu dem ganzen Gebäude besaß, denn das bedeutete, dass er auch Zugang zu ihrer Wohnung hatte. Sie hätte sich besser gefühlt, wenn es zwischen den Wohnräumen und dem Hinterzimmer des Ladens eine verschließbare Tür gegeben hätte.

Doch in der fröhlichen Betriebsamkeit des Marktes vergaß sie ihn schon bald. Selbst in schweren Zeiten wie diesen gab es für alle, die es sich leisten konnten, immer noch frisches Essen direkt vom Bauernhof. Schon bald war ihr Korb so voll, dass sie auch noch ein Einkaufsnetz kaufen musste. Sie freute sich besonders auf den bröckeligen weißen Käse und die von Bauersfrauen gekochte Marmelade. Am Ende machte sie sich auf die Suche nach einem Burschen, der ihr helfen konnte, die Sachen zurückzutragen.

Der Verkäufer rief jedoch einen erwachsenen Mann heran, nachdem er ihr zugeflüstert hatte: »Er ist arbeitslos, Miss, das macht Ihnen hoffentlich nichts aus? Er erwartet nicht mehr Geld als ein Bursche.«

»Ich bin froh über seine Hilfe.«

Der Mann war hager, und als sie ankamen, schnaufte er ein wenig. Sie gab ihm einen Schilling, und er starrte ihn an, als hätte er noch nie zuvor einen gesehen.

»Das ist zu viel, Miss.«

»Haben Sie eine Familie?«

Er nickte.

»Dann nehmen Sie es ihr zuliebe.«

Er richtete sich auf. »Nur ihr zuliebe. Ich bin nicht stark genug, um im Steinbruch zu arbeiten, also muss ich alles annehmen, was ich machen kann.«

»Wenn Sie nichts Besseres zu tun haben: Nächste Woche gehe ich zur selben Zeit auf den Markt und würde mich über Hilfe mit meinen Körben freuen.«

Er nickte, hob eine Hand und schlurfte mit dem müden Gang eines Mannes, der sich seine Kräfte genau einteilen musste, davon.

Diese Begegnung festigte ihren Entschluss. Sie würde definitiv ihre Cousine bei der gemeinnützigen Arbeit unterstützen, jetzt, da es ihr besser ging. Zumindest würde sie es, sobald sie mit der Inventur fertig wäre. Sie würde länger dauern, als sie erwartet hatte, denn Mrs Blake war eine Sammlerin gewesen. Sie würde Mr Dawson fragen müssen, ob sie die Schubladen der toten Frau für die neuen Bewohner ausräumen sollte. Keine angenehme Aufgabe, aber irgendjemand musste es tun.

Gerade als sie ins Haus gehen wollte, sah sie, wie Prebble sie durch das Schaufenster beobachtete.

Es überraschte sie nicht, als Dot ihr wenig später sagte, er wolle sie sprechen. »Bitten Sie ihn herauf.«

Sie bot ihm keinen Platz an.

»Ich habe gesehen, dass Sie auf dem Markt waren, Miss Blair.«

Sie neigte den Kopf und wartete.

»Und ich konnte nicht umhin zu bemerken, dass Sie einige Dinge gekauft haben, die wir auch hier im Laden führen, zum Beispiel Marmelade.«

Woher wusste er das? Die Marmelade war ganz unten im Korb gewesen. Hatte er es etwa gewagt, in ihrer Küche herumzuschnüffeln? So musste es gewesen sein. Sonst hätte er einige ihrer Einkäufe gar nicht sehen können. Sie versuchte, sich ihren Ärger nicht anmerken zu lassen. »Ich glaube nicht, dass Sie das etwas angeht, Mr Prebble.«

»Da bin ich anderer Meinung, Miss Blair. Wir sind beide im Laden angestellt, haben die Pflicht, ihm gegenüber loyal zu sein, und ...«

»Ich bin Ihnen keine Rechenschaft schuldig, Prebble, also wenn das alles ist, weswegen Sie mich sprechen wollten, können Sie sich wieder an Ihre Arbeit machen. *Ich* habe jedenfalls einiges zu tun.«

Sein Blick wurde für einen Moment wütend, dann glasig, als müsste er seine Gefühle im Zaum halten.

Aber obwohl er nicht sonderlich groß war, wirkte er derart

bedrohlich, dass sie froh war, als er ging. Sie verstand, warum das junge Hausmädchen Angst vor ihm hatte, und war dankbar, dass sie in einem abschließbaren Zimmer schlief, denn der offene Zugang vom Geschäft machte ihr immer noch Sorgen. Dot hatte ihr erzählt, in diesem Schlafzimmer habe der Hausherr gegen Ende geschlafen und auch er habe stets die Tür abgeschlossen, »weil Mrs Blake manchmal umherwanderte«.

Die Ereignisse, die dazu geführt hatten, dass Mrs Blake weggesperrt worden war, waren in Dots Kopf immer noch so präsent, dass sie hin und wieder mit Alice darüber sprach. Es schien kein glücklicher Haushalt gewesen zu sein. Außerdem vermutete man, die Verrückte habe ihren Ehemann töten lassen, obwohl es niemand beweisen konnte und der Täter nie gefasst worden war.

Es war ein weiterer heißer Tag, eine Hitze, wie sie keine von ihnen vor ihrer Ankunft in Australien je erlebt hatte. Pandora unterbrach die Arbeit, um sich mit dem Unterarm die verschwitzte Stirn abzuwischen. Sie war dankbar für das Sonnensegel, das Reece angebracht hatte, um den großen Tisch im Freien zu beschatten, der sowohl für die Zubereitung als auch für das Einnehmen der Mahlzeiten benutzt wurde. Sie backte Damperbrot, und ihre Schwester Cassandra schnitt Kartoffeln für ein Stew.

Die Arbeit in dieser Hitze fiel ihr schwer, doch ihrer Schwester schien es nichts auszumachen. Und was Reece anging, er liebte die Wärme geradezu. Die Southerhams blieben mitten am Tag der Sonne fern. Die hatten es gut! Sie wünschte, sie könnte das auch.

Ihr Essen war ziemlich eintönig, obwohl sie inzwischen einige dringend benötigte Zutaten im Laden am Highway besorgt hatten, der in der Nähe des Wohnortes ihrer beiden anderen Schwestern lag. Dass diese staubige Straße als Highway bezeichnet wurde, hatte sie beide überrascht. Sie war recht schmal, wurde nur gelegentlich ein wenig breiter. Kevin von nebenan hatte erzählt, dass hier die Räder der Wagen im Winter so tiefe Spurrillen hinterließen, dass andere Fahrer mit ihren Fahrzeugen zur Seite auswichen, um auf festem Boden zu bleiben.

Die Straße führte bis hinunter zu einem Hafen namens Albany an der Südküste, etwa dreihundert Meilen von Perth entfernt. Wegen der geschützten Ankerplätze wurde von dort aus die Post nach England verschickt, was seltsam erschien, lebte doch der Großteil der Bevölkerung der Kolonie in und um Perth.

»Ich freue mich darauf, mit Kevin zusammenzuwohnen. Er ist ein so interessanter Gesprächspartner.« Cassandra schob die Kartoffelstücke vom Schneidebrett in eine Schüssel.

»Reece mag ihn offenbar sehr.«

»Ich auch. Es stört mich nicht, dass er ein ehemaliger Sträfling ist. Er ist freundlich und hilfsbereit, und darauf kommt es an. Reece baut für uns ein zusätzliches Schlafzimmer an der Seite von Kevins Holzhaus an. Es gibt zwar ein freies Zimmer, aber es ist winzig, also wird er die Wand dazu einreißen und den Wohnbereich vergrößern.«

Pandora unterdrückte ein neidisches Seufzen. Sie glaubte nicht, dass sie sich jemals daran gewöhnen würde, in einem Zelt zu schlafen, oder an die schrecklichen Insekten und Kriechtiere, die sie dort besuchten. Ständig hatte sie Angst, eine Schlange in ihrem Bett zu finden. Kevin sagte, australische Schlangen seien sehr giftig und manche könnten einen Menschen mit einem Biss töten. Jede Nacht, bevor sie sich hinlegte, überprüfte sie ihre Bettwäsche, denn ihr Bett war nur eine Strohmatratze auf einem Stück alten Segeltuch. Reece hatte versprochen, ihr noch vor dem Winter ein Bettgestell aus Holz zu bauen. Sie wollte ihn nicht eher darum bitten, weil er jeden Tag von morgens bis abends arbeitete.

»Hast du dich entschieden, was du zur Hochzeit anziehen willst, Cassandra?«

»Das Kleid, das ich zu Weihnachten anhatte. Es kaschiert das hier besser als alle anderen.« Sie legte eine Hand kurz auf ihren wachsenden Bauch.

»Ich habe einen Spitzenkragen, den du dir ausleihen kannst.«

»Den von deinem blauen Kleid? Brauchst du den nicht selbst?«

»Ich heirate doch schließlich nicht, oder?«

»Danke. Dann trage ich ihn gern. Ich will so schön aussehen wie möglich.« Ihr Gesicht leuchtete selig, wie immer, wenn sie von ihrer Hochzeit mit Reece sprach, dann verblasste das Lächeln, und sie sah ihre Schwester voller Kummer an. »Ich mache mir Sorgen, wie es weitergeht, wenn du danach allein hier bist.«

»Ich komme schon klar.«

»Du könntest dir eine andere Anstellung suchen, wenn du unglücklich bist. Vielleicht etwas näher bei den Zwillingen.«

»Ich bleibe lieber in deiner Nähe. Wirklich.« Sie klopfte den Teigklumpen in Form und drückte ihn in die zweite der beiden schweren Brotformen, die zu kaufen sie die Southerhams überredet hatten. »So. Das wäre erledigt. Ich habe es satt, jeden Tag Sodabrot zu backen. Weißt du noch, wie einfach es war, als wir zum Bäcker gehen konnten?«

»Ja. Aber hier ist es anders, der nächste Laden ist eine Stunde mit der Kutsche entfernt. Wenn wir Brot essen wollen, müssen wir es backen. Und wenigstens haben wir jetzt einen richtigen Ofen.«

»Mrs Southerham ist nicht besonders gut ausgestattet, was Lebensmittel und Kochutensilien angeht, was?«

Cassandra warf einen Blick über die Schulter, um sicherzugehen, dass niemand in der Nähe war. »Sie sind beide überhaupt nicht praktisch veranlagt. Ich verstehe einfach nicht, warum um alles in der Welt sie auswandern wollten. Wenn Mr Southerham Reece nicht hätte, der ihm bei allem hilft, wäre er in großen Schwierigkeiten. Sobald Reece die vereinbarte Zeit für ihn gearbeitet hat, um seinen Fahrpreis nach Australien abzuarbeiten, werden wir uns selbstständig machen, und ich kann mir nicht vorstellen, was Mr Southerham dann machen wird. Wir haben uns darauf geeinigt, dass meine Arbeit auf die Zeit angerechnet wird, die Reece für sie tätig sein muss, ein Tag meiner Arbeit entspricht einem halben Tag von ihm. Mr Southerham hat das nicht gefallen, aber er hatte keine Wahl. Reece hat ihm rundheraus gesagt, dass seine Frau nicht umsonst arbeiten wird.«

»Allerdings werde ich nie verstehen, warum sie glauben, Frauenarbeit wäre nur halb so viel wert wie Männerarbeit«, sagte Pandora. Sie sah nach den Bohnen, die sie über Nacht eingeweicht hatte. »Ich setze die jetzt zum Kochen auf, ja? Dem Himmel sei Dank für getrocknete Erbsen und Bohnen.«

»Und Marmelade in Dosen. Wir essen hier viel Brot und Marmelade, nicht wahr? Ich wünschte nur, es gäbe mehr Obst und Gemüse. Kevin hat einen Zitronenbaum, und er baut auch Melonen an. Aber er hat dieses Jahr nur genug für sich selbst angebaut. Reece sagt, er bringt uns eine oder zwei. Sie sind köstlich. Es gibt auch Weinreben, aber bis jetzt tragen sie noch keine Früchte.«

»Wenigstens bekommen wir viel frisches Fleisch. Es ist so einfach für Mr Southerham, Kängurus zu jagen. Er ist ein sehr guter Schütze.«

Heute Morgen war es ihr gelungen, recht fröhlich zu wirken, fand Pandora, als sie auseinandergingen, um ihre Arbeit fortzusetzen. Sie wurde immer besser darin, ihr Heimweh zu verbergen. Vielleicht würde es eines Tages ganz verschwinden.

Bis jetzt war es das nicht.

Cassandra sah zu, wie ihre jüngere Schwester die zweite Form

Teig in den Ofen schob und dann das verstreute Mehl von der Tischplatte wischte. Pandoras Heimweh war nicht besser geworden, das konnte sie sehen. Aber ihre Schwester versuchte so sehr, es zu verheimlichen, also warum sollte sie sie immer wieder darauf ansprechen?

Sie mussten einfach hoffen, dass sie sich im Laufe der Zeit einleben und die dunklen Schatten unter ihren Augen verschwinden würden. Sobald sie die monatlichen Gottesdienste in der Scheune besuchten, würden sie sicher einige junge Männer kennenlernen. Es war Cassandras sehnlichster Wunsch, dass sich ihre drei Schwestern verlieben und heiraten würden und sie sich alle nah beieinander niederlassen würden.

Es hieß, hier in der Swan River Colony kämen zehn Männer auf jede Frau, also war es kein aussichtsloser Traum, oder?

Es war jetzt drei Jahre her, seit Pandora ihren Verlobten verloren hatte. Anscheinend war ihre jüngste Schwester über Bills Tod hinweg. Es wurde Zeit, dass sie jemand anderen fand.

Wenigstens waren sie hier in Australien vor ihrer Tante sicher. Das war die Hauptsache. Wenn am Leben zu bleiben bedeutete, dass Pandora ein paar Monate unglücklich sein würde, bis sie sich eingewöhnt hatte, dann war es das wert.

Kapitel 4

Harry beobachtete Mr Featherworth und stellte fest, dass der alte Knabe nervös war. Warum nur? Weshalb war er heute hierherbestellt worden?

Der Anwalt räusperte sich. »Wir haben die Befürchtung, dass in den Abrechnungen der Lebensmittel für das Hausmädchen einige ... ähm ... Unregelmäßigkeiten auftreten.«

Verdammt! Wie hatten sie das herausgefunden? Nun, glücklicherweise war er auf alle Eventualitäten vorbereitet. Diese beiden alten Narren würden ihm niemals auf die Schliche kommen. Der Mitarbeiter des Anwalts sah ihn an, als erwartete er das Schlimmste. Harry ließ sich absichtlich Zeit mit seiner Antwort.

»Die Kekse zu Beispiel, und die angegebene Menge an Zucker und Mehl«, fügte Ralph hinzu. »Sie stimmen nicht mit dem überein, was Dot erhalten hat.«

Harry lächelte ihn breit und selbstbewusst an und bemerkte, wie sein Gegenüber überrascht blinzelte. »Ja, das stimmt.«

»Sie geben es also zu?«

»Ja. Ich habe es getan, um für die neuen Besitzerinnen Geld zu sparen. Ich kann Ihnen gern die richtigen Abrechnungen zukommen lassen, aus denen hervorgeht, wie viel ich gespart habe. Was Sie diesem Hausmädchen zugeteilt haben, war viel zu großzügig.«

Beide Männer blickten ihn stirnrunzelnd an. Er verstand solche Leute wie sie nicht. Waren sie wirklich so dumm, dass sie unnötig viel Geld ihrer Mandanten ausgeben wollten? Offensichtlich. Warum sonst hätten sie Zachary in der Kabinenklasse nach Australien geschickt? Harry missfiel der Gedanke, dass der schlaksige Dummkopf vom Geld der Blake-Schwestern in Saus und Braus lebte, denn Harry hatte mit dem Geld eigene Pläne. Er hatte die Absicht, einer der Schwestern den Hof zu machen und die anderen dazu zu bewegen, ihn zum dauerhaften Geschäftsführer zu ernennen. Er würde alles Nötige dafür tun, um dieses Ziel zu erreichen. Erneut versuchte er sich an einer Erklärung.

»Dot braucht keine so großzügige Versorgung mit Lebensmitteln, Mr Featherworth. Sie ist eine zierliche Person. Wenn sie über Hunger geklagt hätte, hätte ich ihre Rationen erhöht, aber sie hat sich kein einziges Mal beschwert. Ich habe sie gefragt, ob sie zufrieden sei, und sie sagte ja. Das können Sie gern überprüfen. Also habe ich schon Geld für die Besitzer gespart und hätte noch mehr gespart, wenn Sie nicht Miss Blair in der Wohnung über dem Laden einquartiert hätten. Das war wirklich nicht nötig. Ich habe Dot beaufsichtigt, um sicherzugehen, dass sie ihre Arbeit richtig macht.«

Er wartete, aber sie erwiderten nichts.

Er ging noch ein wenig weiter und schimpfte über die Gouvernante, die er unbedingt loswerden wollte. »Es enttäuscht mich, dass Miss Blair sich illoyal gegenüber denjenigen verhält, die sie bezahlen. Erst heute Morgen ging sie auf dem Markt einkaufen anstatt bei uns, und als ich ihr vorschlug, bestimmte Einkäufe im Laden zu tätigen, weigerte sie sich, es auch nur in Betracht zu ziehen.«

Mr Dawson richtete sich auf. »Was Miss Blair mit ihrem Geld macht, geht Sie nichts an, Prebble. Nicht wahr, Mr Featherworth?«

»Ganz recht. Einer Lady wie ihr kann man zutrauen, dass sie ihre eigenen Entscheidungen trifft.«

Lady!, dachte Harry verächtlich. Für ihn war sie keine Lady, sondern bloß eine dürre alte Jungfer, die ihre Nase in lauter Angelegenheiten steckte, die sie nichts angingen. Er bemerkte, dass Dawson immer noch redete, und fragte sich, ob nicht vielleicht er in Wirklichkeit diese Kanzlei führte, nicht der alte Featherworth. Wie konnte das sein? Dawson kleidete sich ordentlich, aber bescheiden, und fügte sich stets seinem Arbeitgeber. Doch der Anwalt hatte seinen Mitarbeiter heute schon zwei- oder dreimal angeschaut, als fragte er ihn um Rat.

»Wenn Sie die Wahrheit sagen, können Sie mir dann die korrekten Abrechnungen zeigen?«, fragte Dawson scharf.

»Selbstverständlich.«

»Dann werde ich Sie jetzt begleiten und die Abrechnungen überprüfen. Das heißt, wenn Sie einverstanden sind, Mr Featherworth?«

Der Anwalt nickte und schaute Harry missbilligend an, doch als er sich seinem Angestellten zuwandte, wurde sein Blick milder, als spräche er mit einem Freund. Die hielten doch alle zusammen, diejenigen, die nicht für ihren Lebensunterhalt schuften mussten. Hochnäsige Snobs! Harry gefiel es, ihnen eins auszuwischen. Anfangs hatte er das Geld einbehalten, um ihnen zu beweisen, dass er die Geschäfte besser führen könnte als sie. Und wenn sie es nicht herausgefunden hätten, dann hätte er es behalten. Er hatte mehrere kleine Nebenbeschäftigungen, die ihm zusätzliches Geld einbrachten. Die beiden alten Männer würden toben, wenn sie nur die Hälfte von dem wüssten, was er trieb.

Er würde jedoch eine andere Möglichkeit finden, den neuen Besitzerinnen zu beweisen, wie patent er war, damit sie viel von ihm hielten. Wenn er am Ende bekäme, was er wollte, würde er Mr Featherworth sicher nicht als Anwalt behalten.

»Dann überlasse ich Ihnen die Angelegenheit, Dawson«, sagte Mr Featherworth.

Der alte Mann ist weichherzig, geht Konflikten aus dem Weg, dachte Harry, während er sich mit Mr Dawson auf den Weg zum Laden machte. Das hier ist derjenige, den ich im Auge behalten muss.

Er versuchte, ein Gespräch in Gang zu bringen, hörte damit aber auf, als Dawson keine Anstalten machte, mit mehr als einem gelegentlichen Kopfnicken oder Schulterzucken zu antworten.

In dem kleinen Büro direkt neben dem Packraum im hinteren Bereich des Ladens – ein Ort, an dem er gern saß und über sein neues Reich nachsann – nahm Harry das separate Rechnungsbuch vom obersten Regalbrett und reichte es Mr Dawson mit einer schwungvollen Handbewegung.

Schade um das Geld. Er besaß jetzt seit einer Weile ein Sparkonto und hatte sich darauf gefreut, den Betrag darauf zu erhöhen. Aber er würde schon andere Wege finden, sich für seine harte Arbeit zu belohnen. Er wusste ja jetzt, wie einfach es war, die Leute zum Narren zu halten.

Nun, er hatte sich immer wieder ein Päckchen von diesem oder von jenem abgezweigt, und nie hatte jemand etwas bemerkt. Er verkaufte sie günstig an seine Familie weiter, und sie bewahrten Stillschweigen darüber. Ja, auch die Prebbles hielten zusammen, und von ihm bekamen sie das gute Essen viel billiger. Er war nicht maßlos, ließ nur hier und da ein Päckchen mitgehen, aber es summierte sich, wie sein Sparbuch bewies. Er liebte es, die Summe zu betrachten.

Nachdem Mr Featherworths Mitarbeiter die Rechnungsbücher geprüft hatte, holte Harry die kleine Sparbüchse vom Regal und hielt sie ihm hin. »Hier ist das Geld, das ich gespart habe. Ich wollte es den neuen Besitzerinnen geben, um ihnen zu beweisen, was für ein guter Geschäftsführer ich bin. Ich tue, was ich kann, um die Gewinne für den Laden zu steigern, und ...«

»Das ist wirklich nicht nötig, Prebble. Als wir Sie zum vorübergehenden Geschäftsführer ernannten, haben wir Sie gebeten, den Laden genauso weiterzuführen, *wie Mr Blake es getan hätte*, bis ein neuer Geschäftsführer bestellt ist. Haben Sie weitere Veränderungen vorgenommen, von denen wir nichts wissen?«

Harry zögerte, entschied dann aber, dass es nicht sinnvoll wäre, irgendetwas zu verschweigen, solange er nicht ihr vollständiges Vertrauen gewonnen hatte. »Ich habe die Versorgung der Mitarbeiter mit kostenlosen Mahlzeiten eingestellt. Das ist eine unnötige Ausgabe, die wir uns in Zeiten wie diesen nicht leisten können.«

»Mr Blake hat seinen Mitarbeitern Mahlzeiten ausgegeben?«

Er nickte. »Sandwiches und so.«

»Dann sollten Sie damit fortfahren.«

»Das ist wirklich nicht nötig. Sie werden gut genug bezahlt, um sich ihr Essen selbst zu kaufen.«

»Machen Sie alles so, wie er es getan hat. Wenn Sie dazu nicht in der Lage sind ...« Die Drohung blieb unausgesprochen im Raum stehen.

Harry atmete langsam und tief ein, ehe er wieder etwas sagte. »Was ist mit dem neuen Mitarbeiter, den wir einstellen müssen? Sie sagten, ich solle es Ihnen überlassen, Sie würden eine Aushilfe einstellen. Ich habe einen Burschen, der hin und wieder aushilft, aber es ist wirklich schwierig, ohne jemanden auszukommen, der sich im Geschäft gut auskennt. Manchmal müssen wir sogar geschätzte Kunden warten lassen. Mr Blake würde sich im Grabe umdrehen. Ich kann jemand Geeigneten finden und ...«

»Ich kümmere mich um die Angelegenheit und werde noch vor Ende der Woche jemanden einstellen.«

»Sollte ich nicht in die Auswahl dieser Person einbezogen werden? Ich weiß schließlich besser als irgendjemand sonst, was hier benötigt wird.«

»Wie oft muss ich Sie noch daran erinnern, dass Sie hier nur so lange das Sagen haben, bis die neuen Besitzerinnen zurückkommen, Prebble? Die Verantwortung für den Laden trägt derweil Mr Featherworth, und er hat mich bevollmächtigt. Nehmen Sie sich nicht wichtiger, als Sie sind. Es wurde noch keine Entscheidung über die Zukunft getroffen, denn das obliegt allein den Besitzerinnen.«

»Ich versuche doch bloß, mich zu beweisen, Sir. Das ist doch sicher nicht verwerflich?«

»Veränderungen vorzunehmen beweist *mir* bloß, dass Sie nicht imstande sind zu tun, worum wir Sie bitten.«

Als Mr Dawson nichts weiter sagte, sondern ihn nur finster anschaute, breitete Harry kapitulierend die Arme aus. »Wenn ich einen Fehler gemacht habe, dann ...«

»Ich werde über dieses Thema nicht länger diskutieren, Prebble. Und stellen Sie fortan für die Mitarbeiter wieder Mahlzeiten bereit.«

Harry beobachtete missmutig, wie Mr Dawson das Lager und den Packraum inspizierte und hinter dem Burschen stehen blieb, der Zucker abwog und in spezielle blaue Papiertüten abfüllte. Er ging weiter in den Laden, lief dort auf und ab und hielt hin und wieder inne, um etwas zu betrachten.

Hier wirst du keine Unregelmäßigkeiten finden, du alter Miesepeter, dachte Harry. *Hier halte ich alles tadellos sauber und aufgeräumt.*

Als einer der beiden verbleibenden Verkäufer die Tür hinter Mr Dawson geschlossen hatte, setzte Harry ein Lächeln auf und eilte zu einer wichtigen Kundin hinüber, die gerade hereingekommen war.

Ehe die beiden Verkäufer und der Bursche am Abend Feierabend machten, erzählte er ihnen, er habe mit Mr Featherworths Mitarbeiter vereinbart, dass sie Unterstützung im Laden bekämen. »Ach, und wir haben entschieden, dass wir Ihnen von nun an wieder Mahlzeiten zur Verfügung stellen, als Belohnung für Ihre harte Arbeit in der letzten Zeit.«

Sie lächelten, während sie darauf warteten, gehen zu dürfen. Seit er die Geschäftsführung übernommen hatte, hatten sie gelernt, ihn respektvoll zu behandeln, und das würde der neue Angestellte auch, wer auch immer es war.

Eine Schande. Er hatte seinen Cousin einstellen wollen. Jimmy hätte sich dankbar gezeigt, eine so gute Stelle zu bekommen, und hätte Harry während der ersten sechs Monate jede Woche einen Schilling von seinem Lohn abgegeben. Und er wäre absolut loyal gewesen.

Wer wusste schon, wie dieser neue Mitarbeiter sein würde und wem gegenüber er Rechenschaft ablegte.

Harry ärgerte sich immer noch, dass sein kleiner Plan aufgeflogen war.

Als er sich um die Löhne kümmerte, steckte er Zacharys Geld in einen Umschlag. Der Glückspilz! Wo sein früherer Arbeitskollege jetzt wohl steckte? Sicher schwelgte er dort auf dem Meer im Luxus. Es war nicht richtig, seiner Familie immer noch seinen vollen Lohn zu zahlen. Nicht, dass Harry es gewagt hätte, sich da einzumischen. Nicht, solange ihm Dawson ständig über die Schulter schaute.

Dennoch würde er das Geld auf dem Heimweg persönlich vorbeibringen, einen Blick auf Zacharys Schwester werfen. Vielleicht würde er es Zachary über sie heimzahlen können.

Er lächelte. Es gefiel ihm nicht, wenn ihn irgendjemand übers Ohr haute, und in der Straße, in der er wohnte, hätte es niemand auch nur versucht. Selbst die bessergestellten Leute, die bei Blakes einkauften, hatten ihre Schwächen, genauso wie die Ärmeren. Wenn man die Schwachstelle von jemandem herausfand, konnte man ihn dazu bringen, zu tun, was man wollte.

Indem sie jeden Tag früh aufstand, gelang es Cassandra, einige ihrer Kleider weiter zu machen und den Spitzenkragen, den Pandora ihr geliehen hatte, an das blaue Kleid zu heften, das sie so gut es ging auf dem Tisch bügelte, denn eine andere Arbeitsfläche hatte sie nicht.

An Bord des Schiffes hatte sie die Reisetruhe des Dienstmädchens erhalten, das sie ersetzt hatte, und man hatte ihr erlaubt, den Inhalt zu behalten. Hilda Sutton war in letzter Minute zu ihrer Familie nach Yorkshire zurückgekehrt, anstatt ihre Arbeitgeber nach Australien zu begleiten. Cassandra fand es immer noch falsch, dass sie den persönlichen Besitz ihrer ehemaligen Zofe einfach weggegeben hatten, aber Mr Barrett hatte gesagt, wenn sie die Truhe nicht wolle, werde er sie und ihren Inhalt eben wegwerfen, denn er werde kein Geld verschwenden, um sie einer so undankbaren Person zurückzuschicken.

Als Cassandra den Männern entkommen war, die ihre Tante auf sie angesetzt hatte, hatte sie so wenig mitnehmen können, dass sie gezwungen gewesen war, die Sachen der anderen Frau anzunehmen. Aber sie hatte Hildas Fotos und andere Erinnerungsstücke aufbewahrt und wollte sie ihr eines Tages zurückgeben und die arme Frau dafür entschädigen, dass sie die Kleider an sich genommen hatte.

Sie blickte auf, weil sie glaubte, sie habe Stimmen gehört, aber von ihren Dienstherren war nichts zu sehen. Francis Southerham stand immer recht spät auf, gegen neun oder zehn Uhr, was für Cassandra schon mitten am Vormittag war. Er tat nicht viel, außer seine geliebten Pferde zu pflegen, auszureiten und Kängurus zu jagen. War er einfach faul oder ging es ihm nicht gut? Manchmal bemerkte sie, wie Livia ihn mit zusammengezogenen Brauen ansah, als machte sie sich Sorgen. Und er litt unter einem hartnäckigen Husten, den er vor seiner Frau zu verbergen versuchte.

Sie hatte es Reece gegenüber erwähnt, und er vermutete etwas Ernstes. Nun, sie hatten alle Bekannte gehabt, die der Schwindsucht zum Opfer gefallen waren. Aber Cassandra hoffte, dass Reece sich irrte. Was würde Livia nur ohne den Mann tun, den sie so sehr liebte?

Sie blickte wieder auf ihre Näharbeit hinab. Sie würde nur noch rasch diese Naht fertigstellen und dann mit ihren eigentlichen Aufgaben beginnen. Sie hatte versucht, abends nach der Arbeit zu nähen, aber das Nähen bei Lampenlicht ermüdete die Augen, und Insekten stürzten sich auf die Lampe und flatterten einem ins Gesicht, wenn man zu nah daran saß. Sie mussten draußen sitzen, es gab keine andere Möglichkeit. Es amüsierte sie, dass sie und ihre Schwester an dem Tisch sitzen mussten, an dem gekocht wurde, während die Southerhams ihre kleine Veranda besetzten, wie um die Standesunterschiede zu betonen. Doch würde man die beiden ganz allein hier aussetzen, wären sie aufgeschmissen. Also wer war hier wem überlegen?

Wie würde es Pandora ergehen, wenn sie erst allein hier wäre? Sie wäre sicher einsam. Und wenn die Regenzeit käme, könnte sie nicht draußen sitzen. Würde sie allein im Zelt im Bett liegen müssen? Das machte Cassandra Sorgen.

Sie hielt sich das blaue Kleid an. »Was meinst du?«, fragte sie ihre Schwester. »Wie sieht es bei Tageslicht aus?«

»Die Farbe steht dir, und du wirst eine schöne Braut sein. Wir können auch deine Haube aufhübschen. Ich habe ein blaues Band, das gut dazu passt.«

»Das ist so lieb von dir. Trotzdem werde ich eine sehr schlecht gekleidete Braut sein. Ich wünschte, ich hätte ein brandneues Kleid. Aber wir müssen auf jeden Penny achten.«

»Reece heiratet dich nicht wegen deiner Kleider. Er würde dich auch lieben, wenn du in Lumpen gekleidet wärst.«

Cassandra lächelte. Das wusste sie jetzt. »Die Tage bis zu unserer Hochzeit schleichen nur so dahin.«

»Der erste Sonntag im Februar wird kommen, ehe du es dich versiehst.« Pandora senkte die Stimme und fügte hinzu: »Sobald du verheiratet bist, bist du frei.«

»Ich werde noch eine Weile hier arbeiten.«

»Das ist nicht dasselbe. Nach der Arbeit wird deine Zeit nicht mehr ihnen gehören. Ständig bitten sie uns, irgendetwas zu erledigen, obwohl wir schon längst Feierabend haben. Und wenn ich hier allein bin, wird es nur noch schlimmer werden.«

Cassandra legte eine Hand auf die ihrer Schwester und drückte sie kurz. »Es ist ärgerlich, ich weiß, aber du wirst nicht für immer hier sein, da bin ich mir sicher. Es ist bloß eine Möglichkeit, um vorerst dein Brot zu verdienen. Und da Reece und ich direkt nebenan bei Kevin wohnen werden, kannst du uns ganz oft besuchen. Es ist nur ein kurzer Spaziergang, wenn du die Abkürzung durch den Busch nimmst.«

»Ich komme dich besuchen, sooft ich kann, wahrscheinlich sogar öfter, als dir lieb ist.«

»Das kann gar nicht sein, Liebes.«

Als es an der Tür klopfte, sagte Hallie: »Ich geh schon, Mum.« Als sie öffnete, stand Harry Prebble vor ihr, und so wie er sie ansah, fühlte sie sich augenblicklich unwohl. Sie war größer als er, trotzdem wirkte er irgendwie bedrohlich.

»Ich habe Zacharys Lohn mitgebracht«, sagte er und hielt ihr einen Umschlag hin.

Als sie danach griff, packte er ihre Hand und hielt sie so fest, dass sie sich nicht von ihm losmachen konnte. »Willst du mir nicht Danke sagen?«

»Danke.«

»Die meisten Mädchen würden mir einen Kuss geben, weil ich ihnen Geld bringe.«

Sie starrte ihn schockiert an. »Nun, ich bin nicht die meisten Mädchen.«

»Du bist nicht besonders freundlich.« Er ließ ihre Hand los. Schaudernd wollte sie die Tür schließen, da hielt er sie auf. »Nächstes Mal erwarte ich, dass du freundlicher bist.«

»Das werde ich nicht.«

Er schüttelte den Kopf und sagte leise: »Ts-ts. Vielleicht überlegst du dir das noch einmal.«

»Warum sollte ich?«

»Um deiner Mutter willen.«

Sie verstand nicht, was er damit meinte.

Er trat lächelnd zurück. »Du wirst schon sehen.«

Sie schloss die Tür und lehnte sich dagegen. Was hatte er damit gemeint? Sollte sie es ihrer Mutter sagen? Nein, es würde sie nur beunruhigen. Er hatte sie schließlich nicht wirklich bedroht. Oder doch?

Am Abend vor der Hochzeit ihrer Schwester saßen Maia und Xanthe zusammen in der Küche von Galway House und genossen eine letzte Tasse Tee.

»Arbeitest du gern hier?«, fragte Xanthe träge.

Maia sah sie überrascht an und wunderte sich, warum ihre Schwester das fragte. »Ja. Ich liebe es, mich um Mrs Largan zu kümmern. Die arme Frau hat solche Schmerzen und beschwert sich nie. Sie ist sehr interessant und bringt mir alles Mögliche bei. Gefällt es dir jetzt besser, Haushälterin zu sein, wo du dich daran gewöhnt hast?«

»Es ist in Ordnung. Ich muss noch eine Menge lernen, aber so wird es wenigstens nicht langweilig. Zu Hause hat Cassandra immer alles organisiert. Wir haben nur getan, was sie uns gesagt hat. Es ist gut, dass Mrs Largan mich anleitet, sonst hättet ihr alle ein Problem.« Sie rührte langsam in ihrem Tee herum. »Aber ich möchte nicht ewig hier bleiben. Es gibt hier nicht viel zu tun, außer der Arbeit, keine Bibliothek und keine richtige Kirche, nirgends kann man spazieren gehen. Ich bin dankbar, dass Conn uns in seiner Freizeit seine Bücher lesen lässt, sonst würde ich verrückt werden.«

»Es ist ein so großes Glück, dass wir hier in Australien zusammen Arbeit gefunden haben. Es wäre schrecklich, wenn wir getrennt worden wären.«

»Früher oder später wird es passieren, es sei denn, wir wollen gemeinsam als alte Jungfern enden.«

»Wäre das so schlimm?«

Xanthe starrte in die Ferne. »Ich glaube, du wurdest dafür geschaffen, zu heiraten und Kinder zu bekommen.«

»Ich habe noch nie einen Mann getroffen, der mich in Versuchung geführt hätte.«

»Und hier wirst du auch keinen kennenlernen. Was mich angeht ...« Sie unterbrach sich, als ihr Dienstherr in die Küche trat und mit einer Hand nach der Motte schlug, die versucht hatte, ihm ins Haus zu folgen.

»Bekomme ich wohl noch eine Tasse Tee?«, fragte er und unterbrach so ihr vertrauliches Gespräch.

Maia blickte ihn verträumt an, als Xanthe aufstand, um ihm seinen Wunsch zu erfüllen. Er war ein sehr gut aussehender Mann. Sie hatte gelogen, als sie behauptet hatte, sie habe noch keinen Mann getroffen, der sie in Versuchung geführt hätte. Conn Largan tat es. Aber er war ihr vom sozialen Stand her weit überlegen, also war es eine hoffnungslose Schwärmerei. Sie wusste das, und dennoch konnte sie nicht verhindern, dass ihr Herz raste, wenn sie in seiner Nähe war.

Ausnahmsweise setzte er sich zu ihnen, um seinen Tee zu trinken. Normalerweise geschah dies nur zu den Mahlzeiten. Er wirkte oft einsam, und sie wusste, dass sich seine Mutter um ihn sorgte.

Lächelnd griff er nach dem Becher, den Xanthe ihm reichte. »Freut ihr euch darauf, morgen eure Schwestern zu sehen?«

Maia strahlte ihn an. »Ja. Wir sind es immer noch nicht gewöhnt, so weit voneinander entfernt zu leben.«

»Es wird sicher befremdlich sein, dass sie in einer Scheune heiraten.« Xanthe füllte ihre eigene Tasse aus der großen Teekanne nach und setzte sich wieder.

»Mir fehlen die Kirchen.« Er blickte in seine Tasse und versuchte ausnahmsweise nicht, seine Traurigkeit zu verbergen. »Ich vermisse die Schönheit der Buntglasfenster und den Klang eines Chores, der bis zu den Sparren hallt.«

»Bei uns gab es keine echten Buntglasfenster«, sagte Maia, »nur Fenster mit bemalten Rändern. Die Methodistenkirche war ganz neu, ein roter Backsteinbau. Unser Pastor war ein sehr fürsorglicher Mann.«

»Es war ein Geistlicher, der mich verraten hat«, erzählte Conn unvermittelt. »Sogar von Katholiken wurde erwartet, dass sie in die von den Engländern errichteten Kirchen gingen und ruhig zuhörten, wenn man ihnen befahl, sich zu freuen, weil England unser Land gestohlen hat. Nachdem sie mich weggebracht hatten, sagte der Pfarrer dieser Kirche zu meiner Mutter, sie solle vergessen, dass sie jemals einen Sohn wie mich hatte. Sie ging nie wieder in seine Kirche, obwohl mein Vater sie überreden wollte, sich anzupassen.«

Er nahm noch einen Schluck Tee, dann schien es, als müsste er mehr von seinem Schmerz herauslassen. »Mein Vater hat alles geglaubt, was man über mich erzählte, könnt ihr euch das vorstellen? Er hat mich kein einziges Mal nach meiner Version der Geschichte gefragt. Er ist ihr Schoßhündchen – ja, Sir, nein, Sir, was immer Sie sagen, Sir.«

»Es muss schwer für dich gewesen sein, im Gefängnis zu sitzen.«

Er zuckte mit den Achseln. »Anderen ist es schlimmer ergangen. Ich lebe schließlich noch, nicht wahr? Andere haben aufgegeben und sind gestorben.« Er leerte seine Tasse und stellte sie ab. »Ich fahre euch morgen zum Gottesdienst. Ich nehme gern teil, wenn ich kann. Der reisende Pfarrer ist ein anständiger Mensch.«

»Das ist nett von dir.«

»Ihr setzt euch besser nicht zu mir, wenn ihr Leute kennenlernen und Freunde finden wollt. Die wenigsten möchten einem ehemaligen Sträfling zu nahe kommen. Ein Mann kann begnadigt werden, aber einmal verurteilt, ist er immer verdächtig. Sogar die Armen sehen auf Kerle wie mich herab.«

Mit einem Zucken seiner Lippen, das sich nicht ganz in

ein Lächeln verwandelte, stand er auf, nickte ihnen ein letztes Mal zu und ließ sie allein, damit sie die Küche aufräumen konnten.

»Ich habe noch nie jemanden gesehen, der so einsam ist wie dieser arme Mann, obwohl sogar seine Mutter hier ist«, sagte Maia leise. »Ich wünschte, wir könnten etwas tun, um sein Leben glücklicher zu machen.«

Sie bemerkte, dass Xanthe sie mit einem Lächeln ansah. »Was ist los?«

»Du versuchst schon wieder, die Probleme anderer Leute zu lösen. Du hast ein gütiges Herz, Liebes, viel gütiger als ich, vielleicht sogar zu gütig, als gut für dich ist. Ich glaube, du wärst glücklich, wo immer du wohnst, solange du unter freundlichen Menschen bist. Ich bin ... anders. Ich brauche mehr, als nur mit Menschen zusammen zu sein.«

Sie verließ die Küche genauso abrupt wie Conn, und Maia machte keine Anstalten, ihr zu folgen. Manchmal musste Xanthe einfach allein sein. Sie wusste, dass ihre Zwillingsschwester sich nie dauerhaft an einem so ruhigen Ort wie diesem niedergelassen hätte, und das machte ihr Sorgen. Hatte Xanthe deshalb davon gesprochen, dass sie irgendwann nicht mehr zusammen sein würden? Versuchte sie, sie auf einen Abschied vorzubereiten?

Wenn Maia sich entscheiden müsste, ob sie sich um eine Frau kümmern wollte, die in jeder Hinsicht auf sie angewiesen war, oder ob sie mit ihrer Zwillingsschwester zusammen sein wollte, was würde sie wählen? Sie zitterte und hoffte, dass das nie nötig sein würde, denn zum ersten Mal in ihrem Leben lautete ihre Antwort nicht ohne zu zögern: »Meine Schwester«.

Kapitel 5

Am nächsten Morgen räumten die Zwillinge rasch die Küche auf und bereiteten sich dann auf die Hochzeit vor, um so schön auszusehen wie möglich. Mrs Largan nickte zustimmend. »Ihr seid die vier hübschesten Schwestern, die ich jemals gesehen habe. Meistens ist eine dabei, die nicht so hübsch ist, aber die Männer drehen sich nach euch allen um. Es überrascht mich, dass ihr nicht schon längst verheiratet seid.«

Xanthe lachte. »Hier gibt es nicht viele Köpfe zu verdrehen, Mrs Largan, es sei denn, Sie zählen die Kängurus mit.«

»In der Kirche trefft ihr sicher eine Menge junger Männer, die sich für euch interessieren.«

Conn kam in die Küche. »Seid ihr fertig? Wir können ...« Er hielt inne und starrte die beiden an, bevor er einen langgezogenen Pfiff ausstieß. »Ihr seht heute beide wunderschön aus.«

Maia spürte, wie sie bei diesem unerwarteten Kompliment rot anlief, aber Xanthe lachte bloß und sagte: »Du bist selber ein ziemlich ansehnlicher Kerl, Conn Largan.«

»Ja, nicht wahr?« Mrs Largan blickte ihren Sohn liebevoll an.

»Und du willst wirklich nicht mitkommen, Mutter?«

Sie schüttelte den Kopf. »Ich ruhe mich lieber aus, und außerdem kommt mir die Scheune sowieso nie wie eine richtige Kirche vor.«

Als sie ankamen, fiel Maia auf, wie die Leute Conn knapp zunickten und dann den Blick abwandten, ohne zu verhehlen, dass sie nichts mit ihm zu tun haben wollten. Manche Männer stellten sich zwischen ihn und ihre Familien, als würden sie sie beschützen.

Kein Wunder, dass er verbittert ist, dachte sie traurig.

Während er seinen Wagen und das Pferd auf dem angrenzenden Feld abstellte, warteten die beiden Schwestern vor der Scheune auf die Braut. Kaum hatte er sie allein gelassen, blieben Leute stehen, um mit ihnen zu plaudern.

Es war einfach ungerecht. Maia hatte gehört, dass die Hälfte der Bevölkerung dieser Kolonie aus ehemaligen Sträflingen bestand. Würde man diesen Leuten denn nie vergeben? Außerdem waren in ihren Augen politische Häftlinge wie Conn keine schlechten Menschen, nicht wirklich. Sie waren anders als gewöhnliche Häftlinge. Sie hatten kein echtes Verbrechen begangen wie Diebstahl oder Mord.

Nach allem, was er angedeutet und was seine Mutter erzählt hatte, hatte er sich vielleicht sogar überhaupt nichts zuschulden kommen lassen. Wie konnte ein unschuldiger Mann einfach so verurteilt werden?

Und warum lebte seine Mutter hier, wenn sein Vater drüben in Irland immer noch am Leben war?

Es war alles sehr merkwürdig.

Ungeduldig blickte sie die Straße hinunter, konnte es kaum noch erwarten, den Wagen mit ihren Schwestern zu sehen.

Pandora war zugleich erleichtert und wehmütig, als der Morgen der Hochzeit endlich da war. Mr Southerham brachte seine Frau und die beiden Hausmädchen mit seinem Wagen zu dem Laden, eine Stunde Fahrt in der glühenden Sonne, also spannte sie den alten Regenschirm auf, den Mrs Southerham ihr geliehen hatte. Cassandra dagegen schien die Wärme zu genießen, und ihr Gesicht wurde in der Sonne nicht krebsrot wie Pandoras.

Reece fuhr hinter ihnen in Kevins Wagen, während Kevin

neben ihm auf dem Kutschbock saß und dafür sorgte, dass er keine Dummheiten machte. Einen Pferdewagen zu lenken war bloß eine der vielen neuen Fähigkeiten, die Reece lernen musste. Nach der Trauung würde Cassandra in ihr neues Heim bei ihnen einziehen und Pandora allein bei den Southerhams zurücklassen.

In der Scheune hinter dem Laden hatte sich die Gemeinde für den monatlichen Gottesdienst versammelt, die Wagen standen auf dem nahegelegenen Feld, einige Pferde hatten Futtersäcke um. Die wenigsten Leute wohnten nah genug, um zu Fuß zur Kirche zu gehen.

Die Zwillinge warteten vor der großen Scheune auf sie, und ihr Arbeitgeber, der etwas abseits gestanden hatte, kam herüber, um dem Brautpaar alles Gute zu wünschen.

Nachdem die Schwestern einander und obendrein auch noch Reece umarmt hatten, gingen sie hinein. Als Conn sich auf eine der hinteren Bänke setzen wollte, bemerkte Pandora überrascht, wie Maia ihn am Ärmel packte und ihn auf die gleiche Bank zog, wo sie selbst saßen.

Die Southerhams gingen direkt ganz nach vorn, als hätten sie ein Anrecht auf die besten Plätze. Die Leute dort lächelten sie an und rückten zur Seite.

Die meisten Gemeindemitglieder blickten Conn missbilligend an, und niemand setzte sich direkt vor oder hinter ihn. Auch Kevin behandelten sie wie einen Aussätzigen, doch er war im hinteren Bereich der Scheune geblieben, saß allein in einer Bank und hatte so die übliche Sitzordnung nicht durcheinandergebracht.

Sie beobachtete fasziniert, wie Conn mit leiser Stimme mit Maia diskutierte. Doch ihre Schwester hielt seinen Ärmel immer noch fest – was der schüchternen Maia überhaupt nicht ähnlich sah.

Der Gottesdienst begann mit Lesungen und einer kurzen Predigt. Pandora stimmte nicht in die Choräle mit ein, weil sie keinen Ton halten konnte, aber sie lauschte mit Vergnügen ihren drei Schwestern, die wunderschön sangen. Sie verfielen mühelos in die Harmonien. Es erinnerte sie daran, wie die drei in den Straßen von Manchester gesungen hatten, um Geld für besseres Essen für ihren Vater zu sammeln, als sie alle keine Arbeit gehabt hatten.

Irgendwann verstummte die ganze restliche Gemeinde, um ihnen zu lauschen, und ihre drei Schwestern hielten beschämt inne. Der Pfarrer ermutigte sie mit einer Handbewegung. »Hören Sie nicht auf, meine lieben jungen Damen. Es ist so eine Freude, Ihre Stimmen zu hören. Wir haben hier leider keinen Chor, da ich nur einmal im Monat herkomme und es hier niemanden gibt, der einen Chor leiten könnte, aber ich hoffe, Sie werden auch in Zukunft an den Gottesdiensten teilnehmen und uns mit Ihrem wunderbaren Gesang erfreuen.«

Also sangen sie den Choral noch einmal, dann einen anderen, bevor sie ihr improvisiertes Konzert beendeten, weil es nicht so aussehen sollte, als würden sie angeben.

Nach dem Gottesdienst fanden drei Trauungen statt. Cassandras und Reece' war die letzte.

Pandora wusste, dass Cassandra einen guten Mann ausgewählt hatte. Lächelnd beobachtete sie ihre Schwester und hörte ihre überzeugten Antworten. Sie würde sich selbst ein Jahr bei den Southerhams geben, beschloss sie auf einmal, bevor sie sich nach etwas anderem umsähe, selbst wenn das bedeuten sollte, von ihren Schwestern fortzuziehen.

Nach dieser Entscheidung fühlte sie sich augenblicklich besser.

Cassandra lächelte zu ihrem frisch angetrauten Ehemann auf, als sie sich aus seiner Umarmung löste.

»Treten wir ihnen entgegen.« Reece bot ihr den Arm.

Auf einmal wurde sie sich ihres Publikums bewusst und

errötete, aber sie blickte überall in lächelnde Gesichter, und einige der Frauen hatten Tränen in den Augen.

Rasch warf sie ihren Schwestern einen Blick zu, die sie anstrahlten, dann schritt sie mit ihrem Ehemann zum Ausgang.

Draußen nahmen sie die Glückwünsche der Anwesenden entgegen, selbst Fremde wollten die Bräute küssen und ihnen alles Gute wünschen.

Einige der Frauen traten mit kleinen Päckchen an sie heran.

Als hätten sie sich abgesprochen, reichte die erste jeder Braut einen Korb. »Die flechte ich selbst. Sie sind nicht so schick wie die, die man in Perth kaufen kann, aber sie erfüllen ihren Zweck. Man kann immer einen oder zwei zusätzliche Körbe gebrauchen, wenn man nur alle paar Wochen einkaufen geht.«

»Ein paar gute Teeblätter als kleine Leckerei«, sagte eine andere und überreichte ihr ein Päckchen.

»Ein Glas von meiner Melonenmarmelade. Hier habe ich auch das Rezept aufgeschrieben und einige Melonenkerne für Sie dazugelegt. Sie sind ganz leicht anzupflanzen.«

»Eine Flasche meines speziellen Chutneys, das ich jedes Jahr aus Äpfeln und Sultaninen mache. Ich habe Ihnen das Rezept gegeben, und wenn Sie einen Ableger von unserem Apfelbaum haben möchten, sagen Sie mir Bescheid.«

»Das kann ich Ihnen jetzt schon sagen: sehr gern.«

Sie war überwältigt von ihrer Freundlichkeit, konnte einfach nur dastehen, als der Korb, den sie bekommen hatte, mit hausgemachten Gaben und Rezepten gefüllt wurde. Es war hierzulande offenbar ein Ritual.

»Wie können sie so nett zu mir sein, wenn sie Mr Largan wie einen Aussätzigen behandeln?«, fragte sie Reece auf dem Heimweg.

»Zu mir sind sie genauso«, bemerkte Kevin trocken von der Ladefläche des Wagens, wohin er sich freiwillig gesetzt hatte, damit die frisch Vermählten zusammensitzen konnten. »Ehemalige Strafgefangene sind in der Gesellschaft nicht gut angesehen, selbst wenn sie ein Vermögen machen. Es würde jedoch sofort auffallen und kommentiert werden, wenn wir nicht in die Kirche gingen.«

Sie errötete, weil sie so taktlos gewesen war.

Kevin lachte leise. »Du brauchst dich nicht zu schämen, Mädchen. Inzwischen habe ich mich daran gewöhnt.«

Sie wandte sich zu ihm um und wollte ihn anlächeln, doch als sie sah, wie erschöpft er wirkte, machte sie sich Sorgen. »Geht es dir gut?«

»Ich bin bloß müde. Ich werde mich einen oder zwei Tage lang ausruhen, wenn wir zurückkommen. Aber es war schön, bei eurer Hochzeit dabei zu sein.«

Sie winkten Pandora und den Southerhams zu, als sich der Weg gabelte, und ließen sich von Kevins hässlichem, aber gutmütigem Pferd namens Delilah langsam den Hang hinauf zu seiner Farm ziehen.

Cassandra fühlte sich, als käme sie endlich nach Hause, und lächelte Reece glücklich an.

Kevins Hütte war ein wenig größer als die der Southerhams und in einem deutlich besseren Zustand. Reece half Cassandra vom Wagen und bot ihr seinen Arm. Einen Augenblick standen sie da und betrachteten das neue Zimmer, das er für sie an einer Seite des Hauses angebaut hatte. Das Holz war neu und glänzte, ganz anders als die im Laufe der Zeit silbrig gewordenen Bretter der restlichen Hütte.

Cassandra und Pandora hatten Reece an den letzten beiden Sonntagen geholfen und ihre Dienstherren sich selbst überlassen. Francis hatte das nicht gefallen, denn er war der Meinung, Dienstmädchen sollten nur einen Sonntag im Monat frei haben, aber Livia hatte sich durchgesetzt.

Kevin hatte die Bauarbeiten überwacht, weil er ein fähiger

Schreiner gewesen war, bevor er zu schwach geworden war, um schwere körperliche Arbeit zu verrichten. Der neue Raum bestand aus groben Holzplatten und schmaleren Brettern dazwischen. Riesige Rindenstücke bedeckten den Dachrahmen, der von Seilen gehalten wurde, die an großen Steinen befestigt waren.

Die Holzplatten waren von Bauarbeiten Kevins übrig geblieben, und er hatte sie Reece freundlicherweise als Hochzeitsgeschenk überlassen. Sie hatten lange Zeit herumgelegen, und auch wenn sie vielleicht nicht hübsch aussahen, bildeten sie solide Wände.

Nachdem das neue Schlafzimmer fertiggestellt worden war, hatte Reece die hölzernen Wände zu seinem alten Zimmer entfernt, damit es zu einem Teil des Wohnzimmers werden konnte. Wenn es im Winter so nass war, wie Kevin erzählte, wäre es gut, mehr Platz im Haus zu haben. Die beiden Männer sprachen sogar davon, für Cassandra einen überdachten Übergang zu der primitiven Küche zu bauen, die nur an den Seiten Wände hatte, wo es windete, und etwa zehn Meter vom Haus entfernt war. Zum Kochen gab es dort ein amerikanisches Gerät, das Kolonialherd genannt wurde, ähnlich dem Herd, den sie in Outham gehabt hatten, und er funktionierte gut.

Es war so schön, endlich ein Zuhause zu haben. In einem Zelt hätte sie sich niemals zu Hause gefühlt.

Reece ging voraus, und zu ihrer Überraschung drehte er sich um und hob sie hoch, damit er sie über die Schwelle zu ihrem Schlafzimmer tragen konnte.

Hinter sich hörte sie Kevin leise lachen, dann drückte Reece die Tür mit der Schulter zu und setzte Cassandra vorsichtig ab. Er gab ihr einen Kuss, der ihren ganzen Körper zum Beben brachte. Seine Berührungen machten ihr nicht die geringste Angst, und als er sie zum ersten Mal geküsst hatte, hatte sie das erstaunt. Vielleicht lag es daran, dass seine Zärtlichkeit nichts mit der Brutalität der Männer, die sie vergewaltigt hatten, gemein hatte.

Sie hakte sich bei ihm unter und sah sich um. Das Zimmer war winzig, und das Bett nahm viel Platz in Anspruch. Ihre Truhen standen zu beiden Seiten, mit Kerzenständern darauf. »Wo kommt die Patchworkdecke her?«

»Ich habe sie gekauft. Eine der Frauen aus dem Laden hat sie gemacht. Sie ist hübsch, nicht wahr?«

»Das ist die schönste, die ich je gesehen habe. Du musst so hart gearbeitet haben, um das hier fertigzustellen, Reece.«

»Ich wollte, dass wir ein wenig Privatsphäre haben. Ich kann dir nicht viel bieten, aber immerhin das hier.« Er deutete zu der Kleiderstange, über der ein Regalbrett angebracht war. »Für den Kleiderschrank werde ich noch Türen bauen, aber ich dachte mir, dass ich diese Aufgabe in der Regenzeit erledige. Es wird besser werden, Cassandra.«

»Du bist mir am wichtigsten, viel wichtiger als Geld oder Besitz. Und ich werde uns mit dir gemeinsam ein gutes Leben für uns und unsere Familie aufbauen.«

»Ich werde gut auf dich aufpassen, solange du in diesem Zustand bist. Ich möchte nicht, dass du dich überanstrengst.«

Sie bemerkte die Sorge in seinem Blick und erinnerte sich, dass seine erste Frau schwanger gewesen war und er sie und das Baby verloren hatte. »Ich werde nichts Unverantwortliches tun, Reece, aber ich kann hier nicht einfach herumsitzen und abwarten, bis das Baby kommt, also kann ich auch weiterhin zu den Southerhams gehen und ein wenig von der Zeit abarbeiten, die du ihnen schuldest.«

»Solange du vorsichtig bist.«

»Mir geht es inzwischen sehr gut, mir ist morgens nicht einmal mehr übel. Ging es deiner ersten Frau in der Schwangerschaft nicht gut?«

»Es ging ihr schon nicht gut, als wir geheiratet haben, aber ich war so dumm zu glauben, gutes Essen und ein anständiges

Zuhause würden ihr helfen.« Er schüttelte den Kopf, um die traurigen Erinnerungen zu verscheuchen. »Das ist kein Thema für unseren Hochzeitstag.«

»Aber es ist ein Teil deines Lebens, und ich möchte alles über dich wissen.«

»Was? Heute?«, neckte er. »Wir werden es niemals ins Bett schaffen, wenn ich dir erst meine ganze Lebensgeschichte erzählen muss.«

»Nein, du Dummkopf. Für den Rest des Tages möchte ich einfach, dass wir glücklich sind. Morgen mache ich hier Ordnung, und am Dienstag gehe ich wieder zur Arbeit. Ich habe mit Mrs Southerham bereits ausgemacht, dass ich morgen frei habe.« Sie ließ die Finger über die beiden Holzstühle und das Tischchen unter dem Fenster wandern. Es waren hübsche Möbelstücke, viel besser gearbeitet als alle, die sie jemals besessen hatte. »Woher hast du die?«

»Von Kevin. Er hat ein paar Stücke in seinem Schuppen verstaut, weil ihm der Platz dafür fehlt.«

»Die Leute sind alle so nett zu uns, aber er ganz besonders.«

»Er braucht uns, und im Laufe der Zeit wird er uns immer dringender brauchen. Ich fürchte, er hat kein Jahr mehr zu leben. Ich werde ihn sehr vermissen.«

Reece schlang von hinten die Arme um Cassandra, und sie lehnte sich an ihn. Er war ziemlich groß, aber nur ein wenig größer als sie, denn die Blake-Schwestern waren alle hochgewachsen. Auf einmal fiel ihr auf, dass sie nicht länger eine Blake war. »Mrs Gregory.« Sie bemerkte erst, dass sie es laut ausgesprochen hatte, als Reece ihre Worte wiederholte.

Er küsste sie noch einmal, so zärtlich, dass ihr die Tränen in die Augen stiegen. »Ich werde dich im Bett nicht anrühren, bis das Baby da ist, meine Liebste.«

»Nein, Reece. Ich will ganz und gar deine Frau werden, und außerdem muss ich die schrecklichen Erinnerungen loswerden.« Sie unterbrach sich, denn ihre Stimme zitterte, wie jedes Mal, wenn sie sich an die Tage erinnerte, als sie wieder und wieder vergewaltigt worden war. Es war ein Wunder, dass sie nicht den Verstand verloren hatte, aber irgendwie hatte sie überlebt, und sie wollte nicht, dass das, was passiert war, den Rest ihres Lebens überschattete.

Sie blickte zu ihm auf, und die Liebe in seinen Augen weckte in ihr den Wunsch, ihn zu berühren, zu küssen, zu lieben. »Es ist so ein Glück, dass ich dich wiedergefunden habe.«

»Wir haben beide Glück, dass wir einander gefunden haben. Vor allem, nachdem ich so dumm war, England zu verlassen – und dich.«

Er sprach es nicht aus, aber wenn er sie von Anfang an hierher mitgebracht hätte, wäre ihnen der ganze Ärger erspart geblieben. Doch es hatte keinen Sinn, darüber nachzudenken, was hätte sein können. Das Leben ging weiter, und man musste ihm folgen.

Sie standen noch einen Augenblick lang eng umschlungen da, dann löste sie sich von ihm. »Würdest du bitte meinen Koffer hereinbringen? Ich hole den neuen Korb und packe die Geschenke aus, bevor ich uns Essen mache. War es nicht zauberhaft von den Frauen in der Kirche, Fremde zu beschenken?«

Beim Gedanken an die netten Gaben wurde ihr warm ums Herz. Sie wirkten wie ein greifbares Versprechen von guter Nachbarschaft und Hilfe in der Not. Bei der nächsten Hochzeit würde sie der Braut auch ein Geschenk machen.

Reece folgte ihr nach draußen zur Küche. »Ich werde mit dir plaudern, während du kochst, und dir helfen, wenn ich kann. Weißt du, wie man so einen Herd bedient?«

Sie lachte. »Natürlich. Was glaubst du, wer in Outham immer für die Familie gekocht hat?«

»Gut. Dann sollte ich dich besser warnen, dass ich einen gesegneten Appetit habe. Ich habe neue Kohlen aufgelegt, bevor wir gegangen sind.« Er öffnete die Belüftungsklappen und schaute hinein. »Ja, da in der Ecke glüht es schon. Bald wird es brennen.«

Er blickte zum Dach hinauf und betrachtete dann die Wand. »Ich werde sehen, was ich tun kann, um das Haus vor dem Wintereinbruch noch auszubessern.«

»Mir hat heute jemand gesagt, dass wir für die Lebensmittel einen Vorratsschrank mit Gitterwänden brauchen. Bei heißem Wetter hängt man ein nasses Tuch darüber, damit die Sachen kühl bleiben.«

»Und wir müssen die Füße von allem in Schalen mit Wasser stellen, sonst krabbeln überall Ameisen hinein. Das hat mir Kevin beigebracht. Seltsame Methoden zur Haushaltsführung gibt es hier.«

»Ich muss noch so viel lernen. Aber wenn die anderen Frauen es schaffen, Marmelade zu kochen und Gemüse einzulegen und wer weiß was noch alles, dann schaffe ich das auch. Obwohl ich vielleicht die Frauen in der Kirche um Rat und Hilfe bitten muss. Livia ist freundlich, aber von Haushaltsführung versteht sie nicht viel.«

»Sie ist immerhin nicht so arrogant wie Francis.«

Nach dem Abendessen zog sich Kevin, der sehr erschöpft aussah, früh zurück und ging ins Bett.

»Er sieht überhaupt nicht gut aus«, sagte sie leise.

»Er redet nicht über sich und will auch nicht, dass ich einen Arzt hole.«

»Gibt es hier einen in der Nähe?«

»Nein. Ich habe darüber nachgedacht, dich nach Perth zu bringen, wenn das Baby kommen soll.«

»Mir wäre es lieber, wenn mir eine Frau zu Hause helfen würde. Es muss doch hier in der Nähe eine Hebamme geben, die den Babys auf die Welt hilft. Wir können uns nächsten Monat in der Kirche danach erkundigen.«

Sie räumte den Tisch ab. In Australien gab es keine lange

Abenddämmerung, sondern es wurde fast augenblicklich dunkel, nachdem die Sonne hinter dem Horizont verschwunden war, also gingen sie wenig später zu Bett.

Sie schmiegte sich an ihn, besorgt, dass nun der Augenblick gekommen war, vor dem sie sich gefürchtet hatte, aber sie war entschlossen, ihre Furcht zu überwinden. Doch Reece war so sanft, drückte seine Liebe mit jedem Kuss und jeder Liebkosung aus, dass sie sich gar keine Sorgen hätte machen müssen. Sie reagierte auf seine Zärtlichkeit, instinktiv, bereitwillig, und ließ sich von ihm forttragen auf einer Welle der Lust, die sie hinwegriss und in seinen Armen seufzen ließ.

»Es wird ein großes Baby«, sagte er hinterher und legte ihr eine Hand auf den Bauch.

»Glaubst du?«

»Ja. An deinem Termin besteht kein Zweifel, also ist es schon ziemlich weit entwickelt.«

Für einen kurzen Augenblick überfielen sie wieder ihre alten Zweifel. »Ich hoffe, wir werden es lieben.«

»Natürlich werden wir das. Es ist ein Baby, kein Verbrecher. Und ich werde der einzige Vater sein, den es jemals kennen wird. Das ist die einzige Bedingung, die ich stelle: Es soll niemals erfahren, dass es nicht von mir ist.«

Als sie schließlich mit einem Lächeln auf dem Gesicht einschlief, hielt sie immer noch seine Hand.

Zachary unterdrückte ein Stöhnen, als Leo in die Kabine gestürzt kam, in die er sich gerade zurückgezogen hatte, um in Ruhe zu lesen.

»Diese Matrosen behandeln die armen Tiere nicht gut«, verkündete Leo und zupfte seinen Freund am Ärmel. »Du musst sie davon abhalten. Auf mich hören sie nicht. Los, komm.«

Zachary legte langsam sein Buch ab. Inzwischen wusste er, dass sich Leo nicht von etwas abbringen ließ, sobald er es sich einmal in den Kopf gesetzt hatte. »Ich habe dir doch schon gesagt, dass diese Männer dafür eingestellt sind, sich um die Tiere zu kümmern, und das musst du ihnen schon überlassen.«

»Aber sie machen es nicht *richtig*. Die Tiere könnten *sterben*. Komm mit und sag es ihnen. Mich haben die Männer ausgelacht, aber auf dich werden sie hören.«

»Ich verstehe überhaupt nichts von Tieren. Außerdem werden die meisten von ihnen sowieso geschlachtet. Warum regst du dich so auf?«

»Viele Tiere werden geschlachtet. Ich weiß, wie man sie sanft töten kann. Wir müssen doch nicht *grausam* zu ihnen sein.« Leos Lippen zitterten bei diesen Worten. »Es ist falsch, anderen Lebewesen wehzutun.«

Zachary seufzte. Er wusste, dass die Leute gemein zu Leo waren, und das betrübte den armen Kerl. Seltsamerweise hatte er seine Körperkraft nie dazu benutzt, sich zu wehren, so eine gute Seele war er. Es machte Zachary traurig, diese Neckereien und Hänseleien mitanzusehen. Und in der Folge hatte er sich auf einmal in der Rolle von Leos inoffiziellem Beschützer wiedergefunden. Aber wer würde Leo beschützen, wenn sie erst von Bord gegangen wären? Für jeden, der nur einen Hauch Mitgefühl besaß, war es der Stoff, aus dem Albträume sind: ein Kerl wie dieser, geistig kaum mehr als ein Kind, ganz allein in einem fremden Land.

»Los, *komm!*« Wieder zerrte Leo an Zachary und riss ihn beinahe von seiner Koje.

»Wir gehen jetzt und schauen mal. Aber mehr mache ich nicht.«

Doch als sie bei den Tieren ankamen, konnte selbst Zachary erkennen, dass sie litten: Ihre Verschläge waren furchtbar eng, nicht gesäubert und ihre Wassertröge leer. »Wir sprechen mit dem Doktor«, schlug er vor.

Dr. Crawford, der sowohl für das Wohlergehen der Sträflinge als auch der zahlenden Passagiere zuständig war, hatte ausnahmsweise Zeit und ließ sich leicht überreden, einen Blick auf die Tiere zu werfen.

»Darf ich ihnen Wasser bringen?«, fragte Leo, der von einem Fuß auf den anderen trat.

»Du kannst nicht allein für sie sorgen.« Der Doktor überlegte. »Ich werde schauen, ob es einen Sträfling gibt, der diese Aufgabe übernehmen kann. Das Besatzungsmitglied, das eigentlich für die Tiere sorgen sollte, ist krank geworden, und alle haben gedacht, jemand anderes hätte diese Aufgabe übernommen. Das sagen sie zumindest. In Wirklichkeit mögen es die meisten Seeleute nicht, sich um Tiere zu kümmern.«

»Sie haben Durst«, sagte Leo. »Es ist heiß. Sie brauchen Wasser.«

Wenn er sich einmal etwas in den Kopf gesetzt hatte, ließ er nicht locker. Zachary gab nach, denn er wusste, er würde keine Ruhe haben, solange er Leo nicht geholfen hatte. »Heute werde ich ihn im Auge behalten, Doktor. Aber wenn Sie einen Sträfling auftreiben könnten, der Erfahrung mit Tieren hat, dann übernimmt er die Aufgabe sicher gern, und Leo kann ihm helfen.« Er trat beiseite und sagte etwas leiser: »Ich glaube, es wäre gut für Leo, wenn er etwas zu tun hätte. Er kann sich die Zeit nicht mit Lesen oder Tagebuchschreiben vertreiben wie wir anderen.«

Der Arzt nickte. »Sie sind sehr nett zu dem armen Kerl.«

»Ich habe keine Wahl, da ich mir eine Kabine mit ihm teile. Aber abgesehen davon ist er eine gute Seele.«

»Bis man es mit ihm zu weit treibt«, sagte der Arzt. »Das habe ich schon erlebt, wenn Leute Burschen wie ihn zu sehr getriezt haben. Passen Sie einfach auf sich auf.«

Zachary nickte, um zu zeigen, dass er den Rat gehört hatte, aber er konnte sich nicht vorstellen, dass Leo jemals irgendjemandem etwas zuleide tun könnte.

Zwei Tage später gerieten sie in einen Sturm, und die Passagiere mussten unter Deck bleiben. Als sich die See beruhigt hatte, gingen Leo und der Häftling, der nun für die Tiere verantwortlich war, nachsehen, ob alles in Ordnung war.

Zu ihrer Bestürzung hatte sich eine der Kühe ein Vorderbein gebrochen.

»Das ist die wertvollste, haben sie mir gesagt«, sagte der Häftling. »Sie wollten sie für die Zucht nutzen, aber jetzt muss sie geschlachtet werden. Der Besitzer wird nicht begeistert sein. Aber für einen Sturm können wir schließlich auch nichts, oder?« Er machte sich auf den Weg, um einen der Offiziere zu suchen.

Leo untersuchte das arme Geschöpf, das klägliche Laute von sich gab.

Als der Schiffsarzt kam und einen Blick auf das Tier warf, schüttelte er den Kopf. »Man kann das Bein einer Kuh nicht heilen. Sie muss erschossen werden.«

»Ich kann ihr Bein heilen«, sagte Leo.

Sie blickten ihn überrascht an.

»Hast du so etwas schon einmal gemacht?«, fragte der Arzt.

Leo nickte. »Es war allerdings ein Schaf. Der Hufschmied hat gesagt, ich soll an einem Schaf üben.«

»Hat es überlebt?«

»Ja. Wenn es das Vorderbein ist, kann man es manchmal schienen, wenn es ein glatter Bruch ist. Wenn es das Hinterbein ist, kann man nicht viel tun. Ich kann es richten, wenn mir jemand hilft. Ich brauche eine Schiene und eine Bandage.«

»Er kapiert nichts«, murmelte der Sträfling und tippte sich an die Stirn.

»Das hört sich für mich nicht so an. Manchmal haben Menschen wie er eine besondere Begabung, wie um ihre anderen Unzulänglichkeiten auszugleichen.« Er runzelte die Stirn und zuckte dann mit den Achseln. »Einen Versuch ist es wert. Das hier ist ein sehr wertvolles Tier.« Er wandte sich wieder an Leo. »In Ordnung, junger Mann. Zeig mir, was du kannst.«

»Können *Sie* das nicht machen, Doktor?«, bettelte der Sträfling. »Ich will nicht, dass sie mir die Schuld zuschieben.«

»Ich habe noch nie ein Tier behandelt. Aber er hat es ganz eindeutig. Ich werde gern zusehen, und wenn es sein muss, werde ich natürlich verhindern, dass er alles nur noch schlimmer macht, und das Tier von seiner Qual erlösen.«

Leo kümmerte sich mit einer Geschwindigkeit um das verletzte Bein, die alle überraschte. Er ignorierte das Zappeln und die Laute des Tieres, tastete vorsichtig den Knochen ab und drückte kräftig. »Jetzt müssen wir das Stück Holz an das Bein binden«, erklärte er.

»Das war alles?«, fragte der Sträfling enttäuscht.

Leo sah ihn überrascht an. »Es ist nur ein glatter Bruch.«

»Wird sie sich erholen?«, fragte der Arzt.

»Manche erholen sich, andere sterben. Aber sie ist noch jung. Es wäre besser, wenn ich bei ihr bleibe.« Er streichelte dem Tier über den Kopf, und es beruhigte sich augenblicklich.

Mehrere Passagiere und Besatzungsmitglieder kamen vorbei, um sich die Patientin anzusehen, und gingen murmelnd wieder davon.

Leo beachtete sie gar nicht, und in den nächsten paar Tagen verbrachte er den Großteil seiner Zeit bei dem kranken Tier, das augenblicklich ruhiger wirkte, wenn er bei ihm war.

»Das ist das Verrückteste, was ich jemals gesehen habe«, sagte der Arzt zu Zachary. »Es ging so schnell, und schauen Sie nur, wie gut das Tier auf ihn reagiert. Der Besitzer wird sich sehr freuen, wenn es überlebt.«

Kapitel 6

Am Tag nach Cassandras Hochzeit wachte Pandora früh auf, dankbar, dass das Tageslicht durch die Zeltwände schimmerte. In der Nacht war sie mehrmals aus dem Schlaf aufgeschreckt und hatte sich bei jedem Geräusch in der Nähe gefragt, was es sein mochte.

Nachdem sie sich gewaschen hatte, stand sie für einen Augenblick nackt da. Zwar schämte sie sich für ihr unanständiges Verhalten, doch die Luft auf ihrer Haut fühlte sich herrlich kühl an. Widerwillig griff sie nach ihrer Arbeitskleidung: Unterhosen, ein Unterrock, ein Baumwollrock, ein Unterhemd und ein Mieder, von dem sie im vergeblichen Bemühen, nicht so sehr zu schwitzen, die Ärmel abgeschnitten hatte. Über das alles band sie eine grobe Schürze aus Drillich, dann betrachtete sie sich einen Augenblick in dem gesprungenen Spiegel, den Mrs Southerham ihnen überlassen hatte.

Ihre Haut hatte inzwischen einen hellen Goldton angenommen, war aber immer noch viel blasser als die aller anderen. Sie hielt sich nicht länger als nötig in der Sonne auf, weil sie die Hitze als unangenehm empfand. Doch immerhin glänzte ihr Haar wieder – sie hob eine Hand, um es zu berühren. In den Zeiten, als sie nach der Schließung der Baumwollfabrik gehungert hatten, war es stumpf gewesen.

Litten die Menschen in Outham immer noch Hunger? War der Bürgerkrieg in Amerika noch immer nicht vorüber? Sie waren hier abgeschnitten von den Geschehnissen, denn ohne Eisenbahn dauerte es lange, bis Zeitungen die Ansiedlungen auf dem Land erreichten. Mr Southerham war darüber häufig unzufrieden.

Wenn man irgendwohin musste, ging man zu Fuß oder ritt. Ihr Dienstherr hatte angeboten, ihr das Reiten beizubringen. Darauf würde sie zurückkommen. Wenn sie reiten könnte, würde er ihr vielleicht erlauben, Xanthe und Maia allein zu besuchen. Es wäre doch bestimmt nicht gefährlich, so wenig Leute, wie es hier gab? Und sie hätte etwas anderes zu tun, wenn sie reiten lernte. Es war so langweilig, jeden Tag die gleichen Aufgaben erledigen zu müssen und nicht einmal jemanden zu haben, mit dem sie sich unterhalten konnte. Sie hätte es sich niemals ausgesucht, Hausmädchen zu werden. Die Arbeit in der Baumwollspinnerei war hart gewesen und nicht besonders interessant. Aber sie und ihre Arbeitskolleginnen hatten auch Spaß gehabt, und die Zeit nach der Arbeit hatte sie zu ihrer freien Verfügung gehabt.

Sie nahm die Schale mit Wasser und schüttete es auf die kleine Reihe Pflanzen, die vor sich hin trockneten. Man durfte kein gutes Wasser verschwenden. Seit sie im Dezember angekommen waren, hatte es noch kein einziges Mal geregnet. Als sie zum Brunnen ging, um frisches Wasser zu holen, sah sie hinter dem Haus eine Gruppe Kängurus zwischen den Bäumen herumhüpfen. Weibchen. Kevin hatte gesagt, die männlichen Kängurus könnten gefährlich werden, aber die Weibchen seien friedlicher. Sie lebten offenbar immer in Gruppen. Diese Gruppe hatte sie schon öfter gesehen. Das größte hatte ein versehrtes Ohr.

Als die Tiere verschwunden waren, schürte sie das Feuer und machte sich eine Kanne Tee, den sie aus einem der Half-Pint-Becher aus Emaille trank, die alle hier benutzten, auch wenn die Southerhams am Nachmittag immer ihr Porzellanservice hervorholten – *man muss schließlich die Standards aufrechterhalten* –, womit sie ihren Hausmädchen zusätzliche Arbeit bescherten. Sie mussten das Teegeschirr anschließend besonders vorsichtig abwaschen, mit einem Tuch auf dem Boden der zinnernen Waschwanne, um zu verhindern, dass das dünne Porzellan einen Sprung bekam.

Sie ließ die dunkle Flüssigkeit in ihrem Becher kreisen, beobachtete den Strudel in der Mitte und probierte aus, wie tief sie ihn machen konnte. Es gab keine Milch für den Tee, denn die Southerhams wollten nicht den Aufwand betreiben, eine Kuh zu halten, und eine andere Möglichkeit, an Milch zu kommen, gab es hier nicht. Sie würde in dieser Hitze ohnehin viel zu schnell sauer. Sie tat auch keinen Zucker hinein, weil sie sich an den bitteren Geschmack des ungesüßten Tees gewöhnt hatte, als Zucker zu teuer und sie froh gewesen waren, eine anständige Mahlzeit pro Tag und mit etwas Glück ein paar Stücke trockenes Brot zu bekommen. In jener Zeit hatten sie ihre Teeblätter mehrmals aufbrühen müssen, bis das Wasser irgendwann kaum noch Farbe angenommen hatte, und vielleicht war das der Grund, warum sie ihren Tee heute gern stark trank.

Mrs Southerham trat auf die Veranda ihrer winzigen Holzhütte, gähnte und streckte sich, dann gesellte sie sich zu Pandora an den Tisch unter dem Segeltuch. »Ist da noch Tee in der Kanne?«

»Jede Menge.« Sie wollte aufstehen.

»Bleiben Sie sitzen. Ich kann ihn mir selbst holen. Die Hochzeit war schön, finden Sie nicht?«

»Ja, Cassandra war eine hübsche Braut.«

»Nicht so hübsch, wie Sie eines Tages sein werden.«

»Ich glaube nicht, dass ich jemals wieder einen Mann wie Bill finden werde.« Er war der netteste Mann, den sie jemals kennengelernt hatte, und unterhaltsam außerdem.

»Ach, ich glaube schon, dass Sie jemanden finden werden. Ich war selbst ziemlich lange allein und hatte mich schon damit abgefunden, als alte Jungfer zu enden, doch dann habe ich Francis kennengelernt. Sie werden schon sehen. Eine junge

Frau, die so klug und hübsch ist wie Sie, muss doch Interesse wecken.«

Pandora widersprach nicht. Das war es nicht wert. Sie wollte niemanden aus dieser Gegend heiraten und dann den Rest ihres Lebens hier fernab von allem festsitzen. Sie stand auf, holte Mehl und Natron und machte sich daran, die erste Portion Damperbrot zu backen. Sie knetete den Teig und wünschte sich, die Leute würden nicht ständig darauf herumreiten, sie solle heiraten.

Sie schob die Backformen in den Ofen, richtete sich auf und blickte den Pfad hinunter, der zur Farm führte. Sie ertappte sich oft dabei, und manchmal beschwor ihre Vorstellungskraft das Bild eines Mannes herauf, der diesen Pfad entlangschritt, um sie von hier wegzuholen, weg aus Australien, zurück nach Lancashire.

Wie dumm von ihr! In diesen modernen Zeiten kamen keine Ritter in glänzender Rüstung, um sie zu retten. Sie saßen hier in Australien fest. Aber eines Tages würde sie entkommen, selbst wenn es nur bedeutete, dass sie nach Perth ziehen und dort leben würde.

Als Hallie und ihre Mutter in der nächsten Woche zum Markt gingen, raste ein Junge mit einer tief ins Gesicht gezogenen Mütze und einem Schal um den Hals um eine Ecke, rempelte ihre Mutter an und brachte sie zu Fall.

Jemand rief »He!«, aber der Junge rannte davon.

Hallie beugte sich zu ihrer Mutter hinunter, die nach Atem rang. Ein Mann von einem nahegelegenen Stand kam herüber, um Mrs Carr aufzuhelfen. Aber es dauerte eine Weile, bis sie wieder zu Atem kam.

Irgendjemand brachte einen Hocker, und als Mrs Carr es endlich geschafft hatte aufzustehen, war sie froh, sich setzen zu können.

»Er hat mir direkt in den Bauch gestoßen ... ich habe keine Luft mehr bekommen.«

Da wurde Hallie klar, was Harry gemeint hatte. Er war das gewesen. Er hatte ihrer Mutter wehgetan, aber es so aussehen lassen, als wäre es ein Unfall.

»Unvorsichtiger Rotzlöffel«, sagte der Mann, der ihnen geholfen hatte. »Wenn ich nur wüsste, wer das war, dann würde ich mich bei seinen Eltern beschweren.« Er hob die Stimme. »Weiß irgendjemand, wer das war?«

Einige schüttelten den Kopf. Die meisten hatten sich wieder ihren Einkäufen zugewandt.

Während des ganzen Heimwegs sorgte sich Hallie, was Harry wohl nächste Woche von ihr verlangen würde. Beim Gedanken daran, ihn küssen zu müssen, wurde ihr ganz elend.

Aber wenn sie sich weigerte, würde er ihrer Mutter vielleicht wieder wehtun.

Sollte sie es jemandem erzählen?

Sie wagte es nicht. Sie kannte die Prebbles. Jeder kannte sie. Wenn man sich mit ihnen anlegte, dann zahlten sie es einem heim.

Anfang März regnete es endlich – schwere Tropfen, die trockneten, bevor sie den Boden richtig durchdringen konnten. Aber selbst das war so ungewöhnlich, dass sich Pandora nach draußen stellte und den Kopf in den Nacken legte, um die kühlen, feuchten Tropfen auf dem Gesicht zu spüren.

Cassandra, die sich unter die Plane über dem Tisch zurückgezogen hatte, lachte über ihr Verhalten. Pandora lachte ebenfalls und tanzte mit ausgebreiteten Armen herum. Die Southerhams waren ausgeritten, also waren sie endlich einmal allein und konnten sich entspannen – auch wenn es immer etwas zu tun gab.

Auch Reece hielt inne, um über Pandoras Possen zu lächeln. Er arbeitete an der Hütte der Southerhams, weil Livia ihren Mann endlich überredet hatte, ihre Wohnung zu vergrößern, indem sie einen Teil der Veranda einfassten, bevor endgültig der Winterregen einsetzte. Er benutzte Teile von Packkisten sowie riesige Streifen Baumrinde. Das nächste Mal, wenn sie in Perth wären, würden sie Glas für die Fenster besorgen.

Zu Pandoras Enttäuschung hörte der Regen schon bald wieder auf, und die strahlende Sonne gewann wieder die Oberhand. »Ich frage mich, wie der Winter wirklich ist«, sagte sie, als sie sich alle drei zu einer kleinen vormittäglichen Erholungspause hinsetzten. »Dieses Tröpfeln würde ich nicht *Regen* nennen.«

»Im Winter prasselt es so stark, dass die Tropfen wieder vom Boden abprallen«, sagte Reece. »Und es wird direkt vom Meer auf uns zukommen.« Er deutete über das abfallende Land bis zum Horizont. »Wir bekommen nicht viel Regen aus östlicher Richtung.«

Cassandra holte die Becher hervor. »Ich mache mir Sorgen um dich allein in diesem Zelt. Was, wenn es wegfliegt?«

Pandora zuckte mit den Achseln. »Dann suche ich eben Zuflucht im Haus oder vielleicht bei euch.«

»Ich baue dir zumindest ein Bettgestell und errichte einen Schutz aus Stangen und Baumrinde über dem Zelt, bevor der Regen wirklich einsetzt«, versprach Reece. »Eine richtige Hütte kann ich dir leider nicht bauen, dafür bräuchte ich Geld für Holz.«

»Wird Mr Southerham dir denn dafür die Zeit einräumen?«

»Ich bestehe darauf. Er kann nicht erwarten, dass du in einem nassen Zelt schläfst, das jeden Moment wegfliegen kann. Sogar die Pferde haben eine bessere Unterkunft als du.«

Als der Regen einsetzte, ritten Francis und Livia gerade einen

Weg entlang, den sie im Busch entdeckt hatten. Sie hatten keine Ahnung, wer den Pfad angelegt hatte oder wohin er führte, aber er war eindeutig menschengemacht, wenn auch in letzter Zeit kaum benutzt. Francis hatte Reece aufgetragen, ihn vom Unterholz zu befreien, und dann war er ihn abgeschritten, um sicherzustellen, dass man ihn entlangreiten konnte.

Nach einer Weile führte der Weg einen Abhang hinab und auf die Hauptstraße Richtung Albany, der sie bis zur Grenze ihres Grundstücks folgen konnten, um dann den Hügel erneut zu erklimmen.

»Regen!« Livia streckte einen Arm aus, die Handfläche nach oben gedreht, um die Tropfen zu spüren. »Ach, schade, es hört schon wieder auf. Ich hätte mich über einen richtigen Schauer gefreut.«

»Hm.«

Er war heute in Gedanken versunken, und sie zögerte einen Augenblick, dann zügelte sie ihr Pferd. »Lass uns absteigen und diesen Pfad entlanggehen. Die Pferde werden uns folgen.«

Als sie vor sich hin trotteten, sprach sie aus, was ihr schon seit einer Weile im Kopf herumging: »Was ist los, Francis? Tu nicht so, als wäre alles in Ordnung. Ich habe bemerkt, dass du langsamer wirst, leichter ermüdest … wieder hustest. Es ist doch nicht …« Sie unterbrach sich, brachte es nicht über sich, das Wort auszusprechen.

Er blieb stehen, blickte auf den Boden und schob mit dem Fuß einen kleinen Ast beiseite. »Ich fühle mich in letzter Zeit … etwas schwächer. Und … ich huste wieder Blut. Nicht viel, nur gelegentlich ein wenig.«

Sie blieb wie angewurzelt stehen und legte ihm eine Hand auf den Arm. »Ich habe dich husten gehört, aber du sagtest, es sei nur der Staub. Es *ist* ja auch staubig hier.«

»Ich hatte gehofft, es würde mir besser gehen, wenn wir uns erst eingelebt hätten.«

»Das war es doch, was deinen Vater dazu bewogen hat, dich nach Australien gehen zu lassen, nicht wahr? Die Ärzte haben ihm gesagt, dass du die Schwindsucht hast.«

Er nickte.

»Du hast es damals heruntergespielt, behauptet, es sei nicht so schlimm, und mir erzählt, der Arzt sei sich sicher, dass es in einem wärmeren Klima besser werden würde. Ach, Francis!« Vor Sorge schnürte sich ihr die Kehle zu, und das letzte Wort kam gepresst heraus.

Er nahm sie in die Arme. »Ich wollte dich nicht beunruhigen.«

»Wir müssen nach Perth, einen Arzt aufsuchen.«

»Ich war in England bei genug Ärzten. Man kann gegen die Schwindsucht nichts tun, was ich nicht schon versucht hätte. Ich bin in ein wärmeres Klima gezogen, arbeite jetzt viel im Freien, und es hat alles nichts geholfen. Ach, mein Liebling, weine nicht.« Er umarmte sie fester.

Sie kämpfte mit den Tränen, konnte sie aber nicht zurückhalten und weinte an seiner Schulter. Aber sie gestattete es sich nicht, lange zu weinen. Sie musste ihren Mut bewahren, sich um ihn kümmern, ihm seine letzten Jahre so schön wie möglich machen.

Während er sie festhielt, sprach er in ihr Haar. »Ich hätte dieses Grundstück nicht kaufen sollen. Es hat zu viel von unserem Geld verschlungen. Deshalb wollte ich hier nicht zu viele Änderungen vornehmen, denn alles, was ich ausgebe, bedeutet weniger für dich ... später.«

»Mach dir um mich keine Sorgen. Wenn wir uns um dich kümmern, wenn du dich schonst, vielleicht geht es dir dann wieder besser.«

»Vielleicht.«

Schmerz durchlief sie und setzte sich schwer in ihrer Brust fest, denn sie verstand, dass er die Hoffnung auf Genesung aufgegeben hatte – und das bedeutete, dass es ihm schlechter gehen musste, als er zugab.

»Meine Hauptsorge ist, was mit dir passiert«, sagte er.

»Mir wird es gut gehen. Ich werde ein wenig Geld haben, weil ich das Grundstück wieder verkaufen kann. Reece hat viele Verbesserungen vorgenommen, also sollte dieses Haus jetzt mehr wert sein. Verschwende keine Zeit, dir Sorgen um mich zu machen, mein Liebling. Wir müssen uns überlegen, wie wir dir das Leben so schön wie möglich machen können.«

»Nun, im Großen und Ganzen genieße ich das Leben hier mehr als in Lancashire. Mir gefällt das wärmere Klima. Ich habe dich, ein paar gute Pferde, Platz zum Reiten, eine Veranda, wo ich die Sonnenuntergänge beobachten kann. Ich kann mich nicht beklagen.«

»Hast du es deshalb in letzter Zeit vermieden, mich zu küssen?«

»Ja. Manche Leute glauben, es kann von einer Person auf die andere übertragen werden. Ich sollte von jetzt an auch allein schlafen.«

»Nein. Es ist schön, zusammen zu schlafen.«

»Ich wache nachts auf, schwitze und fühle mich unwohl.« Er legte ihr einen Finger auf die Lippen. »Keine Widerrede. Es wird mir besser gehen, wenn ich allein auf der geschützten Veranda schlafe.«

Es erforderte große Anstrengung, ihn anzulächeln und zu nicken, doch es gelang ihr.

Auf dem letzten Stück Weg zurück zu ihrem Grundstück sagte sie abrupt: »Wir sollten es Reece sagen.«

»Ich möchte mit niemandem darüber reden.«

»Ich habe bemerkt, wie er dich ansieht. Er glaubt, du wärst faul. Er muss wissen, was los ist, damit er dir nicht zu viel abverlangt.«

»Wenn er es weiß, dann erfährt es auch Cassandra, und Pandora auch. Sie werden mich beobachten, anstarren.«

»Sollen sie doch. Wenn du es Reece nicht erzählst, dann mache ich es.«

Er lächelte sie schief an. »Du sagst, wo es langgeht.«

Sie nickte, und es gelang ihr sogar, sein Lächeln zu erwidern, obwohl ihr eher nach weinen zumute war.

»Dann sag du es ihnen.« Er half ihr beim Aufsteigen, schwang sich selbst wieder auf sein Pferd und ließ es in seinem eigenen Tempo den Weg zurücklegen. Für den Rest ihres Ausritts sprachen sie nicht mehr viel.

An diesem Nachmittag sagte Livia, sie wolle ihren Tee heute nicht in dem feinen Geschirr serviert bekommen. »Francis ist erschöpft. Er muss sich hinlegen. Ich trinke heute mit Ihnen zusammen eine Tasse.«

Reece und Cassandra wechselten einen erstaunten Blick.

»Irgendetwas stimmt hier nicht«, murmelte er seiner Frau zu, als er den Bodensatz aus der großen Teekanne im Garten ausleerte und die Kanne zurück zum Herd trug, damit Cassandra frischen Tee aufbrühen konnte. »Ich frage mich, was es ist.«

»Vielleicht haben sie ihre Meinung geändert und wollen nun doch nicht mehr hierbleiben. Mr Southerham sieht immer noch nicht gut aus.«

Als Livia sich zu den drei anderen an den Tisch setzte, nahm sie ihren Teebecher und sagte unvermittelt: »Ich muss Ihnen etwas sagen. Es ist ... wichtig.«

Nachdem sie mit der Erklärung fertig war, sprach Reece für die anderen beiden. »Es tut mir leid, das zu hören, Mrs Southerham. Ich muss zugeben, ich habe mich schon gewundert. Ich merke, wie schnell Mr Southerham ermüdet und wie dünn er geworden ist.«

»Wir helfen Ihnen, wo immer wir können«, sagte Cassandra sanft.

Livia nickte, ihre Worte klangen erstickt vor unterdrückter

Angst. »Danke.« Sie stand auf, ließ ihre Tasse Tee unangerührt und ging zurück in die Hütte.

Reece seufzte. »Sie hätten es uns früher sagen sollen. Ich hatte einmal einen Freund, dessen Tochter an Schwindsucht starb. Der Arzt war ein vorausschauender Mann und riet ihm, ein paar Vorsichtsmaßnahmen einzuhalten. Von jetzt an werden wir nicht mehr das gleiche Geschirr benutzen wie sie.«

»Wir benutzen sowieso meistens nicht die gleichen Sachen«, sagte Pandora nachdenklich. »Sie haben ihr feines Porzellan, während wir die einfacheren Sachen benutzen. Es sind nur die Blechbecher.«

»Wir markieren ihre«, sagte Reece. »Vor allem Livia tut mir leid. Wie wird sie nach seinem Tod zurechtkommen? Eine Frau kann nicht allein die schwere Arbeit auf einer Farm verrichten. Nicht, dass er viel machen würde, aber immerhin kümmert er sich um die Pferde.«

»Sie wird Westview verkaufen. Das wird sie müssen.«

»Und wo soll sie hin? Sie hat keine Freunde in der Kolonie.«

»Vielleicht geht sie zurück nach England«, schlug Pandora vor.

»Ihr Vater ist gestorben. Und andere nahe Verwandte hat sie nicht.« Cassandra seufzte. »Das Leben ist schwer für eine alleinstehende Frau.«

Reece stand auf. »Wir werden ihnen auf jede erdenkliche Weise helfen, aber das bedeutet, dass ich nicht aufhören kann, für sie zu arbeiten, selbst wenn ich es will, denn er wird nur schwächer werden. Ich kann sie nicht im Stich lassen. Das wird unsere eigenen Pläne verzögern.«

»Er und Kevin werden beide sterben. Wer wird der Dritte sein?«, grübelte Pandora.

»Es ist ein dummer Aberglaube, dass der Tod immer zu dreien kommt«, erwiderte Reece streng. »Es gefällt mir nicht, wenn die Leute das sagen. Es ist, als würden sie sich wünschen, dass jemand stirbt. Ich mache mich jetzt wieder an die Arbeit.«

Niemand hatte sich gefragt, was aus ihr werden würde, wenn die Southerhams Westview verkauften, dachte Pandora, als sie die Tassen spülte, dann ärgerte sie sich über sich selbst, weil sie so selbstsüchtig war. Francis würde bald sterben. Sie nicht. Und sie hatte ihre Schwestern. Sie würden niemals zulassen, dass es ihr an etwas fehlte.

Die ganze Woche über fürchtete sich Hallie vor dem Freitag, weil sie sich irgendwie mit Harry Prebble würde abgeben müssen.

Sie konnte kaum ihr Abendessen essen, und nachdem sie einen Bissen hinuntergewürgt hatte, wurde ihr so übel, dass sie zum Abtritt rennen und sich übergeben musste.

Als sie zurück in die Küche kam, lag ein Umschlag auf dem Tisch.

»Harry Prebble war mit Zacharys Lohn hier. Er ist so ein netter junger Mann, nicht wahr? Hat auch nach dir gefragt.«

Hallie wusste nicht, ob sie sich freuen sollte, dass sie ihn verpasst hatte. Es war Zufall gewesen, aber er würde ihr die Schuld geben, da war sie sich sicher. Sie würde dafür sorgen müssen, dass ihrer Mutter nächste Woche nicht wieder etwas passieren würde.

Aber er würde eine andere Möglichkeit finden, um sich an ihr zu rächen. Sie bekam die Erinnerung an seinen Blick einfach nicht aus dem Kopf. Er hatte es genossen, sie zu verhöhnen und zu bedrohen.

Zachary saß an Deck und plauderte mit einem der anderen Kabinenpassagiere. Es freute ihn, dass der Mann seine Gesellschaft gesucht hatte, denn am Anfang der Reise hatten die Passagiere der ersten Klasse verächtlich auf die der zweiten Klasse hinabgeblickt. Aber es befanden sich so wenige gewöhnliche Reisende auf dem Schiff, das vor allem Gefangene und ihre Wärter transportierte, dass sich bei den meisten Leuten inzwischen Langeweile breitgemacht hatte. Das hatte zu Unterhaltungen geführt, die alle Standesgrenzen überschritten, abgesehen von der Grenze zu den Häftlingen, die sorgfältig bewacht und die meiste Zeit von den anderen ferngehalten wurden.

Sie taten ihm leid, er würde es hassen, wenn sein gesamtes Leben von jemand anderem bestimmt würde. Einige der Sträflinge sahen wirklich verschlagen aus, aber eher so, als hätten sie ein hartes Leben gehabt und ständig ums Überleben kämpfen müssen. Einer oder zwei sahen so krank aus, als könnte sie der leiseste Windhauch umwerfen.

»Sie haben dieses Buch tatsächlich schon gelesen?«, bemerkte der Mann erstaunt.

»Ja. Zu Hause habe ich viel gelesen. Die Leihbüchereien sind wirklich ein Segen. Ich hätte es mir niemals leisten können, so viele Bücher zu kaufen. Meine Schwester ist genauso, sie kann gar nicht genug zu lesen bekommen.«

Leo kam vorbei, er sah sehr zufrieden aus. »Die Hennen legen jetzt mehr Eier«, verkündete er.

Der Mann neben Zachary rümpfte die Nase und rührte sich auf seinem Platz, als wäre er im Begriff zu gehen. In Zachary stieg der Wunsch auf, ihn zu verteidigen, und er sagte: »Sie werden Leo noch dankbar sein, wenn wir wieder frische Eier zum Frühstück bekommen, Mr Howish. Ohne ihn wären die Hühner gestorben. Es kann gut mit Tieren aller Art umgehen.«

Der Mann lächelte zögerlich. »Ich verstehe, worauf Sie hinauswollen. Hier auf dem Schiff brauchen wir einander, nicht wahr?«

Später an diesem Tag ging Zachary zu einer Gruppe von kleinen Kindern, um ihnen vorzulesen. Die freundliche Dame, die diese Aufgabe sonst übernommen hatte, war es inzwischen leid geworden, und er wollte nicht, dass sie enttäuscht wären. Zu seiner Überraschung stellte er fest, dass er ein Talent dafür hatte, laut vorzulesen, er konnte die Kinder problemlos für eine Stunde oder länger fesseln. Es waren vor allem die Kinder der Gefängniswärter, aber zwei waren Kinder von Kabinenpassagieren. Wenigstens die Kinder zogen keine unsichtbaren Grenzen zwischen den Menschen und hielten manche für würdig, mit ihnen zu reden, und andere nicht.

Die einzigen Häftlinge, die etwas einigermaßen Interessantes zu tun hatten, waren diejenigen, die an der wöchentlichen Schiffszeitung mitwirkten und die handgeschriebenen Artikel verschiedener Passagiere vervielfältigten. Die meisten Artikel behandelten ziemlich langweilige Themen wie »Das Streben nach Wissen« oder »Navigation damals und heute«, die in blumiger, gespreizter Sprache verfasst waren. Er lachte laut über einen, der die Leser mit »Hochverehrte Leserschaft« anredete. Er hatte keine Lust, solche Artikel zu lesen, sondern begnügte sich lieber mit dem wöchentlichen Reisebericht und den ›Westaustralischen Skizzen‹, die allerlei Informationen über die Kolonie enthielten. Er machte sich Notizen zu allem, was ihm helfen würde, sich zurechtzufinden.

Er brachte die Zeit an Bord einigermaßen herum, auch wenn er lieber etwas Fesselndes gehabt hätte, um seinen Verstand zu beschäftigen. So hatte er ständig das Gefühl, zu warten und auf der Stelle zu treten. Er fragte sich, wie es den Blake-Schwestern ging, hoffte, er würde seine Aufgabe erfüllen und sie sicher zurück nach England bringen. Seine andere Sorge war, was er danach tun sollte. Je länger er von Harry und dem Laden fern war, umso sicherer war er sich, dass er nie wieder unter diesem Mann würde arbeiten wollen. Er hatte fliegen gelernt, jetzt wollte er nicht wieder zurück in den Käfig.

Mr Featherworth würde ihm doch sicher helfen, eine andere Anstellung zu finden?

Oder vielleicht ... Vielleicht würde Harry auch gar nicht zum Geschäftsführer ernannt werden. Nein, Harry war nicht dumm. Er würde den Laden sehr sorgfältig führen und allen das Gefühl geben, er wäre der Beste für diese Aufgabe, selbst wenn das nicht stimmte.

Zachary schätzte seine Chancen, selbst Geschäftsführer zu werden, als nicht besonders hoch ein.

Kapitel 7

Ehe Pandora das Thema Reitstunden ansprechen konnte, tat Francis es zu ihrer Überraschung selbst. »Möchten Sie immer noch reiten lernen?«

»Sehr gern.«

»Dann werde ich es Ihnen beibringen. Wenn ich dann zu schwach zum Reiten bin, können Sie mit Livia ausreiten.«

»Wann fangen wir an?«

»Morgen früh. Es ist besser, nicht in der Mittagshitze zu reiten, den Pferden zuliebe.«

Für ihn stehen die Pferde immer an erster Stelle, dachte sie. Was war mit ihrem Wohlergehen? Doch beim Gedanken daran, etwas Neues zu lernen, schluckte sie ihren Ärger hinunter.

Und anstatt das Frühstück vorzubereiten, lernte sie am nächsten Morgen, wie man Sattel und Zaumzeug anlegte, wie man sich einem Pferd näherte und wie man ihm auf der flachen Handfläche ein Stück Zucker gab. Sie hatte überhaupt keine Angst vor Duke, denn Francis' Pferde waren alle gut zugeritten und wegen ihres feinen Charakters ausgesucht worden. Das hatte sie ihn schon oft sagen gehört.

Als sie zum ersten Mal auf dem Pferd saß, war sie nervös, denn es kam ihr viel höher vor, als sie erwartet hatte, aber Francis führte Duke auf und ab und sprach mit Pandora genauso sanft wie mit seinen Tieren, wenn er ihre Haltung korrigierte.

Als er sie zum Absitzen aufforderte, war sie enttäuscht.

Er lächelte. »Sie haben sich gut geschlagen. Wir machen schon noch eine Reiterin aus Ihnen. Aber für heute ist es genug. Jetzt möchte ich selbst noch einen kleinen Ausritt machen. Livia, bist du so weit, meine Liebe?«

Seine Frau, die ihnen von der Veranda aus zugesehen hatte, kam herüber und band ihr Pferd los, das geduldig im Schatten eines Baumes gewartet hatte.

Als die beiden den Pfad entlang verschwanden, gesellte Cassandra sich zu ihrer Schwester. »Hat es dir Spaß gemacht?«

»Ja, sehr. Es ist wirklich aufregend, auf einem Pferd zu sitzen.«

»Dann ist also nicht alles schlecht hier.«

Pandora stieß ihr scherzhaft in die Seite. »Du weißt doch, dass mir manches gefällt. Es ist bloß der Gedanke, dass ich für immer hierbleiben und Outham niemals wiedersehen soll, der mich traurig macht, und manchmal überkommt mich eine Sehnsucht nach den Mooren und dem Regen in Lancashire. Ich kann es nicht ändern.« Zumindest wurde es ein wenig besser. Meistens jedenfalls.

»Ich weiß, Liebes. Aber du weißt doch, wie unsere Tante ist. Sie könnte uns umbringen lassen, wenn wir zurückgingen. Vergiss nicht, wie sie mich hat entführen lassen, ohne dass jemand herausgefunden hat, was sie getan hat. So, jetzt lass uns rasch das Haus aufräumen und putzen, während sie unterwegs sind.«

Alice schreckte aus dem Schlaf. Der Vollmond schien direkt durchs Fenster hinein, und trotz der Vorhänge, die an den Seiten nicht vollständig schlossen, konnte sie alles deutlich erkennen. Irgendetwas musste sie geweckt haben, denn normalerweise schlief sie tief und fest, ohne sich bis zum Morgen auch nur zu rühren.

Dann hörte sie ein Geräusch draußen auf dem Korridor, und mit Schrecken bemerkte sie, wie der Türknauf gedreht wurde. Seine Oberfläche aus Kristallglas schimmerte im

Mondlicht, sodass kein Zweifel bestand, dass er sich tatsächlich bewegte.

Da draußen war jemand!

Es rappelte an der Tür, als versuchte jemand, sie zu öffnen, doch sie hatte den Riegel vorgeschoben, wie jede Nacht. Sie schlüpfte aus dem Bett und schlich zur Tür, während sie sich nach einer Waffe umsah, mit der sie sich verteidigen könnte, falls es dem Eindringling gelingen sollte, die Tür aufzubrechen.

Es rappelte lauter, und jemand rief heiser: »Sind Sie wach, Miss Blair? Haben Sie Angst? Das sollten Sie auch. Sie sind hier nicht erwünscht.«

Sie antwortete nicht.

»Sie sollten besser die Stadt verlassen, wenn Ihnen Ihr Leben lieb ist. Gehen Sie! Rasch!«

Der Einbrecher rüttelte noch einmal an der Tür, dann drehte der Türknauf sich nicht mehr.

Sie hörte keine Schritte die Treppe hinuntergehen, hörte nicht die Haustür zuschlagen, doch sie stellte sich ans Schlafzimmerfenster und blickte aufmerksam hinaus. Einige Minuten später, gerade als sie wieder ins Bett gehen wollte, sah sie einen ganz in Schwarz gekleideten Mann mit einem tief ins Gesicht gezogenen Hut aus der Seitengasse kommen und über die Straße davonrennen. Er verschwand in einer Gasse zwischen den Geschäften auf der gegenüberliegenden Straßenseite. Trotz des hellen Mondlichts hatte sie nur seine Kleidung und seinen Hut gesehen, nicht sein Gesicht. Es hätte jeder sein können.

Und was hatte er während dieser paar Minuten getan?

Ihr Herz pochte. Sollte sie es wagen, aus dem Zimmer zu gehen und nachzuschauen, was der Einbrecher gestohlen hatte? Erst entschied sie sich dagegen, doch dann fand sie es feige. Sie hatte schließlich gesehen, wie jemand das Haus verlassen hatte. Es war unwahrscheinlich, dass noch jemand anderes auf sie wartete.

Sie zog sich ihren Morgenmantel über und zündete die Kerze auf dem Nachttisch an. Sie wünschte, sie hätte eine Gaslampe in ihrem Schlafzimmer gehabt, denn eine Kerze ließ sich zu leicht ausblasen. In Ermangelung einer besseren Waffe griff sie mit der freien Hand nach dem Wasserkrug und schlich zurück zur Tür.

Noch immer zögerte sie, sie zu öffnen, dann sagte sie sich, dass es sein musste. Niemand würde sie aus diesem Haus vertreiben.

Sie holte tief Luft, stellte den Kerzenhalter auf der Kommode ab und schob langsam den Riegel auf. Sie öffnete die Tür einen Spalt, bereit, sie jeden Moment wieder zuzuschlagen. Zu ihrer Erleichterung schien der Mond hell genug, um zu erkennen, dass draußen kein Eindringling auf sie wartete.

Sie nahm die Kerze wieder auf und trat auf den Korridor, den Wasserkrug noch immer in der Hand. Nach einem Augenblick hob sie die Stimme und rief: »Dot! Dot! Sind Sie wach? Hier ist ein Einbrecher!«

Sofort erklangen Schritte, und Dot kam die Treppe vom Dachgeschoss herunter, ein Tuch um die Schultern geschlungen und einen Schürhaken in der Hand. »Ich habe gehört, wie er an meiner Tür vorbeikam und die Treppe hinuntergestiegen ist, Miss.«

»Haben Sie einen Riegel an Ihrer Tür?«

»Nein, Miss, aber ich habe einen Stuhl unter den Türgriff geschoben. Und ich nehme den hier immer mit ins Bett.« Sie hob den Schürhaken mit zitternder Hand hoch.

»Gab es hier schon öfter Einbrecher?«

»Ja, Miss. Zumindest glaube ich das. Nur dass nichts gestohlen wurde. Mr Prebble sagte, das müsse ich mir eingebildet haben, aber ich weiß, dass ich jemanden gehört habe, und einmal habe ich auch ein Licht unter meiner Türschwelle gesehen.«

»Ist es weit zur Polizeiwache? Ist dort um diese Uhrzeit jemand?«

»Es gibt einen Polizisten, der jede Nacht durch die Stadt patrouilliert. Mr Blake hatte eine Klapper, um ihn zu rufen, wenn es nötig war. Alle Ladenbesitzer haben so eine.«

»Wo ist sie?«

»Das weiß ich nicht, Miss. Sie ist verschwunden. Ich glaube, *sie* hat sie versteckt. Ich habe Mr Prebble danach gefragt, und er hat gesagt, die bräuchten wir gar nicht und es sei vollkommen sicher in der Stadt.«

»Dann müssen wir wohl bis morgen früh warten, es sei denn, wir sehen den Polizisten, wenn er auf seinem Rundgang durch unsere Straße kommt.«

»Wir könnten vom Wohnzimmer aus Wache halten, Miss. Von dort aus könnten wir ihn vorbeikommen sehen. Aber wenn wir das Gaslicht anmachen, werden wir draußen nicht mehr viel erkennen.«

»Aber er würde bemerken, dass hier Licht brennt. Machen wir alle Lichter an. Gehen Sie und zünden Sie am Küchenfeuer einen Fidibus an.« Sie bemerkte, wie Dot zögerte, und erkannte, dass das Mädchen Angst hatte, allein ins Erdgeschoss hinabzusteigen. »Wir gehen zusammen. Und danach machen wir uns einen Kakao.«

Und tatsächlich klopfte es eine Stunde später an die Haustür, und als Dot zum Fenster hinausspähte, sah sie unten einen Schutzmann stehen.

»Ich gehe nach unten und lasse ihn herein, ja?« Sie rannte aus dem Zimmer.

»Ich habe hier Licht gesehen. Ist alles in Ordnung bei Ihnen?«

»Nein. Wir hatten einen Einbrecher im Haus. Kommen Sie mit nach oben, und sprechen Sie mit der Herrin.«

Der ist ja keine große Hilfe, dachte Alice trocken, als sie ihn dabei beobachtete, wie er sich im Haus umsah und nichts fand. Sie hatten schon selbst alle Zimmer durchsucht, um ganz sicherzugehen.

»Sind Sie sicher, dass Sie etwas gehört haben, Miss?«, fragte er zum dritten Mal.

»Absolut sicher. Wir haben den Einbrecher beide gehört.« Sie zögerte, unschlüssig, ob sie ihm erzählen sollte, was der Eindringling gesagt hatte, beschloss jedoch, zuerst mit Mr Dawson darüber zu sprechen.

»Es gibt keinerlei Einbruchsspuren.«

»Dann muss er einen Schlüssel gehabt haben.«

»Wer kann denn einen Schlüssel zum Laden haben?«

»Der Geschäftsführer, Harry Prebble. Der Anwalt, Mr Featherworth. Und ich weiß nicht, wem die Blakes sonst noch einen Schlüssel gegeben haben.«

»Ich werde das meinem Vorgesetzten melden. Es ist wirklich sehr seltsam. Ich werde jetzt den Rest der Nacht alle halbe Stunde hier vorbeikommen. Sie können sich jetzt sicher fühlen, Miss.«

Sie fühlte sich ganz und gar nicht sicher. Eine halbe Stunde war eine lange Zeit, wenn man angegriffen wurde und auf Hilfe wartete. Sie ging nicht zurück ins Bett, sie konnte es nicht. Sie und Dot blieben im Wohnzimmer, jede auf einem Sofa. Dot war schon bald wieder eingeschlafen und schnaufte leise unter ihrer Patchworkdecke wie ein erschöpftes Hündchen. Aber Alice wagte es nicht einzuschlafen, falls derjenige, der einen Schlüssel hatte, noch einmal zurückkäme.

Wer hatte sie bedroht? Und warum wollte er, dass sie verschwand?

Sie hatte da so einen Verdacht, aber sie hatte keinen Beweis, also hatte sie gegenüber der Polizei seinen Namen nur erwähnt als einen derjenigen, die einen Schlüssel hatten.

Von jetzt an würde sie ihn jedoch noch sorgfältiger im

Auge behalten. Und sie würde Dot verbieten, mit irgendjemandem über diesen Vorfall zu sprechen, vor allem nicht mit den Angestellten im Laden.

Am nächsten Morgen machte sie sich auf den Weg zu Mr Featherworth, doch der war beschäftigt, also unterhielt sie sich mit seinem Mitarbeiter, während sie auf den Anwalt wartete.

Ralph blickte sie schockiert an. »Ich kann nicht glauben, was ich da hören muss, Miss Blair!«

»Ich fürchte, der Wachtmeister glaubt, ich hätte mir das alles nur eingebildet, aber das habe ich nicht, Mr Dawson. Dot und ich haben den Eindringling beide eindeutig gehört. Ich möchte mich nicht vertreiben lassen, aber so wie die Lage ist, kann derzeit jeder vom Laden in den Wohnbereich spazieren, und wir wissen nicht genau, wer alles einen Schlüssel zum Laden hat. Und was, wenn jemand nachts versehentlich die Hintertür unverschlossen lässt? Dot und ich fühlen uns dort nicht sicher.«

Er sah sie schweigend an und runzelte nachdenklich die Stirn, dann sagte er unvermittelt: »Ich werde dafür sorgen, dass die Wohnräume noch heute sicherer gemacht werden. Wer immer Sie bedroht hat, hat versucht, Sie zu vertreiben. Ich kann mir beim besten Willen nicht vorstellen, wieso.«

»Wir müssen uns auch vor denen aus dem Laden sicher fühlen.« Sie sah ihn an, ohne ihren Verdacht auszusprechen.

An seinem Blick erkannte sie, dass er wusste, an wen sie dachte. »Ich verstehe. Sie haben die Stimme nicht erkannt?«

»Nein.«

Als Mr Featherworth schließlich zu ihnen kam, war er entsetzt über ihre Neuigkeiten. »Meine liebe Dame, Sie müssen sofort zu Ihrer Cousine zurückkehren. Wir können Sie nicht dieser Gefahr aussetzen.«

»Aber ich will nicht wegziehen! Abgesehen davon, dass ich

den Job brauche, der mir Zeit gibt, gesund zu werden, würde ich mich schämen zuzulassen, dass mich jemand vertreibt.«

»Ich verstehe wirklich nicht, warum das jemand will.«

Sie erwartete, dass Mr Dawson etwas dazu sagte, doch das tat er nicht, also behielt sie ihren Verdacht für sich.

Mr Dawson räusperte sich. »Soll ich die Räumlichkeiten untersuchen, Sir? Vielleicht können wir etwas tun, um sie sicherer zu machen.«

»Aber was das kostet! Es ist das Geld unserer Mandanten.«

»Und unsere Mandanten sind vier junge Frauen, die sich ebenfalls sicher fühlen müssen, wenn sie zurückkommen. Ich bin mir sicher, dass sie es uns nicht verübeln werden, wenn wir Geld für ihre Sicherheit ausgeben.«

Mr Featherworth trommelte mit den Fingern auf seinen Schreibtisch, dann nickte er. »Sie haben recht. Ich lege die Angelegenheit in Ihre fähigen Hände, Mr Dawson. Aber geben Sie nicht mehr Geld aus als unbedingt nötig.«

Als sie neben Mr Dawson zurückging, war Alice entspannt genug, um normal mit ihm zu plaudern. Es war ein so vernünftiger, intelligenter Mann. Sie lächelte ihn an: »Ich freue mich darauf, Ihre Schwester kennenzulernen. Aber solange die Wohnräume nicht sicher sind, kann ich Dot nicht allein lassen.«

»Aufgeschoben ist nicht aufgehoben. Sie könnten ein andermal zum Tee kommen.« Als sie durch den Hintereingang hereinkamen, hörten sie jemanden brüllen.

Mr Dawson legte sich einen Finger auf die Lippen, und beide lauschten aufmerksam.

»Sag mir, wo sie ist, oder es wird dir noch leidtun.«

»Miss Blair hat gesagt, ich solle mit niemandem darüber sprechen. Hören Sie auf, Mr Prebble. Sie tun mir weh!«

»Ich bin doch nicht irgendwer. Ich bin der Geschäftsführer. Wenn du deine Stelle behalten willst, Mädchen, mach dich besser nicht unbeliebt bei mir, oder ...«

Dot stieß einen Schmerzensschrei aus, und Alice konnte es nicht länger ertragen. Sie stürzte an Mr Dawson vorbei und stieß die Küchentür auf.

»Was machen Sie hier, Mr Prebble?«

»Ich habe ein Auge auf alles, Miss. Dot benimmt sich so merkwürdig, da habe ich mir Sorgen um Sie gemacht.«

Sie sah, wie Dot sich den Arm rieb, und sie stürzte vor und schob dem Hausmädchen den Ärmel hoch. Auf ihrem Arm zeichnete sich ein blauer Fleck ab, einer von der Art, wenn man den Arm absichtlich fest umklammerte, nicht von einem versehentlichen Stoß. »Und deshalb haben Sie ihr wehgetan?«

»Das habe ich nicht. Sie muss sich irgendwo gestoßen haben. Sie war schon immer ungeschickt. Wenn ich etwas zu übereifrig war ...«

»Prebble, warten Sie im Laden auf mich«, sagte Mr Dawson kurz angebunden.

»Aber ich ...«

Der ältere Mann wurde nicht laut, aber in seiner Stimme schwang seine ganze Autorität mit. »Tun Sie, was ich sage.«

Nachdem Prebble gegangen war, sah Mr Dawson Dot an. »Es war richtig, dass Sie ihm nichts erzählt haben. Gut gemacht. Es tut mir leid, dass er Ihnen wehgetan hat. Das wird nicht wieder vorkommen.«

»Er wird ...« Sie sprach nicht aus, was sie hatte sagen wollen.

»Sagen Sie es uns«, sagte Alice.

Sie öffnete den Mund, schloss ihn wieder und schüttelte den Kopf, dann flüsterte sie heiser: »Ich kann nicht, Miss. Ich traue mich einfach nicht, über ihn zu reden. Nicht einmal, wenn Sie mich entlassen würden.«

Und was sagt das über Prebble aus, fragte sich Alice. »Dann belassen wir es erst einmal dabei. Könnten Sie uns bitte einen Tee kochen und nach oben bringen? Machen Sie sich selbst auch eine Tasse.« Sie wandte sich an Mr Dawson, der den Durchgang betrachtete, der vom schmalen Flur hinter dem Privateingang über einen weiteren Bereich, der als Lager diente, in den Laden führte.

»Ich schätze, wir könnten hier ganz einfach eine Tür einbauen, mit einem Schloss *und* einem Riegel auf Ihrer Seite. Wir lassen auch das Schloss an Ihrer Haustür auswechseln. Damit sollten Sie sicher sein.«

»Dot hätte auch gern einen Riegel an ihrer Schlafzimmertür.«

Er nickte. »Darf ich mir den Rest der Räumlichkeiten ansehen?«

»Selbstverständlich.« Sie führte ihn nach oben und zeigte ihm schweigend die Schlafzimmer.

»Der Dachboden muss auch gesichert werden«, bemerkte er, nachdem sie die Schlafzimmer überprüft hatten.

Sie stiegen die schmale Treppe zum Dachboden hinauf.

»Da!«, deutete er und schlängelte sich zwischen abgestellten Gegenständen hindurch zur linken Seite des großen Raumes, wo hinter einem Stapel Kisten eine weitere Tür zum Vorschein kam. Er versuchte, sie zu öffnen, doch sie war verschlossen, und auf dieser Seite steckte kein Schlüssel. »Hierum müssen wir uns auch kümmern. Diese Tür führt zu dem anderen Dachboden, der als Lager für den Laden dient.«

»Ich habe nicht daran gedacht, dass er vielleicht auf diesem Wege hereingekommen sein könnte.« Zu ihrem Ärger zitterte ihre Stimme ein wenig.

Er kam zurück und sagte beruhigend: »Wir werden das alles sichern, noch bevor der Tag um ist, das verspreche ich Ihnen, Miss Blair. Ich werde jetzt nicht zum Tee bleiben, weil ich mich um diese Angelegenheit kümmern muss, aber vielleicht ein andermal?«

Sie fand, er hatte ein schönes Lächeln. Er war ein ziemlich unansehnlicher Mann, bis er lächelte, aber dann wurde sein ganzes Gesicht von Wärme und Freundlichkeit erhellt.

Langsam ging sie zurück in die Küche, um Dot zu erklären, was zu tun war. Das Dienstmädchen brach vor Erleichterung in Tränen aus, aber Alice war noch nicht fertig.

»Was war es, das Sie uns nicht sagen wollten?«

Dot versteifte sich.

»Ich könnte versuchen, es zu erraten, dann haben Sie nichts erzählt, in Ordnung?«

Dot sah sie vorsichtig an.

»Sie haben Angst, dass Harry Prebble es an Ihnen auslässt, wenn Sie nicht tun, was er verlangt, habe ich recht?«

Immer noch zögerte das Mädchen, also fragte Alice: »Oder Ihrer Familie etwas antut?«

Dot biss sich auf die Lippe, dann nickte sie, ohne Alice in die Augen zu sehen.

»Das dachte ich mir. Wie ist der andere Verkäufer so, den sie nach Australien geschickt haben?«

Sofort erhellte sich Dots Miene. »Mr Carr ist so freundlich, Miss. Sie werden niemanden in Outham finden, der ein schlechtes Wort über ihn verliert.«

»Ich freue mich darauf, ihn kennenzulernen – und die neuen Besitzerinnen. Jetzt werde ich weiter an der Inventur arbeiten, und Sie können uns für das Abendessen eine schöne, herzhafte Suppe zubereiten. Wir essen sie zusammen in der Küche. Wir werden uns bestimmt beide besser fühlen, wenn wir Gesellschaft haben. Ich musste schon zu viele Mahlzeiten allein einnehmen. Wissen Sie, in den meisten Haushalten werden Gouvernanten nicht wie Familienmitglieder behandelt. Sie gehören weder zum Adel noch zur Dienerschaft.«

Dot sah sie überrascht an. »Das muss sehr einsam gewesen sein.« Dann schlug sie sich eine Hand vor den Mund. »Verzeihung, Miss. Ich wollte nicht unverschämt sein.«

»Das waren Sie nicht. Sie haben mir nur gezeigt, dass Sie mich verstehen.«

Sie verriet es dem Dienstmädchen nicht, aber ein weiterer

Grund, warum sie unten essen wollte, war, um sicherzugehen, dass Harry nicht wieder versuchen würde, sich an ihr Dienstmädchen heranzumachen. Sobald die neue Tür eingebaut wäre, sollte Dot in Sicherheit sein.

Alice beschloss außerdem, an diesem Nachmittag keinen Spaziergang zu machen, denn so, wie Harry sie ständig vom Ladenfenster aus beobachtete, hatte er ihre Gewohnheiten sicher schon ausspioniert.

Kurze Zeit später sah sie vom Wohnzimmerfenster aus, wie Mr Dawson die Straße entlangkam, aber diesmal ging er in den Laden. Es dauerte fünfzehn Minuten, bis Dot ihn schließlich ankündigte, und der arme Mann sah aus wie ein Vogel mit zerzausten Federn.

Er verschwendete keine Zeit mit Höflichkeitsfloskeln. »Prebble behauptet, keinen Schlüssel zur Dachbodentür zu haben, und sie lässt sich auf einmal ganz leicht öffnen. Allerdings hätte er über die Hintertreppe dort hinaufsteigen können.«

»Aber er muss einen Schlüssel haben. Wer sonst hätte sie abschließen sollen?«

»Er behauptet, sie sei nie verschlossen, aber klemme manchmal.« Mr Dawson lächelte. »Und wie sie klemmen wird, wenn wir erst das Schloss ausgetauscht und einen Riegel angebracht haben. Der Schlosser muss übrigens jeden Augenblick hier sein.«

In diesem Moment kamen die Arbeiter, und Mr Dawson ging hinunter, um ihnen genau zu zeigen, was zu tun war. Sie machten eine Menge Lärm, aber es war vereinbart worden, dass sie heute Abend nicht eher gehen würden, als bis die Tür an Ort und Stelle eingebaut war und abgeschlossen werden konnte. Alice bat Dot, ihnen in regelmäßigen Abständen eine Tasse Tee vorbeizubringen und ihnen zum Abendessen ein Schinkensandwich zu machen.

»Soll ich den Schinken im Laden kaufen?«

»Nein, das mache ich.«

Mr Dawson kam noch einmal vorbei, nachdem er Feierabend gemacht hatte, und fand die Männer immer noch bei der Arbeit.

»Ausgezeichnete Holzarbeiten«, lobte er den Vorarbeiter.

»Der junge Mann nebenan findet das offenbar nicht. Er sagt, es sei schlampige Arbeit. Er hat sich auch über den Lärm beschwert, der ihm die Kunden vergrault.«

»Soll er sich doch beschweren. Der Laden gehört ihm nicht.«

Mr Dawson ging, um sein Abendessen einzunehmen, bat aber um die Erlaubnis, danach wiederzukommen. »Ich möchte gern hier sein, wenn die Männer fertig sind.«

»Ich würde mich über Ihre Gesellschaft freuen«, antwortete Alice und stellte fest, dass dies auf mehr als nur eine Weise zutraf. Als er zurückkam, plauderten sie vertraut miteinander, während der Lärm im Untergeschoss anhielt, und trotz des unangenehmen Grundes für seine Anwesenheit war es ein schöner Abend.

Erst gegen zehn Uhr bat der Vorarbeiter darum, sie zu sprechen.

»Ich bin fertig, Mr Dawson.«

»Gute Arbeit.«

»Es wird noch besser aussehen, wenn die Tür vollständig lackiert ist. Die erste Schicht sollte morgen früh trocken sein.«

Mr Dawson runzelte die Stirn. »Ach, du meine Güte! Das bedeutet, wir müssen die Tür zum Trocknen offen stehen lassen.«

»Ja.«

»Dann müssen wir jemanden finden, der hierbleibt, bis sie fertig lackiert ist. Ich lasse Miss Blair und Dot nicht allein.«

Der Vorarbeiter schaute ihn erstaunt an. »Aber es ist eine Innentür. Sie sind in Sicherheit.«

»Behalten Sie das bitte für sich, aber wir hatten hier schon mehr als einmal einen Eindringling. Ich werde jemanden beauftragen, der über Nacht hierbleibt. Ich kenne einen guten Mann, der arbeitslos ist und ein paar zusätzliche Schilling sicher gut gebrauchen kann.«

Er ging zurück zu Alice, versicherte ihr, dass sie heute Nacht in Sicherheit sei, und reichte ihr einen Satz Schlüssel. »Sie sind die Einzige mit einem Schlüssel für die neue Tür, abgesehen von uns. Mein Arbeitgeber und ich werden unseren sicher verwahren, das verspreche ich Ihnen. Und da ja die anderen Schlösser im Haus bereits ausgetauscht wurden und Sie einen Riegel an die Tür zum Dachboden und zur Stube des Hausmädchens haben anbringen lassen, sollten Sie sich beide sicher fühlen können.«

»Ich kann Ihnen gar nicht genug danken.«

Nachdem er gegangen war, kam Dot aus der Küche, um die neue Tür zu begutachten, die nun den Weg zum Laden versperrte. »Ich fühle mich jetzt schon besser, Miss. Aber ich nehme trotzdem einen Schürhaken mit ins Bett.«

»Tun Sie, was Sie für richtig halten.« Alice gähnte, als sie in ihr Zimmer hinaufging. Doch obwohl sie keinen Schürhaken mitnahm, verriegelte sie die Tür von innen und klemmte einen Stuhl unter den Türgriff.

Er würde noch eine Weile dauern, bis sie sich nachts wieder sicher fühlen würde, das wusste sie.

Kapitel 8

Wie alle Passagiere war Zachary sehr aufgeregt, als der Kapitän am 10. April verkündete, dass sich das Schiff der australischen Westküste nähere. Die Leute blieben den ganzen Tag an Deck und waren enttäuscht, als gegen Abend noch immer kein Land in Sicht war.

Selbst die verbliebenen Tiere, die als Zuchttiere nach Australien gebracht wurden, schienen zu spüren, dass die Reise dem Ende entgegenging. Sie waren unruhig, das Schwein grunzte in seinem Käfig, und die Schafe blökten und liefen hin und her, so gut es die armen Tiere in einem solch beengten Bereich konnten.

Am nächsten Morgen wachte Zachary früh auf und schaffte es, aus der Kabine zu schleichen, ohne Leo zu wecken, der noch tief und fest schlief. Als er an die Reling trat, entdeckte er am Horizont Land, das aussah wie ein dunkler Fleck.

»Das ist endlich Rottnest Island«, ertönte eine Stimme, und als Zachary sich umdrehte, stand der Doktor neben ihm.

»Ah, ja. Das wurde vor ein paar Wochen im Wochenblatt der *Clara* erwähnt.« Er runzelte die Stirn und versuchte sich zu erinnern, was darin gestanden hatte.

»Rottnest dient als Gefängnis für die Eingeborenen«, fuhr der Arzt fort. »Die stehlen immer wieder Schafe und töten Rinder.«

Die Insel wirkte trostlos auf Zachary, flaches, spärlich bewachsenes Land, und er bemitleidete jeden, der dort gefangen gehalten wurde. Einer der einfühlsameren Passagiere hatte ihm erklärt, die Eingeborenen hätten nicht das gleiche Verständnis von Besitz von Vieh und könnten die rechtlichen

Feinheiten nicht wirklich verstehen, die vorsahen, dass sie nach Rottnest verbannt werden sollten, nur weil sie sich Essen genommen hatten. Wenn das stimmte, fand Zachary es ziemlich ungerecht. Es war, als würde man von ihm verlangen, Befehle in einer fremden Sprache zu befolgen, von der er kein Wort verstand.

Sie standen noch eine Weile an der Reling, dann sagte er: »Ich kann nicht glauben, dass die Reise endlich ein Ende hat.«

»Nicht ganz. Wir müssen auf einen Lotsen warten, der uns führt. Und auch dann werden wir noch einmal warten müssen, bis wir auf kleinere Boote umsteigen können, denn das Schiff kann an keinem Kai festmachen. Das Wasser ist nicht tief genug. Der Hafen von Fremantle muss wirklich dringend verbessert werden.«

»Ich freue mich einfach darauf, wieder festen Boden unter den Füßen zu haben, ganz egal, wie wir dort ankommen.«

»Am Anfang wird es sich seltsam anfühlen, als würde der Boden immer noch schwanken wie das Deck.« Der Arzt zögerte, dann sagte er: »Der Kapitän hat mich gebeten, Sie um einen Gefallen zu bitten.«

»Ach?«

»Ich weiß, dass Sie hier dringende Angelegenheiten zu erledigen haben, aber könnten Sie so lange warten, bis wir sicher sind, dass jemand Leo in Empfang nimmt? Wir machen uns Sorgen, was mit ihm passieren wird. Er stammt zwar aus gutem Hause, aber er ist geistesschwach und überhaupt nicht in der Lage, für sich selbst zu sorgen. Hätte ich gewusst, wie er ist, hätte ich ihn nie ohne Begleitung an Bord gehen lassen.«

»Und wenn ihn niemand abholen kommt?«

»Dann werden wir keine andere Wahl haben, als das dem Gouverneur zu melden, der vielleicht beschließt, dass er zu seinem eigenen Schutz weggesperrt wird.«

»Das würde ihm nicht gefallen. Er ist gern im Freien.«

»Es würde ihm auch nicht gefallen, geschlagen und schikaniert zu werden, ganz zu schweigen davon, dass ihm sein Geld und sein Besitz gestohlen würden und er Hunger leiden müsste. Sie wissen so gut wie ich, dass es Leute gibt, die die Schwächeren ausnutzen.« Er sah ihn mit schräggelegtem Kopf an.

»Ach, na schön. Ich bleibe hier – aber nur für einen oder zwei Tage. Mehr Zeit kann ich nicht erübrigen.«

»Vielen Dank. Der Kapitän hat angeboten, Ihnen als kleine Entschädigung dabei zu helfen, eine Überfahrt zurück nach England zu finden. Er hat viel mehr Möglichkeiten als Sie. Wie er schon sagte, müssen Sie vielleicht nach Albany an der Südküste fahren, falls keine Schiffe Fremantle anlaufen sollten. Nach Albany kommt mindestens alle zwei Monate ein Postschiff, und auch wenn die nicht nach England fahren, könnten Sie auf einem bis nach Point de Galle in Ceylon gelangen. Dort finden Sie ganz einfach ein Schiff, auf dem Sie über Suez und Gibraltar nach England zurückkehren können. Galle ist eine Bekohlungsstation für die Handelsroute nach Bombay, Singapur und China und ein sehr geschäftiger Hafen.«

»Es war mir gar nicht in den Sinn gekommen, dass es so schwer sein würde, nach England zurückzukehren – und auch dem Anwalt nicht, der mich geschickt hat.«

»Ja. Die Leute machen immer ihre Scherze über das Ende der Welt, aber ich glaube, die Swan River Colony ist wirklich einer der abgelegensten Außenposten Großbritanniens. Ich würde mich hier nicht niederlassen wollen.«

Eine oder zwei Wochen lang passierte nichts, und einer der Verkäufer aus dem Laden brachte ihnen auf dem Heimweg Zacharys Lohn. Hallie hoffte schon, Harry hätte es aufgegeben, sie zu quälen, da begegnete sie ihm eines Sonntags im Park. Wie so oft hatte sie auf dem Weg zu einer Freundin eine Abkürzung genommen.

Ängstlich blickte sie sich um, aber er hatte den Moment gut gewählt, und es war niemand sonst in der Nähe.

Er packte sie, damit sie nicht weglaufen konnte, seine Finger gruben sich so fest in ihren Arm, dass es wehtat.

»Es war nicht sehr nett von dir, mir aus dem Weg zu gehen, Hallie.«

»Ich war im Hinterhof. In der Woche sind Sie früher gekommen.«

»Heißt das, in Zukunft bist du netter zu mir?«

Sie wusste nicht, was sie antworten sollte.

»Beim nächsten Mal will ich einen Kuss ... und danach werden wir sehen, was passiert.«

Sie wollte Nein sagen, aber sie wagte es nicht. Er tat ihr weh und lächelte dabei, und sie fühlte sich wie ein Kaninchen in der Falle.

Mit einem Lachen ließ er sie los, zog seinen Hut und verbeugte sich leicht. »Es war schön, Sie wiederzusehen, Miss Carr.«

Als er ging, bemerkte sie zwei Frauen, die sie anstarrten, und sie wusste, dass es so aussah, als hätten sie sich heimlich getroffen. Sie wollte schreien, dass das nicht stimmte, dass sie ihn hasste, aber das wagte sie nicht. Sie vergaß, was sie eigentlich vorgehabt hatte, und rannte nach Hause, sehr zu Überraschung ihrer Mutter.

Zachary beobachtete, wie die anderen Kabinenpassagiere in kleinen Gruppen von Bord gingen. Einige der Frauen zeterten, wie schwierig es sei, in das Boot zu steigen, das sie an Land bringen würde. Er konnte es kaum erwarten, seine Mission zu beginnen, aber beim Anblick Leos, der neben ihm stand und mit diesem entrückten Blick über das Wasser auf die Stadt Fremantle starrte, wusste er, dass er den armen Jungen nicht allein lassen konnte. Er war zwar groß und stark, aber viel zu sanftmütig, und schreckte sogar vor den Kindern auf dem

Schiff zurück, von denen einige versucht hatten, ihn zu quälen, bis der Schiffsarzt es unterbunden hatte.

Am nächsten Morgen wurde Zachary unruhig. Was sollte er tun, wenn niemand kommen würde, um Leo abzuholen? Ihn auf die Suche nach den Schwestern mitnehmen? Es wäre nicht richtig, ihr Geld dafür auszugeben. Wenn er es täte, müsste er es zurückzahlen – aber wovon?

Kurze Zeit später hielt ein kleines Boot auf das Schiff zu, und ein Mann schrie: »Mein Name ist Sayrson. Ich suche Leopold Hutton.«

»Der ist hier«, rief einer der Offiziere zurück.

»Ist er bereit zu gehen?«

»Nein. Er muss seine Sachen packen, und der Käpt'n möchte mit demjenigen sprechen, der ihn abholt.«

»Dann komme ich besser an Bord.«

Zachary hatte das Gespräch mitgehört und den stämmigen Mann beobachtet. Aus irgendeinem Grund empfand er sofort eine Abneigung gegen den Neuankömmling, der hörbar grummelnd an Deck kletterte. Der Mann war zwar gut gekleidet, aber er wirkte brutal. Es gab kein anderes Wort, um seinen Gesichtsausdruck zu beschreiben.

Leo, der beim Klang seines Namens an die Reling getreten war, warf einen Blick auf Sayrson und rückte näher an Zachary heran.

»Das ist Leo«, sagte der Offizier.

»Ah.« Sayrson musterte ihn und nickte. »Du bist ein starker junger Mann. Dein Vater hat mich gebeten, auf dich aufzupassen und Arbeit für dich zu finden.«

»Mein Vater ist tot.«

»Dann eben dein *Stiefvater*.« Sayrson betrachtete Leo von oben bis unten, als ob er ein Pferd wäre, das er kaufen wollte, und sein Lächeln wurde geradezu hämisch, als er vortrat. »Er sagt, du kannst hart arbeiten.«

Leo wich zurück. »Ich mag dich nicht. Ich gehe nicht mit dir.«

Sayrsons Lächeln verflog, und er sagte barsch: »Du wirst tun, was man dir sagt, junger Mann. Los jetzt. Geh und hol deine Taschen.«

»Wo bringen Sie ihn hin?«, fragte Zachary.

»Was geht Sie das an?«

»Wir haben uns auf der Reise angefreundet. Ich mache mir Sorgen um sein Wohlergehen.«

»Nun, das müssen Sie nicht. Ich versorge meine Arbeiter gut.«

»Was für eine Arbeit wird er machen?«

»Körperliche Arbeit. Was kann er sonst?«

Darauf wusste Zachary keine Antwort. »Dann sind Sie also ein Verwandter?«

»Ich doch nicht. Sehe ich so aus, als würde ich Schwachköpfe aufziehen? Aber ich kenne seinen Stiefvater und habe zugestimmt, mich um den Jungen zu kümmern. Bei mir hat er es besser als dadrinnen.« Er deutete auf ein großes Gebäude aus Kalksteinblöcken, das aussah, als wäre es so gut wie fertig.

Zachary sah es verwirrt an.

Sayrson lachte lautstark. »Das ist das neue Irrenhaus. Und das hier ist meine Vollmacht.« Er zog einen Brief hervor.

Der Offizier neben Zachary nahm das Papier, las es rasch und gab es zurück. »Sehr wohl, Sir. Ich informiere den Kapitän und lasse Leos Gepäck holen.«

»Ich gehe nicht mit ihm.« Leo wollte zurückweichen, konnte sich aber nicht weiter bewegen.

»Du hast keine Wahl, Junge«, sagte der Offizier. »Ah, Käpt'n. Das ist Mr Sayrson, der Leo abholt. Mr Carr ist etwas besorgt.«

Der Kapitän las den Brief und wandte sich an Zachary. »Dieser Herr hat die Vollmacht.«

»Leo kann stattdessen mit mir kommen. Ich werde mich um ihn kümmern.«

Sayrson lachte. »Warum sollte ich ihn mit Ihnen gehen lassen, wenn ich doch Arbeit für ihn habe? Außerdem hat ihn sein Stiefvater in meine Obhut gegeben, nicht in Ihre. Ich habe ihm mein Wort gegeben und werde es halten. Ich habe jetzt lange genug geduldet, dass Sie sich einmischen. Kümmern Sie sich um Ihre eigenen Angelegenheiten, junger Mann.«

Zachary konnte nur hilflos zusehen, wie ein starker Seemann herbeigerufen wurde, um Leo in das Boot zu verfrachten. Er wehrte sich so heftig, dass es wild zu schaukeln begann, also verpasste ihm Sayrson eine Ohrfeige. Obwohl Leo genauso groß war wie er, zuckte er zusammen und kauerte sich in eine Ecke, als würde er weinen. Er war wirklich wie ein übergroßes Kind, und auch so hilflos, wenn es darum ging, sein Leben auf die Reihe zu bekommen. Wie hatte seine Mutter, von der Leo doch so liebevoll sprach, dies zulassen können?

Hatte sie gewusst, was passieren würde? Zachary bezweifelte es.

Ein zweiter Matrose trug Leos Koffer nach unten, dann legte das Boot ab.

»Dieser Mann gefällt mir nicht«, bemerkte Zachary.

»Mir auch nicht, aber ich konnte nichts tun, außer ihn gehen zu lassen«, erwiderte der Kapitän. »Der Gouverneur wird keinen Grund sehen einzugreifen, wenn es jemanden gibt, der für ihn verantwortlich ist, da er ansonsten der Öffentlichkeit auf der Tasche liegen würde.«

Es würde lange dauern, bis Zachary Leos flehendes und unglückliches Gesicht, das immer kleiner wurde, während das Boot zum Ufer gerudert wurde, vergessen würde.

»Könnten Sie in einer Viertelstunde in meine Kabine kommen, Mr Carr?«

»Ja, Käpt'n.«

Er stand an der Reling und betrachtete Fremantle, das dem Artikel in der Schiffszeitung zufolge etwas mehr als zweitausend Einwohner hatte. Perth war mit etwas mehr als dreitausend Einwohnern anscheinend nicht viel größer. In so kleinen Städten konnte es doch sicher nicht so schwer sein, die Blake-Schwestern zu finden?

Was würden sie sagen, wenn sie erführen, dass ihnen ein – wie Zachary fand – kleines Vermögen hinterlassen worden war? Würden sie sich für den Laden interessieren? Oder würden sie alles einem Geschäftsführer überlassen? Sie könnten ihn sogar verkaufen. Er kannte sie nicht gut genug, um eine Vermutung zu äußern.

Dafür kannte er Harry nur zu gut. Je länger Zachary von seinem ehemaligen Kollegen getrennt war, desto sicherer war er sich, dass es ihm schwerfallen würde, jemals wieder unter ihm zu arbeiten.

Er war selbstbewusster geworden in diesem neuen Leben, fühlte sich selbstsicherer, was er nicht erwartet hatte. Die Leute sagten immer, dass das Reisen den Horizont erweitere, aber es war mehr als das – viel mehr. Es lehrte einen eine Menge über sich selbst.

Als Alice das erste Mal zum Tee zu den Dawsons ging, war sie ein wenig nervös. Sie waren schließlich Fremde. Aber sie begrüßten sie so herzlich, dass sie den Besuch wirklich genoss.

»Vielleicht könnten Sie nächstes Mal zu mir zum Tee kommen?«, schlug sie vor, als sie sich zum Gehen anschickte.

»Das wäre wunderbar«, sagte Judith Dawson. »Solange es meine Gesundheit zulässt. Es ist ein ständiges Auf und Ab, und ich weiß nie im Voraus, ob ich gut Luft bekomme oder ob ich keuche und nicht sprechen kann, ohne zu husten und zu spucken.«

Ralph begleitete Alice nach Hause.

»Ich mag Ihre Schwester.«

»Ich auch. Aber ihre Gesundheit ist nicht gut, und manchmal habe ich Angst um sie, wenn sie keine Luft bekommt.«

»War sie schon immer so?«

»Sie war immer empfindlich, aber sie beklagt sich nie.«

Sie gingen langsam und plauderten vertraut miteinander. Je besser sie Ralph kennenlernte, desto mehr mochte Alice ihn.

Mochte er sie auf die gleiche Weise? Es war schwer zu sagen, und eine Frau wie sie sollte sich keine großen Hoffnungen machen.

Alice lud Ralph und seine Schwester für den nächsten Sonntag zum Tee ein, aber als der Türklopfer ging, führte Dot nur Ralph in den Salon.

»Meine Schwester lässt sich entschuldigen. Sie hat einen schlechten Tag.«

»Das tut mir so leid.«

»Mir auch. Ich hatte mich schon darauf gefreut, unsere Diskussion über Bücher fortzusetzen.«

Alice zögerte. Sollte sie? Würde es Gerede geben, wenn sie ihn allein empfing? Ach, und wenn schon. »Möchten *Sie* wenigstens bleiben? Es wäre schade, die Scones und den Kuchen verkommen zu lassen.«

Er strahlte. »Das würde ich liebend gern. Judith schläft jetzt und wird wahrscheinlich erst in einer oder zwei Stunden aufwachen. Unser Dienstmädchen wird einen Jungen schicken, der mich holt, wenn ich gebraucht werde. Sie ist sehr zuverlässig. Sind Sie sicher, dass ich Ihnen keine Unannehmlichkeiten machen werde?«

»Im Gegenteil. Hier wird es manchmal etwas einsam.«

Ehe sie sichs versahen, waren zwei Stunden vergangen.

»Ich hätte nicht so lange bleiben sollen.« Er stand auf.

Sie begleitete ihn zur Tür. »Mich hat es gefreut. Ich bin viel fröhlicher, wenn ich Gesellschaft habe.«

»Keine Probleme mehr in der Nacht?«

»Überhaupt keine.«

»Und Prebble verhält sich ruhig, tut, worum man ihn bittet, und geht nicht über seinen Aufgabenbereich hinaus. Aber ich vertraue ihm immer noch nicht.«

»Ich auch nicht. Wird er die Stelle des Geschäftsführers behalten, wenn die neuen Eigentümerinnen zurückkommen?«

»Nicht, wenn ich etwas dazu zu sagen habe. Das Problem ist, dass der Laden unter seiner Leitung tatsächlich bessere Umsätze macht, und darüber freut sich Mr Featherworth.«

»Vielleicht hat Prebble seine Lektion gelernt.«

Ralph schnaubte verächtlich. »Der Kater lässt das Mausen nicht.«

Zachary wurde in die Kapitänskabine geführt.

»Setzen Sie sich, Carr. Ich möchte Ihnen für Ihre Hilfe mit Leo auf dieser Reise danken, und auch der Gouverneur schickt seinen Dank. Ich freue mich, Ihnen sagen zu können, dass sein Assistent sich an die jungen Frauen erinnert, nach denen Sie suchen. Es gab ein wenig Aufregung, als die älteste Schwester des Diebstahls beschuldigt wurde, aber es wurde bewiesen, dass es sich um ein Missverständnis handelte und das Geld tatsächlich ihr gehörte. Da ihr neuer Dienstherr ein Grundstück erworben hat, haben wir ihre Adresse. Zwei ihrer Schwestern leben bei einem anderen Dienstherrn in der Nähe.« Er reichte ihm ein Stück Papier. »Das ist die Adresse.«

Zachary las eifrig das Stück Papier und runzelte die Stirn. »Dann wohnen sie also nicht in Perth?«

»Offensichtlich nicht. Es ist ein guter Tagesritt nach Süden. Um sie zu finden, wird ihnen jemand anderes weiterhelfen müssen, aber es ist immerhin ein Anfang, und wenn sie noch dort arbeitet, wird sie sicher wissen, wo ihre Schwestern sind. Offenbar wechseln Dienstmädchen hier ziemlich häufig ihre Arbeitsstelle oder kündigen, um zu heiraten.«

»Danke. Ich bin Ihnen sehr dankbar für Ihre Hilfe. Ich denke, am besten fange ich mit der ältesten Schwester an. Was ist mit der Rückreise? Konnten Sie herausfinden, welche Schiffe erwartet werden?«

»Das ist ein wenig kompliziert. Die *Clara* fährt als Nächstes nach Madras weiter, nicht zurück nach England, wie Sie wissen, und bis Ende des Jahres werden keine weiteren Schiffe Fremantle anlaufen.«

Zachary sah ihn bestürzt an. »*Aber das sind noch mehrere Monate!*«

»Leider ja. Ihre beste Chance für eine schnelle Rückkehr wäre das Postschiff, das nächsten Monat im King George Sound einlaufen wird, die *SS Bombay*. Sie soll um den 1. Mai ankommen, plus minus einen Tag. Aber auch das ist ein ziemlich straffer Zeitplan für Sie.«

»Ich dachte, die Postschiffe legen in einem Ort namens Albany im Süden der Kolonie an.«

»Gleicher Ort. Die Stadt heißt Albany, der Hafen King George Sound. Die Bucht führt tiefes Wasser und ist gut geschützt. Der Gouverneur hat angeboten, dass Sie unter seinem Siegel eine Nachricht mit dem Küstendampfschiff verschicken können, das zwischen Fremantle und Albany verkehrt, um für sich und die vier Schwestern Kabinen zu buchen. Dann können Sie alle den nächsten Dampfer nach Albany nehmen.«

»Wenn ich bis dahin alle gefunden habe.«

»Ja. Und niemand kann garantieren, ob es noch freie Kabinen auf der *SS Bombay* gibt. Ich finde, Sie sollten dieses Hilfsangebot annehmen und Ihr Bestes tun, um rechtzeitig nach Albany zu gelangen. Wenn Sie einen Brief schreiben, lasse ich ihn dem Gouverneur zukommen, und er schickt ihn mit der offiziellen Post.«

Zachary fühlte sich ziemlich überfordert. »Das hört sich

an, als müsste ich mich ziemlich anstrengen, um die Schwestern rechtzeitig zu finden und nach Albany zu bringen.«

»Was bleibt Ihnen anderes übrig? Aber es wird spätestens zwei Monate danach ein weiteres Postschiff geben.«

Zachary erkannte an dem Blick des Kapitäns, dass er ihm so viel Zeit gewidmet hatte, wie er aufbringen konnte. Er dankte ihm für seine Hilfe und verabschiedete sich. Er schrieb den Brief, in dem er die Überfahrten buchte, dann ging er mit seinem Gepäck von Bord. Dank der Hilfe des Arztes hatte er keine Schwierigkeiten mit den Zoll- und Gesundheitskontrollen, dann zahlte er zweieinhalb Schilling, um mit einem kleinen Dampfschiff den Swan River hinauf nach Perth zu fahren.

Was er dort vorfand, schockierte ihn zutiefst. Er hatte schon gewusst, dass es für die Hauptstadt einer britischen Kolonie eine ziemlich kleine Stadt war, aber er hatte nicht erwartet, dass sie so ... *unfertig* aussehen würde, das war das einzige Wort, das ihm in den Sinn kam. Die meisten Straßen waren nicht einmal gepflastert, und der lockere Sand unter den Füßen machte das Gehen langsam und anstrengend. Dies gab ihm Zeit, die unregelmäßige Anordnung der Gebäude, die die Straßen säumten, zu studieren und festzustellen, wie viele Grundstücke dazwischen leer blieben.

Er fand ein kleines Hotel, und weil es inzwischen dunkel wurde, beschloss er, bis zum nächsten Morgen zu warten, bevor er sich nach der Adresse erkundigte, die ihm der Gouverneur gegeben hatte.

Als er zum Abendessen an einen Tisch geführt wurde, erstarrte er. Das war doch nicht ... Er war es! Der Mann, der Leo mitgenommen hatte, saß in der hinteren Ecke, zum Glück mit dem Rücken zum Zimmer. Leo war nicht bei ihm. Sayrson drehte sich nicht um, also eilte Zachary zu seinem eigenen Tisch und setzte sich mit dem Rücken zu den anderen und hoffte, dass sie ihn nicht erkannten.

Glücklicherweise sprach Sayrson so laut, dass er deutlich im ganzen Gastraum zu vernehmen war.

»Ich habe einen neuen Helfer, einen Schwachkopf, aber stark. Morgen schicke ich ihn aufs Land. Im Moment weigert er sich noch ein bisschen zu arbeiten, aber vor Prügel hat er genauso Angst wie alle anderen auch.«

Sein Begleiter lachte.

Zachary erstarrte. *Prügel?* Er konnte den Gedanken nicht ertragen, dass der sanfte Leo misshandelt wurde.

Er hörte das Kratzen von Stühlen, die zurückgeschoben wurden, und die beiden Männer verabschiedeten sich. Zachary hielt den Blick abgewandt, konnte aber ihre Spiegelbilder in der Fensterscheibe beobachten, als sie den Gastraum verließen. Wenig später kamen sie draußen am Fenster vorbei und gingen getrennte Wege. Er winkte den Kellner heran und steckte ihm eine Münze zu.

»Der Herr, der dort in der Ecke gesessen hat, ein Mr Sayrson, wissen Sie, wo er wohnt?«

Der Kellner schüttelte den Kopf. »Tut mir leid, Sir. Ich kenne ihn nicht, er war bloß mit dem anderen Herrn zum Essen hier.«

»Ich werde sehen, ob ich ihn noch einhole. Ich bin gleich wieder da. Halten Sie mir den Tisch frei.«

Zachary eilte hinaus, aber Sayrson war verschwunden. Er ging ein kleines Stück die Straße hinunter, entdeckte ihn aber nicht. Es gab nichts, was er tun konnte, um den Mann in einer fremden Stadt im Dunklen zu finden, also kehrte er zu seinem Essen zurück.

Bevor er zu Bett ging, fragte er den freundlichen Kellner, wie er es anstellen könne, Sayrson aufzuspüren.

»Wenn er nicht in Perth wohnt, könnten Sie es bei den Mietställen versuchen, Sir. Bestimmt hat er sein Pferd in einem davon untergestellt.«

In dieser Nacht lag Zachary im Bett und starrte in die

Dunkelheit. Das Wort »Prügel« ging ihm nicht aus dem Kopf. Er hatte das Gefühl, er hätte Leo im Stich gelassen.

Er konnte nicht einschlafen, bis er sich entschieden hatte, einen Tag länger in Perth zu bleiben, um den armen Jungen zu suchen. Er wusste zwar nicht, was er tun würde, wenn er ihn gefunden hätte, aber er konnte nicht zulassen, dass Leo von einem solchen Rohling geschlagen und misshandelt wurde.

Das bedeutete, die Aufgabe, die ihn hierhergeführt hatte, zu verschieben, und er fühlte sich schuldig deswegen, denn er hatte nur wenig Zeit. Aber manchmal musste man einfach das Richtige tun. Das hatte ihm sein Vater beigebracht. *Sei stolz auf das, was du im Leben tust, egal wie bescheiden deine Position ist*, hatte er Zachary immer gesagt.

Alice beendete die Inventur für Mr Featherworth, und da sie von da an abends viel Zeit hatte, fragte sie Dot, ob sie gern flüssiger lesen und schreiben lernen wolle.

Dot starrte sie an, als sie das Angebot machte. »Sie meinen, Sie wollen mir beibringen, wie man richtig liest und schreibt?«

»Ja. Würde Ihnen das gefallen?«

»Ich glaub schon. Aber ich bin nicht besonders schlau. Mr Prebble sagt, ich bin dumm.«

»Da irrt er sich. Sie sind überhaupt nicht dumm.«

»Was ist mit der Hausarbeit, Miss?«

»Die wird auch am nächsten Tag noch da sein, wenn Sie nicht alles an einem Tag schaffen.« Als das junge Hausmädchen immer noch skeptisch dreinblickte, fügte sie sanft hinzu: »Die Zeiten ändern sich, heutzutage muss man richtig lesen können. Es wird Ihnen für den Rest Ihres Lebens zugutekommen.«

Dot zuckte mit den Achseln. »Nun, wenn Sie das sagen, Miss, dann kann ich es ja mal versuchen.«

Dots Misstrauen verschwand, als Alice anfing, eine Geschichte laut vorzulesen. Mit großen Augen stützte sich das Mädchen mit den Ellenbogen auf den Tisch und hörte begeistert zu.

Als die Geschichte zu Ende war, seufzte Dot glücklich. »Es hat mir immer gefallen, wenn meine Großmutter mir Geschichten erzählt hat. Sie kannte Dutzende. Ich hatte ganz vergessen, dass Geschichten einen in andere Welten entführen können.«

»Dann müssen wir dafür sorgen, dass Sie sie von jetzt an selbst lesen können. Es gibt eine kostenlose Leihbibliothek in der Stadt, wissen Sie.«

Von da an saugte das junge Hausmädchen das neue Wissen in sich auf wie ein trockener Schwamm, und der Unterricht war für beide ein Vergnügen.

Da es noch Monate dauern würde, bis die neuen Ladenbesitzerinnen aus Australien zurückkehren würden, meldete sich Alice freiwillig, um bei den Lesekursen zu helfen, die für die immer noch arbeitslosen Menschen in der Stadt angeboten wurden. Es gab einige für Männer, die nicht stark genug waren, um im Steinbruch zu arbeiten, sowie für junge Frauen.

Am Anfang war sie nervös, weil ihr erwachsene Männer gegenübersaßen, aber das vergaß sie bald, weil sie ihr so leidtaten. Sie waren hager, ihre Kleider zerlumpt, und der Hunger stand ihnen ins Gesicht geschrieben. Dank der verschiedenen Wohltätigkeitsorganisationen in der Stadt verhungerten sie vielleicht nicht, doch es war offensichtlich, dass sie nicht viel zu essen bekamen.

Einige von ihnen überraschten sie und zeigten einen anderen Hunger – nach Wissen. Sie saugten es auf eine Weise auf, die die verwöhnten Kinder der Reichen, die sie vorher unterrichtet hatte, beschämt hätte. Diese Menschen wollten die Welt verstehen, lernen, wie das Leben an anderen Orten war, den Krieg in Amerika verstehen, der den Menschen in Lancashire so viel genommen hatte. Sie half ihnen, die Zeitung zu lesen, und alle waren froh, dass es so aussah, als würde der Krieg bald ein Ende haben. Doch was mit den Baumwolllieferungen aus den Südstaaten geschehen würde, wenn die Unionsstaaten aus dem Norden gewinnen und es keine Sklaven mehr geben würde, die sie pflückten, konnten sie nur vermuten.

Diejenigen, die nicht wirklich am Lernen interessiert waren, sondern nur in den Kursen saßen, um sich ihr Essen und Unterstützungsgeld zu verdienen, machten ihr keine Schwierigkeiten. Sie schienen damit zufrieden zu sein, einfach still in der Wärme der Methodistenkapelle zu sitzen.

Alice hatte jetzt nur noch eine Sorge, aber es war eine große, die sie manchmal nicht schlafen ließ: Was sollte sie tun, wenn die Blake-Schwestern zurückkamen? Sie hatte in Outham Freunde gefunden, und hier lebten ihre nächsten Verwandten. Sie wollte unbedingt in der Stadt bleiben, hasste den Gedanken, in das einsame Leben einer Gouvernante zurückzukehren.

Je näher der Freitag rückte, umso schlechter schlief Hallie, weil sie Angst vor Harrys Besuch hatte. Als es an der Tür klopfte, musste sie selbst hingehen, weil ihre Mutter wegen irgendetwas zu den Nachbarn hinübergegangen war.

Sie öffnete und blickte ihn herausfordernd an, versuchte sich einzureden, dass er kleiner war als sie und sie zu gar nichts zwingen konnte, was sie nicht wollte.

»Ach, macht deine Mutter heute Abend gar nicht auf?«, höhnte er.

Beinahe hätte sie gesagt, ihre Mutter sei nebenan, aber sie hielt sich gerade noch rechtzeitig zurück. »Sie ist in Hörweite«, sagte sie.

»Dann küsst du mich besser leise«, sagte er.

»Ich küsse Sie nicht.«

»Ist dir die Sicherheit deiner Mutter egal?«

Sie starrte ihn an, und ihr wurde übel.

»Das nächste Mal könnte es ein Messer im Bauch sein.« Er packte sie am Arm. »Und jetzt bekomme ich diesen Kuss.«

Und sosehr sie es auch wollte, sie wagte es nicht, sich zu wehren, als er ihren Kopf zu sich hinabzog und sie rücksichtslos küsste.

»Schöne weiche Lippen hast du«, sagte er heiser. »Ich frage mich, ob der Rest von dir genauso weich ist.«

Er drückte ihr einen Umschlag in die Hand und ging lachend davon.

Einen Augenblick lang konnte sie sich nicht rühren, ihr war übel, und sie schauderte. Als sie aufblickte, stand ein Mann auf der gegenüberliegenden Straßenseite und starrte sie an. Sie spürte, wie ihr Gesicht vor Scham brannte, und huschte ins Haus.

Sie gestattete es sich nicht einmal zu weinen, denn dann hätte ihre Mutter gefragt, warum.

Am nächsten Morgen ging Zachary durch Pert, bewaffnet mit einer Liste der wichtigsten Mietställe, die der hilfsbereite Kellner für ihn zusammengestellt hatte. Er versuchte, die Straßen systematisch zu erkunden, verirrte sich aber mehrmals. Er behielt stets das imposanteste Gebäude im Auge und benutzte es als Wegweiser. Es war eine große Kirche, die römisch-katholische Kathedrale, wie man ihm erklärt hatte. Die Residenz des Gouverneurs war dagegen klein und schäbig.

Gegen Mittag war er nicht mehr so optimistisch, was seine Chancen anging, Leo zu finden, denn bisher hatte er nur Nieten gezogen. Er kletterte auf einen kleinen Felsen, um die Stadt von oben zu betrachten und vielleicht eine andere Strategie für seine Suche auszuarbeiten. Unter ihm lag Perth Water, eine weite Ausdehnung des Flusses, auf der ein paar Boote langsam hin und her fuhren. Als er gestern angekommen war,

war es friedlich gewesen, aber jetzt frischte der Wind auf, und die Wasseroberfläche war grau und unruhig.

Auf seinem Rückweg zurück in die Stadt fing es an zu regnen, und er verlangsamte, klappte seinen Mantelkragen hoch und wünschte, er hätte einen Regenschirm.

Aus dem nächsten Mietstall, bei dem er es versuchte, sah er Sayrson herauskommen. Vor Schreck blieb er wie angewurzelt stehen, weil er die Hoffnung, den Mann zu finden, schon fast aufgegeben hatte. Dann setzte sein Verstand wieder ein, er trat von der Straße und versteckte sich hinter einem riesigen Baum, bis der Kerl in die entgegengesetzte Richtung davonging.

Sayrson bemerkte ihn nicht, weil er sich beeilte, als wollte er möglichst schnell aus dem Regen herauskommen.

Zachary verließ sein Versteck, um Sayrson zu folgen, aber als er an dem Garten vorbeiging, der sich neben dem Mietstall befand, hörte er in einem Holzverschlag jemanden schluchzen. Die Gartenmauer bildete eine Wand des Schuppens, und er hörte eindeutig einen Mann schluchzen, mit leiser und verzweifelter Stimme.

Irgendwas daran klang vertraut, und er hielt inne, um zu lauschen. War das ... Konnte das tatsächlich Leo sein?

Er zögerte. Wenn er nachforschte, ließ er sich vielleicht seine Hauptchance entgehen und ließ Sayrson entkommen. Schließlich war er sich nicht einmal sicher, ob es wirklich Leo war. Aber es war eindeutig jemand in großer Not, und das gab den Ausschlag.

Das Tor war nur eingerastet, aber nicht abgeschlossen, also hob er leise die kleine Eisenstange und betrat den verwilderten Garten. Hier war niemand, der ihn aufhalten konnte, und vom Hauptstall aus blickten keine Fenster auf diesen Bereich. Er ging zum Schuppen und lauschte wieder an der Tür. Die Person schluchzte immer noch, aber jetzt leiser.

Es gab ein kleines Fenster in der Schuppenwand, aber es

war schmutzig und zu hoch, um hindurchzuschauen. Die Tür war von außen mit einem Riegel verschlossen, aber das Vorhängeschloss war offen. Nach einem kurzen Blick in die Runde zog Zachary leise den Riegel zurück und öffnete die Tür.

Der Mann, der in einer Ecke kauerte, wich zurück und hob einen Arm, wie um einen Schlag abzuwehren. Sein Gesicht war blutunterlaufen und geschwollen, aber er war immer noch zu erkennen.

Als Leo sah, wer hereinkam, öffnete er den Mund, um etwas zu rufen.

»Pst!«

Leo sagte nichts, aber er formte mit den Lippen das Wort »Zachary«, und seine Augen leuchteten vor Hoffnung.

Er war mit dem linken Bein an die Wand gekettet. Es war eine Vorrichtung, die sich eher für einen Sklavenhalter aus alten Zeiten als für einen zivilisierten Mann eignete, und es empörte Zachary, dass irgendjemand einer anderen Person so etwas antat.

»Bist du gekommen, um mich auf das Schiff zurückzubringen?«, fragte Leo hoffnungsvoll.

»Wir müssen die Kette loswerden, bevor ich dich irgendwo hinbringen kann.«

»Ich habe es versucht, aber ich kann es nicht. Der böse Mann hat den Schlüssel an seiner Uhrenkette.«

Zachary untersuchte die Fessel, die mit einer riesigen Krampe aus rostigem Eisen an einem Holzpfosten befestigt war. Als er sich umblickte, sah er einen Spaten in der anderen Ecke. »Dreh deinen Kopf weg.« Er benutzte die Kante des Spatens, um auf das morsche Holz einzuhacken und die Krampe auszuhebeln. Sein Herz klopfte die ganze Zeit vor Angst, dass Sayrson zurückkommen könnte oder jemand anderes den Lärm hörte und nachsehen kam.

Es dauerte eine oder zwei Minuten, die Krampe zu lösen und auszuhebeln. Aber es gab keine Möglichkeit, die Kette von Leos Fußgelenk zu entfernen, also griff er danach, zog den Jungen auf die Füße und drückte ihm das Ende der Kette in die Hand. »Pass auf. Halt das hier fest, und häng dir meinen Mantel über den Arm, um es zu verstecken.«

Er ging zur Tür und schnappte erschrocken nach Luft. »Pst!« Ein Mann stand im Garten und paffte an einer stinkenden Pfeife. Zachary näherte sich mit dem Mund Leos Ohr und flüsterte: »Wir müssen warten, bis er fertig ist und wieder hineingeht, bevor wir den Schuppen verlassen können.«

Leo flüsterte zurück: »Mr Sayrson kommt später wieder. Er hat gesagt, wir reisen morgen ab. Ich will nicht mit ihm gehen.«

Zachary legte dem Jungen einen Arm um die Schultern. »Ich werde nicht zulassen, dass er dich mitnimmt und dir noch einmal wehtut, das verspreche ich.«

Sein Versprechen schien Leo zu beruhigen.

Zachary hoffte nur, er würde es halten können.

Pandora freute sich, dass sie heute Morgen wieder eine Reitstunde hatte. Sie liebte es, auf Duke zu sitzen, und sogar Francis musste zugeben, dass sie das Reiten recht schnell lernte.

Er bestand darauf, die Stunde noch vor der Mittagshitze abzuhalten, den Pferden zuliebe, obwohl das Wetter jetzt im Herbst nicht mehr annähernd so heiß war.

Als Pandora einwandte, sie müsse noch Brot backen, winkte Livia ab.

»Das können Sie später machen.«

»Wenn es Ihnen recht ist.« Sie blickte den Weg entlang, der die beiden Anwesen miteinander verband. »Cassandra und Reece sind heute spät dran.«

»Nun, sie arbeiten beide hart, also wenn sie hin und wieder etwas später kommen, stört mich das nicht. Außerdem erwartet Ihre Schwester ein Kind.«

Erst lange nach dem Ende der Reitstunde kam Reece allein

den Weg entlang. Pandora ließ ihren Brotteig stehen und rannte ihm entgegen. »Geht es Cassandra gut?«

Er nickte und ging mit ihr zu Livia. »Tut mir leid, dass ich zu spät komme, aber wir haben letzte Nacht nicht gut geschlafen. Cassandra hatte eine schlimme Magenverstimmung. Und um es noch schlimmer zu machen, hat das Baby die ganze Zeit getreten, und es fiel ihr schwer, sich bequem hinzulegen. Deshalb haben wir heute leider beide verschlafen. Ich habe sie weiterschlafen lassen.«

Anstatt Mittagspause zu machen, bekam Pandora die Erlaubnis, ihre Schwester zu besuchen.

Sie fand Cassandra auf der Veranda in einem Schaukelstuhl, den Kevin für sie herausgestellt hatte. »Wie geht es dir? Du siehst blass aus. Ich habe mir Sorgen gemacht, als du heute Morgen nicht gekommen bist.«

»Ich bin bloß etwas müde. Reece übertreibt manchmal ein wenig.«

»Man könnte meinen, es wäre sein Baby.« Pandora erkannte, dass das keine sehr taktvolle Bemerkung gewesen war, und fügte hinzu: »Er scheint sich darauf zu freuen.«

Cassandra lächelte liebevoll. »Ich bin so froh, dass er es jetzt als seins ansieht. Wir haben vereinbart, nie etwas anderes zu sagen.«

»Natürlich nicht. Wo ist Kevin?«

»Kümmert sich um Delilah. Er verbringt viel Zeit mit dem Pferd, sitzt auf einem Hocker und redet mit ihr. Man könnte schwören, sie versteht jedes Wort.«

»Ist es nicht seltsam, was das Leben mit uns macht? Wer hätte gedacht, dass wir in Australien landen oder als Hausmädchen arbeiten würden?« Pandora lächelte und korrigierte sich: »Oder eher Draußenmädchen. Ich weiß wirklich nicht, was die beiden ohne unsere Hilfe machen würden.«

»Reece drängt mich, ich solle ganz aufhören zu arbeiten. Vielleicht arbeite ich von jetzt an nur noch vormittags, weil ich so schnell erschöpft bin, aber ich werde verrückt, wenn ich nichts zu tun habe, während er arbeitet. Und außerdem wird mit jedem vollen Tag, den ich arbeite, ein halber Tag von der Zeit abgezogen, die Reece den Southerhams noch verpflichtet ist.«

»Du hast trotzdem noch genug zu tun. Du hast jetzt deinen eigenen Haushalt zu führen.«

»Kevin erledigt einiges, vor allem die leichteren Arbeiten, und du weißt, dass wir unsere Wäsche mitnehmen und mit der der Southerhams waschen.«

»Wie geht es Kevin?«

Cassandras Blick wurde traurig, und sie sagte mit leiser Stimme: »Er ist immer fröhlich, aber man kann nicht übersehen, dass es ihm immer schwerer fällt, gewisse Dinge zu tun, und dass er schnell erschöpft ist.«

»Francis geht es genauso. Manchmal höre ich ihn nachts husten, jetzt, da er auf der Veranda schläft. Trotzdem bleibt Livia immer fröhlich. Sie ist ihm so eine wunderbare Ehefrau. Da schäme ich mich richtig, dass ich mich von meinem Heimweh unterkriegen lasse.«

»Du wirkst glücklicher als noch vor ein paar Wochen.«

»Ja, schon ... Aber das Heimweh ist immer noch da. Etwas in mir sehnt sich nach England. Ich kann nicht glauben, dass es dir nicht so geht.«

»Ich vermisse einiges, trotzdem genieße ich das Leben hier, und ich liebe das wärmere Klima.«

»Ich nicht! Es ist so eine Erleichterung, dass das Wetter jetzt kühler wird.«

»Kevin sagt, jetzt wird jeden Moment der Winterregen einsetzen und es wird ziemlich kalt werden. Wie lief das Reiten heute?«

Pandoras Augen leuchteten. »Wunderbar.«

Sie plauderte eine Weile mit ihrer Schwester, dann musste sie gehen und sich wieder an die Arbeit machen. Was würde sie nur tun, wenn Cassandra nicht mehr jeden Tag mit ihr zusammenarbeitete? Wahrscheinlich verrückt werden. So liebenswürdig sie auch waren, die Southerhams waren immer desorganisiert und änderten ihre Meinung ohne Vorwarnung, nachdem Pandora eine andere Aufgabe bereits geplant und manchmal sogar schon begonnen hatte. So wurde sie ständig daran gehindert, effizient zu arbeiten, und konnte nicht stolz auf das sein, was sie leistete.

Kapitel 9

Als der Mann im Garten seine Pfeife aufgeraucht und die Glut an seiner Stiefelsohle ausgeklopft hatte, begann es wieder zu regnen. Er eilte hinein, und Zachary führte Leo rasch aus dem Schuppen. Bei der kleinsten Bewegung klirrte die Kette, und er versuchte, sie noch fester in den Mantel zu wickeln. Doch sie war immer noch an Leos Knöchel befestigt, und irgendjemand würde sie sicher bemerken, wenn sie erst auf der Straße wären. Und was würden sie von einem Mann halten, der bei diesem Wetter einen Mantel über dem Arm trug, anstatt ihn anzuziehen?

Der Regen wurde deutlich stärker, und als er aufblickte, sah er, wie sich anthrazitfarbene Wolken über ihnen auftürmten. Es gab keine Anzeichen, dass die Wolkendecke in nächster Zeit aufbrechen würde. Vielleicht würde ihnen das schlechte Wetter helfen zu entkommen, denn wer ging an einem Tag wie diesem schon freiwillig nach draußen?

Doch als sie ein paar Straßen weiter um eine Ecke bogen, stieß Leo mit einem Mann zusammen, und der Mantel glitt zu Boden.

Der Mann blieb wie angewurzelt stehen, starrte erst die Kette und dann Zachary an. »Soso, helfen ihm abzuhauen, was?«

»Bloß vor einem Dienstherrn, der den armen Kerl schlecht behandelt. Er ist kein Sträfling, er wird bloß wie einer behandelt, weil er nicht … nun, der Hellste ist. Sie sehen selbst, wie schlimm er geschlagen wurde.«

Einen Augenblick lang sagte keiner ein Wort, dann studierte der Mann Leos kindlichen Gesichtsausdruck und lächelte schief. »Tja, ich war selber mal Sträfling, und einer der Wächter hat mich schlecht behandelt, also weiß ich, wie es ist, geschlagen zu werden. Aber Sie brauchen Hilfe, wenn Sie ihn von hier wegbringen wollen. Man ist hier sehr pingelig, was Herren und Diener angeht, aber es sind immer die Rechte der Herren, die das Gesetz schützt, nicht die der Diener. Vor einiger Zeit haben sie einen Mann ins Gefängnis gesteckt, weil er versucht hat, gegen den Willen seines Herrn seine Stelle zu kündigen. Und er war kein Strafarbeiter oder auf Bewährung.«

Zachary holte tief und zitternd Luft vor Erleichterung, weil dieser Mann nicht versuchen würde, sie aufzuhalten. »Ich wäre Ihnen dankbar für jede Hilfe.«

»Wir können hier nicht einfach im Regen herumstehen und darüber reden. Passen Sie auf, ich wohne gleich hier die Straße runter. Kommen Sie zu mir nach Hause. Ich muss verrückt sein, aber ich werde sehen, ob ich Ihnen helfen kann. Verstecken Sie bloß diese verdammte Kette, und hören Sie mit dem Klirren auf.«

Er schüttelte den Kopf, als sie es vergeblich versuchten. »Es hat keinen Zweck. Sie beide gehen hinter mir her. Wenn Sie jemand aufhält, werde ich schneller gehen und so tun, als gehörten Sie nicht zu mir. Die Leute sollen nicht denken, dass ich in etwas Ungesetzliches verwickelt bin. Ich habe endlich meine Bewährung und will nicht wieder ins Gefängnis.«

Er ging mit schnellen Schritten voraus, und zu Zacharys Erleichterung waren die Leute, denen sie auf der Straße begegneten, mehr darauf bedacht, aus dem Regen herauszukommen, als auf das leise Klirren zu achten, obwohl einer oder zwei erstaunt auf den Mantel starrten, den Leo an einem solchen Tag über dem Arm trug, anstatt sich damit vor dem strömenden Regen zu schützen.

Nach ein paar Minuten blieb ihr Führer vor einem schmalen Schindelhäuschen stehen, das zwischen anderen Gebäuden von ähnlicher Größe eingequetscht stand. Er stieß die Vordertür auf, trat ein und winkte sie herein. »Es ist nicht riesig, aber es hält den Regen ab.«

Sie kamen gerade rechtzeitig. Draußen dröhnte der Donner, Blitze zuckten, und noch heftigere Regenschauer prasselten auf das Blechdach und erzeugten einen derartigen Trommelwirbel, dass sie beinahe schreien mussten, um einander zu verstehen.

»Die Regenzeit fängt gerade erst an, das ist der erste richtige Regen dieses Jahr«, sagte ihr Retter. »Für mich könnte es ruhig immer so kühl sein.« Er streckte eine Hand aus. »Fred Moore.«

Zachary schüttelte ihm die Hand und stellte sich und Leo vor.

»Ich mache Feuer und koche uns einen Tee, während Sie mir Ihre Geschichte erzählen.« Fred legte mehr Holz auf die glimmende Glut und schwang den rußgeschwärzten Kessel an seiner Kette über die Flammen.

Schweigend hörte er zu, als Zachary erklärte, was passiert war, dann sah er Leo an. »Armer Kerl. Ich hasse Fesseln. Sie haben mich gefesselt, als ich ein Sträfling war, und mit den Schwarzen machen sie es auch. Ich habe immer noch die Narben an den Fußgelenken. Ich würde nicht mal ein Tier so anketten, geschweige denn einen Menschen.« Er stand auf. »Nun, Leo, mein Junge, nehmen wir dir das Ding mal ab, dann behandeln wir die Schnitte und Prellungen. Der Kerl muss dir ganz schön zugesetzt haben.«

»Er hat mich geschlagen.« Leo legte eine Hand auf seine geprellte Wange. »Als ich zurückgeschlagen habe, hat er mich mit einem Stock geprügelt, bis ich hingefallen bin.«

Fred brauchte nicht lange, um die Fesseln abzusägen. »Ich werfe dieses verdammte Ding nach Einbruch der Dunkelheit in den Fluss. Aber viel wichtiger noch: Was machen wir jetzt mit Ihnen beiden?« Er sah Zachary an und fügte hinzu: »Sie müssen ihn so schnell wie möglich aus Perth wegbringen, sonst fangen sie ihn wieder ein. Können Sie irgendwo außerhalb der Stadt hingehen?«

Also erklärte Zachary seine Mission.

Fred stieß ein freudloses Lachen raus. »Haben die ein Glück, diese Schwestern, wo auch immer sie sind. Ich wünschte, *mir* würde jemand ein verdammtes Vermögen hinterlassen.« Er blickte eine Weile ins Feuer, dann sagte er: »Ich glaube, ich kann einen Mann finden, der Sie dort hinbringt, aber dafür müssten Sie Pferde mieten. Haben Sie genug Geld?«

»Ja. Aber werden sie sie an einen Fremden vermieten, der die Stadt verlässt?«

»Das ist in der Tat ein kleines Problem, aber ich kenne jemanden, der uns helfen könnte. Überlassen Sie das mir. Kann Ihr Freund reiten?«

Sie sahen Leo an, der seine Hände in Richtung der Wärme ausstreckte und zu müde schien, um ihnen zuzuhören.

»Kannst du reiten, Leo?«

Sein Gesicht leuchtete auf. »Ja. Ich reite gern. Ich mag Pferde.«

Zachary grinste. »Ich bin derjenige, der nicht gut reiten kann. Ich habe mal auf dem Pferd meines Vetters gesessen, aber ich würde mich nicht als erfahrenen Reiter bezeichnen, bei weitem nicht.«

»Dann werden Sie in den ersten Tagen wund und steif sein. Aber die einzige Möglichkeit, in der Kolonie herumzukommen, ist mit dem Pferd oder dem Wagen, und das Pferd ist schneller. Sie könnten einen Platz in der Postkutsche buchen, die nach Albany fährt, wenn Sie dort hinmüssen, aber die fährt nur einmal im Monat oder so. Außerdem müssten Sie zuerst herausfinden, wo genau dieses Mädchen arbeitet, und ich kann nicht sagen, wie weit das von der Hauptstraße entfernt ist. Die Postkutsche würde nicht auf Sie warten, nicht einmal einen halben Tag.«

»Nein, das verstehe ich. Nun, ich kann es ertragen, vom Reiten wund zu sein. Wenn ich Sie für Ihre Zeit bezahle, helfen Sie uns dann, Pferde zu mieten und einen Führer zu finden?«

Freds Miene hellte sich auf. »Ja. Wenn ich ein guter Mann wäre, würde ich es aus reiner Freundlichkeit tun, aber ich brauche das Geld, also bitte ich Sie um fünf Pfund, weil ich ein gewisses Risiko eingehe, wenn ich Ihnen helfe. Aber dafür sorge ich dafür, dass Sie einen Führer bekommen, auf den Sie sich verlassen können, und er wird Ihnen helfen, Pferde zu mieten. Wo genau ist dieser Ort, den Sie suchen?«

»Ich habe nur die Adresse.«

»Sagen Sie sie mir.«

»Wenn Sie Stift und Papier haben, schreibe ich Ihnen die Adresse auf.«

Wieder lachte Fred. »Ich bin nicht so gut im Lesen, und noch schlechter im Schreiben. Sagen Sie mir einfach die Adresse, dann merke ich sie mir.«

Später an diesem Tag kam er mit einem schweigsamen Mann namens Bert zurück, der nickte, als er vorgestellt wurde, und dann schweigend Zacharys Erklärung lauschte.

Fred gab seinem Freund einen Stoß in die Seite, um ihn zum Reden zu animieren. »Du weißt, wo sie hinwollen, oder?«

Bert nickte. »Mehr oder weniger. Das wird eine der neuen Farmen in den Gebirgsausläufern sein, aber dort wird schon jemand wissen, wo genau es ist.«

»Wir müssen Pferde mieten und würden morgen gern so früh wie möglich aufbrechen, um Leo aus Perth herauszubringen, bevor die meisten Leute unterwegs sind«, sagte Zachary. »Können Sie das arrangieren?«

Bert runzelte die Stirn. »Morgen früh bin ich noch nicht so

weit. Wir müssen Vorräte und Pferde besorgen. Übermorgen wäre besser.«

Zachary seufzte. Also noch mehr Verspätung.

Als Bert weg war, sah er Fred an. »Kann Leo hier übernachten, bis wir aufbrechen?«

»Wenn ihm eine Decke auf dem Boden reicht.«

Sie sahen Leo an.

»Du kommst doch mit Fred klar, oder?«

Leo sah besorgt aus. »Ich will bei dir bleiben.«

»In meinem Hotel wäre es nicht sicher. Sayrson könnte dich finden. Du bleibst bei Fred. Ich komme gleich morgen früh wieder, und übermorgen machen wir uns auf den Weg.«

»Versprich es mir.«

»Ich verspreche es.« Er steckte Fred noch mehr Geld zu. »Kaufen Sie ihm etwas zu essen. Tja, was soll ich nur mit meiner Truhe machen?«, überlegte er laut. »Die können wir schlecht auf dem Pferd mitnehmen.«

»Packen Sie so viel wie möglich in die Satteltaschen, und schicken Sie den Rest mit dem Küstendampfer nach Albany«, sagte Fred. »Was ist mit deinen Sachen, Leo?«

Er blickte finster. »Mr Sayrson hat mir meine Tasche und meinen Koffer abgenommen. Er sagte, ich brauche keine gute Kleidung und er würde sie verkaufen. Ich habe nur diese Sachen.«

Zachary wandte sich wieder an Fred. »Wir müssen ihm mehr kaufen.«

Ein weiteres Grinsen verriet, dass sein Gastgeber erwartete, damit zusätzliches Geld zu verdienen. »Ich kenne zufällig einen Gebrauchtwarenhändler.«

Vornübergebeugt zum Schutz vor dem Regen ging Zachary zurück zum Hotel und versuchte, den Pfützen auszuweichen, die sich trotz des sandigen Bodens überall auf der Straße gebildet hatten. Inzwischen waren seine Stiefel so nass, dass sie beim Gehen quietschten, und er zitterte.

Tat er das Richtige? Er konnte es nur hoffen.

Nach Einbruch der Dunkelheit verließ Ralph Dawson das Haus, den Kragen hochgeklappt und den Hut tief ins Gesicht gezogen, damit er nicht so leicht zu erkennen war. Ein paar Straßen weiter klopfte er an eine Tür. »Könnte ich mit Ihrem Mann sprechen, Mrs Worth?«

»Bitte kommen Sie doch herein.«

»Ich würde lieber kurz hier mit ihm sprechen.«

Wenig später kam Marshall Worth an die Haustür geeilt. »Ralph! Ist etwas passiert?«

»Nein. Ich wollte dich fragen, ob du zu mir nach Hause kommen könntest. Ich habe vielleicht eine neue Aufgabe für dich.«

Die Augen des Mannes leuchteten. Ralph hatte Mitleid mit ihm. Marshall war als Aufseher in einer kleinen Spinnerei tätig gewesen, bevor alle Fabriken in der Stadt wegen der Baumwollknappheit schließen mussten. Nun arbeitete er im Steinbruch und tat alles, was er konnte, um sich den einen oder anderen Penny dazuzuverdienen.

»Ich komme sofort mit.«

»Nein. Ich möchte nicht, dass man uns zusammen sieht. Das klingt vielleicht seltsam, aber warte ein paar Minuten, dann komm zu unserer Hintertür, und pass auf, dass dich niemand sieht. Schon gut, es ist nichts Unehrliches. Ich erkläre es dir später.« Er verabschiedete sich und eilte auf einem anderen Weg nach Hause. Er kam sich ein wenig töricht vor, weil er sich so verhielt, aber er wollte, dass seine Vereinbarung mit Marshall geheim blieb, und das Haus von ihm war zu klein und voller Kinder, um sich dessen sicher sein zu können.

Kurz nachdem er wieder zu Hause angekommen war, klopfte es an seiner Hintertür. Er deutete auf einen Stuhl. »Möchtest du eine Tasse Tee und einen Scone, während wir reden?«

Der andere zögerte.

»Jetzt ist nicht die Zeit für falsche Bescheidenheit«, sagte Ralph leise.

»Vielen Dank.«

Nachdem sie sich gesetzt hatten, erzählte Ralph vom Laden, den vermissten Erbinnen und dem stellvertretenden Geschäftsführer.

»Traue niemals einem Prebble«, sagte Marshall sofort. »Wenn du in einer gewissen Gegend wohnen würdest, würdest du überall Leute finden, die sich vor der ganzen Familie fürchten, und auch wenn Harry Prebble einer respektablen Beschäftigung nachgeht, gibt es auch über ihn Gerüchte.«

»Was für Gerüchte?«

»Das Hausmädchen, das vor Dot bei den Blakes gearbeitet hat, wurde wegen unsittlichen Verhaltens entlassen, sie erwartete ein Kind. Sie hat nie verraten, wer der Vater war, und hat sich im Stausee ertränkt. Aber zufällig kenne ich den Mann, der ihren Leichnam herausgezogen hat, und er sagte, es sah ganz danach aus, als wäre sie geschlagen worden. Ich habe sie selbst mit Harry Prebble gesehen, nicht nur einmal, sondern mehrmals. Sie hat nie seinen Namen erwähnt, also können wir nicht sicher sein. Es hat mich überrascht, dass ihm die Geschäftsführung übertragen wurde.«

»Es gab sonst niemanden, der geeignet gewesen wäre. Er schien eine weiße Weste zu haben, und man kann nicht abstreiten, dass er sich auf seine Arbeit versteht. Aber nur für den Fall ... Wir wollen jemanden einstellen, der im Laden arbeitet und ein Auge auf ihn hat. Wärst du dazu bereit?«

»Die Gelegenheit würde ich mir nicht entgehen lassen.« Marshall lachte. »Ich habe genug Freunde, um sicher zu sein, dass *ich* nicht im Stausee landen werde. Aber ich kenne mich mit der Arbeit in einem Laden nicht aus.«

»Aber du bist lernfähig.«

»Wird er nicht Verdacht schöpfen, dass ich ihn ausspionieren soll?«

»Gut möglich. Aber ich werde noch ein paar andere Männer zum Vorstellungsgespräch bitten.« Ralph zögerte wieder. »Da wäre noch die Sache mit der Kleidung. Hast du etwas Schickeres als das?«

Marshall schüttelte den Kopf, vor Scham schoss ihm die Röte in die Wangen. »Wir mussten meine besten Sachen verpfänden, um die Kinder zu ernähren. Trotzdem starb unsere Jüngste. Sie war zu schwach, um ihre Krankheit zu besiegen, hat der Arzt gesagt.«

Ralph tätschelte ihm die Hand. Er hatte schon viele Geschichten wie diese gehört. »Dann gebe ich dir etwas Geld, und du kannst dir beim Gebrauchtwarenhändler etwas Passendes besorgen.«

»Bist du sicher?«

»Ganz sicher.«

Plötzlich fing sein Freund aus Kindertagen an zu weinen, erstickte Schluchzer, die den ganzen Körper des Mannes erschütterten.

Tröstend klopfte Ralph ihm auf die Schulter. Es sind wirklich schwere Zeiten, dachte er, wenn ein so starker Mann wie dieser an den Rand der Verzweiflung getrieben wird.

Am nächsten Morgen um neun Uhr kam Zachary zurück zu Freds Haus. Erleichtert stellte er fest, dass Leo schon viel fröhlicher wirkte.

»Ihr Freund hat einen gesunden Appetit«, stellte Fred lächelnd fest.

»Ich hatte großen Hunger«, sagte Leo. »Der böse Mann hat mir nur Wasser und Brot gegeben. Hat gesagt, mehr müsse ich mir verdienen.«

Die beiden anderen Männer wechselten einen entrüsteten Blick.

»Unverschämter Kerl«, murmelte Fred.

Ein paar Minuten später traf Bert ein und nahm Zachary mit zu einem kleinen Mietstall, dessen Besitzer er kannte. Sie mieteten drei Reitpferde und zwei Packpferde. Der Besitzer sagte, er vertraue Bert, dass er die Tiere anschließend nach Perth zurückbringe, und die beiden gaben sich darauf die Hand.

»Es sind keine besonders guten Klepper, aber sie werden uns hinbringen«, sagte Bert zurück in Freds Haus. »Mein Freund wollte nicht, dass seine besten Pferde so weit weggehen, selbst wenn ich dabei bin und ein Auge auf sie habe.«

Zachary war sich nicht so sicher, was das Durchhaltevermögen dieser mitleiderregenden Tiere anging, aber sie konnten es sich nicht leisten, wählerisch zu sein.

Er buchte den Transport seiner Reisetruhe auf dem Küstendampfschiff und kehrte zu Fred zurück.

Es war falsch, das Geld, das Mr Featherworth ihm anvertraut hatte, für Leos Befreiung auszugeben, das wusste er, aber er konnte nicht anders. Beim Gedanken daran, einen Mann wie einen Sklaven zu behandeln, nur weil er nicht der Schlaueste war, kam ihm die Galle hoch, genauso wie bei dieser sinnlosen Grausamkeit. Sie war überhaupt nicht nötig. Wenn man nett zu Leo war, tat er alles für einen. Wie er sich um die Tiere auf dem Schiff gekümmert hatte. »Können wir gleich morgen früh aufbrechen?«

»Morgen ist Sonntag!«

»Was spielt das für eine Rolle? Wir müssen Leo aus der Stadt schaffen.«

»In Ordnung. Dann holen Sie besser Ihre Sachen aus dem Hotel. Sie brechen vor Tagesanbruch auf. Keine Sorge. Ich gebe Ihre Truhe und Ihre Tasche am Montag sicher für Sie beim Küstendampfschiff auf.« Bitterkeit schwang in seiner Stimme mit. »Ich stehle nur, wenn ich hungrig bin, und Sie zahlen mir genug, um mehrere Wochen gut zu essen. Ich werde Sie nicht übers Ohr hauen.«

Ein ungewöhnlicherer Schutzengel war schwer zu finden, fand Zachary, als er zurück zum Hotel lief, um seine Sachen zu holen. Der Regen hatte für einen Moment nachgelassen, der Himmel war jetzt heller, doch noch immer lag eine feuchte Kühle in der Luft, die ihn erzittern ließ.

Er musste immer noch die Blake-Schwestern finden und sie rechtzeitig nach Albany bringen, um das Postschiff zu erreichen – und das in einer Kolonie ohne Eisenbahnen. Er wollte nicht bis Juli auf das nächste Postschiff warten, oder bis zum Ende des Jahres auf das nächste Schiff aus Fremantle.

Aber er wusste nicht, was er mit Leo anstellen sollte, wenn er abreiste. Er wusste nur, dass er ihn nicht in Perth lassen konnte, wo man ihn schlecht behandeln würde, das konnte er einfach nicht. Er würde zurückzahlen müssen, was er für Leo ausgegeben hatte, ganz egal, wie lange es dauern mochte, selbst wenn das bedeutete, dass er weiterhin unter Harry Prebble im Laden arbeiten musste.

Manchmal war es nicht gerade bequem, das Richtige zu tun.

Sie machten sich bei Tagesanbruch auf den Weg, wobei Leo eine wilde Mischung von Kleidungsstücken trug. Draußen standen die drei Reittiere und zwei Packpferde, die ihren Besitz sowie das Essen für sie und Futter für die Pferde trugen.

»Die armen Tiere sind alt und müde«, stellte Leo missbilligend fest. »Gibt es keine besseren?«

»Nur diese«, sagte Bert.

Bert hatte Leo das hässlichste der Pferde zum Reiten gegeben, ein Tier, das Zachary die Zähne gezeigt hatte, als er sich ihm näherte. Doch von Leo ließ es sich einigermaßen bereitwillig führen, es stupste ihn sogar an, um mehr Aufmerksamkeit von ihm zu bekommen.

»Sie hatten recht«, gab Bert nach einer Weile zu. »Er kennt sich gut mit Pferden aus.«

Das Tier, auf dem Zachary ritt, weigerte sich, sich schneller zu bewegen als im Passgang.

Nach einer Stunde hielten sie an, damit er absteigen und sich die Beine vertreten konnte. Vor allem seine Oberschenkel schmerzten von der ungewohnten Haltung.

»Wir lassen es heute ruhig angehen«, sagte Bert. »Sie haben noch nicht oft auf einem Pferd gesessen, stimmt's?«

»Nein, noch nicht oft, und es ist schon Monate her.«

»Das merkt man. Aber für einen Anfänger machen Sie es gar nicht so schlecht.«

Am Nachmittag tat Zachary alles weh, und er fragte sich, wie er es noch viel länger aushalten sollte.

Bert zügelte sein Tier, und die anderen folgten ihm. »Ich denke, wir sollten für die Nacht anhalten. Sie hatten genug, Zachary.«

»Gibt es hier in der Nähe ein Gasthaus?«

Bert lachte. »Nein. Wir werden sehen, ob wir eine Farm finden, wo man uns Futter für die Pferde verkauft und uns in einem Stall schlafen lässt.«

»Werden sie das tun?«

»Ich weiß nicht, wie es in England ist, aber hier weisen die Leute keine Reisenden ab, auch wenn sie ihnen kein Bett anbieten können.«

Damit musste Zachary sich zufriedengeben. Er betete, dass sie bald etwas finden würden. Er konnte den Gedanken nicht ertragen, noch einmal auf das Pferd steigen zu müssen.

Und morgen, sagte Bert, seien sie schon in der Nähe des Wohnortes der Southerhams, vielleicht würden sie sogar den Hof finden.

Kapitel 10

Am Montagmorgen erwachte Zachary im trüben Licht der frühen Morgendämmerung, sein ganzer Körper war vom Reiten schmerzhaft steif. Auch eine Nacht auf einem stacheligen, raschelnden Heuhaufen hatte daran nicht viel geändert. Er stand auf, unterdrückte ein Stöhnen und versuchte, die anderen nicht zu wecken.

Doch als er sich umblickte, waren die beiden mitsamt ihren Decken verschwunden. Er lauschte, hörte Stimmen und folgte dem Geräusch bis zu dem Ort, wo sich Bert und Leo um die Pferde kümmerten. Bert pfiff leise vor sich hin, und Leo sprach mit dem Pferd, das er am Vortag geritten hatte.

»Da sind Sie ja«, sagte Bert. »Ich wollte Sie gerade wecken.« Er grinste. »Steif?«

Zachary nickte.

»Das vergeht.«

Sie aßen ein eiliges Frühstück, das ihnen ihre Gastgeberin servierte und das sie mit noch mehr von Mr Featherworths Geld bezahlten, dann machten sie sich wieder auf den Weg.

Zachary seufzte, als er sich dazu zwang, auf das Pferd zu steigen und seinen schmerzenden Körper noch mehr Gerüttel auszusetzen.

Er hoffte, sie würden diese Westview-Farm recht bald finden.

Ralph bestellte Prebble zu sich. »Mr Featherworth und ich haben beschlossen, dass die vakante Stelle im Laden besser mit einem arbeitslosen älteren Mann besetzt werden sollte, anstatt mit irgendeinem Jungspund. Ich verstehe wirklich nicht, warum Sie Ihren anderen Mitarbeiter entlassen mussten.«

»Ein Fabrikarbeiter! Wir brauchen jemanden, der gut im Kopfrechnen ist und eine leserliche Handschrift hat.« Harry bemühte sich, nicht allzu böse dreinzuschauen. Er hatte den Aushilfsverkäufer, der kurz nach Zacharys Abreise eingestellt worden war, entlassen, damit er seinen Cousin einstellen konnte. Er wollte auf keinen Fall, dass Mr Dawson ihm irgendjemanden vorsetzte, der ihn ausspionierte.

»Dessen bin ich mir bewusst. Wir dachten auch nicht an einen Arbeiter, obwohl viele von ihnen so gut lesen und schreiben können wie Sie oder ich.« Er ignorierte den verächtlichen Gesichtsausdruck des jüngeren Mannes. »Wir dachten an einen Mann, der in der Fabrik eine Führungsposition innehatte, einen Aufseher oder Vorarbeiter. Ich habe vier Bewerber gefunden, die morgen zu einem Vorstellungsgespräch hierherkommen werden.«

Er ließ die Stille für eine Weile andauern und sah die Empörung auf Prebbles Gesicht, bevor er beiläufig hinzufügte: »Ich dachte, vielleicht möchten Sie mich beim Bewerbungsgespräch unterstützen.«

»Ich kann unmöglich jemanden empfehlen, der sich nicht für die Stelle eignet.«

»Das weiß man erst, nachdem man jemanden kennengelernt hat. Einer von ihnen könnte genau derjenige sein, den wir brauchen.«

»Wie haben Sie sie gefunden?«

»Mr Featherworth hat einige der Fabrikbesitzer gefragt, und sie haben uns Männer empfohlen, die als Aufseher gearbeitet haben, bevor uns diese Probleme heimgesucht haben.« Das stimmte nicht ganz, denn es war Marshall Worth gewesen, der die anderen Namen vorgeschlagen hatte. Die anderen drei Männer würden dafür bezahlt, Harry bei den Vorstellungsgesprächen zu ärgern, und Marshall hatte sich für sie alle verbürgt, dass sie die wahre Situation für sich behalten würden. Genau wie er hatten sie die Gelegenheit beim Schopf ergriffen, sich ein bisschen was dazuzuverdienen.

»Wann kommen sie?«

»Morgen früh. Ich sah keinen Grund zu warten, nachdem ich die Bewerber gefunden hatte. Ich weiß ja, dass Sie hier im Moment unterbesetzt sind.«

Immer noch misstrauisch, stimmte Prebble zu, sich ihm am nächsten Tag anzuschließen.

Wie geplant, verhielten sich die Männer beim Gespräch mit Prebble äußerst unkooperativ.

»Sie müssen kopfrechnen können«, verkündete er in einem herablassenden Tonfall. »Schauen wir doch mal, ob Sie diese Summen im Kopf ausrechnen können.«

Zwei der Männer machten so haarsträubende Fehler, dass Ralph sie warnend ansah, aber Prebble schien nicht zu merken, dass er an der Nase herumgeführt wurde.

Der andere schleuderte Prebble eine Antwort entgegen und drehte sich zu Ralph um. »Muss ich diesem unverschämten kleinen Kerl antworten? Er behandelt mich wie ein Kind. Solche Rechenaufgaben konnte ich schon lösen, da war ich sieben Jahre alt.«

»Tun Sie einfach, was er von Ihnen verlangt.«

Der Mann beantwortete alle Fragen wie aus der Pistole geschossen, und jedes Mal war seine Antwort richtig.

Prebble atmete tief durch und stellte noch schwerere Fragen.

Marshall sprach etwas gelassener, aber auch er beantwortete alle Fragen im Handumdrehen, selbst die schwierigsten.

Es war deutlich, dass diese Fertigkeit Prebble ganz und gar nicht gefiel.

Als sie fertig waren und die Männer draußen warteten, sah Ralph ihn fragend an. »Nun? Was sagen Sie?«

»Keiner von ihnen ist für die Stelle geeignet. Sie werden

nicht wissen, wie sie sich *unserer* Kundschaft gegenüber zu benehmen haben.«

»Mr Featherworth ist fest entschlossen, dass einer dieser Männer die Stelle bekommen wird.«

Prebble seufzte. »Dann werden wir es wohl mit einem von ihnen versuchen müssen. Aber ich muss mir das Recht vorbehalten, den Mann zu entlassen, wenn er sich als ungeeignet erweist.«

»Dieses Recht steht leider ausschließlich Mr Featherworth zu.«

»Aber ich bin der Geschäftsführer.«

»Stellvertretender Geschäftsführer. Und wenn Sie Mr Featherworths Akt der Nächstenliebe infrage stellen, wird er sich nicht für Sie einsetzen, wenn es darum geht, die Position dauerhaft zu vergeben, glauben Sie mir.«

Prebble warf ihm einen zornigen Blick zu, offensichtlich ahnte er, dass ihm ein Spion vor die Nase gesetzt werden sollte.

»Welchen sollen wir also wählen?« Es war ein Glücksspiel, aber Ralph hoffte, dass es sich auszahlen würde.

»Worth ist der am wenigsten untaugliche.«

»Nicht Freeman?«

Prebble schauderte. »Auf keinen Fall.«

»Ich hätte Freeman für den intelligentesten gehalten.«

»Dem kann ich nicht zustimmen. Und er war mir gegenüber geradezu unverschämt.«

Ralph hatte großen Spaß an seiner kleinen Komödie und musste sich sehr zusammenreißen, ein ernstes Gesicht zu machen. »Nun ... Sie müssen mit ihm zusammenarbeiten, also überlasse ich Ihnen die Entscheidung und stelle Worth ein. Aber in einer Woche oder so reden wir noch einmal über die Angelegenheit, denn ich bin mir bei ihm ganz und gar nicht sicher. Ich tendiere nach wie vor zu Freeman. Holen wir

Worth herein und sagen es ihm, dann können Sie ihn gleich mit in den Laden nehmen.«

»Sofort?«

»Warum nicht? Er wird begierig darauf sein, direkt mit der Arbeit anzufangen, denn er braucht das Geld. Und natürlich werden Sie ihm, wie den anderen Mitarbeitern auch, eine Mahlzeit zur Verfügung stellen.«

Prebble hob resignierend die Hände. »Auf Ihre Verantwortung. Aber wenn er die Kunden verärgert ...«

»Ich bezweifle, dass einer dieser Männer jemals seine Arbeitsstelle aufs Spiel setzen würde«, erwiderte Ralph ruhig. »Sie wissen doch, in welcher Lage sie sind. Haben Sie kein Mitgefühl?«

»Meine Aufgabe ist es, den Laden zu führen und Geld für die Besitzerinnen zu verdienen, nicht eine Wohltätigkeitsorganisation zu leiten.«

Ralph stand auf, um Marshall hereinzubitten, und stellte fest, dass er Prebble jedes Mal, wenn er sich mit ihm auseinandersetzen musste, ein bisschen weniger leiden konnte.

Während die beiden Männer zügig zum Laden zurückgingen, sagte Prebble kurz angebunden: »Sie sind jetzt in der Probezeit, Worth. Sehen Sie zu, dass Sie hart arbeiten.«

»Oh, das werde ich, Sir, keine Sorge.« Marshall verabscheute alle Prebbles aus Prinzip und hasste es, diesen Zwerg »Sir« nennen zu müssen, aber er war fest entschlossen, diese Arbeit zu behalten, die erste seit über einem Jahr, und ganz davon abgesehen wollte er seinem Freund Ralph Dawson helfen.

Marshalls Frau hatte vor Freude geweint, als er ihr in absolutem Vertrauen erzählt hatte, was vor sich ging. Seine Kinder würden von nun an viel besser essen, weil man als Angestellter in einem Lebensmittelgeschäft das Essen billiger bekomme, hatte Mr Dawson ihnen erklärt. Und wenn im Laden irgendetwas Verdächtiges vor sich gehe, werde Marshall es herausfinden. Er werde Ralph nicht enttäuschen.

Im Laden reichte Prebble ihm eine lange Schürze und übertrug ihm die niedrigste Aufgabe, die es gab, nämlich das Abwiegen von Zucker und Tee. Marshall führte die Aufgabe so schnell und sorgfältig aus, wie er nur konnte.

Der Laufbursche starrte ihn überrascht an, als er vorbeikam. »Sie sind etwa schon fertig?«

»Ja. Was soll ich als Nächstes machen?«

»Da fragen Sie lieber Mr Prebble.«

Auch Prebble war überrascht, dass er seine Aufgabe so schnell erledigt hatte, doch er lobte ihn nicht. Im Gegenteil, er schien verärgert, als er ein paar der Pakete nachwog und sie exakt bemessen waren.

In diesem Moment wurde Marshall klar, dass Mr Dawsons Verdacht begründet sein musste. Warum sonst sollte ein Geschäftsführer verärgert sein, wenn jemand fleißig und schnell arbeitete und genau das tat, was man ihm aufgetragen hatte?

Es war später Vormittag, als Pandora den tropfenden Holzeimer aus dem Brunnen zog und ihn auf der groben Steinmauer abstellte. Sie keuchte vor Anstrengung. Wie so oft wünschte sie sich, sie hätte einen der modernen, verzinkten Metalleimer, die sie in Outham benutzt hatten, die so viel leichter waren.

Sie hatte es nicht eilig, den Eimer zurück zur Kochstelle zu schleppen, also blieb sie für einige Augenblicke dort, wo sie gerade war. Schon seit heute früh arbeitete sie hart. Zuerst hatte sie für Mrs Southerham Wäsche gewaschen, anfangs mit ihrer Schwester, dann hatte sie allein weitergemacht, weil Reece sagte, dass Cassandra genug getan habe und eine Pause brauche.

Ihre Schwester hatte ihm so sanftmütig gehorcht, dass Pandora wusste, er hatte recht. Seit ein paar Tagen sah Cassandra äußerst erschöpft aus und bewegte sich zunehmend langsam.

Der Regen hatte glücklicherweise nachgelassen, aber so wie die Wolken aussahen, würde er bald wieder einsetzen. Sie hatte vorgeschlagen, mit der Wäsche zu warten, aber Mr Southerhams schicke Hemden waren alle schmutzig, und da er darauf bestand, jeden Abend seine Kleidung zu wechseln, musste es getan werden. Sie wusste allerdings nicht, wie sie das alles heute trocken bekommen sollte. Die Southerhams hatten nicht einmal eine Mangel, sodass die Kleidung nach dem Waschen tropfend nass blieb, sosehr man auch versuchte, sie auszuwringen.

Es ärgerte sie, wie sehr sie darauf bestanden, »die Standards aufrechtzuerhalten«, als lebten sie noch immer in England und hätten viele Diener, und sich keinen Deut darum scherten, wie viel Arbeit sie ihr damit bereiteten.

Seufzend wollte sie den Eimer vom Haken der Brunnenkette lösen, doch sie zog ihre Hände zurück, als sie in der Ferne das Geräusch von Pferdehufen hörte. Sie wirbelte herum und starrte die unbefestigte Straße hinab, die zur Farm führte. In der Ferne sah sie ein paar Gestalten den Hügel heraufkommen. Es war so ungewöhnlich, dass Besuch nach Westview kam, dass sie den Eimer stehenließ und zu ihren Dienstherren rannte. »Da kommt jemand die Straße herauf«, rief sie. »Da kommt jemand!«

Livia trat aus der Hütte und beschirmte mit den Händen ihre Augen, während auch sie den Hügel hinunterstarrte. Francis trat aus dem mit Rinde bedeckten Unterstand, der seinen kostbaren Pferden als Stall diente, und Reece kam hinter dem Haus hervor, wo er einige Reparaturen durchgeführt hatte.

Drei Männer auf Pferden, die zwei beladene Packpferde mit sich führten, kamen langsam die Straße herauf. Sie sahen alle erschöpft aus.

»Niemand, den ich kenne«, sagte Mr Southerham. »Erkennst du einen von ihnen, meine Liebe?«

»Nein. Vielleicht sind es Hausierer.«

Je näher die Männer kamen, umso bekannter erschien Pandora eine der Gestalten. Sie wartete einen Moment, um sich ganz sicher zu sein, dann rief sie: »Ich kann es nicht glauben. Ich bin mir sicher, dass er es ist. Ja, er *ist* es! Aber er hat sich sehr verändert, er sieht jetzt stärker aus und viel ...« Sie zögerte. Sie hatte »viel selbstbewusster« sagen wollen, aber das hätte vielleicht seltsam gewirkt. Stattdessen trat sie ein paar Schritte vor und wartete, während die Besucher den Hang heraufkamen.

Der Mann, den sie erkannt hatte, ritt direkt auf sie zu, ignorierte die Southerhams und saß mit einem Lächeln ab. »Miss Pandora Blake. Sie sind es, nicht wahr? Ich weiß noch, dass ich Sie ein oder zwei Mal getroffen habe.«

»Ja. Sie haben uns etwas zu essen gebracht, und ich habe Sie im Laden meines Onkels gesehen. Leider erinnere ich mich nicht mehr an Ihren Namen.«

»Zachary Carr. Und ich arbeite immer noch in dem Laden, wenn auch jetzt nicht mehr für Ihren Onkel, natürlich.«

Pandora erstarrte, als ihr ein furchtbarer Gedanke kam. »Hat unsere Tante Sie etwa hinter uns hergeschickt? Was will sie denn jetzt noch? Sie hat uns aus Outham vertrieben. Reicht ihr das nicht?« Ihr Herz begann zu rasen, und nach allem, was ihre Tante Cassandra ihnen angetan hatte, rann ihr ein Schauer der Angst über den Rücken.

»Nein, nein. Es ist alles in Ordnung. Ihre Tante ist tot.«

Pandora war so erleichtert, dass sie sich ganz zittrig fühlte und seinen Arm umklammerte, ohne darüber nachzudenken, was sie da tat. »Gott sei Dank! Oh, Gott sei Dank!« Es war ihr egal, ob es falsch war, jemanden tot sehen zu wollen. Ihre Tante war eine bösartige Frau gewesen, und wenn jemals jemand den Tod verdient hatte, dann sie.

Sie merkte, dass sie sich immer noch an Mr Carr festhielt, und löste sich errötend von ihm. »Verzeihung.«

Der zweite Mann saß ab und trat nach vorn. »Die Pferde brauchen Wasser, Zachary. Sie sind durstig. Wo ist das Wasser, bitte, Miss?«

Sie erkannte an seinem Gesichtsausdruck und an seiner Art zu sprechen, dass er eine dieser einfachen Seelen war, die ihr ganzes Leben lang wie Kinder blieben.

Inzwischen war Francis zu ihnen gestoßen, musterte aber eher die Pferde der Besucher als die Besucher selbst. »Das sind erschöpfte alte Klepper. Sie sollten auf der Weide stehen und nicht durch das ganze Land getrieben werden. Konnten Sie nichts Besseres zum Reiten finden?«

Der dritte Mann wurde zornig. »Nein, konnten wir nicht, verdammt noch mal. Sie haben uns hierhergebracht, oder nicht?«

»Nur knapp, so wie sie aussehen.« Francis wandte sich wieder an Leo. »Der Brunnen ist da unten, und daneben haben wir auch einen Pferdetrog, den deine Tiere benutzen können. Ich zeige es dir.«

Leo drückte Francis die Zügel seines Pferdes und des Packpferdes, das er geführt hatte, in die Hand, und ging zu Zacharys Reittier, dann führte er es ohne einen Blick zurück davon, seine ganze Aufmerksamkeit galt den Bedürfnissen der Tiere.

Bert tippte sich gegenüber den Damen an den Hut und führte dann sein eigenes Pferd und das zweite Packpferd zum Wasser.

Pandora versuchte, einen Sinn in alldem zu erkennen, aber es gelang ihr nicht. »Aber wenn unsere Tante tot ist, was machen Sie dann hier?«

»Der Anwalt hat mich geschickt, um Sie und Ihre Schwestern zu finden.« Zachary blickte sich um, als erwartete er, sie hier irgendwo zu sehen.

»Sie leben nicht hier.«

»Oh. Ich wollte Ihnen die Neuigkeiten allen zur gleichen Zeit erzählen.«

»Cassandra, meine älteste Schwester, wohnt auf der Farm nebenan, aber die Zwillinge leben mehr als eine Stunde entfernt. Es gab keine Anstellungen näher beieinander.«

»Könnten wir Miss Blake holen, was meinen Sie?«

Reece trat näher vor. »Cassandra ist jetzt meine Frau, also ist sie Mrs Gregory. Was wollen Sie von ihr?«

Zachary zögerte und blickte wieder Pandora an, während er es erklärte. »Sie und Ihre Schwestern haben den Laden geerbt. Er gehörte Ihnen schon, bevor Ihre Tante gestorben ist, weil Ihr Onkel ihn nicht ihr vermacht hat.«

Sie sah so erschrocken aus, dass er glaubte, sie würde ohnmächtig, also legte er einen Arm um sie.

Sie lehnte sich an ihn, presste sich eine zitternde Hand an die Lippen und murmelte: »*Dann können wir wieder nach England zurück.*«

»Möchten Sie das?«

»Mehr als alles andere.« Tränen stiegen ihr in die Augen.

»Ist alles in Ordnung? Kann ich Ihnen irgendetwas bringen?«

Es dauerte einen Augenblick, bis sie sich wieder gefasst hatte. Er hielt sie so lange, bis er merkte, dass ihr Blick wieder klarer wurde und die Farbe in ihre Wangen zurückkehrte.

»Ich bin nur ... erstaunt. Ich hätte nie gedacht ... Ach, wir hätten überhaupt nicht nach Australien gehen müssen!«

Mit fragendem Blick trat Livia vor und deutete auf Zachary, der Pandora erst losließ, als er sie zu einer der rauen Bänke an dem Tisch im Freien geführt hatte.

Nachdem er seinen Arm von ihr gelöst hatte, hielt sie sich an der Tischkante fest, als ob ihr schwindlig wäre, aber nach ein paar tiefen Atemzügen blickte sie wieder auf und schenkte ihm ein schwaches Lächeln.

»Wenn ich hier einfach eine oder zwei Minuten in Ruhe

sitzen kann, geht es mir gleich wieder gut. Ich kann es noch gar nicht richtig fassen.«

Livia nahm die Sache in die Hand. »Ich bin Mrs Southerham. Meinem Mann und mir gehört diese Farm. Wollen wir uns nicht setzen? Ich bin mir sicher, dass die Herren eine Tasse Tee vertragen könnten.«

»Da sage ich nicht Nein, Mrs Southerham.«

»Ich gehe Cassandra holen«, sagte Reece. »Sie sollte dabei sein, wenn Sie die Sache genauer erklären, Mr Carr.«

Er wartete keine Antwort ab, sondern verschwand den Buschpfad hinunter.

Bert rief vom Wassertrog: »Bleiben wir lange? Sollen wir die Pferde absatteln?«

Zachary sah seine Gastgeber an. »Meinen Sie, wir könnten hier übernachten? Wir können im Stall schlafen.«

»Sie können bleiben, aber ich bin mir nicht sicher, wo wir Sie unterbringen sollen«, sagte Francis.

»Wenn es sein muss, können sie auf unserer Veranda übernachten«, sagte Livia. »In der Nähe gibt es kein Gasthaus, und es könnte jederzeit wieder anfangen zu regnen, also brauchen sie ein Dach über dem Kopf, Francis.«

»Vielen Dank.« Zachary rief Leo und Bert zu, sie sollten absatteln, dann setzte er sich Pandora gegenüber, die immer noch sprachlos war.

Er hatte vergessen, wie wunderschön die jüngste der Blake-Schwestern war, und er konnte kaum den Blick von ihr abwenden. Diese glänzenden, dunklen Haare, diese wunderschönen Augen. Sie sah aus wie eine Prinzessin in einem Märchenbuch für Kinder. Aber sie umgab auch ein Hauch von Traurigkeit, den er früher nicht an ihr wahrgenommen hatte. Er fragte sich, warum sie unglücklich war.

»Ich setze den Wasserkessel auf.« Livia ging zum Herd und schob den Kessel auf den heißesten Teil der Kochfläche, dann nahm sie ein paar Emaillebecher aus dem Regal, das Reece daneben gezimmert hatte.

Pandora machte keine Anstalten, ihrer Herrin zu helfen. »Ich kann es nicht glauben«, gestand sie Zachary. »Wegen unserer Tante hatten wir alle solche Angst, mit den Leuten in Outham Kontakt aufzunehmen. Wir haben es nicht einmal gewagt, unseren Freunden zu schreiben. Wann ist sie gestorben? Wie?«

»Sie starb etwa drei Monate, nachdem Sie abgereist sind. Sie war schon vorher ziemlich merkwürdig, aber sie wurde richtiggehend verrückt, als sie erfuhr, dass der Laden Ihnen vermacht worden war. Sie musste weggesperrt werden, zu ihrem eigenen und dem Schutz anderer, und nach einer Weile weigerte sie sich einfach, etwas zu essen. Man geht davon aus, dass sie ihren eigenen Ehemann umbringen ließ, aber da sie tot ist, hat es keinen Sinn, diese Angelegenheit noch weiterzuverfolgen.«

»*Sie* hat unseren Onkel umgebracht? Oh nein! Wie furchtbar.«

»Das finde ich auch. Mr Blake war ein freundlicher Arbeitgeber, und er fehlt im Laden sehr.«

Pandora schwieg einen Augenblick, dann sagte sie voller Verwunderung: »Dann können wir also nach Hause. Wir können es wirklich. Ich habe so schreckliches Heimweh.«

Seine Augen waren ruhig und sein Blick direkt. »Nach Lancashire?«

Sie nickte. »Ja. Ich sehne mich danach, über die Hauptstraßen von Outham zu gehen, durch den Park zu spazieren, den Lancashire-Dialekt zu hören. Es ist albern, ich weiß.«

»Nicht albern. Manchen Menschen bedeutet das Zuhause eben mehr. Auch ich beginne, Outham zu vermissen.« Er schaute sich um. »Hier ist es ganz anders.«

»Dann verstehen Sie mich. Meine Schwestern leben gern hier, aber ich kann mich einfach nicht einleben.« Sie deutete den Hang hinunter in Richtung des Horizonts im Westen. »Lancashire liegt irgendwo da drüben. Hinter dem Sonnenuntergang und dann Richtung Norden, sagt Reece immer. Ich blicke jeden Abend in diese Richtung und frage mich, was meine alten Freunde wohl machen, ob die Fabriken immer noch wegen der Baumwollknappheit geschlossen sind, ob Nebel über das Moor zieht.« Bei den letzten Worten zitterte ihre Stimme, und sie schloss für einen Moment die Augen und holte tief Luft.

Sanft antwortete er: »Die Zeiten in Outham sind immer noch hart, und als ich England verlassen habe, war der Krieg noch nicht zu Ende, also waren die Fabriken noch nicht wieder geöffnet. Die Nordstaaten scheinen jedoch zu gewinnen, sodass der Krieg bald ein Ende haben könnte, was eine Erleichterung für die Baumwollarbeiter sein wird. Doch der Nebel zieht noch immer über das Moor, und ich liebe es, ihn anzuschauen.«

»Warten die arbeitslosen Männer immer noch auf diejenigen mit Zeitungen, um sie nach Neuigkeiten aus Amerika zu fragen?«

»Ja. Es ist schlimm, wenn man keine Arbeit und nicht genug zu essen hat, die Familie leiden sehen muss. Die Damen von den Wohltätigkeitsorganisationen führen immer noch Suppenküchen, und die Männer, die stark genug sind, arbeiten im Steinbruch, um sich ihren Lebensunterhalt zu verdienen. Diejenigen, die nicht so stark sind, müssen an den Lesekursen teilnehmen, um ihr Unterstützungsgeld zu erhalten. Um ehrlich zu sein, glaube ich, dass die meisten Menschen zu schwach sein werden, um zu feiern, wenn der Krieg vorbei ist. Seit Jahren herrschen schwere Zeiten.«

Er erwartete weitere Fragen, aber sie starrte gedankenverloren in die Ferne, also unterbrach er sie nicht. Eine unvorsichtige Bewegung erinnerte ihn daran, wie wund er vom Reiten war, und er versuchte, sich ein wenig bequemer hinzusetzen.

Nach einer Weile fragte sie: »Wer sind Ihre Begleiter?«

Schuldgefühle plagten ihn, als er ihr von Leo erzählte: »Ich habe einen Teil Ihres Geldes für seine Rettung ausgegeben, aber ich zahle es Ihnen zurück, das verspreche ich. Ich konnte nicht zulassen, dass man ihn misshandelte. Ich konnte es einfach nicht.«

»Sie müssen es nicht zurückzahlen, was mich angeht. Es ist unser Geld, und ich bin mir sicher, dass meine Schwestern nichts dagegen haben werden, dass Sie ihm geholfen haben. Mir macht es jedenfalls nichts aus. Ist sein Gesicht deshalb so geschwollen?«

»Ja. Er war heftig verprügelt worden, als ich ihn wiedergefunden habe.«

Livia unterbrach sie und fragte: »Könnten Sie vielleicht den Wasserkessel für mich vom Herd heben, Mr Carr, und das Wasser in unsere große Teekanne gießen?«

Pandora sprang auf. »Nicht nötig. Das ist normalerweise meine Aufgabe.«

Aber er bestand darauf, es selbst zu tun, und lächelte sie an, als sich ihre Hände berührten, bevor sie einen Schritt zurücktrat.

Als der Tee fertig aufgebrüht war, erschienen Reece und Cassandra auf dem Buschweg, also holte Pandora noch mehr von den großen Blechtassen heraus.

Als sie Bert einluden, sich zu ihnen an den Tisch zu setzen, schüttelte er den Kopf. »Ich trinke meinen Tee lieber bei den Pferden, Missus, wenn es Ihnen nichts ausmacht, und lasse Sie reden. Leo, Junge, nimm deine Tasse und hilf mir mit den Tieren.«

Glücklich lächelnd nahm Leo einen Schluck heißen Tee und entfernte sich vom Tisch.

Francis setzte sich zu ihnen. »Dem jungen Mann mangelt

es vielleicht an Verstand, aber er kann sehr gut mit Pferden umgehen.«

»Er kann auch gut Verletzungen verarzten«, sagte Zachary. »Er hat offenbar ein sehr fürsorgliches Naturell.«

»Das ist gut. Er wird immer eine Stelle als Tierpfleger finden.« Francis schaufelte sich zwei Löffel Zucker in den Tee, rührte ihn kräftig um und führte den Becher an die Lippen. »Ah, das tut gut, meine Liebe. Eine Pause kann ich jetzt wirklich gut gebrauchen.«

Als Cassandra und Reece ihre Becher gefüllt hatten, übernahm Francis das Reden. »Und nun, Mr Carr, erzählen Sie uns die ganze Geschichte, weshalb Sie hier sind, wenn ich bitten darf.«

Zachary blickte Pandora fortwährend an, als er erklärte, was passiert war und warum er nach Australien geschickt worden war. Es waren vor allem ihre Augen, die seinen Blick immer wieder auf sich zogen, während er sprach. Sie waren von einem so tiefen Blau, diese wunderschönen Augen, und betrachteten die Welt auf eine so durchdringende Weise, dass er wissen wollte, was sie dachte.

»Also«, schloss er, »hat mich Mr Featherworth hierhergeschickt, um Sie alle nach Hause zu holen, damit Sie Ihr Erbe antreten können, Mrs Gregory, Miss Blake.«

Schweigen folgte auf seine letzten Worte, und er ließ ihnen Zeit, die Neuigkeiten zu verarbeiten.

»Ich weiß nicht, was ich sagen soll«, bemerkte Cassandra schließlich. »Oder was ich tun soll.«

Pandora starrte sie fassungslos an. »Was meinst du damit? Es ist doch offensichtlich, was wir tun sollen, oder nicht? Wir kehren heim, und was mich angeht, je eher, desto besser.«

Zachary beobachtete, wie die älteste Schwester ihrem Mann einen Blick zuwarf, sah, wie Reece eine Augenbraue hochzog und Cassandra kaum merklich den Kopf schüttelte. Was sollte das denn heißen?

»Cassandra?«, fragte Pandora mit zitternder Stimme.

»Ich weiß nicht, ob ich nach England zurückkehren will«, sagte ihre Schwester schließlich. »Reece und ich haben so viele Pläne gemacht, wie wir uns hier ein Leben aufbauen können, und ...«

Mrs Southerham unterbrach sie. »Es wäre töricht, eine solche Erbschaft auszuschlagen, und Blakes Gemischtwarenladen ist in Outham hoch angesehen. Reece könnte das Geschäft führen, da bin ich mir sicher. Ich freue mich für Sie, sehr sogar, aber wir werden Sie beide sehr vermissen. Und ich kann mir wirklich nicht vorstellen, wie Francis ohne Reece' Hilfe zurechtkommen soll.«

»Wir müssen gründlich darüber nachdenken.« Reece legte einen Arm um seine Frau. »Könnten wir uns nicht einen Teil des Geldes hierherschicken lassen? Wir könnten es gut gebrauchen, das muss ich zugeben.«

Pandora blickte sie finster an. »Ich brauche überhaupt nicht darüber nachzudenken. Ich kann es kaum erwarten, Australien zu verlassen. Cassandra, du willst doch wohl nicht hierbleiben, nun, da wir Geld haben?«

Reece' Stimme war fest, ein Ton, der keinen Widerspruch duldete. »Lass uns unsere Entscheidung selbst treffen, Pandora. Abgesehen davon ist deine Schwester im Moment nicht in der Lage, eine lange Seereise anzutreten.« Sein Blick wanderte kurz zum Bauch seiner Frau.

Cassandra sprach etwas sanfter. »Ich weiß, dass du hier unglücklich bist, Pandora, Liebes, aber Reece und mir gefällt es. Der Sonnenschein im Sommer, das Leben im Freien. Ich glaube nicht, dass ich jemals wieder in ein kühleres Klima zurückkehren könnte – ich habe Eis und Schnee immer gehasst – und ich will definitiv nicht mehr drinnen arbeiten, nicht einmal in meinem eigenen Laden.«

»Ich auch nicht«, sagte Reece.

Während er zuhörte und beobachtete, behielt Zachary seine Gedanken für sich. Er durfte sich nicht einmischen. Aber er war auf Pandoras Seite, konnte sich nicht vorstellen, irgendwo anders zu leben als in England, und er liebte es absolut, im Laden zu arbeiten, die besten Waren zum Verkauf zu finden und die Kunden glücklich zu machen. Essen war ein so wichtiger Teil im Leben der Menschen.

»Ich würde zurück nach Perth gehen, wenn ich nicht mein ganzes Geld in diese Farm gesteckt hätte.« Francis versuchte gar nicht erst, seine Bitterkeit zu verbergen.

Als Antwort auf Zacharys verwunderten Blick fügte er hinzu: »Ich wurde von meinem Cousin hierhergelockt, der in den höchsten Tönen von den Möglichkeiten in der Swan River Colony geschwärmt hat – und von meinem Arzt, der sagte, das warme Klima sei gut für meine Gesundheit.«

Auf einmal wurde Zachary klar, warum die Wangen seines Gastgebers so gerötet waren und seine Augen übermäßig glänzten: Schwindsucht. Er hatte diese Symptome schon oft gesehen. Der arme Mann.

Er gab ihnen ein paar Minuten, aber als niemand sprach, sagte er: »Leider können Sie die Entscheidung nicht allzu lange hinauszögern, denn wir müssen vor Ende April nach Albany, sonst verpassen wir das Postschiff. Und heute ist schon der 18. April. Ich habe gehört, dass Albany etwa dreihundert Meilen südlich von Perth liegt und ...«

Reece' tiefe, ruhige Stimme unterbrach ihn und zog sofort die Aufmerksamkeit aller auf sich. »Wir können nichts entscheiden oder irgendetwas tun, solange wir nicht mit Maia und Xanthe gesprochen haben.« Er sah Zachary an. »Ich würde vorschlagen, dass wir sie morgen besuchen. Wir können uns gleich morgen früh auf den Weg machen, um ihnen die Neuigkeiten zu überbringen. Ist das in Ordnung für Sie, Mr Southerham?«

Francis zuckte mit den Schultern.

Reece wandte sich wieder an Zachary. »In der Zwischenzeit gibt es in unserem Haus Platz für Sie, Mr Carr, sofern es Ihnen nichts ausmacht, im Wohnzimmer auf dem Fußboden zu schlafen. Und die beiden anderen können in unserem Stall bei den Pferden schlafen. Er steht größtenteils leer, aber er ist größer als der von Mr Southerham und trocken. Es gibt genug sauberes Stroh.« Er blickte zum Himmel hinauf. »Ich schätze, nachher wird es wieder regnen.«

»Wir haben genug Fleisch für alle zum Abendessen«, bot Francis an. »Ich habe gestern ein Känguru geschossen.«

Zachary bedankte sich für ihre Gastfreundschaft, aber seine Augen wanderten ständig zurück zu Pandora, deren Enttäuschung offensichtlich war. Sie schaute ihre Schwester immer wieder flehentlich an, und einmal fragte sie sie etwas mit leiser Stimme. Er sah, wie Cassandra tonlos »Nicht jetzt« antwortete.

Nie im Leben hätte er erwartet, dass manche von ihnen nicht würden zurückkehren wollen. Was würde Mr Featherworth dazu sagen? Würde er glauben, dass Zachary keine gute Arbeit geleistet habe?

Leistete er überhaupt gute Arbeit? Er fühlte sich immer noch schuldig, weil er sich die Zeit genommen hatte, Leo zu retten.

»Ich koche.« Cassandra wusste nur zu gut, wie ungeduldig Livia war und wie oft sie das Essen anbrennen ließ. Pandora konnte viel besser kochen, aber heute Abend wirkte sie so aufgewühlt, dass sie sich besser nicht auf sie verließen. »Und meine Schwester wird mir helfen.«

»Ist alles in Ordnung?«, fragte Reece, als er für sie das Feuer im Herd anfachte und die schwere, langstielige Bratpfanne herausholte.

»Mir geht's gut.« Sie lächelte ihn an, und für einen Moment war es, als gäbe es nur sie beide auf der Welt.

»Ich hole das Fleisch.«

»Ich komme mit.« Als sie zu der Grube hinübergingen, in der sie bei diesem warmen Wetter das frische Essen kühl hielten, sagte sie leise: »Ich weiß nicht, ob ich zurückkehren will.«

»Wir könnten später nachkommen, falls du deine Meinung änderst. Wir haben noch genug Geld, um die Überfahrt zu bezahlen.«

»Ich glaube nicht, dass ich meine Meinung ändern werde. Aber wofür auch immer ich mich entscheide, ich weiß, Pandora wird fortgehen.« Sie fühlte, wie ihr Tränen in die Augen stiegen. »Sie wird hier nie glücklich werden. Ach, Reece, ich ertrage den Gedanken nicht, dass ich bleibe und sie geht. Wir beide waren noch nie in unserem ganzen Leben getrennt, und ich war für sie genauso eine Mutter wie eine Schwester.«

Er zog sie kurz an sich. »Ich weiß. Es gibt keine Lösung, die es allen recht machen wird.«

»Was willst *du* denn, Reece? Hör auf, dir Gedanken über mich zu machen, und sag mir die Wahrheit.«

Er antwortete, ohne zu zögern. »Hier in Australien bleiben. Ein Mann wie ich hat hier eine gute Zukunft. Wenn wir zurückgehen, müsste ich wieder für andere arbeiten, oder in einem Laden.« Er rümpfte die Nase, um zu zeigen, was er davon hielt. »Aber wenn wir etwas Geld aus deiner Erbschaft bekommen könnten, nun, das würde einen großen Unterschied für uns machen. Wir könnten so viel damit anfangen, unser eigenes Land kaufen oder ein Unternehmen gründen.« Er blickte wieder auf die Gruppe am Tisch. »Aber jetzt sollten wir besser tun, was wir uns vorgenommen haben. Die anderen warten aufs Essen.«

Sie sah zu, wie er mit der kurzen Leiter in die Grube kletterte und etwas Fleisch aus der Kiste holte, deren Seiten mit

Musselin bespannt waren und deren Füße in Wasserschalen standen, um Ameisen und andere Insekten fernzuhalten.

Cassandra überließ es Pandora, Zacharys Fragen über das Leben hier zu beantworten, und machte sich daran, das Essen vorzubereiten. Gekochte Kartoffeln, Zwiebeln und Kängurusteaks, in Schinkenfett gebraten, da das Kängurufleisch sehr mager war. Mr Southerham sprach abfällig darüber und sehnte sich nach englischem Rindfleisch, aber sie genoss den kräftigen Geschmack und freute sich darüber, jeden Tag frisches Fleisch zu bekommen. Seit Jahren hatte sie nicht mehr so gut gegessen, und es war sicher gut für ihr Baby.

Nach einer Weile setzte sich Zachary wieder an den Tisch, und schon bald unterhielten sich Pandora und er wie alte Freunde, während sie hin und her lief, Messer und Gabeln holte, einen Stapel Teller bereitstellte und die Blechtassen ausspülte. Cassandra kochte in der Zwischenzeit und störte die beiden nicht. Sie war überrascht, wie wohl Pandora sich in Zacharys Gegenwart zu fühlen schien. Sie hatte ihre Schwester schon lange nicht mehr so lebhaft gesehen.

Dieses Erbe würde sie trennen, da war sich Cassandra ganz sicher. Ein Kloß bildete sich in ihrem Hals. In Anbetracht der großen Entfernung zwischen Australien und England würden sie einander vielleicht nie wiedersehen. Doch schon ihre Hochzeit hatte den Prozess der emotionalen Trennung in Gang gesetzt, bereits jetzt stand sie ihrer Schwester nicht mehr so nah. Sie wünschte sich, auch Pandora hätte jemanden, dem sie sich anvertrauen konnte, einen so wunderbar zuverlässigen und freundlichen Ehemann, wie ihr Reece es war.

Sie wusste nicht, ob die Zwillinge zurückkehren oder bleiben wollten – und ob sie selbst immer noch würde hierbleiben wollen, wenn alle ihre Schwestern nach England zurückgingen. Aber wie Reece schon gesagt hatte, bis das Baby da war, würde sie nirgendwohin reisen können.

So war das Leben eben. Gerade wenn man glaubte, dass

alles gut lief, geschah etwas, das alle Pläne zunichtemachte. Wollt ihr's oder nicht. Woher kamen diese Worte noch mal? Irgendein Stück von Shakespeare, aber welches? Sie wünschte, sie hätten all die Bücher ihres Vaters aufbewahren und mitnehmen können. Sie war ihm immer noch dankbar, dass er sie zum Lesen erzogen hatte und dass die Leihbücherei in Outham ihre einfache Bildung verbessert hatte. Sobald sie ihr Erbe angetreten hatte, würde sie sich Bücher kaufen können, denn eine Bibliothek, die ihr Nahrung für den Geist lieferte, gab es hier nicht. Sie lächelte. Es wäre wunderbar, nicht mehr jeden Penny umdrehen zu müssen.

Während sie aßen, lauschte sie Pandora, die Zachary eine Frage nach der anderen über Outham und den Laden stellte. Die tiefe Sehnsucht ihrer Schwester nach ihrem alten Zuhause spiegelte sich nur allzu deutlich in ihrem Gesicht und in ihren Worten wider. Sie hatten alle gewusst, dass Pandora Heimweh hatte, doch sie hatten den Eindruck gehabt, sie käme langsam darüber hinweg. Keiner von ihnen hatte geahnt, wie schlimm es noch immer war.

Zachary antwortete geduldig und ließ sein Essen kalt werden, während er lächelnd Pandoras Fragen beantwortete, gestikulierte und Bilder in die Luft zeichnete. So wie es aussah, war er von Pandora sehr angetan. Unter anderen Umständen hätte Cassandra sich darüber gefreut. Aber er war Angestellter in dem Laden, der ihr und ihren Schwestern gehörte. Das machte einen großen Unterschied. Cassandra wollte nicht, dass jemand ihrer Schwester nur des Geldes wegen den Hof machte. Aber eigentlich sah er nicht danach aus.

Immerhin hatte sie das Gefühl, dass er sich auf der Reise gut um ihre jüngste Schwester kümmern würde, wenn sie sich dazu entschied zurückzukehren, denn er strahlte eine ruhige Kraft und Freundlichkeit aus. Seine Taten sprachen für sich. Wie viele Männer hätten sich die Mühe gemacht, Leo zu befreien? Der arme Kerl saß am anderen Ende des Tisches und lächelte fröhlich trotz seines geschundenen Gesichts. Es mussten sehr schlimme Prügel gewesen sein.

Sie merkte, dass auch Reece Zachary mochte. Aber sie konnte sich nicht dazu durchringen, sich an der Unterhaltung zu beteiligen, weil sie beim Gedanken daran, Pandora zu verlieren, am liebsten geweint hätte. In letzter Zeit war sie sehr sensibel. Sie freute sich darauf, das Baby zu bekommen, wieder zur Tagesordnung zurückzukehren und ihrem Mann wieder von größerem Nutzen zu sein. Sie war keine, die sich zurücklehnte und andere für sich arbeiten ließ.

Reece legte seine Hand auf ihre, als spürte er ihren Schmerz, und als sie sich zu ihm umdrehte, führte er ihre Hand kurz an seinen Mund. Er versuchte nicht, sie mit geschickten Worten zu trösten, aber allein von der flüchtigen Wärme seiner Lippen auf ihrer Haut fühlte sie sich ein wenig besser.

Solange sie nicht mit den Zwillingen gesprochen hätten, würde sie nicht wissen, woran sie war.

Kapitel 11

In der Nacht regnete es, aber nur leicht, und am nächsten Morgen war der Himmel klar, und die Sonne schien. Reece weckte seine Besucher im Morgengrauen, und nach einem hastigen Frühstück mit Brot und Marmelade gingen sie durch den Busch zur Farm der Southerhams, um den Wagen für den Besuch in Galway House vorzubereiten. Kevin lieh ihnen Delilah, weil sie ein ruhiges Tier war, das sich für einen unerfahrenen Fahrer wie Reece eignete.

Bert und Leo sollten heute bei den Pferden bleiben und den älteren Tieren eine ausreichende Rast ermöglichen.

»Das ist das erste Mal, dass ich ganz allein einen Wagen lenke«, bemerkte Reece, als sie die Farm verließen.

»Sie kennen sich immer noch besser damit aus als ich«, erwiderte Zachary. Er saß neben Reece auf dem Kutschbock und fragte ihn nach den Vögeln und Pflanzen, die er nicht kannte.

Die Schwestern saßen zusammen hinten auf dem Wagen. Beide sagten nicht viel.

Auf einmal stammelte Pandora: »Ich ertrage den Gedanken nicht, euch zu verlassen.«

»Du warst hier sehr unglücklich, Liebes. Ich verstehe das. Du wirst dich hier nie zu Hause fühlen.«

Zur Antwort schluchzte sie bloß.

Ein paar Minuten später sagte Cassandra: »Aber ich werde dich schrecklich vermissen«, als akzeptierte sie eine vollendete Tatsache.

Die beiden Männer wechselten einen Blick, sagten aber nichts dazu.

Als sie vor Galway House vorfuhren, eilten die Zwillinge heraus, um zu sehen, was ihnen diesen unerwarteten Besuch verschaffte. Normalerweise trafen sich die vier Schwestern nur beim monatlichen Gottesdienst in der Scheune des einzigen Ladens im Bezirk.

»Ist etwas passiert?« Xanthe wartete, bis Reece Cassandra vom Wagen geholfen hatte, dann umarmte sie ihre Schwester.

»Nein. Aber wir haben aufregende Neuigkeiten für euch.«

Conn Largan kam zur Haustür, um sie zu begrüßen und hereinzubitten. Er war zwar der Dienstherr der Zwillinge und von hohem Stand, aber er war auch ein ehemaliger Sträfling und legte keinen Wert auf Förmlichkeiten, sondern bestand darauf, mit seinem Vornamen angesprochen zu werden und mit seinen Angestellten gemeinsam zu essen.

Sie gingen zu Conns gebrechlicher Mutter in die große Küche, die auch als Wohnzimmer diente. Die Southerhams würden eine solche Vertraulichkeit nie zulassen, dachte Cassandra amüsiert.

Nachdem alle einander vorgestellt worden waren, winkte Reece Zachary heran. »Ich glaube, jetzt sollten Sie Ihre Geschichte erzählen.«

Also ging er alles noch einmal durch und hielt von Zeit zu Zeit inne, um ihre aufgeregten Fragen zu beantworten.

Am Ende sagte Maia mit hörbarer Erleichterung: »Dann sind wir frei. In Sicherheit. Sie kann uns nichts mehr antun.«

»Und wir sind reich«, fügte Xanthe ehrfürchtig hinzu.

Zachary schüttelte den Kopf. »Nein, nicht reich. Der Anwalt sagte, ich solle es ›wohlhabend‹ nennen. Sie besitzen den Laden und ein paar Cottages, und es liegt noch etwas Geld auf der Bank, aber es muss durch vier geteilt werden.«

»Für mich hört sich das reich an.« Xanthe lachte. »Und ich hatte mich schon gefragt, ob ich mir überhaupt den Stoff für ein neues Winterkleid leisten kann, jetzt, wo das Wetter kühler wird.«

Es war Conn, der schließlich die entscheidende Frage stellte. »Werdet ihr jetzt alle nach England zurückkehren?«

Einen Augenblick herrschte Stille, dann holte Cassandra tief Luft und sprach es aus. »Ich möchte nicht. Ich lebe gern hier und Reece auch. Aber wenn die Möglichkeit besteht, einen Teil von dem Geld hierherzuschicken, würde uns das helfen, unsere Farm aufzubauen. Reece überlegt, als Nebenerwerb Käse herzustellen. Davon gibt es in der Kolonie nicht viel, wir könnten einen Keller in den Hang graben, wo wir ihn reifen lassen.«

Zachary sah, wie Pandora eine Träne übers Gesicht rann, und empfand Mitleid für sie.

»Ich gehe heim«, sagte sie mit von Gefühlen erstickter Stimme. »Ich werde hier nie glücklich werden. Ich habe es versucht und versucht, aber es hat keinen Sinn.« Sie machte eine flehende Geste in Richtung der Zwillinge. »Ich hoffe, ihr könnt Cassandra überzeugen, ihre Meinung zu ändern.«

Alle sahen sie an.

Maia senkte den Kopf und warf dann ihrer Herrin einen kurzen Blick zu.

»Du musst das tun, was für dich das Beste ist, Kind«, sagte Mrs Largan sanft.

»Ich weiß nicht, was das Beste ist. Ich lebe gern in Australien. Und – Sie brauchen mich.«

»Wir werden schon jemand anderen finden, der mir hilft.« Mrs Largan streichelte sie mit einer verkrüppelten, arthritischen Hand.

»Seit ich hier bin, geht es Ihnen besser.« Maia lächelte sie unter Tränen an und drückte ihr die Hand. »Und ... außerdem möchte ich in Galway House bleiben. Ich lebe gern hier.«

»Mein liebes Mädchen, meine Tage sind gezählt, und dein Leben fängt gerade erst an. Du darfst es nicht für mich aufgeben.«

Zachary bemerkte die widerstreitenden Gefühle auf Maias

sanftem Gesicht, sah, wie sie verwirrt den Kopf schüttelte, und fragte sich, ob ihm als Einzigem auffiel, wie Conn sie ansah. Es war ein sehr aufschlussreicher Blick, aber innerhalb von Sekunden war Conns Gesicht wieder verschlossen. Hätte Zachary nicht genau im richtigen Moment hingeschaut, hätte er nicht gesehen, was der Mann empfand.

Der arme Kerl musste diesen leeren Gesichtsausdruck während seiner Zeit als Häftling einstudiert haben, denn er ließ nichts erkennen. Sie hatten Zachary erzählt, dass Conn politischer Gefangener gewesen war, der schon bei der Ankunft in Australien seine Bewährung erhalten hatte, weil er Geld in die Kolonie brachte. Dennoch musste die Inhaftierung bis dahin für einen gebildeten Adeligen wie ihn sehr schwer zu ertragen gewesen sein. Zachary erinnerte sich an die Sträflinge an Bord seines Schiffes, wie hoffnungslos einige von ihnen ausgesehen hatten.

»Sag es ihr, Conn«, drängte Mrs Largan. »Sag ihr, sie soll tun, was das Beste für sie ist. Sie hat ihr ganzes Leben noch vor sich.«

»Meine Mutter hat recht, Maia. Ich bitte dich nur, so lange zu bleiben, bis ich jemand anderen gefunden habe, der ihr hilft.«

Sofort mischte Zachary sich ein. »Leider müssen wir schon bald aufbrechen. Es gibt ein Postschiff, das Albany um den 1. Mai herum verlässt, und ich habe im Voraus einen Brief geschickt, um darauf Kabinen für uns zu buchen – wenn sie noch Platz haben. Wenn nicht, müssen wir auf dem Zwischendeck bis nach Point de Galle in Ceylon reisen. Von dort aus finden wir problemlos ein anderes Schiff nach England, wie ich hörte.«

Die Largans blickten ihn bestürzt an. Die Zwillinge wechselten einen Blick. Niemand sagte ein Wort.

Er gab ihnen alle weiteren nötigen Informationen, während sie ihm zugleich leidtaten. »Aus irgendeinem Grund laufen in diesem Jahr nicht viele Schiffe aus Westaustralien aus, nur die P&O-Postschiffe aus Albany. Es sind Dampfschiffe, also werden wir darauf schneller sein. Wenn wir dieses verpassen, müssen wir zwei Monate auf das nächste warten.«

Pandora wandte sich an Xanthe. »Du hast noch gar nichts gesagt. Willst *du* gehen oder bleiben?«

Ihr Tonfall war entschlossen. »Ich bezweifle, dass ich jemals wieder nach Outham zurückkehren werde, und selbst wenn, dann bleibe ich da definitiv nicht für immer.«

Alle blickten sie überrascht an.

»Warum nicht?«, fragte Pandora.

»Weil dort nichts und niemand auf uns wartet, seit Dad tot ist. Der Laden bedeutet mir nichts, und ich will dort nicht arbeiten und Frauen wie die Freundinnen unserer Tante bedienen müssen. Wir können ihn verkaufen und das Geld unter uns aufteilen. Wie Cassandra gefällt mir das warme Klima und dass ich mehr Zeit im Freien verbringen kann.«

Sie wandte sich an Conn. »Ich will nicht für immer hier in Galway House bleiben, obwohl ich dich nicht im Stich lassen werde. Ich hätte nie damit gerechnet, dass ich die Chance bekomme, ein interessantes Leben zu führen, wie man es in Büchern liest, und damit hatte ich mich abgefunden. Aber wenn ich etwas Geld habe, kann ich tun, was ich will. Dad wollte immer die Welt sehen, nicht wahr?« Ihre Schwestern nickten. »Nun, ich würde auch gern reisen, für ihn.«

Sie wandte sich ihrer Zwillingsschwester zu. »Wir erwarten unterschiedliche Dinge vom Leben, Maia, Liebes. Das ist mir schon seit einer Weile klar. Du bist ein häuslicher Mensch. Ich nicht. Du solltest heiraten, eine Familie gründen. Dich würde das glücklich machen. Aber ich habe nicht vor zu heiraten, niemals.«

Maias Stimme war erstickt von Tränen und Verzweiflung. »Xanthe, sag das nicht! Wir waren noch nie getrennt, nicht einmal für einen Tag. Wenn du das Bedürfnis verspürst zu reisen, komme ich mit.«

»Du würdest es hassen. Und früher oder später würden wir uns ohnehin trennen müssen. Ich will keine Kinder oder einen Mann, sondern sehne mich nach einem aufregenderem Leben.«

Ihre Schwestern waren alle verblüfft.

»Warum willst du nicht heiraten?«, fragte Cassandra. Xanthe zuckte mit den Schultern. »Wenn man verheiratet ist, steht man doch nur unterm Pantoffel und hat nichts anderes zu tun, als die Kinder zu erziehen. Sogar die reicheren Frauen müssen tun, was ihre Männer sagen. Und bei allem Respekt, Mrs Largan, es war schlimm genug, in der Baumwollfabrik zu arbeiten, wo ich zumindest Gesellschaft hatte, aber ich finde es ziemlich langweilig, den ganzen Tag allein die Hausarbeit zu erledigen. Ich dachte immer, ich hätte keine Wahl. Aber ... wenn ich etwas Geld habe, werde ich definitiv etwas anderes mit meinem Leben anfangen.«

»Reisen kann für eine Frau allein gefährlich sein«, sagte Conn.

»Wie viele Frauen sterben im Kindbett? Das ist auch gefährlich. Pandoras Verlobter war jung und stark, aber er starb überraschend an einer Krankheit. Das Leben ist nie sicher.«

Maia brach in Tränen aus, und Mrs Largan tröstete sie, als wäre die sanftere der Zwillinge ein Mitglied der Familie und nicht bloß eine Hausangestellte.

»Sie haben höchstens einen Tag Zeit, um sich zu entscheiden«, sagte Zachary, als das Schweigen sich hinzog. »Wir müssen nach Albany. Bert sagt, die Hauptstraße, auf der wir von Perth hierhergekommen sind, ist die gleiche, auf der die Postkutsche fährt, und wir könnten diesen Weg nehmen, anstatt zuerst nach Fremantle zurückzukehren. Wir sollten in ungefähr einer Woche in Albany sein, aber bei schlechtem Wetter könnte es länger dauern, also dachte ich daran, so schnell wie möglich aufzubrechen, damit wir die SS *Bombay* auf keinen Fall verpassen.«

Auf einmal redeten sie alle durcheinander, gestikulierten und flehten, weigerten sich und erklärten. Zachary beteiligte sich nicht an der zuweilen hitzigen Debatte, sondern beobachtete weiterhin Pandora. Das arme Mädchen war tief betrübt. Aber er konnte nichts sagen oder tun, weder für sie noch für ihre Schwestern. Es war allein ihre Entscheidung.

»Vielleicht müsst ihr alle noch einmal in Ruhe darüber nachdenken«, schlug Conn vor. »Ich könnte Maia und Xanthe morgen nach Westview bringen.«

»Ich werde meine Meinung nicht ändern«, verkündete Cassandra.

»Ich auch nicht«, sagte Pandora mit tränenerstickter Stimme.

Conn wandte sich an die Zwillinge. »Braucht ihr mehr Zeit, um darüber nachzudenken?«

»Ja, ich schon. Und was auch immer die anderen behaupten, ich glaube, das brauchen wir alle«, sagte Maia. »Ihr beiden habt die Nachricht gestern erhalten, und wir erst gerade eben. Das ist keine Entscheidung, die man leichtfertig treffen sollte.«

Xanthe zuckte die Achseln.

Zachary konnte sich nur wiederholen: »Es tut mir leid, aber wir müssen recht bald aufbrechen. Wenn Sie sich entscheiden, nach England zurückzukehren, sollten Sie morgen mit Ihren Sachen nach Westview kommen und bereit sein, am nächsten Tag abzureisen.«

Es folgte eine weitere schwere Stille, dann sagte Conn: »Vielleicht möchtet ihr vier jetzt ungestört miteinander reden? Ihr könntet euch auf die vordere Veranda setzen. Ich bin durchaus in der Lage, eine Kanne Tee zu kochen und euch hinauszubringen.«

»Ich bereite ein Tablett vor«, sagte Maia und sprang auf, bevor sie jemand davon abhalten konnte.

Zachary beobachtete die vier jungen Frauen. Maia bereitete das Tablett vor, dann verließen sie das Zimmer. Sie sahen sich sehr ähnlich, waren sofort als Schwestern zu erkennen, doch sie waren alle von sehr unterschiedlichem Naturell, selbst die Zwillinge. Manche Zwillinge konnte man kaum unterscheiden, aber diese beiden waren sehr verschieden, sowohl äußerlich als auch vom Charakter.

Pandora war bei weitem die Schönste von allen. Ihr Anblick raubte ihm den Atem, brachte ihn auf Gedanken, zu denen er kein Recht hatte. Sie war die Besitzerin des Ladens, in dem er arbeitete, kein Mädchen, das er umwerben konnte. Das musste er sich merken.

»Es ist eine schwierige Entscheidung für sie«, sagte Mrs Largan mit ihrer leisen, melodischen Stimme.

Zachary nickte. »Mr Featherworth wird überrascht sein, dass sie nicht alle zurückkehren. Er ist davon ausgegangen, dass sie die Gelegenheit beim Schopf packen würden. Schließlich sind sie nicht freiwillig ausgewandert, sondern wurden gezwungen. Und was soll mit dem Erbe passieren, wenn nur eine zurückkommt?«

»Vermutlich werden sie den Laden verkaufen müssen«, sagte Reece leise.

»Es ist ein schlechter Zeitpunkt, um zu verkaufen. Er wird im Moment nicht halb so viel Geld einbringen, wie er wert ist. Die Menschen in Lancashire machen immer noch schwere Zeiten durch.«

»Sie könnten mit dem Verkauf warten, bis die Zeiten besser sind, oder Pandora kann uns unsere Anteile nach und nach auszahlen, falls sie den Laden behalten will. Sie sagten, es gebe auch Cottages. Die könnten verkauft werden, vielleicht decken sie sogar unseren Anteil am Erbe. Cassandra und ich werden in der Zwischenzeit jedenfalls nicht verhungern. Ich bin sicher, dass ich es hier schaffen kann – besonders mit einer Frau wie ihr an meiner Seite.«

Conns Stimme klang bitter. »Du hast großes Glück mit deiner Frau. Nicht alle sind so loyal und fleißig wie Cassandra.«

Mrs Largan räusperte sich, und Conn wechselte das Thema. »Wir sind hier mit Nachrichten ein wenig im Rückstand, aber hin und wieder bekommen wir eine Zeitung, und ich glaube, dass der Krieg in Amerika bald zu Ende geht. Sobald er vorbei ist, wird sich die Baumwollindustrie wieder erholen.«

Zachary seufzte. »Nachdem Mr Blake sich mit seinen Nichten und seinem Bruder versöhnt hatte, erwähnte er etwas, woraus ich schließe, dass er gehofft hatte, seine Nichten würden den Laden im Namen der Familie weiterführen. Er war sehr stolz auf den Erfolg, den er damit erzielt hat. Der Vater seiner Frau war nicht halb so erfolgreich, wissen Sie? Das Geschäft ist jetzt viel größer als damals, als Mr Blake es übernommen hat, und es könnte noch größer werden, wenn wieder bessere Zeiten herrschen.«

»So wie es sich anhört, arbeiten Sie gern dort.«

Zachary lächelte. »Ich habe gern dort gearbeitet, als Mr Blake noch das Sagen hatte. Er war ein guter Arbeitgeber, ein guter Mann.«

»Wer hat jetzt das Sagen?«

»Harry Prebble.«

Reece runzelte die Stirn. »Ist er mit Martin Prebble verwandt?«

»Er ist ein Neffe von Martin.«

»Das heißt nichts Gutes.«

Nachdem er eine Woche lang im Laden gearbeitet hatte, machte sich Marshall eines Abends wie verabredet auf den Weg zu Ralph. Er stellte sicher, dass ihn niemand beobachtete, und schlich zur Hintertür, anstatt an der Haustür zu klopfen.

Die Tür war nur angelehnt, und das nahm er als Zeichen, um direkt einzutreten. Erst dann klopfte er von innen an die Tür zur Spülküche.

»Komm rein.«

Ralph saß in der Küche, mit zugezogenen Vorhängen. Keine Spur von Ralphs Schwester.

»Setz dich, mein Freund. Ich habe gerade eine Kanne Tee aufgebrüht.«

Erst nachdem sie beide in genüsslichem Schweigen die erste Tasse Tee ausgetrunken hatten, berichtete Marshall von Prebble.

»Er hält sich für sonst wen, dieser kleine Mistkerl. Ich bin es gewohnt, den Leuten zu sagen, was sie tun sollen, aber wenn ich mit den Mädchen in der Baumwollfabrik in so einem Ton gesprochen hätte, dann hätten sie mir ziemlich schnell gesagt, was sie von mir halten.«

»In was für einem Ton?«

»Als wären wir nur Dreck unter seinen Füßen. Die anderen Mitarbeiter beklagen sich nicht, sondern tun einfach, was er verlangt, aber bei den Blicken, die sie ihm hinter seinem Rücken zuwerfen, würde die Milch gerinnen.«

»Stellt er euch inzwischen Mahlzeiten zur Verfügung?«

»Gewissermaßen. Er kauft altes Brot beim Bäcker, gibt uns die knorpeligen Stücke vom Schinken, Käserinde, alles, was ich vor der Baumwollknappheit meinem Hund gegeben hätte.«

»Man könnte meinen, er müsste das alles aus eigener Tasche bezahlen.«

»Ja, das könnte man meinen.«

Ralph dachte einen Moment lang nach. Er hatte die Sparbüchse voller Geld nicht vergessen, und war immer noch nicht davon überzeugt, dass sie für die neuen Besitzerinnen bestimmt war. »Was ist mit seinem eigenen Essen?«

»Das nimmt er mit ins Büro, aber ich habe die Augen offen gehalten. Er ist nicht knauserig, und auf seinem Teller gibt es keine Knorpel.«

Kopfschüttelnd blickten die Männer einander an.

»Hat er versucht, dich zu ärgern?«

Marshall grinste. »Aye. Wird er aber nicht schaffen. Er hält mich für dümmer, als ich bin. Praktisch, denke ich. Eines Tages werde ich es ihm heimzahlen, du wirst schon sehen.«

»Siehst du manchmal Miss Blair? Sie wohnt über dem Laden.«

»Nein. Die Tür zu den Wohnräumen ist die ganze Zeit über verschlossen. Ich habe gesehen, wie er es ab und zu versucht hat. Das Dienstmädchen kommt manchmal in den Laden, um Essen zu kaufen, aber sie kommt durch die Vordertür. Er behandelt das arme Mädchen, als wäre sie auch ein wenig beschränkt, lässt sie warten und bedient zuerst andere. Für die besseren Kunden scheut er keinen Aufwand.«

»Man muss die Kunden bei Laune halten.«

»Ich glaube nicht, dass alle seine Komplimente und sein Getue schätzen.«

»Hm. Es gibt also nichts Offensichtliches zu berichten.«

»Noch nicht. Aber er würde es nicht riskieren, etwas zu tun, oder? Nicht in der ersten Woche, in der ich da bin.« Er lachte leise. »Neulich habe ich mit einem der Jungen schlecht über dich geredet, als ich wusste, dass *er* zuhört. Vielleicht ist er jetzt nicht mehr so misstrauisch.«

»Hast du das Gefühl, dass da etwas vor sich geht?«, fragte Ralph.

Marshall tippte sich mit einem Finger an die Nase und nickte. »Neulich kam ein Kerl rein, nicht die Art von Kundschaft, die normalerweise in den Laden kommt, und Prebble schüttelte den Kopf. Der Kerl kaufte eine Schachtel Streichhölzer und ging wieder. Er kam mir bekannt vor, aber ich weiß nicht, woher ich ihn kenne. Es wird mir schon wieder einfallen. Ich vergesse nie ein Gesicht.«

»Noch eine Tasse Tee, bevor du gehst?«

»Nein, danke. Ich gehe jetzt nach Hause.«

Die beiden Männer gaben sich die Hand, und Ralph begleitete Marshall zur Hintertür. »Ich werde nur überprüfen, ob die Luft in der Gasse rein ist, bevor ich das Tor öffne. Nächste Woche um die gleiche Zeit?«

»Aye.«

Ralph stellte sich auf einen Haufen Ziegelsteine, und als er über die Mauer spähte, sah er zwei Männer in der Gasse stehen. Leise kletterte er wieder hinunter. »Ich glaube, du wurdest hierher verfolgt.«

»Nein, wurde ich nicht. Ich habe Bill gebeten, ein Stück hinter mir zu gehen, um genau das zu vermeiden.«

»Warum lungern dann zwei Männer in der Gasse vor meinem Haus herum?«

»Du hast einen Prebble verärgert. Ich schätze, von jetzt an bist du derjenige, der auf sich aufpassen muss, mein Freund.«

Ralph atmete tief durch. »Kannst du mir einen starken Kerl finden, der nachts Wache hält? Ich zahle ihm einen Schilling pro Nacht, und in meinem Schuppen wird er es einigermaßen gemütlich haben.«

»In Zeiten wie diesen könnte ich dir ein Dutzend finden.«

»Einer reicht. Wie willst du hier rauskommen, ohne gesehen zu werden?«

»Es wird nicht das erste Mal sein, dass ich über Gartenmauern klettere. Ich schicke dir in einer halben Stunde jemanden. Verriegle bis dahin die Tür. Ich sage ihm, er soll an die Haustür klopfen. Dreimal, dann noch dreimal. Mach sonst niemandem auf. Dieser kleine Mistkerl legt sich mit den Falschen an, wenn er glaubt, er könnte uns austricksen. Ich habe ein paar Freunde, die nichts Besseres zu tun haben. Die werden ein Auge auf uns haben.«

»Vielleicht irren wir uns. Vielleicht ist es gar nichts. Aber ich gehe kein Risiko ein. Wenn meine Schwester sich aufregt, bekommt sie wieder einen ihrer Atemnotanfälle. Asthma heißt das, sagt der Arzt. Aber er kann nicht viel tun, um ihr zu helfen.«

Conn sah Tränen auf den Gesichtern aller vier Schwestern, als er das Teetablett zur Veranda hinaustrug, also blieb er auf der Schwelle stehen. »Wie läuft es?«

Cassandra zuckte mit den Schultern. »Pandora und ich haben unsere Meinung nicht geändert.«

Er stellte das Tablett vorsichtig auf dem wackeligen Tischchen ab und sah die Zwillinge an.

»Ich versuche mir die ganze Zeit vorzustellen, dass ich wieder in Outham lebe«, sagte Maia, »aber ich kann es nicht. Außerdem will ich deine Mutter nicht verlassen.«

Sein Blick wurde weicher, als er sie ansah. »Ich kann nur hoffen, dass du bleibst, um ihretwillen. Und ich verspreche dir, dass du jederzeit gehen kannst, falls du deine Meinung doch noch ändern solltest. Ich werde dir helfen, wenn es nötig ist.«

Sie nickte.

Er sah die vierte Schwester an.

»Im Moment gehe ich nirgendwohin«, sagte Xanthe. »Und bestimmt nicht zurück nach Outham.«

Er hörte, wie sein irischer Akzent stärker wurde, so wie immer, wenn ihn etwas bewegte. »Tja, das Leben kann schwer sein. Sehr schwer. Wenn ich euch irgendwie helfen kann, braucht ihr nur zu fragen.«

Cassandra sprach für sie alle. »Dürften wir um einen Gefallen bitten?«

»Natürlich.«

»Könntest du meine Schwestern morgen für den ganzen Tag nach Westview bringen? Wir möchten Pandora alle beim Packen helfen und ... zusammen sein.«

»Das mache ich gern.«

»Wie wird deine Mutter zurechtkommen?«

»Sie kann sich bewegen, wenn auch langsam. Wenn wir alles, was sie braucht, bereitstellen, wird Sean ein Auge auf sie haben. Es ist etwas anderes, wenn ich nur für ein paar Stunden weg bin.«

»Dann wäre das geklärt.«

Als er zu seiner Mutter, Reece und Zachary zurückkehrte, kam ihm auf einmal ein Gedanke. »Sie müssen eine Vollmacht unterschreiben, die Pandora die rechtliche Befugnis gibt, in ihrem Namen zu handeln. Ich kann sie für euch aufsetzen, wenn ihr wollt, obwohl ihr mich besser nicht als Zeugen benennt, angesichts meiner Vorgeschichte.«

Reece sah ihn überrascht an. »Weißt du, wie man das macht?«

Auf Conns Gesicht erschien wieder einmal ein bitteres Lächeln. »Das weiß ich tatsächlich. War ich in meinem früheren Leben nicht Anwalt?« Er sah die Überraschung auf ihren Gesichtern und zuckte mit den Achseln. »Ich bin ein Zweitgeborener. Ich musste mir meinen Lebensunterhalt verdienen.«

Das hatte er niemandem erzählen wollen, und er ärgerte sich über sich selbst, also fügte er hinzu: »Ich würde es zu schätzen wissen, wenn ihr diese Informationen für euch behalten würdet.«

Als die Männer mit dem Essen fertig waren, fragte Conn unvermittelt: »Wie kommen Sie nach Albany, Mr Carr?«

»Ich dachte, wir würden weiter reiten, obwohl es nicht sonderlich bequem ist, aber wir müssten ein weiteres Pferd für Pandora mieten. Aber wo? Als wir aus Perth aufgebrochen sind, war mir nicht klar, wie abgeschieden dieser Ort ist.«

»Reiten geht nicht«, sagte Mrs Largan entschlossen. »Was

ist mit Pandoras Kleidern und anderen Besitztümern? Sie können nicht von ihr verlangen, dass sie so weit reist, mit nichts als einer Garnitur zum Wechseln in den Satteltaschen. Die Seereise nach England dauert drei Monate. Nein, Sie müssen den Wagen nehmen.«

»Wir haben keinen«, sagte Zachary.

»Aber Kevin«, sagte Reece. »Damit sind wir heute hierhergekommen. Er ist ein bisschen alt, scheint mir aber robust genug. Er leiht ihn Ihnen bestimmt, Zachary. Und sein Pferd Delilah.«

»Das, das heute den Wagen gezogen hat?«, fragte Conn. »Sie ist kräftig, wenn auch nicht das hübscheste Pferd.«

Zachary nickte. »Kevin hält große Stücke auf sie. Aber Mr Southerham sagt, wir können von Glück sagen, wenn die Pferde, die wir gemietet haben, uns so weit bringen. Es sind arme Kreaturen, das sehe sogar ich, und sie ermüden leicht.«

»Ich werde sie mir ansehen«, bot Conn an. »Ich habe einen Wallach, der sehr kräftig ist, größer als diese Stute. Ich bringe ihn morgen mit, falls Sie ihn sich ausleihen müssen. Wenn Sie den Wagen nehmen, brauchen Sie zumindest keine Packtiere. Aber ich leihe Ihnen mein Pferd nur, wenn ich Ihren Führer für vertrauenswürdig halte. Meine Pferde sind mir sehr wichtig, und ich werde nicht zulassen, dass sie vernachlässigt oder zu sehr geschunden werden.«

Auf der Rückfahrt saßen Pandora und Zachary zusammen hinten auf dem Wagen.

»Einen Penny für Ihre Gedanken«, sagte er zu ihr.

»Meine Gedanken sind nicht einmal einen halben Penny wert.« Sie senkte die Stimme. »Ich überlege, wie ich Cassandra umstimmen kann. Sie wird es bereuen, wenn sie hierbleibt, das weiß ich.«

»Niemand kennt die Zukunft oder kann für jemand anderen Entscheidungen treffen.«

»Was wissen Sie denn schon davon? Sie sind doch nur der Bote!« Augenblicklich wünschte sie, sie könnte die Worte zurücknehmen. Sie schämte sich, weil sie ihre Traurigkeit an ihm ausgelassen hatte. Er presste die Lippen zusammen und sagte für die nächsten ein oder zwei Meilen kein Wort.

Irgendwann hielt sie es nicht länger aus und legte ihm eine Hand auf den Arm, sodass er sie ansehen musste. »Es tut mir leid. Das hätte ich nicht sagen sollen.«

»Warum nicht? Es war die Wahrheit.« Er schüttelte ihren Arm ab. Und starrte weiter geradeaus.

Aber sie wusste, dass sie ihn verletzt hatte, und ihr fiel nichts ein, wie sie es wiedergutmachen sollte. So wie es aussah, machte sie im Moment überhaupt nichts richtig in ihrem Leben.

Wie konnte sie allein nach Outham zurückkehren und ihre Schwestern zurücklassen? Und dennoch ... Wie konnte sie es nicht tun?

Zurück in Westview war von den Besitzern nichts zu sehen.

Bert saß am Tisch. Er grinste sie an und präsentierte zwei Brotlaibe, die an den Rändern verbrannt wurden. »Ich habe mir erlaubt, noch ein paar Brote zu backen, wo wir doch so viele Mäuler zu stopfen haben. Ich hoffe, das war in Ordnung?« Er sah Reece nach Bestätigung heischend an.

»Gute Idee. Wo sind Mr und Mrs Southerham?«

»Sie sind ausgeritten, herausgeputzt wie Adelige.«

»Sie *sind* Adelige.«

»Ja, aber wir sind hier in Australien. Hier gibt es eine Menge von denen, die glauben, sie wären immer noch der Herr im Haus, wie in England. Aber das sind sie nicht. Ich glaube, Männer wie Sie und ich haben eine viel bessere Chance, uns hier ein gutes Leben aufzubauen.«

»Das hoffe ich doch. Wo ist Leo?«

»Der mistet die Ställe aus und legt einen neuen Misthaufen

an. Mrs Southerham hat ihm dafür ein paar alte Lumpen zum Anziehen gegeben. Eins muss man ihm lassen: Diesem Jungen braucht man nicht zu sagen, wie man sich um Tiere kümmert. Soll ich die Stute abspannen?«

»Nein, wir fahren bald zurück zu Kevin. Aber vielleicht könnten Sie ihr etwas Wasser geben.«

»In Ordnung.«

Cassandra betrachtete den Tisch und schnalzte ärgerlich mit der Zunge, als sie einige Ameisen herunterstrich. Sie hatten es auf die Brotkrümel abgesehen, die nicht weggewischt worden waren. Wahrscheinlich hatte Livia lieber ein Buch lesen oder einfach nur dasitzen und mit ihrem Mann plaudern wollen. Ihre Herrin erledigte einen Teil der Hausarbeit und beklagte sich auch nicht, weil sie nicht zu stolz war, sich die Hände schmutzig zu machen, aber häufig vergaß sie einfach, eine Aufgabe anständig auszuführen. Wie sollte eine Frau wie sie nur ohne Pandoras Hilfe hier zurechtkommen?

Als sie ein Geräusch hörte, drehte sie sich um und sah Leo mit einem Schubkarren voll dreckigem Stroh aus dem Stall kommen. Er lächelte ihnen fröhlich zu.

Zachary ging zu ihm hinüber, offensichtlich lobte er den Jungen für seine harte Arbeit, denn Leo strahlte ihn an.

Als die Southerhams kamen, bot Leo ihnen an, die Pferde abzusatteln, und Francis, der heute müde aussah, überließ ihm die Aufgabe. »Er kann wirklich gut mit Tieren umgehen. Geht er mit Ihnen zurück nach England?«

Zachary zuckte mit den Schultern. »Ich weiß es nicht. Ich bin ein wenig ratlos, was ich mit ihm machen soll. Ich kann ihn nicht allein lassen, aber ich kann auch nicht zulassen, dass ihn sein Stiefvater erneut in die Fänge bekommt, selbst wenn ich das Geld für seine Überfahrt hätte, und das habe ich nicht. Und wenn ich mir das Geld dafür leihen würde, wie sollte er dort seinen Lebensunterhalt verdienen? Im Laden könnte er nicht arbeiten. Harry würde ihn sowieso nicht einstellen. Harry hat keine Geduld mit Leuten, die nicht springen, wenn er es ihnen sagt – außer, sie sind reich. Außerdem ist Leo ohnehin zu langsam, um dort zu arbeiten. Er kann weder lesen noch rechnen, und das müsste er können.«

»Leo könnte hier bleiben und für mich arbeiten. Ich würde ihn anständig behandeln.«

»Und wenn Sie nicht da sind?« Er sagte nicht, ›Wenn Sie nicht *mehr* da sind‹, aber es war ziemlich offensichtlich, dass Francis' Tage gezählt waren. Nur wenige erholten sich von der Schwindsucht in diesem Stadium.

»In diesem Fall würde ich ihn einstellen«, sagte Reece. »Schauen Sie ihn sich an. Die Arbeit macht ihm Spaß.« Er grinste. »Es macht nicht jedem Spaß, die Ställe auszumisten.«

»Dann wäre das also abgemacht«, sagte Livia.

Zachary stand auf. »Nicht ganz. Ich muss ihn fragen, wie er das findet.«

»Ist er in der Lage, Entscheidungen zu treffen?«

»Ich glaube schon.« Er ging hinüber zu Leo. »Du machst das gut.«

Der Junge nickte eifrig und strahlte. »Ich mag Pferde.«

»Möchtest du hierbleiben und dich für Mr und Mrs Southerham um die Pferde kümmern?«

»Bleibst du auch hier?«

»Nein. Ich gehe zurück nach England. Aber ich glaube nicht, dass du zu deinem Stiefvater zurückkehren willst.«

Leos Lächeln verschwand augenblicklich, und er zitterte. »Nein. Ich wünschte, er wäre nicht da. Ich wünschte, es gäbe nur meine Mutter und mich, so wie früher. Ich vermisse sie.«

»Sie ist jetzt mit ihm verheiratet, in guten wie in schlechten Tagen. Daran kannst du nichts ändern.« Er wartete, dann wiederholte er seine Frage. »Also, möchtest du hierbleiben und dich für Mr Southerham um die Pferde kümmern?«

»Was meinst du?«, fragte Leo.

»Ich meine, du solltest etwas finden, das dich glücklich

macht. Mr Southerham ist krank. Wenn ihm etwas zustößt, hat Reece versprochen, dich einzustellen, also bist du hier in Sicherheit.«

»In Sicherheit«, wiederholte Leo, dann sah er ihn an. »Kannst du nicht auch bleiben? Willst du nicht in Sicherheit sein?«

»Ich kann nicht bleiben. Ich muss Pandora zurück nach England bringen.«

Leo streckte die Hand aus, um das Pferd zu tätscheln, die Stirn nachdenklich gerunzelt. »Dann bleibe ich besser hier. Bei den Pferden. Zu *ihm* gehe ich jedenfalls nicht zurück.«

»Guter Junge.«

Zachary ging zurück zu den anderen und berichtete, dass Leo die Stelle gern annehmen würde. »Werden Sie ihm Lohn zahlen?«

»Ich kann nicht viel bezahlen«, sagte Francis, »aber wir sorgen für ihn.«

»Bezahlen Sie ihm etwas. Es ist nur gerecht. Reece, würden Sie sein Geld verwalten?«

»Ja.«

Immerhin eine Last war ihm abgenommen worden. Zachary war erleichtert, als die Southerhams nickten und sich auf ihre Veranda setzten. Die beiden hielten sich stets von den anderen fern. Machte sie das glücklich?

»Wir sollten jetzt besser nach Hause gehen«, sagte Reece. »Kommen Sie mit?«

»Ich komme etwas später«, sagte Bert, »Leo will noch die Pferde für die Nacht unterbringen. Der Mond scheint hell genug, und der Weg ist klar zu sehen.«

Zachary zögerte. »Ich komme auch später nach, wenn das für Pandora in Ordnung ist?«

Sie nickte. »Ich muss ein paar Sachen waschen, wenn wir übermorgen aufbrechen. Ich lasse sie im Zelt trocknen, für das Fall, dass es regnet, und kann sie morgen bügeln.«

Als Zachary sah, wie sie einen schweren Eimer Wasser aus dem Brunnen holte, eilte er ihr zu Hilfe. »Lassen Sie mich das machen.« Er nahm ihn ihr aus der Hand.

»Danke.« Sie blieb stehen und fügte hastig hinzu: »Es tut mir leid, dass ich auf dem Rückweg so scharf mit Ihnen gesprochen habe. Ich bereue meine Unhöflichkeit seitdem und ... Ich habe es nicht so gemeint, wie es klang.«

Seine Laune besserte sich ein wenig. »Das war doch nicht schlimm.«

»Doch, das war es.«

»Dann verzeihe ich Ihnen.«

Ihr Lächeln galt ihm allein, und für einen Moment konnte er sich nicht rühren, so schön war sie. Dann griff er wieder nach dem Eimer. »Wo soll der hin?«

Er hoffte, sie würde den Laden nicht verkaufen müssen. Er würde gern Geschäftsführer werden. Er wusste, dass er es besser konnte als Harry. Ob es wohl die Möglichkeit gäbe? Wahrscheinlich nicht. Harry würde seine Arbeit gut genug machen, sodass sie keinen Grund hätten, jemand anderen zu ernennen.

Wenn Zachary jedoch weiterhin dort arbeiten würde, wäre er in der Nähe von Pandora und ... Traurig blickte er zu ihr hinüber. Schon jetzt war ihm klar, was er für sie empfand – in dem Augenblick, als sie zu ihm hinübergelaufen war, um ihn zu begrüßen, hatte ihn die Liebe getroffen wie ein Blitz. Aber sie empfand eindeutig nicht das Gleiche für ihn. »Nur der Bote«, hatte sie gesagt, und selbst wenn sie es nicht böse gemeint hatte, musste er sich immer wieder in Erinnerung rufen, dass er tatsächlich nichts anderes war. Er musste vernünftig sein, seiner Mutter und seiner Schwester zuliebe. Man durfte diejenigen, von denen man abhängig war, nicht verärgern.

Er schüttelte den Kopf über seine eigene Dummheit und half ihr beim Waschen, schleppte schwere Wassereimer und Kessel und wrang die Wäsche aus, so fest er konnte, alles im Schein der Laterne. Er tat so, als bemerkte er nicht, wie sie hastig ihre Unterwäsche aus seinem Blickfeld riss. Als wüsste er nicht, was Frauen trugen. Er lebte schließlich in einem kleinen Haus mit seiner Mutter und seiner Schwester.

Später, als er auf dem gut sichtbaren Weg durch den mondhellen Busch ging, um sich in sein behelfsmäßiges Bett in Kevins Haus zu legen, ging er im Kopf sein Gespräch mit Pandora noch einmal durch und erinnerte sich an jedes Wort, das sie gesagt hatte, jeden Blick, den sie ihm zugeworfen hatte. Es war unvernünftig, an sie zu denken, aber es brauchte ja niemand zu erfahren.

Auf einmal kam ihm unweigerlich in den Sinn, dass er seit dem Tod seines Vaters nie die Chance gehabt hatte, etwas anderes als vernünftig zu sein. Manchmal wünschte er sich, er könnte so leichtsinnig leben wie andere junge Männer, ein Mädchen umwerben, mit ihr lachen.

Nein, nicht irgendein Mädchen. Pandora.

Kapitel 12

Am nächsten Tag brachte Conn die Zwillinge nach Westview, damit sie sich von Pandora verabschieden konnten. Keine der beiden hatte ihre Meinung geändert, sie würden in Australien bleiben, und er wusste, es würde ein emotionaler Tag für sie werden.

Er nahm den Wallach mit, den er an die Rückseite des Wagens band, für den Fall, dass Pandora ein anderes Pferd für die Reise benötigte. Die Zwillinge saßen hinten auf dem Wagen und überließen ihm den Kutschbock. Sie waren beide still, und Maias Augen waren rot und geschwollen.

Xanthe war schwerer zu ergründen. Sie blickte heute alles und jeden finster an. Conn hätte nie gedacht, dass sie die Hausarbeit so langweilig fand, und selbst ihre Zwillingsschwester hatte nichts von ihrem Wunsch gewusst, die Welt zu bereisen. Was behielt sie sonst noch für sich?

Maias Emotionen waren immer unverkennbar von ihrem Gesicht abzulesen, und das gefiel ihm. Er hatte das Gefühl, er könne ihr vertrauen – und er vertraute nicht mehr vielen Menschen außer seiner Mutter, die alles aufgegeben hatte, um ihm nach Australien zu folgen: Mann, Heimat, Familie. Sie hatte es getan, weil sie wusste, dass er zu Unrecht angeklagt worden war.

Der Rest der Familie hatte die Anschuldigungen nicht infrage gestellt. Nun, er und sein Bruder hatten sich nie verstanden, und manchmal fragte er sich sogar, ob sein Bruder nicht vielleicht geholfen hatte, Beweise zu fälschen. Aber vor allem Kathleen hätte wissen müssen, dass er unschuldig war. Er schob den Gedanken an Kathleen beiseite, bemühte sich stets, nicht an sie zu denken. Es gelang ihm nicht immer.

Sein Vater hatte nur zu gern geglaubt, dass er schuldig war. Das würde Conn ihm nie verzeihen, und er wusste, dass es seiner Mutter genauso ging. Ihre Ehe war nicht die glücklichste gewesen, und er konnte nur erahnen, wie erbittert ihre Streitigkeiten gewesen sein mussten, bevor es zu seinem Prozess gekommen war, der diesen Namen nicht verdient hatte.

Sein Freund Ronan, nicht etwa seine Familie, hatte Conns Angelegenheiten geregelt und ihm Geld nach Australien geschickt. Wenn er könnte, würde er es Ronan eines Tages zurückzahlen. Tatsächlich hatte sein Freund davon gesprochen, ihn eines Tages zu besuchen. Er hoffte, es würde wirklich dazu kommen.

Conns Mutter hatte heimlich ihr Zuhause verlassen, um ihrem Sohn nach Australien zu folgen. Sie hatte ihm erzählt, einige der Bediensteten ihres Anwesens hätten ihr geholfen, weigerte sich aber, das weiter auszuführen. Sie war immer beliebt gewesen und hatte Verständnis für Conns Bemühungen gehabt, den Bauern zu helfen, die auf ihren Ländereien von der Hand in den Mund lebten. Sie hatte nie die Kartoffelmissernte und die daraus folgende Hungersnot vergessen, an der in den späten 1840er Jahren Millionen gestorben waren.

Als er fünfzehn Jahre alt gewesen war, hatte er herausgefunden, wie widerwillig sein Vater seinen Pächtern in dieser schrecklichen Zeit geholfen hatte, und darüber hatten sie gestritten, wie über so viele Dinge. Sein Vater war wütend auf Conn gewesen, weil er sich auf die Seite der Pächter gestellt hatte. Bauern waren für seinen Vater keine Menschen.

Nach einer kurzen Erklärung, warum sie nach Australien gekommen war, hatte seine Mutter nie wieder ein Wort über ihren Ehemann verloren. Aber er wusste, dass sie heimlich um ihre kaputte Familie trauerte und ihre anderen Kinder vermisste.

Zu seiner Überraschung genoss er die Fahrt nach Westview einigermaßen. Es tat gut, gelegentlich von Galway House wegzukommen. Da er kein Gespräch mit den Zwillingen führen musste, konnte er die Landschaft genießen, die nach mehreren Regenfällen ihre bleichen beigen Sommerfarben abgelegt hatte und wieder grün wurde.

Während der kühleren Monate fand er das Leben hier viel angenehmer. Er hatte nichts gegen die schweren Winterstürme, Regen kannte er aus Irland, aber er bezweifelte, dass er sich jemals an Temperaturen um die vierzig Grad gewöhnen würde, die während der heißen, trockenen Sommer für mehrere Tage andauerten. Diese Hitzewellen raubten ihm all seine Energie und Willenskraft.

Doch seine Mutter genoss die Hitze, sie sagte, bei warmem Wetter sei ihre Arthritis gleich viel besser. Für sie blieb er an diesem einsamen Ort, ansonsten wäre er vielleicht weggezogen. Er war nach Galway House gekommen, um seine Wunden zu lecken, er hatte es in aller Eile gekauft, um sich von der Demütigung zu befreien, der man als ehemaliger Häftling ausgesetzt war. Doch inzwischen bereute er die Abgeschiedenheit. Wäre er in Perth geblieben, hätte er sich vielleicht mit anderen Schicksalsgenossen anfreunden können.

»Wir sind fast da!«, rief er kurze Zeit später.

»Entschuldige bitte, dass wir so schlechte Gesellschaft waren«, sagte Xanthe.

»Ich habe die Ruhe genossen. Ich hatte noch nie das Bedürfnis, jede freie Minute mit Geschwätz zu füllen.«

Auf Westview begrüßte er seinen Gastgeber, spannte das Pferd ab und band den Wallach los. Ihn übergab er an Bert und beobachtete, wie dieser sich darum kümmerte, denn seine Aufgabe würde es sein, die Pferde und Kevins Wagen aus Albany zurückzubringen. Auch wenn Bert einigermaßen fähig erschien, zeigte er den Tieren gegenüber keinerlei Zuneigung.

Vielleicht verwöhnte Conn sie zu sehr, wenn er sie wie die

Kinder behandelte, die er nie haben würde. Aber sie vergolten es ihm reichlich, sowohl mit Zuneigung als auch was das Einkommen betraf. Das war einer der wenigen Vorteile, die mit seinem Umzug nach Galway House einhergingen: Im Bezirk und sogar darüber hinaus hatte er sich mit der Zucht hervorragender Pferde einen Namen gemacht. Tatsächlich hatte er gerade einen weiteren Stallburschen einstellen müssen. Die Menschen waren bereit, Geschäfte mit einem Mann zu machen, der das hatte, was sie brauchten, ober er nun ein ehemaliger Häftling war oder nicht.

Es war wichtig, Pandora nach Albany zu bringen, ansonsten hätte er nicht im Traum daran gedacht, ihnen Pferde zu leihen. Er kümmerte sich persönlich um Nellie und den Wallach. Den hatte er im Vorjahr zu einem Schleuderpreis gekauft, ein gutes, junges Arbeitspferd, das grob behandelt worden war.

Er hätte ihnen angeboten, sie nach Albany begleiten, weil er gern ein wenig die Kolonie erkundet hätte, aber er konnte seine Mutter nicht allein lassen, nicht einmal, wenn sie so gut versorgt wurde. Er hatte andauernd Angst, sein Vater könnte auftauchen und sie mit Gewalt zurückholen. Das fürchtete sie auch.

Als er die Mietpferde untersuchte, schüttelte er vor Entsetzen den Kopf. Die armen Tiere waren fast zuschanden geritten worden, und das machte ihn wütend.

»Was sollen wir mit ihnen machen, bis Bert zurückkommt?«, fragte Francis. »Ich kann mich leider nicht um sie kümmern. Ich bin nicht gesund genug, und Reece hat genug mit seiner anderen Arbeit zu tun.«

»Ich nehme sie«, bot Conn an. »Ich kann sie ein bisschen aufpäppeln. Ich hasse es, wenn die armen Tiere so behandelt werden. Ist Kevins Wagen in gutem Zustand? Ich konnte ihn mir gestern nicht genau ansehen.«

Sie gingen das Fahrzeug inspizieren, das Reece an diesem

Morgen gewaschen hatte. Es war klein, vierrädrig und nicht gestrichen, von keinem bestimmten Typ und sah aus, als wäre es irgendwie zusammengezimmert worden. Es war jedoch groß genug für ihren Zweck und würde Pandora, ihre Reisetruhe und ihren Koffer sowie Proviant und Reisebedarf mit Leichtigkeit transportieren können.

»Er ist ziemlich alt«, bemerkte Conn zweifelnd. »Und ich weiß nicht, was für eine Art von Fahrzeug das sein soll.«

»Eine Mischung aus Kutsche und Marktwagen.« Francis verzog verächtlich die Lippen, als er es erneut musterte. »Jedenfalls ist es sicher nicht von einem echten Wagenbauer gebaut worden.«

»Aber es ist in keinem schlechten Zustand. Ich denke, es wird seinen Zweck erfüllen. Immerhin führt nach Albany eine befestigte Straße.«

»Was bedeutet das?«

»Dass der Weg geräumt wurde und es kein Buschpfad ist, der sich um Hindernisse windet.«

»Was den Wagen angeht, haben sie keine Wahl. Meinen kann ich ihnen nicht leihen, weil wir ihn selbst brauchen. Ich habe angeboten, ihn Kevin zu leihen, wenn er Vorräte besorgen muss.«

Offensichtlich hielt er dies für ein großes Zugeständnis, also murmelte Conn ein paar Worte über Großzügigkeit. Aber er war immer noch besorgt. »Wie kann ich sicherstellen, dass meine Pferde auf der Reise gut versorgt sind?«

Francis sah auf. »Wie meinen Sie das? Da können Sie nicht viel tun.«

»Nellie ist ziemlich wertvoll, keine Vollblutstute, aber robust, die Art von Arbeitspferd, die die Menschen brauchen. Ich hatte gehofft, mit ihr zu züchten. Ich bin mir nicht sicher, ob dieser Kerl«, er deutete mit dem Kopf in Berts Richtung, »sie so behandeln wird, wie ich es mir wünsche. Der Wallach ist auch ein gutes Pferd, obwohl er in der Vergangenheit schlecht behandelt wurde. Es muss noch ein wenig aufgepäppelt werden.«

Sie beobachteten, wie Leo einen Eimer Wasser für die Frauen holte und dann zurückging, um noch einen Eimer für Nellie zu schöpfen. Er stand neben ihr, sprach leise mit ihr, und sie stupste ihn mit dem Kopf an, um seine Aufmerksamkeit zu gewinnen.

»Wissen Sie ...« Francis unterbrach sich. »Nein, vielleicht besser nicht.«

»Was wollten Sie sagen?«

»Wir könnten Leo mit ihnen schicken. Er sorgt besser für Tiere, als er für sich selbst sorgen kann.«

»Leo?«

»Warum nicht? Zachary lernt gerade erst Reiten und weiß nicht, wie man einen Wagen lenkt. Pandora genauso. Bert wird auf der Reise alle Hände voll zu tun haben. Also warum sollte Leo nicht mitkommen? Er würde ihnen eine große Hilfe sein.«

Conn nickte langsam, als ihm die Vorteile klar wurden. »Gute Idee. Aber wir müssen Zachary fragen, bevor wir etwas entscheiden. Er trägt die Kosten.« Er stand auf. »Sie sehen müde aus, und ich muss mir die Beine vertreten. Ich würde sagen, ich gehe zu Kevin hinüber und unterbreite Zachary meinen Vorschlag.«

Francis verzog das Gesicht. »Ich fürchte, ich muss mich tatsächlich ausruhen.«

Conn sah ihn zweifelnd an, nicht sicher, ob sein Begleiter offen zugab, was mit ihm los war.

Die Stimme seines Gegenübers wurde plötzlich scharf. »Inzwischen ist es doch offensichtlich, oder nicht? Ich habe Schwindsucht. Nun, da es heraus ist ... Ich frage mich, ob Sie, wenn ich tot bin – obwohl ich hoffe, dass ich noch ein oder zwei Jahre habe –, vielleicht ein Auge auf Livia haben könnten? Mit Ihnen und Reece sollte sie einigermaßen sicher sein.«

»Wird sie nach England zurückkehren?«

»Sie sagt Nein. Sie hat dort keine Verwandten mehr.«

Conn war überrascht. »Und was wird sie dann tun?«

»Wenn sie diese Farm verkaufen kann, wird sie eine kleine Schule eröffnen. Ich glaube, darin wäre sie gut. Sie ist eine gute Lehrerin.« Er lächelte betrübt. »In der Hausarbeit allerdings nicht so sehr.« Das Lächeln verschwand. »Da fällt mir ein, irgendwie müssen Livia und ich nach Perth, um ein neues Hausmädchen zu finden.«

»Geben Sie doch eine Annonce im *Inquirer* auf.«

»Und ungesehen jemanden einstellen, der sich auf eine Zeitungsanzeige meldet? Das ist zu riskant.«

»Was bleibt Ihnen anderes übrig? Bisher wurden keine weiblichen Häftlinge in diese Kolonie geschickt, und Hausmädchen sind schwer zu finden. Deshalb haben sie die jungen Frauen aus Lancashire doch überhaupt erst hierhergebracht.«

»Diese Kolonie ist überhaupt nicht das, was man mir weisgemacht hatte.« Ein bitterer Zug lag auf Francis' Lippen, als er fortging.

Conn sprach nicht aus, was er dachte: *Sie* sind immerhin freiwillig hier.

So gut sie konnten, ließen die Männer die Schwestern an diesem Tag allein. Die vier jungen Frauen packten Pandoras Truhen und Taschen, nicht nur für die Fahrt Richtung Süden, sondern auch für die Seereise. Sie diskutierten ausgiebig über Kleidungsstücke, während sie zwischen dem Zelt und den Wäscheleinen hin und her liefen, wo noch einiges zum Trocknen hing. Sie taten ihr Bestes, um sie unter fast unmöglichen Umständen zu bügeln, damit ihre Schwester auf dem Schiff so hübsch aussah wie nur möglich.

Nach dem Mittagessen holte Conn die Papiere hervor, die er aufgesetzt hatte. Die Schwestern mussten sie unterschreiben, um Pandora die Vollmacht zu erteilen, in ihrem Namen zu handeln. »Ich glaube, Sie wären am besten dazu geeignet, die Unterschriften zu bezeugen, Mr Southerham, zusammen mit Zachary.«

Und so geschah es.

Nach dem Essen wartete Reece, bis die anderen aufgestanden waren, bevor er Zachary mit einem sehr ernsten Ausdruck ansah. »Sie werden gut auf Pandora aufpassen, nicht wahr? Sie wird traurig sein, weil sie ihre Schwestern verlässt.«

»Ich weiß. Machen Sie sich keine Sorgen. Ich werde sie mit meinem Leben beschützen, wenn es sein muss.«

»Das wird hoffentlich nicht nötig sein, aber wir haben beide das Gefühl, dass wir Ihnen vertrauen können.«

»Im Gegenzug bitte ich Sie, auf Leo aufzupassen, wenn er aus Albany zurückkehrt. Er ist ein guter Junge.«

»Natürlich werde ich das. Einen wie ihn können wir hier sogar sehr gut gebrauchen.«

Reece machte sich wieder an die Arbeit. Zachary blieb sitzen und nahm alles in sich auf, was er sah. Wenn er zurückkäme, würde Hallie alles bis ins Detail wissen wollen. Seine Augen wanderten immer wieder zurück zur Hütte: so ein primitives Haus, und so abgelegen. Wie konnte man nur so leben wollen? Sein eigenes, für englische Verhältnisse äußerst bescheidenes Haus war dagegen ein Palast.

Er würde in seinem Tagebuch, das inzwischen ein ziemlich langes Dokument war, von diesem Besuch berichten. Er freute sich darauf, wieder nach Hause zu kommen, vermisste moderne Annehmlichkeiten wie fließendes Wasser, die Gasbeleuchtung im Laden, Eisenbahnen und Zeitungen.

Aber es war eine wunderbare Gelegenheit gewesen, etwas von der Welt zu sehen, und auf dem Rückweg würde er noch mehr sehen, da sie wahrscheinlich über Suez und Gibraltar zurückkehren würden.

Der Tag verging viel zu schnell. Als die Sonne tiefer sank und die Stapel säuberlich gefalteter Kleidung in Reisetruhe und Handkoffer verschwanden, warf Conn, der mit den Southerhams auf der Veranda saß, einen verstohlenen Blick auf seine Taschenuhr.

Francis bemerkte es und blickte zum Himmel auf. »Es ist schon spät.«

»Ja. Das hatte ich befürchtet.« Conn ging hinüber zu den Frauen. »Es tut mir leid, aber wir müssen aufbrechen. Wegen der schlechten Straßen müssen wir bei Tageslicht reisen.«

»Ist noch Zeit für eine Tasse Tee?«, fragte Livia.

Er zögerte, dann zuckte er mit den Schultern. »Nur eine schnelle.«

»Die mache ich«, sagte sie. »Setzen Sie sich zu Ihren Schwestern, Pandora.«

Die vier jungen Frauen setzten sich auf die Holzbänke zu beiden Seiten des Tisches. Sie sprachen nicht, saßen nur zusammen, vielleicht zum letzten Mal überhaupt. Einmal nahm Pandora Cassandras Hand und drückte sie kurz, dann ließ sie sie los und wischte sich über die Augen. Etwas später beugte Maia sich vor und umarmte Pandora.

Sie blickten auf, als Livia verkündete: »Der Tee ist fertig.«

Die Männer kamen zu ihnen herüber, aber es war eine schweigsame Runde, die da beim Tee zusammensaß.

Irgendwann entschied Conn, dass sie den Abschiedsschmerz nur in die Länge zogen. »Wir gehen jetzt. Ich komme morgen zurück, um die anderen Pferde abzuholen, Mr Southerham.« Er band zwei der Mietpferde an die Rückseite seines Wagens und half den Zwillingen dann beim Einsteigen.

Pandora lief neben dem Wagen bis zum Fuße des Abhangs. Als sie dort stehen blieb und ihnen nachblickte, brach sie in Tränen aus. Sie hörte, wie auch Maia anfing zu schluchzen, und sah, wie Xanthe ihre Zwillingsschwester in den Arm nahm.

Wer würde sie von jetzt an in den Arm nehmen? War es richtig zurückzukehren? Woher sollte sie das wissen?

Es dauerte lange, bis Pandora in dieser Nacht in den Schlaf fand. Sie hatte es gehasst, in diesem Zelt zu schlafen, aber jetzt wollte sie es seltsamerweise überhaupt nicht verlassen. Wer wusste schon, was auf einer so langen Reise alles passieren konnte?

Sie wollte weinen, konnte es aber nicht. Sie hatte heute so viele Tränen vergossen, dass anscheinend keine mehr übrig waren. Während sie in der Dunkelheit lag, lauschte sie auf die nächtlichen Geräusche draußen und machte sich Sorgen, wie sie zurechtkommen sollte, wenn sie im Namen ihrer Schwestern so viel Geld verwalten und ein Lebensmittelgeschäft führen musste. Was verstand sie schon von solchen Dingen?

Jemand schüttelte sie, und sie fuhr aus dem Schlaf. Ein Mann mit einer Laterne kniete neben ihrem Bett. »Reece? Ist etwas passiert?«

»Nein, Liebes. Es ist fast Morgengrauen, Zeit zum Aufstehen.«

»Oh.« Sie hörte, wie ihre Stimme zitterte, kämpfte um Selbstbeherrschung. »Ich ... komme gleich.«

»Ich koche dir eine Tasse Tee. Cassandra sendet dir ihre herzlichsten Grüße. Sie fand es besser, nicht mitzukommen, sagte, es würde sie nur wieder zum Weinen bringen. Und ich wollte nicht, dass sie stolpert, wenn wir im Dunkeln durch den Busch gehen, nicht in ihrem Zustand.«

Pandora kroch aus ihrem behelfsmäßigen Bett, wusch sich und zog sich eilig an, dann packte sie die letzten paar Dinge in ihren Koffer. Sie trug ihn nach draußen und gesellte sich zu den Männern, die im Schein der Laterne am Tisch saßen.

Sie hatten schon am Abend zuvor alles außer Pandoras Handkoffer auf den Wagen geladen. Sie hatten beschlossen, dass Leo auf Conns Stute Nellie reiten sollte, worüber er sich sehr freute. Das kräftigste der Mietpferde wurde hinten an den Wagen angebunden, um Conns knochigen Wallach abzulösen, der ihn während der ersten Etappe ziehen würde.

»Ich habe dir eine Tasse Tee eingeschenkt, Liebes«, rief Reece.

Pandora trat an den Tisch und trank gierig, brachte aber keinen Bissen Brot und Marmelade herunter. Sie schob ihren Teller unangerührt von sich. »Ich habe keinen Hunger.«

»Ich packe es dir in ein Tuch, damit du es unterwegs essen kannst«, sagte Reece. »Du musst bei Kräften bleiben.«

Sie nickte, dankbar, dass niemand versuchte, ein Gespräch anzufangen, um sie aufzumuntern.

Sie umarmte Reece, hielt sich für einen Augenblick an ihm fest, dann löste sie sich von ihm. Er griff nach der Lampe, dann begleitete er sie zum Wagen, einen Arm um ihre Schultern gelegt.

Zachary half ihr, auf die Ladefläche zu steigen, wo neben ihrem Koffer eine Decke lag. »Sie sehen müde aus. Vielleicht können Sie noch ein wenig schlafen?«

Sie nickte, zu unglücklich, um darüber nachzudenken, was sie tat.

Als sie aufbrachen, wirkte sogar das Licht seltsam, denn im Morgengrauen vor dem eigentlichen Sonnenaufgang sah alles grau oder schwarz aus.

Die Southerhams kamen nicht heraus, um sich von ihr zu verabschieden. Das hatten sie schon gestern Abend getan, als Francis ihr den ihr zustehenden Lohn ausgezahlt hatte. Sie fühlte sich besser, nun, da sie selbst etwas Geld hatte.

Bert fuhr die erste Etappe, und Zachary saß neben ihm. Leo ritt voraus und sah aus, als fühlte er sich absolut wohl auf dem Pferd.

Nachdem sie eine Weile gefahren waren und Pandora sich ein wenig beruhigt hatte, ertrug sie das Schweigen nicht länger und fragte: »Glauben Sie, wir kommen rechtzeitig an?«

Bert antwortete: »Es wird eng, Missy. Heute ist schon der 21., und wir sollten spätestens am 28. da sein, wenn wir ganz sicher sein wollen. Aber die Postkutsche braucht nur eine Woche für die ganze Strecke von Perth nach Albany, und wir sind ihr über eine Tagesreise voraus, also würde ich sagen, wir schaffen es.« Er machte diese optimistische Voraussage allerdings sofort zunichte, indem er hinzufügte: »Wohlgemerkt, sie haben Stationen auf der Strecke, wo sie ihre Pferde wechseln können, und wir müssen mit diesen hier auskommen, also werden wir nicht so schnell vorankommen.«

»Wir dürfen die Pferde nicht überanstrengen«, sagte Leo. »Mr Largan hat zu mir gesagt, ich soll mich gut um seine beiden kümmern.«

»Was dachtest du denn, was ich vorhabe, sie auszupeitschen?«, blaffte Bert.

Etwas später fragte er: »Kannst du fahren, Leo?«

»Ja. Ich fahre gern.«

»Gut. Fürs Erste reitest du hinterher und behältst das Ersatzpferd im Auge, sorg dafür, dass es ihm gut geht. Du kannst später einen Teil der Strecke fahren und mich ablösen.« Bert fing an zu pfeifen, ein dünnes, unmelodisches Geräusch.

Anfangs saß Pandora allein hinten auf dem Wagen, umklammerte ihre Knie und versuchte, sich vom Rütteln des Wagens nicht allzu sehr beeinträchtigen zu lassen. Nach einer Weile wurde sie es leid, denn die Bretter des Wagens wurden durch die Decke und die zusammengefaltete Plane, auf der sie saß, nicht sonderlich gut gepolstert. Sie betrachtete die beiden Männer, und es schien ihr, dass sie den besten Platz hatten. »Ist da vorn auf dem Kutschbock vielleicht auch noch Platz für mich?«

»Wenn es Ihnen nichts ausmacht, dass es ein bisschen eng ist«, sagte Zachary. »Ich helfe Ihnen.«

Der Wagen fuhr nicht besonders schnell, also fiel es ihr

nicht schwer, nach vorn zu klettern und sich zwischen Zachary und Bert zu setzen.

Während sie weiter über die unebene Straße rumpelten, hielt sich Zachary an der Armlehne zu seiner Linken fest und bot Pandora seinen rechten Arm. »Hier. Haken Sie sich lieber bei mir ein, sonst purzeln Sie noch vom Sitz.«

Dankbar nahm sie seinen Arm, doch mehr noch als über seine Kraft freute sie sich über die Wärme und den menschlichen Kontakt.

Noch nie in ihrem Leben hatte sie sich so einsam gefühlt.

Am nächsten Freitag bemerkte Hallies Mutter, wie angespannt und nervös ihre Tochter war.

»Ich verstehe nicht, was in letzter Zeit mit dir los ist, Liebes. Du bist vergesslich und zuckst zusammen, wenn jemand auch nur an die Tür klopft.«

»Ich fühle mich im Moment nicht besonders gut.«

»Hast du Fieber?«

»Nein. Ich bin nur ... ein bisschen niedergeschlagen. Es wäre besser, wenn ich eine Arbeit finden würde.«

Das brachte ihre Mutter dazu, sich wegen der harten Zeiten zu sorgen, wie viele Menschen arbeitslos seien und was aus den armen Dingern werden solle, wenn das für immer so weitergehe.

Aber Hallie hörte kaum zu, denn die Uhr tickte, und kaum war es neun Uhr, die Zeit, zu der freitags der Laden geschlossen wurde, lauschte sie angespannt auf den Türklopfer.

Als es klopfte, sprang sie auf. Ihr einziger Gedanke war, ihre Mutter zu beschützen.

Sie öffnete die Tür einen Spalt und hatte das Gefühl, das Herz würde ihr aus der Brust springen, als sie Prebble dort stehen sah.

Er stieß die Tür weiter auf und trat in den Flur, bevor sie

ihn aufhalten konnte. »Ich hoffe, du bist heute netter zu mir, Hallie.«

»Das bin ich nicht. Sie haben kein Recht, mich so zu behandeln.«

»Wer die Macht hat, hat das Recht. Wie willst du mich aufhalten?«

»Ich erzähle es Mr Dawson.«

»Dann sage ich ihm, dass es nur eine kleine Meinungsverschiedenheit unter Liebenden ist. Wer kann das Gegenteil beweisen?« Bevor sie ihn daran hindern konnte, fasste er ihr an die Brust und drückte sie fest. Er tat ihr so weh, dass sie aufstöhnte, während sie versuchte, ihn wegzustoßen.

Aber er war stärker, als er aussah. Er drückte sie gegen die Wand und hörte nicht auf, sie auf diese abscheuliche Weise zu berühren.

Plötzlich ertönte die Stimme eines Mannes: »Alles in Ordnung, Hallie?«

Lächelnd löste sich Prebble von ihr. »Wir haben nur ein wenig gekuschelt, nicht wahr, Hallie?«

Sie blickte ihm ins Gesicht und schauderte, brachte aber kein Wort heraus.

Ihr Peiniger tastete in seiner Tasche herum und drückte ihr einen Umschlag in die Hand. »Hier ist Zacharys Geld.« Er schob sich an dem Mann vorbei, der in der Tür stand, und ging fröhlich pfeifend davon.

Es ärgerte sie, dass er so fröhlich pfiff. Als wäre das, was er ihr angetan hatte, gar nichts. Hallie brach in Tränen aus und presste die Hände vor den Mund, um nicht laut zu schreien. Sie schämte sich, dass Vetter John sie in dieser Situation erwischt hatte.

»Nein, Mädchen«, sagte er sanft. »Ich werde nicht zulassen, dass er das noch einmal tut.«

»Wie kannst du ihn aufhalten? Er wird meiner Mutter wehtun, wenn ich nicht tue, was er sagt.«

Johns Gesichtsausdruck wurde düster. »Hat er das angedroht?«

Sie nickte. »Vor ein paar Wochen hat jemand Mum auf dem Markt umgerannt, sie so fest in den Bauch gestoßen, dass sie keine Luft mehr bekam. Ich weiß, dass *er* das arrangiert hat.«

»Nun, von jetzt an wird er das nicht mehr.« Er bückte sich und hob den Umschlag auf.

Ihre Mutter rief: »Alles in Ordnung, Hallie?«

Sie bemerkte, dass ihre Mutter die Tür zum anderen Zimmer geöffnet hatte, also blieb sie mit dem Rücken dazu stehen. »Ja, alles in Ordnung. Ich habe nur etwas ins Auge bekommen.«

John stellte sich zwischen sie. »Hallo, Cousine. Ich bin wieder in Outham, also dachte ich, ich schaue mal vorbei.«

»Deine Mutter ist bestimmt froh, dass du wieder da bist, was?«

»Das ist sie auch. Sie lässt euch grüßen. Ich habe gerade mit deiner Tochter geplaudert. Ein hübsches Mädchen ist sie geworden.«

»Ja, das stimmt.« Mrs Carr drehte sich um und rief: »Das Wasser kocht!« Dann verschwand sie.

»Ich regle das für dich, Hallie«, sagte er leise. »Er wird dich nicht wieder belästigen.«

»Wie soll das gehen?«

»Ich kenne einen seiner Onkel. Er ist nicht so schlimm wie der Rest der Familie, und er schuldet mir einen Gefallen.«

Sie blickte ihn an und wagte nicht, ihm zu glauben.

»Von nun an wird alles gut«, wiederholte er.

Beim Abendessen gelang es ihr, gerade genug hinunterzuwürgen, dass ihre Mutter sie nicht ständig fragte, wie es ihr gehe, und hörte sich eine komplizierte Erklärung an, wie genau John mit ihnen verwandt war – er war irgendein entfernter Vetter – und was er in den letzten Jahren in Manchester gemacht hatte.

Später, in Zacharys Zimmer, wo sie wohnte, während ihr Bruder weg war, zog Hallie sich aus und war entsetzt, als sie die blauen Flecke auf ihren Brüsten sah. So fest hatte Prebble zugepackt!

Er war ein Untier. Ein Untier, das vorgab, höflich und fleißig zu sein.

Würde John ihn wirklich dazu bringen, sie in Ruhe zu lassen?

So konnte es nicht weitergehen, sie konnte nicht ständig in Angst leben. Und sie würde Prebble nicht geben, was er wollte.

Den ganzen Tag über kamen sie langsam, aber stetig voran. In regelmäßigen Abständen gönnten sie den Pferden eine Ruhepause und wechselten dasjenige aus, das den Wagen zog. Gelegentlich begegnete ihnen ein Reiter oder ein anderer Wagen, dann hielten sie kurz, um einander zu begrüßen und sich nach dem Zustand der Straße vor ihnen zu erkundigen.

Am Nachmittag hielten sie kurz in Bannister an, wo die Post die Pferde wechselte. Der Ort bestand aus wenig mehr als der Wegstation, Ställen und ein paar Geschäften.

Bert plauderte mit den Leuten dort, dann kam er mit einem Laib Brot zurück zum Wagen. »Sie schulden ihnen dafür fünf Schilling«, sagte er zu Zachary.

»Das ist Halsabschneiderei!«, empörte sich Pandora. »Wie kann ein Vier-Pfund-Brot so viel kosten?«

»Es ist besser, einen hohen Preis zu bezahlen, als nachts im Lager stundenlang darauf warten zu müssen, bis das Brot am Lagerfeuer gebacken ist. Sie haben mir gesagt, dass es ein paar Meilen die Straße hinunter einen kleinen Bach gibt, der schon wieder Wasser führt, also finde ich, wir sollten weiterreisen und dort übernachten.«

Leo beteiligte sich nicht oft an den Gesprächen, aber Zachary bemerkte, wie er alles betrachtete, regelmäßig die Augen schloss und vor sich hin murmelte.

»Geht es dir gut?«, fragte er ihn während einer Rast.

Leo nickte entschieden. »Ja. Ich präge mir den Weg ein, damit ich zu Mrs Southerhams Haus zurückfinde.«

»Bert wird dich dorthin zurückbringen, wenn Pandora und ich in See gestochen sind.«

»Es ist mir lieber, wenn ich den Weg selber kenne. Ich erinnere mich an jede Straße, wenn ich sie einmal gegangen bin.«

Bert sah skeptisch aus, fing aber Zacharys warnenden Blick auf und verkniff sich, was er hatte sagen wollen. Später nahm Zachary ihn beiseite, um die Sache klarzustellen.

»Behandle Leo nicht so, als wäre er völlig dumm. Das ist er nicht. Wenn er sagt, dass er zurückfindet, sobald er einen Weg einmal zurückgelegt hat, glaube ich ihm. Ich habe mit eigenen Augen gesehen, wie gut er mit kranken Tieren umgehen kann. An Bord des Schiffes gab es bei rauer See einen Unfall mit mehreren Verletzten. Leo hat das gebrochene Bein einer wertvollen Kuh so geschickt geschient, dass es problemlos verheilt ist.«

»*Das kann Leo?*«

»Ja. Er kann zwar nicht lesen oder schreiben, und er denkt nicht auf die gleiche Weise wie Sie oder ich, aber er hat seine eigenen Fähigkeiten.«

Bert zuckte mit den Schultern. »Nun, er kann gut mit Pferden umgehen, das muss ich ihm lassen. Ich habe noch nie erlebt, dass Tiere so schnell Vertrauen zu jemandem fassen wie zu ihm.«

Als sie wieder aufbrachen, fragte Pandora: »Wie weit reisen wir jeden Tag?«

»Etwa vierzig oder fünfzig Meilen, wenn nichts dazwischenkommt«, erklärte Bert. »Mehr, wenn wir können.«

»Mit dem Zug kann man an einem Tag Hunderte von Meilen weit reisen.«

»Und er macht den Tieren auf den Feldern Angst.«

Sie lachte. »Dad hat mir erzählt, dass sie das in England auch gesagt haben, als die ersten Eisenbahnen gebaut wurden, aber sie haben sich geirrt. Den Tieren machen die Züge überhaupt nichts aus.«

Er zuckte mit den Schultern. »Nun, Züge werden Pferde nie ersetzen, nicht in einem so großen Land wie diesem.«

»Nein, das werden sie wohl nicht. Aber ich glaube, irgendwann wird es auch hier eine Eisenbahnverbindung zwischen den größten Städten geben, und *mir* ist diese Art zu reisen deutlich lieber.« Das Reisen mit dem Wagen war unbequem, und sie spürte schon, dass ihr Körper vom Ruckeln voller blauer Flecke war.

Es gab wenig zu sehen, verglichen mit England. Keine hübschen Dörfer wie in der Nähe von Outham oder die, die sie auf der Fahrt nach London aus dem Zugfenster gesehen hatte. Genau genommen gab es hier überhaupt keine Dörfer, jedenfalls nichts, was sie ein Dorf genannt hätte. Sie sah nicht einmal Farmen, nur ab und zu ein Dach in der Ferne oder einen Wegweiser zu einem nahegelegenen Anwesen. Ach, und immer wieder Kängurus oder Papageienschwärme, aber mittlerweile waren diese Tiere auch nichts Neues mehr.

Im Grunde fühlte sich das Land für sie leer an.

Am Ende des ersten Reisetages war Pandora steif und wund. Sie fuhren weiter, bis es fast dunkel war, und gerade als sie sich fragte, ob sie jemals anhalten würden, brachte Bert das Pferd zum Stehen und drückte Zachary die Leinen in die Hand.

»Ich schätze, das ist der Ort, von dem sie sagten, dass er sich gut zum Übernachten eignet. Ich schaue mich kurz um.«

Sie betrachtete die weite, ebene Sandfläche neben der Straße. An einer Seite war ein schmaler Grünstreifen, aber ansonsten gab es hier nichts Besonderes. Sie beobachtete, wie Bert zwischen den Bäumen verschwand und einen kleinen Hang hinunterging, bis nur noch sein Hut zu sehen war.

Er verschwand völlig aus dem Blickfeld, kam aber bald wieder zurück. »Das wird gehen. Der Fluss führt Wasser, das tut er im Sommer nicht. Am Winteranfang ist er nur ein Rinnsal, aber jemand hat zwei oder drei tiefere Becken ausgehoben, wo wir Wasser für die Pferde holen können.«

Sie sah sich um, erschauerte, als die Dunkelheit langsam über sie hereinbrach, und sagte schließlich: »Ich dachte, wir würden auf Farmen übernachten.«

Bert zuckte mit den Schultern. »Wir könnten nach einer Unterkunft suchen, wenn es anfängt zu regnen, aber das würde uns nur zu weit von der Straße abbringen und zu viel Zeit kosten. Auf dem Wagen werden Sie heute Nacht gut schlafen, Missy. Wahrscheinlich wie ein Murmeltier, nach der langen Tagesreise. So geht es den meisten.«

»Und wo schlafen Sie?«

Bert grinste. »Auf dem Boden. Unter dem Wagen, falls es regnet. Deshalb haben wir die Planen mitgebracht. Ihr Mr Largan hat an alles gedacht. Er ist ein guter Kerl, obwohl er Ire ist.«

Sie sah Zachary an. »Ist das in Ordnung für Sie, auf dem Boden?«

»Ich bin so müde, dass ich im Stehen schlafen könnte. Ich habe letzte Nacht nicht besonders gut geschlafen.«

»Ich auch nicht.«

Er stieg vom Wagen und drehte sich zu ihr um, um ihr beim Absteigen zu helfen. Seine Hände lagen warm auf ihrer Taille, als er sie herunterhob. Sie hätte es auch allein geschafft, aber das sagte sie ihm nicht, denn es war schön, wie er sich um sie sorgte. Tröstlich.

Bert lachte heiser, als sie vor Schmerzen das Gesicht verzog und steif auf und ab lief. »Bis wir in Albany ankommen, wird es noch mehr wehtun, Missy. Die Straße wird nicht besser.«

Sie war so erschöpft, dass sie nur noch ihr Schlafzeug ausrollen und sich hinlegen wollte. Aber Zachary überredete sie zum Essen und schaffte es, ihr ein Stück Brot zu rösten, ohne es zu verbrennen.

»Sie sind sehr freundlich«, sagte sie, während sie am Feuer saßen und sie sich zwang, ein paar Bissen zu essen. Als er zur Antwort lächelte, strahlte sein ganzes Gesicht. Sie fand es seltsam, wie unscheinbar er aussah, bis er lächelte – dann jedoch wurde er plötzlich attraktiv. Sie spürte, wie sie bei diesem Gedanken errötete, und musste sich, nicht zum ersten Mal, eingestehen, dass sie auf Zachary ähnlich reagierte wie damals auf Bill.

Es war seltsam, auf dem Wagen zu liegen und zum Himmel hinaufzublicken. Wolken zogen vorbei, aber dazwischen leuchteten die Sterne heller als alle, die sie jemals gesehen hatte. Sie gähnte, als eine weitere Wolke den Mond verdunkelte, und fragte sich, ob es regnen würde. Sie hoffte nicht. Sie war so müde ...

Pandora wurde von Regen geweckt, der sanft auf ihr Gesicht tröpfelte. Einen Moment lang wusste sie nicht, wo sie war, dann begriff sie, dass sie auf dem Wagen lag. Die Sonne war noch nicht aufgegangen, aber im Osten schimmerte der Himmel heller. Noch mehr Tropfen fielen auf ihre Wange, und sie setzte sich auf.

Zachary trat an den Wagen. »Oh gut, Sie sind wach. Es dämmert fast, also sagt Bert, dass wir uns auch gleich auf den Weg machen können. Schaffen Sie es, sich unter der Plane anzuziehen?«

Wären ihre Schwestern hier gewesen, hätten sie gekichert und einander geholfen. Pandora tappte im Dunkeln herum und tastete nach ihren Kleidern. Als sie schließlich unter der Plane hervortrat, hatte es richtig angefangen zu regnen, und Zachary wartete mit dem Regenschirm auf sie. Die Männer, bemerkte sie, hatten ihre Hüte aufgesetzt und trugen Säcke über den Schultern. Sie selbst bedeckte ihren Kopf während der Reise mit einem Tuch. Für Hüte oder Hauben war nicht die Zeit.

Sie fühlte sich schuldig, als sie ihm den Regenschirm abnahm, denn es war der einzige, den sie hatten. Livia hatte ihn ihnen geliehen. Unter seinem Schutz machte sie sich auf den Weg zum Fluss, um außer Sichtweite der Männer ihre Notdurft zu erledigen. Als sie zurückkam, wartete ein Becher Tee auf sie.

»Ein Glück, dass die Glut noch schwelte«, sagte Zachary. »Bei diesem Regenguss hätten wir Schwierigkeiten gehabt, ein Feuer zu entfachen.«

Bert lachte leise. »Das war kein Glück. Ich weiß, wie man ein gutes Lagerfeuer macht, und zum Glück regnet es noch nicht lange. Hier.« Er reichte ihr einen Emailleteller mit Brot und Schinken. Er ging zu Leo, der sich wie immer um die Pferde kümmerte.

»Warum setzen Sie sich nicht mit Ihrem Essen hier zu mir unter den Regenschirm?«, schlug sie Zachary vor. »Es ist doch sinnlos, dass Sie da draußen im Regen stehen.«

Er kam zu ihr, und sie standen dich nebeneinander unter dem Regenschirm und benutzten die Ladefläche des Wagens als Tisch. Sie plauderten nicht, aßen einfach langsam, aber wie schon zuvor fühlte sie sich wohl in seiner Nähe. Zachary hatte etwas wunderbar Tröstliches an sich, er schien nie wütend oder ungeduldig zu werden.

»Nur dieser Teil der Reise ist so beschwerlich«, sagte er entschuldigend. »Auf dem Schiff werden Sie es viel bequemer haben.«

»Es macht mir nichts aus. In diesem Zelt auf der Farm

habe ich auch nicht gerade in Luxus gelebt. Wie es wohl den anderen geht?«

»Das fragen sie sich bestimmt auch über uns.«

»Die Southerhams werden es ohne Dienstmädchen nicht leicht haben, aber ich werde es nicht vermissen, für sie zu arbeiten, das sage ich Ihnen. Es ist harte Arbeit, man ist die meiste Zeit auf sich allein gestellt, und kaum hat man aufgeräumt, macht einer von den beiden wieder Unordnung.«

Bert forderte sie auf, auf den Wagen zu steigen, und damit wurde ihr Gespräch unterbrochen. Das fand sie schade.

Als sie wieder unterwegs waren, fragte Zachary: »Was wollen Sie machen, wenn Sie wieder in Outham sind?«

»Im Laden arbeiten, nehme ich an.«

»Normalerweise arbeiten Frauen nicht in Geschäften wie Blakes.«

»Warum denn nicht?«

Er sah sie überrascht an. »Ich weiß nicht. Ich habe noch nie darüber nachgedacht. Es ist einfach ... nicht üblich.«

»Nicht einmal, wenn ihnen der Laden gehört?«

»Die größeren Geschäfte gehören in der Regel den Ehemännern, und die Frauen arbeiten trotzdem nicht darin. Ich nehme an, sie brauchen das Geld nicht. Sie haben genug mit den Kindern und dem Haushalt zu tun.«

Sie verzog das Gesicht. »Nun, ich habe keine Kinder, und es würde mir langweilig werden, den ganzen Tag allein herumzusitzen.«

»Da Ihre Schwestern nicht nach England zurückkehren, hatte ich mich gefragt, ob Sie den Laden verkaufen wollen, damit Sie ihnen ihren Anteil am Erbe hierherschicken können.«

»Meine Schwestern überlassen mir die Entscheidung. Wenn ich glaube, dass es sich lohnt, den Laden zu behalten, und es mir Spaß macht, ihn zu betreiben, können wir andere Dinge aus dem Nachlass meines Onkels verkaufen, Cottages wie das am Park, in dem wir gewohnt haben. Wir waren nur eine Woche lang darin, aber es war ein schönes Haus. Nachdem unser Onkel gestorben war, zwang uns unsere Tante, nach Australien zu gehen.« Sie hielt inne, fuhr dann fort und überlegte laut: »Sie sagten, es gebe auch Geld auf der Bank, also kann ich ihnen auch das schicken, je nachdem, wie viel es ist. Ich habe es nicht eilig, irgendetwas zu verkaufen. Ein gutes Unternehmen versorgt einen ein Leben lang. Geld kann man verschwenden, oder Banken können versagen.«

»Es ist seltsam, solche Dinge aus dem Mund einer Frau zu hören.

»Was glauben Sie denn, wer in den meisten Familien das Haushaltsgeld verwaltet? Die Frauen. Außerdem hat uns Dad beigebracht, unseren Kopf zu benutzen, und ich war immer die Beste im Rechnen. Ich kann schneller addieren als die meisten Männer.«

»Das glaube ich. Vielleicht könnten Sie die Buchhaltung für den Laden übernehmen.«

Sie hob trotzig das Kinn. »Ich werde mehr übernehmen als die Buchhaltung. Wenn es mein Laden ist, bediene ich auch die Kunden.«

Er lächelte. »Ich sehe schon, Sie werden alles auf den Kopf stellen. Und vielleicht ist das gar nicht schlecht. Harry macht einfach alles wie gehabt. Er denkt nie daran, etwas Neues auszuprobieren, nicht einmal, wenn die Kunden danach fragen.«

»Wie ist er so?« Inzwischen war es hell genug, dass sie bemerkte, wie sich Zacharys Gesicht plötzlich verschloss.

»Er ... äh, arbeitet hart.«

»Aber Sie mögen ihn nicht.«

Er blickte sie entsetzt an. »Das habe ich nicht gesagt. Es wäre nicht fair, wenn ich mich über ihn äußern würde.«

Sie hakte nicht weiter nach, aber sie konnte nicht umhin, sich zu fragen, warum er Harry Prebble nicht mochte. In der Baumwollfabrik hatte eine Betty Prebble gearbeitet, aber auf einem anderen Stockwerk, und sie hatte nicht viel mit ihr zu tun gehabt. Eine ziemlich launische Frau, wenn sie sich richtig erinnerte, aber sie machte ihre Arbeit, und das war die Hauptsache.

Sie versuchte sich zu erinnern, ob sie diesen Harry bei einer der wenigen Gelegenheiten, als sie im Laden gewesen war, kennengelernt hatte, konnte sich aber an niemanden außer Zachary und ihren Onkel erinnern. In den schweren Zeiten hatte Zachary ihnen einmal einen Sack mit Lebensmitteln von ihrem Onkel gebracht, und sie hatte ihn gelegentlich auf der Straße gesehen, obwohl sie sich nicht näher kannten. Größere Männer fielen ihr immer auf, weil sie mit ihren eins achtundsiebzig die meisten Männer überragte.

Nun, in Outham würde sie schon herausfinden, wie Harry Prebble war. Sie wünschte, ihr Vater hätte lange genug gelebt, um von ihrem Erbe zu profitieren. Sie hätte ihm eine ganze Kiste Bücher gekauft und ihm seinen Griechischunterricht bezahlt. Er war so wissbegierig gewesen und hatte so wenige Gelegenheiten gehabt, etwas zu lernen.

Sie blinzelte rasch, um die Tränen zurückzudrängen, die ihr beim Gedanken an ihn in die Augen stiegen.

»Alles in Ordnung?«, fragte Zachary.

Sie saßen so dicht nebeneinander unter dem Regenschirm, dass sie seinen Atem warm in ihren Haaren spürte, wenn er den Kopf wandte. »Ich habe nur gerade an meinen Vater gedacht.«

»Ich denke auch manchmal an meinen. Er starb so jung.«

Sie betrachtete Zacharys Gesicht. Er hatte helle Augen und einen festen Blick, eine vielleicht etwas zu lange Nase, aber schöne, wohlgeformte Lippen. Sein Kinn war leicht stoppelig, weil heute Morgen keine Zeit zum Rasieren gewesen war. Es würde sich rau unter den Händen anfühlen, rau an den Lippen, wenn sie ihn küsste, genau wie Bills Kinn manchmal. Nein, was dachte sie denn da? An Küsse?

Aber sie fühlte sich zu Zachary hingezogen. Der Schmerz

über den Abschied von ihren Schwestern hatte sie so beschäftigt, dass sie nicht wirklich darüber nachgedacht hatte, wie sie sich auf dieser langen Reise mit ihm verstehen würde, aber sie fühlte sich stets wohl in seiner Nähe. Alle ihre Schwestern hatten gesagt, dass sie ihn mochten und ihm vertrauten, ebenso wie Reece.

Wieder warf sie Zachary einen verstohlenen Blick zu, ertappte ihn dabei, wie er sie anlächelte, und lächelte zurück. Dann spürte sie, wie sie errötete, als sie sich fragte, was er von ihr hielt, ob er sie auch anziehend fand – nicht bloß ihr hübsches Gesicht, mit dem sie manchmal die lästige Aufmerksamkeit junger Männer auf sich zog, sondern sie selbst, die Pandora, die ihre Familie und Freunde kannten.

Sie hoffte, dass er sich zu ihr hingezogen fühlte, und beim Gedanken daran wurde ihr innerlich ganz warm.

Später am Vormittag ging Cassandra zu den Southerhams, um ihnen zu helfen, aber Reece bestand darauf, dass sie nur noch halbtags arbeitete, und weil sie inzwischen rasch ermüdete, hatte sie zugestimmt.

»Was soll ich nur ohne Sie machen?«, fragte Livia am späten Vormittag, nicht von Herrin zu Dienstmädchen, sondern von Frau zu Frau. »Ich habe wenig Erfahrung mit der Haushaltsführung, und Francis ist keine große Hilfe. Würden Sie mir jeden Tag eine Liste machen, was sonst noch zu tun ist, und mir zeigen, wie es geht?«

»Ja, natürlich. Ich würde vorschlagen, dass Sie einige Veränderungen an ihrem Lebensstil vornehmen, bis Sie ein neues Dienstmädchen gefunden haben, vorzugsweise zwei Dienstmädchen, denn ich werde nicht mehr zur Verfügung stehen, wenn mein Baby da ist.«

»Welche Art von Veränderungen?«

»Nun, zum Beispiel muss Mr Southerham nicht unbedingt jeden Nachmittag seine Hemden wechseln. Es macht so viel zusätzliche Arbeit, besonders jetzt, da die Regenzeit begonnen hat. Wie wollen Sie die trocknen und bügeln?«

»Das weiß ich nicht, aber es wird ihm nicht gefallen. Er sagt, es sei wichtig, die Standards aufrechtzuerhalten.«

»Dann soll er sie selbst waschen.«

Livia kicherte.

Wessen Standards überhaupt?, fragte sich Cassandra, aber es stand ihr nicht zu, eine Bemerkung zu machen. Wenn Mr Southerham sich wirklich Gedanken gemacht hätte und weiterhin wie ein Adeliger leben wollte, wäre er nicht an einen Ort wie diesen gekommen, wo offensichtlich keiner der beiden zurechtkam. Damals in Outham war Livia eine freundliche und patente Dame gewesen, die den Armen half und den Mädchen Nähstunden gab, aber hier war sie in vielerlei Hinsicht hilflos, wenn es um Arbeiten ging, die mit der Haushaltsführung verbunden waren.

»Ich werde sehen, was Francis sagt. Wir müssen definitiv ein paar Änderungen vornehmen, wenn wir zurechtkommen wollen, bis wir ein neues Dienstmädchen haben.«

Und würden sie dann wieder versuchen, »die Standards aufrechtzuerhalten«?, fragte sich Cassandra. Würden sie weiterhin so tun, als wäre das Leben hier genauso wie in England?

Reece kam zu ihnen herüber, nickte Mrs Southerham zu und wandte sich dann an seine Frau. »Zeit, nach Hause zu gehen, Liebling. Du siehst müde aus.«

Sie gingen zusammen auf dem Buschpfad zurück, weil er sie nun, da sie so dick war, nirgendwo allein hingehen ließ.

Als der Pfad ein wenig breiter wurde, nahm sie seinen Arm, eher aus Freude, ihn zu halten, als weil sie Hilfe brauchte. »Wie es wohl Pandora geht?«

»Es geht ihr bestimmt gut. Zachary passt auf sie auf. Ich mache mir eher Sorgen um dich. Du siehst erschöpft aus.«

»Ich bin tatsächlich ein bisschen müde«, gab sie zu.

»Vielleicht solltest du ganz aufhören zu arbeiten.«

»Das kann ich nicht. Ohne meine Hilfe kommen die beiden nicht zurecht.«

»Sie werden es müssen, sobald das Baby geboren ist. Kommst du heute Nachmittag allein klar?«

»Ich bin nicht allein. Kevin ist bei mir. Er leistet mir gute Gesellschaft.«

»Ich bin froh, dass er da ist. Er ist auch gern mit uns zusammen.«

Nachdem Reece zu den Southerhams zurückgekehrt war, holte Kevin ihr etwas zu essen und bestand dann darauf, dass sie sich ausruhte.

»Ich lege mich einfach für eine halbe Stunde hin. Oje, ich fühle mich so nutzlos.«

»Die Southerhams sind nutzlos, Mädchen. Und es ist nicht deine Aufgabe, ihr Leben zu regeln. Jetzt versuch zu schlafen.«

Zu ihrer Überraschung schaffte sie es, ein wenig zu dösen, aber danach fühlte sie sich nicht besser, es war anstrengend, aufzustehen und etwas zu tun. Schließlich setzte sie sich an eine Näharbeit für das Baby. Sie brauchte noch eine Menge Sachen für ihn. Irgendwie war sie sich sicher, dass es ein Junge sein würde, warum, wusste sie nicht.

Kapitel 13

Der zweite Tag der Reise war grässlich. Trotz Regenschirm und Säcken waren sie bald bis auf die Haut durchnässt. Nur Leo blieb fröhlich. Ihm schien der Regen nichts auszumachen, er sorgte sich vielmehr darum, ob er die Pferde störte.

Als der Nachmittag voranschritt, begann Bert, nach einer Unterkunft Ausschau zu halten. Gerade als es so aussah, als müssten sie wieder ein Lager aufschlagen, deutete er auf einen Seitenweg. »Der sieht so aus, als würde er regelmäßig benutzt. Von hier aus kann ich zwar keine Gebäude erkennen, aber am anderen Ende könnte eine Farm sein. Es wird schneller gehen, wenn ich vorausreite und nachschaue, bevor wir von der Straße abbiegen. Leo, leih mir deinen Gaul und komm hierher und halte die Leinen.«

Es kam ihnen lange vor, bis er zurückkam. Pandora konnte nicht aufhören zu zittern, und schließlich legte Zachary ihr einen Arm um die Schultern und hielt sie fest, während sie den Regenschirm über sie beide hielt.

»Tut mir leid.«

»Es ist nicht Ihre Schuld, es ist meine. Wir hätten früher anhalten und einen Unterschlupf suchen sollen. Aber ich würde lieber so früh wie möglich in Albany ankommen, um sicherzugehen, dass wir unser Schiff nicht verpassen.«

Sie rang sich ein zittriges Lachen ab. »Langsam glaube ich, dass dieses Albany überhaupt nicht existiert.«

In der Nähe hörte man das Geräusch von Pferdehufen auf nassem Boden, und Bert tauchte wieder auf. »Es gibt da eine Farm, aber das Haus ist winzig. Wir sind dort zwar willkommen, aber wir müssen auf den Veranden schlafen. Nicht einmal in der Scheune gibt es Platz. Immerhin sind die Veranden vor dem Regen geschützt, und das ist besser, als im Freien zu schlafen, was? Es ist fast dunkel, also wäre es dumm von uns, wenn wir weiterfahren. Die Besitzer haben uns angeboten, uns für morgen etwas Brot zu backen und uns heute Abend etwas zu essen zu geben. Sie haben reichlich Eier.«

»Wie viel wird es kosten?«, erkundigte sich Zachary, der sich sorgte, dass alle auf dem Land überteuerte Preise verlangten.

»Sie bitten uns nicht um Geld, aber Sie sollten ihnen trotzdem ein paar Schillinge geben.« Er sah Zachary streng an. »Wir sind hier nicht in England. Ich habe Ihnen schon einmal gesagt, dass die meisten Menschen hier Reisenden gern Unterkunft und Essen anbieten. Es ist nur so, dass diese Familie nicht viel Geld hat, nach ihrem Haus zu urteilen.«

»Wie nett von ihnen!«, rief Pandora. Sie zitterte immer noch. Hatte sie schon jemals so sehr gefroren? Ihre Oberbekleidung war durchnässt und schwer.

Das Haus war noch kleiner als das der Southerhams. Da das Paar fünf Kinder hatte, konnte eindeutig niemand sonst in dem kleinen Zimmer übernachten. Glücklicherweise war das Haus viel solider als Westview, mit einer kleinen Veranda auf jeder Seite, die mit Paneelen von den vorherrschenden Westwinden und dem Wetter abgeschirmt waren.

»Im Sommer schlafen wir selbst hier draußen, und im Winter bringen wir hier immer Reisende unter«, erklärte die Frau fröhlich. »In diese Veranden regnet es so gut wie gar nicht herein, weil mein Mann das Haus so geschickt gebaut hat.«

Pandora besichtigte die Veranda, auf der sie schlafen sollte, denn die Männer hatten angeboten, sich zu dritt auf die andere zu zwängen. Ihr gefiel der Gedanke nicht, allein auf dieser Seite zu schlafen, ganz und gar nicht.

»Ich hole Ihren Schlafsack, Missy«, sagte Bert.

Als er zum Wagen gegangen war, packte sie Zachary am Arm. »Könnten Sie nicht ... auf meiner Veranda schlafen, was meinen Sie?«

»Es wäre nicht richtig.«

»Wäre es richtig, wenn ich die ganze Nacht Angst hätte?«

Er sah sie feierlich an. »Nein, das wäre nicht gut. Sind Sie sicher?«

»Natürlich bin ich das. Ach, Zachary, es ist alles so seltsam hier.« Sie umklammerte seine große warme Hand. »Bitte lassen Sie mich nicht in der Dunkelheit allein.«

Er nahm ihre Hand in beide Hände. »Natürlich nicht. Meine Güte, Sie sind ja halb erfroren.« Er führte ihre Hand an seine Lippen und hauchte darauf, um sie zu wärmen. »Gehen Sie ins Haus und trinken Sie den Tee, der uns versprochen wurde. Ich sage Bert und Leo, dass ich hier schlafe.«

Als es Zeit zum Schlafengehen war, setzte Pandora das kleine Mädchen ab, das in dem überfüllten Raum auf ihre Knie geklettert war, ging vorsichtig um ein Kleinkind herum, das neben einem älteren Kind auf einer Strohmatratze auf dem Boden zu ihren Füßen schlief, und ließ sich von ihrer Gastgeberin den Weg zur Latrine beleuchten.

»Zachary hat mir verraten, dass Sie heiraten werden«, plauderte die Frau. »Einen guten jungen Mann haben Sie da. Wann ist der große Tag?«

Sie hoffte, dass man ihr ihre Verblüffung nicht anmerkte. »Ähm ... wenn wir wieder in England sind.«

Ihre Gastgeberin kicherte. »An Ihrer Stelle würde ich nicht so lange warten, sonst machen sich andere Frauen an einen so netten jungen Mann wie ihn heran. Ganz davon abgesehen, dass ihr Zusammensein Konsequenzen haben könnte. Ich brauche nur mit meinem Mann zu kuscheln, schon bekomme ich wieder ein Baby. Es ist trotzdem eine Freude, wie Ihr Verlobter Sie ansieht. Schauen Sie nicht so entsetzt. Das mit den anderen Frauen war nur ein Witz. Ein Blinder mit Krückstock sieht, wie sehr er Sie liebt.«

Pandora schluckte schwer. Schaute Zachary sie wirklich liebevoll an? Wie war das möglich? Es hatte Monate gedauert, bis sie sich in Bill verliebt hatte. Es war erst geschehen, als sie ihn gut kannte und wusste, was für ein netter Mann er war. Aber Zachary hatte sie viel schneller liebgewonnen, das konnte sie nicht leugnen.

Den ganzen Tag lang hatte sie sich einzureden versucht, es läge nur daran, weil sie ihre Schwestern verlassen hatte und sich so einsam fühlte. Aber sie konnte sich nicht davon überzeugen, denn die Anziehungskraft schien nur allzu real. Immer wieder wandte sie sich an ihn, weil sie ihre Gespräche genoss, und in der Wärme seines großen Körpers fühlte sie sich sicher. Zachary gab ihr das Gefühl, klein und kostbar zu sein, es fühlte sich herrlich an.

»Denken Sie dran, morgen Ihre Schuhe auszuschütteln, bevor Sie sie anziehen, wegen der Spinnen«, sagte ihre Gastgeberin zum Abschied.

Als Pandora zurück zur Veranda kam, wartete Zachary bereits auf sie. An einem Nagel in der geschützten Ecke hing eine ramponierte Laterne, deren Flamme hektisch flackerte. Sie war froh, dass er in dem schwachen Licht ihre heftige Röte nicht sehen konnte, die bei seinem Anblick ihre Wangen erhitzte. Er hatte ihren Schlafsack ausgerollt, aber seiner lag immer noch verschnürt neben ihrem auf dem Boden.

»Ich werde eben für eine oder zwei Minuten bei den anderen vorbeischauen«, sagte er. »Jetzt, wo Sie sehen können, wie wenig Platz hier ist, denken Sie vielleicht anders darüber, ob ich Ihnen hier Gesellschaft leisten soll. Ich kann immer noch bei den anderen Männern schlafen, falls Sie Ihre Meinung ändern. Wir sind in Hörweite. Sie sind hier in Sicherheit.«

»Nun, da wir angeblich verlobt sind, sollten wir uns zumindest duzen, Zachary.«

Sie rechnete es ihm hoch an, dass er ihr die Chance gab, ihre Meinung zu ändern, trotzdem wollte sie ihn in ihrer Nähe haben, also rollte sie seinen Schlafsack aus, bevor sie in ihren eigenen kroch. Es war absolut anständig, so zu liegen, jeder schlief in einem eigenen Nest aus Decken, und sie berührten einander nicht einmal.

Andere Leute würden es vielleicht nicht als anständig ansehen, gab sie zu, als sie sich zitternd einkuschelte, aber *sie* wusste, dass es völlig unschuldig war, und das war die Hauptsache.

Sie zog sich nicht aus und war froh, dass ihre Kleider mehr oder weniger getrocknet waren, während sie im Farmhaus zu Abend gegessen hatten. Nur ihre Stiefel zog sie aus. Wieso spürte man die Kälte umso mehr, wenn es feucht war? Zitternd zog sie die Decken bis zum Kinn hoch und versuchte, es sich trotz des fehlenden Kissens und der harten Bretter bequem zu machen.

Zachary kam zurück, starrte auf seine ausgerollten Decken und nickte dann, als ob er ihre Entscheidung akzeptierte. Er zog seine Stiefel aus, blies die Kerze aus und schlüpfte unter seine Decken. »Gute Nacht.«

»Schlaf gut.«

Sie zitterte immer noch, versuchte sich einzureden, dass es schon wärmer werde, doch sie wusste, dass das nicht stimmte. Ihr war so kalt, dass sie nicht einschlafen konnte, doch sie versuchte, still und ruhig zu liegen, um ihn nicht zu stören. Nach ein paar Minuten drang seine Stimme durch die Dunkelheit zu ihr.

»Deine Zähne klappern, Pandora, und du zitterst so stark, dass ich es fühlen kann.«

»Es t-tut mir leid, wenn ich dich wach halte.«

»Mir tut es leid, dass dir so kalt ist. Pass auf, wenn wir unsere Decken kombinieren, kannst du dich an mich schmiegen. Ich werde dich aufwärmen. Ich friere fast nie, und mir ist es schon ziemlich warm hier. Ich verspreche dir, dass ich dich auf keine unsittliche Weise berühren werde.«

»Oh, bitte, ja.« Sie hätte alles getan, um nicht mehr zu frieren.

Für einen Augenblick wurde es noch kälter, als er die Decken neu anordnete, dann legte er sich wieder neben sie und nahm sie in seine Arme, zog sie an sich. Sie zitterte immer noch, aber als sie sich an ihn schmiegte, seufzte sie erleichtert auf, als sie die herrliche Wärme seines Körpers spürte.

»Schon besser, was?«, sagte er kurze Zeit später. »Du zitterst gar nicht mehr.«

»Viel besser.«

Er kicherte, sein Atem streifte ihre Schläfe und jagte ihr einen Schauer über den ganzen Körper.

Sie versuchte, das Gefühl mit einem Witz zu vertreiben. »Du gibst einen wunderbaren heißen Ziegelstein ab!«

»Man hat mich schon vieles genannt, aber noch nie einen heißen Ziegelstein. Da haben wir's, es regnet wieder.«

»Aber wir werden nicht nass.«

»Dieses Haus ist wirklich geschickt gebaut. Aber ohne Nachbarn wäre es mir hier zu einsam.«

»Mir auch.«

Sie schwiegen, es war eine angenehme Stille, die nur durch seine ruhigen Atemzüge unterbrochen wurde. »Es hat mir gefehlt, nachts jemanden zum Plaudern zu haben«, gestand sie. »Bis Cassandra geheiratet hat, habe ich mir immer mit einer meiner Schwestern ein Zimmer geteilt.«

»Ich schlafe seit meiner Kindheit allein. Ich habe nur eine Schwester, weißt du. Seit Dad tot ist, schläft Hallie bei Mum im Schlafzimmer, also bin ich in dem anderen Zimmer allein.«

»Allein ist es schrecklich einsam. Nachts schleichen sich düstere Gedanken in deinen Geist.«

»Ist es dir in der letzten Zeit so ergangen?«

Sie nickte, dann fiel ihr auf, dass er das in der Dunkelheit nicht sehen konnte, und sagte stattdessen: »Ja. Natürlich ist es schön, Cassandra so glücklich zu sehen, aber ich vermisse sie schrecklich. Ich werde sie alle vermissen.« Ihr entfuhr ein Schluchzen.

»Schsch. Weine nicht. Was man nicht ändern kann ...«

» ... muss man ertragen.«

»Meine Großmutter sagte immer: ›Sei einfach dankbar, dass du gesund und munter bist‹.«

»Wir haben unsere Großeltern nie kennengelernt. Und meine Mutter starb, als ich sieben war. Aber Cassandra hat immer auf mich aufgepasst. Sie war eine wunderbare große Schwester.«

»Nun, jetzt hast du mich, der auf dich aufpasst – jedenfalls, bis wir in England sind.«

»Du wirst doch auch nach unserer Rückkehr noch da sein. Ich meine, du arbeitest doch auch weiterhin im Laden.« Die Stille, die diesen Worten folgte, war so lang, dass sie hinzufügte: »Oder nicht?«

»Ich weiß nicht. Wenn Harry dauerhaft zum Geschäftsführer ernannt wird, muss ich mir eine andere Stelle suchen.«

»Du magst ihn eindeutig nicht.«

»Sagen wir einfach: Wir sind wie Tag und Nacht.«

»Warum willst du nicht zugeben, dass du ihn nicht magst?«

Er seufzte. »Das wäre nicht fair, weil er nicht hier ist, um sich zu verteidigen. Immerhin hält Mr Featherworth genug von ihm, um ihn zum stellvertretenden Geschäftsführer zu ernennen.«

»Und von dir hält er genug, um dich ans andere Ende der Welt zu schicken, um uns zu finden. Das klingt für mich so, als vertraue der Anwalt dir mehr als Harry.«

Er schwieg wieder, dann sagte er: »So hatte ich das noch gar nicht gesehen.«

Ihr erschien es offensichtlich. »Bitte überstürze nichts, wenn wir zurück sind, Zachary. Versprich mir, dass du es zuerst mit mir besprichst, wenn du das Bedürfnis hast zu gehen.« Plötzlich kam ihr in den Sinn, dass es Mr Featherworth überhaupt nicht zustehen würde, einen Geschäftsführer einzustellen. Es lag in ihrer Verantwortung. Sie war Miteigentümerin, sie hatte die Vollmacht, den Laden zu leiten, dank der von ihren Schwestern unterschriebenen Papiere. Bei diesem Gedanken hielt sie den Atem an, aber sie sprach es nicht laut aus, erfreute sich nur an der Erkenntnis, dass sie Zachary nicht notwendigerweise verlieren musste, wenn sie zurückkamen. Aber noch würde sie nichts sagen. Vielleicht würde es ihm nicht gefallen, wenn sie ihn bevorzugt behandelte. Vielleicht wollte er ihre ... Zuneigung nicht.

Sie bemerkte, dass ihre Gedanken abgeschweift waren. Was hatte er gesagt?

»... also würde ich niemals voreilig handeln, Pandora, schließlich muss ich für meine Mutter und meine Schwester sorgen. Sie sind auf mich angewiesen.« Er zögerte, dann fügte er hinzu: »Deshalb kann ich nicht an eine Heirat denken. Alle Jungs, mit denen ich aufgewachsen bin, sind inzwischen verheiratet, aber ich könnte keine Frau ernähren, geschweige denn Kinder, sosehr ich es mir auch wünsche.«

Sie verstand, dass das eine Warnung sein sollte – aber warnte er sie oder sich selbst? Mit einem seligen Seufzen, weil ihr jetzt schon viel wärmer war, kuschelte sie sich an ihn. Es war so gemütlich, bei ihm zu liegen, so ...

Am nächsten Morgen wurde sie von einem Schwarm Weißohr-Rabenkakadus geweckt, die in den Eukalyptusbäumen in der Nähe kreischten und zankten. Sie hatte sie jetzt oft genug gesehen, um ihre Rufe zu erkennen. Es wurde gerade hell und ... Zachary war verschwunden.

Sie hatte gar nicht gemerkt, dass er aufgestanden war. Sie berührte die Stelle, wo sein Kopf gelegen hatte, so nah neben ihrem, doch sie war kalt. Lächelnd erinnerte sie sich daran, wie sie geplaudert hatten, wie er sie gewärmt hatte, als sie das Gefühl hatte, ihr würde niemals wieder warm werden.

Und das alles, ohne sich in irgendeiner Weise unanständig zu benehmen. Aber sie war sich sicher, dass er sich niemals unangemessen verhalten würde. Sie würde ihm ihr Leben anvertrauen. Nein, das *hatte* sie bereits.

Nach dem Frühstück ging Alice in die Küche, um mit Dot die Aufgaben für den Tag zu besprechen.

»Miss, haben Sie das letzte Nacht auch gehört?«

»Nein. Was denn?«

»Mitten in der Nacht war das. Irgendwer war im Hinterhof vom Laden. Ich hatte schon tief und fest geschlafen, aber die Katze da unten auf der Straße machte so einen Lärm.«

»Ich habe nicht mal das gehört.«

»Nun, Ihr Schlafzimmer geht auch nach vorn. Jedenfalls lag ich da und versuchte, wieder einzuschlafen, da habe ich das Geräusch gehört. Das Hintertor quietscht ein wenig, wenn man es öffnet. Ich bin ans Fenster geschlichen und habe hinausgespäht, und da stand ein Mann im Hinterhof vom Laden.«

»Konnten Sie erkennen, wer es war?«

»Nein, Miss. Ganz abgesehen davon, dass ich es nicht wagte, den Vorhang mehr als einen Spalt aufzuziehen, gab es auch keinen Mond. Ich habe nur eine Gestalt gesehen, einen Mann.«

»Was hat er getan?«

»Ich konnte ihn nur im Hof sehen, die Hintertür vom Laden konnte ich nicht erkennen, aber er ging in Richtung Laden, und dann habe ich ihn ein paar Minuten lang nicht gesehen. Dann ging er wieder weg und trug etwas.«

»Glauben Sie, dass es ein Einbrecher war?«

»Ich war heute Morgen im Hof, aber es sah nicht so aus, als wäre in den Laden eingebrochen worden.«

»Hm. Ich werde es Mr Dawson gegenüber erwähnen. Erzählen Sie sonst niemandem davon!«

»Nein, Miss. Das würde ich nie wagen. Aber Sie sind immer so gut zu mir, da wollte ich Ihnen nichts verschweigen.«

»Und darüber bin ich froh. Sie sind fleißig, Dot. Ich hatte noch nie ein Dienstmädchen, das so hart arbeitet wie Sie. Und man braucht Ihnen auch nicht zu sagen, was zu tun ist, Sie fangen einfach an.«

Das Mädchen lief leuchtend rot an und versuchte vergeblich, ihr Lächeln zu verbergen.

Alice blieb sehr nachdenklich zurück. Sie würde die Sache definitiv mit Ralph Dawson besprechen, wenn sie ihn das nächste Mal sähe.

Es war seltsam zu wissen, dass nebenan etwas vor sich ging, aber nicht in der Lage zu sein, den Finger auf das zu legen, was falsch lief. Sie war jedoch dankbar für die neue Tür zwischen den beiden Gebäudehälften. Sehr dankbar.

Trotzdem verriegelte sie nachts immer noch ihre Schlafzimmertür und wusste, dass Dot immer noch einen Schürhaken mit ins Bett nahm.

Stahl Prebble aus dem Laden? Warum? Er wurde doch gut bezahlt. Reichte ihm das nicht? Aber wer hätte es sonst sein sollen? Nur er hatte einen Schlüssel zu den Seiten- und Hintertoren.

Was würde passieren, wenn die neuen Besitzerinnen zurückkehrten?

Prebble schien alle anderen Leute für dumm zu halten, und manchmal sah er sie so verächtlich an, dass sie ihm gern die Meinung gesagt hätte. Aber das tat sie nicht. Mr Dawson hatte die Dinge im Griff, und er wollte, dass sie so tat, als wäre nichts.

Als sie am nächsten Morgen aufbrachen, regnete es erneut. Pandora zitterte immer noch und kauerte sich auf den Sitz, ihr Tuch fest um Kopf und Oberkörper geschlungen.

Zachary sah sie besorgt an. »Geht es dir gut? Du bist heute Morgen sehr still und siehst ein wenig blass aus.«

Sie zuckte mit den Schultern. »Mir wird einfach nicht warm, egal was ich tue.«

»Du könntest dich in eine Decke wickeln.«

Es dauerte eine oder zwei Minuten, bis sie darüber nachgedacht hatte. Sogar ihr Verstand schien heute langsam zu arbeiten. »Ja. Das ist eine gute Idee.«

Er beugte sich hinüber auf die Ladefläche, rollte sein Bettzeug aus und zog die dickste der Decken heraus.

»Ich glaube, ich habe mich erkältet«, sagte sie, als er sie ihr um die Schultern legte.

Er sah sie besorgt an. »Hoffentlich nicht. Aber du siehst müde aus.«

»Es wird schon gehen. Eine Erkältung macht keinen Spaß, aber es wird keinen Unterschied für unsere Reise machen.«

Jedes Mal, wenn sie an diesem Tag eine Pause einlegten, kümmerte er sich um sie. Sie waren alle durchgefroren und nass, also machte Bert gegen Mittag ein Feuer und kochte eine Kanne Tee.

Als sie sich nach einem Schlafplatz für die Nacht umsahen, fühlte sich Pandora fiebrig und wünschte sich nichts lieber, als sich hinzulegen.

Sie fanden eine Farm mit einer Heuscheune, wo sie übernachten konnten, aber als Zachary fragte, ob Pandora im Haus schlafen dürfe, wich die Frau einen Schritt zurück.

»Ich will mich nicht anstecken. Die Scheune muss ausreichen.«

»Können Sie uns etwas Brot backen?«

»Das müsste ich Ihnen in Rechnung stellen«, sagte sie widerwillig.

»Wir können bezahlen.«

Doch in der Scheune war es zugig, und sogar Bert meckerte über den Schlafplatz, der ihnen zugewiesen worden war.

Leo sorgte sich gleichermaßen um Pandora und die Pferde. »Sie braucht eine heiße Zitrone mit Honig«, erklärte er. »Meine Mutter gibt mir immer heiße Zitrone mit Honig zu trinken, wenn ich krank bin.«

»Wir haben aber keine.«

»Wir könnten die Leute im Haus fragen.«

»Sie würden uns nichts geben, selbst wenn sie es hätten. Solche bösen Teufel wie sie trifft man auf dem Land nicht oft.«

Bert und Leo legten ihre Schlafrollen auf die eine Seite des Schlafbereichs und ließen Zachary und Pandora allein.

»Ich sollte nicht in deiner Nähe schlafen«, sagte sie. »Ich möchte nicht, dass du dich ansteckst.«

»Ich werde nie krank. Und du musst dich aufwärmen.«

Das Problem war, dass sie in der einen Minute zitterte, in der nächsten war ihr heiß. Sie entschuldigte sich immer wieder dafür, dass sie ihn weckte, aber es war eher seine Sorge um sie, die ihn wach hielt. Wenn sie krank wurde, kämen sie vielleicht zu spät nach Albany, also was sollte er tun? Weiterfahren oder irgendwo anhalten und das Risiko eingehen, wenn er ihr einen oder zwei Tage Ruhe gönnte?

Am Morgen ging es Pandora noch schlechter, und obwohl sie versuchte, es herunterzuspielen, bemerkte er, wie schwer es ihr fiel aufzustehen.

»Ich frage, ob wir noch eine Nacht hierbleiben können«, sagte er.

»Nein! Es wird schon gehen. Ich kann mich hinten auf dem Wagen hinlegen.«

»Es geht dir nicht gut. Du gehörst in ein warmes Haus,

nicht unter freiem Himmel an einem kalten Tag mit drohendem Regen. Selbst diese Scheune ist nicht gut genug.«

Aber ihr Gastgeber wurde sogar noch unfreundlicher, als er sah, dass Pandora krank war, und weigerte sich rundheraus, sie länger bleiben zu lassen.

»Ich kann nicht zulassen, dass meine Frau krank wird. Sie ist sehr empfindlich! Das war einer der Gründe, warum wir hierher gezogen sind. Es tut mir leid, aber Sie müssen weiterreisen.«

Wütend versuchte Zachary, hinten auf dem Wagen ein warmes Lager für Pandora zu schaffen, und diesmal legte sie sich seufzend hin und murmelte, sie habe Kopfschmerzen. Aber jedes Mal, wenn er sich zu ihr umdrehte, sah er, dass sie unter dem Rumpeln des Wagens das Gesicht verzog, und sie war so blass, dass er sich große Sorgen machte.

»Wir müssen irgendwo anhalten und sie versorgen«, sagte er zu Bert. »Es geht ihr gar nicht gut.«

»Ich frage bei der nächsten Poststation. Vielleicht kennen sie dort jemanden, der uns aufnimmt. Aber wir werden uns verspäten.«

»Dann verspäten wir uns eben! Wir wollen doch nicht, dass sich ihre Erkältung zu einer Lungenentzündung auswächst.«

Bevor sie bei der nächsten Poststation ankamen, begann es heftig zu regnen, also deckten sie Pandora mit der Plane zu, und Zachary hockte sich hinten auf dem Wagen neben sie, um ihr einen Regenschirm über den Kopf zu halten.

Sie gaben eine elende, durchnässte Reisegruppe ab, als sie bei der nächsten Poststation ankamen, und zu Zacharys Erleichterung schlug man ihnen dort vor, sie sollten es bei der Frau eines in der Nähe lebenden Siedlers versuchen, die in dem Ruf stand, sich um die Kranken zu kümmern, denn der nächste Arzt war eine Tagesreise entfernt.

Granny Pithers warf einen Blick auf Pandora und bat Zachary, sie ins Haus zu tragen.«»Schämen Sie sich, dass Sie diese arme junge Frau bei einem solchen Wetter nach draußen geschleppt haben. Sie kann von Glück sagen, wenn sie keine Lungenentzündung bekommt. Was haben Sie sich nur dabei gedacht?«

»Die Leute, in deren Scheune wir übernachtet haben, haben uns fortgeschickt, als sie sahen, dass sie krank ist.«

»Nun, das nenne ich keine christliche Nächstenliebe, wahrhaftig nicht. Gut, dass ich ein freies Schlafzimmer habe. Ihre Frau kann das Bett haben, aber Sie sollten besser auf dem Boden schlafen.«

»Sie – ähm, ist nicht meine Frau. Wir sind verlobt, aber wir wollten mit der Hochzeit warten, bis wir wieder in England sind.«

»Sie hätten besser geheiratet, bevor sie aufgebrochen sind. Trotzdem glaube ich, dass es besser für sie ist, wenn Sie in ihrer Nähe bleiben, also holen Sie ihr Bettzeug rein. Ihre Freunde können in unserer Scheune schlafen. Kommt der junge Mann zurecht?«

»Leo wird sich freuen. Er kann wirklich gut mit Pferden umgehen.«

»Nun, das ist ein Segen.«

Pandora kuschelte sich in das weiche Bett und schlief sofort ein. Granny kam mehrmals herein, um nach ihr zu sehen, und Zachary schlief sehr leicht und wachte immer wieder auf, um sicherzustellen, dass es Pandora gut ging.

»Wir müssen trotzdem morgen Früh weiterfahren«, beharrte Bert, als sie ein ausgezeichnetes Känguru-Stew zum Abendessen aßen.

»Sie fahren weiter, wenn die junge Dame wieder reisefähig ist, und keine Minute eher«, sagte Granny streng. »Es wird immer ein nächstes Postschiff geben, aber wenn Sie ihr nicht erlauben, sich richtig zu erholen, gibt es vielleicht bald keine Pandora mehr. So ein schöner Name, übrigens. Das muss ich meiner Nichte sagen. Sie erwartet nächsten Monat ein Kind. Sie haben Glück, dass Sie mich zu Hause erwischt haben. Ich werde für die Geburt bei ihr bleiben. Ich mag Geburten.«

Zachary zählte die Tage, die ihnen blieben, um Albany zu erreichen. Würden sie rechtzeitig dort ankommen? Oder sollten sie den Versuch aufgeben, nach Westview zurückkehren und auf das nächste Postschiff warten?

Alles hing davon ab, wie schnell Pandora gesund würde. Sie musste gesund werden. Er würde es nicht ertragen, wenn ihr etwas zustieße. Nicht nur, weil Mr Featherworth ihm vertraute, dass er sie sicher nach England zurückbrachte, sondern weil sie ... Pandora war.

Er hatte kein Recht, sie auf diese Weise zu mögen, und er würde ihr nie gestehen, was er für sie empfand, aber er konnte es nicht ändern, er liebte sie. Es war eine Qual, neben ihrem weichen Körper zu liegen und sie nicht berühren, sie nicht lieben zu dürfen.

Was war er doch für ein Narr! Als Nächstes würde er noch versuchen, zum Mond zu fliegen.

Kapitel 14

Zur allgemeinen Erleichterung ging es Pandora am nächsten Morgen schon viel besser, und sie bestand darauf weiterzureisen. Sie lag hinten auf dem Wagen, warm eingehüllt in Decken, und behauptete, es gehe ihr gut. Granny hatte ihr einen glatt geschliffenen Stein mitgegeben, den sie vor der Abreise erhitzt und in alte Lumpen gewickelt hatte. Wann immer sie an diesem Tag eine Pause einlegten, erwärmten sie ihn erneut in einem eilig entzündeten Feuer. Er wurde sehr rußig, trug aber sehr zu Pandoras Wohlbefinden bei.

Wieder reisten sie, bis es beinahe dunkel war, und das bedeutete, dass sie nicht an den Stationen übernachten konnten, an denen die Postkutsche die Pferde wechselte. Weil ihnen nur noch so wenig Zeit blieb, wagten sie es nicht, vor der Dämmerung anzuhalten.

Pandora hörte versonnen zu, als Bert erklärte, die Poststationen befänden sich dort, wo man das ganze Jahr über Wasser finden könne, denn das war wichtig in der heißeren Jahreszeit. Es kam ihr seltsam vor, dass es Flüsse gab, die nur im Winter Wasser führten. Einige der Stationen waren nur nach ihrer Entfernung von Perth benannt: 113 Meilen oder 131 Meilen.

Wenigstens regnete es nicht, und sie hatten das Glück, in dieser und der folgenden Nacht auf Farmen Unterschlupf zu finden. Und obwohl sie in Scheunen schlafen mussten, waren diese stabiler gebaut und weniger zugig.

In den Nächten schlugen Leo und Bert ihr Lager getrennt von den beiden anderen auf, ohne dass sie jemand darum gebeten hätte, und Zachary hielt Pandora in seinen Armen. Und falls sie ein wenig übertrieb, wenn sie klagte, wie kalt ihr sei, dann schämte sie sich nicht dafür. Sie schlief so gern in seiner Nähe und musste sich eingestehen, dass sie sich in ihn verliebt hatte. Wie schnell das passiert war!

Aber er ließ sich nicht anmerken, ob er genauso für sie empfand, und sie versuchte herauszufinden, ob es daran lag, dass er ihre Gefühle nicht erwiderte, oder weil er es sich nicht leisten konnte, eine Frau zu unterhalten.

Das Geld, das sie geerbt hatte, würde doch sicher nicht zwischen ihr und einem ehrlichen Mann stehen? Wenn Zachary nur deswegen zu ihr auf Abstand blieb, musste sie etwas dagegen unternehmen. Sie wollte nicht, dass falscher Stolz ihnen im Weg stand.

Aber liebte er sie überhaupt?

Sie wünschte sich das gleiche freundschaftliche Glück, wie Cassandra es mit Reece gefunden hatte, wünschte es sich so sehr. Das ganze Elend, nach Australien zu kommen, wäre es wert gewesen, wenn es ihr jemanden beschert hätte, den sie lieben und mit dem sie leben konnte.

Falls es nur daran lag, dass er kein Geld hatte, würde sie ihn dann bitten können, sie zu heiraten? Sie und ihre Schwestern waren stets stolz darauf gewesen, selbstständig zu denken, aber die Vorstellung, sie würde Zachary einen Antrag machen, war immer noch sehr beängstigend.

Aber wenn es die einzige Möglichkeit wäre, würde sie den Mut dazu aufbringen. Sie hatte schon einmal einen guten Mann verloren, das wollte sie nicht noch einmal erleben.

Cassandra saß da und genoss die flackernden Flammen eines Holzfeuers, während sie mit Reece und Kevin plauderte. Beide machten einen riesigen Wirbel um sie. Sie war es leid, so dick zu sein, und wünschte sich, das Baby würde bald kommen, damit sie es hinter sich hätte.

»Wo sind sie jetzt wohl?«, fragte sie. Sie brauchte nicht zu erklären, wen sie damit meinte.

»Sie sind jetzt seit fünf Tagen unterwegs, sie müssten schon fast in Albany sein«, erklärte Reece.

»Ich mache mir solche Sorgen um sie.«

»Ich bin mir sicher, wir können Zachary vertrauen.« Er sah sie an. »Du gehst morgen nicht zu den Southerhams, und wenn ich dich festbinden muss.«

Sie verzog das Gesicht, nickte aber zustimmend. »Das Baby hat sich jetzt ziemlich stark gesenkt. Ich glaube, es kommt früher.«

Er sah sie besorgt an. »Ich hoffe nicht. Mrs Moore kann erst in ein paar Wochen kommen und bei der Geburt helfen. Bist du sicher?«

»Ich bin mir über gar nichts sicher, aber als ich mit ihr gesprochen habe, hat sie mir erklärt, worauf ich achten sollte. Und das Baby hat sich eindeutig gesenkt. Er tritt aber immer noch oft.«

»Was, wenn es ein Mädchen ist? Wie sollen wir sie nennen?«

»Es wird ein Junge.«

»Nur mir zuliebe. Denk dir einen Mädchennamen aus.«

Sie sah ihn überrascht an. »Ich weiß nicht.«

»Wie wäre es mit einem weiteren griechischen Namen? Das würde deinem Vater bestimmt gefallen.«

»Dann such du einen aus.«

»Sofia«, sagte er sofort. »Den habe ich vor Jahren in einem Buch gelesen und beschlossen, wenn ich jemals eine Tochter habe, soll sie Sofia heißen.«

Sie lächelte. »Es wird ein Junge, aber der Name gefällt mir. Wir merken ihn uns für das nächste Kind.«

Sie mussten bei der Siedlung Kojonup anhalten, die noch drei Tagesreisen von Albany entfernt war, weil das Mietpferd ein

Hufeisen verloren hatte. Leo bestand darauf, dass das arme Tier komplett neu beschlagen werden sollte, und Bert stimmte zu. Es kostete vier Schillinge, die alten Hufeisen zu entfernen, und weitere sieben Schillinge, um einen neuen Satz anzupassen.

Zachary bezahlte es mit dem Geld aus seiner kleinen Geldbörse. Darin bewahrte er nur ein oder zwei Pfund in Kleingeld auf, gerade genug, um davon ihre täglichen Ausgaben zu bestreiten. Der Rest, eine erschreckend große Anzahl von glänzenden goldenen Sovereign- und Half-Sovereign-Münzen, war sicher in einem Geldgürtel aus Segeltuch verstaut, den er immer um seine Hüfte trug. Als er aufgebrochen war, hatte er die neuen, leichteren Kupfermünzen bei sich gehabt, aber in der Swan River Colony angekommen, hatte er festgestellt, dass die Leute hier hauptsächlich die schwereren, älteren Münzen verwendeten.

Seit er sich in Outham auf den Weg gemacht hatte, hatte er den Geldgürtel kein einziges Mal abgelegt, und natürlich hatte er über jeden einzelnen Penny, den er ausgegeben hatte, Buch geführt, einschließlich des Betrags, den er zur Rettung von Leo benötigt hatte und den er zurückzahlen würde, wenn Mr Featherworth es für notwendig erachtete, egal was Pandora sagte.

Jede Nacht, wenn sie nebeneinander schliefen, musste er sich daran erinnern, dass er ihr nicht zu nahe kommen durfte – *weder auf diese Weise noch auf irgendeine andere.* Es gelang ihm, seinen Körper unter Kontrolle zu halten – gerade eben –, doch immer, sobald sie zusammen im Dunklen lagen, ertappte er sich irgendwie dabei, wie er mit ihr plauderte, sich eng an sie kuschelte und sich ganz allgemein so verhielt, wie sich jeder verliebte junge Mann verhalten würde. Er konnte an seinen Gefühlen nichts ändern. Sie war nicht nur schön, sondern lächelte auch glücklich, wenn sie morgens neben ihm aufwachte. Nie schienen ihnen die Gesprächsthemen auszugehen, und ihren Kopf an seiner Brust oder seiner Schulter zu spüren erfüllte ihn mit hoffnungsloser Sehnsucht und Beschützerinstinkt.

Bert zog ihn ein- oder zweimal mit seiner Liebsten auf, aber er ignorierte das.

Er durfte die Situation und Pandoras Einsamkeit nicht ausnutzen, indem er ihr gestand, was er für sie empfand. So reich, wie sie war, konnte aus seinen Gefühlen nichts werden. Diese Freundschaft war nur vorübergehend, da sie zusammen auf Reisen waren. Zurück in Outham würde sie andere Dinge im Kopf haben, würden sich andere um sie kümmern, und sie würde ihn bald vergessen.

Außerdem wusste er, was die Leute sagen würden, wenn er sie heiratete – Mitgiftjäger würden sie ihn nennen – und dafür war er zu stolz.

Warum hatte er sie ausgerechnet jetzt kennenlernen müssen, da sie unerreichbar für ihn war? Warum hatte er sie nicht früher getroffen und ihr den Hof gemacht, als sie noch so arm war wie er?

Er behielt Leo im Auge, aber der Junge war zufrieden damit, sich um die Pferde zu kümmern, und Bert überließ ihm diese Aufgabe nur zu gern. Leo hatte eine so vertrauensvolle, freundliche Art, wenn man ihn gut behandelte. Alles, was der arme Kerl vom Leben zu verlangen schien, war, sich um Tiere kümmern zu dürfen und in Ruhe gelassen zu werden.

Zachary machte sich Sorgen, was aus ihm werden würde, nachdem er und Pandora Australien verlassen hatten, und versuchte, mit Leo darüber zu sprechen.

Leo hörte ihm aufmerksam zu und nickte dann. »Ich gehe zurück nach Westview, wenn du auf das Schiff gestiegen bist – es ist in Ordnung, ich kenne den Weg. Und dort warte ich auf dich.«

»Ich werde nicht nach Australien zurückkehren, Leo. Das ist es, was ich dir sagen wollte. Aber das macht nichts, denn bei Reece und den Southerhams wird es dir gut gehen. Du kümmerst dich für sie um ihre Pferde, das wird dir gefallen. Und sie zahlen dir einen Lohn, damit du dein eigenes Geld hast.«

Leo runzelte die Stirn. »Du wirst eines Tages zurückkommen und Pandora mitbringen, damit sie ihre Schwestern besuchen kann. Das weiß ich.«

»Ich glaube nicht, dass ich derjenige sein werde, der sie hierherbringt. Bis dahin ist sie wahrscheinlich verheiratet und kommt mit ihrem Mann.«

Darüber lachte Leo laut. »Sie wird mit dir verheiratet sein.«

»Ich kann sie nicht heiraten. Ich habe kein Geld, und sie hat eine Menge.«

»Sie kann doch ihr Geld mit dir teilen.«

»Das würde ich nie von ihr verlangen.«

Leo sah ihn feierlich an. »Du wirst sie heiraten. Ich weiß es, das wirst du.«

Und nichts, was Zachary sagte, brachte ihn von seiner Meinung ab.

Kurz bevor sie nach Mount Barker kamen, dem letzten Zwischenstopp für die Postkutsche, mussten sie an den Straßenrand fahren, um einigen besonders tiefen Spurrillen auszuweichen. Vor ihnen hatten andere offensichtlich dasselbe getan, und der Weg fächerte sich zu beiden Seiten auf, wie schon einige Male zuvor. Es war hier so anders als auf englischen Straßen, stellte Zachary wieder einmal fest. Hier in Australien gab es zwischen den einzelnen Siedlungen oft so viel Land, das niemandem gehörte, dass die Fahrer von der Straße abfahren und sich das einfachste Gelände aussuchen konnten.

Plötzlich riss ihn ein noch heftigeres Rumpeln als gewöhnlich aus seinen Gedanken, und er musste sich am Geländer festklammern. Es fühlte sich an, als wäre eines der Vorderräder gegen ein Stück Felsen im Boden gerammt, das vom Schlamm verdeckt war.

Bert murrte ärgerlich, als das Pferd für einen Augenblick verlangsamte. Gerade als es wieder schneller wurde, stießen sie gegen einen weiteren Stein, keinen großen, aber genug, um den Wagen schwer zu erschüttern.

Mit einem lauten Knacken brach das Rad an der Achse ab und rollte seitlich davon. Die vordere Ecke des Wagens, wo Bert saß, krachte auf den Boden. Alles passierte so schnell, dass sie heftig zur Seite geschleudert wurden.

Bert stieß einen schrillen Schmerzensschrei aus, dann stöhnte er, als er darum kämpfte, nicht herunterzufallen. Nur Zacharys starker Griff bewahrte Pandora davor, seitlich von dem nun schrägen Kutschbock zu rutschen. Sie klammerte sich fest an ihn, als sich der Wagen noch ein wenig mehr auf die beschädigte Seite neigte.

Nach diesem ersten Schrei richtete Berts seine ganze Aufmerksamkeit auf das Pferd, das immer noch versuchte, den Wagen zu ziehen. Er fing an, mit ihm zu reden. »Ruhig. Ganz ruhig. Brrr! Sachte. Ganz ruhig.« Sein Gesicht war schmerzverzerrt, er hielt beide Leinen in der linken Hand und benutzte die rechte überhaupt nicht. Er sprach weiter und zog sanft an den Leinen, um dem Pferd zu signalisieren, nicht weiter zu gehen.

Kaum hatte er gesehen, wie sich das Rad löste, trieb Leo seine Stute zum Galopp an und ritt eilig vor den Wagen. Als er den Wallach überholt hatte, sprang er ab und führte die Stute an die Seite. Beim Anblick von Nellie, die dort still stand, beruhigte sich der Wallach und versuchte nicht länger, das beschädigte Fahrzeug vorwärtszuziehen.

Leo sprach sanft auf das Pferd ein, während er langsam Richtung Kutschbock ging. »Gib mir die Leinen, Bert.«

Mit einem erleichterten Seufzer ließ er sie los.

Während Leo mit einer Hand die Leinen hielt, löste er mit

der anderen vorsichtig die Deichsel vom Wagen, in die der Wallach noch immer eingespannt war, und führte ihn dann langsam vom Wagen fort

»Guter Junge, guter Junge!«, rief Bert. Er stöhnte, krümmte sich und presste sich den rechten Arm mit dem linken an den Körper.

»Sind Sie verletzt?«, fragte Zachary.

Erst antwortete Bert nicht, dann stieß er hervor: »Ich glaube, ich habe mir den verdammten Arm gebrochen.«

Zachary ließ Pandora los. »Sehen wir zu, dass wir dich vom Wagen bekommen. Ich muss mich um Bert kümmern.«

»Ich kann allein absteigen. Tauscht einfach die Plätze. Bert braucht deine Hilfe viel dringender als ich.« Sie eilte an die Vorderseite des Wagens, um zu sehen, ob Leo Hilfe brauchte.

Dort stand der Wallach, immer noch in die nun lose Deichsel eingespannt. Leo nahm Nellies Zügel und drückte sie Pandora in die Hand. »Halt das mal. Sprich weiter mit ihr. Pferde gehen manchmal durch, wenn sie Angst haben.«

Ohne ihre Antwort abzuwarten, rannte er hinter den Wagen und band das dritte Pferd los, das zitternd dort stand und dessen Kopf vom Seil hinuntergezogen wurde, mit dem es noch immer am Fahrzeug angebunden war.

Er machte beruhigende Geräusche, führte es mit sich nach vorn und reichte die Zügel ebenfalls Pandora, dann begann er, den Wallach von der Deichsel zu befreien. »Den Pferden geht es gut«, rief er den anderen zu, die noch auf dem Wagen saßen. »Sie beruhigen sich wieder.«

»Bert glaubt, er hat sich den Arm gebrochen.« Zachary versorgte nun ihren Fahrer, der kreideweiß im Gesicht war und so aussah, als würde er jede Minute in Ohnmacht fallen. Das lenkte Leos Aufmerksamkeit kurz von seinen geliebten Pferden ab, und er starrte Bert an. Nachdem er den Wallach ausgespannt hatte, reichte er Pandora die Leinen. »Führ sie an den Straßenrand, und bleib bei ihnen. Sie beruhigen sich jetzt wieder. Ich muss mir Berts Arm ansehen.«

Sie war ein wenig nervös, weil er ihr die Verantwortung für drei große Tiere übertragen hatte, aber sie nahm sich zusammen und versuchte, es nicht zu zeigen. Sie sprach leise mit ihnen, wie Leo es getan hatte, ohne darüber nachzudenken, was sie sagte, aber dennoch musste sie ständig daran denken, was sie tun würde, wenn sie durchgingen und sie hinter sich herschleiften. Aber obwohl der Wallach ein- oder zweimal den Kopf nach hinten warf, bewegte sich keines von ihnen von der Stelle. Es war, als beruhigte es sie schon, beieinander zu sein.

Leo trat neben den Wagen und blickte zu Bert auf.

»Kannst du mir helfen, ihn vom Wagen zu heben?«, fragte Zachary. »Er ist verletzt.«

»Ich schaffe das allein.«

Zachary half Bert, an den Rand des Kutschbocks zu rutschen, woraufhin Leo das gesamte Gewicht des kleineren Mannes anhob und ihn behutsam am Straßenrand ablegte.

Bert hatte offensichtlich große Schmerzen, stöhnte und fluchte abwechselnd und entschuldigte sich sogar einmal bei Pandora für seine Ausdrucksweise.

Leo kniete sich neben ihn. »Wir müssen ihm Mantel und Hemd ausziehen, Zachary. Ich muss seinen Arm ansehen, bevor ich ihn richte.«

»Er fasst meinen Arm nicht an!«, brüllte Bert und schrie auf, als er unabsichtlich seinen Arm bewegte und sich erneut wehtat.

Zachary legte ihm beruhigend eine Hand auf die Schulter. »Ich habe schon mal gesehen, wie Leo einen Knochenbruch gerichtet hat.« Er erinnerte ihren Fahrer nicht daran, dass es das Bein einer Kuh gewesen war, denn er wusste, dass das den Verletzten nicht beruhigt hätte. Aber was blieb ihnen anderes übrig, hier mitten im Nirgendwo? »Er hat ein Gespür für so etwas. Ich würde mir auch von ihm helfen lassen, das schwöre ich Ihnen.« Er wartete eine Minute und fügte dann hinzu: »Außerdem gibt es sonst niemanden, und wir können es nicht so lassen, sonst heilt es nicht richtig.«

Nach ein paar weiteren gemurmelten Flüchen ließ Bert den Kopf zurückfallen. »Also gut. Aber wenn das schiefgeht ...«

»Wird es nicht«, versicherte Zachary ihm, obwohl er sich da ganz und gar nicht sicher war. Aber jeder wusste, dass gebrochene Gliedmaßen am besten behandelt wurden, bevor das Fleisch um die Bruchstelle herum anschwoll. »Lasst es uns schnell machen. Wenn ich Ihnen den Mantel und das Hemd aufschneide, wird es weniger wehtun, als wenn wir es ausziehen, und ...«

»Wehe, Sie ruinieren meine Sachen. Es wäre eine Verschwendung von guter Kleidung, und es wird so oder so wehtun.« Nach einer weiteren unvorsichtigen Bewegung rief Bert: »Bringen Sie's einfach hinter sich, verdammt noch mal!«

Leo hatte Berts Kleidungsstücke in Augenschein genommen und den Mantel und das Hemd aufgeknöpft. Er zog beide Kragen zurück und war bereit, ihm beide Kleidungsstücke auf einmal auszuziehen. Nach einem Blick auf Zachary, der nickte und Berts Körper anhob, zog Leo ihm beide Teile rasch aus.

Bert stieß einen erstickten Schrei aus und wurde ohnmächtig.

Leo fing an, den Arm abzutasten. »Es ist ein glatter Bruch. Ich kann den Knochen zusammendrücken. Wir müssen den Arm an ein flaches Stück Holz binden, damit er gerade bleibt, bis er verheilt ist.«

»Bist du dir da sicher?«, fragte Zachary, besorgt, ob sie das Richtige taten.

»Der Hufschmied zu Hause hat es mir beigebracht. Er

sagt, ich habe eine Gabe zur Heilung. *Er* nennt mich nicht Dummkopf.«

Und damit mussten sie sich zufriedengeben, denn sie waren meilenweit von jeder Ansiedlung entfernt, und es gab ohnehin nur wenige Ärzte in Westaustralien, in den meisten Bezirken vermutlich gar keinen.

»Auf dem Wagen gibt es ein paar gebrochene Streben«, schlug Pandora vor. »Würde sich einer davon als Schiene eignen?«

Leo stand auf und riss wortlos ein paar Holzstreben von der beschädigten Seite des Wagens. Er sah sich um und runzelte immer noch die Stirn. »Ich brauche etwas Stoff, um seinen Arm damit zu verbinden.«

»Ich habe Stoff für dich, wenn du die Pferde hältst«, sagte Pandora.

Leo band die Pferde locker an einen Baum, während sie ihren Koffer öffnete und eine Schürze herauszog. »Ich brauche eine Schere. Ich kann das nicht in Streifen reißen.«

»Im Kochkasten ist ein Messer«, rief Zachary, der immer noch neben Bert kniete.

Sie wühlte darin herum, ihre Hände zitterten, als sie hörte, wie Bert stöhnend wieder zu sich kam. Sie schnitt die Bänder von ihrer Schürze ab, entfernte dann mit dem gezackten Messer den Saum und machte aus dem Stoff darüber noch ein paar weitere Streifen. »Ist das genug?«

»Ja.« Leo kniete sich wieder neben Bert. »Es wird wehtun«, warnte er. »Zachary, du und Pandora, ihr haltet ihn fest. Er darf den Arm nicht wegziehen, wenn ich ihn richte.«

»Kannst du das, Pandora?«, fragte Zachary.

Sie schluckte schwer und nickte. Ein übles, fettiges Gefühl stieg in ihrem Magen auf, aber ihr war klar, dass sie jetzt nicht zimperlich sein durfte, also zwang sie sich, Leos Anweisungen zu befolgen.

Er verriet Bert nicht, was er vorhatte, sondern nickte ihr

und Zachary bloß zu. Während sie ihn festhielten, packte Leo den Arm und drückte ihn fest, bis er spürte, wie sich die Bruchstücke zusammenschoben. Der Verletzte schrie und zuckte.

Als Leo den Arm losließ, sank Bert zurück, die Augen geschlossen, Schweiß lief ihm über die Stirn. Pandora benutzte die Überreste ihrer Schürze, um ihm über das Gesicht zu wischen.

Leo schiente nun den Arm mit zwei Holzstücken und legte ihn mit Zacharys Hilfe vorsichtig in eine Schlinge. Als er fertig war, wandte er sich an Zachary, ebenso wie Pandora.

Zachary sah sich um. »Wo um alles in der Welt sollen wir Hilfe herbekommen?«

»Ich wünschte, wir hätten Laudanum«, sagte Pandora.

»Ich habe etwas Rum auf dem Wagen«, schlug Bert vor. »Es würde gegen den Schmerz helfen, wenn ich mich betrinken würde. Ich hätte auch besser vorher einen ordentlichen Schluck nehmen sollen.« Er schauderte bei der Erinnerung.

»Ich glaube nicht, dass es gut für Sie wäre, wenn Sie sich betrinken.« Zachary runzelte die Stirn, während er laut nachdachte. »Es gibt nichts, was wir tun können, um den Wagen zu reparieren, also müssen wir Hilfe holen.« Ein paar Minuten vor dem Unfall sagten Sie, wir seien nicht weit von Mount Barker entfernt, Bert. Dort muss es doch jemanden geben, der mit einem Wagen herauskommen und uns und unsere Sachen in ein Gasthaus bringen kann – sagten Sie nicht, es gebe dort ein kleines Gasthaus?«

»Das stimmt«, sagte Bert schwach. »Und Mount Barker ist etwa eine Stunde entfernt.«

»Werdet ihr zurechtkommen, wenn ich Hilfe hole, Pandora?«, fragte Zachary.

»Ja, natürlich.«

»Leo, welches Pferd soll ich reiten?«

»Nellie.«

»Kümmere dich um Pandora und Bert. Ich komme zurück, so schnell ich kann.«

Leo nickte, dann blickte er zum Himmel. »Es wird bald regnen.«

Zachary betrachtete die dunklen Wolken, die sich über ihnen auftürmten. »Ich kann euch nicht so zurücklassen.«

»Hol einfach Hilfe!«, drängte Pandora. »Wir kommen schon zurecht.«

Er machte sich auf den Weg, wagte es aber nicht, im Galopp zu reiten, weil er sich das bei seiner geringen Reiterfahrung noch nicht zutraute, aber er schaffte es, auf dem ebeneren Boden zu traben.

Nach ein paar Minuten fing es an zu regnen. Er krümmte den Rücken gegen den heftigen Schauer und hoffte, die anderen würden unter den Planen trocken bleiben.

Es dauerte eine Weile, bis er eine Ansammlung von Gebäuden vor sich sah. Erleichtert atmete er auf. Als er näher kam, erkannte er an einem der Häuser ein Schild mit der Aufschrift *The Bush Inn* und murmelte: »Gott sei Dank.«

Ein Mann stand in der Tür. Beim Anblick des Reiters hellte sich seine Miene auf. »Guten Tag, Sir. Bei diesem Wetter brauchen Sie sicher ein Bett für die Nacht.«

»Ja. Vier Betten, um genau zu sein. Aber zuerst brauche ich Hilfe, um die anderen Leute hierherzubringen. Wir hatten einen Unfall, und unser Wagen wurde beschädigt. Auf dem unebenen Boden ist die Achse gebrochen, und wir haben ein Rad verloren. Unser armer Fahrer hat sich den Arm gebrochen. Gibt es hier jemanden, der uns helfen kann?«

»Hier gibt es keinen Arzt. Der nächste ist in Albany.«

»Einer von uns konnte bereits helfen. Er sagt, es sei ein glatter Bruch, also hat er den Arm gerichtet und geschient.«

»Da hatten Sie aber Glück.«

»Ja. Aber jetzt sitzen sie ein paar Meilen von hier im Freien und werden nass. Kann mir jemand helfen, sie hierherzuholen?«

»Ich habe einen Wagen. Aber ich muss Ihnen die Nutzung in Rechnung stellen.«

»Ich kann bezahlen. Unter den Reisenden befindet sich auch eine Dame.« Er sah, wie der Hausherr eine Augenbraue hochzog, und fügte hastig hinzu: »Wir sind verlobt, wir müssen noch vor Ende April nach Albany, um das Postschiff nach England zu erwischen.«

»Sie sind ziemlich knapp dran. Morgen ist schon der 30.«

»Ich weiß.«

Der Hausherr grinste. »Nun, ich schätze, wir können helfen.« Er rief nach jemandem namens Martin, der schnell herkommen sollte, und innerhalb weniger Minuten hatte sich ein Mann darangemacht, ein Pferd vor den Wagen des Gasthauses zu spannen, während ein Junge Nellie Futter und Wasser gab.

In der Zwischenzeit brachte der Hausherr Zachary einen großen Zinnbecher mit starkem schwarzen Tee, und Zachary hielt ihn zwischen den Schlucken dankbar in seinen kalten Händen.

Es dauerte über eine Stunde, bis sie wieder beim Unfallort ankamen. Pandora saß auf ihrer Reisetruhe auf einem kleinen Hang am Straßenrand und hielt den aufgespannten Regenschirm über sich und Bert, der zusammengesunken neben ihr hockte. Ihre Beine waren von einer Plane bedeckt. Leo stand bei den beiden verbleibenden Pferden. Beim Anblick der Rettungsmannschaft lächelte er fröhlich, obwohl ihm der Regen von der Hutkrempe tropfte und übers Gesicht lief.

Zachary war in Sekundenschnelle von seinem Pferd gesprungen und eilte auf Pandora zu. »Geht es dir gut?«

»Mir ist einfach nur k-kalt.« Ihr Versuch zu lächeln war nicht überzeugend.

Der Verletzte versuchte, sich zu bewegen, stöhnte vor Schmerz, und alle Aufmerksamkeit richtete sich auf ihn.

»Als Erstes verladen wir Ihr Gepäck in unseren Wagen«, entschied Martin, »dann sorgen die Koffer dafür, dass er hinten auf dem Wagen nicht herumrollt. Es wird ihm wehtun, wenn wir ihn bewegen.«

Bert öffnete die Augen und starrte den Neuankömmling an. »Ich bin nicht taub. Ich habe mir den Arm gebrochen, nicht die Ohren. In meiner Tasche ist noch etwas Rum, aber sie wollen ihn mir nicht geben.«

»Das ist doch sicher nicht gut für ihn?«, flüsterte Pandora.

Ihr Retter grinste. »Ein Schluck Grog oder zwei haben noch niemandem geschadet. Ich hätte selbst nichts dagegen. Rum hält die Kälte ab.«

Sie ließen die Flasche herumgehen und überredeten sogar Pandora, einen Schluck zu nehmen. Aber obwohl der starke Schnaps in ihrer Kehle brannte und ihr eine Illusion von Wärme gab, mochte sie den Geschmack nicht und weigerte sich, noch mehr zu trinken.

Bis sie beim Gasthaus angekommen waren, hatte Bert genug »kleine Schlucke« gehabt, dass er ein wenig beschwipst und deutlich fröhlicher war. Ihre Helfer trugen ihn ins Haus und legten ihn auf ein schmales Bett in einem Zimmer mit mehreren anderen Betten.

»Ich kann Ihnen kein separates Schlafzimmer anbieten, Miss«, sagte der Gastwirt entschuldigend zu Pandora, »aber wir haben für Sie saubere Laken auf das Bett in der Ecke aufgezogen, und Ihr Mann kann im Nebenbett schlafen, dann passiert Ihnen nichts. Nicht, dass Sie in *meinem* Gasthaus jemand anrühren würde ...«

»Danke.«

»Und jetzt ziehen Sie besser die nassen Sachen aus. Sie beide können sich in meinem Hinterzimmer umziehen, und wir kümmern uns um den armen Kerl hier. Was ist mit ihm?« Er deutete mit dem Kopf auf Leo, der jetzt ziemlich verloren aussah, da seine besonderen Fähigkeiten nicht gebraucht wurden.

»Er muss sich auch umziehen. Ich werde ihm ein paar Sachen heraussuchen, wenn ich fertig bin. Er kann gut mit Tieren und kranken Menschen umgehen, aber er ist nicht ...« Zachary zögerte.

»Er ist nicht ganz richtig im Kopf«, sagte der Mann fröhlich und tippte sich an die Stirn. »Aber wenn er gut mit Tieren umgehen kann, wird er keine Schwierigkeiten haben, Arbeit zu finden.«

»Auf ihn wartet bereits eine Stelle, aber bevor er sie antritt, hilft er uns, nach Albany zu kommen. Können wir Ihren Wagen mieten, um morgen dorthin zu fahren?«

»Solange Sie ihn mir direkt zurückschicken. Ich glaube, am besten wäre es, wenn Martin mitkommt, der ihn fährt und wieder zurückbringt. Dann weiß ich, dass er in Sicherheit ist.«

»Wäre es möglich, unseren in der Zwischenzeit reparieren lassen? Es ist nicht meiner, er ist nur geliehen, und sie müssen ihn und die Pferde zu ihren Besitzern zurückbringen.« Er fragte sich, ob Leo das schaffen würde, aber Bert würde ihn anleiten können, selbst mit gebrochenem Arm.

»Wenn Sie das Geld haben, können wir ihn reparieren. Gut, dass es kein großer Wagen ist, sonst hätten wir ein Problem. Ich hole meinen Nachbarn, damit er es mit Ihnen besprechen kann, bevor Sie aufbrechen. Er ist geschickt, was Reparaturen angeht. Muss er auch sein, wenn er so fernab von allem lebt. Martin kann beim Stellmacher in Albany ein neues Rad besorgen. Und jetzt ziehen Sie beide besser die nassen Sachen aus, bevor Sie sich noch den Tod holen.«

Pandora war viel zu kalt, um sich vor Scham vom Umziehen abhalten zu lassen, also fing sie an, mit kalten und steifen Fingern in ihrem Koffer herumzukramen.

»Soll ich draußen warten, bis du trockene Kleider angezogen hast?«, fragte Zachary.

»Nein. Du bist genauso nass und durchgefroren wie ich. Dreh dich einfach um.«

Aber sie bekam die winzigen Knöpfe an ihrer Bluse nicht auf, also musste sie ihn schließlich um Hilfe bitten.

»Einen Augenblick«, sagte er. »Ich bin noch nicht ...«

Aber es war zu spät. Sie hatte sich umgedreht und sah ihn dort stehen, mit nackter Brust. Für einen Moment konnte sie den Blick nicht abwenden, dann schlug sie die Augen nieder. Doch das Bild hatte sich in ihren Kopf eingebrannt. Wie stark und schön er war! Wie eine von den griechischen Statuen, die ihr Vater ihr in seinen Büchern gezeigt hatte. Zacharys Gesicht war vielleicht nicht das hübscheste, aber sein Körper war eine Augenweide.

Er zog eilig ein trockenes Unterhemd an und schlüpfte in seine Hemdsärmel. »So. Was soll ich machen?«

»Ich bekomme meine Bluse nicht auf. Meine Hände sind noch so kalt, und die Knöpfe sind ziemlich klein und knifflig.«

Er kam näher, wich ihrem Blick aus und berührte sanft den feuchten Stoff, während er einen Knopf nach dem anderen öffnete. Er achtete sorgfältig darauf, dass ihre Bluse dabei nicht aufklappte.

Sie zitterte unwillkürlich, als seine Finger leicht über ihre Haut strichen. Für jeden Knopf schien er eine Ewigkeit zu brauchen. Gefangen in diesem Augenblick, spürte sie nichts als ihn.

Nachdem er den letzten Knopf geöffnet hatte und die Hände sinken ließ, musste sie sich zwingen, einen Schritt zurückzutreten, denn in Wirklichkeit wollte sie nichts lieber, als sich in seine Arme zu schmiegen und den Kopf an seine Brust zu legen. »Danke. Den Rest schaffe ich allein.«

Er wandte sich ab und ging abrupt auf die andere Seite des Zimmers, doch sie hatte die Sehnsucht in seinen Augen bemerkt, ganz zu schweigen von der Tatsache, dass sein Körper auf ihren so reagiert hatte, wie Bills es manchmal getan hatte. Das war doch ein gutes Zeichen – oder nicht?

Als sie wieder angezogen war, sagte sie mit zitternder Stimme: »Ich bin fertig.«

Er drehte sich um. »Wir müssen dafür sorgen, dass du keinen Rückfall bekommst.«

»Mir geht es gut. Mir ist jetzt schon viel wärmer, nicht so wie beim letzten Mal, als ich nicht aufhören konnte zu zittern.«

Sie gingen zurück in den Gastraum, ohne einander anzusehen, und ließen ihre feuchten Kleider auf einem hölzernen Kleiderständer vor dem Feuer zurück.

Leo stand neben dem Kamin, seine feuchten Kleider dampften sanft. Zachary suchte ein paar Kleidungsstücke für ihn heraus und brachte ihn in den anderen Raum, damit er sich in Ruhe umziehen konnte.

Das Essen wurde im Gastraum serviert, aber Pandora bemerkte kaum, was sie aß oder ob sie irgendjemand ansprach. Sie hatte nur Augen für Zachary, der dicht neben ihr am Tisch saß. Sein Oberschenkel berührte ihren, seine starken, fähigen Hände schnitten sein Stück Fleisch und reichten ihr das Brot. Wenn sie erst auf dem Schiff wären, würden sie getrennt sein, und die Vorstellung gefiel ihr ganz und gar nicht.

Nach dem Essen sagte Zachary: »Wenn wir morgen ganz früh aufbrechen, kommen wir vielleicht noch rechtzeitig an. Glaubst du, du schaffst das?«

»Ja, natürlich.«

»Dann gehen wir besser gleich ins Bett.«

Da das Gasthaus insgesamt nur drei Zimmer hatte, den Gastraum, den Wohnbereich des Eigentümers und den Schlafsaal für die Gäste, schliefen in dieser Nacht nicht nur Bert und Leo bei ihnen, sondern noch zwei weitere Männer. Die Fremden starrten Pandora so lüstern und bewundernd an, dass sie froh war, dass Zachary neben ihr lag.

Obwohl sie schrecklich müde war, dauerte es lange, bis sie schlafen konnte, aber sie beobachtete, wie Zachary fast auf der Stelle einschlief. Im Schein des Feuers hätte sie nur den Arm ausstrecken müssen, um ihn zu berühren. Beinahe hätte sie es getan.

Egal was von nun an passieren würde, sie wollte bei ihm sein. Sie würde tun, was sie konnte, um das zu erreichen. Wenn sie das zu einem kessen Gör machte, dann war das eben so.

Bei dieser Entscheidung lächelte sie und schlief endlich ein.

Als Hallie am folgenden Freitag aufwachte, war sie krank vor Angst. Doch als sie auf den Markt ging und ihre Mutter zu Hause blieb, weil es regnete, traf sie ihren Cousin John Stoner wieder.

Er kam auf sie zu und hob höflich seine Mütze. »Ich habe mit Tom gesprochen, und er hat sich Harry zur Brust genommen. Der behauptet, er habe dich bloß zu einem Küsschen überreden wollen.«

»Er hat mir wehgetan. Er wollte, dass ich …« Sie konnte es nicht aussprechen.

»Nun, ab jetzt wird er dich in Ruhe lassen.«

»Bist du sicher?«

»Ja, ganz sicher.«

»Danke.«

Doch als es neun Uhr wurde, kehrte Hallies Sorge zurück, ihre Haut war schweißnass. Sie tat so, als läse sie in ihrem Buch, doch sie nahm kein Wort auf.

Als es an der Tür klopfte, blickte ihre Mutter auf. »Das ist sicher Zacharys Lohn. Es ist so nett von Harry, dass er uns das Geld jede Woche vorbeibringt, nicht wahr?«

»Ja. Ich gehe schon.«

Doch vor der Tür stand der Laufbursche. Er drückte Hallie einen Umschlag in die Hand und rannte davon.

Sie schloss die Tür und lehnte sich an die Wand. Ihr war schwindlig vor Erleichterung.

An diesem Abend ging Harry voller Wut nach Hause. Für wen hielt sein Vetter Tom sich, ihm diesen Spaß zu verderben? Es hätte Harry große Befriedigung bereitet, Zacharys Schwester zu benutzen wie eine Hure. Noch besser wäre es gewesen, wenn sie ein Kind bekommen würde. Sie hätte es niemals gewagt, zu irgendjemandem ein Wort zu sagen.

Er wusste, wie man Mädchen Angst einjagte. Aber Tom war viel älter als er und war nicht immer mit allem einverstanden, was der Rest der Familie tat, und irgendwie legte man sich mit Tom nicht an. Er war ein großer Mann, kam mehr nach der Stoner-Seite seiner Familie und konnte gut mit den Fäusten umgehen. Die Stoners waren nicht schlau genug, um sich einfach zu nehmen, was sie vom Leben wollten. Sie waren ekelhaft ehrlich. Aber so stark, dass man ihnen besser nicht in die Quere kam.

Er zuckte mit den Schultern. Ach ja, andere Mütter hatten auch hübsche Töchter. Wer brauchte schon so eine dürre Bohnenstange wie Hallie Carr?

Kapitel 15

Am Morgen ging es Bert schon deutlich besser, und da der Wirt sich bereiterklärte, ein Auge auf ihn zu haben, bis die Frau eintreffen würde, die sich um ihn kümmern sollte, konnten sie im Morgengrauen aufbrechen.

Pandora merkte, wie besorgt Zachary darüber war, dass sie das Schiff verpassen könnten, und machte es sich zur Aufgabe, ihn abzulenken, indem sie ihm Fragen über den Laden stellte und darüber, wie ihr Onkel die Dinge gehandhabt hatte. Sie wusste bereits, dass er seine Arbeit liebte, und als sie ihn fragte, welche Änderungen er vornehmen würde, hielt er sich schon bald nicht mehr zurück und redete über eine Stunde lang, ermutigt durch ihre Anregungen und Fragen.

Martin saß ruhig neben ihnen auf dem Kutschbock und sagte nichts, hörte aber eindeutig zu.

»Ich langweile dich«, sagte Zachary plötzlich.

»Nein, ganz und gar nicht. Mir war nicht klar, wie viel es zu tun gibt, von dem die Kunden nichts ahnen. Es wird mir Spaß machen, das alles zu lernen. Ganz sicher werde ich nicht wie eine untätige Dame oben sitzen und die Geschäfte von jemand anderem führen lassen.«

»Ich glaube nicht, dass Harry das erlaubt.«

Sie starrte ihn an. »*Erlaubt?* Der Laden gehört ihm nicht!«

»Aber er ist zur Zeit der Geschäftsführer. Er ist sehr geschickt darin, seinen Willen durchzusetzen, und er wird es dir schwer machen, seinen Wünschen zu widersprechen.«

»Das werden wir sehen.« Je mehr sie von diesem Harry hörte, desto weniger mochte sie ihn. Der Laden gehörte nicht *ihm*, sondern ihr und ihren Schwestern. Und das würde sie ihm sehr deutlich machen.

Außerdem hatte sie auch noch Zachary, der ihr helfen und sie unterstützen würde, ganz zu schweigen von dem Anwalt.

Marshall fand die Arbeit im Laden interessanter, als er erwartet hatte, obwohl Prebble ihm immer noch die niedersten Aufgaben zuwies und nur widerwillig zuließ, dass er zu Stoßzeiten auch im Verkauf aushalf. Er war nicht begeistert, als Marshall unter Beweis stellte, dass er so gut wie jeder andere die Preise im Kopf zusammenrechnen konnte, ohne auch nur einmal auf eine falsche Summe zu kommen.

Mehrere Male kam Marshall morgens zur Arbeit und fand die Dinge nicht exakt genauso vor, wie er sie am Abend zuvor im Verpackungsraum zurückgelassen hatte. Die Veränderungen waren immer sehr geringfügig, aber er war sich ziemlich sicher, dass Dinge verschoben worden waren – wenn nicht sogar verschwunden. Er sagte nichts, weil es solche winzigen Veränderungen waren, aber er fing an, Füllstände zu markieren, bevor er ging, und merkte sich, wie viele Päckchen in einem Regal lagen.

Es war geschickt gemacht, das musste er zugeben. Mehrmals in der Woche verschwanden ein paar Gegenstände, nur ein wenig hier und ein wenig dort. Wenn man nicht aufpasste, fiel es kaum auf.

Er sprach Prebble nicht darauf, sondern fügte es seiner Liste von Auffälligkeiten hinzu und berichtete Ralph davon bei ihren wöchentlichen Treffen.

Kaum hatte Ralph jemanden engagiert, der sein Haus bewachte, lungerten auf einmal keine Männer mehr in der Gasse dahinter herum, trotzdem riet Marshall ihm, die Wächter um seiner Schwester willen zu behalten.

»Es ärgert mich, Marshall, mein Freund, dass ich gutes Geld ausgeben soll, nur um ganz sicherzugehen.«

»Es würde dich noch mehr ärgern, wenn in dein Haus eingebrochen oder deiner Schwester etwas zustoßen würde.«

»Vielleicht irren wir uns. Was, wenn es gar nicht Prebble ist? Vielleicht ist es nur Zufall. Mr Featherworth besteht darauf, dass wir alles zweifelsfrei beweisen können müssen, bevor wir ihn anklagen.«

»Es ist kein Zufall, wenn Essen aus dem Laden verschwindet und er der Einzige ist, der einen Schlüssel zu den Toren hat. Und ich kenne diese Familie besser als du. Den Prebbles kann man nicht trauen. Also behältst du deinen Wachmann.«

Ralph seufzte.

Marshall lächelte. »Ich hätte nie gedacht, dass ich das einmal sagen würde, aber mir gefällt die Arbeit im Laden. Es ist ruhig in diesem Hinterzimmer, man kann gut nachdenken, während man den Zucker, das Mehl oder den Tee abpackt. Und unsere Abendessen sind viel besser geworden, seit Mr Featherworth damals vorbeikam. Ich kann dir nicht genug danken, mein Freund, dass du mir diese Chance geboten hast, einer ehrlichen Arbeit nachzugehen.«

Auch Alice hatte den neuen Mitarbeiter kennengelernt und bemerkt, wie sehr er sich von den anderen unterschied. Als sie es Ralph gegenüber erwähnte, zögerte er, dann erklärte er ihr, warum.

Im Gegenzug erzählte sie ihm, was Dot in der Nacht mit dem Gewitter beobachtet hatte.

»Erzählen Sie es mir noch einmal. Jedes einzelne Detail.«

»Sie hat im Hinterhof eine Gestalt gesehen. Am nächsten Morgen haben wir nachgeschaut, aber es gab nirgendwo Einbruchspuren, also nahmen wir an, dass es ein Dieb gewesen sein musste, der nach einem offenen Fenster gesucht hatte. Aber die hinteren Fenster des Ladens waren alle verriegelt, und die Tür ist sehr stabil, also hätten wir es bemerkt, wenn jemand eingebrochen hätte.«

»Ich wünschte, das hätten Sie mir früher erzählt.«

»Wir haben uns nicht viel dabei gedacht, denn seitdem haben wir niemanden mehr gesehen, der dort herumlungerte. Und wir hätten das Hintertor quietschen gehört, wenn es jemand geöffnet hätte. Das Geräusch kann man nicht überhören.«

»Vielleicht sind sie stattdessen über das Seitentor geklettert. Hätte Dot das sehen können?«

»Nein, das hätte sie nicht. Das Tor ist außer Sichtweite ihres Schlafzimmers, im Gegensatz zum Hintertor.«

»Das ist alles sehr beunruhigend. Ich muss gestehen, ich werde froh sein, wenn die Besitzerinnen zurückkehren und ich die Verantwortung für den Laden abgeben kann.«

»Ich nicht. Wenn es so weit ist, muss ich mir eine neue Stelle suchen, und ich nehme an, dann muss ich Outham verlassen.«

»Verlassen? Ich dachte, Sie würden sich hier eine Stelle suchen, um in der Nähe Ihrer Verwandten zu bleiben.«

»Ich glaube nicht, dass ich hier Arbeit finde, angesichts der harten Zeiten. Und selbst wenn, Gouvernanten haben wenig Freizeit.«

»Ich würde Sie vermissen.«

»Und ich Sie. Ich hatte schon lange keine Freunde mehr wie Sie und Judith.«

Er sah sie seltsam an, dann verabschiedete er sich.

Sie hoffte, der Blick bedeutete das, was sie glaubte, auch wenn sie sich einzureden versuchte, dass sie aus dem Alter für solche törichten Hoffnungen längst herausgewachsen sei.

Wegen der schlammigen Straßen kam der Wagen erst am frühen Abend in Albany an. Als sie sich der Stadt näherten, meldete sich der schweigsame Martin zu Wort und sagte, er wisse einen guten Ort, wo sie übernachten könnten.

»Zuerst müssen wir herausfinden, ob wir Kabinen auf der *Bombay* haben«, sagte Zachary.

»Sie werden erst morgen etwas über Ihre Reise herausfinden. Wie Sie sehen, ist das Schiff noch nicht eingetroffen, und das Büro des Agenten hat schon seit Stunden geschlossen. Er wird nicht begeistert sein, wenn Sie ihn zu Hause stören, also können Sie sich genauso gut ausruhen.«

Zachary machte sich Sorgen um Pandora, die vor Erschöpfung kreidebleich war, obwohl sie sich nicht beklagte. »Also gut. Wo empfehlen Sie uns die Unterkunft?«

»Meine Mutter kann Sie für eine Nacht unterbringen – oder zwei Nächte, falls das Schiff sich verspätet. Sie verlangt nicht so viel wie einige andere, und sie ist eine gute Köchin. Sie wird Sie aber nicht zusammen schlafen lassen.«

»Wir schlafen in diesem Sinne nicht zusammen«, sagte Zachary knapp.

Martin zwinkerte ihm zu. »Natürlich nicht.«

Zachary wollte protestieren, aber Pandora stieß ihm in die Rippen, also sagte er nichts weiter.

Beim Anblick des Hafens Princess Royal Harbour stockte Zachary der Atem. Der Zufluss war groß genug für mehrere Inseln. Kein Wunder, dass die Postschiffe hier und nicht in Fremantle vor Anker gingen. Hier waren sie gut geschützt vor Stürmen. Kleine Boote und ein paar größere Schiffe schaukelten sanft auf dem Wasser, als wiegte sie jemand in den Schlaf.

Die Stadt selbst erinnerte Zachary in gewisser Weise an Fremantle, obwohl sie viel hügeliger war. Das Siedlungsmuster in der gesamten Stadt war genauso lückenhaft, mit immer wieder leeren Grundstücken zwischen den Häusern, auch wenn es hier mehr Gebäude entlang der Uferpromenade gab und sie dichter nebeneinanderstanden, als drängten sie sich zusammen, um den atemberaubend schönen Ausblick zu genießen.

Die Stadt wurde von einem kleinen, aber steilen Hügel

überragt, an dessen Fuß ein großes Haus mit einer Windmühle dahinter stand. Martin wies pflichtschuldig auf das Gefangenenlager hin, den größten Gebäudekomplex.

»In Shire of Plantagenet und Albany hat sich eine Menge getan, seit die Sträflinge da sind«, erklärte er. »Sie haben Straßen gebaut und die Leuchttürme auf Breaksea Island und Point King. Manche Leute befürchten, dass die Häftlinge Ärger machen könnten, aber bis jetzt haben sie das nicht. Ich finde es gut, dass man ihnen nützliche Arbeit zu tun gibt. Man muss nur aufpassen, dass sie sich nicht als blinde Passagiere auf die Schiffe schleichen, die an die Ostküste fahren. Die Polizei durchsucht jedes Schiff, bevor es auslaufen darf.«

In der Stadt selbst waren die Straßen planiert und mit Schotter bedeckt, was eine deutliche Verbesserung zu der ausgefahrenen Strecke war, auf der sie die ganze Woche unterwegs gewesen waren.

»Also los, gehen wir zu meiner Mutter.« Martin schnalzte mit der Zunge, um das Pferd zum Weitergehen zu bewegen.

Mrs Tyler freute sich, als ihr Sohn sagte, er habe zahlende Gäste mitgebracht, und keine halbe Stunde später konnte sich Pandora in ein kleines, aber gemütliches Schlafzimmer mit einem Krug heißem Wasser zurückziehen.

Sie seufzte vor Freude, als sie die Tür schloss. Sich gründlich zu waschen tat so gut nach den Tagen auf der Straße. Sie zog ihre dreckigen Kleider aus, betrachtete sie angewidert und entschied sich schließlich für ein paar saubere Kleidungsstücke, die sie eigentlich für die Schiffsreise vorgesehen hatte.

Martin bot an, Leo könne mit ihm auf der hinteren Veranda schlafen. Er war die ganze Zeit über sehr freundlich zu Leo gewesen und hatte Zachary gegenüber einmal bemerkt: »Ich schätze, wenn man sie anständig behandelt, sind Leute wie er viel weniger schwierig als viele sogenannte Normale.«

»Da haben Sie recht. Aber nicht viele würden Ihnen zustimmen.«

»Es ist mir egal, was andere denken. Ich gehe meinen eigenen Weg.«

Das war wieder diese Unabhängigkeit, die so vielen gewöhnlichen Australiern zu eigen zu sein schien. Zachary konnte sich nicht vorstellen, dass Martin in dem Laden in Outham vor Kunden katzbuckelte wie Harry. Soll ich mich bei ihnen einschmeicheln, wenn ich sie bediene?, fragte er sich. Das passte nicht zu ihm, obwohl er sich stets bemühte, höflich zu sein, und allen half, das zu finden, was sie suchten, egal ob die Kunden reich oder arm waren.

Pandora blieb nur noch eine Stunde lang auf, gerade lange genug, um ein wenig zu essen und ihrer neugierigen Gastgeberin etwas von ihren Abenteuern zu erzählen, bis sie vom Gähnen überwältigt wurde und sich entschuldigte.

»Das Postschiff soll morgen ankommen, es sei denn, sie hatten eine stürmische Reise«, erklärte Mrs Tyler Zachary, während sie ein Behelfsbett in dem kleinen Wohn- und Esszimmer aufstellte. »Es kommt aus Sydney und Melbourne. Bleibt aber nicht lange hier. Er hält bloß an, um die Post abzuliefern und sich mit Kohle zu versorgen. Diese Dampfschiffe verbrauchen eine Menge Kohle, obwohl sie nicht nur ihre Motoren, sondern auch ihre Segel benutzen können. Immerhin bringt Albany als Bekohlungsstation Arbeitsplätze in die Stadt, nicht wahr? Sie decken sich hier auch mit frischem Obst und Gemüse ein. Das hilft alles.«

»Ich muss gleich morgen Früh mit dem Agenten von P&O reden. Der Gouverneur hat versprochen, mit dem Küstendampfer einen Brief zu schicken, um die Überfahrt für uns zu buchen.«

»Der Dampfer ist vor ein paar Tagen eingetroffen, also wird der Agent schon von Ihnen erfahren haben. Seine Exzellenz muss viel von Ihnen halten, wenn er Ihnen einen solchen Gefallen tut.«

»Ich habe dem Kapitän auf der Reise hierher mit Leo geholfen.«

»Der Arme.« Dann sah sie Zachary streng an. »Sie und Ihre junge Dame hätten besser geheiratet, bevor Sie sich auf den Weg gemacht haben. Mir ist klar, dass sie ein anständiges Mädchen ist – so etwas erkenne ich –, aber es sieht nicht gut aus, wenn Sie zusammen so eine weite Reise machen. Gar nicht gut.«

Er wusste nicht, was er dazu sagen sollte, also brummte er nur leise, was sie offensichtlich zufriedenstellte.

Nach den Nächten auf dem Boden fühlte sich selbst ein behelfsmäßiges Bett wunderbar weich an. Er blies die Kerze aus und kuschelte sich unter die Decke. Pandora wäre es heute Nacht auch ohne ihn warm genug, aber er vermisste es, neben ihr zu liegen, auch wenn es stets eine Art köstlicher Folter gewesen war, sie nicht auf die Weise berühren zu dürfen, wie er es gern getan hätte.

Er wünschte sich, er könnte sie wirklich heiraten, wünschte sich, er würde es wagen, sie zu fragen.

Ach, was war er doch für ein Narr! Sie war nicht nur schön, sondern auch reich verglichen mit ihm. Sobald sie sich in Outham wieder eingelebt hätte, würde sie ihre Zuneigung zu ihm vergessen und sich Männern zuwenden, die besser zu ihr passten. Sie gab sich doch nur mit ihm ab, weil diese Reise sie zufällig zusammengeführt hatte.

Für ihn änderte das jedoch nichts. Er liebte sie sehr und würde sie immer lieben.

Am Morgen weckte ihn Mrs Tyler noch früher als abgesprochen. »Es tut mir leid, Mr Carr. Ich konnte Sie nicht länger schlafen lassen, weil wir dieses Zimmer fürs Frühstück brauchen. Meistens habe ich Ehepaare oder allein reisende Männer zu Gast, deshalb muss hier normalerweise niemand schlafen. Aber mit Martin und Leo auf der hinteren Veranda hatte ich für Sie sonst nirgendwo Platz. Ihre junge Dame habe ich auch schon geweckt. Sie sagten, Sie müssten sich heute nach dem Postschiff erkundigen. Das Schiff ist eingetroffen, sagt Martin, und beendet gerade das Andocken. Der P&O-Agent ist bestimmt schon in seinem Büro, und mein Martin wird Ihnen zeigen, an wen Sie sich wenden müssen, sobald Sie gegessen haben.«

Immer noch plaudernd verließ sie das Zimmer.

Als die Tür das nächste Mal aufging, kam Pandora herein. »Mrs Tyler hat gesagt, du wärst schon wach.« Sie sah so wunderschön aus in ihrem blauen Rock und der blauen Bluse, mit einer kurzen, dunkelblauen Jacke darüber, dass ihm der Atem stockte. »Hast du ... gut geschlafen?«, brachte er nach ein paar Sekunden heraus.

»Ich habe mich nicht gerührt, bis Mrs Tyler mich geweckt hat. Allerdings hast du mir gefehlt. Es hat sich seltsam angefühlt, allein zu schlafen. Wie war dein Bett?«

»Es war weich und warm nach all den Nächten auf dem harten Boden.« Er konnte nicht widerstehen, etwas hinzuzufügen: »Du hast mir auch gefehlt.«

Sie schwiegen beide, und es war eine Erleichterung, als Mrs Tyler mit dem Essen hereingestürmt kam. Sie aßen in Eile und ließen sich anschließend von Martin zum Reiseagenten bringen, während Leo unter der Aufsicht von Mrs Tyler in aller Ruhe frühstückte, nachdem er die Pferde versorgt hatte.

Als sie sich vor dem Büro des Agenten verabschiedeten, bat Zachary Martin, sich zu erkundigen, ob das Rad repariert werden könne, und falls nicht, ein neues zu kaufen.

Der Agent war zwar schon früh in seinem Büro, wirkte aber überhaupt nicht erfreut, sie zu sehen. »Sie sind also der junge Mann, wegen dem mir der Gouverneur geschrieben hat. Ich hätte nicht gedacht, dass Sie es rechtzeitig schaffen würden. Das Schiff wird heute noch ablegen.«

Zachary stellte seine Verlobte vor.

»Es war keine Rede davon, dass Sie verlobt sind. Ich hatte vier Schwestern erwartet.«

»Die anderen wollten nicht nach England zurückkehren. Und ... Ich war mir nicht sicher, ob Pandora meinen Antrag annehmen würde, also konnte ich dem Gouverneur nichts von ihr erzählen und ...« Er nahm ihre Hand und vergaß, was er sagen wollte, als sie ihn anlächelte.

Der Agent klopfte mit seinem Lineal auf den Schreibtisch, um ihre Aufmerksamkeit zu gewinnen. »Es gibt leider ein Problem mit dieser Überfahrt.«

Sie sahen beide auf.

»Was?«

»Es gibt nur eine freie Kabine, denn das All England Eleven Cricket Team reist an Bord der *SS Bombay* nach Hause. Und eigentlich wäre auch diese Kabine nicht verfügbar, aber ein Gentleman, der nach England wollte, ist krank geworden.«

»Oh.«

»Ich kann jedoch nicht zulassen, dass sich ein unverheiratetes Paar eine Kabine teilt. Es wäre nicht richtig.«

»Könnte ich vielleicht auf dem Zwischendeck reisen und Miss Blake die Kabine überlassen?«, fragte Zachary.

»Das Schiff ist voll, und alle Kojen sind besetzt, abgesehen von den beiden in dieser Kabine. Wenn Sie jetzt im Zwischendeck reisen wollen, bringt das alles durcheinander.« Er sah sie missbilligend über seinen Kneifer hinweg an. »Es ist gut, dass die anderen jungen Frauen nicht mitgekommen sind. Wir hätten sie nicht alle unterbringen können. Es gibt allerdings einen Ausweg: Wenn Sie wirklich verlobt sind, heiraten Sie sofort, das wird das Problem mit der Kabine lösen. Wir dulden kein unzüchtiges Verhalten auf unseren Schiffen.«

Zachary starrte ihn schockiert an, schluckte schwer und stellte fest, dass Pandora ebenso überrascht aussah. *Heiraten!* Nichts lieber als das! Aber eine Überfahrt zu bekommen ist ein schlechter Grund für eine Eheschließung, dachte er traurig.

»Ich gebe Ihnen zehn Minuten«, sagte der Agent. »Gehen Sie raus und besprechen Sie es, und dann sagen Sie mir, wie Sie sich entschieden haben. Ich weiß, Frauen machen gern einen riesigen Wirbel um Hochzeiten, aber vielleicht können Sie sie davon überzeugen, darauf zu verzichten. Zehn Minuten und keine Sekunde länger!«

»Aber ... wie sollen wir so schnell heiraten?«, fragte Pandora zögerlich.

Zachary fuhr zu ihr herum und starrte sie an. Sie dachte doch wohl nicht ernsthaft darüber nach, das wirklich zu tun?

»Jeder Geistliche in der Stadt wird Sie trauen«, sagte der Agent gelangweilt.

»Ohne das Aufgebot zu bestellen?«

»Meine Schwester hat auch kein Aufgebot bestellt«, sagte Pandora. »Der Geistliche kommt nur einmal im Monat für einen Gottesdienst in den Bezirk, also war es überhaupt nicht möglich.«

Der Agent nickte. »Genau! Hier in den Kolonien kann man sich nicht immer an alle Regeln für die Eheschließung halten, die schließlich für Großbritannien entwickelt wurden. Das Wichtigste ist, dafür zu sorgen, dass die Menschen richtig und anständig verheiratet sind.« Er warf einen Blick auf die Uhr an der Wand und raschelte mit ein paar Papieren. »Noch neun Minuten. Ich habe heute wirklich viel zu tun.«

Zachary nahm sie mit nach draußen, um unter vier Augen mit ihr zu sprechen. Sie stellten sich auf die Veranda und beobachteten, wie feiner Regen die Luft versilberte, und spürten den feuchten Hauch auf ihren Gesichtern.

»Wir müssen auf das nächste Schiff warten«, sagte Zachary. »Was für ein Vorschlag!«

»Da gibt es vielleicht auch keine freie Kabine. Außerdem ist dieser Agent schon jetzt misstrauisch uns gegenüber.«

Plötzlich stieg Aufregung in ihr auf. Vielleicht war das die perfekte Ausrede, um zu bekommen, was sie wollte: Zachary. Er würde nicht um ihre Hand anhalten, da war sie sich sicher, also musste sie die Frage stellen. Sollte sie es riskieren, dass er Nein sagte? Ja, das sollte sie. Sie hatte schon einmal einen Verlobten verloren. Das Leben war zu unsicher, um nicht das Glück beim Schopf zu packen, wenn es in Reichweite war.

Sie atmete tief durch und sagte: »Eigentlich würde ich dich gern heiraten, Zachary. Du mich nicht?«

Er starrte sie an, als wären ihr plötzlich Hörner gewachsen.

Sie wartete und wurde immer ängstlicher, während die Sekunden verstrichen und er nichts sagte.

Was sollte sie tun, wenn er ablehnte? Sie konnte nicht einmal den Gedanken daran ertragen.

»Ich kann dich nicht so ausnutzen.« Er sprach steif und klang ganz und gar nicht wie der Zachary, den sie kannte. »Es wäre nicht richtig.«

»Ich wusste, dass du das sagen würdest. Aber *ich* bin diejenige, die *dich* ausnutzt«, sagte sie wagemutig. »Vielleicht möchtest du mich ja gar nicht heiraten. Vielleicht habe ich mich geirrt, was deine Gefühle angeht?«

Seine Stimme war rau. »Ich möchte nichts lieber, Pandora – *nichts auf der Welt!* Ich glaube, wir beide sind uns der Anziehung zwischen uns bewusst. Aber wie könnte ich dich heiraten?«

»Falls du von Geld sprichst: Ich habe genug für uns beide.«

»Glaubst du, ich würde dich nur deines *Geldes* wegen heiraten?«

Er wandte ihr den Rücken zu, und einen Augenblick lang fürchtete sie, er wolle gehen, also hielt sie ihn am Arm fest. »Nein. Ich glaube nicht, dass du mich wegen meines Geldes heiraten würdest, Zachary. Aber das Geld macht es möglich.«

»Nein, für mich nicht.«

Sie wurde wütend. »Willst du zulassen, dass dein falscher

Stolz zwischen uns steht?« Er antwortete nicht, versteifte sich bloß, also fügte sie sanfter hinzu: »Wenn du mich wirklich heiraten möchtest ...«

Seine Augen ruhten auf ihr, und seine Stimme wurde sanfter. »Natürlich möchte ich das. Du bist ... die wunderbarste Frau, die ich je kennengelernt habe. Ich liebe dich einfach, auch wenn ich weiß, dass ich es nicht sollte. Aber dein Geld ...«

»Ist mir nicht wichtig. Wenn es zwischen uns steht, gebe ich es weg. Zachary, *bitte* ...«

»Ich bin es im Kopf immer wieder durchgegangen. Du glaubst, du möchtest mich heiraten, weil du deine Familie zurücklassen musstest und ich hier bin, mich um dich kümmere, nett zu dir bin. Aber sobald wir wieder in England sind, wirst du es bereuen, das weiß ich. Mit dem Geld, das du jetzt hast, könntest du gut heiraten, jemanden aus einer der besseren Familien der Stadt. Nein, du würdest es definitiv bereuen, einen gewöhnlichen Kerl wie mich geheiratet zu haben.«

»Bist du denn so wenig umgänglich? Ich finde, man kommt gut mit dir aus, und du bist freundlich zu allen. Schließlich hast du Leo befreit.«

»Darum geht es nicht. Ich sage es dir immer wieder: Ich bin arm! Es wäre *dein* Geld, von dem wir leben müssten, darum geht es. Die Leute würden reden, verletzende Dinge sagen, dich aufregen. Es wäre nicht *richtig!* Und was würde Mr Featherworth dazu sagen? Er hat mir vertraut, dass ich dich sicher zurückbringe.«

Sie war so wütend auf ihn, dass sie seine Hände packte und ihn an sich zog. »Du bist ein Narr, wenn du glaubst, dass ich mir so einen Unsinn anhören würde. Hast du mich nicht verstanden? Ich *will* dich heiraten, Zachary, dich und niemanden sonst.« Sie konnte die Hitze auf ihrem Gesicht spüren, und Tränen der Demütigung stiegen ihr in die Augen. »Warum lässt du mich flehen?«

Aber er hielt sie immer noch auf Abstand. »Weil ich dich liebe und das Beste für dich will.«

»Du bist das Beste für mich, weil ich dich auch liebe.«

Er sah ihr in die Augen, und Stille legte sich über sie, eine Stille, die sie nicht zu brechen wagte, während eine Emotion nach der anderen über sein Gesicht jagte, das Gesicht, das sie so liebgewonnen hatte.

Seine Worte klangen abgehackt. »Gib mir eine Minute zum Nachdenken, Pandora. Sag ... sag nichts.«

Als sie seine Hände losließ, wandte er ihr den Rücken zu, während sie ihn beobachtete. Es war die längste Minute ihres Lebens. Sie versuchte, die verstreichenden Sekunden zu zählen, verzählte sich aber immer wieder. Sein Rücken war so abweisend. Aber er liebte sie, das hatte er gesagt. *Bitte!*, betete sie im Stillen. *Bitte!*

Als er sich wieder zu ihr umdrehte, war sein Blick fest und entschlossen, und ihr Herz setzte einen Schlag lang aus vor Angst, er könnte sie zurückweisen.

Er holte tief Luft. »Wenn ich zustimmen würde – wenn wir heiraten würden –, dann nur unter der Bedingung, dass wir die Ehe nicht vollziehen. Ich habe gelesen, dass man eine Ehe annullieren lassen kann, wenn das Paar nicht das Bett miteinander geteilt hat.«

Sie fühlte sich am Boden zerstört. »Willst du mich nicht ... auf diese Weise?«

Seine Stimme wurde noch rauer. »Natürlich will ich das. Aber ich werde dich nicht ausnutzen. Wenn wir wieder in England sind, möchte ich, dass du einen oder zwei Monate wartest und dich dann entscheidest, ob du eine echte Ehe eingehen willst oder nicht.«

»Aber ich weiß jetzt schon, dass ich meine Meinung nicht ändern werde. Ich *liebe* dich.«

»Das glaubst du. Du bist ganz allein auf der Welt, hast nur mich, der auf dich aufpasst. Nein, du *glaubst*, du liebst mich, aber wir können nicht sicher sein. Ich möchte dir die Chance geben, deine Meinung zu ändern.«

»Das werde ich nicht, Zachary.«

»Wenn du dann immer noch mit mir verheiratet sein willst – und es wird deine Entscheidung sein –, können wir es zu einer richtigen Ehe machen.«

Er bedeckte ihr Gesicht mit den Händen und senkte den Kopf, küsste sie langsam und zärtlich auf die Lippen, als wäre sie das Kostbarste auf der Welt. Sie schloss die Augen und gab sich den wunderbaren Gefühlen hin, die er in ihr weckte. Zum ersten Mal seit Jahren hatte sie das Gefühl, dass sie wieder glücklich sein könnte – mit einem Mann, einem Zuhause, einer Familie.

Als der Kuss endete, murmelte sie protestierend und schlang ihm die Arme um den Hals, um ihn nicht gehen zu lassen.

Er verschränkte seine Hände hinter ihrer Taille und blickte sie ernst an.

»Deine Bedingungen gefallen mir nicht, Zachary. Ich glaube nicht, dass das nötig ist.«

»Für mich sind sie nötig.«

Sie wünschte, er würde sie noch einmal küssen, denn das würde ihr die Gelegenheit geben, ihn davon zu überzeugen, dass sie nicht zu warten brauchten, aber hinter ihnen räusperte sich jemand. Als sie herumfuhren, sahen sie den Agenten, der in der Tür stand und sie mit einem schiefen Grinsen auf den Lippen ansah.

»Ich nehme an, das bedeutet, dass Sie der Hochzeit zugestimmt haben.«

»Ja«, antwortete sie eilig.

Zachary legte ihr einen Arm um die Schultern. »Können Sie uns sagen, an wen wir uns wenden müssen?«

»Auf der York Street gibt es St. John's. Das ist die erste Kirche, die in der Kolonie gebaut wurde.«

»Die habe ich gesehen. Und danach geben Sie uns die Kabine?«

»Sie gehört Ihnen, sofern Sie das Geld haben, um sie zu bezahlen. Im Grunde können wir das auch jetzt schon erledigen, dann brauchen Sie mir später nur noch Ihre Eheurkunde zu zeigen.« Er deutete auf den Hafen. »Das da ist Ihr Schiff. Es legt noch heute Abend ab, also sollten Sie direkt an Bord gehen, sobald sie verheiratet sind.«

Sie betraten das Büro, und Zachary kramte in seinem Geldgürtel herum und holte den notwendigen Betrag heraus. Das Geld, das Mr Featherworth ihm anvertraut hatte, war ihm in England wie ein kleines Vermögen vorgekommen, aber seit er in Australien war, hatte er es mit vollen Händen ausgegeben, mehr Geld, als er je in seinem ganzen Leben zuvor besessen hatte.

Erst als er den Agenten bezahlte, fiel ihm ein, dass er sich besser nach den Details ihrer Reise erkundigen sollte. »Ähm – wir zahlen für eine Reise nach England. Wie genau kommen wir dorthin?«

»Dieses Schiff wird Sie nach Point de Galle in Ceylon bringen. Dort wird es bekohlt. Von dort fährt es weiter nach Bombay, Sie müssen also auf ein anderes Postschiff umsteigen. Viele Schiffe laufen Point de Galle an, Sie werden also keine Probleme haben, eines nach Suez zu finden. Fragen Sie einfach den Agenten. Von Suez aus müssen Sie mit dem Zug über Land zum Hafen von Alexandria fahren, der am Mittelmeer liegt. Dort nehmen Sie ein weiteres Schiff nach Southampton über Malta und Gibraltar. Im Moment wird ein Kanal gebaut, der Suez mit dem Mittelmeer verbinden soll, aber diejenigen in meiner Firma, die sich mit so etwas auskennen, sagen, das wird nie etwas. Zu eng.«

Sie wechselten einen verblüfften Blick, und er sah, wie sie die legendären Ortsnamen flüsterte. *Suez. Mittelmeer. Malta.*

»Ich gebe Ihnen eine Quittung über den Fahrpreis, damit

Sie nachweisen können, dass Sie für die ganze Strecke bis nach England bezahlt haben. Verlieren Sie sie nicht.« Er öffnete eine Schublade und zog ein Stück bedrucktes Papier heraus, griff nach seiner Schreibfeder und tauchte sie in das Tintenfass. »Sie können sich ruhig hinsetzen. Es wird ein paar Minuten dauern. Ich brauche ein paar Angaben von Ihnen.«

Zachary saß neben Pandora auf einer Holzbank und beantwortete die Fragen des Agenten. In den Pausen dazwischen wich er ihrem Blick aus und starrte entschlossen auf seine Hände, die er so fest gefaltet hatte, dass seine Knöchel weiß hervortraten.

Würden sie wirklich heiraten?

Als sie wieder nach draußen kamen, sah er sie an, und ausnahmsweise ließ er sein Herz sprechen: »Wenn du dich entscheidest, dass du eine richtige Ehe eingehen willst, verspreche ich dir, dass ich alles dafür tun werde, dich glücklich zu machen. Immer. Ich liebe dich so sehr, Pandora.«

Kapitel 16

Cassandra war missmutig. Nicht nur vermisste sie Pandora, sie versuchte außerdem, Livia die Aufgaben eines Dienstmädchens beizubringen. Livia wusste beim besten Willen nicht, wie man die unterschiedlichen Arbeiten erledigte, und es war ziemlich mühsam, sie anzuleiten. Obwohl Reece seiner Frau davon abgeraten hatte zu arbeiten, ging Cassandra ein paar Mal in der Woche mit ihm zu den Southerhams, aus purem Mitleid mit dem glücklosen Paar.

Irgendwann sagte Reece: »Diesmal kommst du nicht mehr an mir vorbei. Heute ist definitiv dein letzter Tag bei den Southerhams, Cassandra-Liebling. Wenn Livia noch mehr lernen möchte, soll sie zu Kevin kommen und dich fragen.« Als sie protestieren wollte, nahm er sie in die Arme und sagte sanft: »Willst du etwa das Leben des Babys aufs Spiel setzen?«

Sie ließ sich gegen ihn sinken. »Nein. Aber sie tun mir so leid.«

»Ich werde am Sonntag wieder zum Laden fahren. Und dann frage ich, ob irgendjemand eine Tochter hat, die gern als Dienstmädchen für sie arbeiten möchte, wenn auch nur vorübergehend.«

»Ich bezweifle, dass du jemanden finden wirst.«

»Vielleicht doch. Einige der Familien, die wir aus der Kirche kennen, sind sehr knapp bei Kasse.«

Cassandra war nicht die Art von Frau, die sich von ihrem Mann etwas vorschreiben ließ, aber sie wusste, dass er recht hatte, und sie wusste auch, dass er es nur gut meinte. Außerdem war sie nach einem halben Tag Arbeit tatsächlich erschöpft. »Also gut.«

Nach dem Frühstück sagte sie: »Ich werde mich besser fühlen, wenn wir etwas von Pandora gehört haben. Jetzt dauert es doch sicher nicht mehr lange? Sie hatten Zeit, Albany zu erreichen, und Leo ist bestimmt schon auf dem Rückweg.«

»Das Schiff soll heute ablegen, wenn es sich an seinen Zeitplan hält, also wenn alles gut geht, müsste er in etwa einer Woche wieder da sein.«

»Ich frage mich die ganze Zeit, wie es Pandora geht, was sie wohl macht.« Sie hätte am liebsten geweint, wollte aber nicht zeigen, wie traurig sie über den Abschied von ihrer Schwester war.

Reece antwortete nicht, legte ihr bloß eine Hand auf die Schulter und sagte: »Komm her!« Er zog sie an seine Brust, während sie mit ihrer Selbstbeherrschung kämpfte.

»Also dann«, sagte sie nach einer Weile, »machen wir uns auf den Weg zur Arbeit.«

Er küsste sie auf die Wange. »Ich bringe dich nach Westview. Du kannst zwei Stunden bleiben, dann bringe ich dich zurück.«

Bei niemandem hatte sie sich je so geliebt gefühlt wie bei Reece. Sie lächelte ihn verträumt an und nahm seine Hand. Ganz egal, dass man Hand in Hand nicht so schnell vorankam. So war es viel schöner, als wären ihre Herzen durch die Wärme ihrer verschränkten Finger miteinander verbunden.

Auch in Galway House dachten die Zwillinge an ihre Schwestern. Mrs Largan beteuerte, dass es Pandora sicher gut gehe, und erinnerte sie daran, dass es bis zur Geburt von Cassandras Baby noch einen Monat dauern würde, trotzdem machten sie sich Sorgen.

»Ich glaube, ich bin erst beruhigt, wenn ich höre, dass Pandora sicher angekommen ist«, erklärte Maia.

»Nun, selbst wenn sie gut ankommt, wird es noch lange dauern, bis wir etwas von ihr hören«, erwiderte Xanthe bitter.

»Die Entfernungen sind hier einfach viel zu groß. Keine Eisenbahnen, keine Telegramme, nicht einmal Nachbarn oder gar Dörfer, worüber sich Neuigkeiten verbreiten könnten. Ich kann sehr gut verstehen, warum Pandora in die Zivilisation zurückkehren wollte.«

Maia starrte sie entsetzt an. »Bereust du etwa, dass du nicht mitgegangen bist?« Sie sah, wie der grimmige Blick ihrer Schwester sanfter wurde.

Xanthe tätschelte Maia den Arm, wie sie es gelegentlich tat. »Manchmal bereue ich es. Aber du brauchst mich immer noch hier, also ist es richtig, dass ich geblieben bin.«

»Ich werde dich immer in meiner Nähe brauchen.«

»Nein, wirst du nicht. Eines Tages wirst du heiraten, und dann hast du deinen Mann.« Sie bemerkte, dass Mrs Largan sie besorgt ansah, und lächelte der älteren Frau zu. »Tut mir leid. Wir kommen heute mit der Arbeit nicht besonders gut voran, was?«

»Lasst doch die Arbeit. Es ist nur natürlich, dass ihr euch Sorgen um Pandora macht.«

»Und um Cassandra«, fügte Maia hinzu.

Zachary und Pandora traten aus dem Büro des Agenten und machten sich auf den Weg zur Kirche St. John the Evangelist in der York Street.

»Ist diese dir recht?«, fragte er, als sie davor stehen blieben.

»Für mich spielt es keine Rolle, wo wir heiraten, Hauptsache, wir tun es.«

»Dann lass uns den Pfarrer suchen.«

Es dauerte fast eine Stunde, bis sie ihn gefunden hatten, und als sie ihm erklärten, was sie wollten, sah der Pfarrer sie missbilligend an.

»Ich kann einer so überstürzten Trauung nicht zustimmen. Junge Frau, was hat sich Ihre Familie nur dabei gedacht,

Sie ohne den Schutz des Namens dieses Mannes auf eine so lange Reise zu schicken?«

Pandora ließ sich ihre Wut über seinen Übereifer nicht anmerken, aus Angst, er könne sich sonst weigern, sie zu trauen.

»Wir mussten eilig aufbrechen, nachdem wir eine dringende Mitteilung aus England erhalten hatten. Die Schwester, mit der ich hier zusammenlebte, bekommt bald ein Kind, also konnte sie mich nicht begleiten, und unser Pfarrer kommt nur einmal im Monat zum Gottesdienst in die Scheune.«

Einen Moment lang herrschte Stille, dann stieß der Pfarrer ein Schnauben aus, das immer noch missbilligend klang. »Also gut. Kommen Sie in einer Stunde in die Kirche. Sie brauchen zwei Trauzeugen.«

»Ich mag ihn nicht. Ich wünschte, uns würde ein freundlicherer Mann vermählen«, sagte sie wehmütig, als sie das Haus des Geistlichen verließen.

»Du kannst es dir immer noch anders überlegen.«

»Zachary, hör auf, das zu sagen!«

»Ich will nur nicht, dass du etwas tust, was du später bereuen könntest.«

Sie seufzte und zog an seiner Hand. »Los, komm. Ich werde meine Meinung nicht ändern, und jetzt muss ich mich so schön wie möglich machen, ich heirate schließlich nur einmal.«

»Du bist immer wunderschön.«

»Du auch.«

Er kicherte. »Mit diesem kantigen Gesicht?«

»Dein freundliches Wesen macht es schön.«

Er blieb stehen und sah sie an, vor Verblüffung fehlten ihm die Worte.

Lächelnd und zufrieden, dass sie ihn überrascht hatte, zog sie ihn weiter.

Mrs Tyler starrte die beiden mit offenem Mund an, als sie ihr berichteten, was los war, und noch einmal, als sie sie baten, zusammen mit ihrem Sohn Martin ihre Trauzeugen zu sein.

»Na, so was!« Einen Augenblick stand sie nachdenklich da, dann wandte sie sich an Zachary. »Gehen Sie zum Stall am Ende der Straßen und holen Sie unseren Martin, während ich Pandora helfe, sich schön zu machen. Gut, dass ich in meinem Garten ein paar Margeriten blühen habe. Wir können schließlich keine Hochzeit ohne Brautstrauß feiern, nicht wahr?«

Aber es würde eine Hochzeit ohne das gewisse Etwas werden, sogar ohne die strahlende Helligkeit einer frischen Liebe, dachte Pandora sehnsüchtig. Sie hatte kein neues Kleid, und ihr einziger Strohhut war sehr schlicht, mit einer schmalen Krempe, und er war bloß mit einem marineblauen Band verziert.

Mrs Tyler runzelte bei diesem Anblick die Stirn, ging in ihr Schlafzimmer und kehrte mit einem viel schöneren Schleifenband zurück, das an einer weißen Seidenblume befestigt war.

»Hier, die können wir an Ihren Hut stecken. Die wird alles ein wenig aufhellen.«

»Das kann ich nicht annehmen ...«

»Es ist mein Hochzeitsgeschenk. Keine Hochzeit ohne Geschenke, oder? Lassen Sie mich mit Ihren Haaren helfen. Sie haben so schöne Haare. Es wäre zu schade, sie unter dem Hut zu verstecken. Sie werden eine wunderschöne Braut abgeben, egal was Sie tragen.«

Mrs Tyler erwies sich als überraschend geschickt. »Es gibt nicht viele, denen ein Mittelscheitel so gut steht wie Ihnen«, sagte sie mit dem Mund voller Nadeln. »Ich verstehe nicht, warum junge Frauen jemals angefangen haben, ihre Haare so zu tragen.«

Pandora sah im Spiegel zu, wie ihre ältere Begleiterin die Seitenhaare aufbauschte, um alles bis auf die Ohrläppchen an jeder Seite zu verdecken, und dann zwei lange Strähnen zu dünnen Zöpfen verdrehte, die sie im Nacken zu einem lockeren Knoten verschlang. Normalerweise steckte Pandora sich die Haare in einem möglichst festen Knoten hoch und befestigte ihn mit Haarnadeln, damit er an seinem Platz blieb, aber so ... nun, so sah es viel schöner aus. Würde es Zachary gefallen? Sie hoffte es.

»Bitte sehr. Wie finden Sie es?«

Pandora betrachtete sich im Spiegel und nickte. »Es sieht wunderschön aus. Vielen Dank. Wissen Sie, ich muss einen Brief an meine Schwestern schreiben, aber meine Schreibsachen sind ganz unten in meinem Koffer.«

»Ich habe Schreibpapier und fertig angerührte Tinte. Ich brauche keine Minute, um sie zu finden.«

Pandora umarmte sie rasch. »Danke. Sie sind so freundlich.«

Die sonst so schroffe Mrs Tyler errötete bei dem ungewohnten Kompliment und eilte mit einem Lächeln, das ihre Züge weicher erscheinen ließ, aus dem Zimmer.

Pandora warf einen letzten Blick in den Spiegel, dann beeilte sie sich, ihre Sachen zu packen.

Sie hielt den Atem an, als sie in das kleine Wohnzimmer trat, wo Zachary auf sie wartete. Sein Blick sagte alles, was sie sich erhofft hatte.

»Du siehst noch schöner aus als sonst.«

Sie sahen einander einen Augenblick lang an, und es kam ihnen vor, als wären sie allein auf der Welt. Dann nickte er und bot ihr seinen Arm.

Leo begleitete sie zur Kirche und lächelte breit. »Ich habe dir doch gesagt, dass du Pandora heiraten würdest«, sagte er zu Zachary.

»Ja.« Es wäre schön gewesen, Leo als Trauzeugen zu haben, aber sie brauchten jemanden, der mit seinem Namen unterschreiben konnte. Zachary wollte nicht, dass irgendjemand die Rechtmäßigkeit der Ehe infrage stellen konnte, falls ... falls Pandora ihre Meinung nicht änderte, sobald sie wieder in England wären.

Die Zeremonie selbst war kurz. Die Braut und der Bräutigam antworteten ohne zu zögern, während Mrs Tyler sich eine oder zwei Tränen der Rührung wegwischte. Leo strahlte alle ununterbrochen an, und Martin fummelte an seinem Kragen herum, als fühlte er sich in der Kirche unwohl.

Als sie das Kirchenbuch unterschrieben und ihre Heiratsurkunden erhalten hatten, war es schon weit nach Mittag, also mussten sie ihr Gepäck holen und an Bord gehen.

Pandora umarmte Leo zum Abschied. »Vergiss nicht, Cassandra alles über die Hochzeit zu erzählen. Ich habe dir den Brief für sie gegeben. Verliere ihn nicht.«

»Ich werde ihn nicht verlieren«, wiederholte er, nickte eifrig und klopfte auf seine Tasche.

Martin räusperte sich, um ihre Aufmerksamkeit auf sich zu ziehen. »Zeit zu gehen. Ich springe eben zum Haus und hole den Handwagen mit Ihrem Gepäck, Mrs Carr.«

Mrs Carr! Ich bin jetzt eine verheiratete Frau, dachte Pandora, als sie durch die Straßen gingen. Sie hätte sich anders fühlen sollen, aber das tat sie nicht. Nun, da sie es hinter sich hatten, fühlte sie sich vor allem taub. So vieles hatte sich in den letzten zwei Wochen verändert, und sie war erschöpft. Sie hatte sich noch nicht ganz von der Erkältung und der anstrengenden Reise nach Albany erholt. Tatsächlich fühlte sie sich, als wäre sie fast ein Jahr lang ununterbrochen gelaufen, und jetzt wollte sie nichts lieber, als sich endlich auszuruhen.

Zachary neben ihr war genauso schweigsam, und als sie ihm einen kurzen Blick zuwarf, bemerkte sie, dass er nachdenklich dreinschaute. Sie nahm sich vor, noch lange vor ihrer Ankunft in England die Ehe zu vollziehen. Wenn sie auf so engem Raum zusammenlebten, sich eine Kabine teilten, würde er sie doch sicher lieben wollen?

»Ich habe noch nie einen Dampfer gesehen«, sagte sie, als sie sich dem Schiff näherten, nachdem sie dem Agenten ihre Eheurkunde vorgelegt hatten. »Es ist viel größer als die *Tartar*. Und wie seltsam es aussieht, mit dem Schornstein in der Mitte und den großen Segeln auf beiden Seiten.«

»Das heißt hier Schlot, nicht Schornstein.«

Sie schnitt eine Grimasse. »Nun, für mich sieht es wie ein kleiner Fabrikschornstein aus.«

»Ich nehme an, dass es schneller vorankommt als ein Segelschiff, aber es wird sowohl die Segel als auch den Motor benutzen.« Er hielt inne, dann fuhr er im Flüsterton fort: »Ich kann nicht glauben, dass wir nach Suez fahren, auf dem Landweg quer durch Ägypten – *Ägypten!* – und dann über das Mittelmeer. Ich, Zachary Carr, werde all die Orte sehen, von denen ich bisher nur gelesen habe!«

»Dad hätte sie auch so gern gesehen!« Sie hörte, wie ihre Stimme bei den Worten zitterte. »Cassandra und Reece haben alle Bücher über fremde Länder gelesen, die sie in die Finger bekommen konnten, und jetzt leben sie auf einer abgelegenen Farm in Australien, und ich reise an ihrer Stelle. Obwohl *ich* niemals das Bedürfnis danach hatte. Geht das Leben nicht seltsame Wege?«

»Immerhin bist du auf dem Weg nach Hause. Darüber bist du bestimmt froh.«

Sie nickte, aber ihre Gefühle überwältigten sie beinahe. Wie weit weg sie von ihren Schwestern sein würde! Würde sie sie jemals wiedersehen? Und dennoch sehnte sie sich so sehr nach Lancashire, danach, sich endlich wieder richtig zu Hause zu fühlen.

Zachary verabschiedete sich von Martin und dankte ihm für seine Hilfe, also schloss sie sich ihm an und umarmte Leo noch einmal. Dann gingen sie an Bord und verließen den australischen Boden.

Sie überließ es ihrem frisch angetrauten Ehemann, das Gespräch mit dem Offizier führen, der sie begrüßte. Sie versuchte, die Blicke der anderen Passagiere zu ignorieren, als sie dem Offizier über das Deck zu ihrer Kabine folgten.

Nun, da alles erledigt war, siegte die Müdigkeit.

Zachary trat zur Seite, um Pandora den Vortritt zu lassen. Die Kabine war ein wenig größer als die, die er und Leo sich auf dem Weg nach Australien geteilt hatten, aber trotzdem nicht besonders groß. Er steckte dem Steward ein Trinkgeld zu, während Pandora – *seine Frau!* – ihre Kojen und den wenigen Platz musterte, der ihnen noch blieb, um sich zu bewegen.

»Die Kabine ist nicht so viel größer als unsere auf dem Zwischendeck auf der Hinfahrt«, flüsterte sie, als sie allein waren.

»Nein, aber hier sind wir unter uns. Außerdem werden wir ziemlich viel Zeit an Deck oder bei schlechtem Wetter im Aufenthaltsraum verbringen. Dort nehmen wir unsere Mahlzeiten ein.«

»Verstehe. Willst du die obere oder die untere Koje, Zachary?«

»Das ist mir egal. Ich nehme die, die du nicht willst.«

»Ich glaube, dann hätte ich lieber die untere. Ich hätte Angst davor, aus der oberen zu fallen. Schade, dass wir nicht zusammen schlafen können. Ich liebe es, wenn du mich in den Armen hältst.«

Er versuchte, nicht darüber nachzudenken, denn dem nicht nachzugeben, mit ihr zu schlafen, wenn sie sich an ihn schmiegte, war das Schwerste, was er je hatte tun müssen. »Unter den gegebenen Umständen ist das wahrscheinlich das Beste.«

»Wir könnten immer noch zusammen auf dem Boden schlafen. Das wäre nicht härter als die Betten, die wir während der Reise geteilt haben.«

Er setzte ihren Überlegungen schnell und unmissverständlich ein Ende, denn er war ein Mann und kein Heiliger. »Es wäre nicht richtig.«

»Das ist deine Meinung, nicht meine.«

Er war erleichtert, als jemand an die Tür klopfte. Draußen stand ein Matrose, der ihnen die Koffer in die Kabine brachte.

»Ihre Truhen wurden im Frachtraum verstaut, Mr Carr«, sagte er.

»Danke.«

Wenige Minuten später tauchte der Steward wieder auf, um sie über die Essenszeiten und verschiedene andere Details des Bordlebens zu informieren.

Zachary hörte aufmerksam zu, weil er sich beim Umgang mit den anderen Kabinenpassagieren nicht blamieren wollte, aber es klang sehr ähnlich wie bei seiner vorherigen Reise.

»Lass uns auspacken und an Deck gehen«, schlug er vor, als sie allein waren. »Ich würde gern ein wenig frische Luft schnappen.«

Als die *Bombay* später an diesem Tag die Segel setzte, gingen Zachary und Pandora auf den Teil des Decks, der den Passagieren der Kabinenklasse vorbehalten war, um einen letzten Blick auf Albany zu werfen. Als das Deck schwankte, stolperte sie und stieß gegen eine andere Dame, sie entschuldigte sich, und sie stellten sich einander vor.

Hier gab es kein rüpelhaftes Lachen und Necken und weniger Einschränkungen, wohin sie gehen durften, stattdessen höfliche Gespräche und freundliches Lächeln. Ganz anders als auf ihrer Reise nach Australien mit den anderen Mädchen aus der Fabrik, wo sie hin und her getrieben worden waren wie eine Herde widerspenstiger Schafe. Sie blickte auf den schwarzen Rauch, der aus dem Schlot strömte. Jetzt sah er in ihren Augen sogar noch mehr wie ein Fabrikschornstein aus, aber die Schornsteine in Outham rauchten nicht mehr, seit die Fabriken mangels Baumwolle geschlossen waren.

Sie wollte nichts lieber, als sich ins Bett zu legen und tausend Jahre lang zu schlafen, rang sich aber dazu durch, am Abendessen für die Kabinenpassagiere teilzunehmen. Hier nannte man es Dinner, nicht Tee, und es war viel opulenter, als sie erwartet hatte. Zachary schien mit der Anordnung des Bestecks bestens vertraut zu sein, also folgte sie seinem Beispiel, wie man es benutzte, während sie versuchte, den Umsitzenden, die alle höflich plauderten, zu antworten.

Natürlich erkundigte sich jemand: »Wie lange sind Sie schon verheiratet, Mrs Carr?«

Als Pandora errötete, lächelte Zachary und zog seine Taschenuhr heraus. »Etwas mehr als acht Stunden.«

Einen Augenblick lang herrschte Stille, dann gratulierten ihnen ihre Reisebegleiter, und jemand rief nach Wein, um auf die Frischvermählten anzustoßen.

Pandora hatte noch nie zuvor Wein gekostet, und obwohl sie die tiefrote Farbe schön fand, enttäuschte sie der Geschmack, denn sie hatte erwartet, er wäre süß. Aber sie ließ sich nichts anmerken und trank hin und wieder einen winzigen Schluck, lehnte es aber ab, sich nachschenken zu lassen.

Alles fühlte sich immer noch so unwirklich an wie ein Traum. Aber wenn es einer war, dann wollte sie nicht aufwachen. Zachary wollte vielleicht, dass sie noch warteten, bis sie wirklich seine Frau wurde, aber sie wusste, sie würde ihre Meinung nicht ändern, sie würden irgendwann zusammen sein.

Es sei denn, *er* änderte seine Meinung.

Es waren zwei so ereignisreiche Wochen gewesen, dass sie froh war, sich frühzeitig von den anderen verabschieden zu können. Sie war noch nicht wieder ganz auf der Höhe und konnte sich das nicht erklären, denn normalerweise hatte sie eine ausgezeichnete Konstitution.

»Möchtest du noch einen Rundgang über das Deck machen?«, fragte Zachary.

»Nein, danke. Ich bin so müde, dass ich direkt ins Bett gehen möchte.«

Aber als sie in der Kabine ankamen, zögerte sie, weil ihr auffiel, dass sie sich vor ihm würde ausziehen müssen, und auf einmal schämte sie sich.

Er drückte ihre Hand, als sie auf der Schwelle stoppte. »Ich glaube, ich gehe noch ein wenig frische Luft schnappen, bevor ich mich ins Bett lege.«

Als sie allein war, dachte sie verwundert darüber nach, wie verständnisvoll er war, und stand einen Augenblick lang dümmlich lächelnd da. Dann gähnte sie und streckte sich, ihr ganzer Körper schmerzte vor Müdigkeit, und griff nach ihrem Nachthemd aus einfacher Baumwolle, alt und abgetragen wie die meisten ihrer Kleider.

Nachdem sie sich ausgezogen hatte, legte sie sich ins Bett und wartete. Wo war Zachary? Offenbar ließ er sich viel Zeit bei seinem Spaziergang über das Deck. Das ganze Schiff konnte nicht viel länger als sechzig oder siebzig Meter sein.

Es war nicht besonders warm, und sie kuschelte sich unter ihre Decke.

Irgendwann klopfte es an der Tür, und Zachary sagte: »Ich bin's«, bevor er eintrat. Als er die Tür wieder geschlossen hatte, sah er sie im Licht der Laterne an, die an dem Sicherheitshaken hing. »Du siehst aus, als wärst du schon fast eingeschlafen.«

»Das bin ich auch. Normalerweise bin ich nicht so müde.«

»Nun, du hast dich gerade erst von einer Krankheit erholt und hast eine anstrengende Reise hinter dir.« Er fand sein Nachthemd und blies die Lampe aus.

Sie schloss die Augen und fand es beruhigend zu hören, wie er sich in der Nähe bewegte. Der Bettrahmen wackelte, als er in die obere Koje kletterte, und wieder lächelte sie.

Er war hier. Sie war in Sicherheit. Der Schlaf hüllte sie ein wie eine weiche Decke.

Zachary brauchte viel länger, bis er einschlief. Ihre sanften Atemzüge unter ihm, die Erinnerung an das Gefühl, wie sie neben ihm lag, bescherten ihm eine rastlose Stunde, bis er endlich zur Ruhe kam.

Leo und Martin kamen nach einer ereignislosen Reise spät in dieser Nacht wieder in Mount Barker an. Bert war froh, sie zu sehen.

»Wir brechen auf, sobald dieser verdammte Wagen repariert ist«, kündigte er an.

Leo hörte kaum zu, seine Aufmerksamkeit galt nur einer Sache: »Ich muss mich um die Pferde kümmern.«

Als er schließlich zurück zu Bert in den Gemeinschaftsraum kam, war das Abendessen schon fast fertig.

»Hast du gehört, was ich gesagt habe? Ich will morgen losfahren, sobald der verdammte Wagen repariert ist.«

»Lass mich zuerst deinen Arm ansehen.« Leo zog mit vorsichtigen Händen die Stoffschlinge ab. »Es verheilt gut.«

»Es tut auch schon nicht mehr so weh.« Bert zögerte und fügte dann hinzu: »Dank dir.« Er wusste, was für ein Glück er gehabt hatte, jemanden bei sich zu haben, der einen gebrochenen Arm richten konnte.

Leo nickte abwesend und konzentrierte sich mit der Zunge im Mundwinkel darauf, die Schlinge wieder anzulegen.

Bert beobachtete ihn und unterbrach ihn nicht, bis er fertig war. »Kommst du mit den Pferden klar und kannst ohne meine Hilfe fahren, Junge? Es wird nicht einfach und dauert mindestens eine Woche.«

»Oh ja. Das sind gute Pferde.«

»Gut. Das wäre dann geklärt.«

Sie setzten sich hin und warteten, dass der Wirt ihnen ihr Essen brachte. Bert fand es schön, einen Begleiter zu haben, der nicht die ganze Zeit über redete.

Endlich kam das Essen. »Mr Carr hat die Rechnung bereits

bezahlt«, sagte der Wirt, »und sogar daran gedacht, die Reparaturen zu bezahlen. Es war mir ein Vergnügen, mit jemandem wie ihm Geschäfte zu machen.«

Martin kam herein und setzte sich zu ihnen. »Ich kann das neue Rad anbringen, sobald es hell ist. Der Rest ist bereits repariert. Sie hatten Glück, dass kein größerer Schaden entstanden ist.«

»Gut.« Bert aß einhändig, aber mit Appetit.

»Habe ich schon erzählt, dass Zachary und Pandora in Albany geheiratet haben?«

Bert erstickte fast an seinen Kartoffeln. »Das ist nicht wahr!«

»Doch. Sie mussten heiraten, um die letzte freie Kabine zu bekommen. Dieser P&O-Agent ist wirklich kleinlich. Aber sie waren ja schließlich schon verlobt, nicht wahr?«

»Sie lieben sich«, sagte Leo. »Ich bin froh, dass sie verheiratet sind.«

»Ich und Mum waren die Trauzeugen. Ach, das hätte ich fast vergessen.« Er zog einen Brief aus der Tasche. »Sie hat ihrer Schwester geschrieben. Kannst du den Brief mitnehmen?«

Leo griff danach. »Ich habe noch einen Brief an ihre Schwester. Ich überbringe sie zusammen.«

Martin steckte sich eine Gabel voll Fleisch in den Mund.

Ohne dass er ihn darum bitten musste, streckte Leo die Hand aus, um Berts Fleisch klein zu schneiden.

Bert war dankbar. Er hatte es satt, mit einer Hand zurechtkommen zu müssen, aber Leo hatte bereits eine oder zwei kleine Aufgaben für ihn erledigt, ohne dass er ihn darum hatte bitten müssen. Er war ein seltsamer Junge, aber gutherzig. Ohne ihn wären sie auf der Reise aufgeschmissen gewesen. Er hatte sogar verhindert, dass der Unfall noch schlimmere Folgen gehabt hatte.

Das zeigte doch nur, dass man Menschen nicht nach ihrem Aussehen beurteilen sollte.

Bert leerte schweigend seinen Teller, auch wenn Martin noch ein wenig weiterplapperte. Glücklicherweise gab es noch einen weiteren Reisenden, der sich gern mit ihm unterhielt. Bert aß sein Essen am liebsten in Ruhe.

Am ersten Morgen auf dem Schiff wachte Pandora mit einem Ruck auf, für einen Augenblick wusste sie nicht, wo sie war, dann fiel ihr alles wieder ein. Sie war *verheiratet*. Auf dem Weg zurück nach England.

»Ich bin wach«, sagte Zachary leise über ihr. »Möchtest du dich zuerst anziehen oder soll ich? Wenn wir die Glocke läuten, bringt uns der Steward heißes Wasser.«

»Du musst dich rasieren, solange das Wasser heiß ist. Ich warte mit dem Aufstehen.«

Sie sah zu, wie er sich rasierte, dann zögerte er und sah sie an, also drehte sie ihm den Rücken zu und wartete, bis er sich gewaschen hatte. Eine Träne rann ihr über die Wange. Das war nicht das, was sie von der Ehe erwartet hatte oder was sie wollte.

»Ich bin jetzt fertig, Pandora. Ich gehe und warte im Aufenthaltsraum auf dich.«

Sie versuchte, fröhlich zu klingen. »Ich brauche nicht lange.« Aber sie war nicht fröhlich. Sie war enttäuscht. Bitter enttäuscht. Sie wollte nicht, dass er sich so edel verhielt, was ihre Ehe anging. Sie wollte … ihn. Ganz.

Nicht alle Kabinenpassagiere waren beim Frühstück, einige waren »indisponiert«, obwohl die See nicht besonders rau war, sondern dem Steward zufolge bloß »ein wenig bewegt«.

Nach dem Frühstück stellte sich Pandora an die Reling und wartete auf ihren Mann. Sofort wurde sie von jungen Männern umringt und wusste nicht, wie sie ihnen sagen sollte, dass sie weggehen sollten. Sie wollte niemanden beleidigen, aber sie hatte nie gelernt, wie man flirtete, und wollte jetzt auch nicht damit anfangen. Es stellte sich heraus, dass es sich um die All England Eleven handelte, die in Australien gewesen waren, um Cricket zu spielen.

Sie war erleichtert, als Zachary auf sie zukam, die Situation mit einem Blick erfasste und fröhlich sagte: »Meine Herren, vielen Dank, dass Sie meiner Frau Gesellschaft geleistet haben, aber wenn es Ihnen nichts ausmacht, werde ich diese angenehme Aufgabe jetzt übernehmen. Schließlich sind wir in den Flitterwochen.«

Mit gemurmeltem Bedauern zogen sie sich zurück.

»Ich bin so froh, dich zu sehen«, gestand sie flüsternd. »Ich wusste nicht, was ich tun sollte. Sie haben so alberne Dinge gesagt.«

»Lächle einfach und lass sie reden. Du weißt doch bestimmt, dass du Aufmerksamkeit erregst.«

Sie sah ihn verwirrt an.

»Du bist eine wunderschöne Frau, Pandora.«

»Ach, das. Ich wünschte, ich wäre es nicht. Ich mag es nicht, diese Art von Aufmerksamkeit zu erregen. Aber lass uns nicht mehr darüber reden. Hast du unsere Bücher geholt?«

»Ja. Wir suchen uns einen windgeschützten Ort und lesen.«

»Das klingt wunderbar.«

Sie konnte sich nicht erinnern, wann sie das letzte Mal nichts zu tun gehabt hatte und sich einfach hingesetzt hatte, um ein Buch zu lesen. Aber heute fiel es ihr schwer, sich zu konzentrieren. Nachdem sie die ersten paar Seiten zum zweiten Mal gelesen hatte, weil ihr nichts im Kopf zu bleiben schien, blickte sie auf und sah, wie er in die Ferne schaute und keine Anstalten machte zu lesen.

Er drehte sich zu ihr um. »Du brauchst nicht aufzuhören zu lesen, nur weil ich heute zu faul dazu bin.«

Sie legte ihr Buch nieder, lehnte sich zurück und schloss die Augen. »Ich bin heute auch faul.«

Nach einigen Momenten der Stille fragte er unvermittelt: »Du bereust es doch nicht, oder?«

»Dass wir geheiratet haben, meinst du?«

Er nickte.

»Wie oft soll ich dir noch sagen, dass ich dich heiraten wollte?«

»Ich muss ganz sicher sein.« Er griff nach ihrer Hand und hielt sie für einen Augenblick fest, dann lagen sie still auf den Liegestühlen und ruhten sich aus.

Sie schreckte auf und stellte fest, dass sie eingenickt war. Zachary war immer noch da und lächelte sie an. »Ich kann nicht glauben, dass ich eingeschlafen bin«, sagte sie verwirrt. »Ich bin doch gerade erst aufgestanden.«

»Du bist immer noch blass. Ich bin sicher, eine lange Ruhepause wird dir guttun.«

»Wie lange dauert es, bis wir nach Point de Galle kommen?«

»Etwa zwei Wochen, glaube ich.«

An diesem Abend erkundigte er sich nach dem gesamten Reiseverlauf, und mehrere Leute steuerten Informationen dazu bei.

»Etwa fünfzehn Tage bis nach Point de Galle. Das ist ein netter Ort für einen Zwischenstopp.«

»Von dort etwa siebzehn oder achtzehn Tage bis nach Suez.«

»Insgesamt sechs Wochen bis nach England, vielleicht ein paar Tage mehr oder weniger.«

Pandora kannte sich mit der Weltkarte aus und runzelte die Stirn. »Wie kommen wir von dort aus ans Mittelmeer? Gibt es eine Straße?«

Ein Mann lachte. »Heutzutage ist alles sehr zivilisiert, meine liebe junge Dame, wir fahren mit dem Zug nach Alexandria, und das dauert nur ein paar Tage, solange der Zug nicht kaputtgeht. In Alexandria nehmen wir ein weiteres Dampfschiff.«

Ein älterer Mann lächelte in Erinnerungen versunken. »Das erste Mal sind meine Frau und ich mit einem Segelschiff nach Australien gereist. Das nächste Mal kamen wir über Ägypten, auf dem Landweg. Sie war eine unerschrockene Reisende, meine Mary, wir reisten mehrmals nach England zurück. Beim ersten Mal mussten wir mit Pferd und Wagen von Suez nach Kairo fahren – etwa achtzig Meilen, aber es fühlte sich eher wie fünfhundert an. Die Straßen waren schrecklich. Als wir ankamen, waren wir vom Ruckeln ganz grün und blau. Die nächste Etappe war den Nil hinunter in einem schmuddeligen alten Dampfschiff. Mary litt schrecklich unter Insektenstichen, die Arme, aber sie konnte über so etwas immer lachen. Und die letzte Etappe legten wir schließlich in einem stickigen Kanalboot nach Alexandria zurück.«

Einige der älteren Passagiere begannen, Anekdoten aus alten Tagen auszutauschen, und Pandora begnügte sich damit zuzuhören.

An diesem Abend machte Zachary vor dem Schlafengehen wieder einen Spaziergang an Deck, und es dauerte so lange, bis er zurückkam, dass sie schon fast eingeschlafen war.

In der Nacht wachte sie auf, hörte seinen ruhigen, gleichmäßigen Atem über sich und seufzte. Sie wünschte sich, er würde sie wieder in seinen Armen halten.

Der alte Herr, der damals auf dem Landweg nach Australien gereist war, fragte am nächsten Morgen, ob er sich zu ihnen setzen dürfe, offensichtlich sehnte er sich nach einer Unterhaltung. Erleichtert ließ Pandora ihr Buch sinken. Sie ertappte sich immer wieder dabei, Zachary zu beobachten, anstatt zu lesen, und fragte sich, was er dachte.

»Ich fahre nach Hause, um dauerhaft in England zu leben«, erzählte Mr Plumley. »Ich habe zwei Söhne in Australien und zwei in England, Enkelkinder an beiden Orten. Aber seit dem Tod meiner Frau sehne ich mich nach meinem alten Land. Dumm, nicht wahr?«

»Wenn Sie dumm sind, bin ich es auch«, sagte Pandora. »Ich hatte solches Heimweh, dass ich es kaum erwarten konnte, Australien zu verlassen, obwohl meine drei Schwestern noch dort sind.«

»Es ist tragisch, wie Familien durch die Distanz auseinandergerissen werden.« Er schüttelte traurig den Kopf. »Wenn man jung ist, ist es ein großes Abenteuer, in ein anderes Land zu reisen und sich dort niederzulassen, aber wenn man älter wird, sehnt man sich danach, die alten Orte zu sehen, die alten Freunde, zumindest diejenigen, die noch leben. Ich bezweifle, dass ich meine Kinder und Enkelkinder in Australien jemals wiedersehen werde, es sei denn, sie kommen mich besuchen.« Seine Miene erhellte sich.

Danach saßen sie recht oft mit Mr Plumley zusammen und nahmen dankbar sein Angebot an, ihnen in Point de Galle zu helfen, ein Schiff nach Suez zu finden. Es schien ihn nicht zu stören, wenn sie mitten im Gespräch einschlief, er sagte nur, wenn sie krank gewesen sei, brauche ihr Körper Ruhe und Erholung, um sich selbst zu heilen.

Es war ein Trost, dass sie tagsüber mit ihm plaudern konnte, denn die Nächte waren noch immer angespannt. Manchmal wollte Pandora Zachary am liebsten anschreien und ihn fragen, was mit ihr nicht stimmt, dass er sie nicht einmal berühren wollte.

Aber Stolz hielt sie davon ab. Ihr Stolz und seine höfliche Rücksichtnahme. Beides zusammen schuf eine sehr effektive Wand zwischen ihnen, als wären sie Fremde.

Kapitel 17

Zachary blickte entzückt über das helltürkise Wasser, während eine warme Brise sie umwehte. Hier in Point de Galle war es so ganz anders als am Ärmelkanal, wo das Wasser schmutzig braun gewesen war. Im Landesinneren war eine Bergkette zu erkennen, einer von ihnen überragte die anderen stolz. Darunter befand sich eine riesige Festung mit Blick auf den Hafen und die Stadt Galle.

Pandora sprach aus, was er dachte. »Ist das nicht wunderschön?«

»Sehr.« Er sehnte sich danach, ihr seinen Arm um die Schultern zu legen oder ihre Hand zu nehmen, erlaubte sich aber nicht, dieser Versuchung nachzugeben.

Sie fächelte sich mit einem Stück gefaltetem Papier, das sie träge vor ihrem geröteten Gesicht hin und her wedelte, Luft zu. »Ich wünschte nur, es wäre nicht so heiß und feucht. Das macht mich so schrecklich müde.«

In der Tat war sie immer noch so lethargisch, dass er sich Sorgen um ihre Gesundheit machte. Nachts hörte er, wie sie seufzte und sich mit einem feuchten Tuch über das Gesicht wischte, um sich abzukühlen. Doch wenn er sie fragte, was los sei, behauptete sie immer, es gehe ihr gut. Er wusste allerdings, dass das nicht stimmte. Sie hatte nichts mit der lebhaften, energiegeladenen jungen Frau gemeinsam, die er aus Outham kannte.

Als ihr Schiff in das tiefe, geschützte Wasser des Hafens gelotst wurde, kam Mr Plumley auf sie zu. »Bereit, von Bord zu gehen? Es wird eine Weile dauern, also werden Sie nicht ungeduldig.«

»Wir sind dankbar für Ihre Hilfe«, sagte Zachary.

»Ich freue mich über ein wenig junge Gesellschaft.« Er deutete auf die Befestigungsmauern. »Dort entlang machen wir nachher einen Spaziergang, sobald es kühler ist. Das ist ein beliebtes Ausflugsziel bei den Reisenden.«

Unter lautem Stimmengewirr strömten nahezu Hunderte von dunkelhäutigen Männern auf das Schiff und begannen, Gepäck und Fracht herunterzutragen. Als die Passagiere von Bord gingen, begleitete Mr Plumley die Carrs direkt zum P&O-Agenten und wartete geduldig mit ihnen, bis Mr Bailey ihnen seine Aufmerksamkeit schenkte.

»Wir sollten Ihre Zeit nicht derart in Anspruch nehmen«, sagte Zachary zu ihrem Begleiter.

Mr Plumley lächelte. »Was soll ich sonst damit anfangen, außer meinen Mitmenschen zu helfen? Außerdem ist es mir ein Vergnügen, die Dinge durch Ihre Augen neu zu sehen.«

Zu Zacharys Erleichterung würde in zwei Tagen ein Schiff Richtung Suez auslaufen, und es gab auch noch eine freie Kabine, sodass sie nur noch eine Unterkunft finden mussten, bis sie an Bord gehen konnten. Wieder gelang es ihnen mit Hilfe von Mr Plumley problemlos. Dann, als die Sonne mit tropischer Schnelligkeit hinter dem Horizont versank, machten sie alle einen kleinen Spaziergang entlang der Festung.

»Was möchten Sie morgen machen?«, fragte der alte Mann.

»So viel wie möglich sehen«, antwortete Zachary.

»Solange ich mich aus der direkten Sonne fernhalten kann«, fügte Pandora hinzu.

»Wir könnten einen Wagen mieten, da hätten Sie etwas Schatten«, schlug Mr Plumley vor. »Wenn es Ihnen zu heiß wird, könnten wir Sie leicht zurückbringen. Nun, gegen Mittag müssten wir ohnehin zurückkehren. Dann ist es zu heiß, um draußen zu bleiben.«

So sah Zachary zum ersten Mal in seinem Leben Kokospalmen und Brotfruchtbäume, probierte seltsam gewürzte Gerichte, die so scharf waren, dass Pandora sich Luft zufächeln musste und lachend gestand, dass sie weniger würziges Essen bevorzugte. Es war faszinierend, Menschen in verschiedenen Sprachen sprechen zu hören, denn durch die Straßen wanderten Reisende aus vielen Ländern, während ihre Schiffe Kohle aufluden.

Und es schien, dass Pandora beim Besichtigen der Sehenswürdigkeiten ein wenig auflebte.

Aber das Hauptproblem war für Zachary noch immer nicht gelöst. Er verstand nicht mehr, wie er so dumm hatte sein können, diesem Schwindel von einer Ehe zuzustimmen. Ein vorübergehender Anfall von Wahnsinn, weil er so berauscht von ihr gewesen war, nicht so sehr von ihrer Schönheit, sondern einfach von Pandora selbst.

Nein, nicht berauscht, einfach ganz altmodisch verliebt.

Aber er liebte sie zu sehr, um ihr nicht die Chance zu geben, ihre Meinung zu ändern, wenn sie sich in England wieder eingelebt hätte. Sonst könnte er nicht mehr in den Spiegel schauen. Seine Mutter hatte ihn oft genug mit seinen unumstößlichen Prinzipien aufgezogen, aber so war er eben.

Die Reise verlief ereignislos, und eine Woche, nachdem sie in Mount Barker aufgebrochen waren, kamen Leo und Bert gegen zwei Uhr nachmittags wieder in Westview an. Sie fuhren den Hügel hinauf und wurden von Reece und den Southerhams empfangen, die alle auf Neuigkeiten von Pandora warteten. Ein junges Mädchen, das beim letzten Mal noch nicht da gewesen war, stand im Kochbereich und beobachtete sie.

»Ich muss mich um die Pferde kümmern«, sagte Leo sofort.

Bert lächelte, als er die Enttäuschung auf den Gesichtern der anderen sah. Er war inzwischen daran gewöhnt, dass Leo seine Aufmerksamkeit zielstrebig auf die Tiere richtete. »Gib ihnen zuerst die Briefe, Junge.«

Leo hielt inne. »Ach ja.« Er zog zwei zerknitterte Briefe aus seiner Tasche und reichte sie Reece, dann machte er sich daran, das Pferd auszuspannen.

»Sie sind wohlbehalten auf das Schiff gekommen«, berichtete Bert. Er wedelte mit dem rasch heilenden Arm, den er noch immer in einer Schlinge trug. »Aber wegen dem hier war ich nicht persönlich dabei. Ein Kerl aus Mount Barker hat sie auf der letzten Etappe der Reise begleitet.« Mit einem erneuten Wackeln seines Armes lenkte er ihre Aufmerksamkeit auf den Wagen. »Wir hatten einen kleinen Unfall. Das Rad ist abgefallen.«

»Aber Pandora wurde nicht verletzt?«, fragte Livia scharf.
»Nein. Nur ich.«

Francis interessierte sich mehr für die Tiere. »In Anbetracht dessen sind die Pferde in keinem schlechten Zustand. Kevin und Conn werden sich freuen. Und der Wagen ist gut repariert.« Er klopfte Leo auf die Schulter. »Ich freue mich, dass du wieder da bist. Wir müssen dich Patty vorstellen, die hier ist, um meiner Frau zu helfen.«

Leo ignorierte den Hinweis auf die neue Magd und wiederholte: »Ich muss mich jetzt um die Pferde kümmern.«

»Und du wirst Reece von nun an auf dem Grundstück helfen.«

Wieder nickte er. »Ich mag ihn.«

Reece betrachtete die Briefe, die an seine Frau adressiert waren. Es juckte ihn in den Fingern, herauszufinden, was darin stand, aber sie waren für Cassandra. »In der nächsten Stunde haben Sie genug Unterstützung. Ich bringe die hier zu Cassandra und erzähle Kevin, dass Sie sicher zurück sind. Ich bringe ihm seinen Wagen heute Abend über die Straße, wenn ich hier mit der Arbeit fertig bin.«

»Können Sie die Briefe nicht jetzt lesen?«, fragte Francis

überrascht. »Sie sind doch ihr Mann, und wir wollen unbedingt wissen, was passiert ist.«

»Nein. Sie sind an sie adressiert.« Er wusste, dass die meisten Ehemänner nicht zögern würden, aber er würde nie etwas öffnen, das für Cassandra bestimmt war.

Cassandra blickte auf und sah, wie Reece den Buschweg entlangeilte. »Ist alles in Ordnung?«

»Ja. Leo und Bert sind gerade zurückgekommen und haben zwei Briefe von Pandora für dich mitgebracht.«

Sie riss den ersten auf und überflog rasch die einzelne Seite. »Sie hatten einen Unfall mit dem Wagen, aber sie und Zachary wurden nicht verletzt und sind am nächsten Tag nach Albany weitergefahren. Sie glaubt, sie würden noch rechtzeitig für das Schiff ankommen.« Sie reichte Reece den Brief, öffnete den zweiten und stieß einen überraschten Schrei aus.

»Stimmt etwas nicht?«, fragte er.

»Pandora und Zachary haben geheiratet!«

Sie sahen einander einen Augenblick lang sprachlos an und versuchten, die Nachrichten aufzunehmen. »Sie schreibt, sie liebt ihn. Lies selbst.« Cassandra gab Reece den Brief.

»Das ging sehr schnell. Ich hoffe, er hat es nicht auf ihr Geld abgesehen.«

Beide dachten kurz nach und schüttelten dann fast gleichzeitig den Kopf.

»Nein, ich kann mir nicht vorstellen, dass er sie nur wegen ihres Geldes geheiratet hat«, sagte sie. »Er wirkt so ehrlich.«

»Ich mochte ihn wirklich.«

»Und sie würde mich nicht anlügen. Wenn sie sagt, dass sie ihn liebt, dann tut sie es auch. Oh, ich freue mich so für sie.« Cassandra hakte sich bei Reece unter und legte den Kopf an seine Schulter. »Es ist wunderbar, mit dem Mann verheiratet zu sein, den man liebt.«

»Und mit der Frau, die man liebt.« Er küsste sie sanft. »Du siehst müde aus.«

»Ich bin jetzt die ganze Zeit müde. Ich glaube, es dauert nicht mehr lange.«

»Ich gehe besser rüber zum Laden und frage, ob dir jemand anders helfen kann. Mrs Moore ist sicher noch bei ihrer anderen Geburt. Vielleicht sollte ich eine deiner Schwestern herholen. Das neue Hausmädchen der Southerhams ist noch zu jung, um etwas von Geburten zu verstehen.«

»Ich glaube, wir können noch einen oder zwei Tage warten. Dann werden wir sehen, wie es mir geht.«

Achtzehn Tage, nachdem sie Point de Galle verlassen hatten, kamen Zachary und Pandora in Suez an. Sie hatten eine angenehme Reise mit einer Gruppe höflicher Menschen hinter sich, zu der auch einige ihrer vorigen Reisegefährten zählten. Hier schien es noch heißer zu sein, und selbst Zachary, der das wärmere Wetter viel besser vertrug als seine Frau, hatte den Eindruck, er könne kaum noch atmen. Pandora fühlte sich schwach, noch bevor sie den Hafen erreichten, lag erschöpft auf ihrem Liegestuhl, aß wenig und warf sich nachts in der etwas größeren Kabine, in der sie auf dieser Etappe der Reise untergebracht waren, in ihrer Koje hin und her.

Er vergaß sein eigenes Unwohlsein, wenn er versuchte, ihr zu helfen, und dafür sorgte, dass sie viel Wasser trank, was nach Ansicht von Mr Plumley das Allerwichtigste war.

»Einige Leute«, erklärte der alte Mann eines Nachts, als sie zusammen an der Reling des Schiffes standen, »vertragen die Hitze einfach nicht. Ihre Frau ist eine davon. Ich an Ihrer Stelle würde von nun an mit ihr in England und den kühleren Ländern bleiben.«

»Das werde ich«, sagte Zachary.

»Es erfreut mein Herz, zu sehen, wie sehr Sie einander lieben. Weckt Erinnerungen an mich und meine Mary. Ich vermisse sie sehr.« Er schüttelte ein großes, zerknittertes Taschentuch aus und schnäuzte sich kräftig.

Zachary sah ihn überrascht an. *Einander lieben?* Warum war sich Mr Plumley da so sicher?

Natürlich verfolgte ihn der Gedanke, dass Pandora ihn liebte, bei ihm bleiben wollte, in dieser Nacht bis in seine Träume. Er schlief schlecht, träumte von ihr und wachte in einem Durcheinander aus verschwitzten Laken auf.

Sie betrachtete ihn, als sie am Morgen ihre erste Tasse Tee tranken, und strich ihm mit einer Hand über die Wange. »Du hast auch nicht gut geschlafen.«

»Ich finde die Hitze sehr anstrengend, genau wie du.«

Sie lächelte traurig. »Nicht die Hitze ist das Problem, sondern dein Gewissen, das mit ... anderen Bedürfnissen kämpft.«

Er nahm ihre Hand und küsste sie, aber als sie unwillkürlich ihr Gesicht hob und seinem näherte, musste er einen Schritt zurücktreten, sonst hätte er sie in die Arme gezogen und sie so geküsst, wie sie es sich wünschte. Er trat an den Waschtisch, kehrte ihr den Rücken zu und fuhr sich mit einem feuchten Tuch übers Gesicht. Er hörte sie seufzen. Er war versucht, sich zu ihr umzudrehen, wusste, dass sie seine Liebe annehmen würde.

Aber wieder einmal hielt ihn sein Gewissen davon ab, sein Gewissen und der Gedanke an das Vertrauen, das Mr Featherworth in ihn gesetzt hatte.

Die Zugfahrt nach Alexandria war die nächste Etappe auf ihrer scheinbar endlosen Reise. Manche Passagiere sprachen davon, sich die Sehenswürdigkeiten anzuschauen, einige würden zu diesem Zweck sogar länger in Alexandria bleiben. Aber Zachary und Pandora waren sich einig, dass sie nur nach Hause wollten – und er wusste nicht, wer von ihnen es dringender wollte, sie aus Heimweh, er aus Frust über ihre Situation.

Jedes Mal, wenn der Zug anhielt, drängten sich Verkäufer vor den Fenstern und versuchten, ihnen Waren und Schmuck zu verkaufen. Die Männer trugen bauschige Hosen, viele hatten einen Hut auf, der aussah wie ein Blumentopf. Mr Plumley nannte es einen Fez.

Zachary kaufte Pandora einen bemalten Fächer von einem Verkäufer, der einen ganzen Korb davon hatte, und suchte noch einen aus, den er Hallie schenken wollte. Für seine Mutter kaufte er ein hübsches Tuch, so fein und leicht, dass es im Winter völlig nutzlos wäre, aber das Blau würde gut zu ihren Augen passen, und er wusste, dass sie sich darüber freuen würde, selbst wenn sie es nie trüge.

Als er das Tuch Pandora zeigte, die träge mit ihrem neuen Fächer vor ihrem geröteten Gesicht hin und her wedelte, sagte sie, er habe einen sehr guten Geschmack.

»Sie waren alle hübsch, aber blau ist Mums Lieblingsfarbe.«

»Wie bekommen sie den Stoff so fein und transparent?«, fragte sie sich. »Welche Fadenstärke müssen sie verwenden? Und die Farben – sie sind wunderschön.«

»Möchtest du auch ein Tuch?«

»Ja, bitte.«

»Welche Farbe?«

»Such du es aus.«

Also wählte er eines aus einem kräftigen rosa Stoff, der schimmerte, als er es hochhielt.

Sie war so berührt, dass sie Tränen in den Augen hatte. »Es ist wunderschön. Oh, Zachary, es tut mir so leid.«

»Was tut dir leid?«

»Dass ich die ganze Zeit so erschöpft und lethargisch bin. Ich verstehe einfach nicht, warum es nicht besser wird.«

»Mr Plumley sagt, dass es manchen Leuten bei Hitze eben so geht und ich von nun an mit dir in England bleiben soll.«

»Oh ja. Ich glaube nicht, dass ich diese Reise noch einmal

auf mich nehmen kann, nicht einmal, um meine Familie zu besuchen. Wie mein Vater schimpfen und mir sagen würde, ich solle mich zusammenreißen! Aber, Zachary, ich versuche es doch und kann es einfach nicht!«

»Ich weiß.« Er nahm ihre Hand, hielt sie in seiner, bis der Zug wieder losfuhr, plauderte, bis er sie zum Lächeln brachte, und sah das Vergnügen, mit ihr allein zu sein, als Entschädigung für die verpasste Stadtbesichtigung.

Wenigstens war es in Alexandria nicht ganz so heiß, und Pandora sah zunehmend besser aus, musste nicht zum Essen überredet werden und stimmte zu, sich die Stadt anzuschauen.

Sie machten eine Fahrt mit der brandneuen Straßenbahn, auf die ihr Reiseleiter sichtlich stolzer war als auf alle Altertümer.

»Sehr moderne Stadt«, erklärte er ihnen immer wieder. »Sehr modern.«

In der Nacht wurde Cassandra von einem stechenden Schmerz geweckt. Kam etwa das Baby? Sicher nicht. Es war in letzter Zeit sehr ruhig gewesen, hatte sich nicht annähernd so viel bewegt wie sonst, und sie hatte geglaubt, sie würde es noch aushalten, bis Mrs Moore kommen und ihr bei der Geburt helfen könnte, was eine große Erleichterung wäre.

Einige Wehen später schüttelte sie Reece an der Schulter. »Ich glaube, das Baby kommt.«

Er setzte sich abrupt auf. »Zur Hölle! Und Mrs Moore ist erst in ein paar Tagen wieder da.« Er schwang die Beine aus dem Bett und ging zum Kamin, um an der Glut eine Kerze anzuzünden.

Kevin kam blinzelnd aus dem anderen Schlafzimmer. »Ist alles in Ordnung?«

»Cassandras Baby kommt. Kannst du dich zu ihr setzen, während ich Mrs Southerham hole?«

»Sie ist eine nette Dame, aber sie wird dir nicht viel nützen.«

»Ich weiß, aber es sollte auch eine Frau bei ihr sein.«

»Warum bringst du nicht auch den Jungen mit? Leo hat schon Fohlen und so auf die Welt geholt. Besser als nichts.«

»Leo?«

»Kann nicht schaden.«

Eine halbe Stunde später war Reece mit Livia und Leo zurück. Letzterer schien vollkommen glücklich darüber zu sein, dass man ihn einbezog, obwohl alle außer Kevin skeptisch waren, was für einen Nutzen er haben würde.

Aber als die Stunden vergingen und das Baby nicht kam, geriet Reece langsam in Panik. Er hörte, wie Cassandra erstickt schrie vor Schmerzen, und sah, wie erschöpft sie war.

Leo hörte und sah zu, dann sagte er: »Darf ich sie mir mal anschauen? Ich war schon einmal bei einer Geburt dabei und weiß, was zu tun ist. Die Frau des Pflegers hat ihr Baby im Stall bekommen, es kam früher als erwartet.« Er lächelte bei der Erinnerung daran und fügte hinzu: »Frauen brauchen mehr Hilfe als Tiere.«

»Der Junge ist der Einzige, der ein wenig davon versteht«, erklärte Kevin Reece. »Du hast mir erzählt, dass man dich damals nicht zu deiner ersten Frau gelassen hat.«

»Sie ließen mich nicht in ihr Zimmer, bis sie starb«, sagte Reece. Die Erinnerung daran machte ihm nur noch mehr Angst. Er wusste nicht, was er tun würde, falls er Cassandra verlieren würde! Sie war seine Freundin und seine große Liebe.

Also ging Leo ins Schlafzimmer. Cassandra war so erschöpft von den Schmerzen, dass sie so etwas Nichtiges wie Scham schon lange nicht mehr empfand, und sie ließ es zu, dass Leo ihren Bauch abtastete.

»Ich glaube, es liegt falsch herum«, sagte er. »Siehst du?

Das ist ein Bein. Wenn Fohlen so liegen, drehen wir sie immer.«

Reece und Livia starrten ihn bestürzt an.

Schließlich sagte Cassandra: »Dann dreh es, Leo. Ich will mein Baby nicht verlieren.«

»Wir brauchen heißes Seifenwasser, viel Seife«, sagte Leo. »Und der Hufschmied hat allen immer befohlen, sich die Hände zu waschen, wenn sie es mit neugeborenen Fohlen zu tun hatten.«

Er begann mit ruhiger Miene an Cassandras Bauch herumzudrücken. Reece wich ihr nicht von der Seite, während die Minuten quälend langsam verstrichen.

Zum Erstaunen aller lächelte Leo plötzlich. »So ist es besser. Jetzt kann es geboren werden.«

Und tatsächlich, wenige Minuten später war der Kopf draußen, und fast unmittelbar danach lag das Baby da und schrie aus voller Kehle.

Wieder war es Leo, der wusste, wie man die Nabelschnur abband und durchschnitt.

Nachdem er das getan hatte, wickelte Livia das Kind in ein Tuch und überreichte Cassandra das Baby mit Tränen in den Augen. »Hier ist deine Tochter.«

Sie hatte mit geschlossenen Augen dagelegen, aber nun öffnete sie sie abrupt. »*Ein Mädchen!*«

Reece kniete sich neben sie. »Ja. Möchtest du sie immer noch Sofia nennen?«

Sie blickte auf das winzige zerknautschte Gesicht neben sich und konnte vor Rührung kaum sprechen. Sie drückte dem Kind einen Kuss auf die Stirn und murmelte: »Sofia. Ja, das ist ein hübscher Name.«

Er lächelte die beiden an und musste sich selbst eingestehen, dass er froh war, dass das Baby ein Mädchen war. Er wusste, es würde ihm leichter fallen, ein Mädchen zu lieben als einen Jungen.

Eine Woche nach dem Aufbruch aus Alexandria dockte das Schiff in Gibraltar an, wo sie auf ihrer letzten Etappe nach Southampton das Mittelmeer verließen. Zachary war erleichtert, dass sie im Golf von Biskaya nicht in schlechtes Wetter gerieten, und der letzte Reiseabschnitt verlief ohne Zwischenfälle.

Mit dem kühleren Wetter verbesserte sich auch Pandoras Zustand rasch, sie gewann ihre alte Energie zurück und sah sogar noch schöner aus als zuvor.

Eines Morgens wurde ihnen endlich angekündigt, dass sie sich England näherten, und wie die meisten Passagiere gingen sie an Deck, um einen ersten Blick auf die Küste zu erhaschen. Pandora stand neben Zachary und zappelte aufgeregt herum, mit glänzenden Augen und rosigen Wangen.

Als ein Fleck am Horizont auftauchte und einer der Offiziere bestätigte, dass dies tatsächlich England sei, sah er, wie ihr Tränen in die Augen stiegen und über ihre Wange rannen.

»Ich kann nicht glauben, dass wir fast da sind«, flüsterte sie heiser, so bewegt war sie.

Als er ihr einen Arm um die Schultern legte, schmiegte sie sich in seine Umarmung und schluchzte an seiner Brust, ohne Rücksicht darauf, wer sie sehen oder hören konnte.

Wieder übernahm Mr Plumley das Kommando. »Kommen Sie, meine liebe junge Dame. Vielleicht sollten Sie sich hinlegen und ein wenig Zeit nehmen, um sich wieder zu fassen.«

Aber sie schluckte, hörte auf zu weinen und wischte sich die Tränen aus den Augen, dann lächelte sie die anderen an. »In einer oder zwei Minuten geht es mir wieder gut. Es ist nur ... Ich habe mich so sehr nach meinem Zuhause gesehnt, so sehr.«

Sie ging zum Mittagessen in den Aufenthaltsraum, war aber bald zurück an Deck, starrte auf den Horizont und sah wieder glücklich und kräftig aus.

Als sie in Southampton anlegten, war sie ungeduldig, die Formalitäten hinter sich zu bringen, und rannte die letzten paar Meter zum Dock hinunter, wo sie sich, ohne Rücksicht auf den Regen, der ihr auf das zum Himmel gewandte Gesicht fiel, im Kreis drehte. »Wir sind da«, sagte sie zu Zachary. »Wir sind wirklich in England.« Sie bückte sich und legte einen Augenblick die Hand auf den Boden, dann richtete sie sich wieder auf. In ihren Augen funkelten Freudentränen.

»Und uns begrüßt ein schöner Sommertag!«, neckte er.

»Es ist mir egal, ob es jeden Tag regnet. Es ist *englischer* Regen, *englische* Luft.«

»Wir könnten den ganzen Tag hier stehen und schön nass werden – oder wir könnten unser Gepäck holen und herausfinden, wie wir am besten nach Lancashire kommen.«

Sie griff nach seiner Hand und zog ihn zum Zollschuppen. »Lass uns keine Minute verschwenden.«

Sie verabschiedeten sich von Mr Plumley, der von einem seiner Söhne empfangen wurde. Nachdem sie für den nächsten Morgen Plätze im Zug nach London gebucht hatten, suchten sie sich ein Hotel in der Nähe vom Bahnhof.

Pandora ging es so viel besser, dass sie entschied, die Zeit sei gekommen, dem albernen Heldentum ihres Mannes ein Ende zu setzen. »Du hast mich sicher hierhergebracht, Zachary. Dafür kann ich dir nicht genug danken. Ich hätte es nicht geschafft, wenn du dich nicht um mich gekümmert hättest, als ich krank war. Und erst in Gibraltar habe ich mich wieder wie ich selbst gefühlt. Ich bin sicher, Mr Featherworth wird mit dir sehr zufrieden sein.«

Er nickte, aber sein Ausdruck blieb ernst, und sie bemerkte, dass er ihre Begeisterung nicht teilte. »Was ist los? Freust du dich nicht, dass wir wieder da sind?«

»Ja, schon. Aber ... Ich frage mich, ob ich jemals wieder das Leben eines Verkäufers führen kann«, gab er zu.

»Du wirst kein Verkäufer sein. Du wirst Teilhaber des Ladens. Du wirst die Geschäfte führen. Nicht dieser Harry.«

»Bestenfalls bin ich der Ehemann der Besitzerin ... Zumindest, wenn du mich immer noch willst, nachdem du dich erst einmal eingelebt hast.«

»Sicherlich habe ich inzwischen bewiesen, dass sich meine Gefühle nicht ändern werden?«

Er sah sie entschlossen an. »Ich bleibe dabei. Wir werden keine richtige Ehe eingehen, bis du Zeit hattest, dich einzuleben.«

»Aber was sollen wir tun, wenn wir in Outham angekommen sind? Getrennt leben und es niemandem erzählen?«

»Ja.«

»Das mache ich nicht. Du bist mein Mann, und ich will dich an meiner Seite. Wenn du nicht bei mir wohnen willst, dann komme ich eben zu dir, und wenn ich vor deiner Haustür übernachten muss, um dich zu überzeugen. Ich meine es ernst, Zachary. Ich werde meine Meinung nicht ändern, und ich will unsere Ehe nicht verheimlichen.«

»Du machst es mir unmöglich, das Richtige zu tun.«

»Wer bist du, dass du entscheidest, was richtig für mich ist?«

»Ich bin dein Ehemann.«

»Dann benimm dich auch so!«

Sie stritten immer wieder, bis sie eingeschlafen waren, aber sie brachte ihn nicht dazu, seine Meinung zu ändern.

In London angekommen, verlangte er, dass sie ihren Ehering abnahm, und bestand darauf, in einem Hotel in der Nähe des Bahnhofs in getrennten Zimmern zu übernachten, als Miss Blake und Mr Carr. Er ging aus, um ein Telegramm an Mr Featherworth zu schicken, in dem er ihre Ankunft für den nächsten Tag ankündigte. »Ich werde ihm nichts von uns erzählen, bis wir ihm gegenüberstehen«, erklärte er.

Allein im Hotelzimmer weinte Pandora sich in den Schlaf.

Warum hatte sie sich ausgerechnet in den starrköpfigsten Mann ganz Englands verliebt?

Sie stritten sich weiter den ganzen Weg über bis nach Lancashire, und als sie dort ankamen, waren sie beide erschöpft.

Als sie am frühen Abend in Outham aus dem Bahnhof traten, lief ihnen ein Bursche entgegen.

»Ich arbeite für Mr Featherworth. Er schickt mich, um sie abzuholen, Miss Blake, Mr Carr. Und bitte, Sie dürfen mit niemandem über irgendetwas reden, bis Sie mit ihm gesprochen haben. Es ist *sehr* wichtig, sagt er.«

Sie blickten einander überrascht an, dann winkte Zachary eine Droschke heran, die sie und ihr Gepäck in die Räumlichkeiten des Anwalts bringen würde.

Bevor sie einstieg, stand Pandora für einen Moment da und schaute sich um. »Zu Hause«, sagte sie leise. »Ich dachte, ich würde nie wieder nach Outham zurückkehren.« Ihre Augen wanderten hinauf zur grünen Hügelkette über der Stadt. »So schnell ich kann, werde ich einen Spaziergang da oben in den Mooren machen. Ich habe sie so sehr vermisst.«

Zachary hatte sie auch vermisst und hätte beinahe vorgeschlagen, dass sie zusammen gehen würden, dann fiel ihm der Junge wieder ein, der ihnen gegenübersaß, und er verkniff sich die Worte.

Sie kamen an Blakes Gemischtwarenladen vorbei, und als Pandora etwas sagen wollte, machte er: »Pssst. Mr Featherworth hat gesagt, wir sollen über nichts reden.«

Der Junge nickte energisch, und sie zuckte mit den Achseln, presste auf übertriebene Weise die Lippen zusammen und warf Zachary dabei einen schelmischen Blick zu.

Sie ließen den Jungen zurück, damit er auf ihr Gepäck aufpasste, und wurden direkt in Mr Featherworths Büro geführt. Als er sie begrüßte, hörten sie jemanden durch den Flur eilen, und kurz darauf gesellte sich Mr Dawson zu ihnen.

Er vergeudete keine Zeit mit Höflichkeiten. »Warum haben Sie nur eine Schwester zurückgebracht, Zachary? Sicherlich haben Sie auch nach den anderen gesucht?«

Es dauerte eine Weile, bis sie erklärt hatten, warum Pandoras Schwestern nicht mitgekommen waren.

Als sie ihm die Dokumente übergab, die ihr die Vollmacht über ihre geschäftlichen Angelegenheiten übertrugen, hob Mr Featherworth eine Hand, um sie für einen Moment zum Schweigen zu bringen, und überflog sie rasch.

»In Eile verfasst«, bemerkte er, »aber nicht schlecht. Das wird ausreichen. Es war eine gute Idee, Francis Southerham als einen der Unterzeichner zu benennen. Seine Unterschrift ist in der Stadt bekannt, und man kann ihm nicht vorwerfen, dass er eigene Interessen verfolge. Wir brauchen eine Kopie davon, Dawson.« Er reichte das Schreiben seinem Mitarbeiter und wandte sich dann wieder seinen Besuchern zu. »Bitte fahren Sie fort.«

Als Zachary stockend von ihrer Hochzeit erzählte, übernahm Pandora das Reden.

»Ich *wollte* ihn heiraten. Ich habe mich sofort in ihn verliebt.«

Mr Featherworth warf Zachary einen missbilligenden Blick zu, und auf Mr Dawsons Gesicht war der gleiche Ausdruck zu lesen. Sie ertrug es nicht, dass sie schlecht von ihm dachten, also fügte sie hastig hinzu: »Ich musste ihn sogar dazu überreden. Er sagte, es sei nicht richtig.«

»Und da stimme ich ihm vollkommen zu«, sagte Mr Featherworth scharf. »Meine liebe junge Dame, Sie befinden sich in auskömmlichen Verhältnissen. Dieser junge Mann jedoch, so ehrbar er auch ist, ist nicht einmal in der Lage, eine Frau zu unterhalten. Ich kann mich des Verdachtes nicht erwehren, dass Sie unser Vertrauen missbraucht haben, Mr Carr.«

Zachary öffnete den Mund, und sie wusste, was er sagen wollte. »Nicht!«, bat sie. »Zachary, bitte sag es ihnen nicht.«

»Was soll er uns nicht sagen?«

Er blickte die beiden älteren Männer fest an. »Wir haben die Ehe nicht vollzogen.«

Erleichtert sahen die beiden ihn an. Sie hätte weinen können.

»Ich fand es nur gerecht, dass sie eine Möglichkeit haben sollte, um aus der Sache wieder herauszukommen«, fügte Zachary hinzu. »Falls sie ihre Meinung ändert, wenn sie sich hier wieder eingelebt hat. Die Hochzeit war der einzige Weg, wie wir innerhalb von zwei Monaten nach England zurückkehren konnten, und … Ich liebe sie wirklich. Also habe ich es getan, ich habe sie geheiratet. Aber sie war allein, krank und unglücklich, also war es nur natürlich, dass sie sich mir zuwandte und glaubte, sie würde mich lieben. Also wollte ich, dass sie sich sicher ist.«

Sie beugte sich vor, um ihm zu widersprechen, doch sie spürte, wie sie errötete. »Aber ich *bin* mir sicher! Das war ich schon immer. Er ist derjenige, der unsere Ehe … nicht besiegeln will.«

Stille trat ein, dann sah Mr Featherworth Zachary mit seiner alten Herzlichkeit an. »Das war wohlüberlegt.«

Mr Dawson fügte leise hinzu: »Und es war bestimmt nicht einfach.«

Zachary nickte und sah wieder Pandora an. Er war sich sicher, dass die Umstände sie trennen würden, jetzt, da sie zurück waren. »Es war sehr schwierig. Aber ich liebe sie zu sehr, um sie auszunutzen.«

»Wenn du mich liebst, dann sei mein Mann!«, bat sie erneut.

Er schüttelte den Kopf. »Noch nicht.«

»Wenn ich nicht so müde wäre, würde ich weiter streiten, aber ich kann kaum noch aufrecht sitzen. Aber seien Sie gewarnt, Sie alle: Ich werde nicht zulassen, dass jemand meine

Ehe annulliert«, erklärte sie. »Außer, wenn Zachary mir beweist, dass ich ihm egal bin.«

Die beiden älteren Männer lächelten, und Mr Featherworth sagte leise. »Niemand wird irgendetwas tun, was Sie sich nicht wünschen, meine liebe Miss Blake. Aber im Moment glaube ich, dass es unseren Zwecken dienlicher ist, wenn wir die Ehe nicht öffentlich machen und Zachary wieder in den Laden zurückkehrt, wo er am besten herausfinden kann, was vor sich geht. Erzählen Sie ihnen, was wir vermuten, Ralph.«

»Wir haben Grund zu der Annahme, dass Harry Prebble Waren aus dem Laden mitgehen lässt. Keine großen Mengen, aber wahrscheinlich genug, um sein Einkommen zu verdoppeln. Diese Familie ist in einige dubiose Machenschaften verstrickt. Ich verstehe wirklich nicht, warum Mr Blake jemanden mit diesem Hintergrund eingestellt hat.«

»Harry flehte ihn um eine Stelle an, sagte, er wolle einer ehrlichen Arbeit nachgehen. Mr Blake war jemand, der Menschen eine Chance geben wollte, und ich muss sagen, Harry hat hart für ihn gearbeitet.«

»Hm. Nun, ich denke, er stiehlt aus dem Laden und glaubt, wir merken es nicht. Dieser junge Mann ist zu selbstbewusst und hochmütig. Das wird am Ende noch sein Untergang sein, da bin ich mir sicher.« Er erzählte ihnen von Miss Blair und dem Eindringling und davon, wie er Marshall Worth in den Laden eingeschleust hatte.

»Ich kann nicht glauben, dass Harry stehlen soll!«, rief Zachary aus. »Das hat er gar nicht nötig. Er hat sein Auskommen, weil er hart anpackt und gut in dem ist, was er tut ... auch wenn ich nicht immer damit einverstanden bin, wie er den Laden führt.«

»Ich muss gestehen, dass wir noch nicht *bewiesen* haben, dass er es ist, aber es kann niemand anderes sein. Niemand sonst hat einen Schlüssel zum Gebäude oder zu den Toren.«

»Es ist schrecklich, Leute zu bestehlen, die einem vertraut haben«, sagte Zachary.

»Manche Leute sind gierig, sie wollen, was andere Leute haben, und sie haben keine Skrupel, es sich zu nehmen«, sagte Mr Dawson leise.

Mr Featherworth schauderte. »Mein Mitarbeiter hat sich um diese Angelegenheiten gekümmert. Ich weiß nicht, wie ich ohne seine Hilfe zurechtkommen würde, ich weiß es wirklich nicht. Ich bin schließlich Anwalt, kein Polizist.«

Zachary dachte an den molligen Familienvater, den er in seinem Haus erlebt hatte, glücklich im Kreise seiner Familie, und bei der Vorstellung, dass Mr Featherworth ein Polizist wäre und Verbrecher jagte, fiel es ihm schwer, nicht zu grinsen. Er bemerkte, wie Mr Dawson seinen Vorgesetzten mit einem nachsichtigen Gesichtsausdruck ansah, und als er sich wieder Zachary zuwandte, lächelte er, als wären sie beide Komplizen.

Mr Dawson warf einen Blick auf die Wanduhr. »Sie haben in ein paar Minuten einen Termin, Mr Featherworth. Soll ich die Details mit den jungen Leuten in meinem Büro besprechen und sie dann nach Hause begleiten? Der Gedanke behagt mir nicht, dass Miss Pandora ganz allein in der Wohnung über dem Laden leben soll, mit niemandem als dem jungen Dienstmädchen, selbst mit den neuen Schlössern nicht, also habe ich mir erlaubt, Miss Blair eine Nachricht zu schicken. Ich habe sie über die bevorstehende Ankunft von Miss Pandora informiert und sie gebeten, noch eine Weile zu bleiben.«

»Wird sie das tun?«, fragte Mr Featherworth.

»Oh ja. Sie möchte Outham nicht verlassen. Sie hat hier gute Freunde gefunden, und ihre einzigen engen Verwandten leben in der Stadt.«

»Das war eine sehr gute Idee.«

Zachary saß Pandora in der schwer beladenen Droschke gegenüber, während das Pferd durch die Stadt trabte. Die meisten Geschäfte hatten noch geöffnet, und es war noch nicht dunkel, aber nur wenige Leute waren auf der Straße. Als sie vor dem Laden hielten, blickte sie zu ihm hinüber und sagte nachdrücklich: »Ich werde meine Meinung nicht ändern.«

Er sah sie an und gestattete sich, nicht zu antworten.

Mr Dawson brach das Schweigen. »Denken Sie daran, nichts über Ihre wahre Situation zu verraten, meine liebe Miss Blake. Und Zachary, bitte zügeln Sie Ihre Ungeduld. Wir vertrauen darauf, dass Sie einen Weg finden, um zu beweisen, was los ist.«

»Ich werde auch die Augen offen halten«, sagte Pandora.

»Oh, meine liebe junge Dame, das ist keine Arbeit für eine Frau. Bitte überlassen Sie diese Angelegenheiten uns.«

»Der Laden gehört *mir*. Mir und meinen Schwestern.«

Als Zachary ihr aus der Droschke half, trat Harry mit einem breiten Grinsen auf dem Gesicht an die Ladentür.

»Da bist du ja wieder, Carr.« Er blickte Zachary einen Moment lang an und runzelte die Stirn, als würde er ihn kaum wiedererkennen, dann wandte er sich an Pandora. »Darf ich Sie als Erster in Ihrem neuen Zuhause willkommen heißen, Miss Blake?« Er blickte wieder die Straße hinunter. »Ich nehme an, Ihre Schwestern kommen nach?«

Pandora neigte den Kopf. »Danke für Ihren Empfang, Mr Prebble. Ich freue mich auf die Zusammenarbeit mit Ihnen.«

Mr Dawson bedeutete ihr mit einer Hand, nichts weiter zu sagen, und Harry zögerte, bevor er zurück in den Laden ging.

Zachary kam das alles vor wie ein Traum – genauer gesagt, wie ein Albtraum. Er wollte Harry sagen, er solle sich von Pandora fernhalten, aber er hatte kein Recht mehr dazu. Allein, dass sie zurück in Outham waren, entfernte sie voneinander. Und egal was sie sagte, die Kluft zwischen ihnen würde nur noch größer werden.

Dot öffnete ihnen die Tür zu den Wohnräumen und sagte

schlicht und aufrichtig: »Willkommen zu Hause, Miss Blake. Mr Dawson hat uns bereits mitgeteilt, dass Sie heute kommen. Hier entlang, bitte.«

»Ich helfe dem Kutscher, das Gepäck hinaufzutragen«, sagte Zachary.

»Danke. Du bist so hilfsbereit.«

Sie folgte Mr Dawson nach oben. »Ich war noch nie in den Wohnräumen.«

»Sie werden feststellen, dass sie sehr gemütlich sind«, sagte Mr Dawson. »Ah, da sind Sie ja, Miss Blair. Darf ich Ihnen Miss Pandora Blake vorstellen. Sie ist allerdings wirklich sehr müde.«

»Willkommen zu Hause«, sagte Alice. »Was für eine lange Reise Sie hinter sich haben.«

Pandora erwiderte ihr Lächeln. »Danke. Ich bin so froh, zurück zu sein, aber ich bin erschöpft. Könnte ich einfach etwas zu essen haben und direkt ins Bett gehen? Morgen früh werde ich besser beieinander sein, da bin ich mir sicher.«

Alice wandte sich an das Dienstmädchen. »Dot?«

»Sind ein Schinkensandwich und ein Stück Kuchen in Ordnung, Miss Blake?«

»Nur ein Stück Kuchen und eine Tasse Tee, bitte.«

Zachary und der Kutscher schnauften mit dem Gepäck die Treppe hinauf, und Miss Blair zeigte ihnen, in welchen Raum sie es bringen sollten.

»Dann lasse ich die Damen jetzt in Ruhe«, sagte Mr Dawson. »Ich komme morgen früh wieder, Miss Blake. Ich hoffe, Sie schlafen gut.«

»Ich begleite Sie zur Tür«, sagte Alice.

Mit Pandora allein gelassen, zögerte Zachary. »Geht es dir jetzt besser?«

»Das wird es, sobald ich geschlafen habe. Du bist bestimmt auch erschöpft.«

»Ja. Es war sehr ... anstrengend.« Er wandte sich ab, um den anderen die Treppe hinunterzufolgen.

»Zachary ...«, rief sie.

Er drehte sich um. »Ja?«

Sie sagte es ihm noch einmal und würde es ihm so lange sagen, bis er ihr glaubte. »Ich werde meine Meinung *nicht* ändern.«

»Das glaubst du. Warte, bis du dich wieder eingelebt hast.«

»Wie lange muss ich warten, um es dir zu beweisen?«

»Zwei oder drei Monate.«

Sie richtete sich auf. »Nein. Das ist zu lange. Noch einen Monat, dann erzähle ich es allen. Danach kannst du bei mir einziehen oder auch nicht, aber ich werde es trotzdem allen erzählen.«

»Pandora, du darfst nicht ... «

Kopfschüttelnd ging sie zurück in den Salon und schlug die Tür hinter ihm zu.

Als sie bei den Räumlichkeiten des Anwalts angelangt waren, stieg Mr Dawson aus der Droschke und bezahlte den Fahrer für die gesamte Fahrt. »Denken Sie dran«, murmelte er Zachary zu. »Bewahren Sie Stillschweigen über Ihre veränderten Umstände.«

»Ja.«

Der Angestellte zögerte. »Sie lieben Sie, nicht wahr?«

»Viel zu sehr, um ihr Leben zu ruinieren.«

»Ach, ich glaube nicht, dass eine Heirat mit Ihnen ihr Leben ruinieren würde, aber ich finde, wir müssen zuerst die andere Angelegenheit regeln. Wir haben eine Menge Dinge zu erledigen, und Sie müssen sich von der Reise erholen.«

Zachary blickte ihm nach. Hatte Mr Dawson ernst gemeint, was er über ihn und Pandora gesagt hat? Bestand wirklich die Hoffnung, dass andere die Ehe gutheißen würden? Im

Moment konnte er nicht einmal darüber nachdenken, er lehnte einfach den Kopf gegen den Sitz, unfassbar erschöpft.

Die Droschke hielt erneut, er stieg aus und betrachtete schockiert das Haus. Es wirkte so winzig. Und alle Häuser in der Straße standen so dicht beieinander. Einen Moment lang stand ihm die Weite Australiens vor Augen, der Himmel, der dort höher und blauer schien, die prächtigen Sonnenuntergänge.

Die Haustür flog auf. Kreischend kam Hallie herausgestürzt und umarmte ihn. »Wie braun du geworden bist. Und ich glaube, du bist sogar gewachsen?«

Seine Mutter kam heraus, küsste ihn auf die Wange und drückte ihn einen Augenblick lang an sich. Dann trat sie zurück und wandte sich ihrer Tochter zu. »Beruhige dich, Hallie, und lass deinen Bruder rein.«

Nachdem er seine Mutter ein zweites Mal umarmt und sein Gepäck hineingebracht hatte, bewegte er sich wie ein Mann im Halbschlaf.

»Entschuldige. Heute Abend bin ich zu müde zum Reden. Hast du etwas zu essen, Mum? Danach würde ich gern ins Bett gehen.«

»Natürlich haben wir das. Mr Dawson hat uns mitgeteilt, dass du kommst, also habe ich einen schönen Lammeintopf gekocht.«

Er aß mechanisch, dann ging er nach oben und fragte sich, ob er würde einschlafen können. Er ließ seine Kleider auf den vertrauten alten Stuhl in der Ecke fallen, kroch unter die Decken und blendete die Welt um sich herum aus.

Er hatte es geschafft, hatte Pandora sicher zurückgebracht. Aber welchen Preis musste er dafür bezahlen?

Kapitel 18

Als Pandora gegen neun Uhr aufwachte, stürzte sie sofort ans Fenster ihres neuen Schlafzimmers, um auf die Stadt hinauszublicken, und vor allem auf die sich dahinter erhebenden Moore. Glücklich seufzend schlüpfte sie in die Ärmel ihres alten Morgenmantels und ging die Treppe hinunter in die Küche, wo sie Dot bei der Arbeit antraf.

»Wo ist der Abtritt?« Gestern Abend hatte sie einen Nachttopf benutzt, zu müde, um mehr zu tun, als einfach ins Bett zu fallen.

»Es gibt ein Badezimmer, Miss. Am Ende Ihres Flurs. Ich habe es Ihnen gestern Abend gezeigt.«

Pandora lachte. »Das hatte ich ganz vergessen. Alles ist so verwirrend. Tut mir leid.«

»Mr Blake ließ das Badezimmer einbauen, kurz nachdem ich hier angefangen habe zu arbeiten. Es ist ganz modern. Aus dem rechten Wasserhahn kommt heißes Wasser, wenn Sie zuerst das kalte herauslaufen lassen. Miss Blair lässt mich dort einmal in der Woche baden, aber Mrs Blake hat mich nicht einmal in die Nähe gelassen, außer zum Putzen.« Sie seufzte selig bei dem Gedanken.

»Gibt es genug heißes Wasser, dass ich jetzt ein Bad nehmen könnte?«

Dot nickte und lächelte in Richtung Ofen. »Jede Menge, Miss. Ich muss nur das Feuer schüren, um danach das Wasser wieder aufzuheizen. Dieses Haus verfügt über alle modernen Annehmlichkeiten, die Sie sich vorstellen können. Es ist ein Vergnügen, hier zu arbeiten ... zumindest jetzt. Ach, und Miss?«

»Ja?«

»Miss Blair sagt, ich solle sie von jetzt an Miss Alice nennen, weil Ihre Nachnamen so ähnlich sind. Ist das in Ordnung?«

»Natürlich ist es das.«

Pandora ging wieder nach oben und genoss den wunderbaren Luxus eines Badezimmers mit allen Annehmlichkeiten. Sie leerte ihren Nachttopf, dann ließ sie sich in das heiße Wasser sinken und wusch sich die Haare.

Als sie wieder herunterkam, wartete Alice auf sie.

»Haben Sie gut geschlafen?«

»Sehr gut, danke.«

»Gehen Sie heute Morgen in die Kirche? Meine Cousine sagte, dass Sie und Ihre Schwestern immer zum Gottesdienst gegangen sind.«

Pandora wollte gerade Nein sagen, dann kam ihr in den Sinn, dass Zachary vielleicht auch dort sein würde, um sie zu sehen, also nickte sie. Außerdem wollte sie dem Pastor und seiner Frau herzliche Grüße ihrer Schwestern ausrichten. Die Raineys hatten Cassandra geholfen, aus Outham und vor ihrer Tante zu fliehen. »Wenn meine Haare rechtzeitig trocken werden.«

»Setzen Sie sich in der Küche vor den Herd.«

Aber sie konnte nicht lange still sitzen. Als ihre Haare fast trocken waren, rannte sie nach oben und zog ihr bestes Kleid an, das Kleid, das sie für die Hochzeit getragen hatte. Es war ziemlich alt und ein wenig verblichen. Sie beschloss, sich als Allererstes ein paar neue Kleider schneidern zu lassen. Für Zachary wollte sie so schön wie möglich aussehen, und sie konnte sich ein paar neue Kleider leisten.

Am Morgen nach seiner Heimkehr schlief Zachary fast bis zehn Uhr und wurde vom Läuten der Kirchenglocken geweckt. Einen Augenblick lang lag er da und genoss die Morgensonne, die durch die Vorhänge hereinfiel, die er am Abend zuvor nicht ganz zugezogen hatte. Dann trieben ihn der Hunger und die Bedürfnisse seines Körpers aus dem Bett.

Er war überrascht, wie schäbig ihm sein Schlafzimmer nach den schön eingerichteten Schiffskabinen nun vorkam. Sie waren vielleicht ein wenig beengt gewesen, aber an poliertem Messing und glänzenden Holzarbeiten hatte es ihnen nicht gemangelt. Dennoch war er froh, ein eigenes Zimmer zu haben. Nur wenige Leute hatten dieses Privileg. Doch er vermisste Pandora schon jetzt schrecklich, vermisste ihr Lächeln, vermisste die Gespräche mit ihr.

Schluss jetzt!, befahl er sich und ging nach unten.

Hallie strahlte ihn an, als er zum Abtritt hinausging, und rief: »Ich schenke dir schon mal eine Tasse Tee ein, mein Lieber.«

Er kam wieder hinein, noch immer in seinem Nachthemd und dem Morgenmantel, den Mr Dawson ihm für die Reise gekauft hatte.

Sie strich über den feinen Wollstoff. »Du hast jetzt ein paar schöne Sachen. Wirst du die neuen bei der Arbeit tragen?«

»Ich glaube nicht. Ich hole eben etwas Wasser und wasche mich rasch, dann ziehe ich mich an.«

Als er wieder herunterkam, setzten sich seine Mutter und seine Schwester zu ihm an den Tisch. Nachdem er seinen größten Appetit gestillt hatte, begann er, ihnen etwas über seine Reise zu erzählen, doch er wurde ständig von Hallie unterbrochen, die nie lange still sein konnte.

»Wir haben etwas Geld von deinem Lohn gespart, Zachary. Es war einfach zu sparen, ohne dass du uns die Haare vom Kopf gefressen hast.« Ihr Lächeln verriet ihm, dass sie ihn nur aufzog, aber er wusste, dass sein Appetit in den Zeiten, als sie jeden Penny hatten umdrehen müssen, ein Problem gewesen war. Er könnte auch jetzt wieder ein Problem werden, wenn er wieder vom Lohn eines Verkäufers leben musste.

»Du siehst gut aus, Junge«, sagte seine Mutter. »Ich schwöre, du bist größer und breiter geworden. Und du wirkst ... selbstbewusster.«

»Reisen verleiht Selbstvertrauen. Ach, ich habe euch so viel zu erzählen. Und das war ein wunderbares Frühstück, genau das, was ich brauchte. Geht ihr beide in die Kirche?«

»Wir gehen jetzt immer zu den Methodisten. Die Predigten von Mr Rainey verstehe ich wenigstens. Von dem, was Mr Saunders gepredigt hat, habe ich kein Wort verstanden. Außerdem gefällt es uns nicht, wie der Pfarrer die Arbeitslosen behandelt. Man könnte meinen, sie wären selbst schuld.«

»Ist die Lage in der Baumwollindustrie immer noch so schlecht?«

»Ja. Auch wenn die Hilfsprogramme inzwischen besser organisiert sind, glaube ich. Wenigstens halten sie die Menschen am Leben.«

Er blickte auf seine Reste an Brot und Schinken hinab und bekam plötzlich ein schlechtes Gewissen, weil er so herzhaft zugelangt hatte.

»Wenn du hungerst, hilft das den anderen auch nicht«, tadelte seine Mutter. »Iss auf. Jetzt setze ich besser meinen Hut für die Kirche auf. Ich räume ab, wenn ich wieder da bin.«

Plötzlich erinnerte er sich daran, dass Pandora auch zur Methodistengemeinde gehörte. »Ich glaube, ich komme doch mit.«

Auf dem Weg zur Methodistenkirche sagte Pandora auf einmal zu Alice: »Können Sie noch eine Weile hierbleiben? Oder haben Sie eine Anstellung, die auf Sie wartet?«

»Keine Anstellung. Und ich würde gern hierbleiben, wenn ich Sie nicht störe.«

»Ich würde mich über ein wenig Gesellschaft freuen. Nach

dem Gottesdienst würde ich gern mit Ihren Verwandten sprechen. Sie werden wissen wollen, was aus meinen Schwestern geworden ist.« Es würde doch sicher nicht schaden, den Raineys davon zu erzählen?

Plötzlich schlug ihr Herz schneller, weil sie Zachary entdeckt hatte. Er war kaum zu übersehen, da er einen Kopf größer war als die meisten anderen. Ihre Blicke trafen sich über dem gepflasterten Vorplatz der Kirche, und er blieb stehen, um sie anzulächeln. Dann beugte er sich zu den beiden Frauen hinunter, die ihn begleiteten, sagte etwas, und schon kamen sie alle in ihre Richtung.

Alice blieb stehen. »Sie möchten sicher Mr Carr begrüßen. Nachdem Sie so viel Zeit miteinander verbracht haben, müssen Sie inzwischen gute Freunde sein. Oder unversöhnliche Feinde.«

Pandora spürte, wie sie errötete. »Freunde«, brachte sie heraus.

Zachary blieb vor ihnen stehen. »Miss Blake. Sie sehen erholt aus. Und Miss Blair. Wie schön, Sie wiederzusehen! Darf ich Ihnen meine Mutter und meine Schwester vorstellen?«

Sie begrüßten einander, dann sagte Mrs Carr: »Wir gehen besser rein, mein Lieber. Der Gottesdienst fängt gleich an.«

»Lass uns zusammensitzen«, sagte Pandora.

Zachary zögerte, aber sie wusste, dass es unhöflich wäre, wenn er sich weigern würde. Sie hob das Kinn und sah ihn herausfordernd an. Sie würde es ihm nicht leicht machen, sie loszuwerden.

Sie schaffte es, sich neben seine Schwester zu setzen, und die beiden plauderten flüsternd, während sie darauf warteten, dass der Gottesdienst begann. Hallie wollte alles über Australien und die Rückreise wissen, und ihre lebhafte Intelligenz erinnerte Pandora an ihren Bruder. Es wäre schön, Hallie zur Schwester zu haben – obwohl niemand ihre eigenen Schwestern würde ersetzen können. Bei dem Gedanken stiegen ihr Tränen in die Augen.

»Alles in Ordnung?«, flüsterte Hallie.

»Ich habe gerade an meine Schwestern gedacht. Ich vermisse sie schrecklich.«

Hallie drückte ihr die Hand. »Ich habe Zachary auch vermisst, während er weg war. Er ist der beste Bruder.«

Er wäre auch der beste Ehemann, wenn er es zulassen würde, dachte Pandora. Noch einen Monat, wiederholte sie in Gedanken. Das ist alles, was ich ihm geben kann.

Nach dem Gottesdienst wartete sie, bis Mr Rainey mit den Gemeindemitgliedern gesprochen hatten, die ihn sehen wollten. Einige von ihnen trugen zerlumpte Kleidung, aber er behandelte alle mit der gleichen Geduld und Höflichkeit, während er ihr einen raschen Blick und ein Lächeln zuwarf, um ihr zu zeigen, dass er ihre Anwesenheit bemerkt hatte. Von Mrs Rainey war nichts zu sehen, sie musste direkt nach dem Gottesdienst hinausgehuscht sein.

Schließlich wandte er sich ihr zu und streckte beide Hände aus, um ihre zu greifen. »Pandora, meine Liebe, wie schön, dass Sie wieder zu Hause sind! Haben Sie Zeit, mir von Ihrer Reise zu erzählen?«

»Ja, natürlich.«

Alice berührte sie am Arm. »Ich gehe allein nach Hause.«

Aber Pandora sah, wie Mr Dawson unter einem Bergahornbaum neben dem Tor hervortrat und Alice seinen Arm bot. Die beiden wirkten so vertraut miteinander, dass sie sie für einen Moment lang anstarrte. Dann lächelte sie. Man konnte die Liebe nicht übersehen. Waren ihre Gefühle für Zachary genauso deutlich zu erkennen?

Seufzend wandte sie sich wieder an Mr Rainey. In ihrem gemütlichen, unaufgeräumten Wohnzimmer erzählte sie den Raineys von ihren Schwestern, wie Cassandra Reece geheiratet hatte, weil sie ihr geholfen hatten, nach Australien zu gelangen.

Bei dieser Neuigkeit strahlte Mrs Rainey. »Und Sie, Pandora, was machen Sie jetzt? Ich habe Sie mit Mrs Carrs Sohn gesehen. Sie sahen aus ... als wären Sie gute Freunde.«

Offensichtlich war nicht zu übersehen, was sie für ihn empfand. Sie errötete und hasste es, etwas vor ihnen geheim halten zu müssen. »Das sind wir. Aber er ... er sagt, er kann keine Frau unterhalten.«

Mrs Rainey runzelte die Stirn. »Aber Sie haben doch Geld.«

»Es steht zwischen uns.«

»Er hat recht, wirklich«, sagte Mr Rainey. »Die Welt würde schlecht von ihm denken, wenn er Sie heiraten würde.«

Pandora wusste nicht, wie sie es schaffte, ihren Ärger über diese Bemerkung hinunterzuschlucken. Vielleicht war sie inzwischen besser darin geworden, ihre Gedanken für sich zu behalten. Aber wenn selbst ein Gottesmann dieser Meinung war, wie würden dann erst andere, weniger wohlgesonnene Menschen denken?

Als ihr Blick auf die Uhr fiel, verabschiedete sie sich von ihnen und ging langsam nach Hause.

Auf dem Heimweg begegnete sie Harry Prebble, und als er anhielt, um sie zu begrüßen, fühlte sie sich verpflichtet, ebenfalls stehen zu bleiben. Er war gut gekleidet, überraschend gut gekleidet für einen jungen Mann, der in einem Laden arbeitete – und einige Zentimeter kleiner als sie.

»Ich hoffe, Sie haben sich inzwischen von Ihrer Reise erholt, Miss Blake.«

»Ja, vielen Dank.«

»Ich habe mein Bestes getan, um den Laden profitabel zu halten, trotz der schwierigen Zeiten.« Er grinste sie an. »Sie werden sich freuen, wenn Sie die Zahlen sehen. Ich erkläre sie Ihnen gern.«

»Im Moment denke ich noch nicht einmal an solche Dinge. Aber wenn ich das tue, werde ich die Rechnungsbücher auch ohne Hilfe sehr gut verstehen können.« Sie wandte sich zum Gehen, und zu ihrem Missfallen setzte er sich ebenfalls in Bewegung. »Ich muss in die gleiche Richtung«, sagte er. »Erlauben Sie mir, Sie zu begleiten.«

Das war das Letzte, was sie wollte, aber sie wusste nicht, wie sie es ablehnen sollte, ohne unhöflich zu wirken, also ging sie zügiger, erleichtert, dass es nur ein paar Straßen waren.

Sie war nachdenklich, nachdem sie sich von ihm verabschiedet hatte und in den Salon ging. Er war ... kriecherisch. Ja, das war das passende Wort dafür. Und doch spürte sie eine gewisse Verachtung. Als ob sie Hilfe beim Verstehen von Zahlen bräuchte! Doch da war noch etwas an seiner Art, das ihr nicht gefiel, obwohl sie es nicht genau benennen konnte. Was auch immer es war, in seiner Nähe fühlte sie sich unwohl.

Sie würde ihn definitiv nicht zum Geschäftsführer ernennen. Sie hätte es selbst dann nicht, wenn sie Zachary nicht gehabt hätte, der die Aufgabe übernehmen würde. Eigentlich wollte sie nicht einmal, dass Prebble überhaupt im Laden arbeitete, aber man konnte nicht einfach grundlos einen Mann entlassen, der hart für einen gearbeitet hatte. Sie konnte nur hoffen, dass Zachary herausfinden würde, was vor sich ging, und ihnen einen guten Grund lieferte, Prebble loszuwerden.

Sie verbrachte den Rest des Tages damit, auszupacken und mit Alice zu besprechen, wie sie am besten ihre Garderobe erweitern konnte.

Alice erzählte ihr auch von den Hilfsprogrammen in der Stadt, und das erinnerte sie wieder an die herzlose Art und Weise, wie die Damen aus der Pfarrkirche sie und ihre Schwestern bei der Nähstunde behandelt hatten.

Auf einmal wurde Pandora klar, dass diese Damen normalerweise bei den Ladenbesitzern vorsprachen und sie um Unterstützung für ihre Wohltätigkeiten baten. Nun, sie würde selbstverständlich helfen, wo sie konnte, aber sie würde keinen Fuß in Saunders' Kirche setzen. Im Augenblick wollte sie nichts anderes, als zu lernen, wie der Laden geführt wurde, und sich einen Platz darin schaffen.

Und niemand würde sie davon abhalten – nicht Zachary und schon gar nicht Mr Featherworth.

Am nächsten Morgen wurde Zachary von einem lauten Hämmern an der Haustür geweckt. Er sah sich um, aufs Neue überrascht, dass er in seinem alten Bett lag.

Leichte Schritte kamen die Treppe herauf. Hallie. Er hätte ihren Gang unter Tausenden erkannt. Sie klopfte an seine Zimmertür.

»Der Laufbursche von Blakes ist hier.«

»Was will er von mir?«

»Er hat eine Nachricht von Harry Prebble überbracht.«

»Gib her.«

»Er hat sie nur ausgerichtet. Harry sagt, du bist zu spät und sollst sofort in den Laden kommen, sonst kürzt er dir deinen Lohn.«

Auf einmal war Zachary hellwach. Er setzte sich im Bett auf. »Ist der Junge noch da?«

»Nein. Er ist sofort zurückgegangen.«

»Dann stehe ich wohl besser auf.«

»Aber Mr Dawson hat doch gesagt, du sollst erst morgen oder übermorgen wieder arbeiten gehen.«

»Das hat er auch. Aber vielleicht gehe ich trotzdem hin.«

»Das ist ungerecht. Du bist immer noch erschöpft, sonst hättest du nicht verschlafen. Es ist neun Uhr. Normalerweise schläfst du nie so lange.«

Er grinste sie an. »Nun, jetzt, wo ich wach bin, habe ich Hunger.«

»Mum hat mich nach Eiern geschickt.« Sie senkte die

Stimme und fügte hinzu: »Ich glaube, sie versucht, dich aufzupäppeln, bevor du wieder für diesen schrecklichen Harry Prebble arbeiten musst.«

Zachary lächelte über die Leidenschaft in ihrer Stimme. Harry vermochte es nicht mehr, ihn zu verärgern. Er würde versuchen, diesen Frieden auch im Geschäft zu wahren, zumindest bis er herausgefunden hatte, was dort vor sich ging, aber nach allem, was er gesehen und erlebt hatte, kam ihm Harry Prebble vor wie ein kleiner Fisch.

Er ging nach unten und genoss ein gemütliches Frühstück mit seiner Mutter und seiner Schwester. Erneut unterbrach sie ein Klopfen an der Tür. Er stand auf. »Ich gehe schon.«

Als er die Tür öffnete, stand dort wieder der Laufbursche, und das ärgerte ihn. »Harry sagt, Sie sind zu spät und er kürzt Ihnen definitiv den Lohn.«

Es war eine Beleidigung, diese Nachricht mündlich überbringen zu lassen. Wahrscheinlich hatte es jeder im Laden gehört. »Sag Harry, dass ich morgen oder übermorgen komme.«

»Er wird wütend sein. Nun, er *ist* wütend.«

»Soll er doch.«

»Aber er ist der *Geschäftsführer*. Er könnte Sie feuern, wenn Sie sich mit ihm anlegen.«

»Ach, ich glaube nicht, dass er das tun wird.« Zachary war im Begriff, die Tür zu schließen, als er Featherworths Büroburschen sah, der die Straße entlangkam, also wartete er ab, ob er auch zu ihm wollte. Der Laufbursche blieb vor der Tür stehen, offensichtlich hoffte er, etwas mitzuhören, was er zweifellos Harry weitererzählen würde.

»Komm rein, bevor du mir deine Nachricht überbringst«, sagte Zachary zu dem Anwaltsburschen und schlug dem anderen die Tür vor der Nase zu.

Er führte den Jungen in die selten genutzte gute Stube.

»Mr Dawson schickt Ihnen eine Nachricht und bittet Sie

sofort um eine Antwort, wenn es geht.« Er reichte ihm ein Kuvert.

Zachary nahm es und las die kurze Notiz darin.

Lieber Zachary,
wenn Sie heute Morgen gegen elf Uhr in Mr Featherworths Büro kommen könnten, könnten wir damit beginnen, die Abrechnungen durchzugehen.
Sie brauchen nicht früher zu kommen. Sie haben sich eine Pause mehr als verdient.
R. Dawson

Zachary lächelte den Jungen an. »Sag Mr Dawson, dass ich um elf Uhr da sein werde.«

Er ging zurück in die Küche, schenkte sich eine weitere Tasse Tee ein und versicherte seiner Mutter, dass er es mit Harry aufnehmen könne.

Sie sah ihn an, öffnete den Mund und schloss ihn wieder. »Was wolltest du sagen?«

Sie seufzte. »Ich hatte Angst, dass du ein bisschen größenwahnsinnig geworden sein könntest, wegen der Reise und so. Harry Prebble ist jetzt nun einmal der Geschäftsführer, also wäre es keine gute Idee, ihn gegen dich aufzubringen.«

Er wagte es nicht, ihr die Wahrheit zu sagen, wollte ihr aber auch keine Lügen erzählen. »Er ist es nur vorübergehend. Wenn er die Stelle dauerhaft bekommt, werde ich dort nicht länger arbeiten. Aber das glaube ich nicht, und nach allem, was Mr Featherworth sagte, denke ich, dass meine Stelle sicher ist, Mum – jedenfalls wenn ich das will.«

Sie runzelte die Stirn, offensichtlich nicht überzeugt. Er wusste, dass sie sich Sorgen machte, sie könne ihm zur Last fallen, und dass sie sich alle Mühe gab, lange mit dem Geld auszukommen, das er verdiente. Er wünschte, er könnte ihr alles erzählen, hasste es, ihr etwas verheimlichen zu müssen, fürchtete aber, sie könnte sich verplappern. Sie war miserabel darin, Geheimnisse zu bewahren, schon immer.

Er verließ das Haus früh, um noch ein wenig durch den Park zu schlendern, bevor er zu Mr Featherworth ging. Es gab immer noch Leute, die an den Straßenecken herumlungerten, mit hageren Gesichtern, die Arbeit wollten, keinen Müßiggang. Er hielt an, um mit ein paar Männern zu plaudern, die er kannte, und dachte, wie alt und verlebt sie aussahen. Sie fragten ihn neugierig über Australien aus, und es schien ihnen zu gefallen, jemanden zu kennen, der so weit gereist war.

Später würde er in die Bibliothek gehen und Zeitung lesen. Er war vollkommen ahnungslos, was hier in Lancashire geschah. Der Bürgerkrieg fand vielleicht in Amerika statt, aber die Baumwollknappheit betraf die Menschen hier genauso. Wie lange war es jetzt her, seit die Fabriken in Outham zuletzt in Betrieb gewesen waren? Mindestens zwei Jahre. Und wie viele Kinder und alte Leute waren an Unterernährung gestorben? Viel zu viele.

Als Pandora am Montagmorgen aufwachte, blieb sie nicht lange im Bett liegen, sondern ging nach unten, um eine Tasse Tee zu trinken und eine Scheibe Brot mit Butter zu essen. Die Sonne schien, und sie beschloss, sich einen Spaziergang im Moor zu gönnen.

»Wollen Sie wirklich allein da hinaufgehen, Miss?«, fragte Dot besorgt. »In letzter Zeit sind hier Kerle unterwegs, die Arbeit suchen. Die Stadt ist nicht mehr so sicher wie früher. Wenn Sie noch eine Stunde warten, wird Miss Alice wach sein, und sie geht auch gern spazieren.«

»Ich kann nicht so lange warten. Und ich gehe nicht weit. Ich muss das Moor wieder sehen. Ich habe es so sehr vermisst, während ich weg war.«

»Gibt es denn keine Moore in Australien?«

»Nein. Sogar die Bäume sind dort anders. Und im Sommer ist es manchmal so heiß, dass es sich so anfühlt, als stünde man in einem Ofen. Ich hätte es sofort gegen einen Regentag in Lancashire eingetauscht.«

Sie griff nach einem Tuch, wollte sich nicht die Mühe machen, einen Hut aufzusetzen, eilte die Straße hinunter und wandte ihr Gesicht nach oben zu dem sanften Sonnenschein, der die Haut nicht versengte.

Sie fand die steile Straße, die zum Moor hinaufführte, ermüdender, als sie erwartet hatte, weil sie das Gehen nicht mehr gewohnt war, aber schließlich wurde sie mit einer ihrer Lieblingsaussichten belohnt. Rechts unter ihr lag die Stadt mit ihren roten Backsteinhäusern, die sich als lange Reihen von grauen Schieferdächern darstellten. Links lag das Moor, das sich in die neblige Ferne erstreckte, die Hänge nur gelegentlich unterbrochen von dem einen oder anderen Farmhaus, nicht aus rotem Backstein wie die Häuserreihen in der Stadt, sondern aus weiß getünchten oder grauen Steinwänden. Die bewirtschafteten Felder waren grün und bildeten mit den Steinmauern ein Patchworkmuster, aber die wilden Teile des Moors waren grünlich braun.

Plötzlich fühlte sie sich unwohl, als würde sie beobachtet. Sie wirbelte herum, konnte aber niemanden entdecken. Doch das Gefühl blieb.

In der Stille des frühen Morgens hörte sie, wie ein Stein den Hang zu ihrer Linken hinunterkullerte, und wusste, dass tatsächlich jemand in der Nähe war, jemand, der sich versteckte. Sie folgte ihrem Instinkt, rannte Hals über Kopf den Hügel hinunter und hielt nicht an, bis sie die ersten Häuser erreichte.

Sie hatte noch nie zuvor im Moor solche Angst gehabt. Verfolgte sie wirklich jemand? Oder bildete sie es sich bloß ein?

Sie eilte zurück zum Haus und erzählte weder Alice noch Dot etwas von ihrer plötzlichen Panik.

Es musste ein Landstreicher gewesen sein. So früh am Morgen gingen die wenigsten Menschen spazieren.

Ihr erster Gedanke war, Zachary davon zu erzählen und ihn zu fragen, was er davon hielt. Doch dann stiegen ihr Tränen in die Augen, weil sie das nicht konnte. Ach, sie vermisste ihn so sehr!

Um kurz vor elf wurde Zachary in Mr Dawsons Büro gebeten. Er überreichte ihm seine sorgfältigen Abrechnungen und das, was vom Geld übrig war, und dann unterhielten sie sich ausführlicher über alles, was er gesehen und erlebt hatte.

Mr Dawson runzelte die Stirn über den Betrag, den er für Leo ausgegeben hatte, aber als er das von den Schwestern unterzeichnete Schreiben las, das besagte, sie seien mit den Ausgaben voll und ganz einverstanden, zuckte er mit den Achseln. Seine Skepsis verflog vollständig, als er erfuhr, dass Leo sich mehr als bezahlt gemacht hatte, indem er Zachary und Pandora geholfen hatte, nach Albany zu gelangen.

»Das Schicksal geht manchmal seltsame Wege«, sinnierte er. Er beendete seine Durchsicht der Abrechnungen, lehnte sich zurück und lächelte den jüngeren Mann an. »Sie können gut mit Geld umgehen.«

»Ich konnte leider nicht immer so ordentlich Buch führen, wie ich es mir gewünscht hätte.«

»Aber wenn ich mich nicht irre, waren Sie stets korrekt.«

»Das hoffe ich doch.«

»Ich habe Ihre Mutter und Ihre Schwester im Auge behalten, aber sie schienen keine Probleme zu haben.«

»Nein. Sie sind gut mit dem Geld zurechtgekommen. Es ist nur schade, dass Hallie keine Arbeit findet. Es macht sie verrückt, immer nur zu Hause zu sein. Es ist gut, dass sie wenigstens die Leihbücherei besuchen kann.«

Mr Dawson lehnte sich zurück. »Sie haben mir nicht erzählt, dass der Laufbursche heute Morgen bei Ihnen zu Hause war. Was wollte er von Ihnen?«

»Harry hat ihn zweimal geschickt, um mir zu sagen, ich habe verschlafen. Er sagt, er werde mir den Lohn kürzen.«

Mr Dawson stieß ein leises, wütendes Knurren aus. »Der junge Mann überschreitet seine Kompetenzen. Sobald wir diesen Diebstählen auf den Grund gegangen sind, wird Pandora selbstverständlich *Sie* an seiner Stelle zum Geschäftsführer ernennen.«

Ohne es zu wollen, strahlte Zachary. »Ja, das hat sie auch gesagt. Das würde mir gefallen.«

»Erzählen Sie mir, wie Sie den Laden führen würden.«

Mr Dawson ließ ihn eine ganze Weile reden, nickte, ermunterte ihn und stellte weitere Fragen.

Als Zachary merkte, wie lange er gesprochen hatte, unterbrach er sich.

»Sie werden einen guten Geschäftsführer abgeben.« Der ältere Mann zögerte und fügte dann hinzu: »Das andere, womit wir uns befassen müssen, ist Ihre übereilte Eheschließung.«

Alle Freude verließ Zachary.

»Gehe ich recht in der Annahme, dass Sie Pandora lieben?«

»Sehr sogar.«

»Und dass sie Sie liebt?«

»Das glaubt Sie. Aber es kann nicht sein. Das ist mir klar.«

»Ich wüsste nicht, was dagegenspricht.«

Einen Augenblick lang fehlten Zachary die Worte.

»Wenn Sie es noch so lange aushalten, während ich mich um Prebble kümmere – und wenn Pandora dann immer noch derselben Meinung ist –, machen wir Ihre Ehe öffentlich, sobald er weg ist. Können Sie noch eine Weile im Laden arbeiten und seine Arroganz ertragen?«

»Ähm – werde ich immer noch ausschließlich ihm unterstellt sein? Wenn ja, wird er sicher eine Ausrede finden, um mich zu entlassen.«

Mr Dawson legte die Finger aneinander. »In gewisser Weise fürchte ich, dass wir ihm die Verantwortung überlassen müssen. Aber er wird kein Recht haben, Ihnen zu kündigen, und das werde ich ihm klarmachen.«

»Danke.«

»Könnten Sie morgen mit der Arbeit anfangen?«

»Ja, natürlich.«

»Wir haben Marshall Worth vorgeschlagen, dass Sie und er so tun, als ob Sie einander nicht mögen, damit Prebble keinen Verdacht schöpft.«

»Ich kenne Worth nicht, also sollte das recht einfach sein.«

»Dann genießen Sie den restlichen Tag. Und es wäre völlig normal, wenn Sie Miss Blake besuchen würden, um sich zu erkundigen, wie es ihr geht.«

»Dann mache ich das heute Nachmittag.« Er stand auf und wandte sich zum Gehen.

»Ach! Fast hätte ich es vergessen. Mr Featherworth ist sehr zufrieden damit, wie Sie Ihre Aufgabe erfüllt haben, und Sie werden einen Bonus erhalten. In der Zwischenzeit werden Sie Geld brauchen, also ist hier ein Vorschuss.« Er überreichte ihm einen klimpernden Umschlag.

Zachary machte sich auf den Heimweg und blickte sehr zuversichtlich in die Zukunft, auch wenn die Gegenwart nicht einfach zu ertragen war.

Kapitel 19

Ralph blieb für einen Moment vor Blakes Gemischtwaren stehen und betrachtete anerkennend die glänzend sauberen Scheiben und die ordentlichen Warenstapel im Schaufenster. Wenigstens war der Laden in gutem Zustand gehalten worden.

Er konnte sehen, wie Prebble ihn vom hinteren Teil des Ladens aus beobachtete, also stieß er die Tür auf und trat ein. Dieser junge Mann war insgesamt viel zu neugierig.

Prebble kam sofort auf ihn zu. »Wie kann ich Ihnen helfen, Mr Dawson?«

»Unterhalten wir uns in Ihrem Büro.« Er ließ sich hinter den Tresen führen, beeilte sich aber nicht, sondern hielt ein- oder zweimal inne, um sich genau umzusehen. Der Packbereich hinter dem Laden war ebenfalls makellos sauber, und dort saß Marshall mit einem leisen Lächeln auf dem Gesicht, füllte Zucker aus einem großen Sack in Tüten zu einem Pfund und faltete die Oberkanten sorgfältig, um sie zu verschließen. Wie albern und erniedrigend, einen intelligenten Mann wie ihn mit einer derartigen Aufgabe zu beschäftigen, die man normalerweise dem jüngsten Mitarbeiter zuwies!

Er zwinkerte Marshall im Vorbeigehen zu, sagte aber nichts.

Im Büro angekommen, deutete Prebble auf einen Hocker, aber Ralph setzte sich auf den bequemeren Stuhl hinter dem Schreibtisch. Er sah, wie der junge Mann die Lippen zusammenpresste, als ob er sich darüber ärgerte, aber das überging er.

»Wegen Mr Carr ...«

Prebble stieß einen verächtlichen Laut aus. »Er ist heute nicht zur Arbeit erschienen, obwohl ich ihm zwei Nachrichten nach Hause geschickt habe. Ich werde ihm diese Woche den Lohn kürzen müssen.«

»Das werden Sie nicht. Es überrascht mich, dass Sie sich nicht vorher bei mir erkundigt haben, was ausgemacht war, wann er wieder arbeiten soll.«

»Wenn ihm seine Arbeit wichtig ist, dann sollte er sofort kommen. Er ist schließlich aus seinem Urlaub zurück, nicht wahr?«

»Urlaub? Er hat eine lange und anstrengende Reise hinter sich, hatte auf dem Weg große Probleme und hat seine Sache gut gemacht. Er braucht Zeit, um sich von diesen Strapazen zu erholen. Ich hatte ihm angeboten, ein paar Tage frei zu nehmen, aber er sagte, er werde morgen wieder zur Arbeit kommen.«

»Verstehe.«

»Zachary ist immer noch mir unterstellt. Er hat genauso viel Erfahrung wie Sie, und da Sie nur stellvertretender Geschäftsführer sind, haben Sie kein Recht, ihn zu entlassen oder ihm den Lohn zu kürzen.« Ralph machte eine Pause, um seinen Worten mehr Nachdruck zu verleihen.

»Wer ist dann für den Laden verantwortlich?«

»Sie. Zumindest im Moment. Aber ich bin mir sicher, dass Zachary gern mit Ihnen zusammenarbeiten wird.«

»Wenn ich ihm nicht sagen kann, was er tun soll, wie kann ich dann den Laden anständig führen?«

»Ich glaube nicht, dass Zachary viele Anweisungen benötigt. Er ist ein intelligenter junger Mann und weiß, was er zu tun hat. Außerdem möchte ich nicht, dass er seine Zeit damit verschwendet, Zucker abzupacken, wenn er wieder anfängt. Er ist beliebt bei den Kunden, und sie werden sich nach seiner Reise erkundigen wollen.«

Prebbles blickte so sauer drein, dass Ralph sich plötzlich

sicher war, dass er alles tun würde, um Zachary das Leben schwer zu machen und seinen Ruf bei seiner neuen Vorgesetzten zu schädigen. Nun, das würde er nicht schaffen. Ralph hoffte nur, dass sie wie vereinbart über ihre Ehe Stillschweigen bewahren würde. Er brauchte dringend die Einschätzung eines Experten über das, was im Laden vor sich ging. Das sollte er besser noch einmal betonen, wenn er sie besuchte.

»Mr Featherworth wollte, dass ich noch etwas mit Ihnen bespreche. Der Tee, den Sie im Laden verkaufen – *Blakes Bester* –, Mrs Featherworth findet, dass er nicht mehr so gut schmeckt wie früher.«

»Ich habe die Mischung ein wenig verändert. So konnten wir eine Menge Geld sparen. Die Kunden werden sich bald daran gewöhnen.«

»*Was*? Bitte ändern Sie die Mischung wieder auf genau das, was Mr Blake früher produziert hat. Ich habe schon einmal mit Ihnen über diese unnötigen Kostensenkungen gesprochen. Die Kunden dieser Schicht werden es nicht zu schätzen wissen.«

Prebble holte tief Luft.

»Ich gehe davon aus, dass Marshall nicht mehr lange solch niedere Aufgaben übernehmen muss«, sagte Ralph. »Er ist ein sehr patenter Mann.«

»Ich nehme an, Sie möchten, dass er im Verkauf arbeitet?«

»Dafür wurde er eingestellt.«

Prebbles Ausdruck wurde noch säuerlicher. »Wenn Sie unbedingt wollen, dass Marshall Kunden bedient, muss ich jemand anders für das Lager und die Reinigungsarbeiten einstellen. Ich habe eine ältere Verwandte, die für ein paar Stunden am Tag kommen könnte, wenn das in Ordnung ist? Sie verlangt nur sechs Pennys pro Stunde. Ich habe sie schon früher aushilfsweise eingestellt, wenn viel zu tun war.«

Ralph beschloss, ihm ein wenig entgegenzukommen. »Wenn Sie es für notwendig halten. Es freut mich, dass Sie alles so sauber halten. Ich bin sicher, Marshall wird Sie nicht enttäuschen, wenn er im Laden bedient.«

Prebble zögerte, dann stieß er hervor: »Ich weiß, dass er mit der Ware und dem Wechselgeld umgehen kann, aber das Problem ist, er ist nicht *vorzeigbar!* Er spricht zu gewöhnlich und weiß nicht, wie man mit den besseren Kunden umzugehen hat. Ich weiß, dass er hart arbeitet, da kann ich ihm keinen Vorwurf machen, aber er ist nicht die Art von Mensch, die wir normalerweise in diesem Laden beschäftigen.«

»Jetzt schon. Und darf ich Sie daran erinnern, dass *Sie* auch nicht vorzeigbar waren, als Mr Blake Sie eingestellt hat? Haben Sie kein Mitgefühl?«

Prebble blickte ihn mürrisch an. »Ich bin der Geschäftsführer dieses Ladens, nicht die Wohlfahrt.«

Ralph schüttelte den Kopf über diese Einstellung, verließ den Laden und klopfte an die Tür zu den Wohnräumen. Als Dot ihn in den Salon führte, stellte er erfreut fest, dass Pandora schon viel besser aussah, Farbe auf den Wangen und ein Funkeln in den Augen hatte. Er nickte Alice zu, die lächelte und aufstand.

»Sie möchten sicher unter vier Augen mit Miss Blake sprechen.« Sie verließ das Zimmer.

Was für eine ruhige, besonnene Frau!, dachte er. Es war ihm unverständlich, warum sie nie geheiratet hatte. Seine Schwester war der Meinung, er solle um Alice' Hand anhalten, und er war versucht, es zu tun, aber er fand die Vorstellung, in seinem Alter noch einen Heiratsantrag zu machen und solche Veränderungen in seinem Leben vorzunehmen, ziemlich abschreckend. Dennoch fände er es schade, wenn Alice aus Outham wegziehen würde, er würde sie sehr vermissen. Glücklicherweise blieb ihm noch Zeit, um die Angelegenheit genauer zu überdenken und herauszufinden, wie er es bewerkstelligen sollte.

Er wandte sich wieder an Pandora, die erwartungsvoll dasaß, und setzte sich auf den Platz, den sie ihm anbot. »Ich bin mit Zachary die Abrechnung von der Reise durchgegangen. Er ist ein ehrlicher junger Mann, obwohl ich nichts anderes von ihm erwartet habe, und er kann gut mit Zahlen umgehen.«

»Und er ist nett. Ich warne Sie, ich lasse nicht zu, dass jemand uns wieder entheiratet.«

»Das verlangt auch niemand von Ihnen, aber ich rechne es ihm hoch an, dass er Ihnen die Möglichkeit lässt, Ihre Meinung zu ändern. Es ist nicht immer einfach, das Richtige zu tun. Ich bitte Sie, noch ein wenig Geduld zu haben. Wir brauchen ihn dringend eine Weile hinten im Laden, damit er herausfinden kann, was los ist, und uns helfen kann, Prebble zu überführen. Wir brauchen Beweise, sonst können wir nichts unternehmen.«

»Sie mögen Prebble auch nicht, oder?«

»Nein.«

»Gestern hat er auf mich gewartet, als ich von den Raineys zurückkam, und darauf bestanden, mich nach Hause zu begleiten. Es kann kein Zufall gewesen sein, dass er dort war, weil er nicht in diesem Teil der Stadt wohnt.« Sie verzog das Gesicht. »Er ist sehr höflich, aber ...«

»Ja, es gibt immer ein Aber, nicht wahr? Wir gehen der Sache auf den Grund, keine Sorge.«

Sie reckte trotzig das Kinn vor. »Dann beeilen Sie sich besser. Ich habe Zachary einen Monat gegeben, danach erzähle ich allen von unserer Ehe.«

Dot, die gerade mit einigen Laken aus der Wäscherei die Treppe hinaufkam, um sie wegzuräumen, ließ fast den Stapel fallen, als sie durch den Türspalt Pandoras Stimme hörte. *Verheiratet! Ihre neue Herrin und Zachary waren bereits verheiratet?* Als ihr die Bedeutung dessen bewusst wurde, erschauerte sie vor Freude. Oh, wie sehr wünschte sie sich, *sie* wäre diejenige, die Harry diese Neuigkeit überbringen würde. Doch dann verschwand ihr Lächeln. Nein, das wünschte sie sich doch nicht. Er würde wütend sein, dass sein Rivale ihm zuvorgekommen war, und auf jede erdenkliche Weise zurückschlagen. Obwohl sie wirklich nicht verstand, wie er auf die Idee kam, dass eine reizende junge Frau wie Miss Blake einen ungehobelten kleinen Kerl wie ihn anziehend finden könnte.

Sie stieg weiter die Treppe hinauf und presste sich die Laken an die Brust. Ach, sie gönnte es Zachary Carr und wünschte den beiden alles Gute.

Im Salon erinnerte sich Pandora plötzlich an Leo. »Was das Geld angeht, das für die Rettung von Leo ausgegeben wurde – meine Schwestern und ich sind voll und ganz damit einverstanden. Er war so ein netter Kerl und konnte so gut mit Pferden umgehen. Als er zu uns kam, war sein ganzes Gesicht grün und blau, weil er so heftig geschlagen worden war. Und ohne ihn hätten wir es auf unserer Reise nicht geschafft.«

Ralph nickte und lächelte freundlich. »Es ist Ihr Geld, meine Liebe, ich dachte nur, Sie würden gern wissen, dass die Abrechnungen in Ordnung sind. Sie können sie gern einsehen, wenn Sie wollen.«

»Nein, danke. Ich vertraue Zachary vollkommen.«

Er vertraute dem jungen Mann auch, wurde Ralph klar, das hatte er von Anfang an. »Nun, wenn das geklärt ist, kommen wir zu der anderen Angelegenheit, über die ich mit Ihnen sprechen wollte, zum Geld. Wenn Sie zustimmen, werde ich Ihnen eine Aufstellung aller Vermögenswerte zukommen lassen, die Ihr Onkel Ihnen und Ihren Schwestern hinterlassen hat, und Ihnen dann helfen, eine Möglichkeit zu finden, wie Sie Ihren Schwestern zumindest einen Teil ihres Erbes zukommen lassen können. Ich nehme an, Sie haben nicht vor, den Laden zu verkaufen? Nein, das dachte ich mir, nicht bei der großen Erfahrung Ihres Mannes in diesem Bereich. Also, sobald wir die Sache mit Prebble geklärt haben, besprechen wir, wie das Geld zu Ihren Schwestern kommt.«

»Gut.«

»Und schließlich brauchen Sie etwas Geld für Ihren eigenen täglichen Bedarf. Und wenn Sie mir sagen, welche Geschäfte Sie in Outham frequentieren möchten, lasse ich Ihnen dort Kredit einräumen.«

Er hielt inne, amüsiert über ihren verblüfften Gesichtsausdruck. Als er sich daran erinnerte, was er über die intelligenten Blake-Schwestern gehört hatte, fragte er: »Die Buchhandlung vielleicht? Und eine Schneiderin? Meine Schwester schlug Miss Poulton vor. Sie ist sehr höflich und arbeitet schnell, und ich habe gehört, sie habe ein Auge dafür, was zu einer Kundin passt. Was die Lebensmittel angeht, so geben Sie Prebble einfach eine Liste mit dem, was Sie aus dem Geschäft benötigen, oder schicken Sie Dot vorbei, dann werden die Einkäufe auf Ihre Rechnung gesetzt. Haben Sie eine Vorstellung davon, wie viel Geld Sie für Ihren persönlichen Bedarf benötigen?«

Sie schüttelte den Kopf. »Ich kann mir noch gar nicht vorstellen, wie es ist, so viel Geld zu haben, dass ich tun kann, was ich will. Aber Sie haben recht. Ich werde sowohl die Buchhandlung als auch die Bibliothek beehren. Ich glaube, ich werde direkt heute Nachmittag ein Buch kaufen gehen, zur Feier des Tages. Und ich brauche dringend neue Kleider.«

Er zog einen kleinen Lederbeutel heraus und reichte ihn ihr. »Mr Featherworth dachte zunächst an zwanzig Pfund. Ist das genug?«

Er sah, wie sich ihre Augen weiteten und sie schwer schluckte, ehe sie den Beutel an ihre Brust drückte. Sie sagte nichts, schien zu verblüfft von dem Ganzen, um zu sprechen. »Wenn Sie damit einverstanden sind, wird Prebble die Einnahmen weiterhin an uns zahlen, bis wir die Sache geklärt haben, auf die eine Weise oder die andere.«

»Oh, ja. Ich will nichts mit ihm zu tun haben. Und was auch immer passiert, ob Sie ihn überführen oder nicht, ich werde ihn nicht als Geschäftsführer behalten.«

»Wenn Sie Zachary Carr an Ihrer Seite haben, werden Sie ihn auch nicht brauchen.« Ralph lächelte, als sie errötete. Er verabschiedete sich, sehr zufrieden mit seinem Tagewerk. Wenn es irgendjemand schaffen würde, Prebble zu überführen, dann Zachary, der seit seiner Kindheit in diesem Laden arbeitete.

Was war an Prebble, das ihn so misstrauisch machte? Er war fleißig, ging regelmäßig in die Kirche, sprach höflich, und doch ... Nachdenklich schüttelte er den Kopf.

Am nächsten Morgen war Zachary pünktlich im Geschäft und stellte verwundert fest, dass die anderen Verkäufer früher als sonst dort waren und bereits mit der Arbeit angefangen hatten. Prebble hatte zweifellos seinen Spaß daran, sie auf Trab zu halten und zu zusätzlichen Arbeitsstunden zu zwingen, denn so hatte er die jüngeren Ladenburschen schon immer behandelt. Mr Blake hatte ihn ein- oder zweimal deswegen beiseitegenommen.

Zachary ging durch den Packbereich und hängte seine Ersatzschürze an ihren alten Haken. Er ging nicht zu den anderen in den Laden, um die Abdeckungen abzunehmen, Staub zu wischen und die Waren herauszustellen, sondern nahm sich die Zeit, den Packbereich zu studieren. Es waren eine oder zwei kleinere Änderungen vorgenommen worden, aber er war froh zu sehen, dass es hier so sauber war wie immer. Als er Harrys Stimme hörte, drehte er sich um.

»Da bist du ja! Ich möchte, dass du in Zukunft etwas früher kommst.«

»Warum?«

»Damit wir den Laden in Ordnung bringen können, bevor wir öffnen.«

»Das haben wir früher auch geschafft, ohne einem ohnehin schon langen Tag zusätzliche Stunden hinzuzufügen.«

»Nun, jetzt bin ich der Geschäftsführer, und ich handhabe die Dinge ein wenig anders.«

Die Ladenglocke läutete, und Harry warf einen Blick durch die schmale Glasscheibe in der Tür zum Laden. »Das ist Mrs Butleys Köchin. Geh und schau, was sie will.«

Zachary fand den Ton unhöflich, sagte aber nichts. Er kannte und mochte die Köchin, also freute er sich darüber, sie zu bedienen.

Die rotwangige ältere Frau strahlte ihn an. »Ich habe gehört, dass Sie aus dem Ausland zurück sind, Mr Carr.«

»Das bin ich tatsächlich, Mrs Jarrod. Und was kann ich heute Morgen für Sie tun?«

»Die gnädige Frau hat neuerdings eine Vorliebe für gekochte Eier zum Frühstück, und ich habe gestern das letzte für einen Kuchen verwendet.«

Er vermutete, dass das Hausmädchen ihn auf seinem Weg zur Arbeit gesehen hatte und die Köchin entsandt worden war, um für ihre Herrin so viel Klatsch und Tratsch wie möglich aufzuschnappen.

Er nahm ihre Schüssel und ging hinüber zu dem Regal, wo die Eier aufbewahrt wurden. »Ein halbes Dutzend?«

»Ja, bitte. Wie war es in Australien?«

»Ganz anders als in Outham. Ich habe Kängurus und Papageien gesehen. Dort war Winter, und es hat stark geregnet, aber es wird nie kalt genug für Frost oder Schnee. Im Sommer ist es extrem heiß, habe ich gehört, und die Luft fühlt sich an, als hätte man eine Ofentür geöffnet.«

»Wie aufregend! Kängurus! Davon habe ich Bilder bei einem Vortrag gesehen. Seltsame Geschöpfe, nicht wahr? Aber nicht geeignet für Fleisch oder Milch.«

Er lächelte. »Ich habe mehrmals Kängurufleisch gegessen,

und es war köstlich. Es hat einen ziemlich kräftigen Geschmack und ist gar nicht fett.«

»Das würde ich gern einmal probieren, muss ich sagen. Ich ... ähm, habe gehört, dass nur eine der Schwestern mit Ihnen zurückgekommen ist. Kommen die anderen nach?« Sie sah ihn erwartungsvoll an.

Er wollte nicht über Pandora oder ihre Schwestern tratschen, also sagte er nur: »Das bleibt ihnen selbst überlassen.«

Nachdem sie gegangen war, gab es einen Strom von Kunden mit kleineren Einkäufen, viele von ihnen waren eindeutig da, um mit ihm zu sprechen. Die Nachricht von seiner Rückkehr hatte sich schnell verbreitet, wie alles in Outham. Er fragte sich manchmal, ob der Wind die Neuigkeiten verbreitete.

»Du sprichst sehr wenig von den anderen Schwestern«, bemerkte Harry später, als Zachary Mittagspause machte. »Warum sind sie nicht zurückgekommen?«

»Es ist nicht an mir, darüber zu sprechen.« Er blickte auf den Teller mit den für ihn bereitgestellten Lebensmitteln und klappte sein Sandwich auf. »Das ist hauptsächlich Knorpel. Ich gehe und hole mir ein paar Schinkenreste.«

Harry blickte ihn finster an. »Ich entscheide, was die Mitarbeiter essen. Ich verschwende keine guten Lebensmittel. Der Schinken ist da, um Umsatz zu machen.«

»Mr Blake war der Meinung, dass seine Mitarbeiter ordentlich verpflegt werden sollten.« Zachary ging mit seinem Teller in den Laden, holte sich einige der Schinkenreste, die sie billiger verkauften, und belegte sein Sandwich reichlich damit.

»Hast du nicht gehört, was ich gesagt habe?«, blaffte Harry, als er zurückkam.

»Doch. Aber du würdest sicher nicht wollen, dass ich Knorpel esse.« Er setzte sich, biss in sein Sandwich und wünschte sich, er würde ihn in Ruhe lassen. Das war lächerlich kleinliches Verhalten.

Prebble lungerte noch eine Weile in der Nähe herum, dann verschwand er zu Zacharys Erleichterung im Büro, während er etwas davon murmelte, er würde sein Essen zu sich nehmen, wenn es etwas ruhiger wäre. Er schloss die Tür hinter sich, was der alte Mr Blake nie getan hatte, außer wenn er seiner Frau aus dem Weg gehen wollte.

Warum tat Harry das? Versteckte er etwas im Büro?

Am Nachmittag war Zachary gerade dabei, neues Einschlagpapier aus den Flurschränken zu holen, als die Tür zum Wohnbereich aufging und Pandora hereinkam.

Sie hielten inne und lächelten einander an. »Wie geht es dir?«, fragte sie.

»Es geht mir gut. Ich muss sagen, du siehst viel besser aus.«

»Ich fühle mich auch besser.«

Harry kam aus der Tür am anderen Ende des Flurs. »Ah, Miss Blake! Mir war, als hätte ich Ihre Stimme gehört.« Er warf Zachary einen unfreundlichen Blick zu. »Im Laden wird das Packpapier gebraucht, Carr. Ich kümmere mich um Miss Blake.«

Zachary zwinkerte Pandora zu und ließ sie allein.

Augenblicklich fühlte sich Pandora unwohl. Prebble kam auf sie zu und blieb direkt neben ihr stehen, ein wenig zu nah, und musterte sie von oben bis unten auf eine Weise, die sie verabscheute.

»Wie kann ich Ihnen helfen?«, fragte er.

»Ich brauche keine Hilfe. Ich wollte mich etwas umsehen.«

»Ich zeige Ihnen alles.«

»Nein, danke. Ich finde mich schon zurecht. Wenn ich etwas wissen möchte, frage ich.«

»Sie werden es sicher interessanter finden, wenn ich Sie begleite und Ihre Fragen sofort beantworten kann.«

Sie richtete sich auf. »Mr Prebble, ich brauche und will Ihre Gesellschaft nicht. Sie sind angestellt, um unseren Laden zu führen, nicht um mich zu belästigen.«

Sie hörte, wie er nach Luft schnappte, sein Mund stand halb offen vor Überraschung über ihre scharfe Antwort. Einen Augenblick lang rührte er sich nicht, dann wandte er sich von ihr ab. Aber er hatte nicht an die Glasfronten der Schränke gedacht, und dort, wo sie stand, konnte sie sein Spiegelbild ganz deutlich erkennen. Der Ausdruck, den sie auf seinem Gesicht sah, als er ihr den Rücken zuwandte, war bösartig. Es gab kein anderes Wort dafür: bösartig.

Als er zurück in den Laden ging, folgte sie ihm nicht, sondern begann, ihre Umgebung zu studieren, die für sie ganz neu war. Die Schränke mit der Glasfront im Flur enthielten verschiedene Arten von Packpapier, große Rollen, braunes, weißes, gewachstes und Kisten mit Papierschachteln in verschiedenen Größen und Farben. Es gab andere Bedarfsartikel wie Schnur, Bleistifte, Etiketten und Schachteln voller kleinerer Büroartikel.

Als sie sich alles angeschaut hatte, ging sie in den Packbereich. Hier wog ein junger Bursche Reis in Päckchen, schloss sie behutsam und stapelte sie ordentlich. Er stand sofort auf, als sie hereinkam.

»Bitte bleiben Sie sitzen.«

»Danke, Miss Blake.«

»Bringen Sie diese Päckchen jetzt in den Laden?«

»Nein, wir lagern sie hier in den Regalen, für den Fall, dass sie gebraucht werden. Wir erledigen solche Aufgaben immer dann, wenn nicht so viel im Laden zu tun ist.«

»Lassen Sie sich von mir nicht von der Arbeit abhalten. Ich schaue mich nur um.«

Sie ging langsam an den Regalen entlang und betrachtete

deren Inhalt. Hinter dem Packbereich befand sich ein großer Lagerraum. Sie hatte noch nie Mehl und Zucker in so großen Säcken gesehen. Es gab Holzkisten mit Marmeladengläsern, einige dieser modernen Konserven, sogar dieses neuartige Dosenfleisch, obwohl sie gehört hatte, dass es nicht besonders gut schmecken sollte. Dennoch wäre sicher jede hungrige Familie dafür dankbar gewesen.

Tatsächlich gab es bei Blakes fast alles, was man für die Ernährung einer Familie benötigte, obwohl die Menschen frisches Obst und Gemüse meist auf dem Markt oder beim Gemüsehändler kauften.

Sie entdeckte die Kellertreppe und stieg sie vorsichtig hinunter. Ein wenig Tageslicht drang durch ein großes vergittertes Fenster, das sich zu einem schmalen Lichtschacht hin öffnete. Er endete in einem Gitter in dem darüberliegenden Bürgersteig. Hier unten war es viel kühler, und sie fand Butter, Käse und Eier, bedeckt mit feuchtem Musselin, um sie frisch zu halten.

Als sie nach oben kam, öffnete sie die nächste Tür und stand auf einmal im Büro.

Sie hörte deutlich, wie der Junge, der den Reis abpackte, schockiert nach Luft schnappte, als sie eintrat. Das Büro war mit einem Rollpult, einem bequemen Stuhl und Regalen ausgestattet, in denen sich die Kassenbücher und Kisten mit Papier befanden. Sie setzte sich auf den Stuhl, auf dem ihr Onkel immer gesessen haben musste, und beim Gedanken an sein viel zu frühes Ende wurde sie traurig.

Wieder ging die Tür auf, und Harry blieb auf der Schwelle stehen. »Oh! Ich dachte, Sie wären wieder in Ihre Wohnung gegangen.«

Sein überraschter Blick wirkte aufgesetzt, und sie ahnte, dass der Junge gelaufen sein musste, um ihn zu holen. »Nein. Ich mache mich immer noch mit dem Laden und den Abläufen hier vertraut. Im Augenblick erkunde ich das Büro.«

»Meine liebe Miss Blake, für eine reizende junge Frau wie Sie besteht überhaupt kein Grund, sich mit geschäftlichen Angelegenheiten auseinanderzusetzen. Ich kann Ihnen alles erklären, was Sie wissen wollen, und Sie können mir vertrauen, dass ich den Papierkram in Ordnung halte, also ...«

»Aber wie soll ich lernen, wie unser Laden funktioniert, und dabei helfen, wenn ich nicht verstehe, was Sie hier tun?«

Er blinzelte sie schockiert an und trat näher an den Schreibtisch. »Aber Sie werden sich doch sicher nicht an der Leitung des Ladens beteiligen?«

»Das werde ich ganz gewiss. Wenn ich besser mit den Abläufen vertraut bin, werde ich manchmal auch im Laden bedienen.«

Sein Gesichtsausdruck verwandelte sich in völliges Entsetzen. »Aber Frauen bedienen nicht in Geschäften wie diesem. Glauben Sie mir, Miss Blake, die Kunden würden es nicht erwarten, und einigen könnte es sogar missfallen. Und es ist überhaupt nicht nötig! Ich kann alles tun, was zu tun ist.«

»Es wäre dumm von mir, wenn ich mich als Besitzerin nicht mit allen Details des Ladens vertraut machen würde. Und die Kunden werden sich bestimmt bald daran gewöhnen, dass ich sie bediene.«

»Aber die anderen Damen in der Stadt arbeiten nicht in den Geschäften ihres Mannes. Außerdem erfordert die Arbeit eine Menge Kopfrechnen und ...«

»Ich kann genauso gut rechnen wie Sie, da bin ich mir sicher.«

Sein spöttischer Gesichtsausdruck über diese Bemerkung zeigte eine Verachtung für Frauen, wie sie sie schon bei anderen Männern gesehen hatte, und das ärgerte sie noch mehr.

»Eine so reizende Frau wie Sie wird sicher bald einen Mann finden.«

Sie hasste seine Komplimente. Er stand jetzt sehr nahe bei

ihr, und bei der Art und Weise, wie er sie ansah, fühlte sie sich äußerst unwohl.

»Und dieser Mann wird sich glücklich schätzen können«, fügte er mit einem gefühlvollen Blick hinzu.

Er meinte doch wohl nicht ... Igitt! Einen Mann wie ihn würde sie nicht heiraten. Niemals! Irgendetwas an ihm ließ sie erschaudern.

Er legte ihr eine Hand auf den Arm, und nur die Erinnerung an Mr Dawsons Bitte, ihn nicht zu verärgern, hielt sie davon ab, seine Hand rigoros abzuschütteln. Sie zog jedoch ihren Arm zurück.

»Wenn Carr Ihnen gesagt hat, dass Sie im Laden arbeiten müssen, dann hat er sich geirrt!«, verkündete Harry.

»Zachary hat das Gleiche gesagt wie Sie, und ich gab ihm die gleiche Antwort. Der Laden gehört *mir* – mir und meinen Schwestern, meine ich – und ich will ein Teil dessen sein, was hier vor sich geht. Ich wurde nicht zur Untätigkeit erzogen, Mr Prebble, und ich habe nicht vor, jetzt damit anzufangen.«

Sie verließ das Büro und hasste es, dass er nicht zur Seite ging, sodass sie ihn berühren musste, als sie an ihm vorbeiging.

Wenn Zachary sie berührte, liebte sie es.

Oh, sie wünschte sich sehnlichst, dass diese Scharade nicht notwendig wäre. Mit jedem Tag, der verging, wünschte sie es sich mehr.

Von der anderen Seite der Glasscheibe in der Verbindungstür beobachtete Zachary, wie Pandora mit gerötetem Gesicht aus dem Büro kam. Schaudernd hielt sie inne, dann straffte sie die Schultern und ging Richtung Laden. Er hielt ihr lächelnd die Tür auf.

»Ich kann ihn nicht ausstehen«, murmelte sie.

»Was hat er getan?«, fragte er erschrocken.

»Das erzähle ich dir, wenn wir allein sind. Im Moment

sind offenbar keine Kunden im Laden, also könntest du mir bitte zeigen, wie alles organisiert ist?«

»Natürlich.« Er begann die Führung und erklärte, warum die Regale in dieser Weise angeordnet waren, zeigte ihr die unter der Theke aufbewahrten Hilfsmittel, unter anderem eine Schüssel mit Wasser, um sich rasch die Hände waschen zu können, und die Marmorplatte an einem Ende der Theke, auf der Butter, Käse oder Schinken geschnitten wurden.

Als er ihr etwa den halben Laden gezeigt hatte, kam Harry aus dem Hinterzimmer, blieb im Türrahmen stehen und blickte sie finster an. Wenig später kam er zu ihnen hinüber. »Ich kümmere mich jetzt um Miss Blake, Carr.«

Pandora wirbelte herum. »Ich habe Zachary gebeten, mich herumzuführen, und ich bin sehr zufrieden damit, wie er es macht. Lassen Sie sich von mir nicht von Ihrer Arbeit abhalten, Mr Prebble.«

Ihre Abneigung gegenüber Harry war nur allzu offensichtlich, sie war nicht gut im Verstellen, wie Zachary bereits herausgefunden hatte.

Nachdem sie den Laden verlassen hatte, ging Zachary ins Hinterzimmer, um noch ein paar weitere Päckchen Mehl zu holen, und blieb für einen Moment verwirrt stehen. In diesem Regal hatten ein oder zwei Pakete Mehl mehr gestanden, dessen war er sich sicher, weil er seit jeher ein ausgezeichnetes Gedächtnis für Details hatte. Der alte Mr Blake hatte ihn oft dafür gelobt.

Wo war das Mehl geblieben? Nicht im Laden, das stand fest.

Stirnrunzelnd legte er noch ein paar Päckchen zu einem und zwei Pfund in den Korb und trug ihn in den Laden, um die Regale aufzufüllen. Als er den Korb zurück in den Packraum brachte, blieb er stehen und prägte sich die Waren in den Regalen ganz genau ein.

Dann klingelte die Glocke an der Ladentür, und er ging

zurück, um einen Kunden zu bedienen und noch einmal von seiner Reise nach Australien zu erzählen.

Nachdem sie die Verbindungstür sorgfältig abgeschlossen hatte, ging Pandora nachdenklich zurück in den Salon. Dort saß Alice mit einer Stickarbeit.

»Wie war Ihr Besuch im Laden?«

»Es war ... interessant. Zumindest hätte es interessant sein können.«

Alice zog eine Augenbraue hoch.

»Prebble hat einen Wirbel um mich gemacht, aber er wollte nicht, dass ich ins Büro schaue. Ich frage mich, warum. Man könnte meinen, der Laden gehöre *ihm*, nicht mir.«

»Ich finde ihn aufdringlich und herablassend.«

»Ja. Aber da ist noch etwas anderes an ihm. Etwas ... Abstoßendes. Ich kann es nicht ertragen, dass er mich anfasst.«

»Er hat Sie berührt?«

»Hat mir den Arm getätschelt. Und ich musste mich an ihm vorbeizwängen, um aus dem Büro zu kommen.« Sie schauderte.

»Ich kann ihn auch nicht ausstehen. Nun, es ist mehr als nur Abneigung. Er macht mir Angst.« Alice erzählte von den Eindringlingen. »Ich war von Anfang an davon überzeugt, dass er es war. Oder es zumindest arrangiert hat. Er wollte nicht, dass ich hier einziehe, vorher hat er Dot herumkommandiert und das Geld einbehalten, das für ihr Essen bestimmt war. Nur ein bisschen hier und da, aber es summiert sich. Er sagte, er wollte es für die neuen Besitzerinnen aufheben, und konnte sogar eine Büchse mit dem genauen Betrag vorweisen, also konnte Ralph – Mr Dawson – ihm kein Fehlverhalten vorwerfen.«

»Widerliches kleines Wiesel. Ich kann nicht verstehen, warum Mr Dawson ihn zum Geschäftsführer ernannt hat.«

»Wäre es Ihnen lieber gewesen, wenn sie Prebble zu Ihnen nach Australien geschickt hätten?«

Pandora sah sie entsetzt an. »Nein! Ich nehme an, nachdem mein Onkel getötet wurde, gab es niemanden mehr, der den Laden führen konnte. Zachary liebt es. Er wäre ein guter Geschäftsführer.«

»Die Kunden bevorzugen ihn eindeutig. Während er weg war, hörte ich viele Leute sagen, sie hätten lieber hier eingekauft, als er noch da war, und dass sie immer gern gewartet hätten, um von ihm bedient zu werden.«

»Zachary ist ein reizender Mann.«

Alice lächelte. »Und Sie mögen ihn.«

Pandora konnte es nicht leugnen. »Sehr. Aber er hat kein Geld, und ich habe den Laden.«

»Lieben Sie ihn?«

»Ja.«

»Dann kämpfen Sie um ihn. Lassen Sie sich von nichts aufhalten. Ich habe nicht gekämpft, als ich jünger war, und den Mann verloren, den ich liebte, weil mein Vater sich eingemischt hat.«

»Keine Sorge. Ich werde nicht zulassen, dass irgendetwas zwischen uns kommt.« Sie lächelte liebevoll, als sie an Zachary dachte, dann wechselte sie das Thema. »Möchten Sie mit in die Stadt kommen und mir helfen, ein paar Kleiderstoffe auszuwählen? Ich muss eine Schneiderin finden, die sich schnell etwas ausdenken kann. Meine Kleider sind alle fürchterlich schäbig.«

Alice schob ihre Nadel in den Rand ihrer Stickarbeit und legte sie ab. »Ich würde gern mitkommen.«

In perfektem Einvernehmen gingen die beiden Frauen einkaufen. Sie entschieden sich für drei verschiedene Kleiderstoffe für Pandora, leuchtende Farben, die gut zu ihrem dunklen Haar passen würden. Danach brachten sie sie zu einer Schneiderin, von der andere Damen gut sprachen, und erhielten dort ein schmeichelhaftes Maß an Aufmerksamkeit.

Aber Pandora hatte genaue Vorstellungen davon, was sie wollte. Sie betrachtete die Skizzen, die die Schneiderin ihr vorlegte. Riesige Röcke wie Pyramiden. Aufwändige Besätze mit Schleifen und Borte oder kleinen Wasserfällen aus Rüschen, die unter einem bogenförmigen Saum hervorlugten. »Oh nein! Ich will keine so ausladenden Röcke. Oder solch ausgefallene Verzierungen. Ich finde, das sieht albern aus, und wie soll man darin denn zügig gehen, geschweige denn laufen?«

Die Schneiderin blinzelte sie überrascht an. »Damen brauchen normalerweise nicht zügig zu gehen und schon gar nicht zu laufen, Miss Blake.«

»Nun, ich bin keine Dame, und ich liebe gute, zügige Spaziergänge. Tatsächlich will ich überhaupt keinen Reifrock. Ein paar Unterröcke, vielleicht mit Volants am Saum. Das ist das Einzige, worauf ich mich einlassen würde.«

»Aber bei Ihrer schlanken Taille und Ihrer eleganten Figur würde Ihnen ein modernes Kleid so gut stehen.«

»Es würde mich verrückt machen, wenn mir sechs Meter Rocksaum um die Beine schwingen würden.« Pandora lächelte sie an. »Verschwenden Sie Ihre Zeit nicht damit, mich zu einer modischen Dame machen zu wollen, Miss Poulton. Ich will nur … vernünftig aussehen. Mit schönen Stoffen und Farben.«

»Ich kann Ihnen alles machen, was Sie möchten.« Die Schneiderin nahm ein Blatt Papier und einen Bleistift und starrte nachdenklich darauf.

»Hier, lassen Sie mich mal.« Pandora nahm ihr den Bleistift aus der Hand und skizzierte einen Rock und ein dazu passendes Mieder.

»Sie zeichnen gut.«

»Wenn ich Zeit habe. Können Sie das aus dem dunkelgrünen Stoff machen? Und verändern Sie bei den anderen Stoffen die Ärmel und Röcke ein wenig.«

»Ganz einfach.«

»Gut. Wie schnell können Sie eins fertig haben?«

Die Schneiderin sah sie nachdenklich an. »Würde es Ihnen etwas ausmachen, wenn wir für die Säume eine Nähmaschine benutzen? Wir sind hier sehr fortschrittlich, und ich habe seit ein paar Jahren eine. Einige Damen bevorzugen immer noch Handarbeit, aber die Maschine macht sehr gute Arbeit, das verspreche ich Ihnen.«

»Das macht mir überhaupt nichts aus. Ich habe noch nie eine Nähmaschine gesehen. Darf ich sie mir anschauen?«

Die Schneiderin nahm sie mit in das Nähzimmer und zeigte ihr die Maschine, die auf einem eigenen kleinen Tisch stand.

»Sie wurde von Sugden, Bradbury und Firth in Oldham hergestellt und hat uns sieben Pfund gekostet. Mein Bruder hat darauf bestanden, dass ich sie kaufe. Er liebt alles, was mit Mechanik zu tun hat. Ich war etwas nervös, als ich sie das erste Mal benutzt habe, aber jetzt liebe ich sie, und meine Mädchen auch.«

Die Frauen in der Schneiderwerkstatt lächelten und nickten.

Als sie aus dem Laden kamen, konnte Alice ihr Kichern nicht länger unterdrücken. »Sie haben sie mit Ihrer Verachtung für Mode ziemlich schockiert.«

»Ich weiß. Aber am Ende habe ich doch noch bekommen, was ich wollte. Ich glaube, mit meinem Interesse an ihrer Nähmaschine habe ich sie wieder ein wenig versöhnt.« Pandora machte vor Freude einen kleinen Hüpfer. »Wie wunderbar, ein paar brandneue Kleider zu haben! Wir mussten unsere immer aus zweiter Hand kaufen, und ich habe die meisten von meinen Schwestern aufgetragen, bis wir alle nicht mehr gewachsen sind.«

»Sie sollten besser auch einen neuen Hut kaufen. Dieser hier ist ziemlich ramponiert.«

»Vermutlich.«

Wieder erhielt Pandora schmeichelhafte Aufmerksamkeit, und wieder musste sie den Hutmacher davon überzeugen, dass sie nichts Auffälliges wollte. Als sie aus dem Geschäft kam, trug sie einen der beiden neuen Strohhüte, die sie gekauft hatte. Beide hatten schmale Krempen und einen hübschen Besatz, und der, den sie für sonntags vorgesehen hatte, hatte noch eine weiche, geschwungene Feder, die an der Krempe entlanglief und hinten ein paar Zentimeter hinunterhing.

»Und nun zu den Einkäufen, die mir wirklich Freude bereiten werden.« Sie ging voraus in die Buchhandlung, wo sie ein halbes Dutzend Bücher kaufte, und wünschte sich wieder einmal, dass ihr Vater diesen Tag noch erlebt hätte.

Zurück in ihrem Schlafzimmer machte Pandora sich frisch, verstaute ihre Einkäufe und schaute in den Spiegel. Das Gesicht, das ihr entgegenblickte, war rosig, die Augen funkelten. Sie war hübsch, das musste sie zugeben. Normalerweise machte sie sich nichts daraus, doch für Zachary wollte sie so schön wie möglich aussehen. Er sagte, dass er sie liebte, und er blickte sie eindeutig bewundernd an, warum also bestand er immer noch darauf, Abstand zu halten? Sicher hatte sie inzwischen bewiesen, dass sie ihre Meinung über ihre Ehe nicht ändern würde. Was, wenn er sich aus falschem Stolz weigerte, ihr Mann zu bleiben?

Nein. Nein, das würde sie nicht zulassen. Ihr Entschluss festigte sich. Wenn es sein musste, würde sie behaupten, die Ehe sei vollzogen worden. Mr Featherworth und Mr Dawson mochten es vielleicht gutheißen, dass er Abstand zu ihr hielt, aber sie waren alt. Sie verstanden nicht oder hatten vielleicht vergessen, wie sehr man jemanden lieben konnte, wie sehr man es vermissen konnte, mit ihm zusammen zu sein. Und sie dachten viel zu sehr ans Geld.

Nun, sie wusste es besser. Es war wichtig, genug Geld zu haben, um anständig zu leben und die Familie zu ernähren, natürlich, doch das Wichtigste auf der Welt waren die Familie und die, die man liebte. Sie hatte ihre Schwestern verloren. Sie würde Zachary nicht auch noch verlieren.

Und wenn es nach ihr ginge, wenn das Schicksal es gut mit ihr meinte, würden sie eine Familie gründen, mehrere Kinder haben, und sie würde sie alle lieben. Jungen, die wie ihr Vater aussahen. Mädchen, die nicht zu groß und einigermaßen hübsch waren. Zu hübsch zu sein war eine Last. Es hatte sie oft verärgert, dass die Männer nur ihr Gesicht sahen. Und groß zu sein machte die Dinge auch kompliziert. Die meisten Männer wollten eine Frau, die kleiner war als sie selbst.

Sobald sie herausgefunden hatten, was im Laden los war, würde sie diese alberne Scharade sofort beenden und darauf bestehen, dass Zachary bei ihr einzog.

Vorausgesetzt, er stimmte zu. Sie vergaß immer wieder, wie eisern er sein konnte. Niemand würde Zachary Carr jemals zu etwas zwingen, was er für falsch hielt.

Kapitel 20

An diesem Abend kam Pandora in den Laden und bat Zachary, ihr einen Korb mit ein paar Grundnahrungsmitteln für eine Familie zusammenzustellen, die sie kannte und die in Schwierigkeiten geraten war.

Er fing an, Dinge aus den Regalen zu nehmen, wusste, ohne dass sie es ihm sagen musste, was sie brauchen könnten. »Ist das genug?«

»Das ist gut so.« Sie spürte, wie jemand dicht hinter ihr stand, und als sie sich umdrehte, fand sie sich beinahe Nase an Nase mit Prebble wieder, also wich sie zurück zu Zachary.

»Erledigt normalerweise nicht Dot die Einkäufe für Sie, Miss Blake?«, fragte Prebble. »Sie sollten ihr Dienstmädchen nicht zu sehr verwöhnen, wissen Sie.«

Sie hatte es satt, dass er sich ständig in alles einmischte. »Kümmern Sie sich bitte um Ihre eigenen Angelegenheiten, Mr Prebble.«

Zachary stieß ein schnaubendes Lachen aus, das er vergeblich als Husten zu tarnen versuchte.

Mit hochrotem Kopf trat Prebble ein paar Schritte zurück, blieb aber in der Nähe und beobachtete aufmerksam, was sie nahm. Sie wandte ihm den Rücken zu, warf einen Blick in den Korb und nickte. »Das reicht. Ich möchte meine Freunde nicht beschämen.«

Zachary notierte die entnommenen Waren im Rechnungsbuch und trug ihr den Korb bis zur Tür. »Wohin gehst du?«, fragte er leise.

»Nur in die Pelson Street. Ich möchte Bills Eltern besuchen. Als ich Outham verließ, waren sie sehr knapp bei Kasse, und ich konnte mich nicht einmal von ihnen verabschieden. Mr Dean arbeitet vielleicht in einem der Hilfsprogramme, also habe ich meinen Besuch bei ihnen auf den Abend gelegt.«

»Sie werden sich bestimmt über das Essen freuen. Bist du sicher, dass der Korb nicht zu schwer ist?«

Sie lachte. »Das sagen die Männer immer. Weißt du, wie schwer ein Kleinkind sein kann? Niemand sorgt sich um eine Frau, die ein Kind trägt.«

Er sah etwas überrascht aus. »Da hast du recht. Ich hoffe, dein Besuch verläuft gut.«

Als sie durch die Straßen schlenderte, genoss sie den späten Sonnenschein. Nach einer Weile wurde sie unruhig und fragte sich, ob sie verfolgt wurde. Dann hielt sie an, um mit einer alten Bekannten zu plaudern, und vergaß es wieder. Aber kaum war sie wieder allein unterwegs, kehrte das seltsame Gefühl zurück, dass sie von jemandem angestarrt wurde.

Abrupt drehte sie sich um, in der Hoffnung, ihren Verfolger zu ertappen, aber sie konnte nicht feststellen, wer es war. Doch irgendetwas sorgte dafür, dass sie sich unwohl fühlte, und sie war sich ganz sicher, dass sie sich nicht irrte.

Weil sie mit ihrer Bekannten geplaudert hatte, erreichte sie die Pelson Street später als erwartet, und um diese Uhrzeit waren nur noch wenige Leute unterwegs. Sie war erleichtert, als Bills Vater die Tür öffnete.

Er strahlte sie an und bat sie mit einer Handbewegung hinein. »Komm rein, Mädchen, komm rein. Ich habe neulich noch zu meiner Frau gesagt, dass du uns sicher bald besuchen kommst. Wir wussten, du würdest nicht zu stolz sein, mit deinen alten Freunden zu reden.«

»Es hat uns gefreut zu hören, dass du es so gut getroffen hast, Liebes«, sagte Mrs Dean. »Du hast jetzt ausgesorgt.«

Pandora stellte den Korb auf den Küchentisch und bemerkte, dass es hier keinerlei Zierrat gab. Auch einige besondere Möbelstücke fehlten. »Ich habe Ihnen etwas mitgebracht.«

Augenblicklich versteiften sich die beiden.

»Bitte keine falsche Bescheidenheit. Ich weiß, Sie würden auch mit mir teilen, was Sie haben, wenn ich in Schwierigkeiten wäre.«

Alle schwiegen für einen Augenblick, dann schluchzte Mrs Dean auf und nahm Pandora in die Arme, verbarg ihren Kopf für einen Moment an ihrer Schulter, ehe sie sich wieder aufrichtete und die Tränen wegwischte. Die beiden Frauen begannen, das Essen auszupacken, und bis sie damit fertig waren, brachte Bills Mutter vor Rührung kein Wort heraus.

»Ich bringe dich nach Hause, Mädchen«, sagte Mr Dean später. »Es ist recht spät geworden.«

»Ich bin schon oft in der Dämmerung durch diese Straßen gegangen«, widersprach sie.

»In solch schweren Zeiten könnte manch einer versucht sein, andere auszurauben.«

Aber als sie aus dem Haus traten, sah sie Zachary, der am Ende der Straße auf sie wartete. Ihre Stimmung hob sich beim bloßen Anblick seines lieben Gesichts, und sie winkte ihn heran und stellte die beiden Männer einander vor, dann flitzte sie in die Küche, um Mrs Dean an die Tür zu holen.

»Dein Verlobter, nicht wahr?«, fragte sie.

»Ja«, sagte Pandora. »Allerdings darf es noch niemand wissen, also behalten Sie es bitte für sich.« Sie ging voraus zur Haustür. »Zachary, das ist Mrs Dean, Bills Mutter.«

Nachdem sie sich verabschiedet hatten, bot Zachary ihr seinen Arm. »Du solltest um diese Zeit nicht allein durch die Straßen gehen, Liebling.«

»Fang du nicht auch noch damit an. Mr Dean hat dasselbe gesagt. Er wollte mich nach Hause begleiten.«

»Er hat recht. Der Krieg in Amerika geht vielleicht zu Ende, aber den Menschen hier in Outham geht es immer noch schlecht.«

Sie gingen die nächste Straße entlang, ihre Schritte glichen sich einander an, und sie hatten nicht das Bedürfnis, zu reden um des Redens willen.

»Es ist schön, mit dir allein zu sein.« Sie drückte ihm freundschaftlich den Arm. »Ich habe dich so vermisst.«

Er blieb stehen und bedeckte ihre Hand, die auf seinem Arm ruhte, mit seiner Linken. »Ich habe dich auch vermisst, Liebes.«

»Ich möchte der Welt von uns erzählen.«

»Ich auch, aber ich habe im Laden ein oder zwei verdächtige Details entdeckt, also sollten wir es besser noch nicht tun.«

»Das hast du?«

»Ja.«

»Dann hat Mr Dawson vielleicht recht mit Prebble.«

»Mr Featherworths Mitarbeiter ist ein kluger Mann. Er würde keinen Aufstand machen, wenn es nicht nötig wäre.«

»Du bist auch klug.« Als sie sich wieder in Bewegung setzten, fügte sie hinzu: »Ich habe den Eindruck, dass Mr Dawson Alice ziemlich gern mag – und sie ihn.«

»Dann wünsche ich ihnen alles Gute.«

Wieder begegneten sich ihre Blicke, und sie lächelten einander an. Das Herz ging ihr auf. Er würde sie nicht so anlächeln, wenn er sie nicht mögen würde, das würde Zachary nicht tun.

Er begleitete sie zurück in den Laden, lehnte es aber ab, noch auf eine Tasse Tee hereinzukommen. Immer noch lächelnd schloss sie die Tür hinter sich ab und schaute zu Dot herein, die im Schein der Küchenlampe ein Buch las.

»Tut mir leid, Miss, es macht Ihnen hoffentlich nichts aus, wenn ich lese, aber ich habe die ganze Hausarbeit schon erledigt.«

»Sie können so viel lesen, wie Sie wollen. Ich erwarte nicht, dass Sie rund um die Uhr arbeiten. Und Sie können sich auch gern meine neuen Bücher ausleihen, wenn ich sie ausgelesen habe.« Alice hatte erzählt, dass es vorher gar keine Bücher im Haus gegeben hatte. Wie schrecklich!

Dot schniefte und lächelte sie mit Tränen in den Augen an. »Sie und Miss Alice sind so nett zu mir. Ich hatte noch nie eine so gute Anstellung.«

»Nun, Sie arbeiten auch hart. Aber wenn Sie an eine gute Stelle für eine Lesepause kommen, könnten Sie uns dann bitte eine Kanne Tee machen?« Sie hätte das auch selbst getan, aber sie hatte bereits festgestellt, dass Dot solche Aufgaben in »ihrer« Küche am liebsten selbst erledigte.

Pandora rannte leichtfüßig die Treppe hinauf. Die Dinge besserten sich. Zachary hatte sie »Liebling« genannt und gesagt, dass auch er ihre Ehe öffentlich machen wolle. Sie konnte es kaum erwarten!

Harry hörte den Jungen zu, die er dafür bezahlte, dass sie Pandora im Auge behielten, sobald sie das Haus verließ. Es ärgerte ihn noch immer, dass sie gutes Essen verschenkte, doch sein Ärger verwandelte sich in glühenden Zorn, als er hörte, dass Carr sie abgeholt und nach Hause begleitet hatte.

»Wirkte sie verärgert, als sie ihn sah?«, fragte er, als ihm wieder einfiel, wie sie reagiert hatte, als er darauf bestanden hatte, sie nach Hause zu bringen.

»Nein, sie hat sich bei ihm eingehakt und seinen Arm festgehalten. Sie lachten beim Gehen. Für mich sahen sie aus wie zwei richtige Turteltäubchen.«

Widerwillig verteilte er Sixpence-Münzen und sagte ihnen, sie sollten weiterhin die Augen offen halten.

»Sie gehört dir nicht, Carr«, murmelte er, als er wieder allein war. »Und der Laden auch nicht. Selbst wenn sie sich nicht von *mir* umwerben lässt, werde ich dafür sorgen, dass *du* von dem Geld nichts zu sehen bekommst. Und auch sonst niemand.«

Aber wie sollte er das schaffen? Er musste Zacharys Einfluss auf den Laden ein für alle Mal ein Ende setzen. Und das musste sorgfältig geplant werden. Sehr sorgfältig. Nichts durfte schiefgehen. Er hatte sich nicht jahrelang für dieses Geschäft abgemüht, nur damit jemand anders davon profitierte.

Was Zachary weiterhin Sorgen bereitete, war die Atmosphäre im Laden. Mit Ausnahme von Marshall katzbuckelten alle anderen Mitarbeiter vor Harry. Anders konnte man es nicht nennen: Sie *katzbuckelten*.

Auf dem Weg zurück vom Abtritt begegnete Zachary Marshall.

»Ich muss mit Ihnen sprechen«, sagte der ältere Mann im Vorbeigehen, ohne auch nur innezuhalten.

Als er zurück in den Packraum kam und Harry direkt hinter der Tür vorfand, verstand er, warum Marshall nicht stehen geblieben war.

»Du hast dir ganz schön Zeit da draußen gelassen«, sagte Harry vorwurfsvoll.

»Man muss dem Ruf der Natur folgen.«

»Nun, da wir uns um die Natur gekümmert haben, müssen wir Tee abpacken. Den Rest der neuen Mischung, die ich ausprobiert habe, verkaufen wir noch ab, danach möchte Mr Featherworth, dass wir zu unserer alten Mischung zurückkehren.« Er schnaubte angewidert. »Nur weil sie seiner Frau besser schmeckt! An der neuen Mischung verdienen wir viel mehr Geld.«

»Viele Kunden mochten unsere alte Mischung von *Blakes Bestem*.«

»Nun, schau, was du tun kannst.«

Zachary holte die verschiedenen Behälter mit Tee heraus, roch an der neuen Mischung und rümpfte die Nase. Sie war nicht besonders gut, roch nicht einmal frisch. Es musste sich um einen Restposten handeln, der auf seinem Weg von Indien hierher nicht gut behandelt worden war. Ohne dazu aufgefordert worden zu sein, ging er in den Laden und nahm alle Pakete *Blakes Bester* aus den Regalen.

Harry eilte ihm nach. »Was machst du da?«

»Diesen Dreck loswerden. Mr Featherworth hat recht.«

»Das ist ein vollkommen trinkbarer Tee.«

»Ist es nicht. Ich würde ihn auf den Müll werfen, aber ich würde vorschlagen, wir verkaufen ihn billiger, um zumindest die Kosten zu decken.«

»Das verbiete ich dir. Leg die Pakete sofort zurück.«

»Nein. Dieser Tee wird dem Laden einen schlechten Ruf einbringen.«

»Er wird uns mehr Geld einbringen.«

»Wir können Mr Dawson fragen, wenn du willst.«

Sie starrten einander für einen Augenblick schweigend an, dann fuhr Harry herum und verschwand im Büro.

Marshall zwinkerte Zachary im Vorbeigehen zu und flüsterte: »Ich komme nach der Arbeit zu Ihnen nach Hause.«

Was ist hier los?, fragte sich Zachary, als er anfing, den Tee nach der Rezeptur zu mischen, die Mr Blake immer verwendet hatte. Er roch an der Mischung und nickte zufrieden. Aber um sicher zu sein, stellte er einen Kessel Wasser auf den Gasherd, brühte eine Kanne Tee auf und ließ ihn die erforderliche Zeit ziehen, bevor er kostete, genau wie Mr Blake es getan hätte.

»*Was machst du jetzt schon wieder?*«

Zachary ignorierte Harry und führte den Becher an die Lippen, nahm einen Schluck und probierte ihn sorgfältig. Er schüttelte den Kopf. »Er ist immer noch zu bitter. Er wurde zu lange gelagert.«

»Man bekommt ihn zu einem besseren Preis, wenn man größere Mengen einkauft«, sagte Harry.

»Mr Blake hätte niemals zu viel auf einmal gekauft.«

»Mr Blake ist tot, und ich führe jetzt den Laden.«

»Vielleicht irre ich mich, aber ich glaube, Mr Featherworth will, dass der Laden genauso weitergeführt wird wie vorher.«

»Er kann effizienter geführt werden, wie ich bewiesen habe.«

»Der Laden gehört uns nicht, Harry. Es gehört den Blake-Schwestern, und Pandora hat die Vollmacht.«

»Für dich immer noch *Miss Blake!*«

»Nein. Pandora. Auf ihre Bitte hin.«

»Du hast diese Reise genutzt, um dich bei ihr einzuschmeicheln«, sagte Harry vorwurfsvoll. »Aber wenn sie sieht, wie effizient ich den Laden führe, wenn ich ihr erkläre, wie viel mehr Geld ich für sie herausholen kann, wird sie mich bald schätzen und ihr Vorgehen ändern. Du wirst schon sehen.«

Zachary wusste aus jahrelanger Zusammenarbeit mit ihm, dass Harry nur auf Geld aus war, aber der Hass in den Augen des anderen beunruhigte ihn, und er beschloss, in Zukunft auf sich aufzupassen. Wenn es nach ihm ginge, würde er alles offenlegen, Harry entlassen und die Leitung des Ladens neu organisieren.

Als der alte Mr Blake noch gelebt hatte, war es ein Ort gewesen, an dem er gern gearbeitet hatte, und er könnte es wieder werden.

Er seufzte. Es ging nicht nach ihm. Und er vermisste Pandora noch mehr, als er erwartet hatte, vermisste es, den Tag mit ihr zu verbringen, über alles und jeden zu reden. Sie war seine Frau, und wenn sie nicht um ihre Freiheit bat, was er nicht glaubte, wollte er mit ihr verheiratet bleiben. Mr Featherworth war vielleicht der Meinung, dass es richtig gewesen war, die Ehe nicht zu vollziehen, aber er hielt es zunehmend für dumm, dass er immer noch abwartete. Er liebte sie so sehr, und sie liebte ihn auch, versicherte ihm immer wieder, dass sie ihre Meinung nicht geändert habe. Wen kümmerte da das Geld?

Er wusste, dass er sich verändert hatte, mental stärker geworden war. Es lag nicht nur an der Reise, sondern auch an der Liebe einer schönen Frau. Das gab ihm zusätzliche Selbstsicherheit. Er lächelte bei der Erinnerung an ihre gemeinsame Zeit, dann zwang er sich, damit aufzuhören und sich auf das zu konzentrieren, was er tat. Er nahm noch einen Schluck Tee und ließ ihn langsam im Mund kreisen. Fürs Erste würde es genügen, aber er würde dafür sorgen, dass sie von jetzt an nicht zu viel losen Tee auf einmal bestellten.

Er blickte auf die Teekanne hinunter und goss heißes Wasser nach. Dann rief er den Burschen, der am anderen Ende der Bank saß. »Du kannst auch eine Tasse trinken. Es wäre eine Schande, ihn zu verschwenden.«

»Nein, danke.«

Als Marshall hereinkam, machte er ihm das gleiche Angebot.

»Da sage ich nicht Nein.«

Sofort steckte Harry den Kopf aus der Bürotür. »Sie werden hier nicht fürs Teetrinken bezahlt, Marshall.«

Zachary sah ihn an. »Sollen wir ihn etwa wegschütten?«

»Ja, wenn er euch von der Arbeit abhält.« Er kam auf sie zu, griff nach der Teekanne und ging zum Waschbecken.

Wütend nahm Zachary sie ihm aus der Hand, ganz egal, wie heiß sie war. Es kam zu einem kurzen Kampf, aber er war viel stärker. »Ich sage, es ist dumm, irgendetwas zu vergeuden.«

Die Tür ging auf, und Pandora kam herein. Überrascht starrte sie die beiden Männer an, die um eine Teekanne kämpften.

Harry wandte sich an Marshall und den Jungen. »Raus!«

Sie gingen beide in den Laden. Marshall presste die Lippen

zusammen, ihm war deutlich anzumerken, wie sehr ihn Harrys Tonfall ärgerte.

»Was ist hier los?«, fragte Pandora.

»Carr verschwendet guten Tee, und noch dazu kocht er ihn während der Arbeitszeit.«

»Ich mische den Tee, und Ihr Onkel hat immer gesagt, der einzige Weg, um zu erkennen, ob die Mischung etwas taugt, ist, eine Tasse zu trinken. Möchten Sie einen Schluck, Miss Blake?«

»Hat mein Onkel es so gemacht?« Sie sah zuerst Zachary an und dann Harry.

»Ja.«

»Ihr Onkel war ein wunderbarer Mann, aber seine Methoden waren altmodisch«, sagte Harry. »Ich organisiere die Arbeit *effizienter*, Miss Blake.«

»Ich glaube, ich würde gern eine Tasse probieren. Und das sollten Sie auch, Mr Prebble.«

Zachary schenkte ihnen ein. »Ich gebe keine Milch oder Zucker hinein, weil wir nur den Tee probieren wollen. Das ist unsere beste Mischung. Harry hatte mit einer neuen Mischung experimentiert, aber sie war nicht so gut, und Mr Dawson hat uns aufgefordert, zu der alten zurückzukehren.«

Sie trank nachdenklich einen Schluck Tee und sagte nichts.

Harry nahm einen großen Mund voll, schluckte ihn sofort hinunter und schaute gelangweilt drein.

Pandora blickte in die weiße Teetasse und musterte die restliche Flüssigkeit. »Die Farbe ist etwas anders als bei dem, den wir oben haben, oder? Obwohl auf unserem Päckchen auch *Blakes Bester* steht.«

Er nickte und sah ihr zu, wie sie noch einen Schluck nahm, sah, wie Harry den Rest hinunterstürzte, ohne richtig zu kosten.

»Dieser hier schmeckt mir besser«, sagte sie schließlich.

»Ihr Onkel war ein Kenner von gutem Tee. Er hat mir viel über das Mischen beigebracht, aber ich werde nie so gut darin sein wie er.«

»Also, ich schmecke überhaupt keinen Unterschied«, blaffte Harry, »und die neue Mischung macht viel mehr Gewinn.« Er sah Pandora an. »Sie möchten doch sicher so viel Geld wie möglich verdienen?«

Sie neigte nachdenklich den Kopf, dann schüttelte sie ihn. »Nein, ich glaube nicht. Natürlich möchte ich Geld für mich und meine Schwestern verdienen, aber ich möchte den Menschen auch einen guten Service bieten. Mein Onkel war in der Stadt hoch angesehen. Wenn ich seinem Ruf gerecht werden kann, bin ich zufrieden.«

Harry starrte sie mit offenem Mund an und staunte.

»Ich bringe den anderen Jungs jeweils eine Tasse«, sagte Zachary. »Sie müssen den Unterschied zwischen den verschiedenen Mischungen erkennen.«

»Sie sollen *arbeiten!*«, blaffte Harry.

»Ein paar Minuten schaden nicht, vor allem, wenn sie dabei etwas lernen«, sagte Pandora.

Diesmal verbarg er seine Wut nicht, sondern stürmte in sein Büro, obwohl er die Tür nicht schloss.

»Ich hole die anderen. Möchtest du einschenken?«, fragte Zachary.

»Gute Idee. Ich hatte noch keine Gelegenheit, mit ihnen zu sprechen.«

Marshall trank seinen Tee wie angewiesen, rollte ihn im Mund herum und sah überrascht aus. »Für diese Sorte hatte ich nie genug Geld. Sie ist gut, nicht wahr?«

Die Mitarbeiter tranken schweigend, beäugten ängstlich die Bürotür und sagten nichts. Sobald sie konnten, stellten sie ihre Tassen ab und machten sich wieder an die Arbeit.

Der Bursche wirkte erstaunt, dass ihm eine Tasse Tee angeboten wurde. Er sah noch mehr überrascht aus, als er ihn trank. »Der hier ist wirklich besser, nicht wahr?«

Zachary nickte. »Eindeutig. Es ist Teil deiner Arbeit, dich mit Tee auszukennen, Joe. Trink ihn langsam. Nimm dir die Zeit, ihn richtig zu schmecken.«

Er tat es mit einem Lächeln. »Er ist wunderbar. Die beste Tasse Tee, die ich je getrunken habe.«

Harry kam heraus, während er sprach, und ging ohne ein Wort an ihnen vorbei.

Der Junge sah plötzlich ängstlich aus. »Er hat mich gehört, nicht wahr?«

Zachary sah Pandora an und verdrehte die Augen, dann begann er, die Teekanne auszuspülen.

Sie nahm sie ihm aus den Händen. »Ich mache das. Du machst mit deiner Arbeit weiter.«

Er konnte sich vorstellen, dass sie so zusammenarbeiten würden, wenn alles geklärt wäre. Er würde ihr all die kleinen Aufgaben erklären, die hinter den Kulissen nötig waren, er würde sie mit den Lieferungen vertraut machen, damit, wie man die Bestände auf dem richtigen Niveau hielt und die bestmöglichen Produkte auswählte. Wenn wieder bessere Zeiten kämen und sie wieder teurere Güter in den Laden bekämen, würden sie sie gemeinsam verkosten.

Er hatte keine besonders hohen Ziele, sondern solche, die bequem zu erreichen waren.

An diesem Abend klopfte es an der Hintertür, und als Zachary öffnete, stand Marshall dort. »Kommen Sie herein.«

Marshall blieb in der Spülküche stehen. »Es wird nicht lange dauern. Ich wollte nur fragen, ob Sie die kleinen Diebstähle im Laden bemerkt haben.«

Zachary nickte.

»Er räumt die Regale um und denkt, wir merken es nicht. Der Kerl ist richtig dreist.«

»Wie bekommt er das Zeug aus dem Laden?«

»Seine Tante putzt dort. Sie hat Taschen in ihrem Rock. Ich habe es schon Mr Dawson gesagt, aber er meint, wir können Harry nicht des Diebstahls beschuldigen, wenn sie es ist, die die Sachen aus dem Laden trägt. Wir müssen *ihn* auf frischer Tat ertappen.«

»Früher war es nicht so, wissen Sie. Der Laden war ein wirklich guter Arbeitsplatz unter Mr Blake. Die beiden Verkäufer haben Angst, den Mund aufzumachen, genau wie der Bursche.«

»Ich werde Ralph Dawson erzählen, dass Sie Bescheid wissen.«

»Ich verstehe nicht, warum Harry das macht. Er hat eine sichere Anstellung, verdient genug, um anständig zu leben, weil er nur sich selbst zu unterhalten braucht. Es fehlt ihm doch an nichts!«

»Manche Leute sind eben so. Denen geht es nur ums Geld. Sie wollen mehr, als ihnen zusteht. Er hat ein Auge auf Ihre junge Dame geworfen, wissen Sie?«

»*Meine* junge Dame.«

Marshall grinste. »Ein Blinder mit Krückstock sieht, dass Sie einander lieben. Warum heiraten Sie nicht, dann werden Sie Harry los. Das würde alle unsere Probleme lösen.«

Warum eigentlich nicht?, dachte Zachary, als er Marshall zur Tür begleitete. Weil es ihm gegen den Strich ging, Harry mit dem Stehlen davonkommen zu lassen, darum. Und solange sie nicht beweisen konnten, dass Harry seinen Arbeitgeber betrog, würde es schlecht aussehen, wenn sie ihn entließen. Outham war eine kleine Stadt, und Harry würde zweifellos auf seiner Unschuld beharren und sie in ein schlechtes Licht rücken.

Wenn ein erfahrener Anwalt und sein Mitarbeiter der Meinung waren, sie sollten vorsichtig vorgehen, dann war das der richtige Weg.

Pandora erzählte Alice, was beim Zusammenstellen der Teemischung passiert war, und war noch immer empört über Harrys kleinliche, boshafte Art.

»Je eher wir ihn los sind, desto besser. Zachary wird das Geschäft viel besser führen.«

»Macht Zachary Ihnen den Hof?«

Pandora zögerte, dann gab sie zu: »Es ist noch ein Geheimnis, also erzählen Sie es niemandem, aber wir haben in Australien geheiratet.«

Alice sah sie verblüfft an, dann lächelte sie. »Wie wunderbar!«

»Ich habe mich auf Anhieb in ihn verliebt. Er ist ein reizender Mann, freundlich, aber stark.«

»Warum halten Sie es geheim?«

»Wir mussten heiraten, um die letzte Kabine auf dem Schiff zu bekommen. Ich wollte ihn ohnehin heiraten, weil ich mich da schon längst in ihn verliebt hatte. Aber er macht sich Sorgen um mein Geld, also hat er nicht ...« Sie wurde rot. »Noch bin ich nur auf dem Papier seine Frau. Er sagt, ich brauche Zeit, um mir sicher zu sein, aber das stimmt nicht, Alice. Schon wenige Tage, nachdem ich ihn kennengelernt hatte, war ich mir sicher. Und ich weiß, dass er mich auch liebt.«

»Aber die Leute können sehr grausam sein, wenn es um eine ungleiche Ehe geht, vor allem, wenn es Probleme im Laden gibt. Ralph hat recht. Irgendetwas stimmt definitiv nicht. Dot hasst es inzwischen, dort einzukaufen. Und als ich einmal im Laden war, hat dieser Prebble mich ganz herablassend gemustert.«

»Wenn Sie möchten, erledige ich von jetzt an die Einkäufe. Es ist gut, wenn ich auch die Sicht der Kunden kennenlerne.«

»Ich frage Dot, aber ich glaube, sie würde es lieber weiterhin selbst machen. Sie rühmt sich gern damit, wie ordentlich sie ihre Arbeit macht.«

»In Ordnung.« Pandora zögerte, dann sagte sie: »Sie verstehen sich recht gut mit Mr Dawson und seiner Schwester, nicht wahr? Sie haben ihn vorhin beim Vornamen genannt.«

Jetzt war Alice diejenige, die errötete.

Pandora lächelte. »Ich will Sie nicht aufziehen. Ich mag Mr Dawson und hoffe, dass es gut für Sie läuft.«

»Für Sie auch.«

Als Zachary am nächsten Morgen zur Arbeit kam, war der Bursche nirgendwo zu sehen.

»Wo ist Joe?«

Harry lächelte triumphierend. »Den habe ich heute Morgen gefeuert. Er war ein nichtsnutziger Faulpelz. Hat immer alles schmutzig gemacht. Ich habe schon einen besseren Jungen gefunden, einen, der hart arbeiten wird.«

Zachary erwiderte nichts, aber er wusste, dass das nicht stimmte. Joe war sehr fleißig gewesen. Leider hatte Zachary nicht die Macht, ihn wieder einzustellen. Zumindest noch nicht.

Die Stimmung im Laden war an diesem Tag frostig. Sogar Marshall, normalerweise der ausgeglichenste unter den Angestellten, war heute grimmig und hatte einen knurrenden Unterton in der Stimme, wenn er mit Harry sprach.

In der Mittagspause verließ Zachary den Laden, holte sich seine kostenlosen Sandwiches ab und wickelte sie in ein Taschentuch. Dann ging er in den nahegelegenen Park und aß sie in einer ruhigen Ecke. Anschließend machte er einen zügigen Spaziergang über die Parkwege, erleichtert, Abstand von Harry zu haben, der heute nicht aufgehört hatte zu feixen und zu nörgeln.

Bei seiner zweiten Runde durch den Park entdeckte er einen Jungen, den er kannte, der in die Seitengasse einbog, wo sich der Nebeneingang zum Laden befand. Einer von Harrys jungen Cousins, noch so ein Prebble-Wiesel. Er wettete, dass

Ronnie wegen der Stelle da war. Die Putzfrau war Harrys Tante. Wie vielen weiteren Familienmitglieder wollte dieser Kerl noch eine Anstellung verschaffen?

Nun, Zachary schwor sich, dass Joe seine Arbeit zurückbekommen würde, sobald die Dinge geklärt waren. Und danach würde es im Laden nicht mehr von Prebbles wimmeln. Bis dahin würde er Joe und seiner Familie etwas Geld zustecken und dafür sorgen, dass sie nicht verhungerten.

Aus dem Augenwinkel sah er einen weiteren Jungen, der sich hinter einer Hausecke versteckte, als Zachary den Weg am äußeren Rand des Parks entlangging. Hinter einem Gebüsch blieb er stehen und schaute sich um, und da sah er, wie der Junge hinter der Ecke hervorlugte und ihn ganz eindeutig beobachtete. Daran bestand kein Zweifel, denn sonst war niemand in der Nähe.

Kein Wunder, dass Pandora das Gefühl hatte, verfolgt zu werden. Harry hatte eine ganze Herde junger Cousins. Hatte er sie darauf angesetzt, sie und Zachary zu beobachten? Warum?

Was hatte er vor? Was bezweckte er damit?

An diesem Nachmittag kam Dot mit einigen Einkäufen zurück, ihre Augen funkelten vor Empörung. Sie marschierte die Treppe hinauf und klopfte an die Tür zum Salon, wo Miss Blake lesend am Fenster saß und Alice einen Brief schrieb.

»Kann ich bitte mit Ihnen sprechen, Miss? Nun, eigentlich mit Ihnen beiden.«

»Natürlich.« Pandora legte ihr Buch ab. »Sie sehen wütend aus. Was ist passiert?«

»Dieser Harry Prebble hat den armen Joe entlassen.«

»Den Burschen? Was hat er denn angestellt?«

»Nichts. Joe ist der Einzige in seiner Familie, der Arbeit hat. Er würde *niemals* etwas tun, womit er seine Anstellung gefährdet. Er ist fleißig und tüchtig. Ich habe ihn manchmal vom Fenster aus gesehen. Er ist immer fleißig, selbst wenn er allein im Hof ist. Seine Familie lebt bei uns in der Straße. Der Vater ist krank, und sie sind auf Joes Lohn angewiesen.«

Auf einmal fiel Pandora ein, wie der Junge den Tee probiert und gesagt hatte: »Die beste Tasse Tee, die ich je getrunken habe«, und sich dann gesorgt hatte, Harry könnte diese Bemerkung mitgehört haben. Die beiden Verkäufer hatten sich zu dem Tee überhaupt nicht geäußert. Harry hatte den Jungen doch wohl nicht deswegen entlassen?

Zorn stieg in ihr auf. »Ich werde mit dieser Prebble-Kreatur sprechen und herausfinden, was mit Joe passiert ist.«

»Sollten Sie das nicht besser Ralph und Zachary überlassen?«, fragte Alice.

»Nein, das sollte ich nicht. Dieser Laden gehört mir. Ich kann den Gedanken nicht ertragen, dass meine Angestellten so schlecht behandelt werden.«

Als sie in den Laden kam, fand sie dort einen neuen Burschen, der im Hinterzimmer Waren abpackte, einen dümmlich aussehenden Jungen, der nicht einmal die Manieren hatte aufzustehen, als sie eintrat. Sie warf ihm einen strengen Blick zu, ging zur angelehnten Bürotür und klopfte forsch an.

Harry saß am Schreibtisch und beugte sich über ein paar Geschäftsbücher. Als er sie sah, schob er das obere Buch unter das andere und stand auf. Sie versuchte, sich nicht anmerken zu lassen, dass sie gesehen hatte, wie er das Buch versteckt hatte, prägte sich aber dessen Farbe und Größe ein.

»Kann ich Ihnen helfen, Miss Blake?«

»Das können Sie bestimmt. Warum haben Sie Joe entlassen?«

Er starrte sie verblüfft an. »Das ist meine Sache. Ich bin der Geschäftsführer, und in schweren Zeiten wie diesen muss ich tun, was nötig ist.«

»*Warum haben Sie Joe entlassen?*«

Er richtete sich auf. »Weil er seine Arbeit nicht gut gemacht hat.«

»Inwiefern?«

»Er hat nicht richtig aufgeräumt, hat nicht schnell genug gearbeitet.«

»Ich fand ihn immer höflich und hilfsbereit, und dieser Raum war stets makellos sauber und ordentlich.«

Verachtung troff aus Harrys Worten. »Meine liebe Dame, Sie müssen mir schon zugestehen, meine Arbeit zu machen.«

»Da ich die Besitzerin bin, müssen *Sie* mir zugestehen, dass ich überprüfe, was Sie tun, und wenn ich damit nicht einverstanden bin, dann sind *Sie* derjenige, der etwas ändern muss.«

Zachary, der gerade aus seiner Mittagspause zurückgekommen war, hörte das Gespräch mit an. Er wandte sich dem Burschen zu und deute mit dem Kopf in Richtung Verkaufsraum. »Geh und hilf im Laden aus, Ronnie.«

Der Junge grinste und sah dabei so sehr aus wie Harry, dass Zachary ganz übel wurde.

»Sie können mir gar nichts vorschreiben. Ich muss nur tun, was Har… Mr Prebble sagt.«

Zachary packte ihn an Hemdkragen und Hosenbund, schob ihn im Laufschritt in den Laden und schloss die Tür hinter ihm. Dann ging er zum Büro. Zu seinem Erstaunen hatten sie von seiner Auseinandersetzung mit dem neuen Ladenjungen nichts mitbekommen.

»Sie werden sofort nach Joe schicken und ihm seine alte Stelle zurückgeben«, befahl sie.

Zachary unterdrückte ein Stöhnen. Es war typisch für Pandora, dass sie so vorpreschte. Sie hätte es ihm überlassen sollen. Wenn sie nicht aufpasste, würde es ihnen nie gelingen, Harry zu überführen.

»Es gibt keine freie Stelle. Ich habe heute Morgen einen neuen Burschen eingestellt.«

»Und wer ist dieser neue Bursche?«

»Verzeihung?«

»Wie heißt er?«

»Ronnie.«

»Ronnie und weiter?«

Zachary lächelte. Ihr war die Ähnlichkeit auch aufgefallen. »Ronnie Prebble.«

»Schon wieder ein Verwandter von Ihnen. Mit anderen Worten, Sie haben Joe entlassen, damit ein Verwandter die Stelle bekommt. Nun, so eine Vetternwirtschaft dulde ich hier nicht.«

Zachary hielt es für den richtigen Zeitpunkt einzuschreiten. »Entschuldigen Sie die Störung, aber man kann Sie beide bis in den Laden hören.«

»Verschwinde, Carr!«, sagte Harry sofort. »Und komm in Zukunft nicht mehr in mein Büro, es sei denn, ich bitte dich herein.«

»Bleib, Zachary«, bat Pandora. »Wusstest du, dass Prebble den netten Burschen entlassen hat?«

»Ja.«

»Warum hast du es mir nicht gesagt?«

Widerwillig entschied Zachary, dass er nicht eingreifen konnte, nicht, wenn er hier weiterhin arbeiten und beobachten sollte. »Das war nicht meine Aufgabe.«

Harry nickte, ein breites Lächeln auf dem Gesicht.

»Nun, ich will, dass Joe wieder zurückgeholt wird.« Sie blickte von einem Mann zum anderen. »Es war unangemessen, ihn zu entlassen und stattdessen einen Verwandten einzustellen. Außerdem glaube ich nicht, dass Joe etwas falsch gemacht hat.«

Zachary schüttelte leicht den Kopf, um sie zu warnen.

Harry verschränkte die Arme. »Es tut mir leid, aber das kann ich nicht.«

»Gut. Das werden wir sehen.« Sie marschierte aus dem Laden und die Hauptstraße hinunter. Erst als sie die überraschten Blicke der anderen Damen bemerkte, fiel ihr auf, dass sie weder Hut noch Handschuhe trug. Nicht einmal die Fabrikarbeiterinnen gingen aus, ohne den Kopf respektabel mit einem Tuch zu bedecken. Aber sie war zu wütend, um nur wegen eines Huts noch einmal umzukehren. Sollten sie doch starren.

Sie stürmte in Mr Featherworths Kanzlei.

Ralph blickte auf und sah durch seine offene Bürotür, wer da hereinkam. Um Himmels willen, Pandora Blake sah großartig aus: hochrote Wangen, blitzende Augen. Sie war wirklich eine wunderschöne junge Frau. Was hatte sie bloß so aufgebracht? Rasch stand er auf und kam heraus.

»Ich möchte umgehend mit Mr Featherworth sprechen.«

»Ich glaube, er hat Zeit. Ich schaue kurz nach.«

Er eilte den Flur entlang, warnte seinen Arbeitgeber vor, dass etwas nicht stimmte, und führte sie dann hinein.

»Gehen Sie nicht weg, Mr Dawson!«, sagte sie. »Das betrifft Sie auch.«

Sie erzählte, was passiert war, und die Männer mussten all ihre Überzeugungskraft aufbringen, um Pandora daran zu hindern, Harry Prebble auf der Stelle zu entlassen.

»Ich schicke dem jungen Joe etwas Geld«, versprach Ralph. »Und wir geben ihm seinen Job später zurück.«

»Aber dann glaubt Prebble, dass er gewonnen hat. Dann glaubt er, dass ich in meinem eigenen Laden nichts zu sagen habe«, widersprach sie. »Es wird demütigend sein.«

Ralph sah sie nachdenklich an. »Das könnte unserem Zweck sogar dienlich sein. Er verhält sich schon jetzt abfällig gegenüber anderen und ist viel zu sehr von sich eingenommen. Ja, ich glaube, das könnte genau das Richtige sein, um ihn dazu zu bringen, etwas Unüberlegtes zu tun.« Er lächelte sie zerknirscht an. »Bitte, Miss Blake, ich weiß, es ist schwer, aber könnten Sie noch ein paar Tage mit uns durchhalten?«

Sie sträubte sich noch eine Weile, dann seufzte sie. »Das werde ich wohl müssen.«

»Wir werden ihn schnappen«, sagte Ralph. »Das verspreche ich Ihnen.«

»Und je früher, desto besser«, sagte Mr Featherworth. »Das ist alles sehr beunruhigend.«

»Dann gehe ich nach Hause. Aber ich weiß wirklich nicht, wie ich diesem boshaften Zwerg gegenübertreten soll.«

»Ignorieren Sie ihn«, sagte Mr Featherworth beruhigend. »Halten Sie sich fern vom Laden. Überlassen Sie das Zachary und Mr Dawson.«

»Ich rufe Ihnen eine Droschke«, sagte Ralph. »Sie sollten wirklich nicht in Ihren Hauskleidern und ohne Hut auf die Straße gehen.«

Sie sah zerknirscht an sich selbst hinab. »Ich war so wütend, dass ich nicht darüber nachgedacht habe. Ich bezweifle, dass ich jemals eine gute Dame sein werde.«

»Ich glaube, Sie sind schon eine gute Dame«, sagte Ralph. »Und noch dazu eine mit dem Herz am rechten Fleck.«

Harry sah, wie sie mit der Droschke vorfuhr und direkt in die Wohnung hinaufging. Er wartete. Sie kam nicht wieder hinunter, kam nicht in den Laden.

Der Tag verging, und es erreichte ihn auch keine Nachricht von dem Anwalt.

Bei Ladenschluss jubilierte er, denn jetzt wusste er, dass er gewonnen hatte. Selbst Dawson hatte eingesehen, was für gute Arbeit er leistete, und war nicht gewillt, ihn zu entlassen oder etwas gegen ihn zu unternehmen.

Nachdenklich beobachtete er Zachary, der lächelnd eine Kundin bediente und mit ihr plauderte. *Als Nächstes bist du dran*, versprach er sich selbst. *Dir wird das Lächeln auf deinem dummen Pferdegesicht schon noch vergehen, du langer Lulatsch. Und dann werde ich dich ein für alle Mal los.*

Kapitel 21

Später am Abend klopfte es an die Tür, und als Dot öffnete, gab ihr ein Junge eine Nachricht für Miss Blake.

»Willst du nicht auf eine Antwort warten?«

»Er hat gesagt, eine Antwort wäre nicht nötig.«

Sie brachte den Brief nach oben und fragte sich, wer ihn wohl geschrieben hatte.

Alice war zu Besuch bei ihren Verwandten. Pandora wartete, bis das Hausmädchen gegangen war, bevor sie den Brief öffnete, weil sie Zacharys Handschrift erkannt hatte.

Ich muss dich sehen. Ich komme gleich zur Hintertür.
Zachary

Sie ging die Treppe hinunter in die Küche. »Dot, Zachary kommt gleich zu Besuch. Können wir das Seitentor öffnen?«

»Mr Prebble hat die Schlüssel für das Vorhängeschloss.«

»Wir haben doch sicherlich auch die Schlüssel?«

»Ich glaube nicht. Mr Dawson hat alle an sich genommen, nachdem die Herrin weggesperrt worden war. Wenn er sie Ihnen nicht zurückgegeben hat, hat er sie immer noch.«

»Oh nein!«

»Soll ich hinten rausgehen und Zachary sagen, dass wir das Tor nicht öffnen können? Er könnte doch auch vorn hereinkommen.«

»Nein. Er möchte nicht gesehen werden.« Wenigstens würde sie mit ihm sprechen können, wenn auch nur durch das Holztor.

Sie ging nach draußen und wartete, bis sie den Riegel klappern hörte. »Zachary? Bist du das?«

»Ja. Kannst du das Tor öffnen, Pandora, Liebling?«

»Nein, das kann ich nicht. Ich habe keinen Schlüssel. Oh, Zachary, ich hätte so gern mit dir geredet.«

»Dann klettere ich eben über das Tor. Vorsicht!«

Sie trat einen Schritt zurück und sah im Licht des Küchenfensters, wie sein Kopf über dem Tor auftauchte. Er kletterte herüber und lachte, als er neben ihr landete. Sie wartete nicht darauf, bis er zu ihr kam, sondern warf sich in seine Arme. Und diesmal küsste er sie so leidenschaftlich, so hungrig, wie sie es sich erträumt hatte.

Mit einem verlegenen Lachen löste er sich von ihr. »Lass uns hineingehen.«

Von Dot war nichts zu sehen, als sie durch die Küche gingen, aber als sie zusammen die Treppe hinaufstiegen, hörte Pandora, wie jemand die äußere Küchentür verriegelte. Sie wusste, dass Dot das immer sehr sorgfältig tat.

Im Salon hielt er Pandora am ausgestreckten Arm und betrachtete ihr Gesicht. Was er dort sah, schien ihn glücklich zu machen, denn er zog sie an sich und schloss sie in die Arme, während er sagte: »Ich liebe dich so sehr, Pandora. Ich kann mich nicht länger zurückhalten. Ich will dich nicht verlieren.«

»Das wirst du auch nicht.« Sie hob ihr Gesicht für einen weiteren Kuss an und verlor sich in der Glückseligkeit, die sie erfüllte.

Als der Kuss endete, hielt er sie noch eine Weile fest, dann sagte er leise: »Setzen wir uns. Wir müssen reden.«

Sie ging voraus zum Sofa, und sie setzten sich. Sein rechter Arm lag um ihre Schultern, sie hielt seine linke Hand fest in ihren.

»Es tut mir so leid, dass du gedemütigt wurdest«, sagte er. »Als du nicht zurückkamst und auch Mr Featherworth keine Nachricht schickte, war Harry außer sich vor Freude. Er hörte nicht auf, mich zu verspotten, prahlte immer wieder damit, dass der Anwalt einen guten Geschäftsführer eben zu schätzen wisse und dir sicher klargemacht habe, wer hier das Sagen habe.«

»Er wird schon bald herausfinden, wie sehr er sich irrt. Aber es ist beschämend, und ich werde es nicht wagen, noch einmal in den Laden zu kommen, bevor das alles geklärt ist.«

»Du solltest dich sowieso besser von ihm fernhalten.« Zachary zögerte, nahm ihre Hand und führte sie für einen Moment an seine Lippen. »Dir ist jemand gefolgt, als du Bills Familie besucht hast, und vermutlich folgt dir jedes Mal jemand, wenn du das Haus verlässt. Harry hat viele Cousins. Einer von ihnen hat mich heute Morgen verfolgt.«

Sie erstarrte. »Was, wenn er dir auch heute Abend nachgegangen ist?«

»Ich war sehr vorsichtig. Ich bin zu unserer Hintertür hinausgegangen und habe ein paar Mal angehalten, um sicherzustellen, dass mir niemand folgt.« Er lachte. »Und was kann er mir schon vorwerfen? Dass ich über dein Tor klettere?«

»Wer weiß, was dieser niederträchtige Wurm als Nächstes tut?«

»Hoffentlich etwas Unüberlegtes. Ich muss ihn dabei erwischen, wie er etwas stiehlt oder die Rechnungsbücher manipuliert. Wenn nichts passiert, werde ich Mr Dawson bitten, mich nachts in den Laden zu lassen, und dann werde ich jede Seite der Geschäftsbücher durchgehen. Ich weiß, dass er das auch schon getan hat, aber vielleicht finde ich etwas, das er übersehen hat.«

Auf einmal fiel ihr das Rechnungsbuch ein, das Prebble versteckt hatte, und sie erzählte Zachary davon.

»Na also, das ist doch etwas, wonach man suchen muss. Ich werde mit Mr Dawson darüber sprechen.«

Einige Minuten später unterbrach er den Kuss und sagte:

»Ich gehe jetzt besser, bevor ich etwas tue, das wir beide bereuen.«

»Ich würde nichts bereuen, was wir tun.«

»Pandora, mein Liebling, wenn ich dich zu meiner Frau mache, will ich, dass es perfekt ist. Ich möchte mich danach nicht zur Hintertür hinausschleichen müssen.«

Als er wieder über das Tor geklettert und gegangen war, blieb sie noch eine Weile sitzen, lächelte vor sich hin und fühlte sich wohlig und geliebt.

Sie erzählte Alice nichts vom Grund für Zacharys Besuch, stimmte jedoch zu, ihrer Freundin am nächsten Tag in der Methodistenkirche beim Lesekurs für die arbeitslosen Mädchen zu helfen. Es würde sie beschäftigen, bis dieses Chaos beigelegt war, und ihr eine Möglichkeit bieten, Prebble aus dem Weg zu gehen.

Als Zachary am nächsten Morgen zur Arbeit kam, trug Harry ihm auf, er solle in den Laden gehen und bedienen. Er war froh, vor den bösen Bemerkungen und Spötteleien fliehen zu können, und genoss es immer, sich um die Kunden zu kümmern.

Kurz vor neun Uhr warf er einen Blick aus dem Fenster und sah, wie Pandora und Alice das Haus verließen. Allein sie zu sehen brachte ihn zum Lächeln.

Wenig später kam Harry vorbei und sagte: »Ich muss zu Mr Dawson. Solange ich weg bin, bist du für den Laden verantwortlich, Carr.«

Eine halbe Stunde später kam Harry in Begleitung von zwei Polizisten zurück. »Können wir kurz mit Ihnen reden, Mr Carr?«

Ohne Zacharys Antwort abzuwarten, marschierte er durch den Laden.

Verwirrt überließ Zachary seinen Kunden einem seiner Kollegen und folgte ihnen in den Packraum.

»Sind Sie gestern Abend gegen neun Uhr über das Seitentor zum Hinterhof geklettert, Mr Carr?«, fragte einer der Polizisten.

Der kleine Wurm hatte ihn sogar noch nach der Arbeit beschatten lassen!

»Ja, das bin ich.«

»Darf ich fragen, warum, Sir?«

»Es war privat.« Er wollte Pandora nicht in die Sache hineinziehen.

»Schau dir den hinteren Lagerraum an, Carr!«, befahl Harry und plusterte sich auf wie ein stolzer Gockel.

Er blickte die beiden verständnislos an, tat dann aber, wozu sie ihn aufgefordert hatten. Das Schloss an der Hintertür war aufgebrochen worden, und in den Regalen im hinteren Lagerraum fehlten einige der teureren Waren. »Ist hier eingebrochen worden?«

»Das weißt du doch ganz genau«, blaffte Harry. »Weil *du* es warst.«

»War ich *nicht*. Ich bin gestern Abend überhaupt nicht in den Laden gegangen.«

»Die gestohlenen Waren wurden in Ihrem Kohlenschuppen gefunden«, sagte der Sergeant.

»*Was?* Also, ich habe sie dort nicht hingebracht.«

»Zachary Carr, ich verhafte Sie wegen Einbruchs und Diebstahls. Ich muss Sie bitten, mich zur Polizeiwache zu begleiten.«

Als er flankiert von den beiden Polizisten den Laden verließ, schaute sich Zachary nach Marshall um, in der Hoffnung, er würde Mr Dawson holen, doch von ihm war weit und breit nichts zu sehen. Die Verkäufer wandten sich peinlich berührt von ihm ab, aber der neue Bursche grinste unverhohlen.

Da er keine Szene machen wollte, folgte er den Polizisten widerstandslos. Als sie auf der Polizeiwache ankamen und er offiziell angeklagt wurde, bat er sie, Mr Featherworth zu kontaktieren, aber einer der beiden lachte ihn aus.

»Was hat ein Anwalt wie er mit einem gewöhnlichen Dieb wie Ihnen zu tun? Wie dem auch sei, Mr Prebble hat uns bereits versichert, dass Mr Featherworth diese Angelegenheit in seine Hände legt. Er hat Sie schon seit einer Weile im Verdacht, der Dieb zu sein, weil die Waren erst seit Ihrer Rückkehr zu verschwinden begannen. Er nimmt an, dass Sie sich auf Ihrer Reise übernommen haben und nun knapp bei Kasse sind.«

»Das ist nicht wahr! Mr Featherworth wird ...«

»Hören Sie, wir haben die Waren bei Ihnen zu Hause gefunden. Der Fall ist klar, also können Sie sich auch gleich schuldig bekennen und uns allen eine Menge Ärger ersparen. Sie werden heute Vormittag vom Friedensrichter befragt und dann zur Hauptverhandlung überstellt.«

»Aber wenn Sie Mr Featherworth oder seinen Mitarbeiter Mr Dawson holen, können sie Ihnen beweisen, dass ich unschuldig bin.«

Sie kicherten, als sie ihn einsperrten, und ignorierten seine wiederholte Bitte, nach dem Anwalt oder seinem Mitarbeiter zu schicken.

Dot war gerade dabei, im Flur Staub zu wischen, als sie durch das Seitenfenster beobachtete, wie Mr Prebble mit zwei Polizisten in den Laden kam. Sie fragte sich, was los sei, und beobachtete zu ihrem Entsetzen, wie die Polizisten ein paar Minuten später mit Zachary wieder herauskamen. Er sah aus wie ein Gefangener. Was war passiert? Sie war sich sicher, dass er sich niemals etwas zuschulden kommen lassen würde.

Sie zögerte, dann beschloss sie, besser Miss Blake davon zu erzählen.

Als sie aus dem Haus trat, kam ein Mann aus der Seitengasse und versperrte ihr den Weg.

»Wohin wollen Sie?«

»Einkaufen. He, was soll das? Lassen Sie mich durch!«

»Mr Prebble ist der Meinung, Sie sollten heute Morgen besser zu Hause bleiben.«

»Ich muss Besorgungen für meine Herrin machen.«

»Und wo ist Ihr Einkaufskorb?« Er schubste sie zurück in den Flur und versuchte, ihr hineinzufolgen. Sie schrie um Hilfe, konnte einen ordentlichen Tritt an einer sehr empfindlichen Stelle landen und ihm klarmachen, wie sehr sie bereit war, sich zu wehren.

Als er mit der Faust ausholte, um sie zu schlagen, flog die Tür erneut auf, und zwei weitere Kerle drängten in den Flur. Noch mehr von Prebbles Männern! Verzweiflung überkam sie.

Gerade als die Polizisten Zachary abführten, kam Marshall aus dem Keller, wo er für Prebble aufgeräumt hatte. Schockiert stand er da und wusste nicht, was er dagegen tun sollte.

Prebble kam herein. »Ach, Marshall, ich brauche noch etwas Butter aus dem Keller.«

Marshall ging los, um sie zu holen, und beschloss, hinauszuhuschen und Mr Dawson zu benachrichtigen, sobald Prebble ihm den Rücken zuwandte.

Erst als er hörte, wie die Kellertür hinter ihm zuschlug und ein Schlüssel im Schloss herumgedreht wurde, ging ihm auf, dass er hereingelegt worden war.

Er knurrte vor Wut, rannte die schmale Steintreppe hinauf und hämmerte gegen die Tür. Aber sie war sehr stabil, und er wusste, dass er sie nicht würde eintreten können.

Er machte sich auf die Suche nach den Werkzeugen, die sie sonst zum Schneiden der Lebensmittel verwendeten, in der Hoffnung, mit ihnen das Schloss zu knacken, aber sie waren verschwunden.

Prebble hatte sich offensichtlich sehr sorgfältig vorbereitet.

Marshall zündete eine Lampe an und murmelte vor sich hin, während er den Keller erkundete, aber das Fenster, das zum Lichtschacht unter dem Bürgersteig führte, war vergittert.

Als er hinausschaute, sah er Prebble über das Gitter laufen – die Stiefel mit den extra dicken Sohlen waren kaum zu verwechseln –, er war offensichtlich auf dem Weg in die Stadt.

Es musste eine Möglichkeit geben, hier herauszukommen. Es musste einfach!

Pandora hatte Spaß daran, beim Lesekurs auszuhelfen. Als Erstes begegneten ihr ein paar Mädchen, mit denen sie früher in der Fabrik zusammengearbeitet hatte. Sie schenkten ihr ein zaghaftes Lächeln, zögerten aber, als wüssten sie nicht, ob sie sich ihr nähern sollten, also ging sie zu ihnen hinüber, und sie plauderten eine Weile, um sich über Neuigkeiten auszutauschen.

»Glückwunsch, dass du den Laden geerbt hast«, sagte eine von ihnen. »Du wirst nie wieder Hunger haben, du Glückspilz.«

Sie lächelte. »Der Laden wurde mir und meinen Schwestern vererbt, also gehört mir nur ein Viertel davon.«

»Mir würde schon ein Zehntel reichen«, erwiderte eine andere.

»Ich weiß. Ich habe wirklich Glück. Wie geht es deiner Mutter, Janet, und …?«

Niemand verbot ihnen das Plaudern oder schimpfte, dass sie mit ihrer Arbeit fortfahren sollten. Die Atmosphäre in diesen Kursen war so anders als bei denen in der Pfarrkirche, die sie einst besucht hatte. Gemeindepfarrer Saunders schien trotz seiner Berufung der Auffassung zu sein, ärmere Menschen seien alle dumm und faul, und behandelte sie entsprechend.

Sie blickte durch den Raum zu Mrs Rainey, der Frau ihres Pastors, die die Mädchen anlächelte und sie so höflich behandelte, als wären sie Ladys. Es war eine friedliche und glückliche Szene, und alle Teilnehmer strengten sich an, um ihr Lesen zu verbessern.

Einen Augenblick lang war die Situation unübersichtlich, dann drängte sich der Mann, der Dot angegriffen hatte, an den beiden vorbei, die ihm ins Haus gefolgt waren, und rannte die Straße entlang davon.

Einer der Männer folgte ihm zur Tür, dann drehte er sich mit einem Achselzucken um. »Immerhin sind wir den los. Ich wünschte, es wäre genauso einfach, diesen Harry Prebble loszuwerden. Alles in Ordnung, Mädchen?«

Dot ließ sich für einen Moment erleichtert gegen die Wand sinken »Ja. Jetzt schon.«

»Hat er Ihnen nicht wehgetan?«

»Nein.« Auf einmal fiel ihr wieder ein, was sie vorgehabt hatte. »Ich muss die Hausherrin finden. Die Polizei hat Zachary abgeführt. Ich weiß nicht, was sie ihm vorwerfen – er würde sich niemals etwas zuschulden kommen lassen –, aber sie muss es wissen, damit sie ihm helfen kann.«

Einer von ihnen runzelte die Stirn. »Ich habe gesehen, wie sie gegangen sind. Ich verstehe einfach nicht, warum Marshall nicht herausgekommen ist, um uns zu sagen, was los ist. Man sollte meinen, er wäre sofort losgerannt, um Mr Dawson zu informieren.« Er überlegte eine Minute lang, dann sagte er: »Du begleitest das Mädchen, Gordon. Ich gehe in den Laden und rede mit Marshall.«

»In Ordnung, Daniel, aber sei vorsichtig. Prebble ist vielleicht nicht da, aber sein Cousin ist hineingegangen, nachdem sie Zachary weggebracht haben, und der Bursche ist auch einer von ihnen.«

»Pete ist gleich hier in der Nähe.« Daniel steckte zwei Finger zwischen die Lippen und stieß einen schrillen Pfiff aus. Ein weiterer Mann kam ihnen entgegengerannt. »Zu zweit können wir uns gegen sie behaupten. Marshall hat mir erzählt, dass die beiden Verkäufer den Mund nicht aufbekommen.«

Dot seufzte erleichtert, weil sie nicht allein gehen musste, schloss die Vordertür hinter sich ab und eilte die Straße hinunter zum Gemeindesaal der Methodistenkirche.

»Ich dachte zuerst, Sie gehörten auch zu dem Mann, der versuchte, mich aufzuhalten«, sagte sie zu ihrem Begleiter.

»Nein, wir sind Freunde von Marshall Worth. Wir haben für ihn und Mr Dawson die Dinge im Auge behalten. Diesen Prebbles traue ich einfach nicht über den Weg.«

Als sie beim Gemeindesaal ankamen, sah sie Pandora am anderen Ende des Raumes und rannte zu ihr, ohne sich darum zu scheren, dass alle sie anstarrten.

»Sie haben Zachary mitgenommen.«

»Wer?«

»Die Polizei. Und einer von Prebbles Cousins wollte mich davon abhalten, Sie zu informieren.«

»Wissen Sie, warum sie ihn festgenommen haben?«

»Nein. Aber ich bin so schnell wie möglich hergekommen. Gordon hier hat mir geholfen.«

Wieder einmal rannte Pandora ohne Hut oder Jacke durch die Straßen. Sie konnte sich nicht vorstellen, warum die Polizei Zachary abgeführt hatte, aber sie hatte eindeutig eine Ahnung, wer dahintersteckte.

Was auch immer Mr Featherworth sagte, sie würde Harry Prebble entlassen – aber erst einmal musste sie Zacharys Problem lösen. Er würde niemals etwas Ungesetzliches tun, da war sie sich ganz sicher. Sie konnte den Gedanken nicht ertragen, dass er eingesperrt war, wie ein Krimineller behandelt wurde.

Als Daniel und sein Freund in den Laden kamen, sprach sie einer der Verkäufer an. »Kann ich Ihnen helfen?«

»Wir müssen mit Marshall Worth sprechen. Es ist dringend.«

»Er ist beschäftigt.«

Die Tür zum Packraum ging auf. Harrys Cousin kam heraus und bewies, dass er alles mitangehört hatte. »Worth arbeitet. Harry ist in einer wichtigen Angelegenheit unterwegs, und ich passe solange für ihn auf den Laden auf. Er wird nicht wollen, dass Marshall während der Arbeitszeit mit seinen Freunden plaudert.«

»Ich sagte doch, es ist dringend.«

»Sie können nach Feierabend mit Marshall sprechen.«

Aus dem Augenwinkel sah Daniel, wie der Bursche in der Tür zum Hinterzimmer stand und grinste, und plötzlich war er sich sicher, dass sowohl hier als auch auf der Polizeiwache etwas vor sich ging.

Er machte eine rasche Bewegung und schob Harrys Cousin mit der flachen Hand auf der Brust vor sich her.

»Was glauben Sie, was Sie …«

Der Bursche wollte ihm zu Hilfe eilen, aber Daniels Begleiter hielt ihn fest, während die anderen beiden rangelten. Eine Kundin stieß einen kleinen Schrei aus und eilte aus dem Laden.

»Hilfe!«, rief der Cousin.

Die beiden Verkäufer zögerten. Einer wich zurück, aber der andere sagte plötzlich: »Sie haben Marshall im Keller eingesperrt.«

»Ich lasse Sie feuern, wenn Harry zurückkommt!«, schrie der Cousin.

Daniel drehte ihm mit Leichtigkeit den Arm auf den Rücken, denn wie die meisten Prebbles war er nicht sonderlich groß. »Wo ist der Keller?«

»Das geht Sie nichts an.«

Die Tür, die vom Geschäft in den Packraum führte, ging auf. Daniel versteifte sich und fragte sich, ob noch jemand kam, um Prebble zu helfen. Aber es war der Verkäufer, der sich zu Wort gemeldet hatte, derjenige, der gerade gefeuert worden war.

»Ich zeige Ihnen den Keller.« Er streckte die Hand nach einem Schlüsselbrett aus, doch sie verharrte in der Luft. »Der Schlüssel ist nicht hier.«

Daniel schüttelte seinen Gefangenen. »Wo ist er?«

Der kleinere Mann starrte ihn nur an.

»Durchsuch seine Taschen, während ich ihn festhalte.«

Der Verkäufer tat es, und obwohl der Mann sich wehrte, gelang es ihm, den Schlüssel herauszuziehen. Er rannte durch den schmalen Packraum und schloss die Kellertür auf.

Daniel sagte zu seinem Begleiter: »Du behältst diese Schweine im Auge!« Dann rannte er die Kellertreppe hinunter und rief: »Marshall, bist du da?«

»Ja. Warum habt ihr so lange gebraucht?«

Er hörte Schritte auf ihn zukommen, und Marshall lief, zwei Stufen auf einmal nehmend, die Treppe hinauf. Oben angekommen, sah er den Gefangenen und grinste.

»Das wird Ihnen noch leidtun«, sagte Harrys Cousin. »Und Sie kommen sowieso zu spät, um Carr zu helfen. Der Friedensrichter hat inzwischen bestimmt schon längst das Verfahren eröffnet, und danach können sie ihn nicht einfach wieder laufen lassen. Er hat Waren aus dem Laden gestohlen, und Harry ist bereits gegangen, um seine Aussage zu machen.«

»Ich sage besser Mr Dawson Bescheid«, sagte Marshall. »Er wird die Angelegenheit sicher rasch aufklären. Passt auf die beiden Prebbles auf, Jungs. Mit denen habe ich noch ein Hühnchen zu rupfen, wenn ich zurückkomme.«

Auch er verschwand die Straße hinunter.

Pandora erreichte die Polizeiwache, gefolgt von Dot, die ganz außer Atem war, und dem Mann, der Dot geholfen hatte. Sie stürmte herein und eilte an den Schreibtisch. »Wo ist Zachary?«

Der Polizist starrte sie an. »Verzeihung, Miss?«

»Zwei Polizisten haben Zachary Carr abgeführt. Ich muss ihn sehen. Ich kann beweisen, dass er unschuldig ist.«

»Sie haben ihn direkt zum Haus des Friedensrichters gebracht. Mr Thwaite führt die Anhörung sofort durch, weil es so ein klarer Fall ist.«

»Oh nein, das ist es nicht!« Sie schoss aus der Polizeistation und die Straße hinunter. Zum Glück wohnte Mr Thwaite in der Nähe.

Sie klopfte an die Seitentür seines Hauses, und ein Dienstmädchen öffnete.

»Ich muss zu Mr Thwaite. Es ist wirklich dringend. Ich kann beweisen, dass der Mann, den sie hierhergebracht haben, unschuldig ist. *Bitte.*«

»In Ordnung. Sein Arbeitszimmer ist hier drüben.« Sie klopfte an die Tür. »Noch eine Zeugin, Sir. Sie sagt, es sei dringend.«

Pandora fand sich in einem großen Raum auf der Rückseite des Hauses wieder. Der Friedensrichter, ein plumper, rotgesichtiger Herr, der für seine schlechte Laune bekannt war, saß hinter einem riesigen Schreibtisch, während Zachary davorstand.

»Ich kann beweisen, dass Zachary Carr unschuldig ist«, sagte sie.

Harry, der an der Seite des Raumes saß, wackelte mit den Füßen. »Diese Frau ist seine Geliebte, Euer Ehren! Eine Frau dieser Art lügt nur.«

Bei dieser Beleidigung fuhr Zachary herum, und der Polizist packte ihn am Arm.

Der Magistrat blickte sie an, und plötzlich wurde Pandora sich ihres windzerzausten Aussehens bewusst.

»Es tut mir leid, dass ich so unordentlich aussehe, Sir, aber ich bin den ganzen Weg gerannt. Und ich bin nicht Zacharys Geliebte.« Sie hatte keine Zeit hinzuzufügen, dass sie seine Frau war, denn Mr Thwaite deutete auf eine Bank im hinteren Teil des Raumes.

»Setzen Sie sich, und sprechen Sie nur, wenn Sie dazu aufgefordert werden«, flüsterte sein Angestellter.

Von der gegenüberliegenden Seite des Raumes aus starrte Harry sie weiter an, dann wandte er sich an den Friedensrichter und wollte etwas sagen. Aber auch er wurde mit einer Handbewegung zum Schweigen aufgefordert.

Zachary sah zu Pandora hinüber und schämte sich für die missliche Lage, in der er sich befand.

Erneut wurde die Anklage verlesen, und Zachary wurde gefragt, ob er schuldig sei oder nicht. Er richtete sich auf und antwortete mit einer klaren Stimme: »Nicht schuldig, Euer Ehren.«

Der Mitarbeiter des Friedensrichters begann, eine Auflistung der Beweise vorzutragen.

Nach der Hälfte unterbrach ihn der Friedensrichter und fragte: »Streiten Sie ab, dass Sie über das Tor in den Hof hinter dem Laden geklettert sind, Carr?«

»Nein, Sir.«

»Warum haben Sie das getan?«

Er sah Pandora zögernd an, und sie stand auf. »Er hat mich besucht, Sir.«

Der Friedensrichter drehte sich zu ihr um und starrte sie an. »Zu welchem Zweck?«

»Wir mussten reden.«

»Also ein heimliches Treffen. Das wird kein besonders gutes Licht auf Ihre Aussage werfen.«

Sie wollte widersprechen, aber Mr Thwaites Mitarbeiter brachte sie zum Schweigen.

Harry grinste wieder.

Der Friedensrichter winkte mit einer Hand. »Fahren Sie mit den Beweisen fort.«

Wenn sie nicht die Gelegenheit bekam zu erklären, was wirklich passiert war, welcher Art ihre Beziehung zu Zachary wirklich war, wie sollte sie ihn dann davor bewahren, zu Unrecht verurteilt zu werden? Sollte sie dazwischenrufen? Nein, das würde Mr Thwaite verärgern. Am besten wartete sie, ob sich eine Gelegenheit bieten würde, sich zu erklären, ohne ihn gegen sich aufzubringen.

Marshall rannte so schnell er konnte zu Mr Featherworths Büro. Dort verlangte er keuchend, augenblicklich Mr Featherworth und Mr Dawson zu sehen.

»Sie sprechen gerade mit einem Mandanten und möchten nicht gestört werden«, erklärte ihm der Schreiber im Vorzimmer.

»Es ist dringend. Glauben Sie mir, sie *wollen* gestört werden.«

»Das kann ich nicht auf mich nehmen.«

Marshall hatte genug von Verzögerungen, also marschierte er den Korridor hinunter.

Der Angestellte folgte ihm und meckerte: »Kommen Sie zurück, Sir. Sie können nicht einf…«

Genervt stieß Marshall die Tür zu Mr Featherworths Büro auf und murmelte »Gott sei Dank«, als er die beiden Männer fand, die er suchte. »Es tut mir sehr leid, Sie zu stören, meine Herren, aber es ist etwas sehr Dringendes dazwischengekommen, und wenn wir sie nicht aufhalten, stecken sie Mr Carr ins Gefängnis.«

Damit gewann er ihre Aufmerksamkeit.

Ralph Dawson stand sofort auf. »Ich gehe mir anhören, was er zu sagen hat, und wenn wir Sie brauchen, Mr Featherworth, komme ich zurück.« Er wandte sich an den Mandanten. »Ich entschuldige mich für diese Unterbrechung, Sir.«

Auf dem Korridor erklärte Marshall ihm eilig, was passiert war.

Ralph starrte ihn einen Moment lang an, dann ging er zu Mr Featherworth zurück. »Sie müssen sofort zum Haus des Friedensrichters kommen und verhindern, dass Mr Thwaite Zachary zu Unrecht vor Gericht bringt. Sie wissen, wie schwierig es sein wird, die Sache rasch aufzuklären, wenn es tatsächlich zum Prozess kommt.«

Mr Featherworth stand sofort auf.

»Ich laufe voraus«, bot Ralph an, weil er wusste, dass sein Vorgesetzter nicht so schnell zu Fuß war.

Er kam an dem Haus an und überredete das Dienstmädchen, ihn in das Zimmer des Friedensrichters zu bringen. Direkt hinter der Tür blieb er stehen, neigte den Kopf und wartete, bis er angesprochen wurde. Er verhielt sich, als wäre er bei Gericht, denn er wusste, dass Mr Thwaite großen Wert auf Förmlichkeiten legte.

»Nun, was gibt es, Dawson?«

»Dringende neue Beweise, Sir.«

»Was für Beweise? Es scheint mir ein klarer Fall zu sein.«

»Euer Ehren, mein Vorgesetzter, Mr Featherworth, folgt, so schnell er kann. Aber er hat mich gebeten, vorauszulaufen und anzukündigen, dass er kommt, denn wenn wir die Dinge in diesem Stadium klären, wird es uns auf lange Sicht viel Ärger ersparen und außerdem eine Ungerechtigkeit verhindern.«

»Mir erscheint es klar genug, dass der Kerl schuldig ist«, grummelte Mr Thwaite. »Aber gut. Wenn Featherworth der Meinung ist, dass er etwas dazu beitragen kann, warte ich, bis er hier ist.«

Mr Featherworth kam ein paar Minuten später an, sein Gesicht war scharlachrot, und er keuchte vernehmlich. Auch er wartete an der Tür auf die Erlaubnis, eintreten zu dürfen, dann trat er vor den Friedensrichter.

»Was sind das für neue Beweise?«, fragte Thwaite. »Die

Geliebte des Angeklagten hat bereits behauptet, er habe es nicht getan.« Er deutete auf Pandora. »Aber sie ist wohl kaum eine glaubwürdige Zeugin, nicht wahr?«

Mr Featherworth blickte ihn schockiert an. »Euer Ehren, diese junge Dame ist nicht die Geliebte des Gefangenen, sondern seine Frau.«

Es herrschte Totenstille im Raum, dann rief Prebble aus: »Du hinterhältiger Teufel!«

»Ruhe!«, brüllte Mr Dawson.

Harry wirbelte herum, als wollte er gehen.

»*Sie bleiben, wo Sie sind*«, brüllte der Friedensrichter. »Wo wollen Sie hin, Freundchen? Sie waren derjenige, der uns auf diesen Fall aufmerksam gemacht hat, und Sie bleiben hier, bis ich Ihnen erlaube zu gehen.«

»Sie stecken doch alle unter einer Decke und lügen. Das führt doch zu nichts.«

Aber Mr Thwaite sah so wütend aus, dass Harry sich wieder setzte.

Mr Featherworth erklärte ruhig: »Als Ehemann der Ladenbesitzerin kann Mr Carr sich nicht selbst bestehlen, außerdem bräuchte er nicht einzubrechen.«

»Sind Sie sicher, dass sie verheiratet sind?«, fragte Mr Thwaite misstrauisch.

»Ganz sicher, Euer Ehren. Ich weiß es schon seit einer Weile, und ich habe die Eheurkunde gesehen.«

»Warum leben sie dann nicht zusammen?«

»Weil wir versucht haben herauszufinden, wer aus dem Laden gestohlen hat. Ich möchte hinzufügen, dass die Diebstähle bereits begannen, als Mr Carr noch in Australien war.«

Der Friedensrichter starrte Prebble an. »Das ist äußerst verdächtig, und wenn sich herausstellen sollte, dass *Sie* daran beteiligt waren, Beweise zu fälschen, dann würde ich mich freuen, wenn *Sie* demnächst vor mir stehen.«

Mr Featherworth wandte sich an Pandora. »Erzählen Sie Mr Thwaite, was gestern Abend passiert ist.«

»Zachary wollte mit mir sprechen, ohne dass jemand davon erfährt, aber wir konnten das Seitentor nicht öffnen, weil wir keinen Schlüssel dafür hatten, also kletterte er hinüber. Er blieb etwa eine Stunde, ehe er wieder ging. Ich war die ganze Zeit bei ihm, habe gesehen, wie er wieder über das Tor geklettert ist. Wenn noch jemand anderes hinübergeklettert wäre, hätte ich das gehört, denn das Tor quietscht laut. Wenn also jemand in den Laden eingebrochen ist, muss er einen Schlüssel für das Hintertor gehabt haben.«

Sie hatte mit ihrer üblichen Klarheit gesprochen und erwiderte Mr Thwaites Blick mit hocherhobenem Kopf.

Mr Dawson räusperte sich und wurde mit einem Nicken zum Sprechen aufgefordert. »Ich kann bezeugen, dass Mrs Carr keinen Schlüssel zum Seitentor besitzt, Euer Ehren. Als sie eingezogen ist, habe ich gar nicht daran gedacht, weil dieses Tor nur selten benutzt wird. Für Warenlieferungen öffnen die Verkäufer das Hintertor.«

Mr Thwaite nickte langsam. »Ich verstehe. Damit ist der Fall abgeschlossen. Gehen Sie mit mir Mittagessen, Featherworth. Ich möchte mehr darüber erfahren, was mit diesen jungen Leuten los ist. Unsere Mitarbeiter sollen sich um die Details kümmern.«

Alle standen auf, als der Richter den Raum verließ, und mit einem entschuldigenden Lächeln in Richtung Pandora und Zachary folgte Mr Featherworth seinem alten Freund ins Haupthaus.

Als sich die Tür hinter ihnen geschlossen hatte, blickte Ralph sich um. Prebble war verschwunden. Wie hatte er es geschafft, den Raum zu verlassen, ohne dass es jemand bemerkte?

Als Pandora sich Zachary näherte, nahm er ihre Hände.

»Ich kann nicht glauben, dass Harry damit so weit gekommen ist.«

»Er hat es nicht geschafft, das ist die Hauptsache. Und jetzt müssen wir den Leuten erzählen, dass wir verheiratet sind.« Beim Gedanken daran strahlte sie.

Sein Gesicht war immer noch rot vor Zorn. »Ich lasse nicht zu, dass Harry damit durchkommt. Ich werde ihm folgen und ihm eine Ohrfeige verpassen.«

Ralph kam zu ihnen und sagte: »Sie werden nichts dergleichen tun, Zachary, sosehr er es auch verdient hätte. Und außerdem haben wir mit dem Mitarbeiter des Friedensrichters verschiedene Formalitäten zu klären, bevor Sie irgendwohin gehen können.«

Als das erledigt war, hatte sich Zachary wieder beruhigt. Ralph lächelte sie an und beneidete sie. »Jetzt wird es Zeit, dass die Leute erfahren, dass Sie verheiratet sind.«

»Das finde ich auch«, sagte Pandora leise, die die Hand ihres Mannes immer noch festhielt.

Kapitel 22

Ralph begleitete das junge Paar nach draußen. »Am besten gehen wir zuerst in den Laden und finden heraus, was dort passiert ist. Ich habe Marshall zurückgeschickt, um die Sache im Auge zu behalten, aber ich bezweifle, dass Prebble dorthin zurückgekehrt ist.«

Beim Gehen hakte Pandora sich bei Zachary ein und lächelte ihn an.

Er wurde langsamer und blickte sie ernst an: »Bist du dir absolut sicher?«

Sie schüttelte seinen Arm und tat so, als wäre sie wütend. »Wie oft muss ich es dir noch sagen? Ja, ich bin mir sicher, ich will mit dir verheiratet bleiben. In meinem ganzen Leben war ich mir einer Sache noch nie so sicher.«

Das strahlende Lächeln, das wie immer sein hageres Gesicht erhellte, ließ ihn beinahe hübsch aussehen. »Du musst mir jeden Tag unseres Lebens sagen, dass du mich liebst, wenn ich das auch weiterhin glauben soll. Und ich verspreche dir, das Gleiche zu tun.«

Sie blieben für einen Augenblick stehen, um einander anzusehen, Hand in Hand, der Welt entrückt. Dann räusperte sich Mr Dawson, schenkte ihnen ein herzliches Lächeln, und sie setzten sich alle wieder in Bewegung.

Als sie in den Laden kamen, bediente Marshall gerade einen Kunden, während die beiden Verkäufer im Hinterzimmer Daniel versorgten, der eine große Beule auf der Stirn hatte und sehr blass aussah.

»Prebble ist aufgetaucht. Er hat mich überwältigt.« Er blickte finster drein. »Ich habe ihn nicht reinkommen sehen, und dann hat das Schwein mir von hinten eins über den Kopf gezogen.«

»Er ist ins Büro gegangen, und als er wieder herauskam, hatte er sich irgendetwas unter die Jacke gestopft«, berichtete einer der Verkäufer.

»Warum haben Sie ihn nicht aufgehalten?«, fragte Zachary. »Sie waren zu zweit.«

»Die aber auch«, sagte der andere. »Denken Sie an den Burschen. Das ist auch ein Prebble, und er ist mit Harry weggegangen. Außerdem war ich noch nie gut im Kämpfen.« Er fasste sich verlegen an das Drahtgestell seiner Brille. »Ich habe immer zu viel Angst, dass die hier kaputtgeht.«

Die Ladenglocke klingelte, und Zachary blickte durch das kleine Fenster in der Tür zum Laden. »Gehen Sie raus und bedienen Sie unsere Kunden, aber erzählen Sie nichts davon, was passiert ist. Wir regeln das später.« Er sah Daniel an. »Geht es Ihnen gut oder müssen wir nach dem Arzt schicken?«

»Alles in Ordnung. Es war nur ein Schlag auf den Kopf. Mir war für ein paar Minuten schwindlig, aber jetzt kann ich wieder klar sehen.«

Mr Dawson ging ins Büro, und Zachary und Pandora folgten ihm. »Sehen Sie hier irgendetwas Ungewöhnliches?«, fragte er.

Zachary schaute sich um. »Nicht auf den ersten Blick.«

»Aber ich«, sagte sie. »Da stand ein blaues Buch im Regal, hinter dem schwarzen. Ich habe Harry eines Tages dabei ertappt, wie er es versteckte. Zachary und ich wollten nach der Arbeit danach suchen.«

»Und wir sollten besser die Geldkassette überprüfen«, sagte Zachary.

Sie war verschwunden.

»Nun, er muss sie mitgenommen haben. Ich rate Ihnen, es der Polizei zu überlassen, ihn zu fangen. Ihre Hauptaufgabe ist es, für einen reibungslosen Ablauf im Geschäft zu sorgen.« Mr Dawson nahm seine Taschenuhr heraus und warf dann zum Vergleich noch einen Blick auf die Wanduhr, wobei er ärgerlich mit der Zunge schnalzte. »Ich gehe besser zurück in Mr Featherworths Kanzlei. Er hat in fünf Minuten einen Termin, aber wahrscheinlich ist er immer noch im Haus des Friedensrichters. Ich schicke besser den Büroburschen, um ihn daran zu erinnern.« Er ging zur Tür. »Ich nehme an, ich kann jetzt alles hier sicher in Ihren fähigen Händen lassen, Zachary. Ich schicke eine Nachricht an die Polizeiwache, dass Prebble hier war und das Geld gestohlen hat. Ich kann es nur noch einmal wiederholen: Überlassen Sie es der Polizei.«

Pandora verstellte ihm den Weg. »Ich möchte hiermit klarstellen, dass von nun an Zachary neuer Geschäftsführer des Ladens ist.«

Mr Dawson zog die Augenbrauen hoch. »Ja, natürlich. Wer wäre dafür besser geeignet?« Er wollte sich entfernen, dann hielt er noch einmal inne. »Möchten Sie, dass ich Ihre Eheschließung in der Lokalzeitung verkünden lasse?«

»Ja, bitte.«

Als sie allein waren, zog Zachary sie für einen kurzen Kuss in seine Arme. »Kann ich heute Abend bei dir einziehen?«

»Ich bestehe darauf. Was ist mit deiner Mutter und deiner Schwester?«

»Wir besuchen sie heute nach der Arbeit.«

»Werden sie sich freuen, was meinst du?«

»Ich bin sicher, dass sie das werden.«

»Ich hoffe, sie mögen mich.«

»Wie könnten sie dich nicht mögen?«

Sie sahen einander noch eine Weile an, dann seufzte sie und trat von ihm zurück. »Ich erzähle Dot, was passiert ist, dann komme ich zurück und helfe im Laden aus. Ihr seid unterbesetzt, und selbst wenn ich nur ein paar Sachen abpacke oder aufräume, wird es euch eine Hilfe sein.« Sie reckte das Kinn vor. »Ich lasse mich nicht ausschließen.«

Er lachte leise. »Das habe ich inzwischen bemerkt.«

Als sie zurückkam, stellte sie fest, dass Alice inzwischen nach Hause gekommen war, also erzählte sie ihrer Freundin und Dot schnell, was passiert war.

»Ich wusste, dass Sie verheiratet sind, Miss, ich meine, Mrs Carr«, sagte Dot. »Ich hatte Sie und Mr Carr reden gehört.«

»Und Sie haben nichts gesagt?«

Dot zuckte mit den Schultern. »Es ging mich nichts an.«

»Nun, ich schätze Ihre Loyalität und Ihren gesunden Menschenverstand sehr, und ich hoffe, dass Sie weiterhin für uns arbeiten werden.«

»Ja, bitte, Miss – ich meine, Ma'am.«

Als Dot gegangen war, wandte sich Pandora an Alice. »Sie müssen nicht ausziehen, bis Sie eine neue Anstellung gefunden haben.«

»Danke. Aber ich kann bei meinen Verwandten wohnen. Sie und Zachary brauchen mich nicht als Anstandsdame.«

Pandora spürte, wie sie errötete. Das konnte sie nicht abstreiten.

Am späten Nachmittag kam einer der Polizisten in Mr Featherworths Kanzlei.

»Haben Sie Prebble wegen der Diebstähle verhaftet?«, fragte Ralph.

»Leider nicht. Er war nicht zu Hause. Wir suchen nach ihm.«

»Er könnte entkommen. Er ist ein gerissener Kerl.«

»Ich glaube nicht, Sir. Wir beobachten den Bahnhof und die Straßen, die stadtauswärts führen. Es hat auch Vorteile, dass die Stadt so nah am Moor liegt. Er hat nur zwei oder drei Möglichkeiten, sie zu verlassen, es sei denn, er geht über die

Hügelkette.« Er lächelte. »Nein, Prebble muss ziemlich gerissen sein, wenn er an uns vorbeikommen will, Sir.«

Ralph war sich nicht so sicher, ob sie ihn erwischen würden, aber er ging nicht weiter darauf ein. »Ich weiß nicht, was Zachary dazu sagen wird. Er ist sehr wütend auf Prebble.«

»Ich hoffe, er wird nichts Dummes tun, wie sich mit ihm anlegen.«

»Das hoffe ich auch.« Ralph seufzte. »Ich gehe besser und erzähle ihm, wie die Dinge stehen.«

Als er zum Laden kam, ging gerade die Tür zum Wohnbereich auf, und er sah Alice in ihrer Ausgehkleidung herauskommen. Sie wirkte besorgt. Er eilte auf sie zu. »Geht es Ihnen gut?«

Sie lächelte, aber es war ein angespanntes Lächeln. »Ja, natürlich. Es ist doch gut, dass Zachary den Laden übernimmt, nicht wahr?«

»Ja.« Er war ungewöhnlich schüchtern. »Ähm – was werden *Sie* jetzt tun?«

Ihr Lächeln verschwand, und der besorgte Blick kehrte zurück. »Bei meinen Verwandten einziehen, bis ich eine andere Anstellung finde.«

Der Gedanke, dass sie aus Outham wegziehen könnte, gab Ralph den Mut zu sagen: »Nein! Sie dürfen nicht gehen.«

Sie sah ihn überrascht an.

Er holte tief Luft. »Alice, meine Liebe, wenn ich dich so nennen darf, wenn du nichts dagegen hast ...« Er unterbrach sich, und weil ihm keine romantischeren Worte einfielen, weil er nicht der Typ Mann dafür war, sagte er es rundheraus: »Könntest du dir vorstellen, mich zu heiraten, anstatt dir eine neue Anstellung zu suchen?«

Er hielt den Atem an und wartete auf ihre Antwort, sicher, dass sie ablehnen würde, denn er war bloß ein einfacher Angestellter, und sie war eine Lady. Stattdessen sah er die Freude auf ihrem Gesicht und hörte ihre Antwort: »Natürlich will ich dich heiraten!«

»Du willst? Ich meine, ich bin so froh. Ich bin ein einfacher Mann, und ich bin nicht ... nicht gut mit romantischen Worten und ...«

Sie nahm seine Hand. »Bei mir brauchst du keine originellen Worte, Ralph. Wir sind so gute Freunde geworden, du und ich. Ja, und deine Schwester auch. Judith wird doch weiterhin bei uns wohnen, wenn wir verheiratet sind, nicht wahr?«

Er nickte und nahm seinen ganzen Mut zusammen, um ihr einen Kuss auf die Wange zu geben. Als er den Kopf für ein paar Sekunden zurückzog, sah er, wie glücklich sie lächelte, also nahm er sie in die Arme und küsste sie richtig.

»Miss, ich ...«

Auf einmal nahm er seine Umgebung wieder wahr und sah, wie Dot sie mit großen Augen ansah, also sagte er einfach: »Sie sind die Erste, die uns gratulieren darf, Dot. Miss Alice hat gerade zugestimmt, meine Frau zu werden.«

Hallie hatte sich gerade auf den Weg zum Laden an der Ecke gemacht, als sie eine Frau in einer Seitengasse um Hilfe rufen hörte. Sie bog in die Gasse ab, aber bevor sie irgendetwas tun konnte, trat ein Mann aus dem ersten Hauseingang, packte sie und legte ihr eine Hand fest auf den Mund, um ihre Schreie zu dämpfen.

Eine Frau kam hinzu und fesselte Hallie die Hände fest hinter dem Rücken.

Verängstigt wehrte sie sich, so gut sie konnte, aber es waren zwei gegen eine, und sie hatten sie überrumpelt.

Sie stopften ihr einen Knebel in den Mund, wickelten ihren ganzen Körper in ein Stück muffigen Stoff und hoben sie hoch. Sie versuchte, sich zu winden und zu treten, aber jemand verpasste ihr einen Schlag auf den Kopf, und der Schmerz brachte sie zum Schweigen.

»Halt still, sonst schlage ich dich bewusstlos.«

Nun wagte sie nicht mehr, sich zu wehren. Sie legten sie ab und legten etwas Schweres auf sie, sodass sie kaum noch Luft bekam. Als sie sich wieder in Bewegung setzten, erkannte sie am Quietschen der Räder und dem Rumpeln auf dem Kopfsteinpflaster, dass sie auf einem Handkarren liegen musste.

Wohin brachten sie sie? Was wollten sie?

An diesem Abend gingen Zachary und Pandora zum Haus seiner Mutter, um ihr die Neuigkeiten zu erzählen. Als sie eintraten, rief er: »Ich habe Besuch mitgebracht, Mum.«

Seine Mutter blickte auf, als sie in die Küche kamen. »Ich dachte, es wäre Hallie, die zurückkommt.«

»Ist sie nicht da?«

»Sie ist vor einer halben Stunde zum Laden an der Ecke gegangen. Ich verstehe wirklich nicht, warum sie so lange braucht.« Sie blickte an Zachary vorbei. »Oh, ich habe Sie zuerst gar nicht gesehen, Miss Blake.«

Zachary zögerte. Sollte er sich auf die Suche nach Hallie machen? Er bemerkte, wie seine Mutter Pandora verwundert ansah. »Wir müssen dir etwas sagen, Mum. Es sind wirklich gute Neuigkeiten. Pandora und ich haben in Australien geheiratet. Mr Featherworth hat uns gebeten, es geheim zu halten, weil wir versuchen mussten, Harry Prebble zu überführen. Während ich weg war, hat er aus dem Laden gestohlen. Aber nun, da er erwischt wurde, haben wir keinen Grund mehr, unsere Ehe geheim zu halten, also habe ich meine Frau mitgebracht, damit ihr euch richtig kennenlernen könnt.«

Stolz schwang in seiner Stimme mit, und der Blick, den er Pandora schenkte, sprach deutlicher von seiner Liebe, als Worte es je konnten.

Nachdem sie einander umarmt und ihre Geschichte ausführlich erzählt hatten, fühlte Pandora sich bei Zacharys Mutter wie zu Hause.

»Ihr Sohn ist ein wunderbarer Mann«, sagte sie zu Mrs Carr. »Ich bin so glücklich, dass ich ihn gefunden habe.«

»Ich weiß.« Dann sah Mrs Carr wieder auf die Uhr. »Könntest du vielleicht nachsehen gehen, was mit Hallie passiert ist, mein Junge? Es sieht ihr gar nicht ähnlich, dass sie so lange braucht.«

Es dauerte nicht lange, bis der Wagen anhielt und das Gewicht von Hallie entfernt wurde. Der Mann hob sie hoch und warf sie sich über die Schulter, sodass ihr Kopf nach unten hing und gegen seinen Rücken stieß, weil ihre Hände immer noch gefesselt waren.

Sie betraten ein Gebäude, das erkannte sie, doch offenbar musste er sich bücken, um hineinzukommen. Dann ging er einige Stufen hinunter, und seine Schritte hallten wie in einem leeren Raum. War das ein Keller?

Sie hörte Stimmen, dann Schritte, die die Treppe wieder nach oben gingen.

Jemand nahm ihr die Augenbinde ab und stieß sie unsanft auf einen Stuhl. Als derjenige ihr auch noch den Knebel aus dem Mund nahm, erkannte sie Harry Prebble, der vor ihr stand, und ihr Magen verkrampfte sich vor Angst.

»Was hast du mit ihr vor, Harry?«, fragte die Frau nervös.

»Sie gegen Lösegeld eintauschen, damit ich entkommen kann.«

»Wäre es nicht besser, einfach wegzulaufen? Du hast schließlich einige Ersparnisse. Du kannst noch einmal ganz von vorn anfangen.«

»Ich müsste nicht noch einmal von vorn anfangen, wenn dieser verdammte Zachary Carr nicht gewesen wäre. Er wird dafür bezahlen, was er mir angetan hat.« Er drehte sich um, musterte Hallie und lächelte. »Oder besser gesagt, seine Schwester.«

Die Frau öffnete den Mund, sah nicht besonders glücklich aus, doch dann fing sie seinen Blick auf und schloss den Mund wieder.

Er kramte in seiner Tasche herum und holte einen Zettel heraus. »Der junge Ossie soll Zachary diesen Brief bringen. Sag Ossie, er soll ihn ihm in die Hand drücken und sofort weglaufen. Dann bleib für eine Weile weg. Ich will mit *ihr* allein sein.«

»Harry, bitte nicht ...«

»Tu, was ich dir sage!«

Die Frau ging.

Hallie wusste noch, wie Harry ihr zuvor wehgetan hatte, und Angst überkam sie, als er sich zu ihr umdrehte und sie musterte.

Zachary war in weniger als zwei Minuten beim Laden an der Ecke.

Der Besitzer sah ihn überrascht an. »Ich habe Ihre Schwester heute überhaupt nicht gesehen, Zachary. Sie war gestern zum letzten Mal da.«

Als Zachary aus dem Geschäft trat, drückte ihm ein zerlumpter Junge einen Zettel in die Hand und versuchte wegzulaufen, aber Zachary packte ihn am Kragen. Als der Kragen zerriss, rannte der Bengel wieder los, aber ein Mann, der gerade die Straße entlangkam, hielt ihn fest und wirbelte ihn herum, umklammerte seine Handgelenke, als der Junge versuchte, ihn zu treten und zu kratzen.

»Was hat er angestellt?«, fragte er Zachary. »Hat er Ihnen die Tasche gestohlen?«

»Nein. Könnten Sie ihn bitte noch festhalten, während ich diese Nachricht lese?« Zachary überflog schockiert die zwei Zeilen, dann las er sie ungläubig noch einmal.

Bringen Sie 100 Pfund in den alten Schuppen hinter Thorpes Fabrik. Kein Wort zur Polizei, oder Sie sehen Ihre Schwester nicht lebend wieder.

Der Zettel war nicht unterschrieben, aber er kannte Harrys Handschrift nur zu gut. Er wandte sich dem Jungen zu, packte ihn am Arm und zog ihn von dem anderen weg. »*Wer hat dir diesen Brief gegeben?*«

»Ein Mann. Ich weiß nicht, wer er war.«

Er sah den Jungen an, er war klein und hatte ein Gesicht wie ein Wiesel, ein typischer Prebble. »Ich weiß, wer du bist, und ich kann mir schon denken, wer ihn dir gegeben hat. Wenn du mir nicht seinen Namen sagst und wo er ist, werde ich die Informationen aus dir herausprügeln.«

Der Junge blickte entsetzt zu ihm auf, schüttelte aber trotzdem den Kopf.

Zachary sah den Passanten an. »Sie haben meine Schwester gefangen genommen und verlangen Geld, um sie freizulassen.«

»Niemals! Wenn ich Ihnen irgendwie helfen kann, sagen Sie es nur. Wenn Sie mich fragen, an diesen Verbrechen ist nur die Baumwollknappheit schuld. Die Leute sind verzweifelt. Nicht, dass das eine Entschuldigung wäre.«

»Kennen Sie Marshall Worth?«

»Ja. Ich habe früher in der gleichen Fabrik gearbeitet wie er. Er wohnt nur eine Straße von uns entfernt. Vor einer oder zwei Minuten habe ich ihn noch auf der Straße gesehen.«

»Könnten Sie ihn bitte zum Haus meiner Mutter bringen und ihm sagen, er soll ein paar kräftige Freunde mitbringen, die bereit sind zu kämpfen?« Er gab dem Mann die Adresse und machte sich auf den Weg zum Haus seiner Mutter, zerrte den immer noch schweigenden Jungen hinter sich her. Er musste sichergehen, dass seine Mutter und Pandora in Sicherheit waren, bevor er versuchte, Hallie zu finden.

Zu seiner Erleichterung saßen die beiden in der Küche. Pandora blickte auf und lächelte ihn an, aber ihr Lächeln verschwand, als sie seinem Blick begegnete und sah, wie er den Jungen festhielt.

Er hasste es, ihnen so schlechte Nachrichten überbringen zu müssen.

Als er fertig war und den sich windenden Jungen noch einmal davon abgehalten hatte abzuhauen, trampelten schwere Schritte auf der Straße zu ihrem Haus.

»Ich mache die Tür auf«, sagte Pandora.

»Du wirst nicht zulassen, dass sie unserer Hallie etwas antun, nicht wahr, mein Junge?«, fragte seine Mutter mit erstickter Stimme.

»Ich werde mein Bestes tun, Mum. Mein Bestes.«

»Wir müssen ihn rasch finden, bevor er ihr wehtut«, sagte Zachary, nachdem er seine Geschichte noch einmal erzählt hatte. »Harry war sicher nicht so dumm, meine Schwester in sein Haus zu bringen.«

»Nein. Er ist nicht dumm, das muss man ihm lassen. Er wird sie woanders verstecken, denke ich«, antwortete Marshall.

»Könnten Sie sich auf der Straße umhören, ob jemand gesehen hat, wie sie entführt wurde, oder Harry gesehen hat?«, fragte Zachary. »Ich werde noch einmal versuchen, ein paar Informationen aus dem hier herauszuschütteln.« Er zeigte auf den Jungen.

»Ich wohne hier in der Nähe. Ich werde auch meine Kinder um Hilfe bitten.« Ein Mann trat hervor.

»Ich besuche einen Bekannten, der unten im Armenviertel wohnt«, sagte Marshall. »Sie bleiben hier, dann können wir Sie holen, wenn Sie gebraucht werden.«

Zachary ging zu dem Jungen hinüber und schrie ihn an, aber er war niemand, der ein Kind schlagen würde, also schlossen sie ihn am Ende im Kohlenschuppen ein, ohne etwas herausgefunden zu haben.

Anschließend lief Zachary auf und ab, während Pandora neben seiner Mutter saß und ihr die Hand hielt. Plötzlich kam ihm eine Idee, und er hielt inne. »Ich frage mich ...«

»Was fragst du dich?«

»Ob jemand hinter Brewers Court nachgeschaut hat.«

»Ich bin sicher, dass die Polizei dort gesucht hat«, sagte Pandora. »Es ist das schlimmste Armenviertel der Stadt.«

»Nun, es gibt einen separaten Eingang auf der Rückseite, der in einen alten Keller führt. Ich habe Harry und seinen Cousin einmal bis dorthin verfolgt, als wir noch Kinder waren und er mir meinen Ball geklaut hatte. Wenn ihn dir niemand zeigt, würdest du diesen Eingang nicht bemerken.«

»Du gehst doch nicht ... allein?«, fragte sie.

»Ich werde die anderen Jungs auf dem Weg finden. Sie suchen diese Gegend ab.«

»Sie haben doch gesagt, sie würden hierher zurückkommen. Kannst du nicht auf sie warten?«

»Nein. Das will ich nicht riskieren.« Er zögerte, dann nahm er Pandoras Hand. »Bleibst du hier bei meiner Mutter?«

»Ja, natürlich.«

»Halte ein Nudelholz bereit, Mum.«

Als sie es hervorholte, senkte er die Stimme und flüsterte seiner Frau zu: »Er wird Hallie wehtun, um es mir heimzuzahlen, das weiß ich einfach.« Dann erhob er wieder die Stimme und sagte: »Mach dir keine Sorgen, Mum. Ich bin groß genug, um auf mich aufzupassen.« Er gab ihr einen raschen Kuss auf die Wange und ging.

Pandora saß da und machte sich Sorgen, während sie vergeblich versuchte, seine Mutter zu beruhigen.

Zehn Minuten später kam Marshall zurück, um zu berichten, dass niemand Harry – oder Hallie – gesehen hatte, und sie starrte ihn bestürzt an.

»Zachary ist fortgegangen. Er sagte, er werde Sie finden.«
»Nun, das hat er nicht. Wo ist er hingegangen?«
Rasch erzählte Pandora es ihm.
»Ich gehe ihm nach.«

Und wieder hieß es warten. Nach einer Weile konnte Pandora es nicht mehr ertragen. »Kommen Sie. Wir müssen Hilfe holen.«

»Zachary sagte, wir sollen hier warten.«

»Nun, das werde ich nicht. Ich werde verrückt, wenn ich hier sitze und mir Sorgen mache. Ich gehe zur Polizei.«

»Tu das, Liebes. Ich warte hier, falls er zurückkommt.«

»Dann bitten Sie wenigstens eine Nachbarin, bei Ihnen zu bleiben.«

»Das werde ich.« Mrs Carr klopfte dreimal an die Wand. »Sie kommt sofort herüber. Und jetzt ab mit dir.«

Prebble ging hinüber zu Hallie, die hilflos auf ihrem Stuhl saß. Er schnippte ihr so stark gegen die Wange, dass es wehtat. »Ich könnte auch noch ein wenig Spaß mit dir haben, um mir die Zeit zu vertreiben. Es wird eine Weile dauern, bis dein Bruder mein Geld zusammenhat, da bin ich mir sicher.«

Ihr Herz setzte einen Schlag aus, als seine Finger ihren Hals hinabwanderten und dort verharrten. Plötzlich legte er seine Hände um ihre Kehle und drückte so fest zu, dass sie kaum noch atmen konnte. Als er losließ, schnappte sie nach Luft.

»Ts, ts, ts! Hat es dir den Atem verschlagen? Da siehst du, was passiert, wenn du nicht tust, was ich will.«

Dann packte er den Kragen ihres Mieders und riss es ihr herunter.

Sie schrie vor Angst, aber er lachte nur.

»Du kannst schreien, so viel du willst. Niemand wird dir helfen. Hier tun alle, was ich ihnen befehle.«

Aber die Frau, die vorhin schon da gewesen war, kam zurück ins Zimmer und lehnte sich mit verschränkten Armen gegen die Wand.

»Geh weg, Nancy.«

»Nein. Ich will zusehen, wie du es mit anderen Frauen machst.«

Er fuhr zu ihr herum und hob die Faust, aber sie zückte ein Küchenmesser.

»Oh nein, Harry! Ich kann auf mich selbst aufpassen, im Gegensatz zu diesem erbärmlichen Frauenzimmer hier. Ich werde nicht von deiner Seite weichen, bis du das Geld hast. Und nachdem du mir meinen Anteil gegeben hast – und das will ich dir auch geraten haben«, sie wedelte mit dem Messer, »verlasse ich mit dir die Stadt. Sie hat uns beide gesehen. Ich bin sicher nicht mehr hier, wenn sie der Polizei erzählt, wer ich bin.«

Er wandte sich wieder Hallie zu und streckte die Hand aus, dann zögerte er und sah Nancy finster an.

Zachary rannte in Richtung des Armenviertels, und als er auf der Straße an Daniel vorbeikam, forderte er ihn auf, ihm zu folgen, und rannte weiter. Er lief vorbei an den engen Straßen und Gassen des schlimmsten Viertels der Stadt bis hin zum Stausee hinter der größten der Fabriken.

Erst als er dort ankam, wurde er langsamer, sah sich um und bedeutete Daniel, sich jetzt leise zu bewegen. Ihre Vorsicht zahlte sich aus, und es gelang ihnen, an dem Mann, der hinter einem heruntergekommenen Schuppen Wache hielt, vorbeizuschleichen.

»Ich kriege ihn«, flüsterte Daniel. »Warten Sie hier eine Minute, dann lassen Sie sich von ihm erwischen. Ich schleiche mich von hinten an und ziehe ihm eins über, während er sich auf Sie konzentriert.« Er hob einen zerbrochenen Backstein auf.

Als er Zachary entdeckte, sprang der Mann auf die Füße,

aber bevor er um Hilfe rufen konnte, schlug Daniel ihn nieder, und er sackte zusammen.

Zachary ging vorwärts. »Ich war seit Jahren nicht mehr hier, aber ich weiß, dass der Eingang irgendwo hier ist.«

»Sie müssen auf dem richtigen Weg sein. Warum sollte jemand Wache halten, wenn sich Harry nicht in der Nähe versteckt?«

»Ah!«, rief Zachary. »Hier ist es.« Er musste beinahe kriechen, um in einen niedrigen Raum zu gelangen, dessen Eingang wie ein Kellerfenster aussah, das nicht mehr benutzt wurde.

»Ich hätte nie gedacht, dass das eine Tür ist«, sagte Daniel.

»Pssst!« Zachary zeigte darauf. »Kommen Sie.«

So leise sie konnten, stiegen sie eine schmale Steintreppe hinunter.

Schon bevor sie unten ankamen, hörten sie Harrys Stimme. Er verspottete Hallie und erzählte ihr, was er ihr und ihrem Bruder antun würde, sobald er das Geld hätte.

»Es wird ihm noch leidtun, dass er mir jemals in die Quere gekommen ist«, prahlte Harry.

Gerade als er unten angekommen war, stolperte Zachary über ein Stück zerbrochenen Backstein und wäre beinahe gestürzt. Er machte genug Lärm, um die Leute in dem kleinen Keller zu warnen, also stürmte er rasch hinein. Er hielt inne, als er sah, wie Harry seiner Schwester ein Messer an die Kehle hielt und mit der anderen Hand ihre Haare gepackt hatte.

»Stehen bleiben, oder ich bringe sie um!«, schrie er.

Zachary erstarrte. Er sah Hallies zerrissene Kleider und die Angst auf ihrem Gesicht, als die Messerklinge gegen die zarte Haut ihres Halses drückte.

»Weg von der Tür«, schrie Harry. »Na los. Geht zur Seite.«

Zachary tat wie befohlen und fragte sich verzweifelt, wie er seine Schwester von diesem Messer befreien sollte. Während er sich bewegte, ließ Harry ihn nicht aus den Augen, und da nutzte Daniel seine Chance und sprang nach vorn. Aber eine Frau trat hinter der Türöffnung hervor und brachte ihn zu Fall.

Als die beiden unter Fußtritten zu Boden gingen, schleifte Harry Hallie zur Tür und schrie: »Ich bringe sie um, wenn du versuchst, mich aufzuhalten.«

»Tja, ich habe deine Freundin, wie wäre es mit einem Tausch?«, keuchte Daniel, der aus einer Schnittwunde am Arm blutete und sich bemühte, die Frau festzuhalten.

»Was soll ich denn mit der? Du kannst mit ihr machen, was du willst. Ich habe deine Schwester, Zachary, und wenn du willst, dass sie am Leben bleibt, dann lässt du uns gehen.«

»Die Polizei sucht nach dir. Du wirst es nie aus der Stadt schaffen.«

»Ich kenne diesen Teil der Stadt besser als die Polizei. Hier gibt es genug Menschen, die mich beschützen und mir helfen werden zu verschwinden. Ich lasse Hallie nicht eher gehen, als bis ich in Sicherheit bin und du das Geld aufgetrieben hast. Und jetzt geh mir verdammt noch mal aus dem Weg!«

Hilflos musste Zachary zusehen, wie Harry sich langsam die Treppe hinaufbewegte, das Messer immer noch an Hallies Hals gepresst.

Als sie aus seinem Blickfeld verschwanden, schlich Zachary vorwärts, doch als er draußen Schreie hörte, gab er alle Vorsicht auf und sprang die Treppe hinauf. An der niedrigen Türöffnung zögerte er, dann stöhnte er erleichtert auf.

Harry lag auf dem Boden und kämpfte gegen zwei Männer. Marshall hielt die weinende Hallie an sich gedrückt und murmelte: »Du bist jetzt in Sicherheit, Mädchen. Du bist in Sicherheit.« Er bückte sich nach dem Messer und schnitt ihre Fesseln durch, während er nicht aufhörte, beruhigend auf sie einzureden.

Daniel kroch aus der niedrigen Öffnung. Er schleppte Harrys Komplizin hinter sich her und fluchte, als sie versuchte, ihn zu beißen.

Zachary eilte zu seiner Schwester, zog sie aus Marshalls Armen und drückte sie fest an sich, während Marshall sich umdrehte, um Daniel mit der zappelnden und kreischenden Frau zu helfen.

In diesem Augenblick kamen zwei Polizisten um die Ecke, direkt gefolgt von Pandora.

Beim Anblick ihres Mannes hielt sie inne, strahlte erleichtert, dann lief sie zu ihm hinüber.

Zachary ließ Marshall und Daniel allein, um den Polizisten zu erklären, was passiert war. Er zog seine Jacke aus und schlang sie um Hallie, damit sie ihr zerrissenes Mieder bedecken konnte.

Er konnte Harry fluchen und schimpfen hören, aber es war ihm egal, was sie ihm antaten. Er legte einen Arm um seine Frau, den anderen um seine noch immer zitternde Schwester.

»Ich glaube, ich hatte noch nie in meinem Leben solche Angst«, erzählte er ihnen.

»Hast du sie noch rechtzeitig gefunden?«, fragte Pandora.

Er nickte. »Rechtzeitig, um das Schlimmste zu verhindern. Schsch, Hallie, Liebes. Du bist jetzt in Sicherheit. Alles wird gut.«

Sie schluckte und versuchte, mit dem Weinen aufzuhören, doch es gelang ihr nicht.

Pandora reichte ihr ein Taschentuch und wünschte, sie könnte mehr tun, um ihr zu helfen.

Einer der Polizisten kam zu ihnen. »Wenn Sie die jungen Damen nach Hause bringen möchten, Mr Carr, nehmen wir Ihre Aussage später auf. Es ist nicht gut, das Gesetz selbst in die Hand zu nehmen, aber in diesem Fall denke ich, dass Ihre Schwester in große Schwierigkeiten geraten wäre, wenn Sie nicht so schnell gekommen wären.«

Langsam gingen die drei nach Hause und ignorierten die Blicke der Menschen, an denen sie vorbeikamen. Hallie beruhigte sich allmählich ein wenig, aber sie klammerte sich an Zachary und Pandora, als wären sie ihr einziger Trost in einer gefährlichen Welt.

Sie fanden die Nachbarin, die bei Mrs Carr saß, die zuerst vor Erleichterung weinte, sich dann zusammenriss und allen einen heißen Tee einschenkte. »Und danach müsst ihr euch alle ordentlich waschen.«

Pandora schaute in den Spiegel, und bei dem Bild, das sie abgaben, musste sie trotz allem lächeln. Kein Wunder, dass die Leute sie angestarrt hatten. Ihr Gesicht war vom Laufen immer noch gerötet, und wieder einmal fielen ihr die Haare offen über den Rücken. Hallies Kleider waren zerrissen und ihre Haare genauso zerzaust. Zacharys Hemd war kaputt, und er hatte jede Menge blaue Flecken im Gesicht. Alle drei waren von oben bis unten mit Staub von den Trümmern bedeckt, die im und um den versteckten Keller herumgelegen hatten.

»Wir sehen aus wie drei Bettler«, stellte sie fest.

Eine Stunde nach ihrer Rückkehr klopfte es an der Tür. Hallie versteifte sich, und Pandora streichelte ihr die Hand, während Zachary ging, um zu öffnen.

Sie hörten, wie kurz gesprochen wurde, dann kam er zurück. »Sie wollen, dass ich auf der Polizeiwache meinen Teil der Geschichte erzähle.« Er sah Hallie an. »Und du auch, wenn du nicht zu durcheinander bist.«

Sie stand auf. »Es wird mir ein Vergnügen sein, diese schreckliche Kreatur hinter Gitter zu bringen.«

»Ich mochte ihn noch nie«, sagte Zachary. »Aber auch wenn ich so eng mit ihm zusammengearbeitet habe, ist mir nie aufgefallen, wie schlimm er wirklich ist.«

»Dot hat Angst vor ihm«, sagte Pandora. »Und jetzt weiß ich auch, warum.« Dann stand sie auf. »Wir gehen jetzt alle zusammen zur Polizeiwache. Ich lasse dich nicht wieder aus den Augen, Zachary Carr. Sie kommen auch mit, nicht wahr, Mrs Carr?«

»Natürlich komme ich mit. Ich bin vielleicht zu alt, um in der Stadt herumzulaufen und Verbrecher zu jagen, aber nicht zu alt, um meine Tochter zur Polizei zu begleiten.«

Es dauerte über eine Stunde, bis sie die Polizeiwache wieder verlassen konnten.

Zachary blieb direkt davor stehen. »Schaut mal, was für ein schöner Abend.«

Sie alle standen für einige Augenblicke still und betrachteten, wie wunderbar normal alles um sie herum war. Menschen schlenderten die Hauptstraße hinunter, plauderten miteinander und blieben gelegentlich stehen, um Freunde zu begrüßen. Ein kleiner Junge spielte mit einem Reifen. Ein alter Mann führte seinen Hund an der Leine. Eine hübsche junge Frau lächelte ihren Begleiter an, der genauso angetan von ihr war.

»Ja, ein herrlicher Abend«, sagte Pandora leise. »Deswegen wollte ich nach Lancashire zurückkehren. Bringen wir deine Mutter und deine Schwester nach Hause, Zachary, mein Lieber, und dann gehen wir zurück in den Laden.«

An der Haustür umarmte Mrs Carr sie und gab ihr einen Kuss. »Ich bin froh, dass mein Sohn dich kennengelernt hat, Mädchen. Willkommen in der Familie.«

Auch Hallie umarmte sie fest.

»Alles in Ordnung?«, fragte Zachary sie.

»Mir geht es gut, jetzt, wo ich weiß, dass Harry Prebble weggesperrt ist.«

Auf dem Weg zurück zum Laden hatte Pandora das Gefühl, die Welt wäre endlich wieder im Gleichgewicht. Sie war zu Hause, in Lancashire, mit dem Mann, den sie liebte.

Als sie beim Laden ankamen, stellten sie fest, dass er bereits geschlossen hatte und die Haustür abgeschlossen war.

»Ich habe keinen Schlüssel dabei.« Pandora lächelte, als sie an die Tür klopfte.

Dot öffnete ihnen und strahlte sie an. »Gott sei Dank, Sie sind in Sicherheit. Daniel hat mir erzählt, was passiert ist, und er ist bei mir geblieben, um sicherzustellen, dass mir nichts zustößt.«

»Ich denke, jetzt sind wir alle in Sicherheit«, sagte Zachary. »Sie haben diesen Harry Prebble wirklich eingesperrt?«

»Ja. Und ich glaube, er wird für lange Zeit im Gefängnis bleiben. Er hat Menschen bestohlen und in Angst und Schrecken versetzt. Die Frau, mit der er zusammen war, hat alles gestanden, so wütend war sie auf ihn, weil es ihm völlig egal war, dass er sie im Stich gelassen hat.«

Am Fuß der Treppe blieb er stehen. »Gibt es etwas zu essen, Dot? Ich habe einen Riesenhunger.«

Diese Bitte war so typisch für ihn, dass Pandora lächelte. »Sie werden feststellen, dass der neue Hausherr einen gesunden Appetit hat, Dot.«

Das Hausmädchen lächelte. »Ich bringe Ihnen sofort etwas, Sir. Ich habe ein Stew fertig und auf kleiner Flamme warm gehalten.«

Nachdem sie gegangen war, legte Zachary seiner Frau einen Arm um die Taille und stieg langsam mit ihr die Treppe hinauf.

»Willkommen in deinem neuen Zuhause«, sagte sie leise.

Oben angekommen, blieb er stehen und blickte nach unten, um sicherzugehen, dass die Küchentür geschlossen war. Dann zog er Pandora an sich und gab ihr einen langen Kuss.

Sie schmiegte sich an ihn, doch ein Geräusch aus der Küche ließ sie auseinanderfahren.

»Den Rest heben wir uns für später auf«, sagte er mit einem Lächeln. »Jetzt zeig mir mein neues Zuhause, Pandora, Liebste. Bis jetzt kenne ich nur den Salon.«

Als Dot ein paar Minuten später ein schweres Tablett hinauftrug, sagte sie: »Ach, ich habe ganz vergessen, es Ihnen zu erzählen. Bis Miss Blair Mr Dawson heiratet, ist sie wieder bei ihren Verwandten eingezogen.«

Sie hatte jetzt ihre volle Aufmerksamkeit.

»Sie wird Mr Dawson heiraten?«, fragte Pandora.

»Ja. Es war entzückend, die beiden so glücklich zusammen zu sehen. Sie hat es verdient, glücklich zu sein. Sie ist so eine reizende Dame.« Dot nahm ein Taschentuch heraus und schnäuzte sich geräuschvoll.

»Das freut mich für sie.«

»Nun, dann lasse ich Sie jetzt in Ruhe essen, Ma'am. Den Nachtisch habe ich auch schon fertig, Sie brauchen nur zu läuten.«

Pandora beobachtete mit Freude, wie Zachary seinen Teller leerte und dann noch zwei Portionen Apfelkuchen mit Sahne aß.

Er sah, wie sie lächelte, und lachte leise. »Mein Appetit ist zurück, jetzt, da alle meine Lieben in Sicherheit sind.«

Doch nachdem Dot den Tisch abgeräumt hatte, fühlte Pandora sich auf einmal unerklärlich schüchtern. Sie warf ihrem Mann einen Blick zu und fragte sich, ob es ihm genauso ging.

»Möchtest du noch eine Weile hier sitzen und plaudern?«, fragte er.

Sie nahm ihren ganzen Mut zusammen. »Nein, lass uns ins Bett gehen. Ich liebe es, in deinen Armen zu liegen. Das hat mir so sehr gefehlt.«

»Und ich liebe es, dich in den Armen zu halten.«

Der Raum war von sanftem Kerzenlicht erfüllt, als sie sich auszogen, und das Bett war das bequemste, das sie je geteilt hatten.

Alle Schüchternheit fiel von ihr ab, als sie sich küssten, zärtliche Worte murmelten und einander umarmten, sodass es ihr vorkam wie das Natürlichste und Wunderbarste auf der Welt, dass sie sich endlich liebten.

Als sie danach in seinen Armen lag, seufzte sie glücklich. »Cassandra hat einmal zu mir gesagt, wenn ich wirklich den richtigen Mann gefunden habe, dann liebe ich seinen Körper genauso wie seinen Geist.« Sie streckte eine Hand aus, um sein Gesicht zu streicheln, und zeichnete träge eine Spur seine Wange hinab. »Sie hatte recht. Ach, Zachary, mein Liebster, wie viel Zeit wir verschwendet haben!«

»Von jetzt an werden wir keine Zeit mehr verschwenden.« Er küsste sie noch einmal.

Epilog

Als Cassandra und Reece im Oktober in die Kirche gingen, wartete dort ein Brief auf sie, denn alle Post für den Bezirk wurde an den Laden geliefert, in dessen Scheune der Gottesdienst stattfand.

Ihre Augen leuchteten auf, als sie die Handschrift erkannte. »Er ist von Pandora. Schau mal, wie dick er ist. Ich werfe nur schnell einen Blick auf die erste Seite, bevor der Gottesdienst beginnt.«

Sie öffnete den Umschlag und fand einen kurzen Brief, gefolgt von einer Art Tagebuch, in dem detailliert berichtet wurde, was Pandora und Zachary erlebt hatten, nachdem sie die Farm verlassen hatten.

»Sie klingt so glücklich!«, rief Cassandra aus. Sie überflog rasch den Brief und las ihn dann noch einmal langsamer. »Jetzt, da sie sicher in England angekommen ist, werde ich mir nur noch halb so viele Sorgen machen. Ich mochte Zachary wirklich sehr.«

Ihre kleine Tochter verlangte nach Aufmerksamkeit, und Cassandra musste sich um sie kümmern, bevor sie etwas anderes tun konnte.

Als sie den Kopf zum Gebet senkte, rann ihr eine Träne über die Wange. Selbstverständlich freute sie sich für Pandora, aber sie vermisste ihre Schwester so sehr.

Sie spürte, wie sie jemand am Arm berührte, und als sie den Kopf wandte, sah sie, wie Maia sie besorgt anschaute. »Es geht mir gut«, flüsterte sie. »Ich dachte nur gerade an Pandora.«

Maia nickte und warf Xanthe einen Blick zu, die aus dem

Fenster schaute. Cassandra folgte dem Blick ihrer Schwester und seufzte. Xanthe war in letzter Zeit sehr rastlos. Würde sie die Nächste sein, die ging?

Mit einem Kopfschütteln verscheuchte sie diese Sorgen und drückte ihre Tochter an sich. Sie spürte Reece' Hand auf ihrem Arm und wusste, dass ihre Welt so perfekt war, wie es nur möglich war.

Heute Abend würde sie ihrem Mann und Kevin das ganze Tagebuch vorlesen, dann würde sie an Reece' Seite einschlafen. Morgen würden sie mehr als genug zu tun haben.

Um die Zwillinge würde sie sich sorgen, wenn es sein musste. Aber fürs Erste würde sie ihr Leben und ihre Familie genießen.